Shi Jie Jin Zhi Tong Hua

世界金质童话

朱自强　主编

图书在版编目（CIP）数据

世界金质童话／朱自强编．—2版．—长春：北方妇女儿童出版社，
2011.9

ISBN 978－7－5385－0334－0

Ⅰ.①世… Ⅱ.①朱… Ⅲ.①童话—作品集—世界
Ⅳ.①I18

中国版本图书馆 CIP 数据核字（2011）第 179940 号

世界金质童话

主　　编：	朱自强
责任编辑：	师晓辉
出版发行：	北方妇女儿童出版社
	（长春市人民大街 4646 号　电话：0431－85640624）
印　　刷：	北京海德伟业印务有限公司
开　　本：	690mm×960mm　1/16
印　　张：	45
字　　数：	700 千字
版　　次：	2011 年 9 月第 2 版
印　　次：	2016 年 9 月第 3 次印刷
书　　号：	ISBN 978－7－5385－0334－0
定　　价：	89.80 元（全三册）

质量服务承诺：如发现缺页、错页、倒装等印装质量问题，可向印刷厂更换。

出版说明

　　这本《世界金质童话》都是获国际安徒生大奖或优秀奖的作家所创作的童话作品。国际安徒生奖是世界儿童文学的最高奖,有儿童文学的"诺贝尔奖"之誉。可以说,国际安徒生大奖的获奖作家们的作品具有世界儿童文学的最高水平,受到全世界的小读者和大读者的喜爱,影响着一代甚至几代少年儿童的成长。本书所选的童话,有法杰恩的《国王和玉米》、《公主要月亮》,林格伦的《长袜子皮皮》、《小飞人卡尔松》,凯斯特纳的《动物会议》,罗大里的《洋葱头历险记》,杨森的《魔帽》,佐藤晓的《老奶奶的飞机》,松谷美代子的《龙子太郎》,乾富子的《北极的两只小白熊》,还有中国童话作家孙幼军的童话《小狗的小房子》等。这些作品,不仅在本国儿童文学史上位于高峰,而且在世界儿童文学史上也处于不可动摇的极高地位。所以,我们称这本选集为童话名家名作的荟萃是一点都不过分的。这本世界金质童话—国际安徒生大奖获奖作家童话集,的确能够提供少年儿童在健康成长过程中迫切需要而又价值极高的精神营养。

　　入选作品的获国际安徒生奖的作家们在儿童文学创作上取得了非凡的成就,对世界儿童文学做出了杰出的贡献,这些童话名作,幻想奇特,构思精巧,情节生动有趣,语言幽默感人,寓意深刻,具有陶冶儿童情操的巨大艺术魅力,是难得的一部优秀童话集。

　　本书跟《中国最佳童话》、《世界金质民间童话》、《中国最佳民间童话》同时出版,组成一套《中外童话四大宝库》丛书,希望你能喜欢它、珍藏它、阅读它,它将伴随你走过漫长的人生旅途,会成为你的良师益友!

内容提要

　　这本选集收入的童话都是获国际安徒生大奖或优秀奖的作家所创作的作品。国际安徒生奖是世界儿童文学的最高奖,有儿童文学的"诺贝尔奖"之誉。可以说,国际安徒生大奖的获奖作家们的作品具有世界儿童文学的最高水平,受到全世界小读者和大读者的喜爱,影响着一代甚至几代儿童。这本集子所选的童话,比如《长袜子皮皮》、《魔帽》、《动物会议》、《洋葱头历险记》等,不仅在本国儿童文学史上位于巅峰,而且在世界儿童文学史上也处于不可动摇的极高地位。这些童话名作,幻想神奇,构思巧妙,情节有趣,语言生动幽默,寓意深刻,具有陶冶儿童性情的巨大艺术魅力。

国际安徒生大奖——

世界儿童文学的最高奖（序言）

世界童话作品简直是浩如烟海，而相比之下，儿童阅读童话（包括听讲）的时间却十分有限，再加上童话作品良莠杂陈的情况，准确而富有效果的选择就十分必要了。

目前的儿童图书市场上，冠以"名作"、"名著"一类名头的童话选本俯拾皆是。考察这些童话"名著"选本，其中当然不乏货真价实的，但是，也有一些"假冒伪劣"的"名著"选本。对于不了解世界童话史和缺乏童话专门知识的人来说，要在购买之前的短时间翻阅之后，便对其"名著"的可信性作出准确的判断鉴别实在是极为困难，极没把握的事。那么，能不能摆脱童话"名著"选本的空口无凭的状况，而给"名著"贴上那些"假冒伪劣产品"所无法盗用的经过"合法"承认的"商标"，以使一般的购买者能放心购买，放心讲给儿童听，或者交给儿童阅读呢？

我觉得，一部（篇）童话是否可以称得上"名著"，不能完全排斥"萝卜白菜各有所爱"这一编选者的主观因素，但是，如果真的是称得上"名著"的童话都必须具备一些客观的事实依据。比如，是否在世界童话史上占有一席之地；比如，在儿童读者中受欢迎的程度（可以再版次数、被译成多少种语言、流传多长时间等数字为依据）；比如，作家、作品是否获得过具有权威性和信誉性的国际儿童文学大奖，等等。正是根据这后一个客观依据，我在经过苦心思考、选择，多方查阅搜集资料之后，编选了这本《国际安徒生大奖获奖作家童话集》。

提到世界童话大师安徒生的名字，在中国也可以说是家喻户晓。安徒生童话的艺术成就和魅力在全世界有口皆碑，读到过安徒生童话的孩子无不被其艺术世界所深深吸引。"国际安徒生大奖"便是以这位文学童话奠基人的名字命名，为了表彰其他在儿童文学创作上取得非凡成就，对世界儿童文学做

出杰出贡献的作家而设立的全世界最高儿童文学奖。因此也被人称为儿童文学的"诺贝尔奖"。

"国际安徒生大奖"设立于1956年，以后每两年颁发一次。这项大奖的最高奖每届只授予一位作家（自1966年起增设一位画家奖），另设有优秀作品奖。成人文学的最高国际荣誉奖"诺贝尔文学奖金"是由瑞典文学院，即由一个国家的一个机构评选、颁发的，而"国际安徒生大奖"则是由国际少年儿童图书评议会（IBBY）这一国际组织设立、评选、颁发的。国际少年儿童图书评议会现有五十多个国家参加，中国于1986年派代表参加了在日本举行的第20届IBBY国际会议，并正式加入了该组织。

可以肯定地说，获国际少年儿童图书评议会所颁发的"国际安徒生大奖"的作家所创作的儿童文学作品代表着世界儿童文学的最高水准。就拿这本童话选集收入的林格伦、凯斯特纳、杨森、罗大里等作家来说，都不仅在本国儿童文学史上位于巅峰，而且在世界儿童文学史上也占据着不可动摇的最高地位。为了介绍亚洲的最优秀的童话作家，本选集特别收入了获国际安徒生大奖优秀奖的孙幼军、佐藤晓、松谷美代子、乾富子的作品。

我想称这本选集为童话名作的集粹是丝毫也不过分的。这本《国际安徒生大奖获奖作家童话集》的确能够提供儿童在健康成长过程中迫切需要而又价值极高的精神营养。

说到培养儿童心灵的健康成长，不禁想对目前的儿童教育说几句话。目前一味注重"知识"的灌输，而忽视发展儿童的想象力的倾向在许多家长和教育者身上十分严重。这种短期行为，未必会产生好的效果，弄得不好，很可能步入"拔苗助长"的歧途。

凡事各有其序。在幼儿和儿童这个成长阶段上，最应该优先提供的，是那些能够培养儿童丰富的想象力的精神食粮。大科学家爱因斯坦就曾说过："想象力比知识更重要，因为知识是有限的，而想象力概括着世界上的一切，推动着进步，并且是知识进化的源泉。"

在幼儿和儿童期，童话无疑是最适宜培养、发展儿童的想象力的精神食粮之一。童话不仅为儿童的幼年生活增添了快乐，而且给儿童提供了创造力的源泉——幻想力和想象力。

如果对儿童阅读包括童话在内的儿童文学作品的整个过程加以深入考察，

就会发现，这样的阅读必然造就儿童很强的学习能力。因为读书便是阅读作为符号的文字，这就要求读者具有理解能力，而随着读书的积累，理解能力也跟着越来越提高。有了理解能力，自然就为获得表达能力奠定了基础。进一步，由于阅读，儿童对已知的世界进行再认识，对未知的世界进行新的体验，从而培养了想象力和幻想力。想象力和幻想力得到丰富之后，势必也获得了推理能力和应用能力。可以说，上述的理解能力、表达能力、想象力、幻想力、推理能力、应用能力，是真正的活的学习能力。

当然，阅读包括童话在内的儿童文学作品所获得的上述的学习能力是潜在的，而且是难以用具体指标称量的。相比之下，知识的灌输倒是来得"立竿见影"。但是，如果没有这些活的学习能力，掌握的"知识"再多，儿童也无法发展成具有创造精神的人才。

最后我想说的是，尽管我强调了阅读童话等儿童文学作品对培养提高儿童的真正的学习能力具有不可忽视的重要意义。但这并不是主张让成人（家长和教育者）以此为目的将这本童话选集交给儿童读者。即，我反对把学习当作阅读童话的目的。就像儿童爱吃糖果，目的是享受那美味，吸收营养不过是享受过程中的一种必然的副产品一样，儿童阅读童话的目的也只是为了获得快乐，提高学习能力不过是必然产生的结果之一。

把能够给孩子们带来快乐的最好的童话交给孩子们吧！我们应该相信，聪明的孩子们是会在享受快乐的同时，从中汲取一切于他们成长有价值的营养的。

朱自强

目　录

法杰恩（英国）
作家介绍

爱丽诺·法杰恩（Eleanor Farjeon 1881——1965）是英国的儿童文学作家，同时又是一位诗人和随笔作家。

法杰恩的父亲是英国人，母亲是美国人，父亲写通俗小说，与小说家狄更斯是朋友。法杰恩在很小的时候就喜欢读书，整天待在父亲的书堆里，以至于觉得"读不到书比吃不上饭更难过一些。"虽然她并未受过多少正规的教育，但是在父亲的鼓励和指导下，写下了大量儿童故事和诗歌。1916年她发表了《伦敦街头的童谣》，一举成名。1921年她又发表了题为《苹果园里的马丁·皮平》的故事集，故事讲一位苏塞克斯游吟诗人以吟讲故事的方式，说服几个绑架者释放了一个被他们囚禁的小姑娘。这本书最初是写给成人读者的，但以后由著名插图画家布鲁克配上了插图，因而在儿童中大受欢迎。法杰恩的儿童故事还有《街角的吉姆》、《雏菊花的皮平》。她还为儿童创作了大量的诗集以及几部儿童剧。

法杰恩在74岁的晚年（1955），将以前的作品编成自选集《小书屋》出版，并在1956年以该书获得英国的卡内基儿童文学奖和第一届国际安徒生奖，1958年获美国的刘易斯·卡洛尔图书奖。

法杰恩的作品广泛采用英国民间文学的题材和手法，她的童话幻想奇特，将讽刺与幽默融汇入作品，语言朴素而富于表现力，可读性强，深受成人和儿童的广泛喜爱。

《小书屋》在中国也有译本。这里选出的八篇童话作品均选自湖南少年儿童出版社1989年出版的《神奇的小书屋》（王济民译）一书。

国王和玉米

王济民　译

　　村里有个傻子，不过，他不是平常所说的傻瓜。他是校长的儿子，当年他的智力很好，算是早熟的儿童之一，他是那种学什么都能学成功的人。他的爸爸对他期望很高，曾经强迫他整天埋头读书。可是他长到 10 岁，却变了样，家长大失所望。原来聪敏过人的孩子，现在不光变得迟钝了，而且简直丧失了智力。瞧，他在田野里坐着，不住地笑，却很少说话。在通常的情况下，他羞羞答答，难以张口；可是遇到某种情况，他却能一口气说起来没完。就像那么一种老音乐匣，人们以为它不中用了，可是随意踢它一脚，却又发出了声响。但是，谁也不知道在什么情况下，怎么"踢它一脚"，才能让傻威利说起话来。他对书早已一点儿兴趣也没有了。

　　他的父亲挺古怪，对自己喜爱的东西有时会关心一下，可是对过时的传说、陈旧的事情却不感兴趣。他会躲到一边去，顺手捡一张报纸看看，看上两眼又会很快把它丢掉，只偶然被个别段落所吸引，那通常是关于小人物的事。对这种消息，他倒会盯住看上个把钟点。

　　他父亲不喜欢村里人给他孩子起的名字，不过人们那样叫他倒是满有感情的。而当把傻威利介绍给客人的时候，当父亲的还有些得意呢。威利长得很漂亮，头发褐黄，皮肤白皙，有些雀斑但像涂了金粉似的，一对淘气的蓝眼睛透露着天真无邪的稚气，还有那轮廓分明的嘴唇，总是带着惹人喜爱的笑意。人们第一次把他指给我看的时候，他不过十六、七岁。那是八月份，当时我正在乡下度假。有两个星期，他对我的问候，只报以微笑。可是，有一天，正当我躺在一块玉米地边上（这块玉米地分割为三块），昏昏沉沉地望着那中间的一小块地在缩小、缩小时，傻威利走过来，躺在了我的身边。他看也不看我，就伸出手来，用手指指着我带在表链上的那个宝石护身符，忽然开口讲话了。下面就是他讲的故事。

　　当我还是孩子的时候，我在埃及，种着父亲的玉米。下种以后，我常常注视着那块地，绿色的叶片开始生长，一天天过去了，我看着它们由青苗长成庄稼，然后大地由绿色变为金黄。每年当大地生长出一片金色的玉米时，我就想父亲准是全埃及财富最多的人了。

那时候，在埃及有一个国王，他有很多名字，最短的名字，只有一个字，叫"辣"，我最愿意叫他这个名字了。国王"辣"住在那最豪华的地方。我父亲的土地在城外。我从来没有见过国王，只听人们讲过他的王宫的故事，也讲过他王冠、珠宝和考究的衣裳，还有他装满钱的保险柜。他用银盘子吃饭，用金杯喝酒，睡在用珍珠镶边的紫色丝绒的帷幕下面。当人们讲到国王"辣"的时候，我是很喜欢听的，因为听起来他像是一位神仙国王，我不相信他会像我父亲一样的是普通人，我也不相信他那金斗篷会跟我们的玉米地一样平常。

有一天，太阳炽热，我父亲的庄稼都长高了，我在玉米的荫影下躺着，从一个玉米穗上一粒一粒地抠玉米粒吃。当我这样抠玉米粒吃的时候，我听到一个人在我脑袋上方发出笑声，我抬头一看，只见一个我从来没有见过的个子极其高大的男人，正低头瞧着我。他有一部鬈曲的大胡子盖在胸前，他的目光像鹰一样凶，他的头饰和大氅在阳光下闪烁发光，我知道了，他就是国王。我还看见他的卫兵在离我们不远的地方骑在马上，有一个卫兵牵着国王坐骑的缰绳。国王是从那匹马上下来看我的。我们相互凝视了一小会儿，他俯下身子，我站了起来。于是他又笑了起来说："看起来你挺惬意啊，孩子。"

"是的，国王'辣'。"我回答说。

"你吃玉米的样子，就像是吃筵席呢。"

"是的，国王'辣'。"我说。

"你是谁啊，孩子？"

"我是我父亲的儿子。"我说。

"谁是你的父亲啊？"

"是埃及最富的人。"

"你是怎么得出这个看法的，孩子？"

"他拥有这些土地啊！"我说。

国王用他明亮的眼睛打量着我们的土地，然后说："我拥有埃及。"

我说："你的东西太多了。"

"你说什么?"国王说,"太多了?!不能说太多了,但比起你父亲来,我是要富一些。"

对这种说法我摇摇头。

"我说过我比你父亲富!你的父亲穿什么衣服呢?"

"穿一件像我这样的衬衫。"我摸了摸我的棉布衬衫。

"你瞧我穿的是什么!国王转动身体,让他的金丝大氅绕着他的身体飘荡起来,那衣服的边沿刺着了我的脸颊,"现在你还说你的父亲比我富吗?"

"他的黄金比你大氅上的金丝还多,"我说,"他拥有这些土地和庄稼。"

国王的脸色一下变得铁青,他生气了:"我把这些庄稼烧掉怎么样?那样他还有什么呢?"

"还会有玉米,第二年就会有。"

"埃及的国王要比埃及的玉米伟大得多!"国王"辣"喊了起来,"国王要比玉米更值钱!国王要比玉米活得长!"

我认为这些话一点也不真实,就又摇起头来。接着国王"辣"的眼睛里显示出,就要爆发一场风暴。他转身向卫兵发出刺耳的吼叫:"把这块地烧了!"

于是他们就在这块地的四个角点火,当火烧起来的时候,国王说:"看看你父亲的金子吧,孩子,它们从来没有这样亮过,也永远不会再发亮了!"

还没有等这块金色土地的大火熄灭,国王"辣"就走了,一边走还一边叫喊:"哪一个更值钱?是玉米还是国王?国王'辣'要比你父亲的玉米更长寿!"

他骑上马,我瞧着他走了,他的金色大氅在阳光下熠熠闪亮。父亲从他的小屋里慢慢地走出来,他喃喃地说:"我们是被蹂躏的人。为什么国王要烧毁我们的庄稼啊?"

我没办法告诉他,因为我也不知道。我走到爸爸小屋后的小花园里,我哭了。当我张开手掌去擦眼泪的时候,我看到了手里攥着半穗成熟的玉米。这是我们仅有的一点儿财产了。半穗玉米,成千成万的玉米穗,只剩下这一点点了。我为了防备国王连这点玉米也拿走,就将手指插进土里,弄个洞儿,每个洞里丢进去一粒玉米。第二年,当埃及玉米成熟的时候,在我的花园里,在花丛和葫芦中间,有十个玉米穗在那里亭亭玉立着。

那年夏天,国王死了,要举行隆重盛大的葬礼。按照习俗,埃及国王死

法杰恩（英国）

后要安放在一个密封的居室里，室内要放满珠宝、富丽的长袍以及各种式样的家具。在殉葬物中还必须有玉米，这是为了使国王在到达天堂之前，不至于挨饿。一个人被派出城来找玉米，他从我们的小屋前走了过去，不久又返了回来。天气很热，在他返回的时候，他走进我们的小屋来休息了一会儿，他说他带的那一捆玉米将要跟国王埋葬在一起。因为又热又累，很快他就睡着了。而当他睡觉的时候，他的话却在我耳边响起。我好像又看到了国王"辣"，他站在我的上方说："埃及国王要比玉米更加值钱！埃及国王要比玉米更长寿！"于是我飞快地跑出去到我的花园，把我的十穗玉米掰下来，把它们插在那个睡觉人给国王收集的玉米当中。他醒来以后，就带上那一捆玉米上路回城了。当国王"辣"荣耀地下葬时，他们将我的玉米也一起下葬了。

傻威利轻轻地碰了一下我的宝石护身符。

"你讲完了吗？威利。"我问。

"还没完，"威利说，"好几百年以后，实际上也就是去年，几个住在埃及的英国人发现了国王'辣'的墓，当他们打开那个墓碑以后，在那些财宝当中，还放着我的玉米。那些金质的东西在阳光下都成了碎屑，可是我的玉米还很完好。这些英国人拿了一些要带回英国去，经过我父亲房子的时候，又停下来休息了一会儿，就像很久以前埃及人做过的那样。他们把情况告诉了我的父亲，并且把玉米拿给他看。我自己也拿过来看了看，真是我的玉米啊！"威利对着我笑，笑得非常开心，"还有一粒玉米粘在我的手掌上，我把它种在这块地的中央了。"

"如果它成活了，"我说，"它一定还会在那一小块没有收割的地里。"

我看着这位收割庄稼的人最后要怎么办。只见威利站起来，招呼我跟他走。我们在这留下的一小块地里，仔细地寻找，过了一小会儿，他指着一株玉米上结着的玉米穗给我看，那株玉米穗好像比其余的长得又高，又挺拔。

"就是这一株吗？"我问。

他笑着瞧我，就像一个顽皮的孩子。

"它肯定比它那些伙伴们值钱。"我说。

"是的，"傻威利说："埃及国王算得了什么！"

〔简评〕

这篇童话以《国王和玉米》为题，乍看起来，令人费解。国王一般来说，

在人们的心目中它代表着权力、地位和金钱；而玉米则是供人们食用的一种极普通的农作物，将这两个名词放在一起，似乎有些风马牛不相及，使我们禁不住要看看二者之间到底有什么联系。读罢全文，我们才知道作者要阐明这样的问题：是国王值钱，还是玉米值钱？是国王活得长，还是玉米活得长？

针对这个问题，作家并不是开门见山地进行回答，而是通过叙述故事，以生动的形象让读者来感受并理解作家想表达的意图。事实证明：威利的傻是普通人理解不了的聪明。他知道，土地是哺育众生之母，唯有拥有土地，才是真正的富有。国王总有死的那一天，财宝也终有变成碎屑的时候，唯有土地上种出的玉米能够被世世代代的人们传种下去，以供生存之用。

这篇童话告诉我们这样一个道理：无论是国王还是普通百姓，谁都离不开土地和庄稼。只有热爱土地，辛勤耕耘的人，才是最富有的人。

（魏淑霞）

公主要月亮

王济民 译

（一）

一天夜里，国王的女儿从窗户朝外看，看见了月亮，就想要它。她伸手去够月亮，可是够不着。

她顺楼梯爬到阁楼，踩着一只椅子，推开天窗，到了皇宫的屋顶上。可是她还是够不着月亮。

她爬上最高的一个烟囱，俯在烟囱顶上，可是她还是够不着。于是她就哭起来了。

一只蝙蝠正在飞着，他停下来问："国王的女儿，你为什么哭呀？"

"我想要月亮，可是我够不着。"

"我也够不着。"蝙蝠说，"就算我能够着，我也没那么大的劲，把它从天

法杰恩（英国）

上拽下来呀。不过，我要把你的愿望告诉给'黑夜'，她也许能够把月亮给你弄到手的。"

蝙蝠飞走了，他去告诉"黑夜"去了。国王的女儿呢，还俯在烟囱顶上，望着月亮，哭着要它。到了早晨，天亮了，月亮不见了，楼顶下面燕窝里的一只燕子醒了，她也问："国王的女儿，你为什么哭呀？"

"我想要月亮。"

"可我更喜欢太阳，"燕子说，"真抱歉。不过我要告诉'白天'，也许他能帮你实现愿望的。"接着燕子就飞走告诉"白天"去了。

这时候皇宫里却乱了套了，因为保姆去国王女儿的房间里，发现床上空荡荡的，没有人了。

她立刻跑到国王的卧室，砰砰地敲门，大声喊："快醒醒！快醒醒！有人把你女儿偷走啦！"

国王从床上爬起来，歪戴着睡帽，从钥匙孔朝外喊："谁偷的？"

"擦银器的那个男仆人。"保姆说，"上星期刚刚丢了一个盘子，就是他，偷了一个盘子还要偷一个公主。你要问我吗？我说就是他。"

"我就是要问你，"国王说，"这么说，把那个男仆人关进监狱算了！"

保姆花好大劲跑到兵营，告诉上校司令官说：那个擦银器的男仆人，偷了国王的女儿，要逮起来。于是上校司令官就带上军刀、马刺、肩章和奖章……还给士兵们每人放一个星期的假，叫他们离营回家去向妈妈告别。

"我们将在4月1日进行逮捕。"上校司令官说过这话，就把自己关在屋里研究制定行动的计划。

保姆回到皇宫，跟国王汇报说吩咐的事情都照办了。国王搓着双手，感到满意。

"就这么办吧！"国王说，"可要小心，别让他在被捕以前得到什么消息。现在，咱们该去找找公主的下落了。"

他派人去把侦探长叫来，把这事交代给他。侦探长立刻显出一副精明能干的样子，说："这要先发现一些线索，取些指纹样子。"

"谁的指纹？"国王问。

"所有人的呀！"侦探长说。

"也包括我吗？"国王又问。

"陛下是王国里第一位正人君子，"侦探长说，"我们自然要从陛下开始，

*** 007 ***

先取陛下的指纹了。"

国王显得很高兴，就伸出了大拇指。可是，侦探长在取指纹之前，先把他手下的侦探全都找来，要他们在城里到处去查找线索，他说："你们一定要好好化装一下啊。"

副侦探长挠挠下巴说："对不起，头儿，可是我得跟您说，上一次大扫除，我发现化装服都被虫子咬了，我就把它们卖给收破烂的了。"

"那就马上到服装店去再定制，"侦探长说，"叫他们尽快一点。"

"我们能自己挑选什么服装吗？"副侦探长问。

"可以，随便挑好了，只要不重样就行。"侦探长说。于是侦探们（足有上千人）就都回家去，捉摸他们化装成什么样，才不会重样。可是这是很费心思的，因为总是有人会想到一块去的。

在这同时，侦探长准备了一个黑颜色的盘子，国王刚刚把大拇指印留在上面，厨娘就进来了。这引起了国王的怀疑。

"什么事？"国王问。

"我要干活儿啊！可是灶火点不着，"厨娘说，"如果灶火再点不着，我就不干了。"

"为什么点不着？"国王问。

"烟囱里滴水，"厨娘说，"它直往下滴，滴呀滴的，我就用抹布擦，擦呀擦呀，可是一点也没用，反倒越流越快了。灶里没火，谁也做不成饭，所以我要走了。"

"什么时候走？"国王问。

"现在就走。"厨娘说。

"你得先把指纹留下来。"国王说。

"这有什么要紧？"厨娘问。

"没什么，"国王说，"就是好玩。"

厨娘留下了大拇指印，就去收拾她的行李。一听到国王的厨娘引起了嫌疑，立刻全国所有做饭的大师傅都被引起了注意，因为国王家不管发生什么事，都会在公爵家、伯爵家、男爵家、市长家还有约翰先生、杰克太太等家里，流传开来，变成时髦的事。

结果是这样——

可是，这个结果怪复杂的，在一章里说不完。你要知道，就得接着看下去。

（二）

蝙蝠飞去想要找"黑夜"，告诉她：国王的女儿哭着要月亮。可是，尽管到处有"黑夜"的影子，她却并不那么好找。最后，蝙蝠发现"黑夜"正在一座森林里巡视，看是不是一切都平安无事。假如一朵花睁大眼睛不睡觉，她就去抚摸一下它的眼睛，花儿的眼睛就阖上了；假如一株树在睡梦中还乱动，她就小声地"嘘"它，一直到它安静下来；假如一只鹪鹩在巢里唧唧叫，她就摩娑它的羽毛，直到它又进入梦乡。可是，对树洞里打瞌睡的猫头鹰，还有趴在树叶下面的飞蛾，她却要把它们唤醒，让它们去飞翔。当蝙蝠在"黑夜"的手掌上停下来的时候，她说："呃，孩子，你来干什么？"

"我来告诉您：国王的女儿想要月亮。"

"黑夜"说："她要归她要，我可没办法给她弄到月亮。你去跟她这样说吧。"

"可是，她哭着要它呀！"

"算了吧！""黑夜"说："如果小娃娃们在黑夜里要什么，就给什么，那当妈妈的就没法休息了。你倒是给我讲出个理由来，为什么她哭着要什么，我就非得给她什么不可呢？"

蝙蝠终于想出一个理由来，他说："因为她有灰色的眼睛，黑色的头发，还有白色的脸颊。""那算什么道理呢？傻东西！""黑夜"说，"去！去！快走吧！我忙着呢！"

她把蝙蝠从手掌里放走，继续在森林里穿行。蝙蝠把自己倒挂在一个树枝上，在那儿直生气。

在一个树洞外面，一只猫头鹰伸出头来问："你刚才说灰色的眼睛了吗？"

"对，"蝙蝠说，"灰得像早晚的天色一样。"

在一个地缝里，一只老鼠伸出鼻子来问："你刚才说黑色的头发了吗？"

"对，"蝙蝠说，"黑得像阴影一样。"

一只飞蛾围着一个树叶转，问："你刚才说白色的面颊了吗？"

"对，"蝙蝠说，"白得像星光一样。"

于是猫头鹰发表意见说："那她就是咱们的人了，咱们要跟她站在一起，她要月亮，就应该得到月亮，'黑夜'错了！"

"'黑夜'错了!"老鼠重复一遍。

飞蛾也照着说:"'黑夜'错了!"

微风把这句话传送到世界各方。高到山巅,低至溪谷,都在低语:"'黑夜,错了!'黑夜'错了!'黑夜'错了!"于是,猫头鹰和狐狸,夜莺和夜鹰,家鼠和田鼠,蝙蝠和飞蛾,以及在屋顶上悄悄爬行的那些猫……所有属于"黑暗"的孩子们都跑到外面来谛听。当微风把那句话讲过三遍以后,它们也都开始说起来。

狐狸吠叫:"'黑夜'错了!"

夜鹰喋喋不休地喊:"'黑夜'错了!"

一只家鼠对飞蛾说:"你听到那个消息了吗?'黑夜'错了!"

"听说了,她是错了。"飞蛾说,"我也是一直这么说的。"

夜莺用她那颤音说这几个字,声音那么高,传得那么远,一直传到了星星的耳朵里,他们也都立刻喊了起来:"'黑夜'错了!"

"你们说些个什么呢?"月亮在中天问。

"我们说,我们还要说,"夜明星说,"'黑夜'错了!我们要永远这么说,说个没完没了。"

"你们是对的,"月亮说,"过去我不爱提这事,可是谁也没有我那么了解'黑夜',这没什么可怀疑的,她是完完全全地错了。"

所有的人都这么说,说得够充分的了,可是,谁也没有停下来问一问,为什么"黑夜"错了。离天亮还早着呢,"黑暗"的孩子们自己把自己弄得火冒三丈,他们激烈地反对他们的妈妈,还决定要造她的反。

"不过,最重要的是要一致行动,"月亮说,"光是一只飞蛾在这里喊喊,一只猫在那儿叫叫,都没用。我们要行动,就得一起行动。在一个规定的时间里,我们统统都停下来,不再支持'黑夜',这才行!"

"对,我们必须行动,我们必须罢工,我们必须拒绝再支持'黑夜'!"蝙蝠、猫、飞蛾、猫头鹰、星星以及夜莺等等,一起呐喊,就像一个声音一样。

"嘘,"月亮说,"她会听见你们的。大家就装做什么事也没发生过一样待一会儿吧。到了4月1日,我们计划准备好了的时候,就向'黑夜'显示一次,让她明白她全错了。"

（三）

"黑暗"的孩子们作出伟大决定之后几个小时，燕子还在路上，她是去告诉"白天"国王女儿哭着要月亮这件事的。她看见"白天"刚从海里迈步出来，正在沙滩上擦拭他的金足呢。

"飞过来跟云雀一起玩吧，小燕子！"他说，"你怎么出来得这么早啊！"

"因为，"燕子说，"国王的女儿哭着要月亮呢！"

"嗯！这事我管不着！""白天"说，"再说，我也见不着啊，孩子，你们谁来管管吧。"

"我管不着，我管不着！"燕子气得吱吱叫，她想不通为什么太阳说他管不着，"为什么？你怎么能这么说'这事我管不着！'要知道，国王的女儿有蓝色的眼睛、金色的头发、粉红的脸颊啊。"

"这么说，她已经是十全十美的了，用不着月亮了，""白天"说，"怎么！你想为了哄着国王的女儿不哭，让我跟我的妹妹'黑夜'吵架吗？去你的吧！唧唧喳喳的傻鸟，我还要干我的事去呢！"说着，他一大步从海岸跨上了大地，当他升起的时候，把青草也镀上了一层金黄的颜色。

在山岩中的一泓清泉中，一条鱼钻出水面拱拱鼻头说：

"她有蓝色的眼睛吗？"

"是的，蓝得像天空一样！"燕子说。

一株雏菊靠在一个山崖上问："她有金黄色的头发吗？"

"是的，像太阳光一样！"燕子说。

一只海鸥在空中伸着翅膀静静地滑翔，问："她有粉红的脸颊吗？"

"是的，就像朝霞一样。"燕子说。

海鸥向下滑翔，尖声叫着："这么说，她是咱们的人了，她要月亮，就应得到月亮。假如'白天'不肯帮她得到月亮，那咱们就打倒'白天'！"

"打倒'白天'！"雏菊喊。

"打倒'白天'！"鱼气吁吁地叫。

细微的声波在沙洲上来来回回地传送，让人们都听到那句话，同时，在海上也回荡着那喃喃的声音："打倒'白天'！打倒'白天'！打倒'白天!'"

巨大的声波传送这句话，就像唱一首合唱歌曲的"副歌"一样，"打倒'白天'！"那声音忽而升腾，忽而落下，发出雷鸣一样的轰响。立刻，整个大

海也都发出那种声音，潮汐还把这声音送到各地的海岸。潮水每冲击岸边一次，"打倒'白天'！"的声音就呼啸一遍，所有大陆上的生灵都听到了这个声音，并且用各自的方式作出响应。美国的仿鸟用小声来鸣啭；非洲象吹起了喇叭；亚洲眼镜蛇"嘶嘶"地叫；澳大利亚翠鸟尖声地叫；所有的欧洲黄莺对着太阳用颤音啼鸣。

"你们唱的是什么呀？"太阳问黄莺，他特别宠爱的就是黄莺。

"打倒'白天'！打倒'白天'！我们唱的就是打倒'白天'！"

"太对了！"太阳说，"打倒'白天'，早该打倒了！过去我们怎么从来就没有想到过呢？"

太阳一说完这句话，所有"光明"的孩子们也就觉得奇怪了，为什么他们早没想过这事呢？他们也在捉摸能做些什么。

"这事我来办吧，"太阳说，"每个人都要尽自己的力量，不过大家都得齐心合力。为了把事办好，我要弄个计划，一旦弄好了，大家就知道自己该做什么了。大家要说到做到，为4月1日做好准备；在这以前，最紧的就是要记住我们一致同意的那一句话：'打倒'白天'！"

"打倒'白天'！"万物一齐呐喊，鸟、兽、鱼、草、花、树、石头、森林、水……一齐喊："打倒'白天'！"

大家决心都很大，可是，谁也不明白"打倒'白天'！"是怎么回事。

（四）

侦探们一拿到他们的化装服，立刻就分散到全城各处，去寻找国王女儿的线索。有些去宽阔的大街，有些去弯曲的小巷；有些在公园里搜寻，有些在贫民窟查找。不管他们走到哪里，都要找寻可疑人物，一旦发现，就立刻带上他直奔皇宫去禀告国王。比如，侦探甲化装成公园看守人，在头一个小时内，就发现了一个穿着破破烂烂的流浪汉，睡在一棵树底下的草地上，呼呼噜噜直打鼾。

侦探甲心里想："这是个可疑的人物，从他脸上就能看出来！"为了证实他的想法，他就停下来，俯下身子，对准那个打鼾的人的耳朵大喊："国王的女儿在哪儿？"

那个流浪汉眯缝着一只眼睛，咕咕哝哝地说："先往右，再往左。"接着又打起鼾来。侦探甲就先往右，再往左，结果走到一家名叫"猪头"的酒店。

有 19 个水手正在这里喝酒，瘦瘦的酒店老板和他胖胖的妻子侍候着，侦探甲跌跌撞撞，像个瞎子一样，来到柜台前，要了一品脱黑啤酒。他把酒喝下去以后，就撕掉化装，一手抓住酒店老板，另一手抓住酒店老板的妻子，他吆喝："国王的女儿在哪里？""我们怎么知道！"酒店老板反问说，"她爱在哪儿就在哪儿，反正不在这里。""哈！你竟敢违抗，你要违抗吗？"侦探甲大声叫喊。"松开手！小伙子，"酒店老板的妻子说着，把她的手腕抽了回来。"哈！你竟敢挣开，你要挣开吗？"侦探甲又大声叫喊。于是他敞开外套，亮出身份，并且逮捕了他们。为了保险起见，他把 19 个水手也都抓起来了，命令他们跟着他去皇宫。为了更加保险起见，路上又在公园停下来，把那个流浪汉也抓了起来。然后他就带上所有这些人去见国王。

"这都是什么人？"国王问。

"都是些可疑的人物，陛下。"侦探甲说，"这一个人，"他指着那个流浪汉，"说陛下的女儿在这一个人的酒馆里，"他又指着酒店老板和他的妻子。"而这个人又说这个人搞错了，"他又指着那个流浪汉。"他们当中总有一个是在编瞎话！"

"呃，真遗憾！"国王说，"这些人又是怎么回事？"他说话时盯着那 19 个水手。

"这些人都是那时在酒馆里待着的，"侦探甲说，"也许都参与了阴谋呢。我认为最好别让人漏网。"

"你干得好！"国王说，"你该提升了。把这些可疑分子都关进监狱吧，假如到 4 月 1 日他们都没办法证明自己无罪，那就得处死了。"

这件事过后，国王提升了侦探甲。他刚要了结这件事，化装成一个顾客的侦探乙走了进来，在他身后跟着一个布商，43 个女店员，一个保姆，还有一个在小孩车里的小娃娃。

"这都是什么人？"国王问。

"这都是些可疑的人，陛下，"侦探乙说，"我注意到半个小时以前，这个小孩车就停在这个布商的店铺外面，这个小娃娃用一种特别可疑的样子在哭，却就是不肯向我报告出了什么事。于是我走进店铺，看见这个保姆在柜台前正在买什么东西，手里拿着一码长的什么玩意儿。我问她'这是什么？'她对我说'少管闲事！'我说'这就是我的差事。'说着，我抓住了那个玩意儿，这玩意儿可以作证。"于是侦探乙从他兜里掏出了一码长的蓝色松紧带。

"这是干什么用的?"国王问。

"呃,这也正是我盘问她的问题,陛下!可她说我不是正人君子,不肯告诉我。她不肯坦白,我当然就得逮她。为了安全起见,我把在店铺里的所有的人也都逮起来了。此外,还抓来了这个小娃娃。"

"你干得不错。"国王微笑着说,"除非他们能证明自己没事,要不,在4月1日统统杀头。"接着他就把那保姆、娃娃、布商和43个女店员都关进了监狱,然后就要提升侦探乙。这事刚进行了一半,侦探丙来了,他化装成了一个邮差。后面跟着402个私人房主。

"这是些什么人?"国王问。

"这都是些可疑分子,陛下,"侦探丙说,"他们都收到过写错收信人姓名地址的信件,为了逃避人家的怀疑,统统在信封上写了'查无此人',又放回了邮筒。因此,我在他们每家门上'砰砰'敲两下,一开门,我就把他们逮起来,你知道,他们不说出这些信是谁写的,写给谁的,内容是什么,就不能放他们。"

"太好了!"国王大声说,"如果到4月1日还说不出,他们就得死!你也得提升。哪个国王像我这样有这么精干的侦探队啊!"

接着,侦探丁,他化装成一个检票员,进来了,他带着978个人,这些人都带着火车票,很明显,是要离开这个城市的。另一个侦探,他化装成一个公共图书管理员,带来了2315个小说读者,他们都是在公共图书馆要借阅侦探小说的。毫无疑问,他们统统都是些可疑人物。同样,他们也都要关进监狱,直到他们自己说清楚为止。要不然,国王说,4月1日他们也都得掉脑袋。

就这样,一直折腾到夜里。国王正要睡觉,皇宫里又一声大喊,接着传来匆匆忙忙的脚步声,接着女管家手里拿着一把张开的小刀,冲进了国王的会客厅,后面紧跟着副管家。女管家急匆匆乱地打着手势,冲向王冠,可是还没等她够着,副管家就把她给绊倒了,然后堵上了她的嘴,给她带上了手铐。

"上帝保佑!"国王说,"这是怎么回事呀!"

副管家站起来,她拿掉了帽子,连带着把她的头发也弄掉了,这样一来,露出来的竟是副侦探长的秃顶脑袋。他有点气喘,指着在地板上挣扎着说不出话来的女管家。

"这是一个嫌疑最大的人，陛下，"副侦探长说，"我比装成陛下的女副管家，到您的小姐房间查找线索。我趁没人看见，一点声音也没有，偷偷地走进去，可是，我立刻看见有人已经在我的前面了。地毯上满是金属片——公主的抽屉、橱柜上所有的锁都被撬了！肯定一切都不正常了，我继续侦察。我躲在窗帘后面悄悄地察看，然后突然打开碗橱门。最后，我在床底下察看。在床下我看到一只像是黑色的大拖鞋，拖鞋里有一只脚；在旁边有另外一只脚穿着另外一只拖鞋。我把它们拽到亮处来，发现那些脚原来都长在陛下女管家的身上。她逃走了，我就追，至于追的结果，您都看见了。"

"是的，不过，"国王说，"她并不是我的管家呀！"

"不是的？"副侦探长喊了起来，"糟糕，真糟糕！她也许是个危险的罪犯，已经偷走了您女儿，又跑回来掠夺财物了。陛下，我可以保险，我们没搞错。"

国王高兴了。假管家已被判了死刑，在 4 月 1 日处死。副侦探长提升了。宫廷里的人们都去睡觉了。

不过，此外再也没有什么人了。因为眼下谁都知道，有一些侦探乔装打扮起来，分散在街上，人们随时都可能被捕。凌晨以前，全城有一半人都被禁闭了起来。另一半人，能跑的都跑了。

（五）

约翰尼·詹金森是御林军的少年鼓手，他在去妈妈住的小屋的路上，一边走一边敲着鼓。到了门口，他不敲门，却敲一种特别的鼓点儿，把妈妈唤出来。妈妈一见到他，就高兴地举起双手，张开双臂，搂着儿子的脖子，哭起来："是你吗，约翰尼，你怎么老也不来！"尽管她把孩子搂在了怀里，可还不相信这是真的。

"妈妈，是我，"约翰尼说，"晚饭吃什么呀？"

"他爹，他爹，快来呀！"约翰·詹金森太太呼喊。接着约翰·詹金森先生从后花园里露出身子，手里还拿着铁锹。一看见儿子，他就扑通一声坐在第三个台阶上装烟斗，用这个动作掩盖他内心的激动。

"约翰尼，是什么风把你吹来的？"妈妈问，"你不是在 20 英里以外的城市里吗？"

"妈妈，我得到了一个星期的假期，"约翰尼说，"我们全都放假了。"

"怎么回事？约翰尼？"

"噢，"约翰尼一本正经地说，"什么事还没告诉我们，可是我们能猜着，总是有重大的事情吧！"

"你是说要打仗吗？"约翰·詹金森先生小声问。

"还会有别的什么事呢？爸爸。"约翰尼回答说。真的，还会有别的什么事呢？

"跟谁打仗啊？"约翰·詹金森太太问。

"嗯，妈妈，这可是非常机密的事！"约翰尼说，"可是谁能让人脑子里不想呢？我们当中有人想是跟北方国王打仗，有人想是跟南方国王打仗，而我的想法是——"他停下来不说了，因为他的想法还没确定呢。

"约翰尼，你的意思不会是——"约翰·詹金森太太急得了不得，"你不是说要同时跟两家打仗吧！"

"为什么不会？"约翰尼阖上一只眼问。打那以后，他就老闭着一只眼睛。

"真蠢！"约翰·詹金森太太叹气说，"咱们是绝不会同时打赢两家的，绝不会的。"

"相信我们吧！妈妈。"约翰尼夸嘴说，同时敲了一个鼓点儿，"我们只要好吃好喝，就什么都能干。晚饭吃什么呀？"

约翰·詹金森太太忽然揭起围裙，蒙住脑袋，放声大哭："没东西做晚饭，约翰尼，一点儿东西也没有。厨师都被怀疑了。"

"可我说的是这儿呀！"约翰尼叫喊起来，他才开始显得焦虑不安，"咱家并没有厨师啊！是你在家里做饭啊！妈妈！"

"不错，好像是我在做饭！"他妈妈擦干了眼泪，显出要吵架的样子说，"我说的是，谁做饭谁就是厨师，我觉得我也会像别的厨师一样，受到怀疑呢。"

"为什么，妈妈？"

"因为眼下就时兴这样，孩子。国王的厨娘前天被当成嫌疑人物，国内所有的厨师在 24 小时之内，也都不再做饭了。由于国王的厨娘不再做饭了，我们这些人再做饭，就会被看成造反。事情就是这样。"

约翰尼挨着父亲坐在第三个台阶上。"这样一来，可把我的假期给糟踏了。"他说，"进一步说，是把所有小伙子们的假期全都给糟踏了。你知道吗，小伙子放假就意味着要吃好东西。"

"不光是小伙子吧，"约翰·詹金森先生用吸烟斗喷烟雾遮掩他的感情，然后说，"别的人也一样。"

约翰尼问爸爸："到吃饭的时间你干什么去，爸爸？"

"我到酒馆去抽烟。"约翰·詹金森先生说。

"咱们一起去吧。"约翰尼说。于是，父子俩一起没精打采地上了路。

在酒馆里，他们发现村民们都聚集在这儿了。女人们停了火以后，男人们只能到这儿来了。对女人们不满的情绪越来越厉害了。男人们越来越饿，也越来越爱发火。而女人们也变得越来越别扭了。

一到吃饭的时间，男人们就喊："早饭没吃的，午饭没吃的，晚茶也没吃的，怎么搞的！"

"国王也没东西吃！"女人们还嘴说，"国王要能搞到吃的，也就少不了你们的！"

于是，男人们在各地酒馆里，一起都气狠狠地议论女人们。他们还采取了一个绝招儿：只要女人不做饭，他们就不干活。

"团结就胜利，分裂就失败。"约翰尼的父亲说，"咱们到4月1日这一天总罢工！"这句话从这个酒馆到那个酒馆，飞快地传遍了全国，所有的男人统统同意。

可是，在酒馆里并不单是谈论到女人；因为这时候士兵也放假回家了，所以人们也开始闹哄哄地谈起了战争什么的。就像少年鼓手约翰尼一样，每个士兵回家来都神情严肃，就好像只有他才知道一切似的，有些还说他们要跟北方国王打仗，另外有些人说要跟南方国王打仗。

"不是的，"另外一个说，"是东方国王。"

"错啦！"第四个说，"是西方国王！"

"再猜猜看！"第五个说，"刚才说的都不对，是黑色国王，我是听兰斯班长亲口说的。"

"这么说，那个兰斯班长可能是脑袋钻进水桶里了，"第六个嘲笑说，"因为士官长告诉我，绝对可靠，是白色国王！"

为了争辩是这个国王，还是那个国王，人们大声喊叫，连吵带骂，争论不休，世界上所有君主、国王的名字统统被提到了。而这些君主、国王的侦探特务们听到这些争论，赶紧带着情报回国报告。世界上所有的国王一听到报告，就都给各自的军队下命令：到4月1日，军队集合，战船启航。

（六）

到了 4 月 1 日这一天。

国王啜着咖啡说："今天那些嫌疑分子该杀头了。"

上校司令官往面包上抹着黄油说："那个擦银器的男仆人该抓起来了。"

各地的人们一齐说："这天到了，我们该罢工了。"

世界各国所有的国王说："这天到了，我们该打仗了。"

太阳召集"光明"的孩子们说："时候到了，该把'白天'打倒了。"

月亮召集"黑暗"的孩子们说："时候到了，可以证实'黑夜'是错了。"

于是，可怕的事情在全世界发生了。

首先，上校司令官派军队去抓那个男仆人，而军队都不肯去。于是上校司令官跑到军队那儿，抽出军刀对着他们，问："为什么不去？"

少年鼓手约翰尼先说："因为，上校司令官，当兵的是士兵，也是人，而眼下所有各地的人都不工作了。"

"是呀，是呀，是所有的人呀！"整个军队都在喊。

上校把马刺碰得卡卡响，问大家："为什么？"

"因为，只要国王的厨娘不给国王做饭，女人们就不给我们做饭，谁也不能饿着肚子干活呀！只要国王的厨娘回去做饭，我们能吃上丰盛的饭菜，我们就马上恢复工作。"

"是呀，是呀，要丰盛的饭菜呀！"整个军队都在喊。

上校冲着大家，把胸前的奖章弄得叮当乱响，然后跑去告诉国王，必须不惜代价把厨娘叫回来。

厨娘被请回来了，她看了看厨房的炉子，说烟囱仍然滴水，灶火还点不着，不修理好，就不上工。

于是国王说："把管子工请来！"而管子工捎回话来说：管子工倒是修管道的，可我同样也是人，而现在所有的人都不工作了。如果他妻子不给他做饭，他是不会给任何人修理管道的。

后来国王又把副侦探长找来了，因为侦探长已经无影无踪了，谁也不知道他在哪儿。副侦探长来了，国王命令他逮捕厨娘，因为她不肯做饭，还要逮捕管子工，因为他不肯修理管道。可是副侦探长摸摸下巴说："对不起，我

干不了。"

"为什么你干不了？"国王问。

"是这么回事，陛下，侦探倒是侦探，可我也是个人呀，除非我妻子再给我做饭，否则我就不能再干侦探了。"

"可是所有那些该在今天掉脑袋的人，该怎么办呀？"国王大声说。

"他们都得把脑袋留下，"副侦探长说，"因为刽子手说，这事倒好办，可刽子手也是人呀，对不对？除非他的妻子再给他做饭——"

国王突然用手指塞进了他的耳朵，因为他听见了爆炸声。过了一会儿，他拔出手指问："怎么回事？"

原来，空中传来了大炮声和军号声，保姆冲进来说，世界上所有的国王都朝这个城市进军了，海岸全被军舰包围了。

"救命啊！救命啊！快召集军队！"国王大喊大叫。可是，上校司令官把他那戴着肩章的肩膀耸了耸，冲着国王说："他们不干！"

"那我们可要垮啦！"国王哼哼叽叽地说，"谁也救不了我们啦！"

正当他说这话的时候，太阳熄灭了。

云雀不再往高飞而往下飞了。雏菊变黑了。狗像猫一样地"喵喵"叫。星星落了下来在地面上行走。一只老鼠把国王的王冠弄掉了。一只海鸥飞来落在国王的踏脚凳上。正中午却响起了午夜的钟声。黎明破晓改在了西方。风向都变了。海水倒卷起高大的浪潮。公鸡在月亮升起来的时候打鸣。月亮把里子翻了出来，露出了黑色的衬里。"白天"被打倒在地，"黑夜"也全都乱了套。

在一片混乱当中，国王女儿的门开了，她穿着睡衣走进屋里。

（七）

国王冲着女儿，张开双臂，把她揽在胸前，哭着说："我的孩子，我的孩子，你到哪儿去了？"

"我就在烟囱那儿，爸爸。"国王的女儿说。

"你为什么要待在烟囱那儿呢？我的乖乖。"

"因为我想要月亮。"国王的女儿说。

保姆抓住国王女儿的肩膀，使劲地摇动她说："看你把睡衣都弄潮湿了，你这个淘气的小姑娘！"

"我就在那上面哭，"国王女儿说，"我整天整夜地哭，一会儿也没停过。我哭呀哭，哭得世界上所有的东西都倒在了我脚下，同时，所有的东西也都倒在了烟囱下面。"

"真的吗？"厨娘惊叹地说，接着就向厨房跑去。一看，烟囱果然已经停止滴水了。于是她点起火来，又开始好好地做饭。

就在这同一时刻，老鼠和海鸥分别跑到"黑暗"和"光明"的孩子们那儿，一起叫喊：

"国王的女儿是棕色的头发，棕色的眼睛，还有棕色的皮肤！"

"黑暗"的孩子们都生蝙蝠的气，冲着它直嚷嚷："你不是对我们说她是黑色的头发，灰色的眼睛和白色的皮肤吗？"

"我大概是在黑暗当中把颜色搞混了。"蝙蝠低声嘟哝着。

"可你呢，""光明"的孩子们冲着燕子大声喊："你竟然对我们说什么她是金色的头发、蓝色的眼睛，还有粉红色的皮肤！"

燕子吃吃地笑着说："那准是朝霞弄花了我的眼睛。"

"光明"和"黑暗"的孩子们一齐说："这件事把咱们搞得都很尴尬，我们都支持了一个根本不属于自己一类的生物。我们得马上让'白天'恢复原状，还得告诉'黑夜'她完全是对的，一点儿也没错。"

这话说过不大一会儿，天上的星星都回到了原来的位置，海水退下去了，时间恢复了正常，一切都按部就班了。太阳最后也出来了，他照耀着世界各国国王乘着各自的战舰尽快地回国。他们说，他们根本没见到什么要打仗的样子，再说，一切都乱七八糟的，也没办法打仗，谁也没办法打。

好消息传到皇宫里去了。国王拍着手，跟上校司令官说："他们都走了，我们也用不着为他们召集军队了，那就让人们去抓那个擦银器的男仆人去吧！"

"为什么？陛下。"

"因为他偷了公主呀。"

"可是他并没有偷我。"公主说。

"噢，那就没偷吧，"国王说，"这么说，我们得把他放了。我想，我们也得把所有那些要杀头的人统统放了。"

"都放了，可就是不能放我在公主床下面发现的那个假管家。"副侦探长说，"因为她是一个可疑的人物。"

于是他就放走了那个流浪汉，那些水手们，保姆、小娃娃、布商，那些女店员们，管家，那些火车旅客们，那些小说读者们，还有所有被关进监狱的人们。只有那个假管家没放。他揪着她的头发去觐见国王，可是他刚刚揪住她，头发就脱落了，露出了侦探队长的秃脑袋。于是他们把他的手铐摘掉，把嘴里塞的东西掏掉。然后，他就急赤白脸地跟国王说：

"我的化装是最妙的了吧！谁也没认出来我，就连我的副队长也没认出来。"

"你该提升了！"国王说，"可是你在公主的卧室里要干什么呢？"

"当然是找线索啦！可是，我刚刚用我的小刀把那些锁撬开，就听见有什么人来了——"

"那就是我呀！"副探长说。

"这么一来，我当然要钻到床底下去了。"

"我就是在那儿发现了你的！"副队长夸耀自己。

"啊！我在那儿也发现了别的东西！"侦探长说，"就是这个！"他从黑色的大衬衣下面，掏出来一个银盘子。

"原来在这儿！"保姆大声叫喊，"这就是我丢的那个呀！如果这个盘子没有丢，我是绝不会怀疑那个男仆人会偷公主的。所以，这就是你的不是了，完全怪你。"她说着，脸转向了公主，"你拿那玩意儿干什么，你这个淘气的小姑娘！"

"就因为它太美了，又圆又亮，"公主说，"我想要它，我真想要它。"

"你可以把它留着，"国王说，"只要你答应我一件事情。"

"行，我答应。是什么事呀？"公主问。

"你再也别哭着要月亮什么的了。"

"我刚才也想过了，我不愿意要它了！"小公主说，"月亮怪可怕的。我看见她的里子了，全是黑的。所以我才从楼上下来了。午饭吃什么呀？"

"午饭吃什么呀？"全国各地的人也都在这样问。于是女人们又做饭了。男人们又恢复工作了。太阳又从东边升起，在西边落下去了。整个世界，把国王女儿哭着要月亮带来的一切后果，立刻忘得一干二净了。

[简评]

童话记叙这样一个非常有趣的故事：由于公主想要月亮，使得王宫和动物界都忙乱起来，给世界带来严重的后果。

　　这篇童话教给读者一些做人的道理：不能人云亦云，遇到什么，自己要动脑筋好好地想一想，不能学书中的人们的作法。为了公主要的月亮，黑夜的孩子们都说："'黑夜'错了"，但谁也没有问一问，为什么"黑夜"错；"白天"的孩子都要打倒"白天"，可是，谁也不明白打倒"白天"，是怎么回事；在这个城市，国王家不管发生什么事，都会在各家里，流传开来，变成时髦的事，国王的厨师被开除了，全城的女人们也开始不做饭。于是，全世界都乱套了。作者，对道听途说的人们进行讽刺和批判。

　　这个故事，也暗示大人们如何对待孩子们提出的各种要求。现在的孩子们，有时，像那个公主，向大人们提出许多的要求，令大人们很头痛。难道我们必须一一满足他们？事实上，是不可能的。正如"黑夜"所说："如果小娃娃们在黑夜里要什么，就给什么，那当妈妈的就无法休息了……"也就是说，大人们不应无选择地满足孩子们的要求，否则，会影响孩子们心理的正常发育。

（李娟）

金　鱼

王济民　译

　　从前，有一条金鱼住在海里，那时候，所有的鱼类都住在海里。金鱼过得满不错，只担心一件事，就是得躲避鱼网，那鱼网飘浮在海水里，一会儿在这儿，一会儿在那儿，叫人捉摸不定。所有的鱼类，都受过海王尼普顿的警告。尼普顿的警告，也是说要大家避开鱼网。那时候，大家都乐于照父王的吩咐办事。因此，金鱼也跟大家一样，天天在那蓝色的、绿色的海水中，洋洋自得地游来游去。有时，他沉到水底去靠近沙石、贝壳、珍珠和珊瑚，靠近那海葵丛生，像一簇簇鲜花点缀的大岩盘，靠近那在红色、绿色、黄色的皱纹贝和扇贝之间漂荡的海藻；有时，他升浮起来，靠近海面，海面上的

白头浪在互相追逐，巨大的波涛像玻璃山一样腾空而起，然后又把自己摔得粉碎。当金鱼像这样靠近海面游动的时候，有时他看见在明亮的蓝色海水当中，有一条大金鱼，高高在上，那金鱼的颜色跟自己一模一样，可是身体滚圆，像一只水母。另外一些时候，远处的海水不那么明亮，而变成了深蓝色，他看见一只在海底从没见过的银鱼，形状也是滚圆滚圆的，虽然只是偶尔游过，但她那针状的银鳍却清晰可见。我们这位金鱼，对别的金鱼有种嫉妒感，可是对那位银鱼，却是一见钟情，并且急着朝她游去。正当金鱼要朝银鱼游去的时候，蹊跷的事情发生了，不知怎么搞的，他不能呼吸了，并且气喘吁吁地沉到了海底。他下沉得很深很深，再也见不到银鱼了。于是他只好盼望她能游到他这里来。他在水里到处找她，可是偏偏不走运，总也找不到她。

有一天夜里，金鱼正在平静的海水里游动，看见在头上有一条庞大的鱼的影子一动不动。从它的肚子下面，伸出一条长长的鳍，插入水中。海里面的鱼，金鱼都认识。可是他从没见过像这个模样的鱼，它比鲸鱼还大，可是黑得像乌贼的墨汁一样。金鱼绕着它游来游去，好奇地用鼻子碰碰它。最后，他问："你算是哪一种鱼啊？"

大黑影子笑了："我根本不是鱼，我是一条船。"

"你既然不是鱼，跑到这儿干什么？"

"这会儿我倒是什么也不干，因为没有风，我正在停泊。可是一但有风吹来，我就要到世界各地去航行了。"

"世界？什么是世界？"

"你看见的这一切都是世界。"

"这么说，我是在世界里了？"金鱼问。

"当然啦！"

金鱼高兴地蹦了一下，大声喊："好消息！好消息！"

一只路过的海豚停下来问："你吵吵什么？"

"我是在世界里！"

"这是谁说的？"

"是'船鱼'说的。"

"呸！"海豚说，"见他的鬼去吧！"说着走了。

金鱼不蹦了，因为他的高兴劲儿被人家的怀疑打断了。他问那条船："世界怎么能比我看见的范围还要大呢？假如我真的是在世界里面，我就应当能

看到它的全貌——要不然怎么能说我是在它里面呢?"

"你记住我的话吧,"船说,"像你这么小的小家伙,一辈子也只能见到世界的一小片地方,世界有一个你永远也见不着的边缘;里面有千奇百怪的异国土地。世界像橘子一样圆。可是,所有这些,你都没法见到。"

接着,船又告诉金鱼,在世界的边缘以外还有什么;告诉他世界上有男人、女人和孩子们;有花,有树;有一种鸟尾巴上长着蓝色的、金色的和绿色的眼睛;有白象和黑象;有挂着叮叮咚咚响铃的庙宇……金鱼巴望着看到这一切,可是他看不着,他急得哭了起来。他哭他永远也见不着世界边缘;他哭他永远也看不到地球有多圆;他哭他不能立刻就见到世界上那千奇百怪的种种东西。船觉得这条金鱼有多么可笑啊!他说:"我的小朋友,就算你是那边的月亮,嗯,就算你是太阳吧!那你在一个时间内,也只能看见这世界的一半啊!"

"谁是那边的月亮啊?"金鱼问。

"谁?除了那个挂在天上的银光闪亮的东西,还有谁?"

"那就是天吗?"金鱼说,"我还以为是另外的海呢。那就是月亮吗?我还以为是银鱼呢。那么,谁又是太阳呢?"

"太阳是一只金色的圆球,白天转动着穿过天空,人们说他是月亮的情人,把光送给月亮。"

"可是我情愿把世界给她!"金鱼大声叫喊。他拼命把他那整个小身子都离开水面,往空中跳。可是他够不着月亮,却气喘吁吁地掉进了大海里。他只好让自己像一小块金色的石头一样地沉到了海底。在海底,他躺了一个星期,哭得伤心极了。这都是因为船告诉了他难以理解的事情;而这些又大大地增加了他的欲望——他渴望占有银色的月亮,渴望做一条比太阳还有权威的鱼,渴望能从顶到底,里里外外,上上下下,把整个世界的千奇百怪的事情都看个够。

碰巧,统治水下世界的海王尼普顿正在一个红、白色相间的珊瑚林里散步。他听到一阵咯咯的笑声,然后从珊瑚树枝杈中间,他瞥见一个鼓鼓囊囊的海豚,正笑着扇动它那光滑的鳍,而在不远的地方,金鱼正躺在那里哭泣呢。

海王尼普顿就像一位慈父一样,愿意跟孩子们同欢乐共患难。于是,他就停下来问海豚:"你咯咯地乐什么?"

"哈！哈！哈！"海豚说，"我是让金鱼那副发愁的样子给逗的。"

"金鱼有发愁的事吗？"海王尼普顿问。

"他倒是真发愁呢！他哭了七天七夜了。哈！哈！哈！因为他娶不了月亮，胜不过太阳，也占有不了世界。"

"你呢？"尼普顿问，"你从来没为这些事情哭过吗？"

"我不哭！"海琢说，"为什么哭？就为太阳和月亮哭吗？它们不过是离得大老远的两个圆点子。就为世界哭吗？可谁也没见过世界啊！不，用不着哭，父亲。不过，要是我的午餐离得太远，够不着，我会哭的；还有，如果我要看到死亡来临了，我会哭的。除了这些，为别的事情哭，去他的，我才不干呢。"

"嗯，这大海里各种各样的鱼，秉性都不相同啊！"尼普顿说着停下来，把金鱼捏起来放在手里，对他进行劝解。

"听我说，孩子，"尼普顿说，"做什么事情，开头掉些眼泪还可以，可是，不能老哭，哭鼻子，抹眼泪，会使你一事无成。难道你真的要娶月亮，要胜过太阳，要占有世界吗？"

"是的，父亲，是的。"金鱼哆哆嗦嗦地说。

"这可对你一点儿好处也没有，你会被那个鱼网捕捉去的——你没瞧见那边水里漂浮着的鱼网吗？你不怕它吗？"

"它要是能给我带来我所渴望的一切，我就不怕它！"金鱼勇敢地说。

"敢冒风险，你也许会实现自己的愿望。"海王尼普顿答应他去试试。他让金鱼从他的指头缝里溜走，并且眼瞅着他勇敢地朝鱼网游去。那鱼网正在那里张口等着抓鱼呢。等那网口朝着金鱼合闭的时候，尼普顿伸开手，让另一条鱼滑进他的手中，接着，他捋捋胡须，继续在他大大小小的孩子们中间漫步穿行。

后来金鱼的遭遇怎么样了呢？

他被网拖到了渔夫的船上，在那儿等着新的命运到来。在同一张网里，那条银鱼也被捕捉上来。那条银鱼，是一个很讨人喜欢的动物，有个圆圆的身子，光滑明亮的鳍就像月光照射的透亮的云彩一样。渔夫想："这一对鱼可真漂亮啊！"他把它们带回家去想讨小女儿的欢心。为了让女儿分外高兴，他先买了一只玻璃的鱼缸，在鱼缸底下铺上沙子、贝壳、小卵石，在中间放了一小枝珊瑚，一缕海藻。然后他给鱼缸装满水，把金鱼和银鱼放进去，同时

把这个小小的玻璃世界，摆在他的小屋窗下的一张桌子上。

那个金鱼高兴得发昏，朝着银鱼游去，一边游一边喊："你是从天上来的月亮吧？噢，瞧！这世界有多圆啊！"

他从鱼缸的一面望出去，看见花园里的花草树木；他又从鱼缸的另一面望出去，看见在壁炉台上放着的用乌木雕的黑象，用象牙雕的白象；他还从鱼缸另一面望出去，看见在墙上有一个扇形的孔雀羽毛，羽毛上有金色、蓝色和绿色的眼睛；他还从鱼缸的第四个面望出去，看见在一个托架上，有一个小小的中国式的盘宇挂着响铃。他还在鱼缸底部看见自己所熟悉的那个珊瑚、沙子、贝壳等等组成的世界。他还看见在鱼缸上方，有一个男人、一个女人跟一个小孩，正从鱼缸边朝下瞅着他乐呢。

他高兴地蹦了一下，对他的"银色的新娘子"大声说：

"呃，'月亮鱼'呀，我比太阳可伟大多了！因为我给你的，不只是一半，而是整个世界，从顶，到底，还有四面八方，以及里里外外那一切东西，统统都给你。"

海王尼普顿虽然在海底下待着，但他听觉灵敏，对这些事都清清楚楚，他笑着说：

"过去让这样一个小家伙在浩瀚的海洋里放荡不羁，真不应该！他需要有一个对他更合适的世界。"

于是，从此以后，金鱼的世界就是金鱼缸了。

〔简评〕

一提起金鱼，人们眼前马上就会浮现出鱼缸里那一尾尾欢快游动的五颜六色的小鱼来。可是，你知道金鱼最初住在哪儿吗？为什么都把金鱼养在鱼缸中？这类问题，恐怕是孩子们最容易提出的。《金鱼》这篇童话，以极其生动的笔触，刻画了一条住在大海里的小金鱼形象。他最初是自由自在地生活在海中，除去自己所居住的环境，对其他的事一无所知。有一天，他从一条停泊的船的口中了解了身外的世界。从此，他不安心自己的生活，开始向往广袤的世界中各种千奇百怪的东西。为达到目的，小金鱼不惧渔网的威胁，敢冒风险，去努力实现自己的愿望。尽管如此，小金鱼仍然逃脱不了自己悲剧性的命运，最后还是被渔夫捕获，放在鱼缸中供观赏。

作者把小金鱼塑造成一个求知欲强，追求理想的童话人物。通过他的遭

遇，告诉儿童，要想实现自己的美好愿望，哭泣、等待是无济于事的，只有不怕困难，勇于奋斗才能达到目的。

在这篇作品中，作家运用了大量形象化的语言描写，给读者展现了一个色彩斑斓、气势雄伟的大海的世界。作家在忠实于现实生活的基础上，集知识性、趣味性、教育性于一体，使这篇童话适应儿童心理的发展和审美情趣。

（刘志华）

吻桃树的姑娘

王济民　译

从前，在西西里的林瓜洛萨，住着一个农村小姑娘，名叫马丽叶塔。这儿是农村，到处都是果树，有桃、杏和发亮的柿子，有一年当中最先开出美丽的粉红花的扁桃树，有叶子四季常青的橄榄树，还有那在果期里挂满白色和紫色葡萄的葡萄园。农民们的生活全指望着他们的果树，果树就是他们的命根子。

这些果农和他们的果树，分布在一座大山脚下，这座大山有一个火心，山顶还有一个火口。有时候，大山发怒，它就喷火，通红灼热的石头从火口喷向空中。如果大山狂怒了，它就会连着几天喷火，喷出来的熔化的石头，形成红色粘稠的河流，当它们从火山口涌出来的时候，就像开了锅正在沸腾的粥，蹿动的火焰能够升腾到好几百英尺的高空，那灼热、火红、燃烧着的石头块被抛向空中，穿过火焰，落得到处都是。就在这同时，那熔岩形成的火红的河流冲向山下，凡是它流过的地方，一切东西都被毁灭了，把乐园变成了荒漠；而且凡是它经过的地方，空气也变得灼热难耐，谁也透不过气来，没法再活下去。因此，在这座山脚耕作的农民，一直生活在恐惧当中，他们深怕那种时刻到来。大山一旦发出低沉的忽忽隆隆的声音，它就又要发怒了。每当大山要发怒的时候，他们就向圣·安东尼祈祷，祈求他去平息大山的愤怒，拯救他们的果树免遭毁灭。

实际上火山的大喷发并不是很经常的，马丽叶塔已经 7 岁了，还没有见到过火山真正地发脾气，没听到过它发脾气时所发出的低沉的忽忽隆隆的声音。有这么一天早晨，马丽叶塔的哥哥基亚克莫回家来了，他要在家住一两天。当时，马丽叶塔正在她种桃树的地方玩，那是她自己的一棵小桃树。她的这棵桃树是在哥哥土地的最远的一个角落里，是那块地里所有果树当中靠火山最近的一棵树。基亚克莫在妹妹出生的那一天，为她种下了这棵树，马丽叶塔非常喜爱这棵树，比对世界上任何东西都喜欢。她甚至把它当作一个朋友跟它不住地谈话。基亚克莫逗她时，常问她的这位伙伴今天过得怎么样。

"这位小姑娘感到很快活。"马丽叶塔在这棵桃树开花的时候就这样回答。要是树上结桃子，她就会这么说："这位小姑娘今天很健壮。"当桃子被摘光吃净的时候，马丽叶塔就又说："这位小姑娘走了，她不愿再出来玩了。"

"这位小姑娘爱好什么呢？"基亚克莫问。

"她，她很漂亮，她老是笑呀，唱呀，跳舞呀，她穿一身绿衣裳，头上戴着鲜花。她必须去跟山大王待一些日子，可是她并不想去。"

听了马丽叶塔的话，基亚克莫轻轻一笑，还扯了扯她的黑卷发。可是老祖母露西娅（她住在家里管做饭）却对基亚克莫摇摇头，咕咕哝哝地说："也许是这样，也许是这样，谁知道呢？"

这一天，基亚克莫刚离开家，马丽叶塔正在采花，跟她的桃树谈话，她觉得大地颤抖了一下，同时听到空中有一种忽隆隆隆的声音。这是她从来没有感觉过也没有听过的动静，她只是自言自语："山大王有点生气！"可是这声音却使得那些在果树中间干活儿的人们暂时停止了他们的工作，他们注视着大山，心里害怕得不得了。

过了一会儿大家知道他们最害怕的那件事情就要临头了。也许要再多过一会儿，也许只要过一小会儿，那条烈焰熊熊的河流就要从那火山口喷发出来，而且很快就会流到这种植果树的平原上来。

这天晚上，老露西娅对马丽叶塔说："走吧！"

"我们要去那儿呀？"马丽叶塔问。

"到村子里去，去向圣·安东尼祈祷。带上你的花。"

马丽叶塔用她的小围裙装满了她在今天早晨采来的鲜花，跟着露西娅到村子里去了。从四面八方来的男女老少农民们，还有本村的居民，都来到了教堂，跪在地上。几乎所有的人都带来了鲜花，把鲜花放在圣·安东尼像的

脚下。

马丽叶塔也把满兜的鲜花全都拿了出来，然后靠着露西娅跪下祈祷。

"露西娅奶奶，我该祈求什么呀？"

"就祈求大火不要降临在我们这里。"

马丽叶塔就照着奶奶吩咐的去祈祷。后来她跪得累了，便起来找了几个村里的孩子，在教堂中那些高大柱子的阴影里玩耍。接着她又跟他们在一起祈祷。祈祷没多久，她又睡了一会儿觉。睡了一会儿又醒了。她看见更多的农民走进教堂，那些农民来自山脚，女人们围着长围巾，男人们穿着有毛皮里子的红大衣，还都带着孩子。有些人还带着成捆的衣服和行李，那是他们在熔岩就要降临家园，仓忙逃离的时候携带的一些东西。

尽管人们彻夜在教堂里祈祷熔岩流停下来，或者改道流走，而且一大早他们就走出来凝视着火山的方向，可是，他们一眼望去，就知道他们的祈祷是白费力气。那烈火熊熊的熔岩正朝着他们的土地流动，随着熔岩的逐渐逼近，空气也变得灼热起来，枯焦的气味弥漫在空中。

老露西娅张开双手，嚎啕大哭，好多人也都哭起来。于是牧师说："要有信心啊，我的孩子们！"他叫几个人把圣·安东尼像搬出来，把它放在熔岩将要经过的露天里。男人们到教堂里去把塑像搬出来，抬着它走出村子，安放在牧师指定的地方。女人们和孩子们拿着鲜花跟在后面，他们把鲜花堆放在圣像周围，又采了一些盖在他的脚下。

黎明，天色亮了，山上的热气浪冲向人们，大家都跪在路上，牧师举起手来，再一次向上帝祈祷把火流的方向改到另一边去。

可是那火还在向前流动。

到了最后，牧师含着眼泪转身对着大家说："我的孩子们，也许奇迹还会发生的，可是我不能让你们再留在这里了。危险太大了。上帝怜悯大家，你们必须离开家，丢下你们的树，走吧！"

农民们满怀忧伤地站立起来。他们到家里去，拿上一点东西带在身边，在离开家之前，他们还到果园里去亲吻了一下他们的果树。大群大群的人上了路，他们匆匆地离开了他们难以分舍的家。每条路上都有躲避火流的人流。露西娅和马丽叶塔也跟大伙儿走在一起。

突然，露西娅觉着有人拉了一下她的衣服。"奶奶露西娅！奶奶露西娅！"是马丽叶塔在叫。

祖母朝下瞧了一下问："怎么了？我的小宝贝。"

"奶奶，他们为什么要亲吻树啊？"

"祝福它们，保佑它们，也许上帝会答应的。"

"奶奶，我还没有亲吻我的桃树呢。"

"那棵可怜的小桃树啊！"老露西娅叹口气说，"它也许早就归天了。"

"我一定要回去亲亲它，奶奶露西娅。"

"别，别，现在不可能了。没办法了。只要你感觉感觉那空气已经越来越热了，你就知道不行了。咱们得尽快地走啊！"

说着露西娅尽快地往前走。在人群里，有个小小的身子紧贴在她的身边。露西娅只觉着有个小孩紧紧拽着她的衬衫，也没有多去想什么。她一心只想，要快些、快些走。后来她听见路边有人大声叫她的名字。"奶奶露西娅！奶奶露西娅！你在哪儿？那是你吗？露西娅奶奶在哪儿？"

"我在这儿，我在这儿。"老太太回答。"我在这儿呢！"好多声音在喊，好多手推着她往前走，直到她面对面地碰上基亚克莫。基亚克莫在回家的路上看见大群的人们迎面而来，知道山上的熔岩将要吞没他的家舍和土地。但此刻他并不是惦记他的房舍，他是惦记他的小妹妹马丽叶塔。当他看到露西娅的时侯他紧蹙的双眉才舒展开，说："感谢上帝，孩子在哪儿呢？"

"她就在这儿。"老太太说着把拽着她衬衫的小孩拉到前面来，可是，那并不是马丽叶塔，而是驼背的孩子斯蒂凡诺。

"啊！这是怎么回事！"露西娅惊叫起来，她简直给弄迷糊了，"马丽叶塔到哪儿去了？"她立刻呼叫马丽叶塔的名字，大家也都一起呼喊，可是，没用！马丽叶塔不在这儿。

忽然露西娅举起双手喊道："我知道啦！我知道啦！圣灵降恩啊！她跑回去亲吻她的桃树去了。"这位老祖母扭转身就跑，她蹒蹒跚跚，穿过人群，人们给她和基亚克莫让开了一条路。老祖母的心被恐惧笼罩，砰砰直跳，她跟着大个子基亚克莫，不顾一切地钻进那像大火炉一样的热气浪里，尽他们的最大速度沿着路向山边跑去。他们穿过村子，穿过安放在鲜花中的圣·安东尼像，穿过邻居家的许多果园和葡萄园，最后来到了山脚下他们自己的地方。他们没有停下来往房子里瞧一瞧，也不管有多么热，穿过果园就一直奔向最远的那个角落——马丽叶塔种桃树的地方。

就在那株桃树下面，他们找到了她，她躺在那里，手臂搂着树，脸颊紧

贴着树，眼睛紧闭着。她的身旁有一个小小的圣·安东尼像，那是经常放在奶奶露西娅房间的，现在马丽叶塔把它安放在桃树前面，还在它的脚上放了一把鲜花。

基亚克莫俯下身子看他的小妹妹，然后说："她睡着了。她身上是凉的。"

他们再一次朝山那边望去，让他们感到十分惊奇的是那熔岩在山脚流着，流着，拐弯转向了另一边，沿着他们的地界流了一小段路，就停止了。

"这可真是奇迹！"老露西娅说。

马丽叶塔醒了，她睁开眼，瞧见大哥哥正弯腰看着她。她跳起来一把搂住了他的脖子。

"基亚克莫！□，看见你我多高兴啊！基亚克莫，你离家的时候想到过会发生什么事吗？山大王发怒了，他降下了一条火河，我去教堂给圣·安东尼献了花，一整夜都待在教堂里，哦！基亚克莫，是跟大家一起待在教堂里。到了早晨，我们出来把圣·安东尼安放在路上。我们都跪在路上，直到后来热得受不了啦，大家跟树亲吻过以后跑开了。可是我忘了亲吻我的桃树，基亚克莫，所以我才回来，还带来了圣·安东尼保护它。后来我亲吻了我的桃树，可是它太热了，让我感到害怕，小桃树对我说：'别害怕，马丽叶塔，山大王愿意回去，只是他要我跟他一起回去。我是愿意跟他走的，因为你回来亲吻了我。睡觉吧，睡觉吧，马丽叶塔，别害怕！'因此我就睡着了。现在山大王在哪儿呢？"

基亚克莫说："他已经回去了，马丽叶塔。"他紧紧地搂着小妹妹，亲切地瞧着她。老祖母瞧着他，瞧着马丽叶塔，瞧着桃树，瞧着大山，她喃喃地说："也许是这样，也许是这样，准知道呢？"

〔简评〕

在生活中，良好的愿望通过人为的努力往往可以变成现实。无论何时，只要你对生活坚定信心，执着追求，就会金石为开。正如本文所写，马丽叶塔在人们祈祷熔岩改道无济于事之时，仍虔诚地亲吻桃树。天真善良的小女孩竟然感动了山大王，使人们免受背井离乡之苦，正是由于她心底那份对生活的虔诚和执着的爱。本文在艺术上很有特色。语言恰好反映人物性格，如小女孩听见忽隆隆的声音时，并没意识到问题的严重性，竟天真地以为"山大王有点生气！"本文除了人物形象刻画得细腻感人外，情节一波三折，扣人心弦。作品写人们纷纷出走，小女孩却不见了，这太危险了。接着笔锋兀地一转，她正甜甜地睡在桃树下，熔岩改道了。这样写收到了意想不到的效果。

（李静）

小姐的房子

王济民　译

从前，有一位小姐住在一座像雪一样洁白的房子里。这里的一切都是白的，白墙，白天花板，白色的丝绸窗帘，白色柔软的羊皮地毯，还有一个小巧的象牙床，铺着白色的亚麻床单。这位小姐认为这是世界上最漂亮的一座房子，她在里面住着，一直感到很愉快，很舒畅。

可是，一天早晨，她朝窗外张望时，听见小鸟在花园里歌唱，忽然深深地叹了一口气：

"哦，天哪！"

"小姐，你怎么了？"窗前有一个细小的声音在问。原来，在窗台上坐着一个小仙女，她还没有人的手指大，脚上穿着像四月春草般嫩绿色的小鞋。

"哦，仙女！"小姐大声喊道，"我对这平淡无奇的白房子已经很厌烦了，如果它是一座绿房子，我该多高兴啊！"

"好啊，小姐，你会得到的。"仙女说着跳到床上，仰面躺下，又用她的两只小脚去蹬踏墙壁。转眼之间，白房子变成了绿房子，绿墙，绿天花板，绿色的网状窗帘，绿色的像森林里苔藓一样的地毯，还有一个小绿床，铺着绿色的亚麻床单。

"哦，谢谢你，仙女！"小姐大声地说，她高兴得合不拢嘴，"现在我可以愉愉快快舒舒畅畅地一直住下去了！"

仙女飞走了。小姐在她的绿色房子里，像一只小鸟一样高兴地踱来踱去。

可是，一天，她朝窗外张望时，闻见花园中盛开的鲜花香味，忽然又叹起气来。

"哦，天哪！"小姐连连说，"哦，天哪！"

"小姐，你怎么了？"一个细小的声音在问。窗台上又坐着那个小仙女，她荡着双脚，在她那双小巧的脚上，穿着一双粉红色的鞋，那颜色就像是七月的玫瑰花瓣。

"哦，仙女！"小姐大声喊道，"我向你要绿房子是犯了一个大错误。我对绿房子是很厌烦的。我心里真正想要的是一座粉红色的房子。"

"好啊，小姐，你会得到的。"仙女说着跳到床上，仰面躺下，又用她的两只小脚去踢那墙壁。只一会儿功夫，绿房子变成了粉红色的，有粉红色的墙，粉红色的天花板，粉红色的缎子窗帘，像玫瑰花瓣一样的地毯，还有一个玫瑰色的小木床，铺着玫瑰色的亚麻床单。

"哦，谢谢你，仙女！"小姐大声地说，乐得直拍巴掌，"这才是我一直想要的房子呢！"

仙女飞走了，小姐在她的粉红色房子里安顿好，笑脸绽开，像一朵玫瑰花一样。

可是，一天，她朝窗外张望时，瞧见树叶在花园里飞舞，她还没有搞清楚是怎么一回事，就又叹起气来，她叹气的声音就像秋风一样。

"哦，天哪！"小姐不停地叹气，"哦，天哪！哦，天哪！"

"小姐，你怎么了？"仙女用她那细小的声音喊着。当时仙女正在窗台上蹦跳，她的脚上穿着一双金黄色的鞋，那颜色就像十月的柠檬叶一样金黄。

"哦，仙女！"小姐大声说，"我对我的粉红色房子厌烦透了！我真想不清楚为什么我会向你要一座粉红色房子，实际上我一直都在想得到一座金色的房子啊！"

"好啊，小姐，你会得到的。"仙女说着跳到床上，仰面躺下，又用她的一双小脚去踢那墙壁。比眨眼还快，那座粉红色的房子变成了金黄色的，有像闪烁的阳光一样的墙壁和天花板，像金色的蜘蛛网一样的窗帘，像刚刚从树上落下来的柠檬叶一样的地毯，还有一个小金床，铺着金色的布床单。

"哦，谢谢你！"小姐大声说，高兴得跳起舞来，"我终于得到了我真正想要的房子了。"仙女飞走了。小姐像一片树叶一样轻飘飘地在她的房子里到处跑。可是，有一个晚上，她朝窗外张望时，瞧见星星在花园上空闪耀，她又叹起气来，她连声叹气，好像要叹它一辈子似的。

"小姐，你又怎么了？"窗台上那细小的声音又说话了。这一回，小仙女

站在那里，脚上穿了一双黑色的鞋，那颜色就像夜幕一样漆黑。

"哦，仙女！"小姐大声说，"全都是这金色的房子搞的！这座明亮的金色的房子让我受不了啦！要是我能有一座黑色的房子，这一辈子就什么也不再想要了。"

"小姐，"仙女说，"问题出在你并不知道你究竟想要什么！"说着她又跳到床上，仰面躺下，又用她的一双小脚在墙上蹬踏。于是，墙全倒了，天花板全落下来了，地板都塌陷了。而那位小姐孤零零地站在漆黑的夜晚的星空下面，从此，她再也没有什么房子了。

〔简评〕

这是一篇文字优美、色彩绚丽的童话。它不仅用形象贴切的比喻为我们描绘了不同颜色房子的诗情画意之美，而且还给我们提供了这样的启示：做什么事都要有一个确定的目标，不要盲目追求，否则将会一无所获。文中的小姐有了这个，又觉着那个好，最后小仙女一针见血地指出："问题出在你并不知道你究竟想要什么！"是啊，小姐并不知道哪种颜色的房子自己更喜欢，也难怪当她面对星空要黑色的房子时，得到的却是漆黑的夜晚的星空。作品在细节的描写上十分逼真传神，如写小姐的叹气，"哦，天哪！"一副烦躁无奈的神态跃然纸上。还有小仙女的小鞋玲珑可爱，色彩不断变换，用两只小脚去蹬踏墙壁的动作也十分形象，给人一种如临其境的感觉。

(李静)

天堂的孩子

王济民　译

有一次，我在法国诺曼第逗留了几天，在苹果林中一家白色小酒馆里，遇见两个小姑娘，小的叫伊凤，是个很快活的小东西，什么心事也没有；大的叫吉纳维芙，显得严肃，懂事。有一次，吉纳维芙问我英国有仙女没有？

我说有，她耸了一下肩膀，低声说："不可能！"尽管她不信，可是在她父亲的地里，就有那么一个不寻常的小房子，从外表看，跟诺曼第所有果园里的小房子一样，但这个小房子可能就是一个女巫所有的。马路对面大门里，是一个非常美丽的花园，花园的主人也很可能就是一个仙女。不过，那个小房子和花园我从来没有进去过，里面究竟住着什么人，只是猜想而已。

在她提出那个问题之后不久，我又听到吉纳维芙跟伊凤唱那首法国童谣，用英文说，大概是这样的意思：

三个小王子，

离开了天堂，

直到第二天，

嘴还合不上。

克莱恩特，克莱恩特！

木鞋做眼镜。

碗里装着桃、李、杏，

太大了，咬不动，

急得张嘴把眼瞪！

不吃就走吧，别再胡折腾！

我没有问吉纳维芙这歌谣是什么意思，她也说不清楚。她只知道她跟伊凤在一起玩的时候就要唱它，那歌谣把杂七杂八的字凑在一起，挺有趣的，她们长这么大，一直在唱它。至于歌谣的准确意思是什么，谁也说不出，也许就是吉纳维芙心里想说的那个意思吧，她想说的是在法国没有，也不可能有仙女。

（一）

从前，有三个小王子，他们住在天堂乐园里，他们的名字是菲力克斯、克里斯平、西奥多。也许你会问天堂乐园是什么样子？那是一片土地，生长着苹果、桃树、杏树、李树；还有妙不可言的芳草地，草地里到处装点着鲜花；而在草地和草地之间，有一排排茂密的白杨树，它们伸展开来，就像绿色的帷幕，把一块块的草地分隔开；还有金色耀眼的玉米堆，还有比银色还明亮的河流。菲力克斯、克里斯平和西奥多在这里拥有他们自己的小白房子和他们自己的小花园，他们一起吃，一起住，共享这里的一切。如果他们兴趣来了，想要开开心，就会跑出去，在那些星罗棋布在果树之间、像蘑菇一样多得数不清的小房子里，随便哪一间住下来，吃呀，喝呀，玩呀，时间短了也许只住三天两月，时间长了也许会住上一百来年。那些小房子都美极了，不管哪一位小王子，见到它都会想进去待一待。同样，那些草地被鲜花装点得也非常诱人，不管哪一位小王子经过那草地，也都会想到里面去消磨一些时间，采集一些色彩绚丽妙不可言的鲜花，带回去送给伊凤。还有，在河里游泳，在絮絮低语的白杨树上攀上爬下……所有这些，都会让你想到，小王子们一定会乐在其中，越玩越痛快，事实上也正是这样。

还有一件奇妙的事情呢，那就是他们有伊凤来照顾他们的生活。她给他们打扫房间，整理床铺，准备晚餐。她做这些事情，全靠她的三个水晶球，每次只用其中一个。她把一个水晶球抛到空中，拍拍巴掌，她只要喊出一个词，就像"勺子！""毯子！"或者"织针"等等做为命令，再接住那个球，于是，就有一把勺子，从坐在火上的锅里，给西奥多盛出一大碗早已为他煮好的香甜的果羹；毯子自己很舒适地铺在了克里斯平的床上；而织针也自动地用毛线把菲力克斯因为爬树磨破膝盖的长袜子给织补好了。只有一种东西永远用不着修补，那就是王子们穿的鞋，因为他们穿的都是木头鞋，永远也不会坏的。

在天堂乐园里只有一座花园他们从没进去过，只有一个小房子他们一直没有找到门。那座花园里所有花园当中最美的，而那座小房子是所有小房子当中最奇妙的。王子们常常把他们的小鼻子压挤在花园的大门和小房子的幽暗的窗子上面，想看清里面究竟是什么，可是，除了门口簇拥的鲜花和窗玻璃上的灰尘以外，什么也看不见。

看一天，西奥多坐在他的房子旁，给小船刷白漆，准备到河里边去航行，他听到篱墙的外边有一个很高的声音在"嘻嘻嘻"地笑着。他抬头一看，只见发出那声音的是一个他从来没见过的小个子女人，她的样子长得稀奇古怪，眼睛很亮，鼻子很尖。

"你笑什么？"西奥多问。

"笑你。"那个眼睛很亮的女人说。

"为什么？"

"因为你的鼻子尖很黑，像个小黑石头。"

西奥多说："要是你的鼻子在一块脏玻璃窗上蹭过，你的鼻子尖也会很

黑的。"

"无缘无故地，我干吗要把鼻子往脏玻璃上蹭呢！"那个小女人说。

"嗳！我有理由。"西奥多说。

"说说，你为什么？"

"我想弄清楚在那窗户里面住的是谁？"

"是谁呢？"

"我瞧不见，所以还弄不清楚。"

"遗憾！真遗憾！"小女人说。

"真遗憾吗？"西奥多问。

"那可不！"小女人说着摇了一下脑袋，"你想想，想要弄明白的事弄不明白，能不觉得遗憾吗？"

西奥多瞧着这个小女人，忽然间，他也为自己没弄清在那小房子里住的是谁感到遗憾了。这是他有生以来第一次心里感到不痛快。

"也许你能告诉我谁住在里面吧！"

"我不行。西奥多。"

"咦！你怎么会知道我的名字？"西奥多问。

"当然知道了。你是西奥多，我怎么会不知道呢。我叫克莱恩特。"

西奥多又瞧了瞧她，看来她当然就是克莱恩特。

"嗯，克莱恩特，你为什么不能告诉我谁住在里面呢？"

"关于天堂的事，我什么也不知道，因为我不是这儿的人。我住在世界上最大的城市里，凡是世界上该知道的事我全知道。哈，要是能弄清楚什么可信什么不可信，那有多妙呀！"

"克莱恩特，你相信什么呢？"

"我就相信一件事，漂亮衣服，"克莱恩特说，"你瞧瞧！"她跳到路边的一条凳子上，于是西奥多就能看清楚她穿的那件华丽的有花边的外衣，还有那贵重的裘皮帽子。她抬起她的一只小脚丫儿，用她那带高跟的绣花拖鞋尖指着西奥多说：

"嘻嘻！嘻嘻！嘻嘻！这就是我们城里人穿的衣服，在城里我们头脑都是很清楚的，可是在你们这里，嘻嘻！你们都穿木头鞋，而且隔着窗玻璃什么也瞧不见！"

她大声说着从凳子跳下来，一路笑着走去，好半天还能听到她吃吃的

笑声。

当天下午，西奥多光着脚去吃晚饭，三个小王子围着桌子坐着，拿着羹匙和碗准备从锅里盛东西。伊凤刚要抛起她的水晶球，西奥多就问："伊凤，谁住在那地里的小房子里啊？"

伊凤紧紧地抓着她的球说："小王子，你为什么非要提问题不行呢？"

"我就是想知道嘛！"西奥多说。

"那就想你的去吧！"伊凤说。

"我饿啦，伊凤。"克里斯平敲着碗喊。

"等一等。"伊凤说着，准备再一次抛起她的球，可是西奥多又再一次问："是谁啊，伊凤？"

伊凤克制自己不去生气，她说："你想离开天堂吗，小王子？"

"不，当然不啦。"

"那你就别再提问题了。"

"可是我就是想知道嘛。"西奥多任性地说。

"唉！"伊凤叹了口气。

"伊凤，我要吃晚饭！"菲力克斯敲着碗喊。

"就来了！"伊凤说着，就要抛起她的球，这是她第三次想要抛球了。她抛起球，喊声"晚饭！"正要拍巴掌，可是就在这一刹那，西奥多喊了一句"谁住在小房子里？"把她吓了一跳，水晶球摔在她的脚下，啪的一声碎了。这样一来，那勺子从锅里舀出来的，就不再是香喷喷的用水果做成的份饭，而变成了一个囫囵的大桃子，扑通一声掉进西奥多的碗里，因此西奥多吃惊地张大了嘴。伊凤的右眼里含着一颗晶莹的泪珠儿，她说：

"这个桃子太大了！呃，为什么你非要提问题不可呢？你一定要知道的话，我就告诉你，是一个女巫住在小房子里。现在，西奥多，你就走吧！"

"去哪儿？"他问。

"到天堂外边去。"

西奥多脸红了，红得像一只火鸡，他大声喊叫："走就走！谁稀罕这破天堂？我要到世界上最大的城市去，到那儿去穿华丽的衣服，戴贵重的裘皮帽子，随便提什么问题都能得到回答。"

伊凤伤心地点点头说："再见，小王子。在你离开之前，先把你的木鞋穿上吧。"

"我才不穿呢！"西奥多说，"我才不穿老式笨重的木头鞋呢，我要穿带金后跟的绣花鞋。"

"在你到那儿之前先穿上木鞋吧，"伊凤央告他，"路面很粗，不穿鞋不行，你还得回来呢。""明天中午我不会回来，"西奥多说，"明天不会回来，也许永远不回来了。"

"你会饿得受不了的。"伊凤说着把他的木鞋拿出来。可是西奥多把它们推到一边去，咚咚地大步跨出房门。他的嘴张着，因为他还没有吃晚饭呢。克里斯平和菲力克斯在后面瞧着他，直到他出了门瞧不见了，然后，他们就敲着饭碗叫："我们饿了，伊凤，我们饿了！"

"饭在锅里，"伊凤说着拿来了第二个水晶球，把它抛到空中，拍着巴掌喊："晚饭！"马上香甜的气味就从锅里升起，勺子把水果和浆汁舀进王子们的碗里，直到他们吃饱为止。在他们吃饭的时候，伊凤把摔碎的水晶球收集到一起，装进西奥多的木鞋里，把它们包好，放在柜橱的一层架子上。

一年以后，当克里斯平坐在门口，给他的弓做箭的时候，他听到篱墙外有个细小的吃吃发笑的声音："嘻嘻！嘻嘻！嘻嘻！"一直在笑，所以他要看看是怎么回事。原来是一个稀奇古怪的小个子女人，一个尖鼻子，两只亮眼睛，她在那儿拼命地笑。

"笑什么？"克里斯平问，他急于知道原因。

"就笑你。"尖鼻子女人说。

"我有什么可笑的？"

"因为你的脑门上划满了黑十字，就像路上的阴影一样。"

"那一定是我在花园，把鼻子压在门上瞧里面的人瞧的。"

"瞧什么人？"

"我从没瞧见过，所以还不知道。"

"太糟啦！太糟啦！"小个子女人说。

"怎么太糟啦？"克里斯平问。

"想看什么却看不见，是这样吧？"小个子女人说着举起了双手。克里斯平被她这个动作弄得很尴尬，觉得搞不清楚花园里住着什么人是很糟糕的事，他心里第一次觉得这么别扭。

"那你告诉我嘛！"他央告她。

"我可不行，克里斯平！"

"你怎么知道我叫克里斯平呢?"

"因为你就是克里斯平。我叫克莱恩特。"

"呃,原来如此!那你快告诉我啊!"

"我可以告诉你好多事情,可就是不能告诉你这件事。我可以告诉你我什么都想知道,就是不想知道谁住在这座花园里。"

"那么你想知道什么呢?"

"我想知道我在城市里邻居的一些事情,她有多少钱?穿得是不是比我漂亮?你往这儿瞧!"说着她跳到凳子上,把她的花边和裘皮抖弄开,还给他看她穿的贵重的拖鞋的尖儿。"嘻嘻!嘻嘻!"克莱恩特吃吃地笑着。"这些东西才值得一瞧呢,这些东西,都来自天堂以外的那个世界,瞧,多好的东西啊!可是你却拖着那双笨重的木鞋,还搞不清楚怎么打开那扇紧闭着的门!"

她说着从凳子上迈下来,穿着她那双高跟鞋在路上发出"卡嗒卡嗒"的声音。

克里斯平立刻甩掉他的木鞋,并且从此以后不再穿它。他赤着脚坐在晚饭桌前,正当伊凤准备把球抛起来的时候,他忽然问:"伊凤,究竟是谁住在路那边的花园里?"

伊凤抓紧球,说:"小王子,为什么要提问题?"

"我就是想知道。"

"那你就想去吧!"伊凤说。

"晚饭还没好吗?"菲力克斯问,用碗撞桌子,撞得砰砰响。

"就好了。"伊凤说。可是她还没来得及把球抛起来,克里斯平又催促她:"不嘛,我要你告诉我嘛!"

伊凤举着他的球说:"小王子,你不想在天堂里住了?"

"我当然想住啦!"

"那就别再提问题了。"

"可是为什么?——是谁——什么——"克里斯平结结巴巴地说。

"唉!"伊凤直叹气。

"晚饭怎么样了?"菲力克斯叫喊着把他的碗在桌上滚来滚去。

"马上就好!"伊凤说着抛起她的球,拍了拍巴掌,喊着"晚饭!"可就在这同时,克里斯平也大喊:"为什么,喂,喂,喂,喂!"伊凤被弄得心神不安,一不小心,球落在脚下摔成了碎块,于是,从锅里蹦出一个囫囵的苹

果，扑通一声掉进克里斯平的碗里，他被吓了一跳，嘴张得圆圆大大的，像一个"O"。伊凤的左眼里涌出了一大滴眼泪，她说：

"这个苹果太大了！你要是不提问题就好了。你一定要知道的话，我就告诉你，是一个仙女住在花园里。可是现在，克里斯平，你就走吧！"

"怎么了？"

"因为在天堂里是没人提问题的。"

"可是为什么？"

"因为那样一来就不是什么天堂了。"

"可是你是能够给我讲清楚的，伊凤。"

"已经够清楚的了。"伊凤说。

"呃，好吧！"克里斯平满不在乎地说："那么，我就去城市里找克莱恩特去了，她会给我那么漂亮的衣服穿，我会比她的邻居还阔气！"

伊凤难过地摇摇头，说："再见了，小王子，不要忘了穿上你的木鞋。"

"为什么？"克里斯平问。

"路面硬，不穿鞋你会受不了的。你还得回来呀！"

"我去就不回来了，"克里斯平说，"即使回来也不会在明天中午以前，绝不会的。"

"你会吃不上东西的。"伊凤说着把他的木鞋拿给他。可是克里斯平连看都不愿看它们一眼，他跑出房子，嘴巴还大张着像个"O"。他的人影儿一消失，菲力克斯就用碗把桌子敲得砰砰响，他叫喊："我饿了！伊凤！我饿了！"

"马上就好了。"伊凤说着，拿出她的第三个也是最后一个水晶球，她抛起来，拍了下巴掌，喊了声"晚饭！"一会儿大勺子就把菲力克斯的碗给盛满了，在他大吃大喝的时候，伊凤把摔碎的第二个玻璃球装到克里斯平的木鞋里，把它们放在柜橱的一层架子上，紧挨着西奥多的木鞋。

在这一年以后，菲力克斯正坐在门口玩泥团，他听见篱墙的那边有人高声在笑，不由得抬头去看，只见一个稀奇古怪的小个子女人，亮眼睛，尖鼻子，"嘻嘻！嘻嘻！嘻嘻！"笑个没完。

菲力克斯也跟着笑起来。

那小个子女人止住笑问："你笑什么？"

"因为你在笑啊！"菲力克斯说。

"你干吗不想知道我为什么笑呢？"小个子女人问。

"笑总是好事啊！"菲力克斯说。

"那要看情况了，"那小个子女人说，"要我告诉你我为什么笑吗？"

"愿意你就说吧！"

"我是笑你的脸一面有一大块脏，另一面有黑道子。"

"多有意思！"菲力克斯说着比先前笑得更带劲了。

这样显然使得小个子女人很恼火。她又生气地问："为什么搞得那么脏呢？"

"我想是当我在门口窗户上听动静时搞的吧！"

"嗳，这就对了！你在那儿听什么呢？"

"就是听一听嘛！"菲力克斯说着，翻转着他的泥团。

"我想，"小个子女人诱哄说，"你很想知道在那门窗后面住的是什么人，是这么回事吧？"

菲力克斯大眼睛瞧着她，神秘地说："我什么声音也没听着，连一点儿声音也没有。给你吃点冰激凌布丁吧！"

"那不是冰激凌布丁，小傻瓜，那是一坨泥巴团。"

菲力克斯开心地笑了。"这上面有绿色的坚果，沾着樱桃，还有巧克力汁呢，你没瞧见吗？"

"不，我瞧不见，菲力克斯。"小个子女人生气地说。

"哦。可怜的克莱恩特！"菲力克斯说。

"你怎么知道我叫克莱恩特？"她急躁地说。

"因为你就是嘛，"菲力克斯说着又给她另一块泥巴团，"这是一块奶油烤鸡。"

"这根本不是什么奶油烤鸡！"

"这是美味浓汤，里面还有红酒呢。"

"这不是什么吃的，我告诉你，这不过是泥巴团。"

"呃——呃——呃！"菲力克斯不再说什么。

"听我的吧，我会给你真汤，真鸡，还有真的冰布丁，就像我对你的两个哥哥一样，我也会让你穿上好衣服，让你开开眼，见识见识大世面。"

"哦，我这么阔气啊！"菲力克斯惊叹着，脸上露出一副心满意足的样子。

"小傻瓜！"克莱恩特跳到凳子上，尖声喊道，"你难道不想知道你哥哥的情况吗？你难道不想弄些好吃好喝的东西吗？你难道不想知道世界上是个什

么样子吗？你怎么老也不提问题？为什么总是我在提问题？"

"我认为那是因为你总想要知道些什么。"菲力克斯说。

"想要知道什么？快说呀！"克莱恩特叫喊着，她恼火得要命。

"我猜你大概想知道是谁住在那门窗里面吧！"

"那么，是谁呢？"克莱恩特尖声叫着。

菲力克斯睁大眼睛瞧着她，举起他的手指头低声说："我一点儿声音也听不到。"

克莱恩特暴跳如雷，发一声喊，从座位上跳下来，像一匹小马一样，快步奔跑，在路上发出了嗒嗒的声音。

那天晚上，菲力克斯坐在桌旁，手里拿着空碗，正当伊凤要抛起球来准备晚饭的时候，他说了一句话："伊凤，我打算离开天堂乐园了。"

伊凤把球抱在胸前，说："菲力克斯，你是不是想要提问题了？你想知道些什么呢？"

"我想，"菲力克斯说，"我要去找我的哥哥们。"

"你也要走！"伊凤惊叹说。

"还要把他们再带回来。"菲力克斯说。他刚说了这话，一个杏就自己从锅里蹦了出来，落进他的碗里，他张开嘴要把它吃下去。这一回伊凤却高兴地说：

"先别吃，先别吃，又是那个老样子。这个杏太大了！你走吧！菲力克斯。你有木鞋吗？那路可是石头的啊！"

"我的木鞋在脚上穿着呢，伊凤，我想最好把我哥哥们的木鞋也带上。"

"都在这儿呢。那么，再见吧，小王子。"伊凤说，"早点回来，要不然你会饿肚子的。"

"明天正午我一定准时回来，伊凤。"于是第三个小王子大张着嘴，离开了天堂。

（二）

从天堂到世界并不难，只要下了决心，很快就能走到，菲力克斯只用了一会儿工夫就来到了城市的大门。他到达的时候，还只是傍晚。城市当中有一条河流穿过，河上有一座建筑精美的桥跨越两岸，河把城市分成两半。一半的岸边种着树和花，装点着湖和殿堂，还有游乐场，在游乐场里人们悠闲

地坐着吃着东西，或者在露天里跳舞。这半边的城市点着几千盏金灯，而另一边却是漆黑昏暗。菲力克斯在树木中间漫步，弄不清在哪一边才会找到他的哥哥们。在他的周围，马车隆隆而过，马车夫赶着马匹，啪啪地打着响鞭，不停地大声吆喝。所有这些对菲力克斯来说，都很好玩，他一直站在路当中，欣赏着在他周围的这喧嚣活跃的情景。忽然间，这些兴奋叫喊的声音增大起来，比先前的声音强烈得多，同时，菲力克斯感觉到他的肩膀被人抓住了，那人是一个手里拿着棍子的大高个子。

"我说，小伙计，你想超过那马车吗？"

"不。"菲力克斯说。

"那就别站在路中间，你最好回家去吧！"

"我现在还不能回家。"菲力克斯说。

"为什么？你迷路了吗？"

"一点也不是，"菲力克斯说，"我很清楚我现在是在世界上，也知道世界并不是天堂。"

那个大高个子笑得浑身发抖。"应该知道这些，这是对的！"他说，"嗯，你今天夜里打算在世界上干什么呢？"

"我要找我的哥哥。"菲力克斯说。

"这么说你是被哥哥弄丢了。"那个人说。

"一点也不是，"菲力克斯重复他的话，"是我把他们给丢了，明天中午以前我要把他们找到，这很重要。他们在哪儿呢？"

"我怎么会知道？"

"我倒是应该告诉你，"菲力克斯说，"他们的名字叫西奥多和克里斯平。"

"呃，我明白了！"那个人向聚集起来的人群眨着眼睛，"西奥多和克里斯平，呃，在埃菲尔塔的顶上，你肯定会找到他们。"

"谢谢你，"菲力克斯说。有那么多的笑声引导着他，说明他应当在第二个桥上过河，于是他就沿着河，穿过树林和灯光，朝第二个桥走去，人群跟在他的后面。

还没有走到桥边，他就闻到了很香很香的味道，让他馋得受不了，他想起了原来他还没有吃晚饭，他饿极了。于是他就在发出香味的地方停下来。这里是城市里快乐的去处，城市里有很多这样的去处，都很令人快乐，而这里是最快活的地方了。在树林中间，撑起了五颜六色的遮阳伞，好多桌子上都摆满了香喷喷的食物。灯光在枝叶中闪动，音乐在一座白色的宴会厅里传出。在那里，侍者端着好菜美酒，来来回回地走动。围着桌子坐的男男女女，都穿着华美的服装，手上戴着珠宝手镯，头发上戴着珠宝头饰。有人翩翩起舞，有人大吃二喝。到处都是唱歌声和此起彼伏的说笑声。看到这样的情景，你会以为在这个世界上不再有什么忧愁。不过，即便是在这里，除了富有和欢乐，也还有不被人注意的三个乞丐，蜷缩在外面一株树的阴影里，那是一个老女人和她的两个儿子，他们跟那些辉煌的灯火、喧闹的声音和酒肴的美味离得那样近，几乎探手可得。正当那音乐欢歌大作的时候，其中一个乞儿说：

"嗬，多么欢乐的生活啊！"

另外一个乞儿说："除了城市，谁还愿意到别处去生活？"

那个衣裳褴褛的老女人点头微笑说："我不是给你们说过了吗？嗯！我给你们说过什么，忘了吗？"她用一副老式的眼镜窥视着眼前的情景，还不时地把眼镜给孩子们瞧一瞧，好像他们除了用眼瞧瞧，再也不能做点别的什么了。

不过，菲力克斯可不光是瞧一瞧，他直奔一张摆着好吃的东西的桌子而去，伸手就要抓一串葡萄，可是在他还没有拿到手的时候，他的手腕就被一个男人抓住了，那男人正跟一伙人坐在桌子旁边。

"嗳，嗳，你要干什么？"那个人说。

菲力克斯对人们提出这样简单的问题感到纳闷，不过他回答得也很简单："我想拿些葡萄。"

"为什么？"那个人问。

"因为我还没有吃晚饭呢。"

"你没吃过吗！"那个人说。另一个说，"我这辈子还没吃过呢！"一位夫人笑了，另一位喷着鼻子，宴会厅的主人赶紧跑出来看，看到底出了什么事。立刻各种各样的声音一起向他告状："这小男孩直冲我们的桌子而来，想抓些葡萄！""他说他这么干是因为没吃晚饭！""这也算理由！""鬼主意！"

菲力克斯张着嘴站在那里，宴会厅的主人对他说："你不能用那种办法拿葡萄。"

"我在家就是这样子的。"菲力克斯说。

"啊，这可不是你父亲家的葡萄园。你要想在这儿吃葡萄就得花钱。你口

袋里有什么?"

菲力克斯把两双木头鞋摆在面前说:"就有这些东西。不过我要把它带给我的哥哥,再说,我看到你的脚上已经有鞋穿了,你不会再需要它们了。"

人们一听他这样说,就大声笑了起来,他们笑声很高,菲力克斯也不由得跟他们一起笑。人们的笑声变成了一种甜蜜的声音,一位夫人还把那些葡萄放到了他的手里,说:"你的哥哥在哪里?他们叫什么?"

"他们叫西奥多和克里斯平,都在埃菲尔塔上。"

"是谁告诉你的?"宴会厅的主人问。菲力克斯瞧着他身后的人群说:"是那些好心的人们。"

"可耻!"那个给菲力克斯葡萄的夫人说。可是人群里一个人走出来说:"不错,这是有点可笑。不过我们打算帮助这个孩子找到他的哥哥们。"

"我们也要帮助他!"那些吃宴席的人也大声叫喊。

"还有我们!我们也要帮助他!"其余那些吃饭的、跳舞的人都一齐叫喊。

"谢谢你们,"菲力克斯说,"这很容易找到,因为他们跟克莱恩特待在一起,而克莱恩特穿着镶花边的衣服,戴着皮帽子,还穿着绣花鞋,是很好认的。"

"克莱恩特?就是那个克莱恩特了,这么说,我们一定要找到。"那位夫人大声说。她手拉着菲力克斯头前走,大家随后跟着。人们都开始感到,对菲力克斯来说,找到他的哥哥们有多么重要了!

于是开始了全城大搜寻,他们在河的两岸搜寻着。他们到了蒙马特山顶,也走遍了埃菲尔塔的四周。有的说:"咱们去胜利大桥吧。"有的说:"要不到布仑森林去瞧瞧吧。"还有说:"他们也许会在鲁特广场里吧。"每个人都建议到他们所知道的城市的那一部分去试试,每个地方都试过了。不论到哪里去,人群都聚集在一起,并且人数不断地在增加。人们从商店、家里、娱乐场所跑出来,瞧是怎么回事,听到的回答都是:"我们在找克莱恩特,她穿着皮衣镶着花边,带着西奥多和克里斯平,就是这个孩子的哥哥。"不论是谁,一瞧见菲力克斯,都会立刻感叹:"是呀,是呀,这孩子一定得要找到他的哥哥,这样的孩子绝不能在城里给弄丢了。"而靠力克斯呢,他一遍又一遍地辩解:"不是把我丢了,是我把哥哥们给丢了。我现在并不是在天堂里,这一点我知道得很清楚。"结果,整个城市的人都跟着菲力克斯去找他的哥哥们了,谁都明白,如果找不到,谁也甭想安宁。不过,菲力克斯越来越奇怪,这些人当

中竟没有一个人认识西奥多、克里斯平和克莱恩特。

"他们都是些什么人呢？"菲力克斯说。

有人回答说："茔，我的孩子，不管你是谁，只要你在这个陌生的世界里，能通行无阻就行了。

菲力克斯说："在天堂里，大家都是互相了解的。"

就这样，他们一直继续走到天亮。到后来，人们累得上气不接下气，全城的人都又回到他们的出发点，在那些树下边停下来，灰蒙蒙的晨曦照在零乱地放着食物的餐桌上，也照在仍旧蜷缩在树下面的那三个乞丐的身上。

"白费了半天劲，"宴会厅的主人说，"咱们最好吃早饭吧。"

"茔，可不是嘛，"用手拉着菲力克斯的那位夫人说，"我们不能再找了，得吃早饭了。"

"让所有的人都进来！"主人冲着大家慷慨地招着手说。因为这整夜搜寻的壮举，让他感觉到大家都变成亲弟兄了。而人群也开始不分门里门外，都急着奔咖啡和面包卷去了。当人们在撑着五颜六色的阳伞的饭桌中间走动的时候，就连那三个乞丐也从树底下爬出来了，因为主人说过让"所有的人"都进来。不过，当主人的眼光落在这三个并没有参加搜寻活动的人身上的时候，他粗暴地喊了起来："不许你们进来！不许你们进来！"并且把他们推了回去。于是，人们全都去瞧这三个人，正在这时，菲力克斯挣脱夫人的手，朝那个老女人和那穿得破破烂烂的男孩子们，欣喜若狂地喊叫："西奥多！克里斯平！克莱恩特！"接着他伸手搂住他们的脖子，拥抱他们。

人群里开始嘀咕起来。"那就是西奥多和克里斯平啊！""他们就是那出了名的弟兄们吗？""还有克莱恩特，她穿戴着裘皮、花边吗？可是瞧她那副寒酸相，再瞧他们几个穿的那破烂样子！""是呀！就说我们跟着跑了一整夜的那个孩子吧，他也不比那几个人强多少啊！"当晨曦变得明亮，晨风吹拂的时候，人们擦了擦眼睛，看见菲力克斯原来不过是个小男孩，头发粗糙，袜子因为爬树划破了洞。忽然间，全城的人都为他们在先前的大搜寻中自己表现出那副样子感到害羞。

"你们这三个孩子是什么人？"人们喊道。

菲力克斯搂着哥哥们的脖子说："我们是天堂里的小王子。"

"那么这个老女巫是什么人？"人群冲着菲力克斯发火，嘲笑和吼叫夹杂在一起。

可是菲力克斯已经回答了他们的问题，什么也不再说了。他冲克莱恩特笑着，举起了他的手指，好像说他心里对什么都明白。

人们耸了耸肩，"呸！"地一声，把那四个人留在外面，其余的都进了宴会厅。很快咖啡的香味飘溢出来，并且飘进了宴会厅外的树木之间，三个饿着肚子的男孩，只能坐在那里，张着嘴，闻着味。克莱恩特也照样坐在那里，巴嗒着嘴说："哈！城市里的生活就是好啊！来到这儿就知道享受是怎么一回事了！"

"是的，"西奥多穿着破衣烂衫，身上索索发抖，可是他还说，"来到这儿我有多高兴啊！"

"我也很高兴，"克里斯平说，"可惜只能闻闻这咖啡味儿！克莱恩特，把你的眼镜借给我，让我看看桌子上还摆着什么好东西。要不是用眼镜看，那些吃的东西简直是一堆堆泥巴。"

"你不许动这眼镜，"克莱恩特嘟嘟哝哝地说，"这只能我自己用。你们这些男孩子总爱抢人家的东西！"

西奥多说："我要是富起来，我就给自己搞一副金眼镜。"

克里斯平说："我要是富起来，我也给自己搞一副眼镜，要镶钻石的。"

"那样一来，我就能自己来观望这个世界了。"西奥多说。

"就能看清楚这世界究竟是怎么个样子了。"克里斯平说。

"现在你们就能看呀！用你们自己的眼睛看呀！"菲力克斯说。

"我们能看见什么？我倒想知道知道。"西奥多说。

"你们能看见我呀！"

"这有什么了不起？你是谁？"

"我是菲力克斯呀！"菲力克斯有点奇怪。

"菲力克斯是谁？"克里斯平问。

"你们的弟弟呀！"

"这不可能。"西奥多说。

菲力克斯渐渐明白了。他说："你们还能瞧见天堂乐园呢。"

"根本就没有天堂。"西奥多说。

"不可能有！"克里斯平说。

"我是来接你们回去的，"菲力克斯说，"回到我们那里去，那里有苹果、杨树、伊凤和她的水晶球，还有女巫的小屋、仙女的花园。"

"根本就没有女巫。"西奥多说。

"也没有仙女。"克里斯平说。

克莱恩特用她尖利的眼睛瞥了菲力克斯一眼说："天堂里有女巫？"

菲力克斯说："在天堂，女巫就是仙女。"

克莱恩特嘟哝着说："没那么回事！"

"过来，"菲力克斯说，"瞧着，我给你们带来了你们的木鞋，不过，先别穿，等我把里面的碎玻璃倒出来，再穿。"

他从袋子里拿出木鞋，把它们翻过来，可是，奇怪，里面已经空了。每只鞋的鞋尖上都破了一个小洞，跟眼球差不多大，每个洞都镶着一块圆玻璃，像水晶一样透明。

西奥多和克里斯平怀里抱着鞋，一个问："这是我的吗？"另一个喊："这是我的吗？"然后两个人一起大叫："噢，我们到底有了眼镜了！克莱恩特，克莱恩特，我们的木鞋给我们当眼镜了！我们自己可以瞧东西了！"他们高兴得不得了，把木鞋举起放在眼睛上，集中精神从那鞋尖上的水晶朝外瞧。

"呃，呃！"西奥多喊道，"我能瞧见我心爱的苹果树了！"

"我能瞧见那高高的白杨树了！"克里斯平也喊着。

"还有那银色的河流！"

"还有那金色的玉米堆！"

"还有女巫的窗户！"

"还有仙女的门！"

"还有煮水果的锅里冒出的蒸气！"

"还有伊凤在抛她的球！"

两个人又一起喊着："我们的弟弟菲力克斯也在这儿呢！"于是弟兄三人互相拥抱在一起。

西奥多和克里斯平立刻把他们的木鞋穿在脚上。当那些城市里的人从宴会厅走出来的时候，他们所见到的景象是：原来的那三个衣裳褴褛的男孩子，现在变成了三个小王子，他们返回天堂去了。而那个他们曾把她叫做女巫的老女人克莱恩特，如今踪影不见，连一点动静也听不到了。

（三）

小王子们在第二天正午，准时到达天堂。伊凤在门口等候着他们，当她瞧见他们张着嘴巴，一脸饿相赶回来的时候，她笑得多么开心啊！

"我们饿啦，伊凤，我们饿啦！"他们大声嚷嚷，"午饭好了吗？"

"等一小会儿！"伊凤笑着说，"你们最好先把你们剩在碗里的东西吃下去，我再做饭。"

于是他们都在各自的碗里，吃起天堂的水果，西奥多吃他的桃，克里斯平吃他的苹果，菲力克斯吃他的杏。

"你也吃干净，他也吃干净，谁也不再把饭剩！"伊凤唱着，把球抛起来，拍拍巴掌，喊了一声"午饭！"一会儿工夫，那勺子就把所有的碗都盛得满满的了。孩子们狼吞虎咽，大嚼起来。可是，西奥多吃了几大口，忽然停下来大声说：

"我知道了！"

"你知道什么了？"伊凤笑着问。

"我知道是一个女巫住在那个小屋子里，这是你告诉我的。"

"我也知道了！"克里斯平也喊着，他的嘴里还被食物堵得满满的呢。

"你知道什么了？"伊凤问。

"我知道是一个仙女住在花园里，这是你说的。"

"可是我们还不知道他们的名字呢。"菲力克斯说。

"他们当中只有一个名字，"伊凤说，"可是只能听，不能说。"

三个王子都竖起了耳朵，菲力克斯举起了手指头说："我听见声音了。"

"尖尖的声音，"西奥多说，"像是生了锈的窗户折页在响。"

"甜甜的声音，"克里斯平说，"像是从花朵上落下来的一滴蜜。"

"像是，"菲力克斯说，"像是一种，一种笛子的声音。"

"也许是的吧。"伊凤说。

"呃，"小王子们说，"究竟是什么呢？搞不清楚。"

"那你们就再想想吧！"伊凤说着，她的水晶球又抛起来，她要变出另一件东西来。

〔简评〕

作者为我们构制一个美丽的天堂乐园，在里面，有三个王子，一起吃，一起住，共享乐园的一切，都很开心。但是，为了看看天堂以外的世界，他们先后离开了乐园，最后，靠自己的眼睛，看清了世界究竟是怎么个样子，知道了世界并不是天堂。其中，包含着辛辣的寓意：用自己的眼睛观望世界。

这篇童话还指责了以貌取人的势利小人。书中的有些人听说菲力克斯是天堂里的王子，他正在寻找他的哥哥们，而他的哥哥跟克莱恩特在一起，她穿着华贵的衣服。立刻，大家都参加了寻找菲力克斯哥哥的活动。最后，当发现他们费力寻找的三个人，原来是三个乞丐时，全城的人都为他们在先前的大搜寻中自己表现出那副样子感到害羞。他们冲着菲力克斯几个人发火、吼叫、嘲笑。前后的态度完全不同，令人可笑和厌恶。作品对这些人的不光彩的行为进行了辛辣的讽刺。

（李娟）

七 公 主

王济民　译

你听过六个公主只为她们头发而活着的故事吗？下面说的就是这个故事。

从前，有一个国王，他娶了一个吉普赛人做王后，他小心翼翼地照顾她，就像她是个璃璃人一样。为了防止她跑掉，他把她安置在一个园林中的宫殿里，周围用栏杆圈起来，从来不让她迈出篱笆一步。王后总是给国王说她多么想到栏杆外走走，可是她只能坐在宫殿的屋顶上，向东望望草地，向南望望河流，向西望望山岗，向北望望集市，她在屋顶上一坐就是好几个小时。

不久，王后给国王生了一对双胞胎女儿，就是大公主、二公主，两位小公主就像初升的太阳一样明媚。在她们受洗礼那天，国王趁着高兴，问王后她想要什么礼物。王后从屋顶向东望，瞧见五月的草地风光，她说：

"把春天给我吧！"

国王召集了五万个园林工人，吩咐他们每人从外边带来一种野花，或者一株柔嫩的桦树苗，种在栏杆以内。等一切都种植完毕，国王就跟王后在那处处鲜花的园林里散步，把这一切都给她看过说：

"亲爱的妻子，这就是你要的春天。"

可是王后什么也不说，只是叹息。

第二年，王后又生了两个公主，就是三公主、四公主，她们像清晨一样美好。在她们受洗礼的那一天，国王又一次让王后挑选礼物。这一次，王后从屋顶向南望，她瞧见河水在山谷间闪闪发光，就说：

"把河水给我吧！"

国王召集了五万民夫，要他们把河水引到园林里，在王后的游乐场里，修一个最漂亮的喷泉。

于是国王把王后带到喷泉那儿，喷泉的水喷起来，然后落到一个大理石的池子里。

"现在你有河水了。"

可是，王后只是凝目注视着那被驯服的河水喷起来，又落下去，落在大理石的池子里，而她却低头不语。

又过了一年，王后又生了两个公主，就是五公主、六公主，她们有着像晴日一样绚丽的金色。王后又要挑选礼物了。她从屋顶向北望，瞧见繁忙的市镇，就说：

"把人民给我吧！"

于是国王打发五万个号手到集市上去，他们没过多久，就带回来了六个诚实的集市上的女人。

"亲爱的王后，"国王说，"这就是你要的人民。"

王后悄悄地擦掉眼泪，把六个美丽的宝贝交给了六个身体健壮的女人，于是每位公主都有了一个保姆。

第四年，王后只生了一个女儿，这是一个小不点儿，肤色像王后一样的黑，而国王却是又高大又俊逸的。

在受洗礼的那天，他们站在屋顶上，国王问："这次你要挑选什么礼物呢？"

王后转动她眼睛向西方看去，她瞧见一只斑尾鸽和六只天鹅正飞越山岗。

"哦，"她说，"把飞鸟给我吧！"

国王立刻派出五万随从前去捕捉飞鸟，当他们身旁没人的时候，王后问：

"亲爱的国王，现在我的孩子们都在她们的小床里，我在我的宝座上。可是很快那些小孩床就会空闲下来，而我也不会老待在王后的宝座上。到了那一天，七个女儿当中，谁将会代替我坐上王后的宝座呢？"

国王还没来得及回答，随从们已经把飞鸟捉回来了。国王先看了看那驯

顺的鸽子，它的圆圆的脑袋缩到柔软的胸部的羽毛里，国王又看了看那些皇家的天鹅，它们伸着长长的白脖子。然后国王说：

"由头发最长的公主做王后。"

于是王后就把六个保姆叫来，把国王的话告诉她们，然后她还嘱咐说："你们要记住，把我女儿的头发洗好，理好，梳好，不要马虎大意，因为你们要依靠未来的王后生活的。"

"可是，"她们问，"谁给七公主洗头，理头，梳头呢？"

"我自己来做。"王后说。

每个保姆都非常想让她伺候的公主当上王后，一到天气晴朗的时候，她们就把孩子们带出来，在开满鲜花的草地上，用喷泉的水给她们洗头，在阳光下把头发晒干，然后再理呀，梳呀，一直到公主们的头发像金黄色的丝绸一样地闪光发亮，再把它编成辫子，扎上缎带，插上鲜花。人们从没有见过像这些公主那么可爱的头发，也从来不知道这些保姆为公主的头发操了多少心。不论六位天仙般的小姑娘走到哪里，那六只天鹅都跟随着她们。

可是，七公主，就是又小又黑的那位公主，从来没在喷泉里洗过头发。当王后跟她坐在屋顶跟鸽子玩的时候，七公主的头发总是用一个红手帕遮盖着，就好像王后要对她的头发保守什么秘密似的。

终于有一天，王后知道她要死了，于是她派人把女儿们召来，一个个地向她们祝福。她又叫国王把她带到屋顶上，四下里瞭望，从草地到河流，从集市到山岗，一一地看完之后，才闭上了眼睛。

可是，国王的眼泪还没擦干，王宫门口就响起了喇叭声，接着送进来一纸公文说世界王子驾到。国王赶紧打开门，世界王子一步跨了进来，后面跟着他的仆人。王子穿的都是金色衣裳，他的大氅很长，当他站在国王面前的时候，那件大氅的下摆展开来，竟铺满了整个屋子，而在他那帽子上插着的羽毛又是那样高，羽毛尖一直擦到天花板。在王子前面走着的是他的仆人，一个浑身穿得破破烂烂的年轻人。

国王说：

"欢迎你，世界王子！"说着伸出了手。

世界王子没有答理他，他闭着嘴，耷拉着眼皮，一声不响地站在那里。可是他的穿着破烂衣服的仆人却说："谢谢你，国王阁下。"他握着国王的手很热情地摇动着。

这让国王大为吃惊。

"王子自己不会说话吗?"他问。

"也许他会,"穿破烂衣服的仆人说,"可没人听说过。你知道,世界是由各种人组成的,说话的,沉默的;富的,穷的;想问题的,干实事的;仰脸向上瞧的,低头向下看的……我的主人挑我做他的仆人,就是因为我们共同组成了这个世界,而他是王子。他富,我穷;他想,我干;他朝下看,我往上瞧;他沉默,我来说话。"

"他来干什么?"国王问。

"来跟你的女儿结婚,"穿破烂衣服的仆人说,"因为要由各种人来组成世界,所以不光要男人,也要有女人。"

"这不用多说,"国王说,"可是我有七个女儿,他不能把她们都娶走啊!"

"他要娶一个能做王后的。"穿破烂衣服的仆人说。

"把我的女儿们都召来吧,"国王说,"现在到了量她们头发长度的时候了。"

于是七位公主被召集到国王面前。那六个漂亮的由保姆陪伴着,而那个又小又黑的是自己来的。穿破烂衣服的仆人很快地把每个公主看了一遍,而那位世界王子却依旧搭拉着眼皮,谁也不瞧一眼。

接着国王把宫廷裁缝召来,裁缝带着量衣服用的皮尺。他一来到,六位公主都摇晃着脑袋,把她们的头发垂落下来,一直落在身后的地面上。

她们一个接一个地接受测量,六位保姆都很得意地在一旁瞧着,要不是她们小心地侍弄,公主们怎么会有这么可爱的秀发?可是,真可惜,正像六个保姆为公主侍弄头发所花的功夫不多也不少一样,六位公主的头发也不多一分,不少一分,全都是一般长。

大臣吃惊地举起双手,保姆们吃惊地把双手扭在一起,国王急得直蹭他的王冠,世界王子还是耷拉着眼皮朝地下望,而那个穿破烂衣服的仆人却把目光转向了七公主。

"假如,"国王说,"假如我最小的女儿的头发也跟那六个一般长,我们该怎么办?"

"我认为不一般长,陛下。"七公主说话了。她的姐姐们都焦急地瞧着她,她解开了系在头上的红手帕。她的头发确实跟她们的头发不一般长,因为它

被修剪得很短，紧贴在的头上，就像男孩子一样。

"是谁给你剪的头，孩子？"国王问。

"您想不到吧？是我妈妈剪的。"七公主回答说，"每天当我们在屋顶坐下来的时候，妈妈都用她的剪刀给我修剪一遍。"

"哦！哦！"国王大声说，"谁都想当王后，就是你不想！"

这就是六位公主只为她们头发而活着的故事。她们把她生活中的大部分时间，都花在让她们的保姆为她们洗发，理发，梳头上面了，一直到后来，她们的头发都像六只受宠爱的白天鹅一样白了为止。

那位世界王子呢，他把时间花在了等待上，他一生中的大部分时间，都在低着头，耷拉着眼皮，等待一位公主生出最长的头发来好做他的王后。不过这事一直没有办成，因为据我所知，他还一直在等待着。

可是，七公主与众不同。她又在头上系上她的红手帕，从宫殿里跑出去，跑到山岗上，跑到小河旁，跑到草地上，跑到集市间，那只鸽子，还有那个穿破烂衣服的仆人伴随着她。

公主问那个仆人：

"世界王子在宫殿里，没有你该怎么办？"

"他应当尽自己的所能去生活，"穿破烂衣服的仆人说，"因为世界是由各种人组成的，有的人在宫殿里，有的人在宫殿外。"

〔简评〕

怎样活着才有意义？这样一个严肃的人生大问题反映在儿童文学作品里要做到既明了又不枯燥是很不容易的。童话《七公主》以形象生动的笔触揭示了这一深刻主题。那六位公主把她们生活中的大部分时间都花在头发上面了，整天梳呀、理呀，结果头发都白了仍一事无成。那位世界王子呢，整天低着头，耷拉着眼皮，等待一位公主生出最长的头发来做他的王后，一直没有等到。只有七公主头发剪得短短的，整天蹦呀跳呀，尽情享受大自然的美好，活得开心又自在。这篇童话蕴含着深刻的人生哲理：要热爱大自然，珍惜生命，脚踏实地地生活，莫要追求那些虚幻无聊的东西。

这篇童话最大的特点是幻想与现实的完美结合，既幽默风趣又亲切可信。

（李静）

林格伦（瑞典）
作 家 介 绍

　　阿斯特里德·林格伦（Astrid Lindgren1907——　　）是当前世界上最有名的儿童文学作家之一。她出生于瑞典斯摩登德省的一个农民家庭。从家乡的中学毕业后，她去首都斯德哥尔摩求学。之后从事过秘书和教师工作。自1946年至1970年担任斯德哥尔摩"拉本和舍格伦出版社"儿童读物编辑部总编辑。

　　林格伦是一位专门从事儿童文学创作的作家。她于1945年以少女文学《布丽特——玛丽心情舒畅了》登上儿童文学文坛。在同年又发表了选入本选集的小说童话《长袜子皮皮》，受到儿童读者的极大欢迎，从而奠定了儿童文学作家的根基。因为儿童读者十分喜爱皮皮这个人物，所以作家又接着创作出版了《长袜子皮皮上船去远航》、《长袜子皮皮游南海》，成为长袜子皮皮三部曲。《长袜子皮皮》这部作品曾被多次拍摄成电影和电视连续片。本选集中选入的小飞人三部曲（缩写）也是林格伦的大受儿童欢迎的重要作品，曾获瑞典图书馆协会尼尔斯·豪里耶尔松金奖。

　　林格伦共为孩子们写了上百种儿童读物，其中著名的作品很多，除上述两种三部曲之外，还有小说淘气包埃米尔的三部曲、大侦探小卡莱的三部曲、《玛迪琴》两部连续小说等等。

　　林格伦的以长袜子皮皮三部曲、小飞人三部曲为代表的小说童话独具特色，这些作品体现出释放少年儿童被长期压抑着的狂野幻想的观念，视儿童种种富于想象力的恶作剧为儿童正常发展的天性，并予以生动的刻画与表现。这些作品幽默、轻松、活泼，富于儿童情趣，是最值得孩子们阅读的优秀的儿童文学。

长袜子皮皮

王确 译

1. 皮皮搬进了威勒库拉庄

瑞典这个国家有一个很小很小的镇子，那镇子边上，有一处荒草丛生的旧旧的园子，园子里有一幢破旧的房子，这房子的主人是一个叫作长袜子皮皮的小女孩。

皮皮今年 9 岁，独自一人生活。

对于皮皮来说，没有爸爸和妈妈倒也自由，你看，在皮皮玩得正开心时，不会有人催她说："该睡觉啦！"在皮皮想吃点心时，也不会有人对她说："把鱼肝油吃了！"

其实，以前皮皮是有爸爸的，她非常爱她的爸爸。是的，是的，皮皮当然也有妈妈，不过是更以前的事了，皮皮一点儿都不记得妈妈了。妈妈死的时候，皮皮还是个吃奶的娃娃，总是躺在摇篮里哭个没完，弄得谁都不敢接近她。

皮皮相信妈妈就在天上，透过天上的小洞从上面看着女儿皮皮。因此，皮皮经常向着妈妈住着的天空挥手，并对天说：

"妈妈，我的事你不用操心，我能照顾好自己！"

爸爸的事情，皮皮还记得很清楚，爸爸是船长，在广阔的大海上航行。皮皮曾和爸爸一起航海，可是有一天，遇到了风暴，爸爸被吹到海里不见了，可皮皮深信爸爸一定会回来的，她从不认为爸爸已经被淹死了，她总是觉得爸爸漂到了一个黑人居住的什么岛子，做了黑人的国王，头上每日戴着金冠。

皮皮经常十分自豪地说：

"我的妈妈是天使，爸爸是黑人的国王。有我这样出色的父母的孩子，还有谁呢！"

"一旦爸爸造出船来，会马上来接我的，到那时，我就成了黑人岛上的公

主，这有多棒啊！"皮皮常得意地说。

园子里那幢旧房子，是皮皮的爸爸许多年前买下来的，打算自己上了年纪，不能出海时好和皮皮一起住在这里。可是，皮皮的爸爸运气不好，沉入了海底，皮皮认为爸爸一定会回来，便决定直接搬到威勒库拉庄去住。对了，"威勒库拉庄"是这幢房子的名字。这房子里家具齐全，摆放得好好的。

一个晴朗的夏日的傍晚，皮皮和爸爸船上的所有船员告别。大家都很喜欢皮皮，皮皮也都很喜欢大家。

"朋友们，再见吧！"

皮皮一边一个一个地吻着船员们的额头，一边告别。

"不要担心我，我能很好地照顾自己的。"

皮皮从船上带走的东西有两样：一样是叫作"纳尔逊先生"的小猴子，这是从前爸爸送她的礼物；一样是装着满满的金币的手提箱。

船员们都站在船甲板上的栏杆旁。目送着皮皮，直到看不见皮皮的身影为止。皮皮让小猴子蹲在自己的肩膀上，头也不回地大步流星地向前走去。

"唉——真是个了不起的孩子。"当皮皮的身影一点也看不见时，一位水手一边擦着眼泪，一边说道。

这是真的，皮皮的确是一个了不起的孩子。她最突出的地方是力气特别大，在这方面，世界上没有一个警察能敌得过她，如果她愿意的话，她能够一下子举起一匹马，实际上，皮皮特别想举举马。

皮皮真的搬进了威勒库拉庄，那一天，皮皮从那许多金币中拿出来一个，买了一匹马。皮皮从前就想有一匹自己的马，现在她把买来的马放在正门前的凉台上，她真的有了一匹自己的马。午后皮皮想在凉台上喝咖啡的时候，就把马举起来放到院子里。

威勒库拉庄的旁边，还有一个园子和一幢房子。这幢房子里住着爸爸、妈妈和两个可爱的小朋友，一个男孩，一个女孩。男孩叫汤米，女孩叫安妮卡。大家都说这两个孩子性格又好，又有教养。汤米从不咬指甲，还特别听妈妈的话。安妮卡从不耍脾气，即使自己想做的事情没有做成，而且她总是干干净净地穿着自己的棉布衣服，从不把衣服弄脏。

汤米和安妮卡总是在自己家的院子里开心地玩着，但他们经常想如果能有一个在一起玩的朋友该多好。在皮皮还和爸爸一起出海时，这两个孩子经常趴在围墙上说：

"这幢房子怎么没人住，真可惜！如果是有孩子的人来住，那该多好啊！"

一个晴朗的夏日傍晚，皮皮第一次踏入了威勒库拉庄。那天，汤米和安妮卡没在家，那一星期，他俩住在奶奶家了，因此想不到隔壁已经有人住进来。他俩回家的那一天，站在自己的家门口望了望街道，但他俩还没有发现就在他们身边有一个可以一起玩的小朋友。他们站在那里想着：

"做点什么呢？"

"或许今天会遇到开心事？"

"今天是不是又是一个无聊的日子？"

就在他俩自言自语地发问的时候，威勒库拉庄的大门突然打开了，之后一个小女孩走出来。这孩子是汤米和安妮卡见到的最古怪的小女孩，这就是长袜子皮皮，她正要在这早晨里去散步，看她那模样：头发的颜色跟胡萝卜一模一样，那红色的头发一分两半，编成两个辫子向两面翘着。鼻子像个小土豆，周围长满了雀斑。那鼻子下面真真地长着一个大嘴巴，有一口结实而雪白的牙齿。她的衣服穿得很古怪，是她自己做的。

本来皮皮是要做件蓝衣服，可是蓝布后来不够了，于是，她便用红色的小布块接在许多地方。

皮皮那细高的身材，长着两条长长的腿，穿着长袜子，可一只是黑色的，一只是棕色的。脚上穿着一双黑皮鞋，要说那鞋有多大，正好比皮皮的脚大一倍。这鞋是她爸在南美给她买的，当时爸爸说：

"这样将来脚长大了就可以穿了。"

可是皮皮除了这双鞋，别的鞋都不想穿。

尤其让汤米和安妮卡惊讶得目瞪口呆的是在那个奇怪的女孩儿肩上坐着一只小猴子。那猴子很小，尾巴却很长，穿着蓝布裤子和短短的黄色上衣，头上戴着一顶麦秸编的白色草帽。

皮皮这时来到路上，向前方走去。她一只脚走在铺路的石板上，一只脚踏着路边的水沟。汤米和安妮卡眼看着皮皮走远了，身影渐渐消逝在远处。不一会儿，皮皮又回来了，但她是倒着走的，也就是说她在返回来时没有转身。皮皮来到汤米和安妮卡站着的院子门口停下来。三个孩子好一会儿默不作声地对看着，后来汤米问皮皮说：

"你为什么倒着走？"

"我为什么倒着走？"皮皮反问道，"我们国家不是自由的吗？我按着我喜

欢的样子走路不行吗？告诉你吧，在埃及，不论是谁都这么走路，可没人觉得奇怪。"

"这事你是怎么知道的？你又没到过埃及。"汤米又问道。

"我当然去过埃及，我如果不知道，怎么会说出来呢。"皮皮回答说，"我走遍了全世界。要是见到比倒着走路更奇怪的事，你们会说什么呢？印度支那人还倒立着走路呢。"

"真有那事？说谎！"汤米说。

皮皮稍稍想了一下，难过地说：

"是的，你说得对。我在说谎。"

"说谎可不好。"感到惊讶的安妮卡总算说了这么一句话。

"说谎实在是不好，"皮皮更加难过地说，"可我有时就忘记了这回事儿。妈妈是天使，爸爸是黑人国王，这孩子又一直航海，这样的孩子怎么可能总是说真话呢？"说着，皮皮那张雀斑脸现出了微笑，"在刚果，讲真话的人一个也没有，大家天天说谎，从早晨七点钟到太阳落山都在吹牛。因此，我有时说点假话还不能原谅吗，这是因为我在刚果住得稍长了一点，我们是可以交朋友的，是吗？"

"当然喽！"汤米说。这时的汤米明白了今天不是个无聊的日子。

"那么干嘛不到我家去吃早饭呢？"皮皮问道。

"嗯，是的，没什么不可以的。那咱们走吧。"汤米说。

"好吧，现在就走！"安妮卡说。

"可是，得首先让我介绍一下纳尔逊先生。"皮皮说。这时，小猴子便很有礼貌地摘下帽子以示答礼。

于是三个人穿过威勒库拉庄摇摇欲坠的院门，踏着两侧长着老树的林荫砂路来到了房前的阳台上。那匹马在那里正大口吃着汤盆里的燕麦。

"你为什么把一匹马放在这？"

汤米问道，因为汤米所知道的马都是住在马厩里的。

"这个……，"皮皮考虑了一下说，"它在厨房里碍手碍脚，在客厅里又不习惯。"

汤米和安妮卡轻轻地拍了拍那匹马，三人一起走进房门。这房子里有厨房、客厅和寝室，看上去好像有一周没有打扫了。汤米和安妮卡担心在那藏着黑人国王，怯生生地扫视着四周，因为他俩从来没有见过黑人国王。可是

汤米和安妮卡根本没有发现爸爸和妈妈，便不安地问道：

"你是自己一个人住在这里吗？"

"不，"皮皮回答说，"纳尔逊先生和那匹马都住在这里。"

"是的。那么你的爸爸和妈妈不住在这里吗？"

"不住在这，一个都不住在这。"

皮皮高兴地回答道。

"可是，这样到了晚上谁叫你去睡觉呢？"安妮卡问。

"我自己叫。"皮皮说，"第一次叫时很客气，如果不听，第二次叫时就严厉起来，再不听就要受惩罚了，知道吗？"

汤米和安妮卡虽然对皮皮的话并不那么明白，但他俩儿想这也许是个好办法。

说着三人来到厨房，皮皮大声地叫着：

"噢，做饼啦！

噢，翻饼啦！

噢，烙饼啦！"

一边喊着，皮皮拿出三个鸡蛋，往空中一扔。一个落到她头顶上，碎了，蛋黄淌到她的眼睛上。另外两个鸡蛋正好用带柄的锅接住，也碎了。

"我一直听说蛋黄对头发有好处，"皮皮擦擦眼睛说，"你可以看到头发滋滋地猛长。在巴西，人人用鸡蛋擦头发，那里看不到一个秃头。不过，有一次，一个老爷爷把擦头发的鸡蛋吃了，结果他成了秃头。他一上街，人们都觉得古怪好笑，都来围观，交通都堵塞了，只好叫警察。"

皮皮一边讲着，一边把铁锅里的蛋皮拿出来。之后拿过来挂在墙上的浴刷使劲地搅着面糊，墙上澎了许多面。最后，她把和好的面糊倒进做菜用的锅里。等到饼的一边烙黄了，她把饼往上一抛，饼在半空中翻个身，正落到锅里。饼熟了以后，她把饼从厨房扔过去，落在餐桌的盘子里。

"吃吧！"她便大声喊道，"趁着热吃吧！"

于是，汤米和安妮卡便吃起来，两个人觉得这饼好吃极了。吃完了饼，皮皮把汤米和安妮卡请到客厅。客厅里只有一件家具，是一个很大很大的柜子，上面满是些小抽屉。皮皮一个一个地打开抽屉，让汤米和安妮卡看里面的宝贝。一个个抽屉里有珍贵的鸟蛋，有少见的贝壳和石头，有好看的小箱子里装着的漂亮眼镜和珍珠项链，满是些好东西，这些东西都是皮皮和爸爸

周游世界时买来的。皮皮拿了两样分别给了两个新朋友。给汤米一把小刀，刀柄上镶嵌着闪闪发光的珍珠贝；给安妮卡的礼物是一个镶着贝壳的小盒子，里面装着一只绿宝石戒指。

"如果你们现在就回家，"皮皮说，"明天还能来，要是不回去，就不能再来了。那可太遗憾了。"

汤米和安妮卡也这么想，便动身回家了。他们走到那匹马身边时，看到那马已把燕麦吃完了。于是二人走出了威勒库拉庄的大门，他们出了门时，纳尔逊先生还向他们挥动着帽子。

2. 皮皮是个找东西大王，又打了一架

第二天早上，安妮卡早早地醒来了，她睁开眼睛便跳下床来，去找汤米。

"起床吧，汤米！"

安妮卡一边叫着汤米，一边拉动着汤米的手说：

"咱们去看看那个穿大皮鞋的古怪的小女孩吧！"

汤米立刻睁大了眼睛。

"我睡着的时候，就觉得今天会有有趣的事，可是怎么也没想起来。"

汤米说着，手忙脚乱地脱掉睡衣。接着他们跑进浴室，以比平时快得多的速度刷了牙、洗了脸，兴高采烈地飞快地穿好了衣服。在妈妈预计他俩还要睡一小时的时候，二人便从二层楼上，沿着楼梯扶手滑下去，正好落到早餐的桌子旁。二人一坐在桌旁，便闹闹着说：

"快给我们可可茶！"

"你们究竟为什么？这么急。"妈妈问道。

"去看邻居刚来的小女孩。"汤米说。

"我们到晚上才能回来。"安妮卡说。

那天早上，皮皮正做着姜汁甜饼干。皮皮和了很大一块面，铺在厨房的地板上。

"你想，是不是这样？"皮皮对小猴子说，"这块面至少可做五百块姜汁甜饼干，普通的面板怎么够用呢。"

皮皮趴在地上，用模子压出一块块心形面饼，好像有什么大事儿似的。

"你不要在面上走，纳尔逊先生。"

皮皮不高兴地说。就在这时，门铃响了。

皮皮听到门铃，飞快地跑过去打开了门。

这时的皮皮全然像个卖面粉的，从头到脚都是白的。就在皮皮和汤米和安妮卡握手时，面粉落了他们一头。

"你们来了，我真高兴！"

皮皮这样说着，扬起了围裙里的面粉，呛得汤米和安妮卡咳嗽起来。

"你在干什么？"汤米问她。

"这个嘛，我要是说是在扫烟囱，像你们这样的聪明人也不会相信。"皮皮说，"实际上，我在做甜饼干，一会儿就好，你们先在柴箱上坐一会儿好吗。"

皮皮干起活来非常快，汤米和安妮卡坐在柴箱上看着她一气把饼干压出来，扔到铁方盘里，再把方盘放入烤箱。他们觉得像是看电影的快镜头似的。

"好了，完事儿！"

皮皮终于说着把最后的方盘放入烤箱，呼地一声把烤箱的门关上了。

"现在我们干什么呢？"汤米问道。

"你们到底想干什么我虽不知道，"皮皮说，"可我不是一个懒人，不管怎么说我都是个找东西大王，所以我不能浪费一秒钟。"

"你说你现在是什么？"安妮卡问。

"找东西大王。"

"那是什么？"汤米问。

"就是能找到和发现东西的人。不是这样吗？"皮皮说着，把地板上所有的面粉扫成一堆。"世界上到处是等着人去找的东西，干这个的就是找东西大王。"

"那东西，是什么呢？"安妮卡问。

"是各种各样的东西。"皮皮说，"金块、鸵鸟毛、死老鼠、泡泡糖、小螺丝等，都是可找的东西。"

听了皮皮的话，汤米和安妮卡觉得特别有趣，自己也想成为找东西大王。不过汤米说："我不想找到小螺丝，想找到金块。"

"那要到时候才能知道，"皮皮说，"总能找到些什么。不过咱们得抓紧点，别让其他找东西大王把金块找走了。"

这样三个找东西大王开始工作了。他们想，最好先在附近房子周围找，因为皮皮说，林中深处虽有螺丝，不过最好的东西大都在有人住的地方。

"不过，这也不一定，"皮皮又说，"例外的事也有的。对，我想起来了，有一次，在婆罗洲森林里找东西。在那没人到过的原始森林里，你们猜我找到什么了？一条漂亮的木头腿！后来我把这东西送给了一位只有一条腿的老爷爷。那老爷爷说：

"用多少钱也买不到这么好的木头腿。"

汤米和安妮卡心里琢磨着如何做一个找东西大王，注意看着皮皮是怎样找东西的。皮皮从路这边跑到路那边，用手遮着阳光，找了又找。皮皮有时在地上爬，还把手伸过篱笆，失望地说：

"奇怪！我明明看见有一块金子的！"

"找到的东西可以拿走吗？"安妮卡问。

"当然，只要在地面上的东西都可以。"皮皮回答说。

他们再往前一走，一个老头躺在自己家的草坪上睡着。于是皮皮说：

"那个人是在地上的东西，是咱们找到的。拿走吧。"

汤米和安妮卡吓了一跳，赶忙说：

"不行，不行，皮皮，不能捡那老爷爷，绝对不能！而且，捡了那老头有什么用呢？"

"有什么用，可以拿他做许多事。让他当兔子，放在小兔箱里，喂他蒲公英吃。不过你们不愿意的话，我没什么。可是，他可能被别的找东西大王拿走，我是这样想的。真可惜呀！"

三人便继续往前走。忽然皮皮大叫一声：

"呵！从来没见过这样的东西！"

一边喊着，皮皮从草里捡起一个生锈的旧的白铁罐。

"多好的东西！多好的东西！白铁罐是多么不容易找到的东西啊！"

汤米以疑问的目光，看着白铁罐问道：

"这东西有什么用？"

"有好多用处。"皮皮回答说，"首先一点，它可以装饼干，就成了一个饼干盒。其次是可以不装饼干，就成了没有饼干的白铁罐。虽没有饼干的不及有饼干的，但也不赖。"

皮皮把白铁罐仔细地看了看，这东西锈得很厉害，底部还有个洞。

"大概这东西只能做没饼干的白铁罐了，"皮皮想了想说，"不过可以扣在头上，就会觉得是深夜。"

皮皮开始像她说的那样做了，把白铁罐扣在头上，这时的皮皮仿佛像个白铁塔楼。她在这里转来转去，撞上了铁丝网，被绊倒后，躺在了铁丝网的那边。白铁罐碰到地上"哐啷"一声。

"喂！明白吗？"皮皮这样说着摘掉了白铁罐，"如果没这东西戴在头上，我就会鼻青脸肿的。"

"但是，如果不戴这白铁罐，你也不会绊倒在铁丝网那边去呀。"安妮卡说。

安妮卡的话音未落，皮皮又叫起来，得意地举起一个空线轴。

"今天我真有运气！"她说，"多可爱的小线轴啊，能吹肥皂泡，穿根线挂在脖子上就成了项链了。我马上回家去做。"

就在这时，旁边一家的院门打开了，一个小男孩跑出来。那个男孩好像很害怕的样子，这是有原因的，他的后面有五个男孩追他，他们抓住了小男孩，推到墙边就打。小男孩哭着用手挡着脸。

"打！给我打！"

五个男孩中最大的一个大声喊着，"让他不能再出现在这条街上！"

"唉呀！挨打不是布勒吗。他们怎么这么狠呢！"安妮卡说。

"那个本格特最讨厌，总是打架。"汤米说，"还五个打一个，真可恶！"

皮皮走向那五个孩子，用手指戳了一下本格特的后背。

"喂！你们五个人一齐打小布勒，想把他打成肉酱呀？"皮皮问道。

本格特转过身来一看，是一个女孩儿。这个根本不认识的女孩，竟敢动我。开始时本格特真有些吃惊了，看了看皮皮便冷笑起来。

"喂！过来！伙伴们。放开布勒，来看看这小丫头。"本格特这样说着，拍拍大腿大笑起来。

一转眼，男孩们围住了皮皮。布勒这时擦了擦眼泪，悄悄地躲到了汤米身边。

"喂！你们见过这种头发吗！完全像一堆火！还有这双鞋怎么样？你这鞋可以借给我吗？"本格特继续说着，"我想划船，而我没有船。"

接着，本格特抓住了皮皮的辫子，又立刻松开叫道：

"唉哟哟！真烧手啊！"

于是，五个男孩紧紧地围住了皮皮跳着高地叫着：

"噢——噢，红毛！红毛，噢——噢！"

皮皮站在中间，一动不动地微笑着。本格特以为皮皮会生气或哭起来，至少要胆怯起来，可看她毫无反应，便推了皮皮一下。

"看来你真是不知道怎样对待本小姐。"说着她把本格特举起来，走进旁边的桦树林，把他挂在树枝上；接着又抓住一个男孩，把他挂在另一个树枝上；她抓起第三个男孩挂在高高的门柱上；第四个男孩让她拎起来扔过墙那边花园的花床上；最后一个男孩让她扔进了路边的一辆玩具车里。

皮皮、汤米、安妮卡和布勒看了一会儿五个孩子的丑态，那几个小子吓得连话都说不出来了。

于是，皮皮说：

"你们都是胆小鬼！五个人打一个人，真丢人。而且你们还对一个柔弱的小女孩推推搡搡的。多可恶啊！"

"好吧，我们走吧。"皮皮对汤米和安妮卡说，然后对布勒说：

"如果他们再要打你，你就来告诉我。"

接着，皮皮对本格特说：

"喂，你如果对我的头发和鞋子还有什么要说的，在我走之前就都说出来吧。"

这时的本格特坐在树枝上，吓得一动不敢动。关于皮皮的鞋子和头发什么议论都没有了。于是皮皮一手拿着白铁罐，一手拿着线轴，带着汤米和安妮卡走了。

当三个人来到皮皮家院子的时候，皮皮说：

"噢，你们什么也没有啊！我找到了这么好的两样东西，你们却两手空空。再去找一找吧。喂，汤米，为什么不到那棵老树里看看呢？老树总是找东西大王最喜欢的地方。"

汤米虽然说"我们并不指望找到什么"，但还是把手伸进了皮皮指示的老树洞。

"唉呀！真有啊……"汤米一边惊讶地说，一边抽出手来，手里握着一个皮面的漂亮的笔记本，本子上插笔的地方还插着一支银色的钢笔。

"呀！太怪了！"汤米说。

"这回明白了吗？"皮皮说，"没有比当找东西大王更好的了。干这个的人这么少，真是奇怪，那些人当木匠、鞋匠、扫烟囱的，就是不当找东西大王！"

接着，皮皮对安妮卡说：

"你为什么不到那老树墩里看看呢？实际上，在那里一定会发现什么的。"

安妮卡把手伸进树墩里，立即就拿出一个红色的珊瑚项链。

汤米和安妮卡都惊得好一会儿张着大嘴巴呆呆地站在那里。然后他们决心从今以后每天都做一个找东西大王。

皮皮头天晚上扔球玩到半夜，这时她觉得有些困了。

"我觉得我应该去睡一会儿了。"皮皮说，"你们不一块儿和我进屋，安排我睡觉吗？"

皮皮坐在床边脱鞋时，看着它们想起了一件事，便说：

"那小子说他想划船。混蛋！"

皮皮骂着，又哼了一声。

"我会教那小子划船的。对！总有一天！"

"我说，皮皮。"汤米怯生生地问，"你为什么穿这么大的皮鞋呢？"

"这是为了活动脚趾方便！"皮皮回答着。之后皮皮躺下了。皮皮把脚放在枕头上，头用被蒙着。皮皮总是这样睡觉。

"在危地马拉，人们就是这样睡觉的。"皮皮非常干脆地说，"这样睡觉是最好的方法，还能活动脚趾。"

"你们不听摇篮曲能睡着吗？"皮皮又说，"我每次都给自己唱摇篮曲，不然我一点都睡不着。"

汤米和安妮卡听到被子发出喔喔的声音，这是皮皮在给自己唱摇篮曲呢。他俩于是悄悄地离开了床。到门口时，他俩又回过头来看皮皮，可是除了皮皮的两只脚什么都看不见。皮皮就那样睡着，两脚使劲地活动着脚趾。

汤米和安妮卡跑回了家。安妮卡紧握着那串珊瑚项链。

"真是奇怪呀！"安尼卡说，"汤米，是不是这样……也就是，这东西是皮皮事先放在那里的？"

"这不清楚。"汤米说，"皮皮的事谁都难说清楚啊！"

3. 皮皮和警察捉迷藏

一个九岁的小女孩自己住在威勒库拉庄的事，小镇上的人都知道了。镇上的阿姨和叔叔们都认为这绝对不行，所有的孩子都必须有大人照顾和管教，而且任何孩子都应上学校念乘法口诀。所以这些阿姨叔叔们便决定马上送住

在威勒库拉庄的小女孩去"儿童之家"。

一个晴朗的下午，皮皮为请汤米和安妮卡喝咖啡和吃姜汁饼做着准备。她把咖啡放在凉台的台阶上，那里既阳光充足，又容易看到。皮皮从院子里闻到了迎面扑来的各种花香。纳尔逊先生在凉台的扶手上爬上爬下。那马把鼻子伸过来，想求块姜汁饼干吃。

"人活着多美好！"皮皮说着，把两脚使劲地向前伸着。

就在这时，两个穿着整齐的警察走进门来。"看来今天是个好日子，警察最好了。当然草莓酱除外。"皮皮这样说着非常高兴地、面带微笑地来迎接警察。

"住在威勒库拉庄的女孩就是你吗？"一个警察这样问道。

"哪的话呢！"皮皮说，"我是那女孩的小姑，住在镇对面的四层楼上。"

皮皮只是想和他们开个小玩笑，可他们一点也没觉得有趣。

"不要顽皮。"警察说，"镇里的好心人请我们把你送到'儿童之家'去。"

"我已经去了'儿童之家'了。"皮皮说道。

"什么，已经去了？"警察问道，"是哪的'儿童之家'？"

"就是这。"皮皮得意地说，"我是儿童，这是我的家，所以这里就是'儿童之家'。"

警察哈哈大笑起来，说道：

"你不明白，你必须去一个好的儿童之家，不然是不行的。"

"你们的儿童之家，马也可以去吗？"皮皮问道。

"不，当然不行。"警察说。

"是的，我也这么认为的。"皮皮沉下了脸说，"那么猴子呢？"

"当然也不行。这个你应该知道。"警察说。

"我明白了。"皮皮说，"如果是那样，你们只好到别处找孩子进你们的'儿童之家'了，我不想去那里。"

"是吗。你不明白，你必须进学校。"警察说。

"为什么必须进学校？"皮皮问。

"当然是为了让你学各种各样的知识了。"

"学什么？"皮皮又问。

"学许许多多的知识。"警察说，"学很多有用的知识，例如乘法口诀。"

"我不知道乘法口诀这九年不也很好地过来了吗。"皮皮说，"所以，今后我认为也能过得很好。"

"可是，"警察说，"你不懂，你将来会多么不愉快。你长大了，别人问你'葡萄牙首都是哪？'你会回答不上来的。"

"我能回答上来。"皮皮说，"我就这样回答：'如果你想知道葡萄牙首都是哪，就直接写信到葡萄牙去问吧。"

"嗯，但你自己不知道不觉得悲哀吗？"警察说。

"也许这么想，"皮皮说，"我想我会在夜里常常地瞪着眼睛想啊，想啊，葡萄牙的首都叫什么鬼名来着。这样就会永远失去快乐的。"

说着皮皮倒立起来，嘴里还说：

"不过我和爸爸曾经一起去过里斯本①。"

皮皮就是倒立着也能说话。

于是一个警察说：

"不，那也不行。不是你想做什么就可以干什么的，你想错了。你必须一起跟我们去'儿童之家'，现在，就是现在。"

警察走近皮皮抓住她的手腕，可皮皮一下子就挣脱了，然后轻轻地碰碰警察说：

"咱们捉迷藏吧。"

这位警察还没来得及转眼，皮皮便跳到了凉台的扶手上，三下五除二皮皮已窜到二层楼的阳台上了。两位警察不想像她那样跟着爬，便跑进房子上二楼。待警察来到阳台上，皮皮爬上屋顶。她在瓦上爬简直像只猴子，一转眼她就站在屋脊上了，然后轻轻一跳就上了烟囱。在二层阳台上的警察急得直拽自己的头发。在下面草坪上的汤米和安妮卡抬着头看着皮皮。

"捉迷藏真有趣！"皮皮大声喊着，"谢谢你们来这儿！特别好玩。今天真是好日子。"

两个警察想了一下，去弄来一架梯子，靠在山墙上，为了抓住皮皮向上爬着。两个警察一边平衡着自己的身体，一边心惊胆战地向皮皮那边走去。

"不要怕！"皮皮喊着，"一点都不危险，只是好玩！"

---

① 葡萄牙首都。

警察还差两步就赶上皮皮了，皮皮飞快地跳下烟囱，连喊带笑地跑向另一边的山墙。离房子二、三米处有一棵树。

"喂！我跳过去了！"一边喊着皮皮很快地向绿树梢跳去，她一下子抓住一根树枝，然后晃摇几下就跳到地面上了。之后皮皮跑到房子山墙边，拿走了梯子。

两个警察看到皮皮跳了下去，便大失所望。等他们一歪一斜地顺着屋顶走过来，想要从梯子下来时，他们一下子傻了。开始他们气得发疯，对着下面抬头看着他们的皮皮大叫道：

"快点儿把梯子拿过来，不然的话，就给你点儿厉害瞧瞧。"

"你为啥这样生气呢？"皮皮责备地说道，"我们不过是捉迷藏，所以我们不应该是朋友吗！"

两个警察稍微考虑了一下，然后一个警察作出为难的样子说：

"是的。不过我们不能待在这儿，能不能把梯子拿回来让我们下去？"

"当然可以。"皮皮说着把梯子又拿了回来。对警察说：

"我说，下来以后我们一起喝咖啡，稍稍休息一下吧。"

可是这两个警察实在狡猾，一下来便冲向皮皮，并说：

"你这小崽子，这回让你尝尝我们的厉害！"

皮皮说：

"不行。我没工夫跟你们玩了。虽然特别好玩。"

说着皮皮紧紧抓住两个警察的皮带，拎着他们穿过院子里的横道和大门，到了马路上。在那里，皮皮把他们放下。两个警察很长时间不能动弹。

"稍等一下。"皮皮这样说着，跑回厨房，拿了一些心形姜汁往里夹。"

"吃一块尝尝吗？尽管稍煳了点，但不很严重。"

之后，皮皮来到汤米和安妮卡身边。这时的汤米和安妮卡已惊奇地看呆了。

两个警察急忙回到镇里，对镇上的阿姨和叔叔们说：

"那个叫皮皮的孩子不适合进'儿童之家'。"但两个警察没有说起自己上房的那件事。

于是，镇上那些阿姨和叔叔们也认为皮皮住在威勒库拉庄是很适合的。如果皮皮要上学的话，可让她自己去安排。

这天，皮皮、汤米和安妮卡的确过了一个非常快乐的下午。由于正喝着

＊＊＊ 070 ＊＊＊

的咖啡被警察打断了，所以他们三人继续喝咖啡。皮皮一口气吃下十四块姜汁饼干后说：

"那两个家伙不是好警察。真讨厌！什么儿童之家啦，乘法口诀啦，里斯本啦，全是些胡言乱语。"

喝完了咖啡，皮皮把马搬到外边。之后三个人一起骑上马。起初安妮卡还有点儿怕，不敢骑马，可是看汤米和皮皮都骑得很开心，就让皮皮把她拉上马背。之后，马在园子里转圈跑起来，汤米还唱着歌：

"呱嗒、呱嗒，瑞典佬来了！"

那天晚上，汤米和安妮卡上了床以后，汤米说：

"安妮卡，你不认为皮皮来这儿特别好吗？"

"当然，当然是这么认为的。"安妮卡回答说。

汤米说："在皮皮来以前，玩些什么来着，我都想不起来了。你还记得吗？"

"是的，还记得。我们玩槌球戏什么的了。"安妮卡说，"不过，和皮皮在一起不知为什么，特别特别地高兴。她还有马！"

4. 皮皮上学

理所当然，汤米和安妮卡去上学了。每天早上八点一到，他俩便夹着教课书，手拉着手迈着碎步急匆匆地走出家门。

这段时间里，皮皮一般是刷马或给纳尔逊先生穿衣服。不然的话就是做体操。她先是在地板上做倒立，然后连续翻四十三个空翻。这些做完后，皮皮便坐在厨房的桌子上，慢悠悠地喝着大碗咖啡，吃着奶酪三明治。

汤米和安妮卡每天忙着从家里出来去学校的时候，总是以恋恋不舍的目光告别威勒库拉庄。和去学校比起来，他们俩是多么想和皮皮一起玩啊。他们想如果皮皮和我们一起去上学，这种遗憾大概就没有了。

"我说，你想过没有。我们三人一起放学回家，那该多有意思。"汤米说。

"是的。一块去上学也很好玩呀。"安妮卡说。

他俩越想越觉得皮皮不去上学特别遗憾。于是他俩终于决定劝皮皮去上学。

"我说，你想不出我们的女老师有多么出色。"汤米想办法和皮皮说这事。

这是一天午后的事。汤米和安妮卡做完了作业，来到了威勒库拉庄。

"真的，学校里多有意思你是知道的。"安妮卡明确地说，"如果我不去学校的话，就会发疯的。"

皮皮坐在椅子上洗着脚。汤米和安妮卡的话她听了，但什么也没说，只是在水盆里不断地动着脚趾，溅得周围都是水。

"在学校里可以不待那么长时间。"汤米接着说，"只待两小时。"

"是的。圣诞节、复活节都放假，而且还有暑假。"安妮卡又说到。

皮皮默默地什么也没说，一边咬着自己的大脚趾，一边想着。

突然，皮皮拿起水盆，把水全部泼在地板上。在皮皮旁边坐着玩着一面镜子的纳尔逊先生的裤子都给弄湿了。

"这不公平！"皮皮厉声说道。

纳尔逊先生的裤子虽然湿了，但皮皮也没去管。

"太不公平了！我忍受不了啦！"

"什么事你忍受不了啦？"汤米问道。

"再过四个月就是圣诞节了，你们那时有假期，可我有什么呢？"皮皮有些悲伤地说，"没有圣诞节假期，起码的圣诞节假期都没有。"皮皮忧愤地说，"我一定去，对，明天早上我就去上学。"

汤米和安妮卡高兴地拍起手来。

"万岁！明早八点钟我们在家门口等你。"

"不行！不行！"皮皮说，"那么早出门不行。我可以骑马去学校。"

皮皮真的按照自己说的去做了。第二天早上十点钟，皮皮举起马放在凉台下边。这时，小镇上的人们都从窗户向外看着说："什么马跑了？"其实这只是他们这样认为的，实际并不是那么回事，不过是皮皮急忙赶着去上学而已。皮皮打马一溜烟地来到校园，还没等马停下来，她就翻身下马。把马拴在树上，然后走向教室，乒地使劲地打开教室的门。这时在教室里的汤米、安妮卡和同学们都站了起来。

"啊，你们好！"皮皮挥着大帽子说道，"我是来学乘法表的，来得及吧。"

汤米和安妮卡在此之前曾跟老师说过，"有个叫长袜子皮皮的女孩要来上学。"而且老师也在小镇上听到些传言，知道皮皮的情况。

这位女老师性情温和、和蔼可亲，所以她决心让皮皮在学校过得开心。

皮皮还没等人告诉，就坐到没人的椅子上。老师对她的行为没有放在心

林格伦（瑞典）

上，然后和蔼地说：

"欢迎你来学校，皮皮。只要你能在这里过得快活，学到更多的知识就好。"

"实际上，我能得到圣诞节假日就行。"皮皮说，"我就是为了这个来学校的。公平比什么都重要！"

"请你把你的全名告诉我，因为要在学校的名册上登上记。"老师说道。

"我的名字叫皮皮洛塔·各种食品·百叶窗·薄荷糖·埃夫拉因姆之女·长袜子。我是前海上霸王，现为黑人国国王埃夫拉因姆·长袜子的女儿。'皮皮'是我的小名，皮皮洛塔这名字说起来有点长，爸爸便叫我'皮皮'。"

原来是这样，"老师说，"那么，我们就叫你皮皮。不过，要稍稍测验一下你有哪些知识。"

于是，老师问道：

"你挺大了，应该知道不少知识的。先从算数开始好吗？那么，皮皮，请你说说 7 加 5 等于多少？"

皮皮有些惊讶，像是不高兴地看着老师，然后说：

"你别想把你不会的题来让我做！"

所有的孩子都怯生生地看着皮皮。

老师对皮皮说："在学校里，不能这样回答问题，还不能'你'、'你'地叫老师，要严肃地称'老师'。"

"实在对不起。"皮皮道歉说，"这事儿我不明白。我再也不这样做了。"

"对，你应该这样的。"老师说，"因此我来教你，7 加 5 等于 12。"

"你瞧！"皮皮说，"你本来完全明白，为什么要问我呢？啊，我这笨脑袋，又把你称作'你'了。对不起。"

皮皮说着用力拽着自己的耳朵。

老师装作若无其事的样子，继续测验。

"那么，皮皮，你认为 8 加 4 等于几呢？"

"大概是 67 吧。"皮皮答道。

"错了。8 加 4 等于 12。"老师说。

"唉呀，阿姨，这太过分了。"皮皮说，"就在刚才，你还说 7 加 5 等于 12 呢。在哪所学校也不能胡来呀。如果你喜欢这无聊的东西，你自己一个人到墙角去算岂不更好？这样我们大家就可以捉迷藏了。唉呀！不对！我又说

'你'了!"皮皮很害怕似地说,"能原谅我这一次吗?以后我一定记住。"

老师说可以。但老师想不论怎么样,也不能再问皮皮算术题了。老师开始问皮皮以外的孩子。

"那么,汤米,请回答这个问题。丽萨拿着 7 个苹果,阿克瑟拿着 9 个苹果,两个人一共拿着多少个苹果?"老师问。

"是的,请你回答,汤米。"皮皮插话说,"请接着回答我这个问题,丽萨肚子疼,阿克瑟肚子更疼,怪谁呢?同时,他们的苹果是从哪来的呢?"

老师装作什么也没听见似的,接着问安妮卡:

"安妮卡,请你回答这个问题。古斯塔夫和朋友一起参加学校的远足。去的时候,他带了 1 元钱,回来的时候还剩 7 分。古斯塔夫花了多少钱?"

"的确如此,"皮皮说,"我也想就这问题问一问,古斯塔夫为什么那么能花钱?他是不是买柠檬果汁了?而且古斯塔夫是不是把耳朵洗干净后才回家的?"

老师决定完全停止算术问题的提问。她想如果是语文方面的问题,她也许会更有些兴趣。于是老师拿出来一块漂亮的小板子,上面画着刺猬。刺猬的鼻子上写着 ci 字。

"皮皮,我让你看一样有趣的东西。"老师快速地说着,"这个 ci 是刺猬的字头。"

"哦,很难相信。"皮皮说,"那 c 的旁边只是一根棒子,上面有个小疙瘩。那么刺猬和疙瘩究竟有什么关系?我很想知道。"

老师拿出了另一块板子。上面画着蛇。之后,老师说在这写着 "S"。

"说到蛇吗,"皮皮说,"我总忘不了在印度和一条大蛇搏斗的事。那条蛇的样子,你们想都想不出来。长十四米,脾气像马蜂一样暴躁。它每日要吃五个印度人,饭后还要吃两个小孩儿当点心。一天,那大蛇向我走过来,看样子想拿我当点心。它嘶嘶地来缠我的身体。我这时对它说:'你真不知道我在船上有多厉害'。'砰'地一拳朝那大蛇的头上打去。那蛇喔喔地哭了,之后我又一拳,这回它死了。那蛇的样子像 'S' 字。真有意思!"

因为说了半天,皮皮得喘口气。这时的老师觉得皮皮是个吵闹而难缠的孩子,所以决定让全班同学画一会儿画。这样或许皮皮会静下来画画。于是老师拿出纸和铅笔,发给孩子们。

"大家喜欢画什么就画什么吧。"说着老师坐到自己的位子上,开始批改

习字本。过了一会儿，老师想他们画得怎么样了呢，便抬起头来。一看，孩子们都在看着皮皮。那皮皮正趴在地板上画着自己喜欢的画。老师忍受不了啦。

"我说皮皮，你为什么不在纸上画呢？"

"纸已经全画完了。而且那张纸也不够画我这匹马的。我现在画的是前脚，画尾巴的时候必须得到走廊去呢。"

老师想了许久，然后说：

"现在我们唱歌好吗？"

孩子们立刻都站了起来，可只有皮皮躺在地板上。

"你们唱吧，我要稍稍休息一下。"皮皮说道，"过量地学习，什么好身体也会垮的。"

这时的老师已经忍无可忍了。

"我和皮皮单独有点事，你们都到外边去吧。"老师对其他孩子们说。

当教室里只剩下老师和皮皮时，皮皮站起来走到老师的桌子前。

"我说，"皮皮说，"啊，是的，应该叫老师，我到这儿来看到了学校都做些什么啦，的确很好玩。可我不想再来学校了，圣诞节假日有没有我也觉得无关紧要了。满是苹果呀，刺猬呀，蛇呀的问题，搞得我头昏脑胀的。您别失望，老师。"

"我真的失望了。让我最失望的，是你不懂礼貌。像你这样没规范的女孩，即使自己想上学，学校也不会收你的。"老师说。

"我没规矩？"皮皮十分惊讶地问，"可我却一点都不知道。"皮皮这样说着，脸上现出悲哀的表情。皮皮垂头丧气的时候，谁都赶不上她悲伤。皮皮沉默了一会儿，用颤抖的声音说：

"希望您能明白，老师。一个孩子，妈妈是天使，爸爸是黑人国王，自己在这之前一直在海上航行。当这个孩子进了学校碰到苹果呀，刺猬呀等问题时，究竟应该怎样做，实在是全都不知道。"

于是，老师说她很理解。然后说：

"我对你没有失望。我只是觉得你再大些来上学会更好些。"

听到这话，皮皮高兴地说：

"您真是个好老师，所以请您把这东西收下。"

皮皮从兜里拿出一块漂亮的小金表，放在老师的桌子上。

"这么贵重的礼物我不能收。"老师谢绝地说。

"您得收下，如果不收下，我明天还会来的，到那时就会有小小的麻烦！"皮皮说。

之后，皮皮跑出校门，飞身上马。孩子们都围过来，想摸摸那马，然后目送皮皮离开这里。

"谢谢你们，我知道阿根廷的学校。"皮皮自豪地从马上看着下面的孩子说，"大家还是去那里好。阿根廷的学校，圣诞节假期过去三天，复活节假期就开始了，复活节假期过去三天就是暑假了。暑假要到十一月一日，之后当然有一段不那么轻松，不到十一月十日不能放圣诞节假。不过这点时间是一定要忍耐的，为什么呢？反正是不上课。在阿根廷，学习是不允许的。虽然偶尔有一两个孩子躲在衣柜里学习，但被妈妈发现了，就要倒霉的！在学校决不能学算术。如果哪个孩子知道 7 加 5 等于几，又去告诉了老师，就会被罚站一天墙角。只有周五有语文课，但是那天得先有书才行，可他们什么书也没有。"

"唉——那么他们在学校里干什么呢？"一个小男孩问道。

"吃糖果哟。"皮皮不加思索地答道，"有一条长长的管道，从附近的糖果工厂直接通到教室。那条管道每天向教室里流着糖果，孩子们日日忙着吃糖果。"

"那么，老师做什么呢？"一个女孩儿问。

"给孩子们剥糖纸呗。呆子。"皮皮说，"你没想到吧，只是老师自己做这事。是的，老师也不常去学校，有时派自己的兄弟去。"说完皮皮挥挥手里的大帽子高兴地告别道：

"朋友们，再见！"皮皮又说，"不久我们就要分别了。可是阿克瑟拿着多少个苹果可要牢牢记住哟，不然的话，会倒霉的。哈哈哈哈……"

皮皮笑着打马飞快地跑出校门，马蹄踏处，小石子都飞了起来，学校的窗户也随之震得咣咣作响。

5. 皮皮坐在门上，还爬树

皮皮、汤米和安妮卡坐在威勒库拉庄的外边。皮皮坐在院门的一个柱子上，安妮卡坐在院门的另一个柱子上，汤米坐在门顶上。这是八月底一个风和日丽的日子。就在门的近旁有一棵梨树，树枝一直垂到地面，因此，孩子

们就是坐在那里不动，就会随便地摘到梨子，这梨子是小的金黄色的甜美的八月梨。皮皮他们三人大口大口地吃着梨，把梨核吐到马路上。

由于威勒库拉庄处在小镇的边儿上，所以对面就是乡村和小镇的交界了。镇上的马路从这里就变为乡村之路了。这里是镇边儿风景秀丽的地方，镇上的人经常到这一带来散步。

皮皮他们三人在坐着吃梨的时候，见一个女孩从镇里走过来。她看见皮皮他们便停了下来问道：

"你们没看见我爸爸从这里过去吗？"

皮皮搭话说：

"喂，你爸爸长得什么样？是蓝眼睛吗？"

"对的！"女孩说。

"不高不矮，中等个子？"

"不错。"女孩又答道。

"黑帽子，黑鞋？"

"对，你说得对。"女孩认真地说。

"没看见这样的人。"皮皮明确地说。

小女孩什么也没说，失望地走了。

"喂，等等！"皮皮从后边大声喊道，"那人是秃顶吗？"

"没有的事！"小女孩生气地说。

"真有运气！"皮皮说着，吐了一个梨核。

那女孩快速地往前走。这时皮皮又喊道：

"那个人有一对特大耳朵吗？一直搭拉到肩上。"

"你错了。"女孩说着，惊讶地转过身来，说：

"你是说用两只大耳朵走路的人吗？"

"我没看到过用耳朵走路的人。"皮皮说，"我只知道大家都用脚走路。"

"唉，你真傻，我问的是这个，长着那么大耳朵的人，你真的见过？"

"没见过。"皮皮说，"你想想，长着那么大的耳朵，人会是什么样子。长着那么大的耳朵的人是没有的。至少……我们这个国家没有。"皮皮想了想又补充说：

"在中国就不同了。我在上海碰到过一个中国人，耳朵大得像斗篷。下雨的时候钻到耳朵底下又暖和又舒服。那耳朵让人快活。天气不好的时候，那人总是叫朋友和熟人到他的耳朵底下来。于是，一到刮风下雨，大家就到他耳朵底下坐着唱悲伤的歌曲。因为那人有了这么一对大耳朵，大家都喜欢他。他叫海上。海上每天早晨跑着上班的样子，真该让你看看。由于他特别贪睡，总是踩着点到班上。就在上班路上，他的两只大耳朵在脑后就像两张黄色的船帆，那好玩的程度难以表达。"

那女孩站在那里，张大嘴巴听着皮皮的话。这时的汤米和安妮卡早把吃梨的事忘在脑后了，着迷地听着皮皮的话。

"海上有数不清的孩子，最小的叫彼得。"皮皮说。

"唉，可是中国的孩子叫彼得可有点不可思议呀。"汤米反对地说。

"是那样的。那夫人也这么说，说中国的孩子不应叫彼得，可是海上是一个非常顽固的人，他说孩子要么叫彼得，要么就别起名，说着坐到墙角，把两只大耳朵盖在头上，在那噘嘴。当然喽，这样一来，夫人毫无办法，只好认倒霉，所以那孩子的名字就叫了彼得。"

"啊，是吗。"安妮卡说。

"这孩子在全上海都属最闹人的。"皮皮接着说，"彼得吃东西特别挑剔，搞得他妈妈烦得很。你们知道中国人吃燕窝吧。他妈妈捧着一大盘燕窝坐下来喂小彼得。'乖，彼得，我的好孩子，'他妈妈说，'把这燕窝吃了吧，让爸爸高兴高兴。'可彼得紧闭着嘴摇着头。最后海上生气了，说：'要是不为爸爸把这燕窝吃了，就再也不给彼得东西吃。'海上说到做到。之后这燕窝每天从厨房拿出来，再送回去，就这样，从五月一直持续到十月。七月十四日那天，妈妈对爸爸说：'可不可以给彼得吃两三个肉丸子？'可海上说不行。"

"瞎说！"站在路上的女孩说。

"对。那海上就这么说的。"皮皮接着说，"'瞎说，孩子是能够吃这燕窝的，只要他不故意和我们耍。'可是彼得硬把嘴从五月闭到十月。"

"我说，那他是怎么活下来的？"汤米问道。

"他没有活下来。"皮皮说，"他死了。耍得太过分了。他死在十月十八日，十九日就把他埋了。二十日一只燕子从窗子飞进来，落在餐桌上，然后在那燕窝里下了一个蛋。这燕窝好歹算派上了用场，是燕窝本来的用处。"

皮皮得意地说着，然后她看到了路上的小女孩。那女孩站在路上发愣。

"为什么是那种表情？"皮皮问那女孩，"想说什么？想说我净是说谎？对不对？如果你说我说谎的话……"皮皮说着卷起袖子。

"不、不，没有的事。"那小女孩赶忙说，"我决不会说你说谎的。不过……"

"你不想说？"皮皮说，"那就大错特错了。我是要到说谎把舌头说得发黑为止的。你真不明白？小孩从五月到十月不吃东西能活下来的事，你真相信吗？当然我知道孩子可以三、四个月不吃东西能活下来，可是从五月到十月的话却是瞎说。这样的胡话你听不出来吗。你不应让别人哄弄你，那是不行的！"

于是，那小女孩向前面走去，这一次她绝对不回头。

"她为什么那么轻信别人？"皮皮问汤米和安妮卡，"五月到十月这纯粹是胡话！"

之后皮皮又向那小女孩喊道：

"喂！我们今天没看见你爸爸。今天一天没碰到一个秃顶的人。昨天有十七个秃顶从这里过去，手拉着手！"

皮皮的院子真是漂亮，但不能说她收拾得好。不过，这里有一块从来没有割过的美丽的草坪，上面长着老蔷薇树，白的、黄的、淡红的蔷薇花开满枝头。这些花倒算不上特别美，但很香。这里实际上还有许多果树。而且还有些老橡树和老榆树。这树攀登起来很好玩。

汤米和安妮卡家的院子里能爬着玩的树不多，而且妈妈还总是担心他们从树上掉下来摔伤了。因此，他俩不太爬树。可皮皮说：

"怎么样？爬那边那棵橡树吗？"

汤米听了非常高兴，立即从门上跳下来。安妮卡有点犹豫，但看到树干上有可以停脚的树疙瘩，心想爬爬这树一定很好玩。

离地面两三米处，橡树就开始分成两个大杈。树杈的地方像是个小房子。不一会儿三个孩子就都坐在了树杈的地方，他们的头顶满是如绿色天棚一样的橡树叶。

"在这里喝咖啡很好，我这就去准备。"皮皮说。

汤米和安妮卡拍着手喊着"万岁！"

不一会儿，皮皮就烧好了咖啡，正好还有昨天做的香喷喷的圆面包。

皮皮来到橡树下，把咖啡杯往上扔，汤米和安妮卡在上边接着，可杯子让橡树接了去，两个杯子打了。皮皮又回去拿来新杯子。这回该扔面包的了。面包扔了好长时间，沾在上面的面粉四处飞起来，不过好歹一个也没有碰坏。

最后皮皮一只手拿着咖啡壶爬上树去，兜里装着奶油和一盒糖。

汤米和安妮卡觉得从来没喝过这么好喝的咖啡。平时他俩喝不到咖啡，只有客人请了才能喝，可是今天真的成了客人了。

安妮卡把咖啡洒到了衣服上，先是又热又湿，后来就成了又凉又湿了。可安妮卡却说：

"这没什么关系。"

三个人喝完了咖啡，皮皮把杯子什么的往下边的草地上一扔说：

"我想知道这瓷器结实不结实。"

真是棒，一只茶杯三个碟子完好无损。咖啡壶也只摔坏点壶嘴。

皮皮迅速地向上方爬去。然后说：

"以前从没这感觉。"

接着又听她叫道："树洞！"

树干上有个很大的洞，被树叶遮着，所以以前没有被孩子发现。

"我也上去好吗？"汤米问道。

可是没有回答。

"皮皮！你在哪里？"汤米担心地喊道。

之后听到了皮皮的声音，这声音不是来自于上边，而是在下边。全然像是在地下发出的声音。

"我在树里边呢，一直到地面这树都是空的，我从这的小树缝看到了草地上的咖啡壶。"皮皮说。

"那么，你怎么上去呢？"安妮卡问道。

"我已经上不去了。"皮皮说，"我只好在里边待到老，在这儿领老年保险金了。你们要从洞的上边给我扔食品。每天五次或六次。"

听这话，安妮卡哭了起来。

"干嘛那么悲伤？你哭什么？"皮皮说，"你俩一起都下来吧，我们可以玩坐地牢，可以感受苦恼。"

"那怎么行！"安妮卡说着，为了安全，干脆下到树下。

"安妮卡，我从树缝看到你啦！"皮皮喊道，"别踩着咖啡壶，那可是有年头儿的东西了，很贵重。这之前我们都没做啥错事，壶嘴坏了也不是它的责任。"

安妮卡来到树旁边，从小树缝发现了皮皮的食指尖。安妮卡一下子放了

心，但还有一点担心。

"皮皮，你真的上不去了吗？"安妮卡问道。

皮皮的手指突然不见了，转眼间皮皮在树洞上边露出了脸。

"我使上真劲儿就能爬上来。"皮皮用手分开树叶说。

"爬上来很容易吗？"汤米说。这时汤米还在树上没有下来。

"如果是这样，我也想下去体会一下痛苦。"

"是的。但还是把梯子拿来方便。"皮皮说着从树洞里出来，嗖嗖地就到了地上。之后跑去拿梯子，再把梯子架到树洞旁边儿。

一说要进树洞，汤米就着了迷。树洞在树的上方，要爬到那儿是很费劲儿的，但汤米很勇敢，他也不怕下到树洞里。安妮卡看着汤米的身影消失之后，真担心能不能再看见汤米了。所以就从树缝往里看。

"安妮卡，"汤米的说话声，"你怎么也说不出这里有多好。你一定要下来，那里有梯子，一点也不危险。你一旦到了这儿，别的事什么也不想做了。"

"是真的吗？"安妮卡问。

"绝对！"汤米说。

于是，安妮卡两腿颤抖地爬上了树。最后的困难在皮皮的帮助下解决了。安妮卡往树洞里一看，里面黑洞洞的，就缩了回来。皮皮便抓住她的手，给她鼓劲儿。

"没什么可怕的。安妮卡。"安妮卡听到汤米从树洞下面说的话，"我看见了你的脚了，你下来时，我可以接着你。"

但是安妮卡根本没摔着，平安地下到了汤米的身边。随后皮皮也下来了。

"这地方再好不过了。"汤米说。

安妮卡觉得真没什么可说的，这里并不那么暗，因为那条树缝可以透进光来。安妮卡从树缝往外看去，的确可以看到外边草地上的咖啡壶。

"以后我们可以躲在这了。"汤米说，"谁都不会知道我们在这儿的。别人来找，我们在这透过树缝能看到，然后我们就笑他们。"

"我们可以拿根短木棍从树缝捅他们。"皮皮说，"他们就会以为是有鬼。"

这样一想，孩子们高兴极了，相互抱在一起。就在这时，传来啪啪的声音。这是汤米和安妮卡家吃饭的信号。

"真讨厌，必须得回家了。但我们明天放学回来就立刻到这里来。"汤米说。

"一定要来的。"皮皮说。

之后三人从梯子爬上来，皮皮打头，安妮卡第二，汤米在最后。接着三人从树上下来，还是那个顺序。

6. 皮皮去野游

"今天我们可以不去学校了。"汤米对皮皮说，"学校大扫除，所以给我们放了假。"

"啊！"皮皮大声喊道，"你看，又是不公平！我家也需要扫除，可却没人给我放假。瞧，这厨房的地板！不过，是的……"皮皮继续说，"认真考虑一下，我不用放假就能扫干净。是的，我现在就干。不管放假不放假都没关系，看谁能阻止我。你们坐在桌子上，那样就不碍事了。"

汤米和安妮卡按皮皮说的坐到桌子上去了。纳尔逊先生也跳到桌子上，趴在安妮卡腿上呼呼地睡着了。

皮皮烧了一大锅开水，把这水轻轻地泼在厨房的地板上。然后脱掉两只大鞋，整齐地摆在面包盘上。接着她把两把扫除刷子绑在光着的两脚上，开始在地板上像滑冰似地滑来滑去。皮皮在水上滑过时沙沙作响。

"我成了冰上女王了。"皮皮说着把一只脚举到半空，结果是左脚上的刷子碰到了电灯上，给稍稍碰坏了点。

"不管怎么说，我的优美动作是有魅力的。"皮皮说着又跳过前面的椅子。

"能这么干净就可以了。"皮皮最后说道，同时她解开脚上的刷子。

"不把地板擦干吗？"安妮卡问。

"嗯，让它自己干去吧。我想这地板不会感冒的，能这样摇动就不会感冒。"皮皮说。

汤米和安妮卡从桌子上下来，怕把脚弄湿，小心地走过地板。

他们走出来一看，外面是蓝蓝的天，亮亮的太阳。这是灿烂的九月的一天，到森林里玩是最好的日子啦。于是皮皮想出了一个主意。

"喂，带着纳尔逊先生去野游吗？"

"好哇！"汤米和安妮卡高兴地叫着。

"那么，出去要跟妈妈说一声。"皮皮说，"我也回去装饭盒。"

汤米和安妮卡都认为这是个好主意。他俩迅速地跑回家，又马上赶回来。这时，皮皮正在门口等他们呢。皮皮把纳尔逊先生放在肩膀上，一只手拿着一根手杖，一只手拎着一只大篮子。

孩子们开始时走在乡间道路上，之后就走到野地里了。那里桦树和榛树之间有一条让人心情特别好的小路，他们左转右曲地走过去。一会儿，他们来到一个门前。那门的前面也是一片原野。可门的正面拴着一头母牛，挡着路。安妮卡大声地叫，汤米勇敢地赶它，可那牛一动也不动，只是瞪一双大眼睛看着他们。为了这事，皮皮放下手里的篮子，来到母牛身边，把它举起来放在旁边。不知所措的母牛只好呱嗒呱嗒地穿过榛树林逃走了。

"你猜怎么着？这母牛像公牛那么犟！"皮皮说着收拢两脚跳过门去。"后来怎么样？当然是公牛像母牛那样犟！真可耻！"

"多么美丽、多么美丽的原野啊！"安妮卡高兴得大声喊着，三个人登上了他们发现的一块大石头。汤米拿着从皮皮那里要来的小刀砍下树枝，做了两根手杖，他和安妮卡一人一根。自己还把手指碰破了，不过没什么大不了的。

"不管怎样，我们不能不采蘑菇吧。"说着，皮皮摘了一个红色的美丽的伞菌蘑。

"这蘑菇能不能吃呢？……好在我知道它不能喝。不能喝，那就只好吃了，吃了也没事儿！"

皮皮说着咬了一大口这毒蘑菇。

"没事的！"皮皮高兴地向汤米和安妮卡宣告。

"很好。什么时候我们一定炖点吃。"说着皮皮把手里的蘑菇扔到树那边儿。

"你的篮子里有什么？皮皮，是好东西吗？"安妮卡问道。

"这个，给我一千元钱我也不能说给你们。"皮皮明确地说，"我们先要找个能把那些东西摆出来的地方。"

孩子们开始认真寻找适合的地方了。他们发现了一块平平的大石头，觉得这地方很好，可是这里满是红蚂蚁。皮皮说：

"我不想和这些我不认识的家伙坐在一起。"

"嗯，而且这些家伙还咬人！"汤米说。

"咬人？"皮皮说，"那样的话，我们就咬它们！"

之后，汤米发现了榛树中间有块空地，觉得这是块合适的地方。

"可是，这的阳光不多，雀斑多不了。"皮皮说，"我认为雀斑很漂亮。"

他们稍往前走了走，那里有座小山丘，很容易登上去。上面有个小悬崖，阳光特别充足，像一个阳台似的。他们便在那里坐下了。

"在我摆东西时，你们要把眼睛闭上。"皮皮这么说着，汤米和安妮卡使劲地闭着眼睛。于是他们听到了皮皮打开篮子的声音和哗啦哗啦的打开纸的声音。

"1、2……19、请看！"好不容易听到了皮皮的口令。汤米和安妮卡睁开眼睛，一下子叫了起来。光光的岩石上满满地摆着皮皮准备的好吃的。有夹肉饼，火腿三明治，撒满白糖的煎饼堆着一堆，还有一根棕色的小香肠和三个菠萝布丁（餐后用的点心）。您瞧，这是皮皮在爸爸船上和厨师学的烹调技术。

"哇！扫除假日好极了！"汤米嘴里塞满了煎饼说，"最好每天都放扫除假。"

"不是那么回事。"皮皮说，"我不喜欢扫除。扫除有意思是有意思，但每天干我受不了。"

他们三人都吃得饱饱的了，几乎都动不了了。他们一声不响地晒太阳，心情好极了。

"在天上飞难不难？"皮皮望着断崖的前方，像做梦似的说。那悬崖又陡又深。

"我想飞下去练练能会的，"皮皮说，"往上飞就特别难了。不过我可以先从最简单的开始。我一定要试试。"

"不行！不行！皮皮！"汤米和安妮卡喊道，"唉，皮皮，求你了，可别跳！"

可是皮皮已经站在崖边了。

"飞啊，飞啊，飞起来吧！"皮皮说着"飞起来吧"便伸开双臂跳了下去。不到一秒钟，只听得扑通一声，皮皮落到地面上了。汤米和安妮卡趴在崖上，很怕地看着皮皮。皮皮站起来，按一按膝盖。

"我忘记扇动翅膀了。"皮皮轻松地说，"而且饼吃得太多了，过于重。"

就在这时，他们注意到纳尔逊先生没有了。很明确，小猴子是自己去野游了。三人作出许许多多的猜测。他们都看见了刚才纳尔逊先生还坐在那里

咬着篮子呢。在皮皮跳崖时，大家完全忘了纳尔逊先生，于是就不见了。

皮皮这时气得脱下一只大皮鞋扔到了又深又大的水池里去了。

"去哪儿不能带着它，让它在家里看马，这样才对。"皮皮说着下到水池里，捞出皮鞋，水池的水齐腰深。

"趁这机会洗洗头吧。"皮皮说着，把头扎在水里，直到水里咕咕地冒泡才抽出头来。

"啊，这样一来，我不必去理发店了。"皮皮抬起头来，非常满足地说道。之后她从水池出来，穿上鞋，三人一起去找纳尔逊去了。

"你听，我走路时有什么声。"皮皮笑着说，"衣服沙沙地响，鞋嘎叽嘎叽地叫。真有趣。你也试试吗？"皮皮对安妮卡这样说着。这时安妮卡正优雅地走着，身上穿着浅桃红色的衣服，脚上穿着白色皮鞋，那样子非常可爱。

"啊，以后再说吧。"聪明的安妮卡说。

三个孩子继续往前走着。

"纳尔逊先生真气人。"皮皮说，"它总是这么干。一次在印度尼西亚的泗水，它也跑开了，在一个老寡妇那里当男仆。……"

"当然这是说瞎话。"皮皮吸了口气又补充说。

"我们还是分头去找好。"这时汤米说。安妮卡比他们小一点儿，所以起初有点害怕不愿意。可汤米说：

"你不是个胆小鬼吧？"

安妮卡叫汤米这么一说当然受不住了。三人分别去找。

汤米穿过牧场，没有发现纳尔逊先生，却看到了别的动物，是一头公牛。确切地说，是那头公牛看到了汤米。这头公牛看到汤米并不高兴。这是因为这头公牛爱发脾气，而且不喜欢小孩儿。于是那头公牛低下头，大声吼着冲了过来。汤米吓得喊起救命来，整个树林都能听到他的惊叫。皮皮和安妮卡都听到了那叫声。她俩一边跑一边说：

"究竟发生了什么事？"

就在这时，那公牛已经把汤米用角挑起扔了出去。

"真是一头野蛮的公牛。"皮皮对安妮卡说。安妮卡悲痛地哭了起来。

"哪有这么干的，那头牛竟把汤米的白色水手服弄得那么脏。这头混账牛，我一定要和它讲讲理。"皮皮对安妮卡说。

皮皮按照她说的去做了。她跑到公牛身旁，拉住牛尾巴。

"对不起，添麻烦了。"皮皮说道。

皮皮使劲地拉着，那公牛回过头来发现又一个小孩儿，便想再用角去顶她。

"我已经说对不起了的呀。"皮皮反复地说着，"请原谅，这回我要折你的角。"于是皮皮便折断了牛的一根犄角。

"今年两根角不流行。如要犄角的话只能一根。"这样说着，皮皮把公牛的另一根角也折断了。

牛对牛角是没有知觉的，所以这头牛不知道自己的两根犄角全被折断了。那牛仍然去顶皮皮。这要不是皮皮，早被顶碎了。

"哈哈……，太逗人儿了，快别动。"皮皮喊着，"真是逗人儿! 哈哈哈……，快停止，快停止，笑死我了!"

可是那公牛没有罢手。皮皮趁那牛来顶的时候，跳到牛背上，打算稍稍休息一下。但是这儿是不能休息的，因为那公牛不让皮皮骑在它身上。那公牛为了把皮皮甩下来，拼命地前跳后蹦，左扭右转地折腾，可皮皮两腿使劲儿地夹紧，牢牢地坐在牛背上。那头公牛一边大声吼着，一边在牧场上乱跑。鼻孔里冒着烟一样的热气。皮皮笑着喊着，向汤米和安妮卡那边招手。汤米和安妮卡分别站在那里，像颤杨树的叶子似的打着哆嗦。

这时的公牛不断地绕着圈子，还想把皮皮甩下来。

"我正在和我可爱的朋友跳舞呢。"皮皮一边稳坐在牛背上，一边唱着歌。最后牛实在是筋疲力尽了，便趴在了地上。公牛想，这世上如果没有孩子就好了。实际上，这孩子的重要性牛是不知道的。

"你想午睡吗?"皮皮非常有礼貌地问道，"那么，我就不打扰了。"

皮皮从牛背上下来，朝着安妮卡和汤米那边走去。

汤米在这之前已经哭了好一阵子。他的一只胳膊受了伤，安妮卡用手绢给他包扎好了，现在已经不疼了。

"唉，皮皮!"

当皮皮走过来时，安妮卡亲切而高兴地叫着。

"嘘——"皮皮小声说，"别把公牛吵醒了! 它在睡觉呢。如果它起来了会发怒的。……"

"纳尔逊先生! 纳尔逊先生! 你在哪待着呢?"皮皮大声地喊着。这下子她转眼就忘了公牛在睡觉的事了。

"到回家的时候了！"

这时纳尔逊先生正蹲在那边的一棵松树上。纳尔逊先生咬着自己的尾巴，脸上现出不悦的样子。小猴子自己留在森林里，是不会开心的。纳尔逊先生从松树上跳下来，蹲到皮皮的肩膀上，挥动着它的草帽。这时的小猴子特别高兴。

"这回你倒没去当男仆。"皮皮摸着纳尔逊先生的后背。"是的，这确实是胡说。"皮皮说，"但是，既然是'确实'，就不应是胡说。"

"说到最后，纳尔逊先生还是在泗水当过男仆。是的，这样一来，从今以后我知道了谁来做肉丸子了。"

皮皮他们踏上了回家的路。皮皮的衣服仍然是沙沙作响，鞋也嘎叽嘎叽的。汤米和安妮卡认为，尽管今天碰上了公牛的事，但仍是非常好玩的一天。于是他们唱起在学校里学的歌。现在已接近秋天了，他俩唱的歌仍是夏日的歌。不过他俩觉得今天唱这支歌仍很合适。

> 晴朗的夏天
> 我们翻过野山
> 旅途的辛劳
> 比不上开心的歌唱
>   嗨嗬，嗨嗬！
> 来吧，来吧
> 我们一起歌唱
> 在家里发呆不堪忍受
> 我们的队伍
> 不断攀登
> 登上最高峰
> 晴朗的夏天
> 我们向前走啊又歌唱
>   嗨嗬，嗨嗬！

皮皮也跟着唱，但歌词有些不一样。皮皮是这样唱的：

> 晴朗的夏天
> 我们翻过野山
> 我所想的是什么都做

走起路来沙沙吱嘎嘎

我的鞋啊

嘎叽嘎叽!

一只响似一只

我的鞋湿了

那公牛大蠢货

我特别喜欢喝粥

在那晴朗的夏日

我走起路来

衣服沙沙响

鞋子嘎叽叽!

7. 皮皮去看马戏

一个马戏团来到小镇上。镇上的孩子们都蹦跳着求妈妈和爸爸允许他们去看马戏。当然汤米和安妮卡也不例外。他们的和蔼的爸爸听他们一说,立刻拿一些漂亮的银币给了他们。

他俩紧紧地攥着银币跑到了皮皮家。这时皮皮正在凉台上和马在一起,给马的尾巴编了许多辫子,辫子上又系上蝴蝶结。

"我想今天是这匹马的生日。"皮皮说,"所以必须给它打扮得漂亮一点。"

"皮皮。"飞快地跑来的汤米,喘着气说道:

"我说,皮皮,我们一起去看马戏好吗?"

"我想去哪儿就能够去哪。"皮皮说,"不过,今天是不是去看马戏我不知道,因为马戏是什么我不清楚。是怪物吗?"

"净说怪话!"汤米说,"哪有什么怪物!是好看的东西呀!有马啦,小丑啦,走钢丝的美女啦!"

"可是需要钱。"安妮卡说着把手张开,确认一下钱在还是不在。一枚亮晶的银币,二枚五角的银币一个不少。

"我像住在洞里和地下的魔鬼一样的有钱人。"皮皮说,"我想我能买个马戏什么的。可是马再多了就挤了。小丑和美女什么的可以挤在洗衣房里,马那方面就不好安排了。"

"说什么呢！"汤米说，"马戏是不需买的，花点钱到那里看就可以了。明白吗？"

"啊，我的天！"皮皮说道。然后闭上两只大眼睛说：

"花钱去看，那么我天天睁大了双眼到处看。花多少钱呢，都不用管。"

之后她用心地慢慢睁开一只眼睛，眼珠骨碌碌地转着。

"花钱没关系，忍不住要看一看的。"皮皮说。

在汤米和安妮卡的多方解释后，好不容易才使皮皮明白了。于是，皮皮从她的手提箱里拿出了几枚金币。之后皮皮戴上像水车轮子那么大的帽子，同汤米和安妮卡一起去看马戏去了。

马戏棚外挤满了人，售票处前排了长长的队。当皮皮排到售票口时，她把头伸进窗口，盯着里面坐着的看似亲切的老奶奶问道：

"看你用多少钱？"

那老奶奶因为是外国人，没听懂皮皮的话就回答说：

"小姐，前排五元，后排三元，站票一元。"

"我懂了。"皮皮说，"不过你可一定要走钢丝的。"

这时，汤米出现了，他对皮皮说："后排的票买到了。"皮皮递过去一枚金币，老奶奶用不相信的目光看着那金币。然后咬了咬金币，确认了是真货，皮皮便拿到了入场券。同时找回来一大堆银币。

"这些白色的小钱能做什么呢？"皮皮不高兴地说，"给你吧，让我看你两次就好，站票也可以。"

皮皮绝对不要那些零钱，没办法老奶奶给皮皮换了前排的票，汤米和安妮卡没付钱也同时得到了一张前排的票。然后皮皮、汤米和安妮卡来到最前边，坐在漂亮的红色椅子上。汤米和安妮卡几次回头和坐在后边的学校里的朋友招手打招呼。

"这里是个奇怪的屋子。"皮皮四下看着惊讶地说，"可是地板上撒满了木屑。不是我碎嘴，我觉得这不很干净。"

汤米向皮皮讲，为了让马跑得好，马戏场是必须铺木屑的。

在高台上有马戏团的乐队。突然乐队奏起了进行曲，那声音像什么东西破了似的。皮皮着迷地拍着手，高兴得从椅子上蹦起来。

"听也要钱吗？还是都在一起花了？"皮皮寻思着。

这时，表演场地的里头，大幕哗地拉开了，穿着黑色礼服的马戏团长手里拿着鞭子跑到表演场上来。与此同时，十匹头上插着红羽毛的白马也跑进场地。

马戏团长把手里的鞭子啪啪地甩起来后，那些马便绕着场地转圈跑起来。团长再甩响鞭子时，那些马都一齐把前蹄搭在场地周围的栏杆上。这时正有一匹马来到皮皮他们前面。安妮卡看那马向他们跑来，怕得直往后缩，可皮皮却把身子向前一探，抓住马的前脚，说道：

"你好！我的马也让我给你代好。今天是我的马的生日，不过不是在它的头上，而是在它的尾巴上扎了蝴蝶结。"

幸亏皮皮把马蹄已经放开，团长这时又打响了鞭子，那些马一齐跳离了周围的栏杆，又跑了起来。

这个节目演完后，团长彬彬有礼地鞠了一躬，那些马随之跑进大幕，回后台去了。

不一会儿，大幕又拉开了，出来一匹黑马，马背上站着一位穿着绿色紧身绸衣的漂亮小姐。据节目单报，她的名字叫卡尔美西塔小姐。

黑马在铺满木屑的场地上绕着圈跑，那小姐静静地面带微笑地站在马背上。可就在这时，出现了意外。正当黑马跑到皮皮旁边时，什么东西嗖地从上方落下来。这不是别的，而是皮皮。皮皮在一刹那跳到了马背上，站在卡尔美西塔小姐后边。开始时卡尔美西塔小姐一惊，差点从马背上掉下来。然后她发了脾气，两手向后一推，想把皮皮推下马。结果没成功。

"请安静一点儿。"皮皮说，"你不觉得自己一个人没趣吗？别人也付了钱，真的！"

于是，卡尔美西塔小姐想跳下马去，可也没成功，因皮皮一声不响地紧紧抱住了她的腰。观众都忍不住地笑了起来。

无论说什么，漂亮的卡尔美西塔小姐是让一个红头发小女孩给抱住了。瞧那女孩，穿着大皮鞋，站在马背上，仿佛是一个天生的马戏演员。

可马戏团长没有笑，他暗示穿着红衣服的助手们让马停住。

"这个节目完了吗？"皮皮失望地问，"刚到兴头上！"

"可恨的小女孩。"团长咬牙切齿地说，"快走开！"

皮皮悲哀地看着团长说：

"你为什么对我生这么大的气？我原以为大家都可以玩个痛快。"

皮皮从马上跳下来，回到自己的座位上坐下了。

　　这时走过来两个膀大腰粗的助手，要把皮皮赶出去。那两个人来抓皮皮想要把她举起来。可皮皮坐在那丝毫未动。那两人使劲地拽皮皮，可一点都没挪动皮皮。那两个人只好耸耸肩走了。

　　接着，下一个节目开始了。这次是爱尔比拉小姐走钢丝。这女孩穿着粉红色的薄纱裙，手里是一把粉红色的伞。于是爱尔比拉小姐迈着利索的小步在钢丝上跑出来。然后她转动双腿，做着各种各样的绝妙动作，漂亮极了。她又在细细的钢丝上倒着走给大家看。当她倒着走到一端的平台上时，一转身，皮皮已经在那了。

　　"喂，你有什么想法?"皮皮看着带着惊讶表情的爱尔比拉小姐问道。

　　可是，爱尔比拉小姐什么也没说，从钢丝上跳下来，就抱住了团长的脖子，因为这团长是她爸爸。团长于是又让助手把皮皮赶出去。这一次一共来了五个助手。

　　可就在这时，场内喧闹起来:

　　"让那孩子演! 让那红发女孩演!"全场的人跺脚拍手。

　　皮皮上了钢丝。爱尔比拉小姐的技艺无法和皮皮相比。皮皮走到钢丝中间，把一条腿笔直地朝向上方，她那只大皮鞋罩在头顶，像房盖似的。接着皮皮转动着那只脚去搔耳朵后面。

　　马戏团长对皮皮自己表演的马戏一点也不高兴，想赶走皮皮，但又没办法。于是团长悄悄地松了钢丝绳。团长以为这样一来，那女孩一定掉下来。

　　可是，皮皮却没有掉下来，她开始用松了的绳子当秋千荡。皮皮荡来荡去，越荡越快越高。忽然，皮皮向空中跳去，正好落在团长身上。团长吓了一跳，赶忙逃跑。

　　"这匹马比刚才的还好玩。"皮皮说，"可头发上为什么没插羽毛呢?"

　　这时皮皮想，我应该回到汤米和安妮卡身边了，于是皮皮从团长肩上跳下来，回到了自己的席位上坐下了。

　　下一个节目应该出场了，但晚了一点儿，因为团长必须先回后台喝杯水，梳梳头。一切准备好了之后，团长回到表演场，向观众行了礼，然后说:

　　"先生们、女士们，下面的节目是举世无双的大力士的表演，他是从未失败过的男子汉阿道夫。请允许我介绍一下，这位就是大力士阿道夫!"

　　于是一个高大的男人迈着沉重的步子走入了表演场。他穿着猩红色紧身衣，肚子周围缠着豹皮。那大男人向观众行了礼，表现出十分得意的样子。

"怎么样？看看他的肌肉！"团长紧握着阿道夫的胳膊说。果真那男人的肌肉像皮球一样地鼓着。

"诸位，我有一个极好的提议，在座的有没有敢于和这个举世无敌的大力士摔跤的，如果谁胜了大力士阿道夫，奖励一百元，怎么样？一百元！请吧！谁来试试？"

这时谁也没出来。

"那个人在说什么？"皮皮问，"为什么说阿拉伯语？"

"他说谁能胜了那大男人，就给他一百元钱。"汤米解释道。

"我能胜他。"皮皮说，"不过胜了他并不开心，因为他好像是好人。"

"不过你是胜不了他的。他是世界上最强壮的男人啊！"安妮卡说。

"不错，是个男子汉。"皮皮说，"不过你应明白，我是世界上最强壮的女孩儿哟！"

这段时间，大力士阿道夫在场里举哑铃，把粗铁棒扭弯了，向观众显示他的力气。

"各位！"团长又说，真的没有人想要这一百元吗？没办法这一百元我只好收起来啦。"

团长这样说着把一百元的纸钞抖来抖去的。

"不，我认为你完全没必要把钱收回去。"皮皮说着，跨过栏杆，进入表演场。

"走开！快走开！你，我不想见到你！"团长狠狠地说。

"你为什么总是这么不客气呢？"皮皮抱怨地说，"我想和大力士阿道夫比力气。"

"说笑话的地方不是这儿。"团长说，"趁大力士没听见快走吧，他听到了，后果不堪设想！"

可是皮皮走过团长旁边，向大力士阿道夫走去，真心地和阿道夫握了手。

"咱俩比试比试好吗？"皮皮说。

大力士阿道夫看着皮皮，可全然不知她在说些什么。

"一分钟以后我们就开始吧。"皮皮说。

于是比赛实际开始了。皮皮牢牢地抓住大力士阿道夫，观众还没弄清楚发生了什么事的时候，那大力士已被皮皮摔倒了。大力士红着脸，摇摇晃晃地站了起来。

"真棒！皮皮！"汤米和安妮卡喊道。

观众们听到这声音，也叫了起来：

"棒极了，皮皮！"

团长一屁股坐在栏杆上，摆弄着两手，气得火冒三丈。而那大力士阿道夫更生气了。阿道夫从生下来以后还没遇到过这样的难看。这样，他一定要让这红头发女孩瞧瞧他的厉害。他向皮皮冲去，死死地抓住她。可皮皮却稳如磐石地站在那里。

"再用点劲。"皮皮激那个大男人。接着皮皮挣脱了阿道夫的手。一转眼大力士又躺下了。皮皮这时站在旁边等着。没多大工夫，大力士大吼一声站起来，凶猛地向皮皮扑过来。

"别这样，别这样！"皮皮说道。

观众们跺着脚，扔着帽子，喊道：

"真有你的，皮皮！"

这一次，当大力士冲过来时，皮皮便把他高高举起来，然后伸直双臂举着他绕场一周。之后把大力士放下按在垫子上。

"我说，大哥，我们到这停止吧。"皮皮说，"再玩就没趣了。"

"皮皮胜了！皮皮胜了！"

全场的客人大声喊道。大力士赶忙跑到后台藏起来。于是马戏团的团长没办法，只好走过来把一百元的钞票送给皮皮。可团长这时的表情恨不得吃了这个小姑娘。

"请收下，小姐，这是一百元。"

"那，是什么？"皮皮迷惑不解地说，"那种纸有什么用？那东西你留着吧。如你愿意就拿它包青鱼吧！"

之后，皮皮回到了座席上。

"这马戏太长了。"皮皮对汤米和安妮卡说，"我稍稍睡一会，不过有什么需要我的事，请叫醒我。"

她说着便躺在椅子上睡了。在小丑、吞刀的男子、摔跤的都纷纷登场，向汤米、安妮卡和全场观众献艺的时候，皮皮正鼾声轰轰地睡着。

"不过，什么节目都没有皮皮表演的精彩啊。"汤米对安妮卡小声说。

8. 皮皮家来了小偷

皮皮在马戏棚献艺之后，小镇上无人不知她力大无比。报纸上都登载了皮皮的事迹。自然，别的地方的人是不了解皮皮的。

某个秋天的夜晚，在威勒库拉庄旁边的路上走过来两个流浪汉。他们是两个可恶的小偷，两人在这走来走去的，是想找个人家偷点东西。这两个家伙一下子看到了威勒库拉庄里有灯光，便走了过去。决定去讨点奶油面包。

那天晚上，皮皮正好把所有的金币拿出来放在厨房的地板上数呢。实际上皮皮真是不会数，但她还是经常想数数，因为不好好整理一下是不行的。

"……七十五、七十六、七十七、七十八、七十九、七十十、七十十一、七十十二、七十十三、七十十七……唉呀，总是七十、七十的，太单调了！应该用什么别的数数一数。是的，想起来了！一百零四、一千……这金币真不少。"

就在皮皮这么说的时候，传来敲门声。皮皮喊道：

"进来还是站在那儿，随你便。我怎么都行！"

门开了，两个流浪汉走进来。你知道吗？这小红毛丫头一个人在地板上数金币的情景被这两个家伙看到了。

"这房子就你一个人住吗？"那两人不怀好意地问。

"哪的话呢。"皮皮说，"纳尔逊先生也住在这儿。"

这时纳尔逊先生正躺在油着绿漆的小床上盖着布娃娃被子睡觉呢。可是两个流浪汉全然不知纳尔逊先生就是一只小猴子，还以为是这家的主人呢。于是他们递了一下眼色。这眼色的意思就是"一会儿再来"，然后对皮皮说：

"我们只是来看看表。"

两个小偷对那金币馋涎欲滴，竟忘了奶油面包的事了。

"你们那么大而强壮的大人怎么不知道表呢？"皮皮说，"你们到底受过什么教育？表是小而圆，滴嗒滴嗒地响，不断地走，但永远也走不到门口的东西。如果还有什么问题请说吧。"皮皮鼓励地说。

两个小偷认为皮皮太小了，大概连表都不会看，于是他们什么也没说，转身走出去了。

"你们不说'多谢'也就算了。"皮皮在后边喊道，"可连'谢'也不说。连表都不如，表每天还说'滴嗒，呢。不过，总算平安了！"

皮皮说着又回到金币旁边。

两个小偷顺利走出来后，高兴地搓着手。

"你看到那些金币了吗？老天保佑！"一个流浪汉说。

"全看见了。"另一个流浪汉说，"我们等那小姑娘和纳尔逊先生两个家伙睡着了，就溜进去，给他悄悄拿走。"

两个小偷坐在院子里的一棵橡树底下等着。他们俩肚子很饿，天又下着毛毛雨，非常难熬。可一想起那金光闪闪的金币，情绪就好起来。

别的房子的灯都一个个关掉了，可威勒库拉庄的灯还亮着，因为皮皮正在自己学波尔卡，不学会了不想睡觉。最后，威勒库拉庄的灯光终于熄灭了。

两个小偷为了等纳尔逊先生睡着了，熬了很长时间。之后，他们溜到厨房门前，准备用盗窃用的工具把门撬开。就在这时，一个小偷，对对，这男人叫布洛姆，他轻轻一推，发现门没锁，小声对同伙说：

"喔，怎么，门开着！"

"真是个好机会！"那同伙说。

这男人一头黑发，同伙们都叫他"雷公卡尔松"。

雷公卡尔松打开手电筒，两人溜进厨房。这里谁也没有。另一个房间是皮皮的床，还有纳尔逊先生那张像布娃娃用的床一样的床。

雷公卡尔松推开这房间的门，小心地看看房间里的情况。那里静静的。卡尔松用电筒照遍房间各处查看。电筒的光照到皮皮的床上时，两个小偷非常惊讶，除了两只脚枕着枕头，其他什么也看不见。也就是和往常一样，皮皮是把脚放在床头，然后用被把头盖住。

"那一定是那小姑娘！"雷公卡尔松小声对布洛姆说，"她正睡着呢，可是，纳尔逊在哪呢？"

"我来告诉你，"他们听到从被子底下发出的皮皮的声音，"纳尔逊先生就睡在布娃娃小绿床上。"

两个流浪汉惊得转身就想逃走，可一转念，纳尔逊先生睡在布娃娃小床上，便用电筒照着看了看，是一只小猴子。雷公卡尔松憋不住笑起来说道：

"喔，布洛姆，纳尔逊先生是只小猴子，哈哈哈哈……"

"是的，你认为是谁呢？"从被子下面又传出皮皮的平静的声音。

"爸爸、妈妈不在家吗？"希洛姆问道。

"唉，不在，全都不在。"皮皮答道。

雷公卡尔松和布洛姆乐得咯咯地笑起来。

"喂，小姐，"雷公卡尔松说，"出来，我们跟你谈谈。"

"讨厌，我正睡觉呢。"皮皮说，"还有什么要问的吗？那你们得先回答我这个问题，……走啊，走啊，也走不到门口的表是什么样的表？"

可是布洛姆抓住皮皮的被子使劲一拉，掀开了皮皮的被子。

"你会跳波尔卡？"皮皮一本正经地看着布洛姆说，"我会跳！"

"你问得太多了。"雷公卡尔松说，"让我们问一问怎么样？例如……在地板上的那些金币在哪里？"

"在那柜子上面的皮箱里。"皮皮坦率地回答。

雷公卡尔松和布洛姆满意地笑了。

"我们把它拿走，你不反对吧。小姐。"雷公卡尔松说。

"是的，当然。我反对了吗！"

于是布洛姆走过去把皮箱拿了下来。

"我把它拿回来，你也不反对吧？大哥。"皮皮说着下了床，走向布洛姆。在布洛姆还没弄清怎么回事儿时，皮箱已经到了皮皮的手里。

"不要开玩笑。"雷公卡尔松生气地说，"把手提箱给我。"

卡尔松使劲握着皮皮的胳膊，急切地想把皮箱抢回来。

"我就爱开玩笑。"皮皮说着，把雷公卡尔松举起来，放在柜子顶上，接着又把布洛姆也放在那上边。这时两个小偷开始害怕了。原来皮皮不是个一般的女孩，他们一下子全明白了。可是他俩一心想要那皮箱，便忘记了恐惧。

"咱们要一起动手，布洛姆！"雷公卡尔松喊着，两个人便从柜子上跳下来冲向一只手拎着皮箱的皮皮。可皮皮嘭嘭一人一指头，那两个人便都倒仰在墙根上了。在两人还没能爬起来的时候，皮皮拿出绳子，迅速地把两个小偷的手和脚捆了起来。两个小偷突然完全改变了态度。

"温柔的，好心的小姐，"雷公卡尔松哀求道，"饶恕我们吧，我们只是跟你开个玩笑。别伤害我们，我俩穷得无家可归，是来这讨点吃的。"

这时的布洛姆啪嗒啪嗒掉下了眼泪。

皮皮把皮箱平稳地放回柜子上，转身问那两个俘虏说：

"你俩谁会跳波尔卡？"

"这个……"雷公卡尔松说，"我想我俩都会……"

"噢，那好。"皮皮拍手叫着，"不想跳一会儿吗？我还没忘。"

"是，特别想跳。"雷公卡尔松有点疑惑地回答。

之后，皮皮拿了一把大剪刀，把他俩身上绑着的绳子剪开了。

"不过，这没有音乐。"皮皮有些为难似的说。忽然她又想出了个主意。

"你能吹梳子吗?"皮皮对布洛姆说，"这样我和他跳。"说着用手指着雷公卡尔松。

当然，布洛姆是知道梳子怎么吹的，于是布洛姆响亮地吹起了梳子。这响声惊醒了纳尔逊先生，它从床上起来的时候，皮皮正和雷公卡尔松跳着舞。皮皮非常认真卖劲地跳着，好像这就是生命的意义似的。

最后布洛姆终于说不能吹下去了。因为嘴已经不好使了。同时，雷公卡尔松也整整走了一天路，腿脚都酸了。

"拜托了，求你们再跳一会儿。"皮皮死乞百赖地说着继续跳。布洛姆和雷公卡尔松没办法停下来。

到了三点钟时，皮皮说：

"啊，我可以跳到星期四，可你们也许累了，也饿了吧?"

两个人实际上刚才就已经又累又饿了，只是不能说。

皮皮从食品库里拿来了面包、干酪、奶油、火腿、冷烧肉和牛奶。于是希洛姆、雷公卡尔松和皮皮坐在厨房的桌子旁饱餐了一顿。皮皮又往耳朵里倒了一点牛奶。

"这样对耳朵疼很有作用。"皮皮说道。

"真不幸，你的耳朵不好吗?"布洛姆问道。

"不是的。不过也许会变坏的!"皮皮说。

最后，两个流浪汉站了起来，从心里向皮皮道谢告别，"我们还能再来吗?"

"你们来我很高兴。你们真的要再来呀。"皮皮对雷公卡尔松说，"我还没有见过像你这样舞跳得这么好的人呢。"皮皮又对布洛姆说："好好练习吹梳子吧，那样嘴就不会不好使了。"

正在他俩要出门时，皮皮跑过来，每人送了一枚金币。

"这是你们应得的报酬。"

9. 皮皮应邀参加茶会

汤米和安妮卡的妈妈打算请几位夫人来参加家庭茶会。可是点心做多了，她想，那天要让汤米和安妮卡把皮皮也请来。这样，两个孩子就不捣乱，能好好地开这个茶会了。

汤米和安妮卡从妈妈那里听到这话，高兴得不得了，立即跑到皮皮家去告诉皮皮。这时皮皮正在院子里，拿着一个生了锈的旧喷壶给剩下的几株花

浇水。由于那天正好下了倾盆大雨，所以汤米对皮皮说：

"这水不浇也可以吧。"

"是的，你是可以那么说的。"皮皮不悦地说，"可我一夜没睡，想着'起来后就去浇花'。下这么点雨，我不能不浇。"

之后，安妮卡把去参加茶会的消息说给了她。

"茶会，……我！"皮皮大声叫着，高兴得把浇蔷薇花的水，浇到了汤米身上。

"啊，要出什么事啊？我心很慌，要是失礼了怎么办？"皮皮接着说。

"不会的，你不会失礼的。"安妮卡说。

"不要想得那么好。"皮皮说，"我会尽力好好做的，这是真的。可是我非常努力地做了，别人还是认为我没礼貌，这事我遇到不少。如果是在海上，这些问题就全没有了，可我是在这里有约呀。我今天一定尽力好好做，不让你们为难。"

"那就好。"汤米说着和安妮卡冒雨往家里跑去。

"今天下午三点啊，别忘了！"安妮卡把头从雨伞里伸出来喊道。

那天下午三时，一位非常漂亮的小姐登上了塞特格伦家的台阶。这位小姐就是长袜子皮皮。因为今天她接受了特殊的邀请，所以没有编辫子。她那红色的头发散落在脸的周围，像是个狮子头似的。打着红红的嘴唇，描着黑黑的眉，有些妖艳。指甲也涂得很红，一双大鞋上还打着绿色蝴蝶结。

"在今天的茶会上，我是最漂亮的。"皮皮满足地嘟嚷着按响了门铃。

在塞特格伦家的客厅里，有三位有身份的夫人，汤米、安妮卡和他们的妈妈。餐桌上讲究地摆着茶具和点心，火炉里燃着柴禾。夫人们轻声说着话，汤米和安妮卡坐在沙发上翻看着相册。好一个静雅的情境。

突然，这种平静被打破了。

"立——正！"

随着从大门传来的刺耳的声音，皮皮已经站在门前了。皮皮这一声叫喊，使夫人们都一下子从椅子上站起来。

"齐步——走！"随着这一声，皮皮迈开步子向塞特格伦夫人走去。

"立——定！"说着皮皮停住了。

"向前伸手！一、二！"

随着这喊声，皮皮用两只手热烈地和塞特格伦夫人握手。

"敬礼！"

喊着，皮皮恭敬地给夫人行了礼。之后皮皮才走到夫人身边，用平常的声音说：

"我这样做，是因为我很害羞，如果不喊口令，就会站在门口而没有勇气进来。"

说完之后，皮皮向其他夫人扑过去，吻她们。

"噢，你真迷人！"皮皮说。这话是她在以前的什么时候，看到哪个伟大的先生对女人说的。之后她在看来是最好的一把椅子上坐下。塞特格伦原计划是让孩子们在二楼的汤米和安妮卡的房间吃茶点。可皮皮却无拘无束地坐在那里不动，拍着大腿，眼睛盯着桌子说：

"看上去真香啊！什么时候开始吃呢？"

就在这时，女佣人爱拉端着咖啡壶进来，塞特格伦夫人说：

"那么，请吧！"

"我先来！"喊着，皮皮两步就跨到了桌前。在自己的盘子里装了很多点心，拿了五块方糖放在咖啡杯里，又倒进半缸奶油，之后拿自己的猎获品回到自己的椅子上坐下。

这时其他的夫人还没走到桌子旁呢。

皮皮两腿向前伸着，用两条腿的前部托着装点心的盘子。之后，她把许多点心放入咖啡杯里，再拿出来塞进嘴里，然后再拿些点心放在咖啡里，再拿出来塞进嘴里。不知吃了多少，转眼间，一盘点心全吃光了。接着皮皮站起来，像敲手鼓似的敲着空盘子，来到桌旁说："还有点心吗？"这时的夫人们都神色不悦，皮皮虽然也看到了，但全然没去理会。

皮皮兴奋地说着话，围着桌子周围转来转去，从这拿一块点心，再从那拿一块点心。

"请我来实在感谢。我从生下来第一次参加这样的茶会。"皮皮说。

桌子上有一个奶油蛋糕。这奶油蛋糕的正中间镶嵌着红色的糖果。皮皮双手背着，看着那个蛋糕，突然一弯腰把蛋糕上的糖果叼起来。但由于过于着急，当皮皮直起腰来时，沾了一脸奶油。

"哈哈哈……"皮皮笑起来，"这下可以捉迷藏了。这回不用竞钢锤也有瞎子。我什么也看不见！"

说着，皮皮伸出长长的舌头，把沾在脸上的奶油舔得干干净净。

"是啊，真够过分了。"皮皮说，"这蛋糕被糟塌了。这样一来，只好我把它吃了。"

皮皮说到做到，拿起餐具就伸向蛋糕，转眼间蛋糕就被消灭了。之后皮皮满意地拍着肚子。这时正好塞特格伦夫人去厨房了，蛋糕的事全然不知。其他几位夫人用严厉的目光看着皮皮。这些人一定也想吃蛋糕。皮皮发现她们有些不高兴，决心让她们高兴起来。

"我说，为了这样点事你们不应该难过。"皮皮安慰着说，"除了身体的健康别的都不必操心。参加茶会要高兴才是。"

接着，皮皮拿起装糖的盒子，把方糖撒在地板上。

"啊，多么好玩！"皮皮尖声尖气地说，"怎么样？你们不来试试吗？把它踩成面糖。一踩就发生了糟糕的事啦。看看踩完了会怎么样，然后再来吃。"

说着皮皮拿起桌子上的匙，盛了面糖就去吃。

"啊，仍然不能吃。"皮皮说。然后再用匙来压那糖。

"噢，没踩好，和我想的一样。如果踩好了，会有什么用呢，想请教请教。"皮皮又说。

"我说，在撒满白糖的地板上走，特别好玩，知道吗？"皮皮问夫人们。

"当然，如能光着脚走，就更好玩了！"皮皮继续说着，便把鞋和袜子都脱了去。"我想你们也应来玩玩，什么都没有这有意思。真的。"皮皮说。

这时，塞特格伦夫人进来了。她看到白糖撒了一地，便抓住皮皮的胳膊送到汤米和安妮卡坐的沙发上，然后又回到几位夫人的旁边坐下，和夫人们继续喝着咖啡。尽管塞特格伦夫人也看到了蛋糕已经没有了，但仍很高兴，因为她认为客人很喜欢这蛋糕，所以全部吃掉了。

皮皮、汤米和安妮卡在沙发上小声说着话，火炉中的柴禾发出噼啪噼啪的响声，夫人们喝着咖啡，那场面平静得很。

在这茶会上，夫人们的议论中心是女佣人的事。都说自己的女仆不好，都对自家的女仆不满意。她们的一致意见是绝对不能雇女仆。……无论怎么说也是自己做家务好。这样至少事情可以办得稳妥，让人放心。

皮皮坐在沙发上，听到那些话，便插嘴道：

"我奶奶家就有一个叫玛琳的女仆。她除了脚上生冻疮外，别的什么毛病也没有。她有一个让人为难的事，家里一来了不熟悉的人，她就跳过去咬人的脚，同时还叫。她的叫声非常大，周围的邻里都能听见。这不过是她喜欢这么玩，可周围人并不明白这是为什么。在玛琳刚来时，有一次，上了年纪的牧师的夫人来看奶奶。可玛琳跳过去咬她的踝骨，她一叫，吓得玛琳够呛，咬得更使劲了，结果松不开口了，一直到星期五玛琳还在咬着那夫人。所以

那天的土豆皮只好奶奶来削了。最后奶奶完全会削了，可是当土豆皮削完时，土豆全没了，只有土豆皮了！打这星期五以后，牧师的夫人一次也没到过奶奶家，因为她不会开玩笑。玛琳特别喜欢开玩笑，特别快活！尽管这么说，她发火的时候也确实有。一次奶奶的餐叉碰着了她的耳朵，她就到别处噘了一天嘴。"皮皮环视大家，亲热地笑了。

"是的，这就是玛琳的事。"她说着搓着自己的手指。

夫人们都现出全然没去听的表情。然后，他们又谈了起来。

"假如我家罗莎再干净一点儿的话，"贝尔格伦夫人说，"我也想让她继续干下去，可她实在不干净……"

"如果说这个，你再看看玛琳。"皮皮又插嘴说，"玛琳更脏，奶奶高兴地说，原以为玛琳是黑人姑娘，而实际上是脏的，一洗就都洗掉了。而且，在一个大型饭店的义卖市场，玛琳曾因手黑获过奖。对，这实在是种悲哀。玛琳太脏了。"皮皮兴奋地讲述着。这时，塞特格伦夫人狠狠地看着皮皮。

"啊，是这样的。"克兰贝尔夫人说，"最近的一天晚上，我家的布里塔要出门，问都没问一声，就把我的蓝色绸裙穿走了。真让人难以忍受。"

"当然！"皮皮说，"那个布里塔大体和玛琳一样。奶奶有一件粉红背心，奶奶特别喜欢，难办的是玛琳也喜欢这背心。这样，每天早上，为奶奶和玛琳究竟谁穿这背心都要争吵。最后两人一致认为两个人一人一天换着穿才公平。可这样玛琳还要不讲道理。经常在不是自己班的时候，跑过来说，'怎么样，如不给我穿的话，我就绝对不做土豆泥。'这时奶奶怎么办呢？土豆泥是奶奶最喜欢吃的，只好让她穿了。玛琳穿上了那背心就特别兴奋地去厨房做土豆泥，起劲地干，弄得周围墙上都是土豆泥。"

之后稍稍肃静了一小会儿，接着亚力山大松夫人说道：

"虽然我没有证据，但我非常怀疑家里的佛尔达是不是偷了我的东西，因为明明是我放起来的东西却不见了，……"

"玛琳……"皮皮刚说了句，塞特格林夫人便厉声说：

"孩子们都上二楼去！现在，快点儿！"

"好的，可是我的话还没说完。就是玛琳偷东西那件事。"皮皮说，"像只乌鸦，什么都拿。她经常半夜起来偷东西。她说她如果不拿人家的东西就不能安心地睡觉。有一次她偷了奶奶的钢琴，放在了自己衣柜的最上面一个抽屉里。奶奶说她手巧。"

这时，汤米和安妮卡抓着皮皮的胳膊上二楼去了。夫人们又喝了一杯咖

啡，然后塞特格伦夫人说：

"对我家的爱拉我真没什么可说的，不过她经常打瓷器。"

这时那个红头发脑瓜又从楼梯的上端探出来。

"说起玛琳，"皮皮说，"玛琳打不打瓷器知道吗？她是打的。玛琳每星期都有固定的打瓷器的日子，奶奶说是星期二。星期二的五点钟开始就可以听到啪啪的声音，也就是伟大的玛琳打瓷器的声音。玛琳是先打茶碗、茶杯等重量轻的东西，然后打深盘子，之后打平盘，最后打肉盘呀，汤盆呀等。一个上午，厨房的声音不断，奶奶说听这声音心里很舒服。再加上午后一有时间，玛琳就拿着小铁锤来敲挂在客厅墙上的东印度的古盘子，噼噼啪啪都给打落到地上了。星期三奶奶再去买新的瓷器。"

说着皮皮就像盒子里的布娃一样，盖子一盖就不见了似的立刻消失在楼梯上边。

这时的塞特格伦夫人已经忍无可忍了。她跑上楼梯，进了孩子们的房间，走向皮皮。皮皮正在教汤米倒立呢。

"你不要再来我家了，"夫人说，"你那么没礼貌。"

皮皮非常惊讶地看着夫人，接着眼眶充满了泪水。

"是的，这我懂，"皮皮说，"我不知道怎么做才是礼貌的，学也学不会，记也记不住。我还是留在海上好。"

说着，皮皮给塞特格伦夫人行了礼，向汤米和安妮卡道了别，就慢慢地下楼去了。

到了其他的夫人该回家的时候了。皮皮坐在鞋架边上，看到她们戴上帽子、穿上大衣。

"你们不喜欢你们的女仆，实在是不幸。"皮皮说，"你们要找个像玛琳那样的人！奶奶说再没有比她更好的女仆了。是的，有一年的圣诞节，她正要烤全猪，你们以为玛琳怎么干的？她看烹饪的书，上面写着圣诞节的猪，耳朵要塞卷纸，嘴要塞苹果。但是，可怜的玛琳不明白叼着苹果的是猪。这个圣诞节的前夜，玛琳穿着白围裙，叼着一个大苹果。奶奶对她说，'你真傻，玛琳！'可玛琳怎么也说不出一句话。耳朵里还塞着卷纸，沙啦沙啦地响着。她想说什么，可只发出'吧卜吧卜'的声音。而且她尽管想像往常那样咬客人，但这时她咬不了啦。可这天陌生的客人特别多。这真是玛琳的不愉快的圣诞节夜晚。"皮皮悲哀地说道。

这时夫人们已经穿好衣服。她们向塞特格伦夫人道了别。这时皮皮跑到

塞特格伦夫人身边小声说：

"今天我很失礼，对不起，再见！"

于是，皮皮带上大帽子，跟在夫人们后边出去了。出了门之后，去的方向就不同了。皮皮要回威勒库拉庄，夫人们向相反的方向走去。

刚走了一小会儿的夫人们，忽然听到背后"哈哈"的声音。原来是皮皮跑了来。

"这是真的，玛琳没有了以后，奶奶很悲伤。有一个星期二的早晨，玛琳打茶碗还没打完，就走出家门出海去了。因此，这一天奶奶只好自己来打瓷器了。不幸的是奶奶不会打，结果手都起了泡。这以后，奶奶再也没见到玛琳。奶奶说她是最出色的女佣，非常可惜。"皮皮说着往回走了。夫人们急忙地往家里走。可是当夫人们走出二三百米的地方时，又从远处听到了皮皮的喊声。皮皮使劲地喊道：

"玛琳——不打扫——床下！"

10. 皮皮成了英雄

一个星期日的午后，皮皮坐着想究竟干点什么？汤米和安妮卡跟着爸爸和妈妈去参加茶会去了，所以他们不会来玩儿。

这一天，皮皮做了许多有趣的事。首先是早早地起来，给还在床上的纳尔逊先生吃了面包，喝了果汁。穿着天蓝色睡衣的纳尔逊先生坐在那儿，两手端着杯子的样子非常可爱。接着皮皮喂了马，又给它刷了毛，给它讲了自己在航海时的长篇冒险故事。然后回到客厅，在墙上挂了一大幅画。这幅画上画着一个穿着红衣服，戴着黑帽子的胖女人。那女人一只手拿着黄花，一只手拿着一只死老鼠。皮皮认为这画非常美。这幅画使这房间格外好看。之后，皮皮坐在柜子的前面欣赏着鸟蛋和贝壳。于是，她和爸爸一起收集这些东西的场面一个一个地浮现在脑海里。接着她想起了和爸爸一起买这些东西时走过的世界各地的令人喜爱的小店。那时买的那些东西都放在了这柜子的抽屉里。之后，皮皮想教纳尔逊先生跳波尔卡，可它不愿意。所以她又想是不是教马跳舞，但实际上并没教，自己钻进杉木箱里盖上了盖，把自己当成是罐头沙丁鱼。只是非常遗憾汤米和安妮卡没在这儿，如果他们在的话，他们也会成为沙丁鱼的。

可是，现在天已经渐渐地黑了。皮皮把自己的像土豆似的鼻子贴在玻璃窗上，望着秋日的黄昏。突然她想起已经有两三天没有骑马了，便决定马上

去骑马。这样结束一个有意义的星期天也还不坏。

于是，皮皮把正在墙角玩手枪的纳尔逊先生放在肩上，给马备上鞍子，举着马走出凉台。这样大家都跑起来了，纳尔逊先生坐在皮皮肩上，皮皮骑在马上。这天很冷，路上结了冰，皮皮他们跑起来嗒嗒作响。在皮皮肩上的纳尔逊先生很想抓住树枝，但皮皮的马跑得飞快怎么也抓不住，在耳边掠过的嗖嗖作响的树枝把纳尔逊先生的耳朵碰了许多小口子，连摘草帽都疼。

皮皮穿过小镇，马从路上掠过，边上的人们都吓得靠到墙上。

瑞典的乡村，有很大的集市，这个小镇当然也有这种广场。旁边有油着黄色的镇公所，是一栋漂亮的老房子，还有一幢高高的大房子，是最近才建起来的四层楼，被称为"摩天楼"。这是小镇上最高的楼。

这个星期日傍晚，小镇特别平静。突然这平静被一阵喊声所打破。

"摩天大楼着了！失火了！失火了！"

瞪着大眼睛的人们从四面八方赶来，一台消防车拉响笛声从这里通过。小镇上的孩子们虽然平时特别喜欢围观消防车，可这次都吓得哭了，因为他们想，也许会燃到自己家呢。摩天楼前面的广场人山人海的。消防车通过的时候，警察让人们让开路。

从摩天楼的窗户往外窜着火苗。消防队员们勇敢地灭着火。这些人被浓烟和飞散的火星包围着。

火是从一楼着起来的，渐渐向上面扩散。

突然，广场上的人们看到了一个可怕的情景，大家吓得吸了一口冷气。在摩天楼最上边的屋顶，有个房间。那房间的窗子突然被一只孩子的手打开。那站着两个小男孩，在大声呼救。

"我们下不去了！有人在楼梯上点着了火！"大一点的孩子喊道。

那男孩今年五岁，弟弟比他小一岁。妈妈出去买东西去了，这时只有兄弟俩在家。见到这情景，广场上的人们哭了，消防队长也很担心。虽然消防车上有梯子，但那么高是够不到的，也无法到房子里去救孩子。广场上的人知道了这两个孩子已经没有了逃生的路，心上好像压了一块大石头。那房间里可怜的孩子，只是哭喊着。这时火已很快要烧到那房间了。

皮皮骑着马停在广场的人群中间。皮皮感到很有意思地看着消防车，心想买一台这东西怎么样。她看中这消防车首先是因为它是红色的，其次是它在路上行驶时能发出响亮的声音。接着皮皮看到了熊熊大火。火星四溅，她觉得很好玩。这时皮皮看到了房顶那房间里的男孩们。她很震惊，那孩子为

什么不觉得这火很好玩呢。皮皮想来想去还是不明白，最后只好询问周围的人：

"那孩子为什么哭呢？"

开始的回答只是一些抽抽嗒嗒的哭声，不一会儿，一个胖先生说：

"你这说的什么话呢？要是你在那里下不来，你能不哭吗？"

"我肯定不哭。"皮皮说，"可是，那孩子们下不来，为什么没谁去救呢？"

"那当然是因为救不了了。"那胖先生说。

皮皮稍稍想了一下，说道：

"谁能给我一根长绳子吗？"

"要绳子干什么？"那胖子说，"那孩子们太小，是不能抓着绳子下来的。同时，也无法把绳子拴到那地方。"

"别小瞧我们航海的人。"皮皮冷静地说，"我想要根绳子。"

虽然谁也没认为会有什么用处，总之是给了皮皮一根绳子。

摩天楼的房顶旁边有一棵高高的树，树梢差不多和窗户的高度一样。不过树和那房间的窗子之间至少有三米远。树干特别光滑，可用来攀登的树杈也没有。就连皮皮好像也爬不上去。

大火仍在燃烧着，顶楼上的兄弟俩在哭喊着，广场上的人们都在流着眼泪。

皮皮下了马，来到那棵大树下。然后把绳子拴在纳尔逊先生的尾巴上。

"噢，现在是皮皮的好宝贝工作的时候喽。"

皮皮这样说着，让纳尔逊先生抓住树干，然后她轻轻拍拍纳尔逊先生。纳尔逊先生完全领会了要它干什么，便爬上了树。对小猴子来说，爬这样的树是责无旁贷的。

广场上的人们屏住呼吸看着纳尔逊先生。纳尔逊先生很快爬到了树梢，坐在树枝上看着下面的皮皮。皮皮又给纳尔逊信号，让它再重新下来。纳尔逊先生按皮皮说的往下下。这次是从树枝的另一面下来的。当纳尔逊回到地面时，绳子已挂在了树枝上，绳子的两端都落到了地面。

"纳尔逊先生，你真聪明伶俐。你已经是大学教授了。"皮皮这样说着解开了系在小猴子尾巴上的绳子。

离这不远的地方，有一幢正在修理的房子。皮皮跑过去，拿了一块很长的木板，回来。之后，她一只胳膊夹住木板，另一只手抓住绳子，两脚蹬住

树干。皮皮迅速地轻松地向上爬着，下面的人们非常惊讶，也不哭了。皮皮一到了树梢，把木板搭在粗树枝上，然后小心地往顶楼那边挪动，不一会那块木板在树和顶楼窗户之间架起了像桥一样的通道。

广场上的人们静了下来，紧张得谁都不说话。皮皮的脚踏上了木板，对顶楼里的两个孩子像朋友一样地笑着说：

"为什么显得那么痛苦，是肚子疼吗？"

皮皮踏着木板走过去，跳进了顶楼那个房间。

"这里很热呀。"皮皮说，"我敢肯定地说，今天不用再烧火了。明天，我以为再往火炉里填四根劈柴就行了。"

然后皮皮一只胳膊夹一个孩子上了木板。

"这回我让你们好好高兴高兴。"皮皮说，"这和走钢丝大体一样。"

当皮皮来到大木板中间时，她像表演杂技似的把一只脚向上方举起。下面广场上聚集的人们吵嚷起来。就在这之后，皮皮的一只皮鞋掉下去了，这时的几个上了年纪的妇女吓得昏了过去。可皮皮却平安无事地夹着两个孩子走到了树那边，这时下面广场上的人们一齐喊着"万岁！"那欢呼如雷声，响彻夜空，竟把噼啪的大火燃烧的声音给淹没了。

接着，皮皮把绳子全都拽上来，一头牢牢系在树枝上，另一头拴着一个孩子，然后非常小心地把他放下去。那孩子的妈妈就在下面的广场上，这时高兴得仿佛是在梦里，等着接孩子。孩子一落地，那母亲两泪横流，紧紧地抱住孩子。这时皮皮大声地喊道：

"解开绳子，这还有一个呢！这孩子是不能飞的！"

于是大家都上来帮着解绳子。皮皮系的绳结非常好，是在海上学的。之后皮皮又把绳子拉上来。这回该放下另一个孩子了。

现在树上只剩皮皮一个人了，皮皮跳到了大木板上。人们看着上边的皮皮，纳闷儿地想她要干什么呢？皮皮在窄窄的木板上前后移动着跳着舞，两手摆动做着优美的动作，用嘶哑的声音唱着歌。广场上的人们隐约地能听到那歌声。

> 大火燃烧
> 如明灯千盏
> 这是无数花环
> 为了你
> 为了我

为了所有跳舞的人

烈火燃燃！

伴着歌声，皮皮的舞越跳越狂。广场上的人们吓得不敢睁眼看，因为他们认为皮皮一定会掉下来挥死的。大火从顶楼的窗子里喷出，在火光中，皮皮的身形还可以看得清楚。皮皮向暮色苍茫的空中伸展着手臂。当四溅的火星纷纷洒落时，她高声喊道：

"多么好玩儿，多么好玩儿，多么好玩儿的大火呀！"

之后她呼一下跳过去，准确地抓住绳子，"哇——"地叫着，像闪电一样的速度滑到了地面。

这时消防队长喊道：

"为长袜子皮皮四呼万岁！"

"万岁！万岁！万岁！万岁！"大家欢呼着。

可是却有一个人喊了五声万岁，这个人就是皮皮。

11. 皮皮为自己举办生日晚会

一天，汤米和安妮卡发现信箱里有一封信，信皮上写着：

汤米、安妮卡收

他俩打开信一看，里面有一张帖子，帖子上写着：

明天午后、友我的生日碗会、青汤米和安妮卡道皮皮家、衣夫、串什么都可一。

看了以后，汤米和安妮卡乐得又蹦又跳。这请帖虽写得有些错误，但却能让人明白。皮皮写这东西一定付出很多辛苦。去那所学校的时候，皮皮连"i"都不知道，这是事实。可皮皮实际上是能写一些字的。在海上的时候，她爸爸船上有一个水手，一到傍晚就和皮皮一起坐在甲板上教皮皮认字。很遗憾，皮皮不是一个有耐力的学生。突然她就说：

"到这儿吧，弗里道夫（那位水手的名字），我要爬到桅杆顶上去，看看明天的天气怎样。"

这样说来，她写不好字就不难理解了。皮皮为了写这个请帖，一晚上没睡。一大早，威勒库拉庄房顶的星星渐渐逝去的时候，皮皮跑到汤米和安妮卡家，把信投进信筒。

汤米和安妮卡放学回到家，立即准备去参加晚会。

安妮卡请妈妈为她卷发。妈妈照她说的为她卷了头发，还在她头上打了

一个桃红色绸子的大蝴蝶结。汤米为了让头发光滑美观，沾水梳了头。汤米绝对不想卷头发。

安妮卡是想穿最好的衣服，但妈妈不让。妈妈说等从皮皮家回来时，衣服就会弄得很脏，所以不能穿好衣服。没办法，安妮卡只好委屈地穿了第二好的衣服。汤米对穿什么全不在乎。只要穿得干净利落就行。

当然，他们给皮皮认真买了礼物。他俩从猪形储蓄盒里拿出钱，在放学的路上去了街里，在一家玩具店买了一件特别好的……对对，究竟买的什么这还是秘密。这样，把礼物用绿色的纸包起来，然后用绳子捆好。准备完毕之后，汤米拿着那个包，和安妮卡一起蹦蹦跳跳地出了家门。

"不要把衣服弄脏了。"妈妈担心地在后面喊着。

安妮卡不拿一会儿礼品觉得过意不去。他们早就定下来了，在送给皮皮礼物时，两个人一齐拿着。

这已是十一月了，天黑得较早。汤米和安妮卡踏进威勒库拉庄的门，他们紧紧拉着手。这时皮皮的院子里已经黑下来。还挂着最后一些树叶的老树，发出瑟瑟沙沙的哀鸣。

"秋天来了。"汤米说。

在这样的气氛中望着威勒库拉庄窗子的灯光，想着在这将召开生日晚会，他俩心情非常愉快。

平时，汤米和安妮卡都是走厨房那边的门，今天他们向正门走去。在正门前，他们没有看到马。汤米非常有礼貌地敲了门，听到里面的隐隐约约的声音：

> 黑夜沉沉，
> 是谁来叫门？
> 难道是幽魂？或者
> 是一只小老鼠来叫门？

"错了，皮皮，是我们！"安妮卡喊着，"开门！"

接着，皮皮打开了门。

"喂，皮皮，为什么说起'幽魂'？好怕人的！"安妮卡完全忘了向皮皮祝贺的事，抱怨地说。

皮皮高兴地笑着，"叭"一下把通往厨房的门打开，啊，又明亮，又温暖，一切都那么好。生日晚会，在这厨房里召开真是再好不过了。这幢房子的一层只有两个房间，一个是客厅，这里只有一个家具，另一个是寝室。

林格伦〔瑞典〕

所以厨房特别大，加上皮皮扫得特别干净，作了充分准备。地上铺了地毯，桌子上盖着皮皮自己做的桌布。皮皮在桌布上绣的花有些奇妙，皮皮解释说：

"在印度支那就有这样的花。"

这么说应该是没错的。

窗帘拉着，壁炉里的火噼噼啪啪地燃烧着。纳尔逊先生坐在柴禾箱上，手里拿着两个锅盖像敲钹一样地敲着。马在最里边的墙角上。当然马也是请来参加晚会的。

忽然，汤米和安妮卡想起了要向皮皮的生日祝贺的事。汤米行鞠躬礼，安妮卡行屈膝礼。之后他俩把绿色的包裹送给皮皮说：

"谨致祝贺。"

皮皮兴奋地打开包。里面是八音盒。皮皮高兴得不得了。她拥抱了汤米，拥抱了安妮卡，拥抱了八音盒，拥抱了包着八音盒的纸。然后，皮皮摇动八音盒的摇柄，八音盒丁冬丁冬地响起来，好像是唱的"我是伟大的奥古斯丁"的乐曲。

皮皮摇动着八音盒，摇啊摇，竟忘了其他的事情了。突然，她想起来了。

"啊，对了！你们也要得到生日礼物呀！"皮皮说。

"可今天又不是我们的生日。"汤米和安妮卡说。

皮皮发愣地看着他俩说：

"是的。不过，今天是我的生日呀，所以我送你们礼物也是应该的。课本上写着这么做不行了吗？是乘法表不让这么做吗？"

"不，可以这样做。只是平常不这么做。不过我愿意收礼物。"汤米说道。

"我也是这么想的。"安妮卡说。

于是，皮皮跑回客厅，从柜子上边拿出来两个包。汤米打开自己的一看，是一支象牙工艺品小笛子。安妮卡打开自己的包一看，是一个非常漂亮的蝶形别针，那蝶膀上嵌着红的、蓝的和绿的宝石。

这样，大家都得到了生日礼物，该是坐到桌子旁边的时候了。桌子上摆了许许多多的点心和面包。那点心的形状都很奇特，皮皮说"中国的点心就是这样的形状。"

皮皮给大家的茶杯里都倒上了可可茶，又倒进了起泡的奶油。之后大家都坐下了。就在这时，汤米说：

"爸爸和妈妈在请客人吃晚餐时，男人们一定得到一张卡片。卡片上写着要引哪位女性入席。我认为我们也照这样办好。"

"那就快点！"皮皮说。

"不过，讨厌的是只有我一个男的。"汤米犯寻思地说。

"你说什么？"皮皮说，"你以为纳尔逊先生也是女孩吗？"

"真是的，我没想起来，把纳尔逊先生给忘了。"

汤米这样说着坐在柴禾箱上写了一张卡片：

塞特格伦先生务必要请长袜子皮皮小姐入席。

"塞特格伦先生就是我。"汤米一边让皮皮看卡片，一边得意地说。接着在下一张卡片上这样写道：

纳尔逊先生务必要请塞特格伦小姐入席。

"不过马也一定要有一张卡片。"皮皮明确地说，"马虽然不能上桌子，但应该有张卡片！"

于是，汤米按照皮皮的措词写道：

马原地不动地留在角落里，这样会给你点心和糖吃。

皮皮拿着那张卡片放到马鼻子底下说：

"请读一下这个，然后说说你的意见。"

由于马没有什么别的意见，汤米便向皮皮伸出手，请皮皮入座。因为纳尔逊先生并没有意思伸手请安妮卡入席，所以安妮卡干脆抱起纳尔逊先生来到桌旁。可是纳尔逊先生不肯坐在椅子上，反倒坐在了桌子上。纳尔逊先生不想喝倒入泡泡奶油的可可茶，皮皮给它倒了杯水，它马上用双手接着喝起来。

这时，安妮卡、汤米和皮皮便大口地吃起来。

"中国的点心如果这样好吃，我长大了一定到中国去。"安妮卡说。

纳尔逊先生喝完了茶杯的水，把茶杯倒过来扣在自己的脑袋上。皮皮看到这形象，自己便模仿起来。可她杯里的可可茶还没喝完就扣在头上了，结果可可茶沿脑门流到鼻子，皮皮伸出舌头止住了可可茶往下流。

"不能浪费东西。"皮皮说。

汤米和安妮卡先把自己的茶碗舔干净后才顶在头上。

大家都吃得饱饱的，马也吃到了它想要的东西。这时，皮皮抓住桌布的四角向上一拎，里面的茶碗和装点心的盘子就像全部装入袋子里一样。皮皮把这包东西又原封不动地放入柴禾箱里。然后说：

"我就喜欢吃完了饭马上收拾干净。"

现在到了玩的时候了。皮皮说要玩"不沾地儿"的游戏。这游戏非常简单，就是在厨房里跑一圈而脚一点儿不能沾地。皮皮先跑一圈给他们看，汤米和安妮卡马上就会了。要先从浴盆出发，尽可能地跨一大步，就上了做菜的炉子上，再从火炉上到柴禾箱上，然后从柴禾箱到帽架、到桌子、再过两把椅子就到了墙角的柜子，从柜子到浴盆之间有几米远，好在马在那里，从马尾那边骑上马，再从马头那边一跳，就到了浴盆上。

玩了好长时间，安妮卡的衣服已经不是第二好的了，成了第二好的下面的下面的衣服了。汤米像个扫烟囱的人，浑身上下都黑了。

于是，三个人又想玩另一种游戏了。

"咱们上顶楼屋里去问候鬼好吗？"皮皮说道。安妮卡一听，吸了一口冷气。

"鬼……鬼……鬼在顶楼？"

"当然有，多着呢！"皮皮说，"那里鬼呀，幽灵呀咕咕容容的。在那走路很容易被他们绊着。去看看吗？"

皮皮看到安妮卡"啊——"的一声，仿佛是遇难了似的。

"妈妈说没什么鬼呀，幽灵的。"汤米勇敢地说。

"没错。"皮皮说，"别的地方都没有，只是我这里特殊，也就是说，所有的鬼都住在这里。让他们搬走，他们不听。不过那些伙伴不做什么坏事，也就是捏捏人的胳膊弄青一块，叫喊叫喊，还用他们自己的脑袋玩玩九柱戏（像滚木球的一种游戏）。"

"他……他……他们滚着自己的脑袋玩九柱戏？"安妮卡小声说。

"没错。"皮皮说，"那么上去和他们说说话吧。我玩九柱戏很拿手的。"

汤米既不想让别人看出来害怕鬼，又想知道那鬼有多少。那样，跟学校的同学讲起这事来，可就了不起啦，而且汤米还觉得那鬼是不敢把皮皮怎么样的，所以汤米决定跟着皮皮上去。

可怜的安妮卡一点都不想去，可她转念一想，会把自己一个人扔在厨房里的，也许会有不点儿的小鬼下来的！因此她也决定跟着去。总比跟娃娃小鬼一块在厨房里好。也不比和皮皮、汤米在一起被鬼包围起来强。

皮皮先站起来，打开了通向顶楼楼梯的门，那里漆黑漆黑。汤米死死地抓住皮皮，安妮卡更死地抓住汤米。之后三个人沿楼梯向上爬去。他们每迈一步，楼梯都吱吱，咔嗒咔嗒地作响。汤米这时后悔没有留在下面，安妮

卡就更不必说了。

不一会儿，三人到了楼梯顶的顶楼房间。周围漆黑漆黑的，只有一丝月光照在地板上。风从墙吹进来，里面嗖嗖沙沙地响着。

"鬼们，晚上好!"皮皮说道。

可是，如果有鬼的话，那鬼却没回答。

"是的，我应该注意到的，"皮皮说，"那帮家伙去开鬼与幽灵协会的委员会去了。"

安妮卡总算松了口气，心想那委员会开得长点儿才好呢。可是，突然从顶楼房间里的哪个墙角发出一种可怕的喊声。

"戛——斯!"

就在这时，汤米看见黑暗中有个什么东西"嗖"地扑过来。那家伙扇的风吹到了汤米的额头上。接着一个黑影从开着的小窗户飘出去，消失在黑暗中。汤米一声尖叫:

"鬼! 鬼!"

安妮卡也跟着嚎叫起来。

"可怜的家伙，开会迟到了。"皮皮说，"如果那是鬼，而不是夜鹰的话!总之鬼是没有的。"

之后沉默了一会，皮皮又继续说:

"越想那东西越是夜鹰。如果谁说有鬼，我就拧那家伙的鼻子!"

"不过，你自己那么说的。"安妮卡说。

"啊，是吗。既然如此，我一定拧自己的鼻子。"

皮皮说着，抓住自己的鼻子狠狠地拧了一下。

这样，汤米和安妮卡心情稍微平静了些，勇气也来了，竟敢于走到窗前看看外边的院子。乌云大片大片地飘过天空，像是要把月亮完全遮起来似的。树也沙沙地响着。

这时，汤米和安妮卡转过身来。噢，什么东西，令人特别害怕……一个白色的东西向这边走来。

"幽灵!"汤米惊叫一声。

安妮卡吓得浑身发抖，连话都说不出来了。那白色的东西越发近了。汤米和安妮卡紧紧地挤在一起，闭上眼睛。

"你们瞧，我找到的东西，快看! 爸爸的睡衣。在那出海用的旧箱子里。要是把这睡衣的下摆折上来，我也能穿。"

皮皮拖着长长的睡衣向汤米和安妮卡走过来。

"啊，皮皮，吓死我了。"安妮卡说。

"是吗？可是睡衣这东西并没什么可怕的呀。"皮皮不服地说，"睡衣又不咬人。当然在自卫时另当别论。"

皮皮决心在今天晚上好好翻翻那个船员用的箱子。于是她把箱子举起来，搬到窗户旁边，打开了盖。青白的月光照进了箱子里，里面有很多旧衣服。皮皮把那些旧衣服扔在地上。发现里面有一个望远镜，两、三本旧书，三把手枪，一把剑，还有一袋金币。

"噢，真棒！"皮皮兴奋地说。

"好极了！"汤米说。

皮皮把这些东西包在睡衣里，然后三人下楼到了厨房。安妮卡能从顶楼下来高兴得不得了。

"孩子是不能拿枪的。"皮皮一只手握着一把手枪说，"不然会惹祸的。"说着，皮皮同时拿着两支手枪射击。

"这动静真大。"皮皮说着看了看天棚。天棚上出现了两个弹孔。

"啊，怎么样呢？"皮皮带着希望说，"或许那子弹穿透了天棚，打到了哪个鬼的大腿上了呢。这样一来，那家伙以后再想吓唬天真的小孩时，会稍稍考虑考虑。即使他们没在，随便吓人也是不行的。你们想要手枪吗？"皮皮问道。

汤米非常想要。安妮卡也说：

"如果是不装子弹的我也想要。"

"噢，现在如果愿意的话，我们就可以成为盗窃集团了。"皮皮说着，拿起望远镜看着。

"如果用这东西看，我觉得南美洲的跳蚤都能看见。"皮皮继续说着，"如果成立盗窃集团的话，这东西可得带着。"

就在这时，有敲门的声音，是汤米和安妮卡的爸爸来接他们回家的。

"早就到了睡觉的时间了。"汤米的爸爸说。这就没办法了，汤米和安妮卡急忙向皮皮道谢告别，然后把自己的东西，就是笛子、别针和手枪收拾起来。

皮皮和客人一起走出家门，目送着走在院子里的小路上的汤米和安妮卡。汤米和安妮卡回过头来向皮皮招手。房间里的灯光照在皮皮身上，头上翘着两根挺直的红辫子，她穿着的爸爸的睡衣一直垂到脚跟。她一只手拿着手枪，

一只手握着一柄剑。于是她举枪向汤米他们致敬。

汤米、安妮卡和爸爸来到院门前时，听到皮皮从后面的喊声。他们三人停下脚步听着。因风吹树木呼呼作响，皮皮的声音听不太清楚。后来他们还是明白了：

"我长大了，去当海盗！"皮皮这样喊着，"你们也当海盗吗？"

〔简评〕

关于《长袜子皮皮的故事》，有两件事值得一提。第一件事：女儿躺在病床上，要妈妈给她讲个故事听，妈妈问："我讲点儿什么好呃？"女儿顺口说："讲长袜子皮皮！"这时林格伦还不知道长袜子皮皮是谁，她也没有问女儿长袜子皮皮是怎样的一个人。林格伦给女儿讲了一个名叫长袜子皮皮的女孩儿的故事，并整理出来发表了。这就是后来蜚声世界的童话《长袜子皮皮的故事》的第一部分。第二件事是，1945年《长袜子皮皮》一发表，在瑞典便引起了一场大论战，这就是所说的"皮皮论战"。有人喜欢皮皮，很多人喜欢皮皮，尤其是孩子们；也有人不喜欢皮皮，怕孩子们跟皮皮学坏，主要是教育工作者，对皮皮展开了攻击。1946年故事的第二部分《长袜子皮皮去航海》，1948年故事的第三部分《长袜子皮皮在南海》发表之后，皮皮赢得了几乎所有读者的喜爱。

皮皮的生活就是游戏，总有好玩的故事。镇里派出来两个警察，要送皮皮去学校，皮皮觉得玩拍人游戏比去学校更有意思。可是两个警察说话不算数，被皮皮一只手举起一个，从院子里送到街上。皮皮愿意和小朋友们玩，她给镇上的很多小朋友买了许多糖、玩具，每人还有一只哨子，大家吃完糖，排成队吹哨子。皮皮去学校给一些学生发奖品，因为这些学生得不到老处女卢森布鲁姆的奖品，很可怜。皮皮给了他们欢乐，也保护了他们的自尊心。《长袜子皮皮的故事》是用儿童的眼睛看到的属于儿童的世界，他们健康、活泼、乐观，他们也是这样看世界的。皮皮连强盗基姆和伯克那样的人都不肯过分地伤害，多次从鲨鱼嘴里救出他们。

孩子和大人不一样，有时候大人不喜欢孩子的想法，有时孩子也不喜欢大人的想法，皮皮就经常遇到这样的麻烦。皮皮和两个小朋友最后决定，不再长大，每人吃下一粒印地安老酋长送给皮皮的神秘的药粒，永远做一个快乐的孩子。皮皮是个可爱的孩子，她力大无比，但从来不恃强凌弱；她孤单一人，能很好地照料自己；她时常有新奇古怪的想法淘气，但从不放过帮助

别人的机会；皮皮有时说些不真实的话，那只是为了说明自己的道理，而不是为了骗人。皮皮不是十全十美、天使一样的孩子，可她要按照自己的理解安排自己的生活并没有错。

大人和孩子应该像要好的朋友那样，要倾听对方的意见，尊重对方的意见，不把自己的想法强加给别人。大人有大人的想法、孩子有孩子的想法，也许各有道理，说不定孩子的道理更充足呢！

（赵大军）

小飞人卡尔松

昕昕缩写

第一部　住在屋顶上的小飞人

住在屋顶的卡尔松

在瑞典的斯德哥尔摩城，住着一户顶普通的人家。这户人家姓斯万特松，一家人有爸爸、妈妈，还有博塞、贝坦、小家伙三个孩子。

小家伙七岁，和世界上顶普通小男孩一样，长着一双浅蓝色眼睛、有一个翘鼻子、两只耳朵没洗干净，裤子膝盖上磨破了。哥哥15岁，是个站在足球球门旁比站在学校里的黑板旁更有兴趣的顶普通的男孩。姐姐是一个梳着跟其它女孩一模一样的辫子的顶普通的女孩。

在这座房子里，只有一样东西是最不普通的，这就是住在屋顶的卡尔松。因为在斯德哥尔摩，几乎从来没有人住在屋顶上，何况是住在屋顶上一间单独的小屋子里。卡尔松是个自以为是的胖小子，而且会飞。他只要一按肚子上那颗按钮，一个精巧的小马达在他背后就开动了，他就飞起来，那样子又神气又得意，像一位校长，——当然，要是诸位能够想象出一位背上有螺旋桨的校长的话。

小家伙和卡尔松相识，正好是在小家伙的一个倒霉日子里。小家伙在回

家路上碰到一只可爱的小狗，想留下它，糟糕的是爸爸妈妈怎么也不答应。"看来一辈子就得这么过了，狗也没有一只。"小家伙伤心地回到自己房间，用胳臂肘撑着窗台，望着窗外，忽然听到一阵嗡嗡声，一个小胖人在窗口飞过去，接着转几个圈又飞回来在窗台上着陆了。小家伙激动得喘不过气来，因为这太不寻常了，卡尔松和小家伙打过招呼后，就不客气地在屋子里东张西望，然后径直走到小家伙的书架旁，打上面拿下一架玩具蒸汽机，"让咱们开动它，"卡尔松提议。小家伙有些担心。"天下第一的蒸汽机专家就是我。"卡尔松说着抓起一瓶酒精，倒进酒精灯里，点燃灯蕊，真的，蒸汽机一转眼开动了，发出"噗噗噗"声音，声音越响越急，就像开足马力似的，突然发出很响的爆炸声，蒸汽机碎片飞了一屋子，卡尔松狂喜地叫起来："多响啊！多美啊！"小家伙却抽抽嗒嗒地哭开了。"没有什么大不了的，我上面有几千架蒸汽机，我给你一架更好的。"卡尔松安慰小家伙，才使小家伙破涕为笑了。

卡尔松建筑高塔

这天，小家伙正趴在房间的地板上看书，窗外又传来一阵嗡嗡声，卡尔松像只大丸花蜂似的飞来了。小家伙高兴极了，卡尔松好奇地把屋子四处看个够，"现在咱们应该找点乐。"卡尔松说，"他们没给你买一架新蒸汽机？"小家伙摇摇头。卡尔松忽然停下来，像条猎狗东闻闻西嗅嗅，"肉丸子！"他说，"我最爱吃香喷喷的小肉丸子。"小家伙难住了，想请卡尔松留下来吃饭，可是事先不跟爹妈讲清楚，请弄坏了蒸汽机的卡尔松——不行，就是不行！可是不请他吃肉丸子，他一生气，再也不跟他玩了怎么办？小家伙可不愿意失去卡尔松这个朋友。"等一等，"小家伙说，"我上厨房拿点来。""快去拿！"卡尔松在小家伙后面叫了一声，小家伙飞也似的跑进厨房向妈妈要了七个小肉丸子，然后端回自己的房间。"呱呱叫的肉丸子！"卡尔松兴奋地大叫，一面说一面抓了一个肉丸子，很满意地大嚼起来，小家伙要去吃饭了，让卡尔松在房间等他回来。"好，我等你，"卡尔松说，"我得找点有趣的事干干，你真没有蒸汽机了吗？"小家伙摇摇头，然后从玩具柜里拿出一盒建筑积木，告诉卡尔松可以摆汽车，起重机……卡尔松把肉丸子塞进嘴里，向那盒积木奔去，小家伙恋恋不舍地离开屋子，走到门口还回过脸看卡尔松坐在那堆积木旁边地板上，兴高采烈地哼唱着……

小家伙来到饭桌旁，郑重地告诉大家，那个弄坏蒸汽机的卡尔松现在就

在他的房间里，大家都吃了一惊，小家伙为了向大家证明卡尔松不是自己虚构出来的，答应领他们认识一下卡尔松，可是，当小家伙领着大家进到房间里时，只看到地板上用积木搭的一个很高很高的塔，在最上面积木顶上搁着一个圆圆的小肉丸子。卡尔松不见了……

卡尔松玩帐篷游戏

不用说，这一眨眼工夫小家伙难受极了，也伤心透顶。哥哥姐姐还在一旁讥笑他。还是爸爸拉他去喝咖啡，算是解了围。这是一个温暖晴朗的春天晚上，喝完咖啡，爸爸妈妈去看电影了，哥哥去看足球赛，姐姐跟她那位佩雷就在客厅里谈一个晚上，而且不允许小家伙捣乱。于是小家伙只好一个人坐在自己的屋子里，孤独极了，也无聊极了。正在这时，卡尔松飞来了，"你好，小家伙！"卡尔松无忧无虑地说。"上次你干嘛溜走啦？"小家伙问。卡尔松显然生气了，他双手叉腰，叫起来："你爸爸妈妈来看我，我正好要去照料我的屋子，我哪儿错啦？"小家伙完全手足无措了，半天没吱声，最后还是卡尔松说："如果我收到点小礼物，我也许会高兴起来……"小家伙赶忙动手翻抽屉，最后找出个宝贝小手电筒递给卡尔松，卡尔松一看手电筒，又来劲了："对对，我正要这类东西消消气。"接着他提议想认识一下小家伙的爸爸妈妈，小家伙告诉他爸爸妈妈看电影去了，家里只有姐姐和她的新朋友在客厅里，可是他们不让小家伙去打扰。"什么话！"卡尔松叫起来，"这咱们可受不了，去看看她的新朋友！""可我答应她不去客厅的……""谁也不会见到你。"卡尔松说。"你想出什么点子了？"小家伙问他。"用被子盖着，人家只看见被子却看不见我。当然，对你姐姐来说，没有比这更好的惩罚了。不过她既然这么蠢，也是她活该……可怜的小妞，她竟然看不见我！"卡尔松打床上拉起被子，招呼小家伙过来，两个小家伙钻进被子，小家伙吃不准姐姐看见帐篷是否会高兴。不过和卡尔松一起冒险，太不平常，太有趣了，他简直连气都屏住了。于是帐篷开始向门口移动，卡尔松小胖手轻轻推开门，帐篷悄没声地进了客厅。姐姐和男朋友佩雷没有开灯，在暗地里坐着谈天，帐篷慢慢向沙发移过去，离沙发只有几步了，可是姐姐和佩雷一点也没有发觉，这时候，手电筒耀眼的光一下亮了，照亮佩雷的脸，他跳了起来，姐姐惊叫一声。可这会儿帐篷里发出哈哈笑声和脚步飞快向门厅走去的声音。气急败坏的姐姐在后面追上来，小家伙和卡尔松连滚带爬，在姐姐已经要一把抓住他们的时候，冲进小家伙的房间，锁上了门。

卡尔松的鬼把戏

天已经暗下来了，周围看上去非常美丽。小家伙和卡尔松在屋顶上散步，在这里散步险得叫人透不过气来。卡尔松还拼命逗小家伙乐，存心挑更难的路走。小家伙的心吓得嘣嘣跳。这时，从附近顶楼里传来吃奶孩子很响的哭声，听起来既悲伤又孤独，"可怜的小不点儿！"小家伙说，"也许是她肚子疼。"卡尔松和小家伙顺着屋檐爬到这个顶楼的窗口，仔细往屋里看看，屋里只有一个吃奶娃娃，她的爹妈显然没在家。他俩进到屋里，孩子的嗓子都要哭哑了，小家伙温柔地抱起她，看着这个小不点儿拼命想用嘴唇吮他的食指，知道她饿了。可家里只有香肠和土豆，卡尔松飞出去"借来"个奶瓶，几分钟后，小不点儿在小床上睡熟了，她吃得饱饱的，心满意足。卡尔松提议开个玩笑，来教训教训这对不负责任的爹妈。他拿出柜里的一盘香肠，挂在门把手上一块，又给柜上面一只漂亮的瓷白鸽子嘴上叼一块，另一块则塞在睡熟的小不点儿的手里。然后他俩赶在孩子爹妈回来之前飞出窗子上屋顶了。稍微透了口气后，卡尔松领着小家伙来到另一个顶楼的窗口，屋里传来很响的说话声，笑声和叫声。他俩透过一个小窟窿往里看，屋里两个流氓正在和一个带红领带的小伙子坐在桌子旁大吃大喝。叫菲勒的乘小伙子不注意，摸走他的皮夹子，另外那个叫吕勒的则偷了小伙子的表。过一会儿，小伙子嚷起来，"我的皮夹子呢？我的表呢？"菲勒和吕勒偷偷把东西扔到桌子底下，小家伙和卡尔松趁他们不注意，钻到桌子底下，桌上铺的台布一直垂到地面，没有人看见他们。卡尔松捡起皮夹子和表全塞到小伙子手里。小伙子一把抓住自己的东西，叫起来："谢谢你们，下一回可别跟我开玩笑了。"这时卡尔松狠命地在菲勒的脚上揍一下，同时又不失时机地在吕勒脚上狠狠的就是一下，吕勒和菲勒立即打起来，使劲地你一拳我一脚地打起来，小伙子吓得溜走了。卡尔松和小家伙也趁机从桌子下爬出来，卡尔松看见一地的盘子碎片，说："所有的盘子都打破了，就一个汤碗是好的。这可怜的汤碗准孤独极了！"他说着用尽力气把汤碗摔在地上。接着拉着小家伙冲到窗口，很快爬到外面屋顶上去了。

卡尔松扮鬼

有一天吃晚饭的时候，妈妈说快要放暑假了，要送小家伙到乡下奶奶家去住几天。小家伙心里很不愿意去，离开卡尔松，他不能想象怎么过日子。

吃过饭,他马上回到自己房间,衷心希望卡尔松快点飞来,他很快要离城了,他们现在应该多见见面。一会儿卡尔松就到了,卡尔松提议玩捉迷藏游戏,小家伙很同意。这时门铃响,原来是克里斯泰尔和居妮拉找他玩来了。卡尔松连忙钻进小家伙的柜里去了。小家伙刚把柜门关好,两个小朋友就进来了,克里斯泰尔还把他的小狗约法也带来了。小家伙一见约法,忘乎所以,起劲和约法玩起来,这时居妮拉奸笑着问:"你那位住在屋顶的朋友卡尔松呢?他在哪?"小家伙刚想说话,忽然柜里很响地传出一声:"喔喔……"这是怎么回事?"你在柜里养鸡吗?"两个小朋友惊奇地瞪大眼睛,小家伙哈哈大笑。居妮拉上前打开柜门,这才看到上面架子上躺着一个胖小人,他那双快活的浅蓝色眼睛闪闪发光。卡尔松打架子上跳下来,友好地和两个小朋友招呼着,两个小孩也很喜欢卡尔松,不一会儿,三个人就混熟了。这时,小家伙爸爸妈妈出去散步,关上大门走了。卡尔松又来了精神,提议扮鬼玩,"要知道,我是天下第一的鬼大王!"卡尔松眼睛快活地闪起光来,小家伙三个人也兴高采烈地答应了。卡尔松说干就干,他走到小家伙床边抓起被单,然后从抽屉里拿出彩笔,在被单上画个鬼脸,又很快剪了两个小窟窿当眼睛,然后披上被单,开动小马达,三个小孩屏息静气,害怕地看着他飞来飞去。卡尔松又打开消音器,悄没声地转了几个圈,更像一个鬼了。现在问题是找个人来吓唬吓唬。正在这时,门外传来很轻的西西沙沙声,原来是贼进来了,三个小孩害怕极了,只有卡尔松一丁点儿也不怕。他吩咐大家各自藏起来,不一会儿,吕勒和菲勒这两个贼就溜进来了,他们进到屋里开始东翻西找,这时柜门开了,里面发出一声可怕的呻吟,飞出一个鬼来。吕勒和菲勒回头一瞧,吓得唉呀一声,手里拿的东西掉了一地。鬼这时围着他们飞舞着,又呻吟又叹气,可怕得叫人透不过气来,两个贼吓得魂飞魄散,跌跌撞撞逃到门外去了。小家伙他们从各自藏的地方看到卡尔松赶走了贼,都开心极了。

卡尔松和有学问的狗阿尔贝格一起表演

这一天放学后,小家伙和往常一样,跟克里斯泰尔和居妮拉一起回家。小家伙觉得特别高兴,因为克里斯泰尔和居妮拉现在也认识卡尔松了。克里斯泰尔和居妮拉决定上小家伙家去玩,因为小家伙说卡尔松今天大概能来。当三个孩子穿马路时,一只黑色小狮子狗跑过来,闻闻小家伙膝盖,亲热地□□叫。"噢,多好的一只小狗!"小家伙高兴得叫起来,小狗一直跟着他走,来到了小家伙家门口。小家伙抱起它走上台阶。进屋后发现妈妈不在家,留

个条说上洗衣店去了。正在这时，卡尔松飞了进来，看见小狗，站起来："怎么，你们给这狗洗澡啦？它的毛都倒下来了！""你没看见吗，它不是约法？"小家伙说。"这是我的狗。"克里斯泰尔和居妮拉都表示反对。卡尔松和三个孩子说要开"魔术晚会"。三个孩子都同意了，卡尔松又提出看表演的要出一块糖，用于一个真正的慈善目的，就是关心卡尔松。三个孩子都莫名其妙。你看我，我看你，"咱们就这么决定了！"卡尔松坚决地说，"要不我就不来了。"于是克里斯泰尔和居妮拉跑到街上，告诉所有的孩子，说上面小家伙房间马上要开盛大的"魔术晚会"。所有的孩子都赶紧跑到糖果店去买"入场糖"。卡尔松准备完毕，一身魔术师打扮，他抱着小狗，向大家介绍它："这是一只有学问的狗，叫阿尔贝格，会讲话，会烤面包、会飞，一句话，什么都会干。"有个叫奇雷的孩子不相信狗会说话，卡尔松于是转向小狗："难道你说话难吗？""不难。"小狗说话了，"我只有在抽雪茄烟的时候说话才难。"孩子们惊讶得简直跳起来。小狗说话了，只有小家伙知道这是卡尔松代替它说话。接着卡尔松问小狗："你能烤面包吗？"阿尔贝格打了个哈欠，躺在地板上。"不，不能。"它回答。"哈哈，我就想它不能！"奇雷嚷嚷着。"……因为我没带酵母，"小狗说。所有的孩子都喜欢上阿尔贝格了，只有奇雷继续抬杠，"那就让它飞给我们看吧，"他说。"那有什么，可我不跟大人一起飞。"于是卡尔松抱起小狗，先飞上天花板，在上面转了几个圈，然后飞出窗口。奇雷惊讶得脸都发青了，所有的孩子冲到窗口看卡尔松和小狗精彩飞行，他们觉得有趣极了。飞行表演结束后，卡尔松首先想到那只慈善募捐盒，他急急抓过盒子，说声再见，就回家了。

卡尔松来过生日

夏天到了，家里准备送小家伙到乡下奶奶家去玩。可是小家伙走之前还有一件大事——要过八岁生日了。小家伙觉得时间过得太慢了，终于到这一天了。一早小家伙醒来后，就躺在床上等房门打开，时间长得要命，小家伙等啊等，肚子也痛了，最后走廊里传来脚步声，全家人都来了，他们把一个点着八支小蜡烛的大蛋糕的托盘放在小家伙面前，还有别的礼物。爸爸告诉他："不用一早就收到所有礼物，白天你也许会收到些什么……"接着，全家人给小家伙唱了《长命百岁》这首歌。妈妈在饭后开始为他布置起房间，桌子上的花瓶里插上一束鲜花，端来漂亮的粉红色茶杯。他开始焦急地等着，早已是爸爸说的"白天"了，可谁也没送来新的礼物。小家伙有些失望。可

就在这一眨眼工夫，前厅传来很轻的口口声。小家伙从床上一下坐起来，哥哥跑到前厅，转眼回来手里抱着一只短毛矮脚小狗，噢，小家伙简直不能想象这一天是多么幸福。他做梦都想有一只小狗。这回真是他的狗了，而且是天下最最漂亮的狗！不一会儿，门铃响了，居妮拉和克里斯泰尔来了，他们郑重祝贺小家伙的生日，送给他一袋糖作为礼物。小家伙把他们请到桌子边坐下，这时妈妈端来一盘好吃的夹火腿和干酪的小块面包和满满一碟饼，桌子当中已经放好生日蛋糕，紧接着卡尔松也飞来了，他送给小家伙的礼物是一只叫子。小家伙很高兴，请卡尔松就座，卡尔松突然担心地问小家伙："他们送你糖没有？"小家伙告诉他居妮拉他们送了他一袋糖。卡尔松连忙一把把糖塞进自己的口袋，接着动口大嚼起夹肉面包，另外三个小孩也吃得很急，生怕东西都给卡尔松吃没了。妈妈他们坐在客厅里，听着孩子们说笑声，决定去看看小家伙是怎么庆祝他的生日的。爸爸打开门，妈妈第一次叫起来，因为她第一次看到一个胖小人坐在小家伙身边，这个小胖人满嘴直到耳边都是奶油。爸爸、哥哥和姐姐一声不响地站着，张大了眼睛看。胖小人用手指头刮掉嘴唇上的奶油，使劲地向妈妈、爸爸他们挥他的小胖手，结果一滴滴奶油飞得四面八方都是，"你们好！"他叫道，"我是卡尔松，住在屋顶的卡尔松……"

〔简评〕

《住在屋顶上的小飞人》是林格伦的童话《小飞人三部曲》中的第一部。故事是由住在瑞典斯德哥尔摩城一个七岁小男孩——小家伙展开的。他同所有都市中的孩子一样，老实听话，遵规守矩。但他很孤单，没人陪他玩，全家人都不理解他：姐姐嫌他脏，妈妈骂他淘气，爸爸又不准养狗。他很渴望有一个同自己合得来、能让自己快活的朋友。于是小飞人卡尔松便成为他生活中不可缺少的朋友。卡尔松之所以能得到像小家伙这样的孩子的喜爱，首先归功于他的"特异功能"——背上装着螺旋桨，旋转起来，就能到处飞。像鸟一样地自由飞翔，是所有孩子共同的梦想。同时，卡尔松还有许许多多让同龄孩子羡慕不已的地方：他爱说大话，常常自以为是，对任何事都自称"天下第一"，结果虽然闹出了许多笑话，但在孩子的心中仍然无损他会得多、懂得广的行家里手形象。卡尔松同时也是一个聪明勇敢，心地善良的孩子，尽管他常常恶作剧，但目的往往都是善意的，只是为了"好玩"！他捉弄了欺负孩子的坏蛋，还披着被单装扮成鬼，吓跑了两个盗贼……

　　卡尔松就是这样顽皮淘气，但他决不会因此而让人感到讨厌；而小家伙的老实怯懦、小心翼翼也不见得会让所有人都喜欢。渴望自由自在、无拘无束地玩耍是儿童的天性，这是尽人皆知的。那么，现代家庭究竟要怎样培养孩子、孩子又向何处发展，我想，从这部童话里是会得到一定的启迪的。

（郭从军）

第二部　小飞人又飞了

卡尔松又飞了

　　小家伙带着宾博上奶奶家了。在乡下玩得很好，从早玩到晚，不常想到卡尔松，可暑假过后，他回到家里一进门就问卡尔松的事，妈妈告诉他卡尔松没有来过。小家伙很难过："他一定搬家了，他也许永不会回来了。"他自言自语地说。一天下午，小家伙正坐在自己的房间里贴邮票，贴啊贴啊，只留下一张最好的最后贴。这是张德国邮票，上面画着小红帽和狼，小家伙觉得这张邮票美丽极了，他把它放在桌上，摆在面前。正在这时，他听见窗外一阵嗡嗡声，听来好像……对，它的确是卡尔松的声音！事实上正是卡尔松。他一直飞进窗子，叫着说："嗨，好哇，小家伙！"小家伙跳起来，觉得说不出地高兴，刚想上去紧紧拥抱他，可卡尔松用他那只小胖手把他推开了，说："这里有什么吃的吗？也许有肉丸子或一小块奶油蛋糕？"小家伙很不好意思，因为中午吃的是香肠，用香肠招待好久不见的老朋友，是寒酸些，但卡尔松说可以将就点。于是小家伙赶紧跑到厨房给卡尔松拿来香肠。卡尔松像只秃鹫似的扑向香肠，塞了一嘴香肠，样子高兴极了。小家伙告诉卡尔松他在乡下玩得开心极了。"我的奶奶真好，"小家伙说，"她见到我，高兴极了，拼命地紧紧拥抱我。""为什么？"卡尔松问。"因为她喜欢我。"小家伙说。卡尔松停止了嚼香肠，不甘示弱地说："那么你以为我的奶奶不那么爱我，没那么紧紧拥抱我吗？那我告诉你，我奶奶的拳头像铁一样，要是她再爱我那么一点，她一准把我拥抱死了。""真的吗？"小家伙很惊奇，"她一准是一位拥抱的伟大奶奶。"小家伙又说起自己的奶奶瞎操心，什么事都管，"我的脚只湿了那么一点儿，她就瞎操心，叫我换袜子。"他向卡尔松保证。卡尔松点点头，说："你的奶奶还操心一些有用的事，可我的奶奶简直是瞎操心"。为了让卡尔松换袜子，撵得他满街跑，后来竟跟着卡尔松爬到树枝上。小家伙听

得将信将疑，卡尔松说完，自己哈哈大笑了，把小家伙一推，"嗨，小家伙，咱们两位奶奶烦死了，现在让咱们找点乐儿吧！"

卡尔松进行春季大扫除

卡尔松和小家伙吹够了牛，想找点别的乐儿，这时他看到了吸尘器。妈妈打扫房间的时候，把它留在这里了。卡尔松高兴得轻轻尖叫一声，向它扑过去。把开关开了，拼命吸尘。小家伙告诉他妈妈已经扫得很干净了，用不着再吸尘了，可卡尔松听了嗤之以鼻。他继续给一条很薄的白窗帘吸尘，结果窗帘给吸尘器吸进去了，他也不关掉吸尘器，就把窗帘又拉又拽，终于把窗帘拉出来了。窗帘黑了一截，而且破了。小家伙不高兴了，可卡尔松满不在乎，接着给小家伙吸尘。小家伙从来没让吸尘器吸过尘，现在给吸了，痒得哈哈大笑，哇哇大叫，卡尔松说："这就是所谓的春季大扫除。""你简直想象不到有多么痒。"小家伙说。"对，为这你应该付小费，"卡尔松说。卡尔松说完，眼睛在房间里骨碌碌一转，发现了桌子上小家伙的邮票。"到处是肮脏的碎纸片。"他说。还没等小家伙阻止，他已经把小红帽吸到吸尘器里去了。"我的邮票！"小家伙大叫起来，"你把我的小红帽吸进去了，我永远不会原谅你！"卡尔松看小家伙真生气了，有些害怕，不管三七二十一，打开吸尘器，把里面的东西倒在地毯上，这时窗外吹来一阵风，把一大股灰尘吹到他的鼻子上，他在那一堆垃圾上面打起喷嚏来。一个喷嚏打下去，一张小纸片吹起来，飞过地板，落到小家伙面前。小家伙跑过去捡起了那张沾上尘土的小邮票，赶快把邮票弄干净贴到本子上。卡尔松也很高兴，大扫除完毕，他问小家伙是否愿意上屋顶他的小屋去打扫，小家伙同意了。

卡尔松的小屋子

卡尔松和小家伙飞到屋顶上，卡尔松打开门，小家伙进到屋里一看，眼睛张得老大，屋里东西堆得满满的，而且乱七八糟，小家伙明白卡尔松为什么要打扫了。卡尔松这时跳上沙发床，舒舒服服地躺下。"我不打扫了。"他说，"我在你家已经干得手都酸了！""你一点儿不帮忙吗？"小家伙急着问。"不，我当然要帮忙，"卡尔松说，"我要一直唱歌给你听，提提你的神。"小家伙对打扫这种事一辈子没干过，他只收拾过他的玩具，而且还是妈妈跟他讲上四五回才收拾的。现在他有些不知所措，不知从哪儿开始干才好。"就打核桃壳开始吧，还用问吗，傻瓜。"卡尔松说，"你用不着怎么大规模打扫，

因为我一直打扫，你只要稍稍弄弄就行了。"可小家伙没法同意他的意见，因为地板上的核桃壳夹在一堆堆苹果核、樱桃核、火柴梗等东西之间，连地板也完全看不出来了。"你有吸尘器吗？"小家伙想了想问道。卡尔松可不喜欢这个问题，他生气地说："我得说一句，有些人的确是懒！我要的话，可以有一千个吸尘器，可我爱艰苦工作。"小家伙叹了口气，想起即使有吸尘器，当然也没有电。于是他只好捡起硬毛刷子，动手打扫起来，卡尔松双手枕在脑后，很有兴趣地看着。同时像自己答应过的那样给小家伙唱起歌来："白天过了到黑夜，很快就能躺上床，谁干活儿最起劲，晚饭吃得特别香。"小家伙扫啊扫啊，正扫得十分紧张的时候，卡尔松让他煮点咖啡，小家伙不高兴地看看地板，它离打扫干净还早着呢！"我在打扫，你不能自己去煮吗？"他提议说。卡尔松深深地叹了口气："既然你已经干活了……煮点咖啡那么难吗？"小家伙怎么也说不过卡尔松，唉，只好放下手里的活，去煮咖啡。就这样，小家伙终于扫好了地，用桶装好垃圾，两人坐在床边喝着咖啡就小面包吃，小家伙突然觉得在卡尔松的屋子里多么快活啊，即使打扫对他来说是件苦差事。喝过咖啡，两个人坐在门口，看柔和温暖的暮色降落在所有屋顶和房子上面，周围渐渐黑下去了。到后来，各家开始点亮屋子里的电灯了，小家伙一看时候已经不早了，只好恋恋不舍地离开卡尔松的小屋回家去了。

甲　虫

当小家伙到卡尔松家串门的时候，他妈妈看医生去了。吃晚饭的时候，妈妈告诉大家，医生说她身体累垮了，得离开这儿去休息休息，家里得雇个女佣来帮忙做家务。全家人这顿晚饭吃得一点不像平常那么快快活活。第二天，妈妈在报上登了个广告，只有一个人来应聘。她叫加宠小姐，她又高又魁梧，有好几层下巴和一双"怒目"，小家伙马上知道他不喜欢这个女人。果然，小家伙的倒霉事从第二天就开始。他放学回家，没有他的妈妈在厨房里准备好一杯热巧克力和一些小面包等着他。他看到的只有加宠小姐，加宠小姐见了他一点高兴的样子也没有。"中饭和晚饭之间吃东西会坏胃口，"她说，"这儿没小面包。"她其实烤好了小面包，窗台上放着满满一大盘。她打发小家伙回房间做作业去。小家伙只好回到自己房间，心里又别扭，肚子又饿。他走到窗口，突然看见卡尔松在街道对过一个屋顶上空进行飞机训练呢！小家伙起劲向他招手，卡尔松嗡嗡直飞进来，"嗨，好哇，小家伙，"卡尔松说，"你不舒服吗？"小家伙把自己的苦恼告诉了卡尔松。卡尔松的眼睛开始闪亮

了。"算你运气，"他说，"猜猜谁是天下第一的治甲虫（加宠）大王吗？"小家伙马上明白，准是卡尔松。"你来帮我个忙。"卡尔松说。小家伙不明白，卡尔松跟他如此这般一说，小家伙乐了。他来到厨房，加宠小姐正忙着给自己煮咖啡，看见小家伙更不高兴了。她板着脸看着小家伙，小家伙开始谈话了："你猜猜看，我跟你一样大的时候要干什么？"他问。就在这时，窗外传来熟悉的嗡嗡声，只见一只小胖手伸进窗台，从盘里拿走一个小面包，小家伙咯咯乐。"我没工夫听你胡说八道。"加宠小姐说。她只想快点打发走小家伙，可小家伙还站着不走。"你猜猜吧。"小家伙说。他又一次看见小胖手拿盘子里的面包。不一会儿，盘子空了。这时窗外传来哞哞声，像是牛叫，加宠小姐转过脸去，尖叫起来，原来那些小面包不翼而飞了。她冲到窗口，什么也没有，刚坐到椅子上，窗口又传来一声很轻的声音，小家伙又咯咯乐起来，原来空盘子上放着一个五分硬币。加宠小姐脸都气红了："这开的什么鬼玩笑？"她尖声叫着，"我一点都不懂！"小家伙说："我看你也不懂，不过别难过，咱们不能样样都懂。"小家伙脸上重重挨了一下打。加宠小姐一把抓住小家伙的胳膊，把他推进房间，锁上门出去了。

卡尔松开小面包茶会

小家伙被加宠小姐锁在屋里出不去了。不过别急，这会儿卡尔松飞来了。卡尔松扮演一个非常勇敢、非常漂亮、非常棒的英雄来救小家伙来了。他紧紧抱住小家伙，很勇敢地飞了起来。在上面卡尔松的阳台上有一排十个小面包，看来美味可口。卡尔松按他的分法他自己七个，小家伙三个。小家伙点点头，因为他顶多吃三个。可是巧克力呢？卡尔松告诉他在下面甲虫那："现在咱们去拿。"小家伙有些害怕，他不愿再看见加宠小姐，说不定还要挨一记耳刮子。可是卡尔松把计划说给他一听，他马上跃跃欲试了。说干就干，卡尔松带着小家伙离开屋顶，一个有力的俯冲，一直来到楼梯的阳台上，一切按计划进行，卡尔松把小家伙留在阳台上，自己很快向厨房窗口飞去，这边，小家伙跑下楼梯，把门铃拉得又响又长，很快地就听到脚步声穿过过道。小家伙赶忙奔回阳台。几秒钟工夫，门开了，加宠小姐把头伸出来。看见外面没人，怒气冲冲，大声自言自语地咕噜了两声，把门砰地一声关上。可是拉门铃的人站在阳台上偷偷地咯咯笑，一直笑到那位挺棒的英雄来带他到屋顶上的台阶去参加小面包茶会。这是小家伙有生以来最好的小面包茶会。他坐在卡尔松身边，大嚼小面包，大喝巧克力，快活极了。吃得饱饱的，卡尔松

又取来望远镜，抱起小家伙，嗡嗡飞过街道，降落在小家伙屋子对面的一个屋顶上。小家伙举起望远镜一看，屋子里的一切都尽收眼底。不一会儿，加宠小姐进来了，她大惊一吃，因为小家伙没在屋，她感到莫名其妙，因为她把门从外面锁上的。她赶紧走到窗口，探头看下面的马路，还好，她松了口气。她又回到屋里翻床底、衣柜，卡尔松提议捉弄她一下。还没等小家伙说话就抱住他飞过马路，把他扔进房间。加宠小姐刚从衣柜里出来，第一眼看到小家伙坐在桌子旁，奇怪极了。"我绝不可能是病了，"她嘟囔说，"这屋子里出了那么多的怪事。"正在这时，有人把门从外面反锁了。小家伙咯咯笑起来。他知道是卡尔松干的。加宠小姐要去准备晚饭了，她走到门口，抓住门把手左转右转，可是门开不开，加宠小姐尖声叫起来："谁把门锁上了？"可家里除了小家伙和她，别人都不能回来，她一屁股坐在椅子上，冲小家伙说："我想这屋子准是闹鬼了。"

卡尔松和电视机

吃晚饭的时候，爸爸告诉孩子们他有公事要去伦敦一两天，他有些担心：孩子们能行吗？哥哥、姐姐都觉得很好，因为他们都有玩的地方，只有小家伙呆在家里，爸爸怕小家伙晚上孤独，请了加宠小姐在家里过夜。

第二天晚上，哥哥姐姐出去，加宠小姐说要回家看看妹妹弗莱达，弗莱达上过电视，因为她见到各种鬼和听到过各种鬼叫。加宠小姐很不服气，可现在她在小家伙家里也遇到"鬼"了，她相信自己一定能压倒弗莱达。加宠小姐走了不一会儿，卡尔松就来了，小家伙提议看电视，可卡尔松对电视一无所知！他指着电视机问："你在这种箱子里装什么？里面有小面包吗？"小家伙哈哈大笑，小家伙关于电视懂得不多，可他尽力把他知道的都告诉卡尔松，正在这时，一个动人的女报告员在屏幕上出现了。她甜蜜地微笑，卡尔松张大眼睛，一声不响地看着。不一会儿，女报告员不见了，换上两个板着脸的难看男人，卡尔松不高兴这个，他把电视机又开又关地玩。玩电视机厌了，他啪哒一下关了电视机，快活地哈哈大笑。接着要换个花样取乐。这时，小家伙觉得有必要警告一下卡尔松，他把加宠小姐巴望在电视里弄个鬼节目，好把弗莱达比下去的事一五一十地告诉卡尔松。他以为这样就能把卡尔松吓住，可小家伙想错了，卡尔松高兴得直搓手，然后又在小家伙的背上打了一下。"现在咱们当真找到乐儿了。"说完，他也不顾小家伙的反对，打开柜找起床单，小家伙一看卡尔松抽出妈妈最好的一条床单，马上冲过去，拦住了

他。然后找出两条破床单，交给卡尔松。卡尔松板着脸站在那里，拿着两条床单，样子很勉强。不过还好，总算有做鬼衣服的了。两人正缝得起劲时，甲虫冲进来，卡尔松和小家伙只好转移到屋顶卡尔松的家。于是在卡尔松温暖的小屋子里，小家伙又缝又剪，卡尔松呢，他在忙着画题目为《我的几只兔子之像》的画。

卡尔松的拉铃装置

一天早晨，哥哥和姐姐醒来，两人身上都有一些奇怪的红斑点。加宠小姐看后说："猩红热！"然后她请来医生，医生决定让小家伙的哥哥和姐姐在医院住一星期左右。至于小家伙呢，则要隔离起来观察观察。小家伙开始哭了。他不知道隔离是什么意思，可这个字眼听着就可怕。送走哥哥姐姐，小家伙回到自己房间。他紧紧抱着宾博说："现在我只有你了，当然，还有卡尔松。"可同时他非常想念他妈妈，于是他提笔给妈妈写信，可写一会儿就写不下去了。于是他走到窗口，给卡尔松拉拉铃。卡尔松在头天晚上，在他屋顶上的屋子和下面小家伙的房搞了个拉铃装置。这个拉铃装置包括一个牛挂的颈铃，它就装在卡尔松屋子的屋檐底下，还有一根绳子从铃铛这儿直通到小家伙的窗口。这会儿小家伙实在需要跟卡尔松谈谈，于是，拼命拉绳子，卡尔松很快飞来了，样子很恼火，因为小家伙吵醒了他。小家伙知道只有送卡尔松一点小礼物，他就会消气的。于是马上把自己的口琴送给卡尔松。卡尔松两眼闪光，接过口琴放在嘴上吹了几个音，调子挺悲伤的。卡尔松给这支曲子取名《小鬼挽歌》，两人正说着，小家伙听见加宠小姐的脚步声，吓得跳起来，卡尔松则扑倒在地，像个小足球似的滚进了小家伙的床底下。门开了，加宠小姐闯进来，来打扫房间。小家伙紧张极了，极力阻挡，加宠小姐很生气。正在这里，床底下传出《小鬼挽歌》的音乐，虽然只有几个音，却足够加宠小姐蹦起来。"这不是活人的声音，这是鬼的声音。"她圆瞪着眼睛盯住小家伙看。"老天爷，现在我一定得写信给电视台。"她扔掉手中的刷子和畚箕，急急忙忙写起信来，给小家伙大声念了一遍，然后起劲地跑出房间寄信去了。卡尔松兴高采烈地从床底爬出来，"茎！"他叫道，"就等晚上天黑下来吧，到那时甲虫就真有点东西可以给电视台写信了。"小家伙咯咯笑起来。接着卡尔松急急忙忙回家去装消声器去了。

天下的第一飞鬼大王

这一天对小家伙来说是又长又孤独，他拼命等天黑。吃完晚饭，他回到自己的房间，站在窗口，向外面看。现在是秋天，天黑得早，小家伙兴奋得脸都白了，他在等着，他知道卡尔松也在上面什么地方等着。加宠小姐正坐在厨房里洗脚，她天天都这样，等一会儿她洗完了脚，就要来跟小家伙说明天见。然后小家伙就拉铃。小家伙觉得有些紧张。还好，加宠小姐踏着她那双刚洗过的大光脚板闯进门，看到他站在窗口很不高兴，命令小家伙上床去。"我……我不过在看星星。"小家伙结结巴巴地说，"你不想也看看星星吧?"他这句话说得相当狡猾，把加宠小姐引到窗口，同时偷偷拉拉藏在窗帘后面的绳子。加宠小姐听到远远有铃声响，正感到奇怪，一个白色的、几乎是圆滚滚的小鬼悄没声儿地从屋顶上滑下来，在音乐声中盘旋。"瞧……噢，瞧那儿，老天爷!"加宠小姐的脸一下子白得像石膏，一屁股坐下来，她还说过不怕鬼呢!"赶走它!赶走它!"她气喘吁吁地叫。可这天下第一的飞鬼大王飘来荡去，又是滑翔又是俯冲，还不时在天上翻跟头，小家伙觉得卡尔松表演很有气氛，可加宠小姐不这么想，她一把抓住小家伙就往小家伙爸爸房间跑。进了屋，她急忙关上窗，拉上窗帘，接着动手尽快用家具顶上门。做好这一切，她满意她告诉小家伙可以休息了。正在这时，爸爸床底下传出一个深沉的声音，接着，一个鬼忽然又窜又叫地飞起来。加宠小姐大叫救命!她赶紧跑到门口，搬开堵门的家具，尖声大叫着冲进门厅。那鬼跟着加宠小姐飞。他们在整个公寓里窜来窜去，加宠小姐一直哇哇大叫。小鬼只好安慰她:"放心吧，别这么哇哇叫!咱们玩得真有劲!"可是没用，加宠小姐还是叫着又逃回到厨房，小鬼在她耳旁边叫，加宠小姐啪哒一声，头向前在洗脚水上面摔倒了。可她十分利落地爬起来，冲出厨房，又跑进浴室里去了。直到小家伙告诉她鬼不见了，回家去了。她才浑身哆嗦地走出来。"噢，经历这件事的时候太可怕了，不过，想想吧，这会是个多好的电视节目!"她有些高兴了，她刚想说话，就听见小家伙柜里传来低沉的哼哼声，加宠小姐一听就重新尖叫起来，因为鬼又回来了……

卡尔松不是鬼

加宠小姐以为鬼飞走了，可不一会它又出现在柜里，这会儿，它出来了，开始围着吊灯绕圈圈。这时候出事情了。小鬼离吊灯太近，鬼衣服一下钩住

了电灯上一个装饰品。咔嚓一声，鬼衣服就离开了他的身体，这下露出卡尔松本来面目。只不过是一个穿格衬衫和红白条纹袜子的卡尔松。加宠小姐这会儿坐在椅子上哭了："我的鬼节目完了。"她说，生气地瞧着卡尔松。因为她已经把见到鬼的事炫耀给了弗莱达。可现在这一切都成为了泡影。她坐在那儿越来越生气，因为她突然明白了是谁偷走那些小面包，是谁在窗外哞哞叫，再看着这个胖乎乎的小坏蛋，她再也受不了啦。"走吧你，马上回家去……不管你叫什么！"她对卡尔松说。然后她到厨房去热饭，不一会儿，厨房里传出来香喷喷的煎肉丸子气味。卡尔松忘记了加宠小姐的警告，向厨房冲过去。他走到灶边，从煎锅里拿了一个煎肉丸子。加宠小姐脸一下子涨红了，向他直扑过来，一把抓住卡尔松的颈背，把他扔出厨房门。"走开！"她尖声大叫，"回家去吧，别再把鼻子伸到这儿来！"小家伙可是气疯了，她怎么能这样对待他亲爱的卡尔松呢？"卡尔松是我的朋友，他可以呆在这儿。"他呜咽着说。可没等他说下去，卡尔松自己又进来了，并已经站在灶边吃着煎肉丸子。"多么奇怪，"加宠小姐说，"真是个小坏蛋……要是锁上门，我也许就能摆脱你了。"她说着抓住他的颈背，又一次把他扔出去，锁上了门。这回加宠小姐放心了。"今晚给吓了一通，到底嘛，我也许可以吃上个煎肉丸子了。"她说。正在这时候，他们听见开着的窗子外传来一个声音。卡尔松又飞回了，他向她使劲地俯冲过去，一把抢过她手里的丸子，赶紧一口吞下肚，又赶紧飞上天花板。这下子加宠小姐跳起来行动了，她一把抓过拍地毯的拍子，开始追卡尔松。可怜的加宠小姐，一个晚上又闹鬼又追，现在她开始精疲力尽了，可她不打算认输。追啊追，进入起居室，出了起居室，进入厨房，出了厨房，进入爸爸的卧室，加宠小姐忘了扔在地上的一堆家具，狠狠一跳的时候，在书柜上翻了个跟头，啪哒一下倒在地板上……

神气的姑娘在空中飞

加宠小姐跌倒后，小家伙和卡尔松忙把她抱上床，可是躺了一会儿，她开始大笑起来，因为今晚跑了这么长时间，精神爽快多了。她也不再生卡尔松的气了，三个人这时都觉得饿极了，于是他们一起，在床边吃了一顿愉快的晚饭。卡尔松吃完饭就告辞走了。

第二早晨小家伙睡过了头，电话铃声惊醒了他，他冲到门厅听电话，是妈妈打来的，原来妈妈看了小家伙的信，急坏了，告诉小家伙明天就回来了。他刚放下电话，爸爸和哥哥也都打电话来，告诉小家伙明天就回家了。小家

伙穿上衣服，跑到厨房告诉加宠小姐，说他用不着再隔离了。加宠小姐已经动手做中午饭，锅子里正在焖肉，她在那大加调味品：盐、胡椒和咖哩。整个厨房都是浓烈的调味品气味。正在这时，窗外传来一个快活的大嗓门唱歌声："阳光照进我的窗……"卡尔松在窗台上。他吸吸鼻子，"咱们吃什么?""一顿痛打。"加宠小姐说着，使劲搅拌焖肉。"你本该吃这个，可我今天浑身酸，怕跑也跑不动了。"说着她把焖肉盛到一个盘子里，放在桌子上。让小家伙和卡尔松先吃，因为大夫跟她说，她吃东西时必须安静。小家伙和卡尔松都吃出了眼泪，整个嘴像火烧似的，因为它太辣了。正在这时，前门的铃响了，加宠小姐去开门。卡尔松跟在她背后，小家伙也跟上了。加宠小姐开门的时候，他们紧靠在她背后，只听外面的人说："我叫佩克，是电视公司来的。我来是为了你写的关于鬼的故事……我们愿意播送这样一个节目。"加宠小姐的脸登时通红，这真是她一生当中最糟糕的时刻。"这儿没有鬼，"加宠小姐险些儿哭出来说，"我永远也上不了电视。"佩克先生拍拍她胳臂，安慰她："别那么认真，也许你能够因为别的事上电视。"这时他闻到厨房的香味，他问加宠小姐是什么好吃的。加宠小姐告诉他是自己创造发明的"加宠式美味咖哩焖肉"。她请佩克生先尝尝，因为那两个小坏蛋一点也不吃了。佩克先生尝了尝，按着开始大吃特吃，说他一辈子没吃过这么好吃的东西。他突然想起什么，告诉加宠小姐可以上"烹饪法"这个电视节目。让全国看到她烧她那"加宠美味咖哩肉"。只听见轰隆一声，加宠小姐昏倒了。可她很快就醒来，打地板上爬起身子，眼睛闪闪发光。小家伙一直竖起两只耳朵听，太有趣了。可他忘了一件事，原来他怕佩克先生发现卡尔松，把卡尔松藏在门厅的木箱子里。后来，光顾看佩克先生和加宠小姐交谈，把箱子里的卡尔松几乎忘了个一干二净，可现在他吓了一跳，只听见有人在门厅里走。没错儿……这是卡尔松，穿上了姐姐的旧戏装，天鹅绒长裙子，浑身上下前后都是网纱！"神气的姑娘步入大厅。"卡尔松说，站在门口。接着他又跳起舞来。佩克先生笑了，"一个非常讨人喜欢的孩子，"他说，"也许我们可以让他参加一个什么儿童节目。"

一个英俊、有文化的……

一整个下午小家伙都在上面卡尔松屋顶上的屋子里，他向卡尔松解释，他要做奶油蛋糕，因为妈妈、爸爸他们明天要回家来。所以最好不去打扰他。卡尔松倒听得懂。于是他俩在炉火上烤苹果，然后撒上糖吃，小家伙想，有

林格伦〔瑞典〕

炉火真好，因为是秋天，天气转凉了。卡尔松又在火上加上两根山毛榉大木头。屋里暖烘烘的，卡尔松提议做木工，于是两个人又锯、又敲、又钉，满屋子乒另乒郎响。火渐渐小下来，卡尔松的小屋子黑了，他于是点亮工作台上面天花板上挂的火油灯。小家伙把两块板钉在一起，做了一只汽船。又在顶上敲了个钉子做烟囱。真是只非常好的小船。卡尔松也做出一个很难看出来的东西，不过现在真正是晚上了，小家伙只好回家睡觉了。

第二天，是小家伙最高兴的一天，因为全家人都回来了。这时，加宠小姐来告辞，因为她今晚要上电视，她要急着回去收拾打扮一番。她做了一个呱呱叫的奶油蛋糕，上面的奶油厚厚一层，里面夹着菠萝块。妈妈提议晚上看电视时吃。他们就这么办了。当一家人在电视机前坐好时，小家伙把卡尔松也领来了。他俩坐在地板上，和大家一起一边看电视一边吃奶油蛋糕，开心极了。看完电视，卡尔松就走。小家伙回到房间，可心里还想着卡尔松，就打床上跳下来，光着脚跑到窗口拉绳子，拉了三下，这个信号是："设想世界上有一个人，处处跟你卡尔松一样英俊、有文化、勇敢善良，这不挺美吗!"拉完绳，他继续站在窗台，不是为了等回音，就是这么站站，可是卡尔松一下子来了。"对，可不是!"他说。他二话没说，又飞回他屋顶上那同绿色的小屋子那儿去了。

〔简评〕

《小飞人又飞了》是《小飞人三部曲》中的第二部。顽皮的卡尔松有说不完的故事，他没有家庭过分的溺爱和过分的约束，可以尽情使每一天都过得好玩，过得自由自在。他也许不是现实中实实在在的孩子，但他的心理、他的愿望和他想敛的一切却是实实在在的。他对任何新事物都抱有极大的兴趣，利用吸尘器进行身体的"春季大扫除"就是他的新发明。孩子的想法和作法有时会显得过于天真、过于幼稚，这无可厚非，这正是他们有别于成人最可宝贵的地方，儿童自有儿童的世界，在这片纯洁无邪的土地上，是不容有成人的生活准则掺进其中的。卡尔松正如所有同龄的孩子一样，没有极其正确的善恶观和处世的标准，他们只是用一颗闪亮的童心去衡量整个世界。女仆加宠小姐不给他们好吃的，他们就认为她很坏，要想尽办法报复一下；而加宠小姐为他们了"美味咖哩焖肉"，他们就把她当作朋友，并为她上了电视大显风采而高兴万分。孩子们就是这样，单纯、乐观、幼稚，在他们的眼中，世界永远都是彩色的、永远充满着爱和关怀。而这种爱和关怀往往需要

他们自己去获得、去追求。大人们善意的给予，在他们眼里也许一钱不值；而他们亲自获取的，哪怕一点点，却视为世界上最可宝贵的财富。孩子们需要爱，更需要理解和自由。

孩子们将永远为他们的年龄而骄傲，永远为他们的世界而自豪！

（郭从军）

第三部　小飞人新奇遇记

人人有做卡尔松的自由

有一天早晨，小家伙正在半睡不醒的时候，忽然听见厨房里传来紧张的说话声。爸爸和妈妈显然为了什么事在担心。"太可怕了！"妈妈叫起来。小家伙赶忙下床，他急着要知道到底是什么事情这样可怕。他一下就知道了。报上第一版大字标题写着：《这到底是什么：是飞桶还是什么玩意儿？》接下来报道：斯德哥尔摩上空飞过一样辨认不出来的古怪东西。形状像个小啤酒桶，发出马达的嗡嗡声。推测这是一个空中用来侦察的间谍卫星，现本报编辑部悬赏一万元，拿获这一神秘东西。小家伙一下子又害怕，又生气，又伤心。卡尔松什么地方错了？为什么不让卡尔松安安静静过日子！小家伙的妈妈爸爸现在很喜欢卡尔松了。主要是他们明白了，小家伙需要他。哥哥和姐姐比小家伙大得多，因此小家伙怎么也不能没有一个最好的朋友。爸爸让小家伙警告一下卡尔松，让他留点神，最好暂时不要在瓦扎斯坦区飞来飞去。可以留在小家伙的房间里玩。于是爸爸上班去了，妈妈也出去了。小家伙盛了一盘粥，坐在那满肚子心事，觉得粥不大好吃，加点糖也许好吃，伸手去拿糖缸，可忽然听到窗外嗡嗡响，卡尔松就飞进来了。坐下来狼吞虎咽地吃粥。吃到最后，把黏在锅边上的粥都刮了个一干二净。小家伙这时拿过报纸，告诉他报上登着一个不幸消息。然后把那条新闻念给卡尔松听。卡尔松听到"东西"这个词时，阴着脸，说不出地伤心。"这样我不来了。"他说。小家伙慌了手脚，忙解释："这话不是我说的，是报上这样写的，他们说的就是你。"可卡尔松突然哈哈大笑："我如果是'东西'，那无论如何也是天下第一的好'东西'，可以值一万块钱！"小家伙也高兴得笑起来，因为卡尔松又那么快活。"你不用害怕，卡尔松，"小家伙尽力安慰他说，"他们不能把你怎么样。""当然，人人有做卡尔松的自由。"卡尔松说。接着两个人很快忘了眼

前的烦恼，找点乐儿事玩。

卡尔松想起了自己的生日

妈妈从旅行社回来了，看到满地的水，她马上就明白了，这一切祸肯定是卡尔松闯下的。不过她现在很开心，因为过几天就可以带小家伙去旅行，这样可以摆脱卡尔松。吃午饭的时候，妈妈把这个消息告诉小家伙，她满以为小家伙会高兴得跳起来，可小家伙不打算去，因为他不能把卡尔松扔下不管，他决定留在家里保护卡尔松。哥哥、姐姐嘲笑小家伙一通，妈妈、爸爸也劝他，可小家伙倔强劲上来了，最后，妈妈只好来请加宠小姐照顾他。正巧，这时爸爸的远亲尤利乌斯伯伯来斯德哥尔摩检查身体，要来斯万特松家。于是由加宠小姐来照顾两个倔头倔脑的光棍：小家伙和尤利乌斯伯伯。爸爸、妈妈他们决定旅行去了。

这天晚上，小狗宾博在床边的篮子里打呼噜，小家伙钻进了被窝。正在这时传来马达声，卡尔松飞来了。"我出了件事！"他叫起来。小家伙在床上坐起来，问什么事，卡尔松说自己忘了过生日。小家伙很奇怪，他记得卡尔松生日在四月份，可卡尔松说干吗要老在同一天过生日！哪天好就可以在哪天过。小家伙笑起来。表示赞成。"那么！"卡尔松甜蜜蜜地歪着头说了，"那么你就要送礼物给我。"小家伙打床上下来打开抽屉，可卡尔松什么也不要。最后小家伙猜到了：卡尔松想要小手枪！这是爸爸从国外带回来给小家伙的。"他把生日定在今天，也许就为了这把小手枪吧？"小家伙想着，深深地叹口气，把装枪的盒子拿出来。"祝你生日快乐，亲爱的卡尔松！"他说。卡尔松一声狂叫，扑过来，亲亲小家伙的脸颊，拿出小手枪，高兴得咯咯叫着。"你是天下第一好朋友！"他说。接着他希望小家伙和他一起到屋顶庆祝他的生日，小家伙毫不犹豫地答应了。

小家伙在卡尔松家作客

斯德哥尔摩这种六月傍晚是哪儿都没有的。天空发出这样独特的光辉，暮色也澄朗、透明、蔚蓝，使得倒映在海湾闪烁的水里的城市和天空完全像一个童话世界。这样的傍晚美极了，好像专门为卡尔松在屋顶上庆祝他的生日用的。小家伙欣赏着美丽的夜空，和卡尔松并排坐在小台阶上大吃小面包，大喝果子汁，附近人家的每个西西沙沙声都极其清楚地传来，有说笑声、唱歌、骂等等，全搀杂在一起。他们谁也不知道，在高楼顶上正坐着一个小孩，

像听真正的音乐那样在倾听交织在一起的各种声音。过一会儿，两人开始谈起妈妈和爸爸走后，小家伙谁来照顾？卡尔松说是天下第一的好保姆，小家伙猜想卡尔松说的是他自己。于是告诉卡尔松请的是加宠小姐，他生怕卡尔松生气，因为天下第一好保姆就在身边，妈妈却请来加宠小姐。可也奇怪，卡尔松非但不生气，反而喜气洋洋的来劲了。小家伙有些担心，又告诉他尤利乌斯伯伯也要来，他是来看医生的，他告诉卡尔松，说尤利乌斯伯伯的脾气多别扭。卡尔松听了更高兴了："嗨，好哇！咱们和他们一起玩。"他还说要为尤利乌斯伯伯治病，有三个疗程，一是搔他痒痒，二是叫他生气，三是作弄他。小家伙还没来得及说话，卡尔松已经乐得发疯，把小手枪举到头顶开了一枪。屋顶上掠过震耳的枪声，随后消失了。周围一家家人声嗡嗡响，有人害怕，有人生气，有人嚷嚷叫警察。可卡尔松像没事人似的坐下来，嚼他最后一个小面包。

卡尔松是第一名好学生

妈妈和爸爸动身那天，斜雨劈啪啪地敲着玻璃，就在他们离家前十分钟，加宠小姐浑身湿透，气虎虎地冲了进来。妈妈来不及和她多说话，只拜托她照顾好小家伙。加宠小姐同意了。妈妈他们走了后，加宠小姐在厨房洗碗，小家伙站在一边和她聊天，这时门铃响了。小家伙以为是尤利乌斯伯伯来了，可门口站着的却是卡尔松，他浑身湿淋淋，像只落汤鸡，眼睛里露出无声的责备的神色。他责怪小家伙不开窗户，小家伙辩解说实在没想到他今天还会来，可卡尔松说因为他想和甲虫见见面。小家伙有些害怕，加宠小姐不喜欢卡尔松，于是他尽量使自己的声音更有说服力："我说卡尔松，最好让她继续以为你是我的同学。"卡尔松一下呆住了，接着高兴得咯咯叫起来。"她真以为我去上学吗？"他高兴地反问一声，就向厨房冲过去。加宠小姐以为是尤利乌斯伯伯，很惊讶他走得这样飞快，等看到卡尔松冲进来，不由得大叫一声，就像看见一条蛇。卡尔松好像没有理会加宠小姐的态度，站在门口就问："你知道我们班里的第一名好学生是谁吗？"加宠小姐很生气，"进屋子得问声好。"她说，"管你们谁是第一名好学生，我不感兴趣，无论如何不会是你！"卡尔松嘟起了嘴，可一会儿，开始围着加宠小姐打起转转，嘴里还哼着小曲似的东西。小家伙劝他安静下来，可卡尔松越唱越入迷，当他唱到"休息一场"，就开了一枪，接着又震耳地大叫一声。加宠小姐卜通坐在椅子上，闭上眼睛，半天一声不响，小家伙知道卡尔松闯祸了，把他领到自己房间里去。

林格伦（瑞典）

给卡尔松换下湿透的衣服，让他穿上自己白色的浴衣，坐在自己的被窝里，端来热气腾腾的巧克力给卡尔松喝。刚忙完这一切，门厅又传来很长的门铃声，小家伙想，来的人只能是尤利乌斯伯伯，于是撒腿奔去开门，卡尔松跟在他后面。小家伙打开门，果然是尤利乌斯伯伯："欢迎您，尤利乌斯伯伯。"小家伙刚开口，就传来震耳的一声枪响，尤利乌斯伯伯像一棵草给割倒似的，扑通，倒在地板上。没错，这只能是淘气的卡尔松干的！

卡尔松在小家伙家过夜

尤利乌斯伯伯倒下后，小家伙简直要哭出来，可卡尔松说贵宾来了都要放礼炮欢迎的。加宠小姐闻声跑出来，马上双手一拍，唉呀一声，扑在可怜的尤利乌斯伯伯身上伤心地哭。只有卡尔松照旧像没事人似的。他找来小家伙妈妈浇花用的洒水壶，开始把水洒在这位老先生头上。的确有效，老先生慢慢睁开了眼睛。"雨老下个不停。"他半醒不醒地嘟囔说。加宠小姐赶快为尤利乌斯伯伯张罗：把头发擦干，扶他到准备好的房间去。小家伙和卡尔松站在那听尤利乌斯伯伯在房间里一个劲儿埋怨：床垫太硬，床又太短，被子太薄了……小家伙告诉卡尔松，这位伯伯总是这样不满意，卡尔松说他可以使这位伯伯改掉这种脾气。可小家伙只求卡尔松让伯伯安静下来，别去惹他。实际上卡尔松并没有听小家伙的劝告。这不，尤利乌斯伯伯吃完饭，看了一会儿报纸，这会儿和加宠小姐说明儿见。卡尔松一下子来了劲。"嗨，好哇！"他叫起来，"我好像又想到一个好玩的玩意儿。""又是什么玩意儿？"小家伙心都发毛了。卡尔松说他要到尤利乌斯伯伯卧室的窗口看看去。小家伙不同意，因为尤利乌斯看报时看到了那个关于间谍卫星的报道，万一让尤利乌斯看到卡尔松呢？他一定认为卡尔松就是那个不明飞行物的！可卡尔松非去不可。"放心吧，我用小雨伞遮起来！"说着，拿出妈妈那顶漂亮的小雨伞，飞到雨里去了。小家伙一个人留下来，他非常不放心，时间一分一分过去，雨沙沙下个不停。小家伙忽然听见尤利乌斯伯伯一声惨叫。小家伙赶忙向尤利乌斯伯伯房间跑去，看出了什么事。只见尤利乌斯伯伯坐在那，脸色苍白，眼睛闪着恐怖的眼光，加宠小姐也跟着跑进房间，问出了什么事。尤利乌斯伯伯让小家伙出去，和加宠小姐喊喊喳喳说着什么，小家伙站在门口没有走，贴在门口好容易才听出来他说什么。"加宠小姐，我不希望您对别人说，可我觉得这里来了个胖胖矮矮会飞的小妖精，还撑着把小红伞……"

卡尔松捣乱，又吃薄饼

第二天早晨小家伙醒来，卡尔松已经不见了。他收拾了一下房间，闻到厨房飘来刚磨好的咖啡那股喷鼻香气，就来到厨房。加宠小姐紧靠桌子坐着，正喝着她的第一杯咖啡。柜子上放着两盘热烘烘喷着肉桂香味的小面包。小家伙拿起一个面包，给自己倒了一杯牛奶，坐在加宠小姐的对面。加宠小姐破例和小家伙谈起弗莱达以及弗莱达的未婚夫。还说弗莱达认为加宠小姐根本没有迷人的地方。加宠小姐说着又哼了一声，站起身上过道去了。她一走，卡尔松飞进窗子来了。小家伙埋怨他不该在加宠小姐和尤利乌斯伯伯面前飞来飞去。这时，加宠小姐又加了一件衣服回到厨房里来。卡尔松赶忙钻到桌子下面，让台布的长边遮住。不一会儿，尤利乌斯伯伯进来了。"一个多么可怕的夜晚！"他叫了一声，"我得感谢一生能遇上这么一个夜晚，它使我换了个人。"接着他坐下来，加宠小姐给他一杯咖啡，他伸手去拿小面包，可没拿到，因为桌子底下伸出一只胖小手，把面包篮拉到那一边去了。尤利乌斯伯伯没有注意，还在谈昨晚的奇遇，又伸手去拿面包，然后把手塞到嘴里，甚至用牙咬，才发现手里没有小面包，于是他又生气了，可换了个人的新的尤利乌斯伯伯显然和气些了，他很快安静下来。可小面包却一个接一个失踪，只有小家伙知道它们上哪去了。这时，尤利乌斯伯伯也中断了自己的思路，他跟医生约定了时间，现在得走了。小家伙和加宠小姐一起送尤利乌斯伯伯出门去了。两人回到厨房，加宠小姐不由得大叫起来，小面包一个也没有了。倒有一个大纸袋，上面写着古怪字体：小面包小妖精也最爱吃。加宠小姐阴着脸皱起了眉头。突然她明白了，"准是那个没教养的胖小人。"她对小家伙说。小家伙赶紧带着宾博上公园散步去了。

快到吃中饭的时候，加宠小姐又在厨房忙开了，她正在灶旁烤薄饼，想给尤利乌斯先生吃点软的东西。已经烤好两盘饼了，这时电话铃响了，加宠小姐赶忙去接电话，电话是弗莱达打来的。因为加宠小姐说话的腔调很不客气。放下电话，她又回到厨房，可这会儿小家伙又听到她火冒三丈地大叫，赶忙奔过来，原来那些饼又不见了……门铃这时又不失时机地响起，加宠小姐赶紧去开门，尤利乌斯伯伯进来了，样子很凶地问道："你们倒给我说说看，这楼的每一个门把手上干吗都挂着薄饼？"

小家伙跑下楼去，看见卡尔松坐在最后一级楼梯上，他正在吃薄饼。

"这些薄饼真好。它们已经完成任务了，尤利乌斯伯伯再也不会迷路啦。"

卡尔松是天下第一的打呼噜大王

　　暮色慢慢地越来越浓。卡尔松一整天没露脸。小家伙急坏了。他想马上见到他，因为他领宾博散步时，碰上了菲勒和吕勒这两个坏蛋，他们正打算捉住卡尔松，领取那笔奖金呢。可卡尔松到现在还不知在哪儿。小家伙吃过晚饭回到自己房间，卡尔松正在屋里等着他呢！他连忙把菲勒和吕勒夜间要来捉他的事告诉他。可卡尔松满不在乎。小家伙提出如果卡尔松晚上飞回去睡觉，就送他一大袋糖。可卡尔松说，在他提出的所有劝告中，这个劝告是最愚蠢的。小家伙最后绝望了，只好任卡尔松留在家里。

　　这时，尤利乌斯伯伯已经回到他的房间去了。他简直累坏了：昨晚睡得那么糟，今儿又走了一天。至于加宠小姐，她给小面包和薄饼的事惹得生了一场气，也需要好好休息，也很早就回到她的房间里去了。不一会儿，两个屋子传来各自的呼噜声。卡尔松这会儿忽然又来了主意：他还有一大袋糖，他认为把这袋糖应藏到可靠的地方，到了行动的时候，就用不着担心它们了。他最后决定把糖放在尤利乌斯伯伯那儿吧，因为贼一听见他的呼噜声，准以为是老虎叫，不敢进去了。他从尤利乌斯伯伯屋里出来时，手里拿着尤利乌斯伯伯那一副假牙齿。小家伙吓了一跳。卡尔松解释说："万一尤利乌斯伯伯半夜醒来，看见糖，戴上假牙吃糖，另外，这副假牙一会儿用得着……"卡尔松说还需要一根结实的绳子。小家伙急得要命想知道干什么用？卡尔松告诉小家伙要设个圈套。于是卡尔松在进门的拱门和门厅之间的窄门廊里，各在拱门两边放一把椅子，把绳子离开地面一点，在两把椅子之间绕了好几道，牢牢拴紧，只要有人进门要到门厅，一准要给这根绳子绊倒。圈套设计好了，专等贼上门了……

卡尔松是天下第一的夜间捣蛋大王

　　为了迎接两个可怕的贼，基本上都已经准备好了，卡尔松提出要把宾博送到屋顶上去，以免把事情全给弄糟。小家伙开始不以为然，最终拗不过卡尔松只好同意了。送走宾博，卡尔松跑进厨房，打架子上翻出一大把抹布和餐巾，还嫌不够，又跑浴室里拿来了毛巾。小家伙问他干吗？卡尔松说做木乃伊。做把人吓死的可怕木乃伊。它的头是用餐巾做的。用一条毛巾裹住，上面剪出两只大眼睛，描出了黑圈。可是最主要的是：这个木乃伊有牙齿。这是尤利乌斯伯伯那副真的假牙齿。小家伙一见也不由得打了个哆嗦。

正在这时，他们听见有人往信箱缝里塞铁丝。毫无疑问，等了半天的菲勒和吕勒来了！小家伙和卡尔松在过道的小圆桌底下蹲下来。说实在的，小家伙怕得要命，卡尔松一劲儿给他打气。这时门小心地开了，屋里已经来了人！接着听到喊喊喳喳的说话声和很轻的脚步声。可接着忽然轰隆一声——接下来是两声震耳的喊叫！卡尔松这时一下开亮手电筒，马上又把它关了。又是两声喊叫，这一回更响了。准是他俩看见了木乃伊。接下来的这些事几乎是同时发生的，小家伙还没来得及弄清楚怎么回事，听见两扇门蓬通打开，尤利乌斯伯伯和加宠小姐跑出他们的房间。小家伙又听到加宠小姐按过道电灯的开关，可灯没亮，因为卡尔松把厨房里的总火表关了。"多可怕的雷雨！"加宠小姐说，"怪不得电也停了！"尤利乌斯伯伯也相信了，于是两个人各自回房去了，周围又是一片寂静。躲在黑暗里的菲勒和吕勒又活动了。他俩喊喊喳喳说话。"你也看见鬼了吗？"菲勒问。"还用说！"吕勒说，"是个雪白的鬼！它就站在这墙边，可现在不见了！"吕勒提议赶快溜走，菲勒说什么不同意："为了一万块钱，我准备不仅跟一个鬼，而且跟十个鬼斗！"小家伙和卡尔松竖起耳朵听着，这两个坏蛋进了尤利乌斯伯伯房间，卡尔松乐了："咱们这下子有好玩的了。"他把木乃伊放到小家伙的被窝里，然后和小家伙钻到床底下，卡尔松故意打一种奇怪的呼噜声，吸引这两个坏蛋来，果然，一会儿，门开了，两个坏蛋进屋来了，他们冲到床边，掀开被单，又看到了天下第一可怕的木乃伊那副龇着的牙。这一回他们没叫，只是奇怪地呼吸着。刚才是谁在打呼噜呢？可菲勒他们没来得及搞清楚这是怎么回事，听到了走近的脚步声，他俩赶忙躲到衣柜里去。进来的是加宠小姐，还没等她说话，卡尔松已经像刺猬那样滚也似的到了衣柜那儿，把柜门锁上了。贼给捉住了。

天下第一大富翁卡尔松

光荣地战胜了菲勒和吕勒以后，卡尔松成了他们一家大名鼎鼎的卡尔松。而且是最可爱的卡尔松！

这一天小家伙起得很早，他到信箱那儿取来报纸，坐在那一下看到一个吸引人的标题——《秘密拆穿——原来不是间谍飞行》。报上说编辑部来了一位奇怪的来访者，他是来领取奖金的。他是一名普通的小学生，可这位小朋友有一个小马达，正如照片上看到的，有了这个小马达就能飞等等。小家伙看到这微笑起来。这时候卡尔松飞来了，也不问一声好，就要求马上把这段新闻念给他听。卡尔松听了极其高兴！"对，"他叫道，"这份报纸每一个字都

林格伦（瑞典）

说得对！"

这一天尤利乌斯伯伯一准有大喜事，因为他露出了少有的快活样子。他这是最后一次看医生，过几个钟头他就要回西约特兰的家去了。

加宠小姐也忙着帮他收拾行李。关照尤利乌斯伯伯别忘扣大衣最上面的扣子。接着她扑到电话旁边和弗莱达通话。她告诉弗莱达她要去西约特兰，因为她要和尤利乌斯·延森先生结婚了。加宠小姐快活极了，小家伙从没看见她这么高兴过。

这一天终于到了天黑的时候，小家伙坐在卡尔松小屋子的台阶上。整个瓦扎斯坦区到处是一片灯海。小家伙跟他最好的朋友吃着美味牛油面包，卡尔松兴高采烈唱起了他那首小曲，用两个大拇指打着拍子："让这里四面八方，到处闪着灯光。我你一起唱歌：多来米法索拉西，好好休息一场。"

〔简评〕

写作了小飞人两部曲后，林格伦的创作欲望更是一发不收，在前两部的基础之上，她又写作了《小飞人新奇遇记》。是的，像小飞人卡尔松这样活泼可爱、无拘无束的"自由王子"，无论是谁都会恋恋不舍的。而小飞人卡尔松之所以成为童话读者倾心的朋友，关键所在是因为作家有一颗未泯的童心。她擦去了蒙在眼角的尘垢，用一双童话的眼睛打量世界，世界因此而纯化了。都市家庭赋予的束缚、年龄造成的隔膜，使一个个天真浪漫的儿童失去属于儿童的活力和梦想。小飞人卡尔松给这片世界带来了全新的色彩：健康、活泼、乐观，也给这片失去色彩的世界带来了有趣的故事：远道而来的尤利乌斯伯伯刚刚踏进屋门，就被卡尔松惊天动地的一声枪响吓倒在地。他不是成心地吓唬老人，而是用枪声代替礼炮以示欢迎……卡尔松还制作成可怕的"木乃伊"，利用自己能够飞行的特异功能惩罚了两个财迷心窍的坏蛋。也许他的恶作剧太多了，以至于让人们感到厌倦，也许是他得不到别人的理解，才让人觉得想法古怪、做法过头，可他打心眼里想这样做，按照自己的愿望去安排每一天，谁也不能说这是不应该的。人们的生活目的，就是怎样使每一天都过得更快活、更自在，儿童尤其是这样。

小飞人的故事讲完了，但他的故事永远也不会结束。卡尔松永远也不会消失，因为他做的，也是每个孩子想做的。

（郭从军）

凯斯特纳（德国）

作 家 介 绍

　　埃里希·凯斯特纳（Erich Kastner 1899——1974）是本世纪最著名的儿童文学作家之一。他出生于德国的德累斯顿，曾入学师范学校，后被征兵入伍。第一次世界大战后，在莱比锡大学学习德国文学、历史、哲学、演剧史和法国文学。1925 车获文学博士学位。在莱比锡做过新闻记者，因笔祸遭解雇后赴柏林，专心从事戏剧评论和诗歌创作。

　　1928 年，凯斯特纳成功地创作了儿童小说《埃米尔和侦探》，受到世界许多国家儿童的喜爱，一举成为世界性的儿童文学作家。后来因为反对希特勒法西斯军国主义而受到迫害，他的书被烧毁，创作权利被剥夺。在许多作家逃亡国外时，他仍留在柏林，曾两次遭盖世太保逮捕。

　　第二次世界大战后，他任《新报》文艺栏的总编，在各个领域展开活跃的活动。他除继续进行儿童文学创作，还担任联邦德国国际笔会主席达十年之久。他还协助李普曼夫人，为国际儿童图书评议会和国际儿童图书馆的设立贡献了全力。

　　凯斯特纳一生为儿童创作了十几部儿童文学作品，其中著名的有《埃米尔和侦探》（1928）、《两个路特》（1949）、《动物会议》（1949）、《五月三十五日》（1931）、《飞翔的教室》（1933）等。

　　凯斯特纳十分热爱儿童。他认为成人只有保持着童心才是真正的人。他反对传统的儿童教育思想，并把自己的教育理想溶于作品之中。他在许多儿童文学作品中，大胆地触及现实生活中的社会问题。他的作品中的儿童往往不是旁观者，而是带着充分的自信积极参与生活，并且以他们的纯洁，善良，勇敢和机智使人们对世界抱有乐观的态度。

　　本选集中收入的童话《五月三十五日》（缩写）、《动物会议》构思独特，幻想丰富，生动幽默，能够极大满足儿童的心理、愿望，深受儿童欢迎。

　　签于凯斯特纳对儿童文学的卓越贡献，1960 年国际儿童图书评议会授予他国际安徒生奖。

凯斯特纳（德国）

动物会议

朱自强　译

发往全世界的电报……伦敦会议结束……交涉失败……产生四个国际委员会……决定举行下次会议……关于会议地点尚意见纷纷……

有一天，动物们终于忍耐不住了。

狮子阿洛伊斯同往常一样，在星期五的黄昏，为了喝上一杯，与大象奥斯卡尔、长颈鹿雷奥波尔在北非的乍得湖见了面。它一边摇晃着它那艺术家似的鬃毛，一边说：

"啊，要说那些人类啊！如果我的鬃毛不是这么金黄的话，就会立刻气得满脸通红！"

大象奥斯卡尔高高扬起独特的鼻子，像冲温水淋浴似的，向满是尘土的后背喷水，然后转过身来，直挺挺地站着，用极其低的声音自言自语地嘟囔了一句。他说的是什么，另外两个根本没听见。

长颈鹿雷奥波尔叉开两条腿，站在水边，忙叨叨地一小口一小口喝水。然后，这只母鹿，不，这只公鹿说道：

"真是些糟糕的家伙！要说人类，本来是能够生活得很快乐的！他们能像鱼那样潜水，像长颈鹿那样奔跑，像野鸭子一样张帆行船，像青羊似的攀登险峰，像老鹰一样在天空飞翔。有着这么多的本领，可是却在干什么呢？"

"战争呗！"狮子阿洛伊斯吼叫道，"在进行战争呗。还有因为灾荒而面临饥饿，制造出新的疾病。如果我的鬃毛不是这么金黄的话……"

"就会立刻气得满脸通红。"长颈鹿接出了下面的话。因为沙漠的动物们早就背熟这句话。

"我只是同情人类的孩子们。"大象奥斯卡尔说着垂下了耳朵，"那么可爱的孩子们却总是因为战争什么的遭受苦难。可是那些大人们却在说什么，我们做什么都是为了让孩子们在将来取得幸福。真是脸皮厚！"

　　"我妻子的堂弟，"狮子阿洛伊斯说，"在这之前的世界大战期间，受雇于德国的一个大马戏团。人家让它走钢丝和跳圈。它的艺名叫'沙漠之鬼哈斯德尔巴尔'。不久，遇到猛烈的空袭，马戏篷被烧塌，所以动物们逃了出来……"

　　"可怜的孩子们。"大象嘟囔着。

　　"……整个城市被火焰包围，动物和人类发出哀叫。"狮子接着讲下去，"我妻子的堂弟哈斯德尔巴尔，鬃毛被烧焦了，从此便戴上了假发。"阿伊洛斯肺都快气炸了，用尾巴搅动起撒哈拉沙漠的尘沙。

　　"那些混蛋！"他吼叫起来，"一点记性也没有，不重新发动战争就呆不住。而且，什么都要破坏掉，绝望地乱挠自己的头发！如果我的鬃毛不是这么金黄的话……"

　　"我们已经知道了。"长颈鹿打断狮子的话，"不过，你这么骂也无济于事。我们必须采取什么措施。"

　　"赞成！"大象奥斯卡尔像吹喇叭似的说，"我们主要是为了人类的孩子们。可是，该怎么办呢？"

　　谁也没有想出一个好办法。于是，它们悲哀地无精打采地走回家去。

　　奥斯卡尔回到家，大象的孩子们不想进被窝。最小的孩子大声说："哎，给我们谈点什么听吧！"因此爸爸拿起《新撒哈拉画报》大声读起来：

　　"战争过去了四年，欧洲仍然有数千名孩子不知道自己的父母在什么地方。还有数不清的父母……"

　　"别念了，他爸！"大象的妻子说话了，"那种事可不是讲给这么小的象孩子听的！"

　　雷奥波尔回到家，小长颈鹿们还不想睡觉。最小的孩子纠缠爸爸："哎，爸爸，给我们读点什么听吧！"因此爸爸拿起《撒哈拉日报》读起来：

　　"战争已经结束了四年，西德的难民仍高达一千四百万。主要是老人和孩子。其数字逐月增加。谁都不把他们……"

　　"别念了，他爸！"长颈鹿的妻子说话了，"那种事可不是讲给这么小的长颈鹿孩子听的！"

　　阿洛伊斯一进卧室，孩子们就都吵吵嚷嚷地说："哎，哎，给我们读点什么听吧！"因此爸爸拿起《撒哈拉时报》，对孩子们说："静一静！"然后读起来：

　　"虽然战争才过去四年，而且那场战争破坏了世界的一半，其恶果今天仍无法估量，但是新的战争的传言已经蔓延开来。战争在暗中准备着，不久……"

　　"快别念了，他爸！"狮子的妻子大声说话了，"还不住嘴！那种事可不是讲给这么小的狮子孩子听的！"

　　象的孩子们和其它动物们的孩子都睡着了的时候，大象奥斯卡尔必须在厨房把妻子正在洗干净的盘子擦干。

　　"真把我气坏了。"象嘟嘟囔囔地说。

　　"不过就这么一点盘子！你却每天都不愿意干！"妻子噘起了嘴。

　　"我并没说盘子和饭碗哪。"奥斯卡尔辩解说，"我在思考人类的事情！难民的事、原子弹的事、南美的大水、越南的战争、失散的儿童和父母、巴勒斯坦的骚动、西班牙的监狱、黑市、逃亡者，我在考虑这些事。"说完，它一下子无力地坐在了厨房的椅子上。

　　象夫人正在用鼻子冲洗孩子们的奶瓶，奥斯卡尔突然叫道："看看这个！"象夫人吓了一大跳，弄掉了一个奶瓶。

　　"看看这个！"奥斯卡尔痛苦地用拳头咚地捶了一下厨房里的放着报纸的桌子。

　　"你读读这个！这些坏蛋，又开什么会议！啊，要说人哪！就知道破坏！每次要重新建设时，都要像对巴尔尔塔那样大惊小怪。我只是同情人类的那些孩子们哪！"

　　发往全世界的电报……巴黎外长会议中止……没有得出结论……各国首府气氛不安……一个月后的星期四会议将再次举行……各国正决定召开秘密内阁会议的日期……

　　奥斯卡尔把报纸团成一团儿，扔到桌子底下。这时，大儿子兰德塞尔看见了这团报纸。兰德塞尔把它抓起来，然后拿出画笔箱和图画纸，"喂，来看哪！我让你们看看地球将要变成什么样！"说完，画了两个圆圈。那是地球的两个半球。

"这是一个半球。"奥斯卡尔对象夫人说，"在人类之中，不管走到哪儿，都充满了痛苦和荒唐的事情。动物们都在看着这情形。只有一个动物不想看到那样的惨状和混乱。那就是驼鸟。驼鸟把头扎在沙子里。"

"这是另一个半球。不管走到哪儿，这几百年以来，净是战争、痛苦和荒唐事。人类都在注视着这些……"奥斯卡尔对象夫人说，"可是，只有一部分人类不想汲取教训，变得聪明起来。这些家伙玩弄政治、召开会议、喋喋不休地发议论……"

"我明白了。不就是那些人正把脑袋插在沙子里吗。"象夫人说道。

大象奥斯卡尔做了一整夜的奇妙的梦，一大早起来后，迷迷糊糊地穿着拖鞋，急忙走到电话前，要了六个长途电话。

一个是打给住在南美的小外甥，名叫狄奥德尔的貘的电话；

一个是打给住在澳大利亚的袋鼠古斯塔夫的电话；

一个是打给住在北极的白熊巴乌尔的电话；

一个是打给住在中部欧洲的猫头鹰乌尔利希的电话；

第五个是打给住在亚洲的鼹鼠马克斯的电话；

第六个是打给住在北美的公牛拉因波尔的电话。

因此，在埃及的中央邮电局担任电话话务员的鹳鸟姑娘和丹顶鹤姑娘眼忙手乱了一阵子。一开始，有几次没有接通，但到后来便顺利接通了。

"好好地听着！"大象奥斯卡尔大声说，"对人类，我们不能再弃之不管了。听明白了吗？"

"嗯，明白了。奥斯卡尔！"六个动物使尽全部力气高声回答。

"我想到了一个主意！"大象吼叫道，"我是为了人类的孩子们。只是为了这一点！这是一个漂亮主意！就是说，我认为我和我的妻子都很出色，我们绝对不坏。不，我们不可能不好……更愚蠢的想法有的是。……你们为什么啥话都不讲啊？"

"在等着听你的主意呗。"北美的公牛拉因波尔嚷起来。

"啊，是吗？"大象说。七个动物都噗哧笑出声来。

"好吧，该把你的主意公布出来了。"住在亚洲的鼹鼠一边吃吃地笑着，一边说。

"那好吧，你们听着！"大象大声喊，"那些人类，不停地召开会议，可是收不到一点效果。因此，我的主意是，我们也召开一个会议。"

在这句话之后，六个电话在相当长的时间里，一点声音都没有。终于丹顶鹤和鹳鸟好像不耐烦地卡哒卡哒碰响鸟嘴，冷冷地问："还在通话吗？"

"是你打断了我的话！"大象发出好像吹喇叭的喊声，然后吼道："巴乌尔！狄奥德尔！马克斯！拉因波尔！乌尔利希！古斯塔夫！你们突然变成聋子和哑巴了吗？"

"那倒没有。"白熊说着，用手摇动白脑袋，琢磨着，"只是有点奇怪。……一开始你先贬低会议，然后又……"

"完全像巴乌尔说的那样。"猫头鹰用嘎啦嘎啦的声音说，"一开始你先贬低会议，接着却又让我们召开会议！"

"令人讨厌！"鼹鼠马克斯用笛子似的声音说，"会成为笑柄的。应该当心啊！"

"我不会学那样的蠢事！"奥斯卡尔吵嚷起来，"不是会议不好，而是人类不好！你们难道没有自尊心吗？啊？这才要让人笑话呢！好好听着！胆小鬼们。一个月后，全体代表在动物大楼集会！马上通知动物的所有种族！日期是一个月后的今天！集会地点是动物大楼！那时候，就会明白的……"

"过了五分钟。"埃及中央邮电局的话务员姑娘说，"必须切断电话了。"

"痴呆的驼鸟！"奥斯卡尔发怒地吼道。

"驼鸟？"话务员姑娘气得脸通红，喊了起来，"对不起，在这里工作的只有鹳鸟和丹顶鹤！"

"那就是呆傻的长腿！"大象一端肩说道，然后放下了电话筒。它累坏了，必须擦去额头上的汗水。（对了，它的手绢有四米见方。）

通讯部门迅速地传送着信息。

狗旋风似的跑遍了村村镇镇。

鼬鼠飞快地跑过每个庭院。

鹿和狍子全速在森林里奔跑，碰得枯树枝下雨似的掉下来。

"一个月后的今天，在动物大楼举行会议！"

斑马踏着雷阵雨点一样的蹄音，在沙漠里奔跑。

羚羊快如离弦的箭，在大草原上奔跑。

驼鸟和鸸鹋跨着大步奔跑，从地面卷起了如云的灰尘。

"一个月后的今天，在动物大楼举行会议!"

驯鹿在冰原上喷着热气奔驰。

北极犬在盛夏的夜里，吠叫着四处奔跑。

海鸥在企鹅的耳边尖声叫着。

"一个月后的今天，在动物大楼举行会议!"

猴子在原始森林里一边叫喊，一边在树木之间腾跃。

闪闪发光的独角仙在低语，颜色漂亮的小蜂鸟在啼叫。

"一个月后的今天，在动物大楼举行会议!"

鹦鹉们在藤蔓缠绕的热带植物中，一边打秋千，一边像自动售货机似的嘎嘎交谈。啄木鸟敲着嗡嗡作响的空树干，发出手拍电报似的声音。

"一个月后的今天，在动物大楼举行会议!"

青蛙蹲在池沼和水塘里，鼓胀起身体，向着空中呱呱叫着，不知厌烦地传送消息："一个月后的今天，在动物大楼举行会议!"

燕子落在一根根电线上，用长途电话把消息传送给所有国家："一个月后的今天，在动物大楼举行会议!"

几千只聚在一起的信鸽像箭一样飞越过高山大海。拴在脖子上的信清晰地写着："一个月后的今天，在动物大楼举行会议!"

袋鼠腾腾地大幅度跳跃着，横穿澳大利亚，它像邮递员似的把重要的信件放在肚子前面的口袋里。信上这样写着："一个月后的今天，在动物大楼举行会议!"

凯斯特纳（德国）

通知也送到了住在昏暗海底的不多见的鱼那儿。章鱼在那里用大字在水中写道："一个月后的今天，在动物大楼举行会议！"

哎呀，连蜗牛们都兴奋地从单人房屋爬出来，把房子背在后背上，因为呼吸困难呼哧呼哧地喘着气，在葡萄山上四处奔走。它们不时停下脚来，贪婪地呼吸空气，用沙哑的声音呼喊："一个月后的今天，在动物大楼举行会议！"

"你在那儿说些什么呀？"正巧在旁边休息的蚯蚓伏里德林听见蜗牛的声音后问道。听清了蜗牛的话之后，伏里德林十分兴奋，"这可太有意思啦。"说完已经在土里开始挖起来了。

"你那么着忙到哪里去？"蜗牛问。

伏里德林的脑袋已经只能看到一半了。

"别问些蠢话！"蚯蚓呜噜不清地说，"不得通知在地球那一边的动物们吗！一个月后的今天，在动物大楼……"这时，蚯蚓已经不见了。

转眼之间，动物们都得到了通知。住在沙漠的动物，住在长年不化的冰雪之国的动物，住在高高天空的飞鸟，住在大海深处的游鱼，所有动物都得到了通知。

大家举行集会，选举了各自种族的代表。很久很久以前，在"诺亚的洪水"淹来之前，诺亚派人到动物们这里，请它们各乘一个方舟。现在的情形就与那时十分相像。

代表们马上进行旅行所必需的准备。

公牛拉因波尔跑到鞋店，在蹄子下面换上了新鞋掌。

驼鸟修特拉斯去美容院，在垂下来的羽毛上烫了许多波浪。

水牛在额前的卷毛上，用烫发钳卷出了刘海儿。

在隔壁的房间里，狮子阿洛伊斯为参加会议想做电烫发，所以戴着电帽子出了许多汗。"这么热！"狮子对趁这功夫给它剪、锉指甲的美容师姑娘，一边哼哼一边说，"这么热，头都快发疯了！如果我的鬃毛不是这么金黄的话

*** 147 ***

……"

"我非常喜欢金黄色的鬃毛。"修指甲姑娘说着，向狮子阿洛伊斯微微一笑。

于是，直到最后，狮子再没有说那句有名的话。

孔雀以装腔作势的姿态到著名画家那里，让画家重新为它的图形翅膀涂了颜色。

白熊巴乌尔隔一段时间进到喷涌的温泉里去洗一会儿。它认为这像烧开了似的热水让人受不了。不过，洗完之后，巴乌尔白得就像刚刚下的雪，所以家里人都说它非常漂亮。

大象奥斯卡尔的夫人为丈夫熨好了出门的衣服。无论如何，奥斯卡尔的皱皱巴巴的裤子也让人无法忍受。它想让丈夫在会议期间穿着整齐。

大象奥斯卡尔本人在这期间到牙科医生那里，给左边的大牙镶上了金子。牙科医生是个黑人，像黑檀木那么黑。他有一个长着又大又圆的眼睛的小男孩儿。

"我带小宝宝去旅行吧。"奥斯卡尔对男孩儿说，"因为归根结底，这是为孩子们召开的会议呀……"

"请您漱漱口。"牙科医主说着递过满满一桶水。

在家里，动物们的妻子往大提箱里装满了旅行用的食品，内衣和保温瓶，木耳和玉米，晒干的肉和鱼，野燕麦和蜂蜜，烤鸡和煮鸡蛋，大提箱里塞得满满的。

然后，代表们穿上了大衣，因为已经到了去车站的时间。

哎呀，开车的时间马上就要到了。非洲、亚洲、美洲、欧洲、大洋洲，在每个大陆的车站上，加快列车都喷着烟，准备发车。喇叭里正在大声广播：

"就要开车了。请坐在座位上！开往动物大楼的列车就要开车了。关好门！"

火车头开动了。奥斯卡尔和阿洛伊斯、雷奥波尔以及其它许多代表打开窗子，挥舞着手绢。领着孩子的动物们的妻子挥着手回应。

"别给我们丢脸啊！"奥斯卡尔夫人扬起鼻子喊道。

"用不着担心！"奥斯卡尔叫喊着回答，"一定让世界好起来给你看！因为不管怎么说，我们不是人类啊！"

在海港，也同样热闹。不会游泳的动物乘新式快速轮船前往。

大鲸鱼也游到码头这儿，张开了大嘴。鲸鱼们上前来要求运送会议参加者。对轮船不信任的动物，通过搭在鲸鱼嘴上的木板，走进嘴里就可以了。

"虽说船有时会沉没，但却从没听说过鲸鱼沉没的事。"兔子对狐狸说。然后，兔子在木板上腾腾跳着，走进大鲸鱼张开的嘴里面去了。

大家终于都上了船。轮船的汽笛响了。鲸鱼啪嗒一声把嘴闭上了，高高地喷起了喷泉似的水花。

小小的船队出发了。岸上的亲属们挥着手。靠在船边扶栏的代表们也招手回应。只有呆在鲸鱼肚子里的代表们没有挥手。因为鲸鱼没有窗口。

每一个大陆的飞机场都非常热闹。大部分的代表们（只要它不是鸟）因为是有生以来第一次乘坐飞机，所以都有些情绪紧张。

可是一旦被鹰、秃鹫、鹭鸶笑话以后，大家就都想"管它呢"，一横心端正地坐在了飞机的座位上。

另外，如果花上更多的钱，还能借来飞毯。比如说，臭鼬鼠就是这么做的。因为它是有钱的毛皮动物，所以能借得起飞毯。还有一个原因，就是它非这么做不可。因为它散发着一种臭味，在售票处，人家不卖给它飞机票。不过最后，或是飞机，或是飞毯，大家都乘坐上来了。

小小的飞机编队起飞了。螺旋桨鸣叫着，在太阳的照射下闪着光。飞毯就像一只大蝴蝶，闪着美丽的光彩。乌鸦、鹭鸶、鹰和鹤还有野鸭跟在后面飞。脚下的大地渐渐变小了。

极地的动物们差一点遇上倒霉事。原来它们到港口一看，汽艇全都被冻在冰里。但是白熊想出了一个好办法。首先大家与行李一起乘上驯鹿的雪橇，奔向南方，然后换乘冰山。乘客有白熊巴乌尔、长着胡须的海豹、企鹅、雷

鸟和银狐。对了，还有长着胖胖脸蛋的一个爱斯基摩人的小女孩儿。这孩子和白熊巴乌尔是老朋友了。

在冰山上发生了很不凑巧的事。那冰山只是一点点地向前走，慢得要命。大家直担心，怕是要来不及了。

幸好海豹想出了好主意。每当遇到海豹们的时候，就请它们向前推动冰山。海驴也曾帮过一回忙。海驴们用一侧的鳍紧紧抓住冰山，用另一侧的鳍，像众多的本领高超的水手那样，合着节拍划水，水晶一样闪闪发光的冰山，简直飞一样似的向前行驶！

在大海上航行的轮船，一遇到这座冰山，就吓得一溜烟地逃走了。

利用铁路的动物们遇到了最多的麻烦。因为大家都知道。地球和大陆被划分成了许多国家。

到处都设置着禁止通行的横栏杆，到处都站着身穿制服的官吏，他们板着不怀好意的面孔。

"带没带需要上税的东西？"穿制服的官吏问。

"请马上出示护照。"官吏吩咐说。

"有出国签证吗？"

"有入国签证吗？"

"这是怎么回事？"狮子阿洛伊斯吼道。

"我们下去看看吧。"大象奥斯卡尔说。

于是它俩带着老虎和鳄鱼下了火车，好奇地走向官吏们。

穿制服的官吏们吃了一惊，赶快拼命逃走了。

"喂喂，你们有逃跑的签证吗？"奥斯卡尔在官吏们的身后吼叫着。

火车厢里的动物们笑得太厉害，肚子都笑疼了。从这以后，它们便通行无阻地前进了。

就这样，从海上、陆地上、天空中，许许多多的动物前去参加会议。可是只有极少数的人类发觉了这一情况。那就是住在铁路旁边的人们，只有他们感到有点奇怪。但是，有人一说"那是巡回演出的马戏团吧"，大家就都放心下来。

最吃惊的是这个时候翻着自己的图画故事书的小孩子们。图画故事书中

的动物们从书上消失了！简直像是有谁用剪子把它们完整地剪下去似的！

但是，当然谁都没有去剪掉它们，是动物们为了正点赶到动物大楼，在深夜从图画故事书上跳下来，匆忙上路去了。

动物大楼的确是世界上最奇特的而且大概是规模最大的建筑。它有专用的港口和车站，在高高的、宽阔的屋顶上有飞机场；信鸽的中央邮局；候鸟住宿的旅馆；为想去动物园的动物而开办的职业介绍所；给熊开的舞蹈学校；提高狮子技艺的大学；为马办的马术学校；培育天才猴子的研究所；为唱歌的鸟办的音乐学院；为蜘蛛、水獭、蚂蚁办的工业大学；珍奇动物的博物馆；牙科医院；疗养所；为双职工动物的孩子办的幼儿园；孤儿园；为眼镜蛇办的眼镜店；关押欺侮动物的家伙的监狱；萤火虫的发光涂料工厂；大剧院；游泳池；肉食动物的食堂；菜食动物的食堂；反刍动物的中途休息处；此外还有许多别的设施。

因为每天都有新的飞机、轮船、鲸鱼、列车和飞毯载着珍奇的动物到达这里，人类终于觉得异乎寻常了。新闻记者、广播电台的消息报道员、新闻电影拍摄组都拥上来，拼命地拍照、拍电影、提问、记录。

"动物诸君，你们集会的目的究竟是什么？"他们紧张地寻问。

"是极为简单的问题。"长颈鹿在高处说道，"是关于人类的问题。"

"如果我的鬃毛不是这么金黄的话……"狮子阿洛伊斯发怒地吼着，"我就会为他们的事立刻气得满脸通红！"

于是消息报道员们笑起来，在本子上写道：狮子非常会说俏皮话。

奥斯卡尔把鼻子弄得全是褶，沉静地说："这可是为了孩子们。明白吗？"

不，不明白，人们回答说。

大象却只是嘟囔着："这可真让人吃惊。"

"那么给我好好听着。"公牛拉因波尔对把麦克伸到自己鼻子尖前的年轻男子说。

"听好了，你，"公牛接着说下去，"你应该先把那条红领带摘下去。因为红色会使我情绪兴奋。我要是一兴奋……"

年青男子赶紧把领带拽了下来。于是公牛拉因波尔说：

"我们的会议在动物大楼，与在开普敦举行的总统会议将在同一天举行。我想人类已经是召开第八十七次了。"

"的确如此。"年轻男子回答，"据我所知，你们这是第一次吧？"

"是的，而且是最后一次会议。"公牛说。

摄影组拍下了非常出色的照片。这是大象奥斯卡尔、狮子阿洛伊斯、长颈鹿雷奥波尔、袋鼠古斯塔夫、貘狄奥德尔，还有二十世纪最大的骆驼尤里乌斯，在一起的合影。

当时，大象突然大吼，所以大家吃了一惊。

"等等！巴乌尔究竟在哪儿？可别出什么事故！"

而且，它已经举起扁平足的脚，快步向电梯那儿跑过去了。

奥斯卡尔的担心并不是杞人忧天。白熊和北极圈的其它代表们，在海上遇到了危险。它们不知何时，被从墨西哥湾流过来的暖流包围起来，载着它们的冰山每时每刻地在融化变小。虽然巴乌尔和海豹在竭力鼓励划水的海驴们，而海驴们也是豁出命地划水，但是，巨大的冰山早已变成了样子难看、微不足道的大冰块了。

动物们渐渐挤成了一团。

来本就苍白的雷鸟这下变得更加苍白。

银狐暗中吓得牙齿格格打战。

海豹垂下了胡须。

白熊巴乌尔嚷道："如果这种情形还要长时间继续下去的话，剩下的路途我们就必须走着去了！"

终于它们让爱基斯摩人的小女孩儿脱下了罩衫，拿着它在空中挥舞。载着它们的冰山现在只剩下普通冰块儿的大小了。

就在最不走运的白熊们乘在逐渐缩小的冰块上儿的时候，动物大楼里，正如想象的那样，一片混乱。

很多来客提出了离奇古怪，有时甚至是难以办到的要求。

比如说，必须为海豚的房间注入四十立方米的水，为的是给海豚创造一个可以充分进行翻筋斗的场所。

必须为鳄鱼带来三、四只麻雀。麻雀们只要像习惯了似的在鳄鱼张开的

大嘴里悠闲散步就可以了。

长颈鹿雷奥波尔订了上下对着的两个房间。不过，不仅如此，还必须在下面房间的天棚上打穿一个大洞，以便长颈鹿能伸开它的脖子。

猫头鹰乌尔利希说它必须有一个暗室。外国品种的蝴蝶订了人们不知道的花，而且这还必须是盛开的！鼹鼠马克斯说它不要房间，而是要老鼠的洞。这么时髦的建筑，可在什么地方挖那样的洞是好呢？

公牛拉因波尔提出了最苛刻的要求。它按响叫人的铃，说就自己一个很寂寞，得叫来一个花斑点的母牛来陪着它。旅馆的经理鹳鸟听了后是毛骨竦然。

但是，最终还是一切事情都解决了。

在最新出版的报纸的第一页上，登出了到达动物大楼的代表们的照片。和照片一起的是对它们采访的报道。广播电台播放了他们和消息报道员的谈话。解说者对会议计划和目的进行了预测。当然，对客人来说有许多要看要听的东西。

会议日期逐渐迫近。为准备会议，真是忙得脚打后脑勺。唱歌的鸟们在音乐学院排练庄严的开幕式上的合唱。啄木鸟打着拍子。孔雀认为自己嗓音好，想用哑嗓子和大家一块唱，所以产生了一点小纠纷。结果是张开它那漂亮的大尾巴，翅膀发出响声走了出去。

蜘蛛和灰腹灰雀在编织写着口号的漂亮的大飘带。一个是为了点缀在大厅，上面写着"热烈欢迎！"。装饰在会场上的那个更美丽的飘带上写着"为了孩子们！"。

长颈鹿从地板上的洞口，把脖子伸到上面的房间里。象、狮子、鳄鱼、狐狸和戴着墨镜的猫头鹰正坐在这个房间里。他们就会议期间如何发言进行了讨论。怎么才能让人类懂得至少为了孩子们也必须和睦相处的道理？在没有办法的情况下，是否应该动用武力使人类通情达理？如果应该，具体怎么做？……

旅馆的经理鹳鸟不时到房间来探视。

"还没有消息吗？"每次大象奥斯卡尔都这样问。

每次鹳鸟都摇摇头。

动物们知道这是在等什么消息。白熊巴乌尔还没有到达。飞到海上去找

寻它的水上飞机依然一点都没有发现白熊和其它北极代表的踪影。尽管水上飞机像在森林无边无际的绿色波涛上飞行一样，紧贴着海上的波浪飞行。

虽说飞机没有找到白熊，但是，白熊的确是发现了飞机。因为冰块儿已经变得极小，所以巴乌尔和海豹必须下水游泳。

"这可糟了！"海豹呼呼喘着粗气叫道，"哪怕有鸟和我们在一起也好啊！"

"我们不就是鸟吗！"雷鸟和企鹅说。

"是吗？"海豹有些生气地问，"那就求你们在我们没有淹死在这里之前，飞到有飞机的地方，把我们所在的地方告诉他们。"

于是，不能飞的企鹅小声哭起来，雷鸟把头藏在了翅膀下面。

先头的飞机上乘坐着侦察员隼鸟。那隼鸟突然发出一声尖叫，从窗口飞出去，像石头似的，笔直落在了水面。飞机也跟在它后面急速降落。遇难的动物们转眼之间就被隼鸟、老鹰和降落的水上飞机围住了。

"真是危在旦夕呀！"白熊巴乌尔被从大海里打捞上来后说道，"招待员，来一杯甜酒！"

白熊（它着了凉）围着厚厚的毛围脖一到达动物大楼，奥斯卡尔就把白熊拥抱过来，激动地用长鼻子把它卷了起来。

"当心点！"巴乌尔叫道。

"你担心我把你的肋骨折断吗？"奥斯卡尔嘟囔着。

"不是，我是担心我的感冒传染给你。"白熊说。

于是，它俩都笑了。突然，大象睁圆了眼睛："这可真让人吃惊！"

"吃惊了吗？"巴乌尔说，"这是我的小朋友，爱斯基摩的小姑娘。你喜欢她吗？"

"她真美。"奥斯卡尔说，"这么可爱的孩子为什么不久要变成大人呢？真叫人纳闷儿！"

说完，大象跑到长颈鹿那儿，在它耳边低声说了什么。

于是，长颈鹿把脖子探得长长、长长的，然后伸进了大楼第十六层的窗口。过了一会，一个黑黑的内格罗的小男孩儿从窗口爬了进来。

"这可真让人吃惊！"白熊叫道。

"吃惊了吗？"奥斯卡尔得意地说，"这是我的小朋友，牙科医生的

儿子。"

长颈鹿把小男孩儿放在巴乌尔面前，巴乌尔小声嘀咕说："这么可爱的孩子，为什么不久要变成牙科医生呢？真叫人纳闷儿！"

就在两个孩子从一旁互相惊奇地看着的时候，孟加拉虎悄无声音地走来了。在老虎的背上，坐着一个棕色皮肤的美丽女孩儿。

"喂！"老虎吼叫说，"我想这样来使你们吃一惊！这是在孟加拉密林中出生的女孩儿，我的小朋友！"

老虎轻轻把女孩儿放到地上。女孩儿从虎背上一下来，用游泳似的步伐，向黑人男孩儿和爱斯基摩人女孩儿那儿走去。

"真可爱啊！"奥斯卡尔说。

"真让人看入迷了！"雷奥波尔说。

"真像冰雕的圣女！"白熊动心地说，"可别在不久当女牙科医生啊！"

"我们小动物也并没有在那儿发呆！"在大家的身后，出人意料地响起了好像老鼠的声音。大家回头一看，只见鼹鼠马克斯在一个小男孩儿的周围绕着圈又蹦又跳。

"是中国孩子！"大家喊叫着，注视黄皮肤的少年。少年长着一双眼角向上挑着的大眼睛，懂事地对大家微笑。

"吃惊了吧？"老鼠吱吱地说，"你们喜欢吗？这是我的朋友，他爸爸是老鼠的舞蹈老师。我就是在那儿获得了独舞演员的证明书！"

"有色人种的孩子到齐了！"巴乌尔说，"现在只缺白人的孩子了！"

就在白熊这话音还未落的时候，一匹设得兰种的小马跑了过来。高兴嘶鸣的小马身上，骑着一位红脸颊、蓝眼睛、黄头发的少年。

少年从跑着的小马背上跳下来，笑着跑向四个孩子那里。

"真帅！"大象奥斯卡尔说，"这样，我们就知道了这次会议的贵宾席应该由谁来坐！"

白熊说："这样，我就可以放心地钻进被窝去发汗了。"

"你着凉了吗？"老虎问道。

"嗯。"巴乌尔回答，"是轻微的着凉。必须治好它，要不然，我要是一打喷嚏，会把会场吹跑的！"

一个晴朗和煦的星期四,那个日子终于来到了。在南非的开普敦,各国的代表们、大总统、首相以及其顾问,举行了第八十七次会次。他们穿着着各自喜欢的燕尾服和制服,夹着厚厚的文件包,走上会场大楼的台阶。

发往全世界的电报……开普敦会议召开……国家的代表者们、元首们全部平安抵达……预计将取得相互理解,会议成功大有希望……关于日程安排稍有意见分歧……提出变更议事规则的提案……关于议席的顺序争论鼎沸……天气极好……

晴朗和煦的星期四,从两条腿到一千条腿的动物代表们,为召开会议,登上了大楼的台阶。蜘蛛和灰腹灰雀们制作的"热烈欢迎!"的标语,在微暖的风中,轻盈地、爽快地飘动。没有一个动物夹着文件包。

发往全世界的电报……动物大楼的会议召开……代议员全部届时抵达……通过广播和电视与开普敦会议连络……为了孩子们……不是第八十七次,而是全球动物们的最初也是最后的尝试……能否马上在合乎情况的意见上取得一致……如果迟了,就将错过时机……天气极好……

在大楼的大会议室里的动物集会呈现出令人难忘的情景。勇猛的肉食鸟们蹲坐在树枝上。猴子们坐在秋千上。猩猩吧哒吧哒地抽着雪茄烟。蝙蝠和大蝙蝠倒挂在枝形吊灯上。唱歌的小鸟们在雄鹿的树枝形角上和羚羊的角上摇晃。蛇和蟾蜍爬在地毯上。臭鼬鼠因为前面说过的原因,坐在敞开着的窗子的旁边。

鱼在设于会议室左侧的池子里,它们在高高的玻璃墙里瞪着大眼球,张着嘴,挤来挤去。异色瓢虫因为眼睛近视,爬在放在铺着绿色桌布的供讨论用的桌子上的奥斯卡尔的鼻子和议长的摇铃之间。

因为会场里鸦雀无声,所以,看见跳蚤在大狒狒的身上跳来跳去,兔子生气地说:"嘘——!"

写着"为了孩子们!"的标语的飘带高高地在空中飘动。五个脸洗得干干净净,头发上插着梳子的小客人坐在下面。在他们坐着的椅子背上,颜色美丽的蝴蝶和蜂鸟闪着绚丽的光彩。在孩子们的脚下,老鼠米基、大象巴巴尔、

喜欢花的牛弗尔狄南多、狐狸拉伊内凯、穿长靴子的猫以及其它图画故事书里的动物正在玩耍。

讲台被话筒和摄像机包围着。

奥斯卡尔用鼻子摇响铃铛。

"首先，允许白熊巴乌尔发言。"奥斯卡尔喊过以后，会场响过一阵如释重负的叹息声。

"诸位！"巴乌尔喊道，"我不多讲。我不注重语言，而且正患着感冒。我们聚集在这里，是为了拯救人类的孩子。你问为什么？那是因为人类自己疏忽了他们这一最重大的义务！我们要一致要求他们不再发动战争，不再造成痛苦！他们必须停止做那种事！这是因为他们能够停止！也有义务停止！"

这时，会场上响起了雷鸣般的掌声。动物们有的用蹄子跺地板，有的拍响翅膀，有的啪嗒啪嗒碰着鱼鳍，有的咔咔地打着喙。真是热闹极了！

在巴乌尔在会上作演说期间，各国的总统们穿着燕尾服和制服，坐在南非的开普敦的会议室里，默默地盯着悬挂着的电视大屏幕。

在屏幕上，巴乌尔好像就站在他们面前似的，用雷鸣似的，当然也是鼻子伤风的声音，俯视着他们吼叫着。

"如果有碍事的东西堵塞了道路，"白熊说，"迈小步子就不能前进。不，那种时候，必须把它挪开！这个道理我们动物是懂的。长相聪明的人类也必须懂得这个道理吧。今天我们正式向人类第八十七次会议的代表们提出要求，要求越过横在眼前的最大障碍。那就是取消国家与国家间的国境线——必须撤走禁止通行的横栏杆。这个……这个……这个……当心……我决……决……决不……"

终于，白熊巴乌尔打了一个可怕的大喷嚏，屏幕被震碎了！

眼镜、勋章、尘土、速记用纸、烟灰缸，各种东西就像被台风袭击了似的飘卷到空中。

这一天，学校的学生们都在教室里坐在收音机前。从打开的窗户，山羊、母牛、马和火鸡探进头来收听广播。窗台上蹲着狗、猫和公鸡。不用说，这是因为谁都不想听漏一句话。

发往全世界的电报……动物会议要求开普敦会议放弃国家这一想法……

对总统会议进行的古怪的爆炸袭击计划，没有造成后果……特使佐伦默拉将军携带抗议书乘飞机出发……除此之外，会议第一天没有发生突发事件……

　　傍晚，载着从开普敦来的特使的飞机在动物大楼着陆。从飞机上下来的身穿军装的将军，马上被带到了奥斯卡尔和它的朋友们那里。它们正坐在屋顶庭园里。动物乐团在演奏。

　　白熊在喝着花茶。

　　"我的名字叫佐伦（生气）默拉将军。"使节作了说明。

　　大象大咧咧地说："你叫什么名字都没关系！反正这不是你的过错！"

　　"你名字就是叫布托（愤怒）麦耶海军大将，也一点帮助也没有吧。"狮子阿洛伊斯说。

　　动物们大笑起来，所以佐伦默拉先生像火鸡似的，满面通红。

　　"这是开普敦会议的抗议书！"将军说着把加封处盖着印的文件放在桌子上，"我被委托以全权接受你们的答复书。"

　　动物们读了抗议书。

　　"我的鬃毛如果不是这么金黄的话，"狮子吼叫起来。"我就……"

　　"别说了！"白熊制止了它，"不然，我用喷嚏把你和生气默拉先生一起从屋顶吹下去！"

　　奥斯卡尔把文件放在桌子上，认真地注视将军之后，平静地说：

　　"是吗，是吗。让我们不要干涉是吧。人类的代表在这一点上倒一致了。"大家十分气愤地敲着桌子，"他们第一次一致了！为什么？是因为我们要求人类要一致！"

　　"给我滚回开普敦去！"长颈鹿雷奥波尔喊。

　　"我很愿意这样做。"佐伦默拉先生说，"我只是在等着你们这一方的声明书！"

　　"滚蛋！"奥斯卡尔吼叫起来，"我们聚集起来可不是为了在纸上胡乱涂满字迹的，而是为拯救孩子。你听明白了吗？"

　　"听明白了。"将军回答："我耳朵并不聋！"

　　于是，狮子阿洛伊斯慢慢站起来，问道：

　　"我带您到飞机那儿去吗？"

　　"那倒不必！"将军干脆地说。然后，急急忙忙地离开了。

　　那天晚上，道晚安之前，巴乌尔、阿洛伊斯、奥斯卡尔又一次到孩子们住的房间去看看。它们踮着脚尖，脚步轻轻地走着，可是根本没有这个必要。五位客人在五张床上酣睡着。

　　"我很可怜孩子们！"狮子低声说。它变得感情非常脆弱。

　　"用不着绝望得抬不起头来。"白熊小声对狮子说，"再一次对开普敦的代表们表明我们的立场吧。"

　　"那些文件制造家们！"大象奥斯卡尔用鼻子打着响，"那些文件起草家！那些文件整理家！在机关坐椅子的两条腿的家伙！那些……喂，马克斯，你在那儿干什么呢？"

　　"我吗？"鼹鼠说，"首先，我去看了我的那位中国小朋友是否盖好了被子。然后去和老鼠米基说了一会儿话。老鼠米基虽说是用纸做成的，但是，我们彼此到底是亲戚！"

　　突然，鼹鼠马克斯嗖地跑到大象的身上，在它的耳旁低语。

　　"这真令人惊讶！"大象说，"这是你的纸堂弟的主意吗？"

　　然后，大象弯腰冲着阿洛伊斯的耳朵低声说了些什么。然后，狮子弯腰冲着白熊小声说着耳语。然后它们三个相对微笑：好，就这么干！

　　最后，奥斯卡尔说：

　　"好吧！马上给南非挂电话！明天早晨，那些人类一定会大吃一惊的！"

　　第二天早晨，在开普敦出现了实在令人吃惊的情景。大大小小的老鼠从四面八方涌了进来。汽车、电车都进退不得。人们纷纷逃到房子里和屋顶上。简直像是涨满的海潮。老鼠们根本不往左右两边看，直奔会议代表们已经到席的那座大楼。数百万的老鼠像河流一样，涌上台阶，涌进大门，涌进窗口，翻过阳台，无边无际、络绎不绝地冲进了大楼。它们执行着一个不知从哪里发出的命令。

　　人们看到这情景，心脏都快停止跳动了。

　　几分钟过去后，已经分辨不出哪是房间，哪是走廊，哪是大厅。会议参加者、委员会成员、小组委员会成员、报告人、秘书们的文件全部破碎不堪，乱撒在地板上，连一张完整的纸都没有了。大会议室里就像发生了一场雪崩。

从文件的纸屑堆里，只能看见几名会议出席者的鼻尖。

大大小小的老鼠就像来时那样快，转眼间就撤走了。

于是，这次的电视屏幕上出现了狮子阿洛伊斯。它这样说道：

"我们不得不这样做。因为你们的文件成了你们明晓事理的障碍。现在障碍已经被排除了。我们期待着你们一致起来。这是为了孩子们！"

发往全世界的电报……开普敦会议的文件资料全部被老鼠啃成了纸屑……会议的继续进行因此而陷入危机……动物会议提出最后要求……秘密会议正在召开之中……拒绝最后通告的态度已经明朗……

老鼠们侵入开普敦的豪华建筑，把文件全都变成纸屑之后，来到报道席的几个摄影记者将令人震惊的混乱场面成功地拍下了几张照片。那些照片就在当天，登载在所有的晚报上。在地球上的所有国家的首府，人们露出"这可挺有趣"的表情。

在此期间，政治家们在开普敦举行会谈，由于过于气愤，他们咬着指甲，红着脸。

这时，佐伦默拉将军像往常一样，直挺着身子，走进大厅说：

"诸位国家代表，一切都已经安排好了！被毁掉的文件的全部副本正在用飞机运来。明天的会议可以顺利进行。"

"感谢佐伦默拉元帅！"总统们齐声说。

佐伦默拉将军就这样被任命成了元帅。这时，数百架大型飞机正从地球的各个方向朝着南非的开普敦飞行。

这天夜里的电台广播在最后说：

"被毁掉的文件副本已经从各个国家的档案馆运到了开普敦。估计军队将守护文件柜，在必要的情况下会使用武器。"

"我们也就高兴了一会儿啊。"白熊巴乌尔嘟嘟囔囔地说。它和其它动物们正在动物大楼里坐在收音机前。

"那帮家伙想骑在我们头上。"貘狄奥德尔说。

"那还不容易！"大象奥斯卡尔发出喇叭一样的巨大声音，"只要手里有飞行基地、步兵和炮兵！没有什么好办法吗？什么办法也没有吗？马克斯，你

凯斯特纳（德国）

也想不出吗？大家好好想一想！"

于是，大家表情严肃认真地摆着脑袋琢磨起来了……

一个小时过去了。长颈鹿雷奥波尔高声说：

"我认为，大多数的人类是好的，比我们想的要通情达理得多。说到底是文件和军方不好。"

"你说的想法，用不着思考那么长时间吧。"骆驼尤里乌斯说，"你说的这些，一小时以前就已经知道了。"

"别的主意一点都没想到吗？"奥斯卡尔问道，"大家继续想吧！"

"好吧。"大家嘟囔着，继续思考。

又一个小时过去了。因为持续地摆着脑袋琢磨，大家脖子都酸了。

"只是文件和军服的过错！"公牛拉因波尔突然喊道。

"真是脑筋迟钝的家伙呀！"白熊吼起来。

"你说的这些，两个小时以前就已经知道了。"骆驼说。

"诸位，"奥斯卡尔请求着，"再想一想吧！要是谁都想不出来，我们就……"

突然，袋鼠古斯塔夫指着飞向灯光的飞蛾小声说："我知道该怎么办了！"

会议召开后第三天的早晨，在开普敦，各国的代表又都坐到了各自的座位上。文件、文件柜、话筒、电视屏幕、记录本、打字机、复写纸、硬橡皮、软橡皮，也都回到了各自的位置。在文件柜的旁边，不，在一个个文件包旁边，士兵端着上了子弹的步枪站在那里。房门口，走廊里，楼梯旁，大门前，都有炮兵架着大炮守卫着。

佐伦默拉元帅因为在军服上佩了过多的金子，为了不让自己倒下来，必须用军刀支撑着身体。

突然大厅里好像大雷雨降临了似的，变得黑成一团，元帅从窗户探出头去。

"又出了什么事？"他生气地问。

天空中布满了飞快飘来的云彩……

直截了当地说吧，这是衣蛾！像云彩一样的衣蛾，把那里遮得漆黑一团，

嗡的一声从门和窗子飞了进去，然后分成几群，像厚厚的灰色幕布一样，向穿军服的人们的头上飘落下去。

穿军服的人们全都呼吸紧张起来。其他人虽然没被袭击，但是也屏住了呼吸。

这时，电视屏幕上出现了公牛拉因波尔。

"你们的军服阻碍着人类的一致和通情达理！"拉因波尔喊道。"不仅是从这个会场里，军服必须从整个世界消失！不仅是从这个会场，而且是从整个世界消失！我们要求你们取得一致！这是为了孩子们"

衣蛾就像来时那么快，转眼就飞起来，穿过门和窗子，高高飞向天空，渐渐远去了。不一会儿，明亮的太阳又出来了，让人感到那一切不过是一场梦。

但是，一看会场的四周围，再仔细一看站在大炮旁边的士兵和端着步枪的士兵，你就会明白，刚才发生的事情并不是梦。……那已经称不上什么佐伦默拉元帅阁下了，他的身上只挂着一把军刀……

公牛拉因波尔说了，不仅仅是南非开普敦的会场，制服还必须从整个世界上消失。

衣蛾遵守了诺言！每个国家，每个兵营，每件军服，它们都没有放过。在所有的地方，银色耀眼的衣蛾，像云朵似的从天空上飞下来，吃光了呢绒衣服。而且，因为衣蛾不会区分什么是军服，所以不仅是军人，而且连邮递员、火车站站长、旅馆的守门人、市内电车的乘务员也都没有摆脱这个命运。

发往全世界的电报……开普敦的会议再度中断……由于衣蛾之灾，军服全部被毁坏……动物们的第二个最后通告……秘密会议正在进行……注意，注意！二十点将通过所有广播播送会议的声明……特别全权佐伦默拉的演说……

当天晚上二十点整，佐伦默拉穿着崭新的军服，站在林立的话筒前发表声明。

"汇集在开普敦的全体政治家和本届会议拒绝动物的要求。明天，地球上的所有军人又将穿上新的军服！重要的是，衣蛾、蝗虫、鳄鱼都无法把大炮和子弹咬穿！动物大楼的那伙动物好好记住这一点！即使世界上到处都是衣蛾，我们也无所畏惧！军服没有了，就在皮肤上写上部队番号和军衔！听懂

凯斯特纳（德国）

了吗。动物们想强迫我们人类一致。这办不到！在这一点上，开普敦的政治
家们的立场是一致的。政治家们的意志就是人类的意志！在这一点上丝毫没
有疑问！"

在动物大楼，听了这个声明的动物们十分颓丧。骆驼尤里乌斯说：
"白费力气。还是回家去吧。我明天就出发。人类和我们有什么关系！人
类愿意毁灭就毁灭好了。如果他们觉得这样有趣的话！"
听了这话，大象奥斯卡尔勃然大怒，吼道：
"那些人怎么样都无所谓，你这个傻狍子！可是，问题只是在于孩子！"
"等等，"尤里乌斯生气地说，"我可不是傻狍子。"
"是的，你是骆驼！"奥斯卡尔说完把门咣啷一声关上了……
在那之后，大象走到孩子们的房间，把门反锁上，好几个小时，在五张
小床之间踮着脚走来走去。然后，它坐在椅子上，叹着气一直沉思到天亮。

第二天，也就是政治家们的第八十七次会议的第四天，同时也是动物的
第一次和最后一次会议的第四天，这一天，将会作为"人类的最恐怖的日子"
而永远载入历史史册。而且，经历过这个日子的人们绝对不会忘记它。
发生了什么事呢？这事说出来都让人害怕。
孩子们消失了！所有的人的孩子都不见了！
婴儿没有睡在摇篮里。
儿童的被窝是空的。
学校里一个孩子也没有，静得鸦雀无声。
在任何地方都听不到孩子的笑声和哭声。
地球上只剩下了父母、老师这些大人，连一个孩子也没有了。因此，大
人们都吵嚷着，喊叫着，跑上大街到市政府去，互相寻问着，哭泣着，怒气
发作着，向上帝祈祷着。
但是，做什么也没用，一点都没用……

自行车工厂的夜间值班员瓦根特拉先生说他在黎明时分，看见一只大鸟
从格尔巴先生家的屋顶上拿着一个包裹飞上了空中。然后他又说，对了，想
起来了，在那之后不久，从桦树林中传来了孩子的说话声，那声音渐渐地远

去了。不知道是不是真是这样，不过，不管怎么说，知道的只是这些。不管怎么调查，还是一无所获。

孩子们，全世界的孩子们好像全都从地面上消失了……

在南非开普敦的会场前面，拥上来一万多绝望了的人。大家无言地站在那里。喊叫和怒骂是因为过于悲伤。但是，涌满人群的广场上的可怕的寂静给人以特别复杂的感觉。

炮兵虽然仍守在大门口，但是炮口已经掉转了方向，冲着会议大楼。因为炮兵也有孩子……

大会议室里，政治家们坐在座席上，但却无计可施，望着记录用纸发呆。这里也没有人出声。因为他们的儿子或是孙子也失踪了！佐伦默拉将军在咬着胡须。他的最小的孙子菲力浦到哪去了呢？小孙子在将来继承他的事业，至少也会成为陆军大将或者海军大将，可现在……

突然，扩音器卡嗒响了一下，一个有些嘶哑的声音喊道：

"注意！注意！一分钟以后，动物大楼将发表重大声明。大象，奥斯卡尔将通过所有广播向人类发出呼吁！"

大象奥斯卡尔在动物代表们之中所作的面向全体人类的简洁演说如下：

"从今天早晨起，你们的孩子们消失得无影无踪。这一措施，我们也并非是轻易采取的。因为我们也是父母，也和你们同样感到痛苦，如果可能的话，并不想把这痛苦施加于你们身上。但是，我们没有别的办法。造成这种局面的不是我们而是你们的政治家的过错。你们可以'感谢'那些政治家。我们的忍耐到头了。我们爱着你们的孩子，希望他们有一个美好的将来，可是你们的政府却不断地以争斗、战争、诡计、贪欲给你们的孩子和他们的未来带来危险和破坏。对此我们不想听之任之，不，事实上，我们已经采取了行动。

"你们的法律上有一条：可以取消不称职的父母的家长资格。即是说可以把这种家长的孩子交给更合适的教育者养育。我们根据这条法律，剥夺你们的政府的这一资格。你们的政府在这数百年以来已经没有能力完成这一任务。该结束了！

"从今天早晨起，我们接替了你们对孩子们应负的责任。在你们的政府不想正式地担负起通情达理、光明正大地治理世界的义务之前，恐怕孩子是不会还给你们的。如果政治家们拒绝这样做你们将再也见不到自己的孩子。孩

子们失踪的原因，你们也清楚了吧。我们没有别的话要对你们说了。动物的第一次，也是最后一次会议尽最大努力履行了自己的义务。会议在今晚六时结束。会议一经结束，我们就不再受理、讨论、回答来自开普敦的要求。何去何从，随你们选择。我们只做我们必须做的事情。"

奥斯卡尔说完便走下了讲台。其它代表们都严肃地向大象点头，那表情是说：你说得很对。

发往全世界的电报……孩子们消失得无影无踪，一个也不剩……动物们发出第三个最后的最后通告……开普敦会议即刻同意进行会谈……迎接动物代表的特殊飞机已经起飞……预定最迟十三时代表到达开普敦……希望全体父母保持冷静……

载着动物代表的飞机向开普敦快速飞行。然后，它们乘汽车去会场。由于街上堵满了人墙，所以汽车无法行驶太快。大家都想看看大象奥斯卡尔、白熊巴乌尔、长颈鹿雷奥波尔、狮子阿洛伊斯、老鼠马克斯。老鼠马克斯在最后面的汽车上，一个坐在四块垫在一起的座垫上，向四处行礼。

在大会场，它们五位受到了盛大欢迎。佐伦默拉元帅为了对它们表示敬意，身着西装出现，把它们领到了开会用的桌子那里。

"人类诸君。"奥斯卡尔说，"请你们不要如此客气。我们的时间很珍贵。你们的时间，很抱歉，也是十分珍贵的。"

奥斯卡尔在席位上坐下来。

"我们的孩子在什么地方？"一位总统诚惶诚恐地问。

"孩子们非常健康。"白熊巴乌尔只回答了这么一句。

然后，谈判开始了。

白熊巴乌尔并没有说谎。孩子们真的非常健康。当然，孩子们并没有从地球上消失。那种事情，即使是再聪明的动物也办不到。动物们只是把孩子们藏了起来。藏在人类不知道的山洞、任何地图和海图都没有标上的岛屿和珊瑚礁、沙漠中被埋了一半的绿洲、被淹没的城市、遇难的船只、倒塌的宫殿和骑士的城堡、荒凉的山中草地、森林、鲸鱼的肚子、破败的寺庙、湖上荒废的人家、矿山、地下酒窖、老鹰的窝巢、鸽子的小屋、獾子的洞穴、袋鼠的肚子里等等。

在孩子们中，尤其是在特别小的孩子们中，有不少人一开始有些害怕，想回家。但是，因为动物对孩子们都非常亲切和蔼，所以过了不久，连婴儿都不感到寂寞。

母牛和母羊跑近前来，喂他们刚刚挤下来的热乎乎的奶。熊拿来了蜂蜜。猴子和狐猴从椰子树的枝头上晃落了椰子果。还有葡萄、香蕉、广柑、山莓、甘蔗、菠萝、草莓、樱桃、桃子、酸模做的色拉、向日葵子、玉米、萝卜、无花果、芦笋、大米、西红柿，食物实在是丰富多变。

孩子们与动物的孩子一起玩，真是有做不完的游戏。他们骑在驴、小鹿和野猪的背上；和天鹅、海豚一起游泳；和猴子、松鼠一起爬上高得令人眼晕的大树；和水牛一起玩捉迷藏；和蜻蜓、小河马玩快件邮递。

转眼就过去了一天！

在森林、山洞、船只、寺庙里睡觉的时候，孩子们大都这样想："动物和爸爸、妈妈的吵架一直继续下去才好呢！"

父母们可不这样想。没有孩子、没有一点声响的这一整夜，地球上的所有大人都无法入睡。父亲们靠在窗旁，无可奈何地望着月亮。月亮不管人类的痛苦，在天空中漂过。母亲们坐在空荡荡的小床和摇篮边，泪珠儿打湿了被子。

上了年纪的老爷爷和老奶奶们蜷缩在安乐椅里，难过地插着头。对大家来说，这是一生中最痛苦的夜晚。

国家代表们和动物们的谈判，夜里仍在进行。大臣和总统们颜色苍白、胡子乱糟糟的脸上，流露出一副困窘的表情。

但是，奥斯卡尔对他们并不同情，寸步不让。突然，窗玻璃被打碎，一块石头落在谈判桌上。石头上绑着一张纸条。

纸条上写着："是为了孩子们，而不是为了国家的代表们！"

"完全是这样！"鼹鼠说。

在这期间，数千只动物在守护着孩子们的睡眠。

阿洛伊斯夫人的堂弟哈斯德尔巴尔在月光下，蹲在小学一年级的算术课

本前面。这狮子却像水牛似的流着汗，它在思考。

如果孩子们长时间呆在这里，就必须有人来教孩子们学习。

"被称作沙漠之鬼的我，到昨天为止，做梦都没有想到过我哈斯德尔巴尔会有可能成为小学老师。"哈斯德尔巴尔对非洲羚羊说。

"三乘四得多少了着？"

"我哪儿知道。"羚羊回答，"可以去问问孩子们！我说，你的假发弄到哪儿去了？"

"我哪儿知道。"狮子咧嘴笑了，"你可以去问问孩子们！"

第二天早晨，太阳升起来的时候，动物们还在和国家的代表们相对坐在桌子前。阿洛伊斯打了一个哈欠，因为嘴张得太大，佐伦默拉先生吓得直往后退。

大象奥斯卡尔说道：

"我们只能再给你们两分钟时间。如果你们还不签字的话，我就要走上阳台，对聚集在这座大楼前面的人群讲几句话。我想等我的简短演说结束后，你们的政府就不能维持了。"

这样，人类的代表们终于拿起钢笔在条约上签了字。

动物们取得了胜利！

国家代表们签署的条约内容如下：

我们，对世界上的所有国家负有责任的代表，以生命财产作保证，担负实行以下条款的义务。

1、全部撤除国境上的界桩和岗哨。国境已经不存在。

2、取消军队，销毁武器弹药，不再进行战争。

3、为了维持秩序所必需的警察应该用弓箭武装。警察要特别监视科学和技术，使其完全用于和平的目的。不允许进行杀人科学的研究。

4、官方机关、官吏和文件柜减少到必需的最低限度。官方机关是为了人民而不是相反。

5、今后得到最优待遇的国家公务员是教育者。把孩子培养教育成真正的人这一任务是最崇高、最重大的任务。真正的教育目的是绝不

允许有作恶不休之心。

前面已经说过，国家代表们全部在这个条约上签了字。

人们在广播中得知自己的国家的代表对动物们让步，签署了永久和平条约，地球的每一处都响起了哄然欢声，这欢声使地球的地轴倾斜了半公分。

听说国境上的界桩全部撤除后，孩子们就能马上回家，家长们像参加马拉松比赛一样，跑到国境，用锯把立桩和栏杆锯成小块儿，在原来禁止通行的横杆处搭起大门，在门上缀上了鲜花。警察也帮了许多忙。

这样，所有的国境线都没有了，大家把手握在了一起。

于是，孩子们也都很快回来了！大家拥抱在一起，又是哭又是笑。当然这都只是因为太高兴了。这是到目前为止，整个世界上所没有过的事。

紧跟在孩子们之后，国家代表们走进来了，大家与他们也发自内心地拥抱起来，每个人都不计前嫌。连佐伦默拉先生的脸颊也被亲吻过了。他好像与从前不一样了，赶快回吻了年轻的姑娘。年轻姑娘一点也不生气，笑着说：

"你不应该叫生气（佐伦）默拉先生，而应该叫滑头（修拉）默拉先生。"

接下来的星期五，像平常的周五会面一样，奥斯卡尔、阿洛伊斯和雷奥波尔为了喝上一杯啤酒，傍晚时在北非的乍得湖畔相会了。

"会议这玩艺儿真能把人累死。"大象奥斯卡尔发着牢骚，"今天早晨洗澡的时候，我一量体重，你们猜掉了多少斤份量？一百八十公斤！真是大吃一惊！"

"算不了什么。"长颈鹿说，"还是苗条一些时髦。"

这样说着长颈鹿稀奇地抬头望着天空。

头顶上，最后一批飞鸟、飞机，飞毯正从动物会议返回家中。

"我的鬃毛没有变成红色，实在是个奇迹！"狮子哼哼着说。

"我们使人类变得明晓事理，这可是更大的奇迹。"奥斯卡尔说。

"人类想任命我们为地球的名誉市民这事，你们也听说了吗？"雷奥波尔说。

"当然应该这样！"阿洛伊斯得意地说。

"如果表彰我的话，我希望把某个大道命名为雷奥波尔大道。"长颈鹿这

凯斯特纳（德国）

样说着，把脖子伸得更高了。

"别说蠢话！"大象吼起来，"我们是为人类的孩子们而那样做的。如果孩子们能幸福，我的名誉、名声就足够了！"

然后，大象不好意思地干咳了两下，说声再见，就跑回家去了。因为它得哄小象睡觉了。

这样，我们这个故事就结束了。不，还有没讲完的事吗？当然有，当然还有没讲完的事！请你想出一个来吧！

就在第二天，就是星期六，在南澳大利亚，蚯蚓伏里德林从土里爬出来，在沙漠中一边无力地摇摇摆摆爬着，一边不停地嚷：

"一个月后的今天，在动物大楼开会！一个月后的今天，在动物大楼开会！"

喔喔地叫着从这里飞过的蝈蝈儿听到后，落到地上问道：

"你在说些什么胡话？"

"一个月后的今天，在动物大楼开会！"伏里德林上气不接下气地说。

蝈蝈儿用嘲讽的目光盯着蚯蚓，然后说：

"下次你可得再早起来点！告诉你吧，会议早就结束了！"

"多么不走运哪！"伏里德林说，"可我却一直在匆忙赶路！"

说着，它已经开始往土里面钻。

"你究竟要到哪儿去呀？"蝈蝈问道。

伏里德林的脑袋已经进去了一半儿。

"真是问些傻话！"蚯蚓呜噜不清地说，"我回家呗！我可是住在地球的那一边儿……"

话音刚落，蚯蚓已经不见了。

〔简评〕

孩子们都喜欢各种各样的动物，因此孩子们喜欢的童话，也经常是动物成为主人公，在故事中施展本领。不过他们要是读了这篇叫做《动物会议》的童话，肯定会对地球上的动物们刮目相看的。

人类把地球分成了许多许多个国家，划出国境线，设下禁止通行的横栏杆，而且一而再，再而三地发动战争。对此，动物们发出了警告："这样下去，人类的孩子们太可怜啦！"但是，人们还是光知道开会，问题根本得不到解决。动物们终于忍耐不住了，它们采取了非常手段，让成群结队的老鼠吃光了会议的所有文件，让遮天蔽日的衣蛾，把士兵们的所有军服都吃光，当那些政治家仍然不改悔时，动物们"绑架"了地球上的所有孩子，终于迫使政治家们低头降服，取消国境线，结束战争，整个人类全部友好地携起手来。

在这个故事里，与那些被国境线、会议、文件、制服冲昏了头脑却忘记了发自内心地与别人友好相处的人相比，世界上的所有动物却超越国境线，团结在一起，完成了一件了不起的事情，这对于人类来说，实在是非常尖锐的讽刺。那些人开了八十七次会议还是解决不了的乱成一团的问题，动物们仅仅开了第一次也是最后的一次会议就圆满地解决了，这真是让人痛快。在这篇童话里，我们似乎能够听到作家凯斯特纳和动物们一起不停地高呼，为了孩子，必须实现世界和平！

这篇童话寓意十分深刻，然而故事却是十分诙谐、幽默、有趣。凯斯特纳不仅生动、细致地描绘了动物们的种种习性，而且还鲜明地赋予了动物们以不同的恰如其分的性格，令读者倍感有趣。

（左伟）

5月35日

暖雪缩写

五月三十五日

今天是五月三十五日，什么怪事都可能发生。

林格尔胡特先生是一位药剂师。他是小学生康拉德的叔叔。每逢星期四，叔叔便去学校接康拉德到家里，他们中午饭尽吃些火腿抹奶油，咸面包夹橘子之类莫名其妙的东西。

今天正好是星期四，叔侄俩走在回家的路上。"老师让我们写一篇关于南

太平洋的作文哩！"一直沉默不语的康拉德突然说。"关于南太平洋？"叔叔喊起来，"这可挺难写的。"他们回家吃过午饭，便开始锻炼身体。门铃响了，康拉德一打开门，立刻脸色苍白地退回来，吓得连声音都变了，"大黑马来啦！""真的？快请进！"叔叔热情地迎上去。大黑马开口叫了："我叫纳格罗·卡罗巴，以前是马戏团的滑冰演员，后来被解雇了。"叔叔招待大黑马吃方糖。康拉德全神贯注地翻书，"我怎么也找不到南太平洋。"康拉德失望地抬起头。"南太平洋？"黑马惊奇地问道。林格尔胡特急得直搓手说："我的侄子明天得交一篇关于南太平洋的作文！"大黑马点点头，给大马旅游社打了电话，得知怎样去南太平洋。然后神气地说："我们从走廊里一只十五世纪老式大橱门进去，一直朝前走，不到半小时，准到南太平洋。"康拉德一听，像触电似的，一头冲进橱门，再也没出来。大黑马也将前蹄伸进大橱，林格尔胡特在后面使劲推它。直到大黑马不见了，他才叹息着跟了进去，忐忑不安地说："这下可要出事了！"

懒人国

林格尔胡特握着一根手杖，在黑咕隆咚的通道里跑了很长时间。突然眼前一亮，在一片花茎长得像百年老树那样高大的"森林"里，他找到了康拉德和大黑马。于是叔侄二人骑上马，坐在马背上一高一低地在花丛中窜来窜去。一座高高的木板围墙挡住了他们的去路，墙上有一块牌子写着：懒人国自由入内。林格尔胡特翻身下马，略施懒计，一同进入了懒人国。一座奇异的百果园展现在他们面前，樱桃、苹果、梨子、李子……所有的水果都长在一棵树上。树干上装有带把手的自动装置，并写有使用说明："拉一下左手柄，一盘削好皮、切成块的苹果；拉一下右手柄，一块奶油李子饼……"三位客人毫不客气地吃了个痛快。大黑马一个劲地吃，都舍不得离开了。叔侄二人只好徒步赶路，路上一个人影也没看见。总是遇到忙忙碌碌"咯咯"叫着的母鸡，每只鸡的后面都拉着一个小煎盘，一见有人来，便往盘里下荷包蛋、煎蛋饼等。林格尔胡特他们饱得实在吃不下一点儿东西了，母鸡们只好走开。过了一会儿，他们忽然发现一些房子，每座房子下面都安有轮子，房子前面拴着马，房子里的人就可以舒舒服服躺在床上，房子里还装有喇叭。要是哪两家的人想交谈，马儿就将他们的房子拉到一起，两个人仍躺在床上，用喇叭对话。康拉德认出了懒人国的总统是自己的同学，"他是全校第一号懒

虫，留过十一次级。好不容易念到小学三年级，就结婚了。"康拉德对叔叔说。叔侄二人在总统别墅里看他吃饭：总统躺在床上，拖着肥胖的身子按电钮，每按一次，对面墙上立刻映出一张幻灯片，上面的美味食品应有尽有，总统就吃一粒药丸。药剂师林格尔胡特对药丸很感兴趣。"要不，吃东西太累。"总统解释说，"看着幻灯，吞几粒药丸，吃起来同样有味道，省事多了。"两位客人还在惊叹，总统已从床上滚下来，只穿一条三角裤，其他的衣服都是画在皮肤上的。

叔侄俩在总统的陪同下，要去参观懒人国的试验站。要下雨了，叔侄俩抬头望望天，担心无处避雨。还没等雨点落下来，总统一声命令，几十把雨伞拔地而起，总统请客人撑了伞继续前行。雨一停，三把伞就像花朵一样凋谢，三人顺手将伞扔进路旁的沟里。"我兴办试验站的目的，"总统开始介绍说，"是为了使某些性格开朗，想象力丰富的居民，适当地乐一乐，但又不至于费力。"叔侄俩了解到，普通的懒人国居民，一天二十四小时刚够吃饭睡觉，体重少于二百五十磅将被驱逐出境，过分无聊也会使人消瘦，总统就办了实验站。大伙来到一块草坪上，这里摆满了各种各样的床，床上躺着一个傻乎乎直眨眼睛的胖子。总统自豪地说："在这里，你脑子里想什么，马上就会有什么。等到享受够了，只要喊一声'回去，去吧去吧'，想象出来的一切东西马上消失。"叔侄俩刚要发问，便见一张床前，站着一头两个脑袋的小牛。床上的胖子笑咪咪地喊道："回去，去吧去吧!"那双头小牛顿时消失。叔侄俩惊奇万分。他们又来到一个胖太太床边，在她床前出现了几次模样差不多的老头，她在想象自己祖父的模样。随着"啊呀"一声尖叫，康拉德和叔叔看见一只张着血盆大口的狮子，正向躺在床上的一个胖子扑去，客人们被吓呆了。胖子急得连声喊："回去，去吧去吧。"狮子才消失，恢复了平静。康拉德却忍不住"咯咯"地大笑，林格尔胡特叔叔正在缩小，他把一丁点儿的叔叔放在手掌上玩耍，开心极了。林格尔胡特急得大喊大叫，知道是康拉德捣乱，总统在一旁都忍不住笑出了眼泪。这时，大黑马赶来，康拉德把它介绍给总统。"我真想有四只带轮子的滑冰鞋!"话声刚落，大黑马竟穿上了跟想象得一模一样的滑冰鞋。突然，康拉德长出了一个水肿的大脑袋，手指变成了细细的小香肠，是林格尔胡特想出来的。总统给康拉德拿过一面镜子，康拉德一看，吓哭了。总统命令他俩快喊口诀，两人说完，都恢复了原形。

林格尔胡特他们离开懒人国时，和总统挥手告别，总统为了不让自己太

累，只用小指头动了一下，喊道："一直往前走！"

古 城 堡

　　没走多远，他们来到一座中世纪的古城堡前。护城河边竖着一块牌子：欲进者，请吹三声军号！林格尔胡特双手在嘴前合拢，模仿军号，连吹三声，然后他们进了城堡。一位古代骑士闪过来喊："喂，打哪儿来，到哪儿去？"康拉德答道："从懒人国来，到南太平洋去。"骑士自我介绍："我是历史上赫赫有名的查理大帝。"他还告诉客人，前面草坪上正举行奥林匹克运动会。康拉德和叔叔来到运动场，检阅台上坐着神气活现的骑士，戴着长长假发的绅士们。卖票的是长长红胡子的巴巴萨大帝，他递给康拉德三张票和一张竞赛日程表。他们先看铅球比赛，奥古斯都大帝名列第一，成绩为 18.17 米。他们来到看台上，发现座位让朱理亚皇帝和拿破仑一世给占了。康拉德拿出入场券，两人只好让座，挪到一边。突然，运动员将网球打出场，不偏不斜，正击中朱理亚皇帝的鼻子。康拉德笑得差点从椅子上跌下来。跑道那边举行的男子一百米决赛，亚历山大大帝得了第一名，成绩十秒一。他们三人离开运动场，走过一个围着篱笆的院子，听见里面有人争吵。"怎么样，汉尼拔将军，我打胜了。""哪里的话，华伦斯坦公爵，我根本不认输！"上前一看，原来是两位穿盔甲的将军，他们趴在草地上指挥着锡制的士兵打仗。两位统帅越战越激烈，草地上躺满死伤的士兵和战马。"走吧，走吧！"大黑马生气地说，"这样的英雄，我看腻了。"

颠倒世界

　　叔侄俩重新上马赶路，来到一幢稀奇古怪的大楼前，门口的牌子上写着：颠倒世界，只准儿童入内。康拉德高兴地带头走进大楼，叔叔却被一群孩子推进一间屋子。康拉德搞不清怎么回事。街上走来走去的都是小男孩、小女孩，他疑惑地问一位小男孩："难道这儿没有大人吗？""有啊！不过，大人们还没放学呢。"小男孩说完，就去上班了。康拉德想，叔叔可能也去上学了。他匆匆忙忙赶到一所学校前，校门口的牌子上写着"专门教育顽固不化的父母。"康拉德走进学校，他遇见了好友红头发的小女孩巴贝特，她现在是这儿的教育部长。康拉德把要去南太平洋和急着找叔叔的事告诉了巴贝特。大黑马急忙跑过来问："这'颠倒世界'究竟是什么意思？"红头发的教育部长站住了，解释说："这里的孩子都去上班，买东西，大人上学。特别是让那些随

意处罚孩子、甚至折磨孩子的爸爸妈妈，穿上小学生的服装在这里受教育。"
"怎样教育他们呢？"康拉德好奇地问。巴贝特继续说："办法很简单，他们怎样对待孩子，我们就怎样对待他们。"阳台上突然传来一阵骂声，是阿图尔的爸爸在受教育，他以前就是这样把阿图尔关在漆黑的阳台上的。等治好了，才能放阿图尔的爸爸回家。大黑马恍然大悟，问巴贝特："你来这儿干吗？"半晌，巴贝特才承认是送自己妈妈来的，因为她对巴贝特不好。他们边说边走进教室，康拉德愣住了：课桌前坐的尽是大人，穿的却是童装，衣服绷得紧紧的，像要炸开似的。在他们中间，康拉德找到了林格尔胡特叔叔。与老师说明了情况，告别了教育部长，他们继续向南太平洋走去。

自 动 城

从"颠倒世界"出来，他们乘上一辆奇特的地下列车，来到一片摩天大楼之中。康拉德面前的那幢大厦上有几个大字：电子王国——自动城！小心，高压！他们穿过车水马龙的广场，发现汽车完全是自动的。他们正感到纳闷，一辆小汽车停在他们身边，车上坐着一位慈祥的老太太，她手中编结着一块小台布。看出康拉德他们是新来的，老太太介绍说："在自动城，人们工作是为了娱乐，或为了身体健康。生活中需要的一切都是由机器生产出来的，全部免费。"说完，老太太按一下电钮开车走了。他们拐进一条热闹的街道，发现脚下的人行道是一条自动输送带，只要往上一站，人就自动向前。更令康拉德惊讶不已的是，摩天大楼是用铝盖成的，微风吹过，大楼微微震动，奏出迷人的乐曲。他们对这里的一切都非常感兴趣，三位来到了"自动城肉类加工厂"，只见成群的牛都挤到一个直径二十米的巨型漏斗前，慢慢地被吸进去。一会儿，车间里长长的电汽列车上，这边的装满奶酪、冷冻肉、香肠，那边装满牛角梳子、皮鞋、小提琴弦等。车皮一装满，列车自动开走。全部自动化。康拉德看呆了。他惊奇地发现，在肉类加工厂里没看见一个人。正感纳闷，一个人走过来热情地打招呼说："我在厂里值班，工人每年值班十二次，无非到处转转，看管一下机器。"林格尔胡特叔叔问："城里耗电量这么大，是从哪来的？""尼亚加拉大瀑布发的电。"他回答，"不过，近来一直下大雨，我们担心电流强度太大。控制中心的保险丝会烧断。"说话间，自动城响起一阵喧闹声，出现了混乱，康拉德和叔叔赶紧骑上大黑马逃跑。他们刚冲出自动城，只听后面响起惊天动地的爆炸声，整座城市火光冲天，大楼相互撞击着……叔侄俩回头望望，叹口气说："自动城消失了。"

南太平洋

他们穿过白色的沙滩，眼前出现了大海。可连一条小船都没有，只能望洋兴叹。猛然间，映入眼帘的是一条两米左右宽的钢带，一直向海洋的远处伸展。靠近海滩的这头，一位女工在洗刷钢带。林格尔胡特好奇地问："你在干吗？""我在擦洗赤道，因为它生了点锈！"女工回答。康拉德惊讶极了，他根本不相信。女工还告诉他们去南太平洋从赤道上过去最近。大黑马长嘶一声，跳上摇荡的赤道，脚下是一片汪洋大海，浪花拍打着钢带，叔侄俩惊恐不已。身边突然出现一块牌子：请勿逗弄鲨鱼！大家更加紧张了。成群的鲨鱼向他们冲来。一条鲨鱼张开可怕的大嘴向林格尔胡特扑来。在这千钧一发之际，康拉德飞起一脚，正中鲨鱼下颚，疼得鲨鱼灰溜溜地逃了。他们终于踏上了陆地。看见两棵高大的桉树上挂着一块牌子：南太平洋西大门，入内危险，各自小心！他们小心翼翼地走进树丛，顿时响起一片喧闹声，大猩猩打着拍子，猴子在叫，鹦鹉在唱，大象用鼻子打着椰子树，发出"嘎啦嘎啦"的噪声，欢迎三位来客。突然迎宾曲戛然而止，大猩猩一挥手，乐队"呼"地消失在树丛之中了。

他们陶醉在南太平洋奇异的景色之中，边走边欣赏。"嗖"地一声跳出三只老虎，林格尔胡特急中生智，操起手杖瞄准老虎，一只大老虎吓得慌忙举起一块白毛巾投降了。大黑马高喊："回去，去吧去吧。"三只老虎赶紧逃走，大黑马却一个趔趄，差点跌倒。原来是滑冰鞋不翼而飞，它无意中说出了懒人国神秘的口诀。在森林深处，一个浑身刺着黑白方格图案的小女孩边哭，边向他们跑来，她说她是彼得西里公主，爸爸是南太平洋黑人酋长，妈妈是个打字员。正有一条鲸向她追来。大黑马淡然一笑："鱼哪会爬到岸上来？"话音刚落，一个灰色的庞然大物冲了过来，林格尔胡特嗖地举起那根手杖，大喊："不准动，我要开枪啦！"这一回鲸根本不理那一套，仍呼呼冲来。林格尔胡特吓得直出冷汗，"砰砰"两声枪响，鲸转身逃走了。原来是彼得西里的父亲开的枪。他是一位彪形大汉，浑身也刺满五彩花纹。康拉德发现酋长身上没有猎枪，感到疑惑。"我是用烤热的苹果。"酋长笑笑说。

彼得西里把客人带到一个土著部落，好客的土人设宴招待他们，那些菜都是康拉德和叔叔从未见过的：蚊子杂烩、蛇舌炒甘蔗、米酒鲨鱼鳍等稀奇古怪的东西。大黑马对这些不感兴趣，独自跑去吃甘蔗，在那儿，与一匹小白马一见钟情。

　　康拉德和叔叔看时候不早了，便起身向主人告别。他们找到大黑马，谁知大黑马深深地爱上了南太平洋，喜欢和白马生活在一起，也再不讲话了。叔侄俩遗憾地和大黑马告别，只能徒步往回走。"已经六点五十分啦，"林格尔胡特看完表大喊大叫，"走廊里的那口大橱要是变到眼前，才能赶回家吃晚餐。""哈哈，"酋长出现在面前，"奇迹就会发生的。"酋长念起口诀，然后拍一下巴掌，大橱子顿时出现。林格尔胡特慌忙将侄子从敞开的大橱背后推进橱子，自己也跟着钻进去。当他们从前门出来时，果真回到了林格尔胡特家的走廊。

　　康拉德回到家里，正是吃晚饭的时间。爸爸妈妈什么也没发现。康拉德躲进屋里，认真地写了一篇作文《我在南太平洋的经历》，准备明天交给老师。

〔简评〕

　　这篇童话记叙了康拉德去南太平洋的途中所遇到的许多有趣的事儿。猩猩为欢迎客人指挥唱歌，鲸上岸追捕女孩，袋鼠妈妈编结短袜……

　　这个童话具有很强的趣味性，充满了许多生动的情节，深深地吸引了读者。主人公康拉德途中经过了一个懒人国，他们那里有条不成文的法律：本国居民的体重要是低于二百五十磅，将被驱赶出境。因此，国民整日什么也不干，就躺在床上休息。真是有趣！但是，他们什么事都不干的懒洋洋的样子令人讨厌。而在"颠倒世界"里，小孩管理世界，一些不称职的父母进学校，重新受教育。大人们穿童装上学，让人觉得很可笑，仔细想想，一切是多么具有教育意义呀！总之，在这些有趣的情节中，都含有一些深刻寓意，在笑声中，使读者受到启发和教育。

　　这个故事充满幻想，在读者眼前，展现了一个令人神往的世界，培养了人们的想象力。所有的水果，都长在一棵树上；果树能提供水果和樱桃果酱；母鸡会下荷包煎蛋；雨伞可以从地上自己长出来；报纸印在天空中；无人驾驶的汽车；自动肉类加工厂等等，令读者都想插上翅膀，飞进这奇妙的世界里，同时，也启发人们为未来的世界多作准备和贡献。

　　在五月三十五日发生的这个故事，真是令人不可思议。不过，真希望自己家的走廊里也能有一口神奇的大橱。亲爱的读者朋友们，你们是不是也有这种想法呢？

　　　　　　　　　　　　　　　　　　　　　　　　　　（李娟）

罗大里（意大利）
作家介绍

　　姜尼·罗大里（Gianni Rodari1920——1980）堪称二十世纪儿童文学的泰斗。他出生于意大利诺瓦拉省的奥梅尼亚，父亲是个贫穷的面包师，1938年毕业于师范学校，后进入大学深造。他做过小学教师，第二次世界大战后，从事意大利共产党的儿童报纸《先驱》的编辑工作，同时致力于儿童文学创作。1951年他在《先驱》上连载了长篇童话《洋葱头历险记》。这篇童话尖锐地讽刺了社会体制，呼唤社会改革，在意大利儿童文学创作中掀起了新的波浪。

　　罗大里最初是给自己的女儿写作，后来把儿童文学作为了自己的毕生事业。他给儿童写诗，写童话，也写小说，其中成就最高、影响最大的是诗和童话。他的儿童诗构思巧妙，语言明快，幽默风趣，充满活力，深受儿童喜欢。

　　罗大里的童话创作成就尤其辉煌。他在创作了奠基作《洋葱头历险记》之后，又创作了《假话国历险记》（1958）、《吉普在电视机里》（1962）、《电话里的故事》（1962）、《蓝箭》（1964）、短篇童话集《二十加一个童话》（1969）、《夏天的故事》（1979）等。

　　罗大里于1973年出版了论著《幻想的法则》。这本书是了解罗大里的创作方法时不可忽略的重要文献。罗大里在论著中提出了他全部创作的纲领，他遵循的座右铭就是十九世纪丹麦童话大师安徒生的一句名言："世上再没有比生活本身给人讲的童话更好的童话了。"

　　罗大里继承了安徒生用童话反映现实的传统，又以共产党人的进步观点使童话进一步容纳了更为广泛的社会内容。他的童话构思奇巧、新颖、风格轻松幽默，大多具有很强的游戏性、娱乐性，能够化严峻于诙谐，这使得他的童话既具有丰富的思想内涵又极富儿童情趣。他的童话洋溢的幽默趣味，使孩子们一捧读便爱不释手。

　　罗大里的作品被译成上百种文字在全世界流传，由于他对世界儿童作出了如此伟大的贡献，于1970年获国际安徒生奖。

洋葱头历险记

左伟　缩写

洋葱头一家都是好人，可就是日子过得实在太不幸了。按有钱人的说法，有一股穷酸味。哎，这又有什么办法呢，哪儿有洋葱，哪儿就有眼泪！

有一天，柠檬王要亲自巡视这个贫民区。这一下，他的大小百官着了慌，怕国王闻到这种穷酸味，于是侍卫长派了一队柠檬兵，用花露水、紫罗兰香水和最好的玫瑰香水，把大小洋葱头们从头到脚淋了个透。

洒完香水，洋葱头一家开始列队欢迎柠檬王。柠檬王带着他的大小柠檬侍卫兵来到了贫民区。柠檬王从头到脚穿的是一身黄，黄帽子上有个金铃铛丁零当啷响。柠檬官的铃铛是银的，柠檬兵的铃铛是铜的。所有这些铃铛都一个劲地响个不停，奏出好听的音乐。贫民区的人都拥出来听。老洋葱头和洋葱头站在第一排，人们不断地拥挤着，老洋葱头顶不住后面的推搡，栽了个跟头，无意中竟踩了柠檬王一脚。柠檬王脚上长了个大鸡眼，疼得嗷嗷叫，十个柠檬兵扑过来，哐啷一声，给老洋葱头戴上手铐，并判他终身监禁。

"生活可以教会你许多事情，你已经长大了，以后变得聪明一点吧！"洋葱头带着爸爸的训导，开始了流浪生涯。

洋葱头遇见了许多好人、穷人。南瓜老大爷很穷，到老了才盖成一间小房。房子小得像个鸡窝，但他对洋葱头的招待却很热情。

南瓜老大爷正在一五一十地给洋葱头讲着他的事情，突然一辆四匹马拉的车，卷着滚滚浓尘停在了小房子前，一个大胖子打车上爬下来。他满脸通红，脸颊鼓鼓的，像熟过了头的番茄一样。这位就是番茄骑士，他是大地主樱桃女伯爵姐妹的大管家。

番茄骑士下车后，恶狠狠地盯着南瓜老大爷，大声骂道："你竟然敢在两位樱桃女伯爵的地皮上盖起这座宫殿，我一定要给你点颜色看！"

番茄骑士不顾南瓜老大爷的哀求怒吼道："快滚开……青豆在哪里，快过来！"

"老爷，我在这儿，听候您的吩咐呢……"青豆律师把腰弯得很低，脸吓得铁青。

"喂！快告诉这个坏蛋，根据王法，他必须马上滚蛋。"

"对对！马上滚蛋……"青豆律师说。

"骗子！恶棍！"忽然有个声音响了。

"怎么！你敢顶嘴？"

"老爷，我嘴都没有张开过……"南瓜老大爷嘟哝着说。

原来说话的是洋葱头。番茄骑士想不到这穷小子胆敢这样说话。

"你是哪来的？为什么不去干活？"

洋葱头掏出一面小镜子，对着他摇晃一下，番茄骑士用只眼睛瞧了瞧，他看见一张火红的脸，一对凶狠的小眼睛，还有一张大嘴。他气极了，两只手抓住了洋葱头的头发，用力一扯，一撮头发被拔下来了。他觉得眼睛鼻子又酸又辣，接着眼泪就像一道喷泉似的涌了出来。他忙跳上车，飞快地逃走了。

从此，洋葱头就在葡萄师傅的鞋铺里干活，很快结识了许多朋友，有音乐教师梨教授，园丁小葱和蜈蚣的一家。

南瓜老大爷的小房子后来怎么样了？

番茄骑士把南瓜老大爷赶出小房子，派了一只看家狗进去，这狗的名字叫马斯蒂诺。

一个太阳晒得很厉害的大热天，马斯蒂诺守在小房子旁边，吐出了舌头，尾巴像扇子似的摇摆着，他又热又渴，简直快要发疯了。

洋葱头想："我要不拿他开个玩笑，我就不是洋葱头！"于是，他灌了一瓶水，加上了安眠药，来到马斯蒂诺面前。

洋葱头把瓶子举到嘴边，装出喝水的样子，马斯蒂诺哀求说："好孩子，我实在太渴了，哪怕让我喝一小口也行！"说完一把抓过瓶子，贪婪地一口气喝个精光，连声说："谢谢……"他的话还没说完，就倒在地上睡着了。

洋葱头把他背到番茄骑士住的城堡里去了。南瓜老大爷又搬回自己的小房子，老人家把乱蓬蓬的红胡子伸出小窗口，他那张脸啊，真是高兴得难以形容。

洋葱头回到村里，看见南瓜老大爷门口，围了许多人在议论着什么。

洋葱头马上明白了，他来到大家面前说："我想番茄骑士也不会轻易罢

休，咱们只有一个办法！就是把房子藏起来。

"藏起来！怎么藏？"大家齐声问。

"对，用手推车先把房子推到我的地窖里。"葡萄师傅说。

"不，树林子里我有个熟人，叫覆盆大哥，小房子藏在他那里最安全。"梨教授说。

"就这么定了。"大家说。

洋葱头、小青豆、梨教授，把房子推到了树林里去，放在一棵大橡树脚下，交给了覆盆大哥，就告辞了。

覆盆大哥实在担心：万一强盗来了呢？看见这房子，一定认为里边有宝贝。他想了想，就在门上挂个铃铛。贴张字条，上面写道：强盗先生光临时，请按铃，我马上就开门。请进来看看，没有东西可偷。

每天夜里都有强盗来打铃，覆盆大哥都和气地接待他们。虽然他们一无所得，可是感到小主人很善良。

看来南瓜老大爷的小房子真的委托给一个可靠的人了。

两位樱桃女伯爵的城堡里热闹极了，她家来了两位亲戚：橘子男爵是大女伯爵先夫的堂兄弟，有个其大无比的胖肚子，一天二十四小时只留两小时消化，其余时间都是在不停地吃。

蜜柑公爵是小女伯爵先夫的堂兄弟，他比一只小鸡吃的还少，还经常寻死觅活地威胁小女伯爵，贪得无厌地索要金银财宝。

太阳还没下山，小女伯爵已经连一点贵重的东西都不剩了，而蜜柑公爵却弄了一箱又一箱的礼物，心满意足地搓着手。

两个亲戚这样贪得无厌，真叫两位女伯爵又担心又苦恼，她们把怒气都出在她们的侄儿，可怜的小樱桃身上。他常常挨打受骂，不幸极了。

这天晚上，有人来向番茄骑士报告：南瓜老大爷的小房子神不知鬼不觉地失踪了。番茄骑士马上派人向柠檬王报告。

第二天柠檬兵来了，抓走了许多人，有：葡萄师傅、梨教授、南瓜老大爷、南瓜大嫂……就是没有抓到洋葱头。

小樱桃的老师芹菜先生在花园里挂满了牌子，上面写着小樱桃可以做什么，禁止做什么。

可是，小樱桃常常摘掉眼镜，这样就看不见牌子上写的字，想干什么就干什么。这会儿他正沉浸在自己的念头中，忽然听见有人轻轻地叫他：

"小樱桃少爷！"

小樱桃回头一看，栅栏外面站着一个男孩和一个小姑娘。

"我叫小红萝卜，"那个小姑娘说，"他叫洋葱头。"

"幸会，小姐。幸会，洋葱头先生。我已经听到过您的大名了，是听番茄骑士说的。"

"哼！他一定不会说我的好话。"

"正因为他不说您的好话，我料定您准是个好孩子。"

"好极了！咱们就别客套了，像老式官员那样'您'呐'您'呐的，就叫'你'吧！"

小樱桃决心打破规则，他高兴地回答说：

"我同意。咱们就叫'你'吧。"

小红萝卜高兴得了不得：

"小樱桃是个好孩子！"

"谢谢您的夸奖，小姐，"小樱桃鞠着躬说。可他马上涨红了脸说了声："谢谢，小红萝卜！"

三个人高兴地笑了起来，小樱桃开始只是用嘴角笑笑，后来他也痛快地大笑起来。

城堡里还没听见过这样响亮和快乐的笑声。

两位伯爵听见了，误认为是下雨了。番茄骑士想看看这是哪来的古怪声音，没想到在城堡的后面，竟碰上了三个有说有笑的孩子，在那两个小破烂当中，有一个是前不久害得他哗哗流了一场痛苦的眼泪的洋葱头！

番茄骑士怒吼道："伯爵少爷！"

小樱桃一看事情不妙，马上说："你们快逃吧！"

洋葱头和小红萝卜撒腿就跑，老远还能听见番茄骑士在狂叫着。

这一回，吼叫、责骂都吓不倒小樱桃，他只感觉到有一种难以忍受的奇怪的痛苦，这种痛苦叫渴望。他简直受不了这种痛苦了，他扑在地上，嚎啕大哭起来。

他哭了一个晚上，也没有人同情他，只有小草莓尽力地安慰他，可是没用。

小樱桃忧伤成病了。小草莓偷偷请来栗子大夫，他仔细检查了小樱桃的病，难过地说："这个病人没有病，只是孤独叫他受不了。他需要朋友。"

这话惹恼了女伯爵和番茄骑士，他们派人把栗子大夫赶出了城堡。

南瓜老大爷、梨教授、葡萄师傅、南瓜大婶都被番茄骑士投到了地牢。

南瓜老大爷叹气地说："都怪我，如果我不想要一座小房子，我们就不会遭这场祸！请把狱卒叫来，我告诉番茄老爷我们的小房子在哪里。"

大家异口同声说："不能告诉他们，我们不能投降，我们要想办法逃出去。"

这天晚上发生了一件意想不到的事。洋葱头、小草莓、小红萝卜三个人正在花园围墙下讨论形势，商量怎样搭救入狱的人，没发觉马蒂斯诺这条狗正在巡夜。他发现了三个孩子，发疯似的向他们扑过来，撞倒了洋葱头，压住了他的胸口汪汪大叫，直到番茄骑士来把洋葱头逮住为止。

番茄骑士这下可高兴了！他挖苦洋葱头说："为了优待你，我请你坐特别的黑牢房。"

"劳你费心了！"洋葱头满不在意地说。

洋葱头半夜醒来，觉得有人在掘地，忽然墙上撒下土来，接着又落下一块砖，跟着有个身影跳进来。

"谁?"

"我是田鼠。"

"我叫洋葱头。"

"我一闻气味就知道是你，你真可怜。"

洋葱头想：如果田鼠肯帮助我挖地道，就可以见到南瓜老大爷他们了。于是他恳求道："田鼠先生，我的朋友们被关在女伯爵的地牢里，只有你可以帮助我见到他们，求求你！帮助我吧。"

"好吧，我答应你，现在就开始挖。"田鼠愉快地回答。

洋葱头高兴得要亲田鼠，可他满脸是土："我衷心地感谢你，到死都记住你！"

他们很快就挖到可以听清南瓜老大爷他们说话的地方了，"田鼠先生，再加把劲儿。"洋葱头兴奋地催促着。

可是真不巧，田鼠一进地牢，葡萄师傅正好擦亮了火柴，想看看几点钟了。可怜的田鼠吓得退了回来，溜到了黑暗中去。

"再见，洋葱头先生！我真心地帮助你，可你应该先告诉我，咱们会碰到这耀眼的光亮。"说完，他很快地逃走了。洋葱头难过地嘟囔着："再见了，

好心的田鼠，世界很狭小，我们还会见面的。原谅我！"

洋葱头用手帕狠狠地擦擦脸，走进了地牢。他兴高采烈地叫起来："真想你们呵！我的朋友们。"大家向洋葱头扑过来，又是亲，又是拍，有的还把他举了起来，好半天才安静下来。

小草莓把洋葱头被关进牢里的事告诉了小樱桃，小樱桃还在病着，他听了小草莓的一番话跳起来说："我要把他放出来，把所有的人都放出来！"

于是他叫小草莓在蛋糕里放了双倍的安眠药粉。

到了夜晚，小侍女给番茄骑士端来巧克力蛋糕。番茄骑士一口气把蛋糕吃了个精光。

小草莓和小樱桃手拉手，竖起脚尖，往番茄骑士的卧室里看，只见番茄骑士大声打着呼噜。他们小心地走到他的床边，轻轻地脱下他的袜子，从袜子里掏出一串钥匙。悄悄走出卧室。

小草莓说："我到墙角后面拼命呼救，像遇到强盗似的，你去把狱卒叫出来，让他来救我。你乘机打开牢门。"

狱卒果然上了当。小樱桃打开沉重的牢门，朋友们很快地顺着他指的方向，朝通往树林的小道跑去。

小樱桃高兴地跑回城堡，把钥匙放回了番茄骑士的袜子里。

不久，狱卒发现牢里空了，他赶紧把猫关进牢房，飞快地逃命去了。

第二天早晨，番茄骑士带着青豆律师，芹菜先生到地牢审问犯人。牢门一开，猫拼命地逃了出去。番茄骑士急忙给柠檬王去电报，申请援兵，最好是御驾亲临。

柠檬王接到电报后，马上率领四十名柠檬官和一个营的兵力，来到了村庄。

小葱大叔和青豆律师也给抓住了。柠檬王吩咐把小葱带来审问。他是有名的没头脑，当他一见到小葱便哈哈大笑："多神气的胡子，漂亮极了，我还是第一次见到梳得这么好的胡子。"

"谢谢您的夸奖，陛下！"小葱大叔谦逊地说。

"给我把银胡子勋章的骑士冠拿来！我要亲自给他戴上桂冠。"

番茄骑士急忙凑近国王的耳边说："陛下，您刚才把骑士爵位封给了一名大罪犯。"

国王转过头问小葱大叔："你知道罪犯都逃到哪里去了吗？南瓜大爷的小

房藏到了什么地方?"

小葱回答:"我都不知道。"

"拔他的胡子!"柠檬王下令说。

刑官们用力拉小葱的胡子,可就是拉不断,小葱大叔也不疼。刑官们累得嗷嗷叫,只好把小葱大叔送进地牢,把浑身颤抖的青豆律师带了上来。青豆律师扑倒在柠檬王的脚下,哀求说:"陛下,饶命,我是无罪的!"

当柠檬王宣布"吊死青豆律师"时,青豆律师脸全白了,叭哒一声倒在地上。

小草莓知道青豆律师危险,就派小红萝卜立刻到山洞里向洋葱头报告。

洋葱头搔搔后脑勺说:"有办法了。"说完飞快地跑向田野,找到了田鼠挖出的小土墩。

"田鼠先生,田鼠先生,我是洋葱头。"

"啊!是您?"田鼠冷冷地回答,"上次跟您去见您的朋友,弄得我快半瞎了。"

"请别这么说。我永远忘不了您的大恩大德。这次我还得求您帮忙,村里的青豆律师明天早晨就要给吊死了。"

"吊得好!"田鼠先生生气地说。

洋葱头知道田鼠犟脾气,虽说嘴巴凶,却有颗金子似的心。对正义的事,从来不会拒绝帮忙。

"说吧,往哪个方向挖?"田鼠大声说道。

"朝东北挖,一直通到绞刑台底下。"洋葱头急忙回答说。他高兴得想亲亲田鼠,可田鼠已经飞快地干了起来。

第二天清晨,洋葱头和田鼠躲在了绞刑台底下,等青豆律师掉下来,洋葱头一下子割断了绳子,把青豆律师救了回来。

青豆律师醒过来,向两位救命恩人谢个没完。突然他拼命地拍着脑门说:"唉呀,我真糊涂,我真可恨!"接着他把无意中和番茄骑士说出了南瓜老大爷小房子的秘密的事,告诉了洋葱头。

洋葱头知道事情不妙,二话没说,钻进了密林子,来到了橡树底下,覆盆大哥正伤心地哇哇大哭,小房子已经不见了。

洋葱头安慰了覆盆大哥一番,就把他领到山洞里,去见那里的朋友。

南瓜老大爷和覆盆大哥,都很留恋小房子,成了一对患难朋友。

山洞的附近，住着狼和熊等野兽，它们总是想吃掉山洞里的人。可是，山洞口总是燃烧着一堆大火，使他们不敢走过去。

一天，狼嗥叫了一阵，吃不到他们，只好走了。过一会又来了一只狗熊，眼睛盯住南瓜大嫂。

"我很喜欢您，南瓜太太。"狗熊说。

"我也喜欢您，更爱吃您腿上的肉。"南瓜大嫂说。

"您这是什么话？南瓜太太！"狗熊生气地说。

洋葱头扔一个生土豆给这位不速之客："狗熊先生！您每天晚上都守着我们，完全是白费心。不如试试做我们的朋友。"

"我不和你们这些坏蛋交朋友，是你们把我爸爸、妈妈送进王宫的动物园里的。"狗熊气愤地说。

"不！我的爸爸也是被柠檬王给关起来的，我们是患难朋友。"洋葱头说。

狗熊听说洋葱头的爸爸也被关了起来，难过地说："对不起，我们应该是朋友。"

洋葱头在火堆中拨出一条通道，请狗熊进到山洞里来。狗熊向大家鞠了个躬。

"多么有礼貌的熊！"葡萄师傅赞叹说。梨教授拉起了小提琴。狗熊高兴地跳起舞来，大家过了一个愉快的晚上。

夜深了，大家都睡着了。洋葱头对狗熊说："我带你去看你的爸爸、妈妈，看他们比看到我的爸爸容易多了。让我骑在你的背上，咱们赶快去，天不亮就可以到城里。"狗熊高兴极了，驮着洋葱头上了路。

两人来到了动物园，到处一片漆黑，他们悄悄地进了门。

"晚上好，象先生！您能有办法让我的狗熊朋友见到他的爸爸、妈妈吗？"洋葱头说。

"好吧，我有办法的。"象先生肯定地说。

说完，象先生挥动他那听话而又柔软的鼻子，看守人什么也没感觉到，钥匙就被象先生搞到手了。

洋葱头谢过了象先生，急忙打开笼子的门："我们快走，趁看守人没发觉，大家赶紧逃吧！"

两个老狗熊要和笼子里的朋友告别，却惊动了冤家海豹，海豹知道狗熊要逃出笼子，就大吼大叫，看守人带着三个助手赶来，把小狗熊和他的爸爸、妈妈都关了起来。然后对洋葱头说："关动物的笼子严禁入内，首先得罚你

的款。"

"我没钱，请您放了我吧！"洋葱头恳求说。

"我根本没有善心，不交款，就把你关在猴子笼里。"

洋葱头在猴笼子里住了两天，第三天才想出了办法，给小樱桃送去一张纸条。小樱桃马上乘坐第一班火车进城，来到动物园代洋葱头交了罚款，看守才把洋葱头放了出来。

洋葱头和小樱桃出了动物园就上了一辆怪火车，火车只有一节车厢，每个坐位都靠着窗户，这对坐火车的孩子可重要了，坐到窗边可以看个痛快！

"使点劲儿，再鼓一鼓劲就进车厢了！"

原来橘子男爵正在上火车。他肚子太大了，上车实在困难。收破烂的老头、搬运夫、最后连站长也跑来帮忙。站长忘了嘴上有个哨子，一用劲，哨子响了。火车开动了。

"等一等，等一等！"站长大叫起来。

原来火车司机听到哨子响，以为是开火信号，就开了车。火车一开，推力很大，男爵被顶进了车厢里来了。

这辆火车还有一个和气的检票员。每当大雾时，乘客埋怨看不见车外的风景，他就用手指着风景："喏，就在你们的正对面，有一个湖，湖上有一个岛，还有一艘船。船上有红色的方帆，帆顶上飘着一面蓝色的旗子，上面满是金黄色的星星。"

乘客们张大了眼睛看，依然是一片灰色的浓雾，不过他们还是笑嘻嘻的。

让这些乘客继续看风景吧！咱们看看别的地方出了什么事。

就在火车通过的林子里，一个砍柴人正在砍树。

忽然一队柠檬兵跑来问："你看见一条狗和他的主人了吗？"

砍柴人指点一下方向。柠檬兵顺着他指的方向追去了。

一会儿，砍柴人又听见一阵急促的脚步声，原来是葡萄师傅、南瓜老大爷……一群人出现在他的面前。葡萄师傅问："你见过一个叫洋葱头的小家伙吗？"

"不，没见过。"

又过了一会儿，洋葱头和小樱桃从这经过，小樱桃说："洋葱头，我不帮你找到那些朋友就不回家。"砍柴人一听到有个叫洋葱头的孩子，就把葡萄师傅的话，告诉了他们。两个孩子高兴极了。谢过砍柴人，急忙向前追去。

太阳落山的时候，砍柴人听见铃铛乐队的声音，是柠檬王由两位女伯爵陪同，御驾亲征，来找柠檬兵的。

柠檬王和两位伯爵一走，橘子男爵和蜜柑公爵在城堡里就是大王了。

蜜柑公爵说："他们光给咱们喝劣酒，好酒都藏在地窖里。咱们下去看看。"

地窖里两排大酒桶，瓶酒数以千计。橘子男爵不顾一切地喝了起来。蜜柑公爵一直往前走。他看到一瓶贴着黄标签的酒，伸手去拿，瓶子像生了根似的。醉醺醺的橘子男爵走过来，抓住瓶颈，用力一扳，扇小门慢慢开了，门坎上出现了一个小孩。

两位爵爷异口同声地叫起来："小樱桃，你是从哪来的？准不干什么好事！"小樱桃冷冰冰地说："你们是想干什么肮脏的勾当。这一点我们以后再说吧……现在让我给你们介绍我的几位朋友。"

小樱桃说完，让出路来让他所有的朋友一个一个地进门，他们是洋葱头、小红萝卜、葡萄师傅、南瓜老大爷、青豆律师……

"这是名副其实的入侵！"

这的确是入侵，小樱桃就是要入侵。洋葱头和小樱桃在林子里，找到了他们的朋友，知道敌人离开了城堡，决定由地窖进入城堡，占领城堡。他们的计划成功了。

他们把蜜柑公爵锁在了他的房间里，橘子男爵被留在地窖里，谁也不愿拉这个大肚子出来。

树林里柠檬王和两位女伯爵尽兴地玩乐着。一对对的柠檬兵被捆起来当焰火放，番茄骑士气极了。他登上高高的土岗子，想看看是否有逃犯的火堆。却看见城堡里灯火通明。转眼灯一盏盏地熄了，只有蜜柑公爵屋子里的灯一亮一熄地闪着。

番茄骑士回至营房问柠檬官，"一明一暗是什么信号？""是呼救信号。"

番茄骑士马上把这个消息报告了柠檬王。

柠檬王为了赶快了事，派四十个将军列成一队，浩浩荡荡地走进城堡大门。忽然一阵奇怪的声音，山顶上飞来一发从没见过的大炮弹。几秒钟后，二十名将军像熟透了的李子给压扁了。这时大家才看清这只不过是倒霉的橘子伯爵。

原来他从地窖逃出来，干脆从山上滚下来，一路上压扁了二十名柠檬将军。

柠檬王气冲冲地发令向城堡进攻。洋葱头马上下令："对准敌人——开酒！"转眼柠檬兵们头上、眼睛上、嘴里、鼻子里喷满了酒。好像听到口令一样，一个接一个呼噜噜地睡着了。

柠檬王又派了一师柠檬兵来到了战场上。洋葱头和他的朋友们想逃走，可是青豆律师叛变了，通往林子的暗道被堵庄了。

番茄骑士捉住了洋葱头，把小樱桃锁在阁楼上，结果他利用这个条件，把其他犯人都放回了家。

洋葱头被关进了地牢里。

放风的时候，犯人们一个跟着一个转圈子。突然前面的一个老囚犯，咳嗽得几乎要倒下去了，洋葱头上前帮忙。他认出了爸爸："是爸爸，你病得这么厉害……"父子俩抱头痛哭。

柠檬兵过来把他们父子打散了……

第二天，洋葱头正在想着爸爸，忽然有人叫他："洋葱头，我是瘸腿蜘蛛。我给你送来你爸爸的信。"

蜘蛛从窗口吊下一张纸条。洋葱头读了爸爸的信，非常感激蜘蛛。"请你明天到我这来，我托你送一封信。"洋葱头说。

"我一定来！"蜘蛛说完，一瘸一拐地走了。

洋葱头从衬衣上撕下一块布条，写了三封信。

第一封信是写给爸爸的：

"亲爱的爸爸，您得到自由的时刻越来越近了。我已经把事情都考虑好了。您的儿子洋葱头。"

第二封信是给田鼠的：

"亲爱的老田鼠，我求您帮助我和我爸爸。我知道这件事不好办。可你只要找来百把只田鼠，同心协力，就会成功的，我在牢房等你。你的朋友洋葱头。"

第三封信是给小樱桃写的：

"想念的小樱桃，我们虽然遭到挫折，我相信你是不会泄气的。很快我们就会和番茄骑士算老账的。给老田鼠的信，请你想办法送到。等着你的帮助。洋葱头。"

第二天早晨，蜘蛛又来了，他帮助洋葱头画了监狱详图。洋葱头把三封信和地图一起交给蜘蛛说："十万火急！这件事关系到所有的囚犯能否得到

罗大里（意大利）

自由。"

"我一定送到，放心吧！"蜘蛛说完走了。

三天过去了。洋葱头坐立不安，蜘蛛为什么不回来。

第四天，囚犯们又被押出来放风了。可洋葱头却没看到爸爸，爸爸出了什么事，洋葱头无法知道。他回到自己的牢房里，扑到了床上，失望地哭了。

瘸腿蜘蛛出了监狱，就钻进了下水道。突然有人叫他，原来是他的一位远房亲戚"七条半"，他只有七条半腿。他俩见面非常亲热。

"你赶着去哪儿呀？"七条半问。

"去看堂兄弟。"蜘蛛吱唔地说。

"我也要去看他，我们一起走吧。"

他俩很快来到了田野上。微风吹动着芳香的青草。一只麻雀落在了蜘蛛的对面。"啾啾啾！这么好吃的东西，正好拿回去给我的小宝宝吃。"

蜘蛛机智地把七条半拉到了蚱蜢洞里，躲过了一场灾难。可麻雀站着不走，直到天黑才飞去。浪费了一下午的时间，瘸腿蜘蛛很懊恼。

第二天清晨，他们赶紧上路。总算没出什么事。他俩坐下来刚想休息一会儿。一只小青虫边跑边叫："快逃命啊，鸡来了！"

七条半撒腿就逃，瘸腿蜘蛛正在思考问题，又加上腿不灵活，被鸡嘴啄住了。他冷静地把信袋扔给伙伴，叫了一声："送给……"转眼，鸡就把他吞下了肚子。

七条半痛哭着，决定立刻离开这里。一抬腿发现自己的半条腿被东西夹住了，原来是信袋。他拿起信袋，取出信读了起来。禁不住眼泪往下流。他要去完成这个任务。

七条半连夜赶路，天亮时顺利地来到城堡。爬到阁楼上找到他的亲戚。说明了经过，两人又去把信送给了小樱桃。小樱桃受了处分，依然被关在阁楼里。

这一天的放风比平时更凄凉，大家向往自由，可自由却是那么遥远！这时洋葱头听到一个耳熟的喑哑声在叫他。"田鼠！"洋葱头高兴得血都涌到了脸上来了。他赶到田鼠说话的地方，仔细听，"地道挖好了，你只要向左跳一步，脚下的土就会陷下去。"

洋葱头走近了田鼠挖的地道口，用脚顶顶前面的难友，那人往左一跳，转眼不见了。就这样每圈都跳下去一个人。

＊＊＊ 189 ＊＊＊

柠檬兵看看囚犯觉得人少了许多。于是开始清点人数，囚犯们一圈一圈地转着，柠檬兵怎么也记不清从哪个人数起的。洋葱头想要是爸爸也在多好呵，他决定留下来和爸爸在一起。

柠檬兵目瞪口呆地想：走一圈少一个人。离放风结束还有七分钟——规则是规则，到时候人就全不见了。这时只剩下五个人了。

"站住，不许动！"柠檬兵大叫起来。四个囚犯一个接一个地跳进了洞去，洋葱头被人抓住脚，也进了洞里。

"你别傻了，只要你自由了，就能救出你爸爸。"大家安慰着洋葱头。

田鼠想想说："我来想办法。"他命令近百只田鼠："孩子们，咱们再挖一条地道，去救洋葱头的爸爸。"

转眼功夫田鼠们就把洞挖到了老洋葱头的牢房。洋葱头的爸爸被救了出来。

柠檬王正在强迫大家观看特别的赛马盛会，他一声令下，柠檬兵挥动长鞭，抽打马背，而马拉的是一个刹住了闸的车，鞭子在马身上劈劈啪啪抽打着。

柠檬王也举起了鞭子，突然他脚边的地面裂开了，洋葱头钻了出来。夺过鞭子用力抽柠檬王的背。柠檬王和柠檬兵四处逃窜。

逃出监狱的囚犯们都从地底下钻出来，和亲人团聚了。大家欢呼着："囚犯被解放了！"

这时，在樱桃女伯爵的大厅里，正向乡民宣布一个重要决定。

番茄骑士大声宣布说："根据法律要求，一年四季下的雨雪霜雾，乡民们必须纳税，本规定自即日起生效。"

所有的人都气愤极了。当乡民们走出城堡时，一场大雨夹着冰雹从天而降。番茄骑士乐得脸上发亮光，这回主人可捞一笔巨款。南瓜大嫂痛哭起来，葡萄师傅搔着后脑勺说："老天爷，行行好吧！"可是雨还是下着。

洋葱头挂念着狗熊和他的爸爸、妈妈，他一个人赶到动物园，救出了三只熊。他们一起回到了家。

南瓜老大爷、南瓜大嫂、鞋匠师傅、小樱桃都跑来看洋葱头和狗熊。梨教授握着狗熊的手说："你还记得我拉小提琴，你跳舞的情景吗？"

"记得太清楚了！"狗熊说着拍着手又跳起来了。

胆小如鼠的柠檬王，从赛马场逃出来，一头钻进了垃圾堆，当他发现女伯爵的城堡就在前面时，抖掉身上的垃圾，走进了城堡。

两位伯爵马上出来迎接，安排晚餐，柠檬王说："不吃、不吃、没胃口。"大家也不敢去吃，只好陪着他。

柠檬王坐在椅子上睡着了。大家才悄悄地吃了点饭。

番茄骑士想："柠檬王到底发生了什么事？为什么吓成这副样子？太可疑了，就算爆发了革命我也不觉得奇怪。"

一想到"革命"这个字眼，他背上不由掠过一阵寒气。

这时他发现城堡尖塔上飘扬着一面自由旗帜。

这面小旗是小樱桃和洋葱头升起来的。他们两个这会儿正坐在尖塔里，等着看事态的发展。

番茄骑士以为小樱桃捣的鬼。大发雷霆，决定马上去把这面可怕的旗子撕下来。

"您好！番茄骑士！"洋葱头彬彬有礼地说。

番茄骑士一把抓住洋葱头的头发，一撮头发留在他的手上。他感到眼睛刺痛，接着一颗颗核桃大的泪珠撒落下来。番茄骑士跑下楼梯钻进了自己的房间，大哭个痛快。

柠檬王醒来，到门外呼吸新鲜空气。一眼看到了塔尖上的旗帜，撒腿就跑，又钻进了垃圾堆。

蜜柑公爵和橘子男爵看到旗帜后哇哇大叫："你们马上把旗子扯下来。要不我们就投池自杀了！"边喊边逃回城里去了。

从这天起，一切都变。

柠檬王和两位女伯爵离开了自己的城堡，不知到哪去了。

蜜柑公爵和橘子男爵瘦得像根鞭子。

南瓜老大爷当上了城堡的总园丁。

番茄骑士在牢里被放出来，在南瓜老大爷手下做事。

芹菜先生在城堡里做门卫。

城堡变成了少年宫。那儿有图书馆，木偶剧场、电影院、体育室，还有学校。洋葱头和小樱桃同做一张书桌，学习算术、语法、地理、……，他们认真学习本领准备对付坏蛋们。

有一天早晨，人们在墙上看到一条标语，上面写着："葡萄师傅乡长万岁！"噢，原来葡萄师傅当乡长了。

南瓜大嫂对梨教授说："这乡长可好！连夜走来走去，是在写自己万岁的标语。"

这话显然是冤枉了葡萄师傅。一家家的标语都是小葱大叔用胡子蘸了墨水写的。

好了，故事到这就结束了。

〔简评〕

受尽柠檬王压迫的洋葱头，是一个不屈不挠、勇于抗争、为自由而战的孩子。他团结起受压迫的朋友们，历尽艰险、机智勇敢地救出了地牢中的难友和老洋葱头，摧毁了柠檬王的城堡，并把这座城堡变成了受压迫者的乐园，少年宫和学校。

童话中充满了儿童情趣，它的构思十分新颖，具有浓厚的讽刺意味。

洋葱头拿番茄老爷开心，他用一面小镜子在番茄老爷的，鼻子前晃动，并告诉他镜子里就是他们要找的那个新的坏蛋。番茄老爷看到镜子里那张火红的脸，一对凶恶的小眼睛，还有一张大嘴巴。气得脸发紫，他用力扯下洋葱头的一撮头发，他只觉得眼睛鼻子又酸又辣，打了两个喷嚏之后，眼泪像二道喷泉，像溪水、河水、江水从他的脸上淌下来……。作者出色的想象力使作品的人物具有鲜明的特点。

作品通过洋葱头和柠檬王两个阶级的代表人物的对立，深刻地揭露了资本主义社会的黑暗、剥削阶级的腐朽。哪里有压迫，哪里就有反抗，作品歌颂了劳动人民同敌人斗争的反抗精神。让我们感悟到，团结就是力量，只有这股力量，才能战胜敌人，开创自由而幸福的生活。

（左伟）

电视迷历险记

任溶溶　译

怪哉，真怪哉!

话说一月十七日十八时三十分，住在意大利米兰市九月街一百七十五号楼十四室的八岁小男孩詹皮耶罗·宾达，小名季普，打开了电视机。他脱掉

脚上的皮鞋，蜷缩在一张蒙着绿色人造革的大沙发上，准备舒舒服服地看电视连续片《白羽毛历险记》。

在季普右边的另一张沙发上，蜷伏着他五岁的弟弟菲利波·宾达，小名弗利普。他为了坐着舒服些，也把皮鞋脱掉了，乱扔在地板上。

宾达哥儿两个不但岁数不同，心里向着的足球队也两样：季普向着国家队，弗利普向着米兰队，不过这件事跟咱们这个故事没什么关系，也就不去说它了。咱们这故事就从十八时三十八分讲起。就在这一刹那间，季普只觉得有一种奇怪的痒痒感，痒在脚上，也不是皮肤痒，是里面痒。

十八时三十九分，季普感到被一股莫名其妙的力量吸引住，无法抗拒。他从沙发上飞起来，像即将发射到太空的火箭那样在半空中颤动了一阵，接着飞过房间，头朝下栽到电视机里面去了。

接着他不得不躲到一块岩石后面，避开印第安人从四面八方一簇簇射来的箭。许许多多印第安人吹着口哨，从各处奔过来。接着季普从他这个新瞭望点吃惊地朝自己的房间看，看他坐过的空沙发、他那双脱下来的皮鞋、坐着弗利普的沙发。

只听见弗利普从他那张沙发上惊叫：

"怪哉，真怪哉！你可是怎么进去的？连玻璃也没撞破。"

"我自己也不知道是怎么进去的，弗利普。"

"可你这会儿是在电视机里面了，就像印第安酋长白羽毛一样。你是从哪儿钻进去的？"

"我自己也不知道是从哪儿穿过来的。"

"怪哉，怪哉，真怪哉！不过请你得往旁边挪一挪，别挡着，我看不见了。"

"我怎么能挪呢，弗利普？那么多的箭射过来。"

"你简直是个头号胆小鬼，你挡在那里，我现在什么也看不见了！"

这时候，那些"好的"印第安人毫不理会季普，只管去打退那些"坏的"印第安人的进攻。白羽毛酋长的那个印第安部落照例又战胜了他们的敌人，像每星期五要重复一次的那样，场面动得飞快。季普一下子已经不是在岩石后面，而落到了一匹马的蹄下。

"唉哟！"弗利普大叫一声，吓得半死。

可是一点儿危险也没有，因为这匹马是经过很好训练的。

"既然你已经在里面，"这会儿弗利普说，"就请你顺便问一下白羽毛，为

什么那个霹雳云已经两星期一点消息也没有了。"

"可他根本不会意大利语。"

"唔,那你先对他说一声:'唔!'"

"好!"季普说。可是白羽毛忙着别的事,没工夫理他,他给柱子上那个梳黑辫的姑娘松绑。

"唔,唔!"季普胆小地又叫了两声。

"你倒是叫得响一点啊,"弗利普给他打气说,"你害怕了?哼,没说的:一个国家队派……"

"你这米兰队派,你给我坐在沙发上乖乖地别开口。"

"啊,是吗?我只要伸手把电视机一关,你就完蛋了!"

弗利普说着跳下地,也不浪费时间穿鞋,伸出手向开关跑过去。

"别——别——别!"季普有多响叫多响。

"不,我就是要关!"

"妈妈呀,救命啊!"

"出什么事了?"宾达太太从隔壁房里叫。她正在那里熨衣服。

"弗利普要关掉电视机。"

"弗利普,你别淘气。"妈妈还是那么镇静地说。

"可他自己跳到电视机里去了。"

"季普,你别淘气,"妈妈说,只管熨她的衣服,"别碰电视机,电视机这玩意儿很精密。"

"什么碰电视机,"弗利普得意地把话说得更明白一些,"他整个人钻到电视机里面去了!光剩下他的皮鞋。"

"我已经跟你们说过多少回,"宾达太太吩咐他们说,"不可以光着脚在屋子里走路。"

"弗利普也光着脚没穿鞋。"季普回敬说。

宾达太太断定,这会儿她得出来干涉了。她叹了口气,放下熨斗,走进餐厅。

"季季季季普!"

"妈妈!"

"你又想出什么鬼主意来了,我的宝贝孩子?"

"我跟你说实话,这一点儿也不怪我,"季普哭着解释说,"我本来好端端地坐在那里……你瞧。"他指指空着的那张沙发,像是叫它作证。

"你爸爸会怎么说啊?"宾达太太叹了口气,跌坐在沙发上。

正在这时候,埃玛老姨妈走进房间来。她刚才上隔壁人家打牌去了。

"我看到什么啦!"她惊叫一声,用责怪的眼光看了看宾达太太,宾达太太是她的妹妹,"你竟让你的孩子玩这样危险的游戏?"

他们三言两语地向埃玛姨妈讲了事情的经过,可埃玛姨妈一句也不相信。

"对了,对了,什么'魔力'不'魔力'的。随你们怎么给我讲,可我心中有数,这小少爷只是想躲到电视机里去不让他爸爸揍。今天晚上他不是正好要给他爸爸看成绩报告单吗,那上面算术不及格?现在来试试看捉住他,在他尾巴上撒上点盐!① 不能让他溜掉不受罚。我马上打电话给修理电视机的老师傅。"

老师傅听完埃玛姨妈说他负有责任的长篇大论,吓得发誓说过十分钟就来。

正在这时候,电视机里的红种人已经客气大方地把音像都让给了一位美貌的小姐,她开始向大家介绍不用橄榄油做色拉的妙法。

"她说了都有一百遍,烦死了!"弗利普生气地说。他决定去画他的图画,他在桌子上铺开一张白色图画纸,放好水彩颜色和一碟水,拿来他的画笔,外加季普的画笔。

"妈妈,他拿了我的画笔。"季普马上告状,从他陷进去的色拉里探出头来。

"弗利普,放下你哥哥的东西。"

弗利普根本把这话当作耳边风。他就用季普的那支画笔涂出了一大片美丽悦目的蓝色。

季普在屏幕上哇哇大叫,大发脾气,暴跳如雷。可是他毫无办法把手伸出来赏他弟弟一个后脑拐。这样束手无策,更使他气上加气了。

季普就这么哇哇大叫。弗利普也哇哇大叫,为的是好不听见季普哇哇大叫。妈妈和埃玛姨妈也哇哇大叫,为的是叫他们不要哇哇大叫。

正在吵闹得不可开交的时候,会计焦尔达诺·宾达先生从他工作的银行回家,走进房间来。爸爸来了,一家之主来了。

"这样跟我见面问好倒也热闹。"他说。

———————

① 西方传说鬼有尾巴,在上面撒上点盐就能把鬼捉住。

"噢，别生气，"宾达太太赶紧对宾达先生说，"修理电器的老师傅马上就来了。"

"哼，要是他也来这么哇哇叫，那么消防队也要来了。倒是请问他来干什么？洗衣机又坏了吗？"

"不，他是为了季普来的。"

"为了季普？我可以打赌，他准又弄坏了我的电动剃须刀，就像上星期一样。不过说到季普，他人躲到哪儿去了？"

"我在这里，爸爸。"季普轻轻地叹了一口气。

会计宾达先生顺着他耳朵听到的声音，向电视机转过身去，一下子愣住了，就像一座会计的塑像。

"现在一点儿办法也没有了，"埃玛姨妈说，"只好原谅他了。到下一季度，咱们季普的成绩报告单分数会好的，算术分数会是全米兰市第一名！"

"成绩报告单？算术？"会计宾达先生脑子里乱糟糟的，什么也弄不明白，咕噜着说。

"我这就把成绩报告单拿来给你，你在上面签个字，季普就会乖乖地从电视机里出来，咱们也就可以坐下来吃晚饭了。"

好心的埃玛姨妈果断地向桌子抽屉走去，要爸爸签字的成绩报告单就放在那里面，好让它变软一点，叫总司令吃得下去。

"让它去吧，让它去吧，"宾达先生说，"问题看来不在于坏分数，而在于一种可怕的病！正好昨天有一个叫罗大里的在报上写了一篇文章，谈到了这种病，说有一位律师，一位知名的大律师，律师中的大好佬，他就得了这种病。这位律师看电视看得入了迷，把家庭、事业、健康什么的都忘得一干二净。在他的生活中只剩下电视机。他整天整天地坐在电视机前，一个节目也不肯放过。到什么节目也没有了，他还是把电视机开着，只等屏幕上重新出现一位电视广播员。他什么节目都看：滑稽、电影、开会、新闻、广告、识字课、伊特鲁里亚①古墓——有什么看什么，跟季普和弗利普一模一样。这当然是一种病。"

"后来怎么样了？"

"最后那位律师就这样进了电视机，在里面呆了整整三天。你们倒想想

---

① 古意大利地区名，相当于今天的托斯卡纳。

看，他是怎么接待来访者的，太惨了：光穿着衬衫，也不穿上衣，甚至没结领带，下身穿着背带裤。"

"那他又是怎么从电视机里出来的呢？"

会计宾达先生张口正要回答，可显然一下子有了个主意，立即跑到前厅，冲到外面走廊，敲响对门普罗斯佩里律师的房门。（当然，这是另外一位律师，不是生电视病的那一位，在意大利，律师多如牛毛。）

"晚上好，宾达会计先生。我能为您效什么劳吗？请进请进！"

"我说，请把您的电视机借给我用十分钟可以吗？"

"现在就借？可电视新闻节目这就要开始了，这个节目我可不想错过。为什么不这么办呢，要是您的电视机坏了，您就上我家来看吧。"

会计宾达先生三言两语告诉他是怎么回事，补充说："报上介绍了一个医好这种病的办法。得在呆着病人的电视机对面再放一架电视机。病人的注意力马上被对面的电视机吸引住，要从这一架电视机跳到对面那架电视机里去。这时候就得抓紧时机，在他飞过去还没到的时候同时把两架电视机关掉。这样戏就收场了，电视机的吸力消失，病人重新回到地上。当然，得在地上预先铺好地毯，别让病人摔伤了。我刚才讲的那位律师就是用这个办法得救的，不过落在地板上时头上摔出了三个大疙瘩。但也没什么，十二天就给医好了。"

普罗斯佩里律师耐心地听完邻居讲的事，很想亲眼见见季普。季普看见他时，从电视机里很不好意思地向他问好。普罗斯佩里律师说愿意帮助季普脱险，不过先得等他把电视新闻节目看完。

"要知道，这是我今天晚上唯一感兴趣的节目。"他解释说。

可惜的是，看完电视新闻节目以后电视机还不能关，因为普罗斯佩里律师的几个孩子闹翻了天：他们一定要看《旋转木马》广告节目。怎么也没法劝得他们不看。可怜的季普在他那个苦恼的处境下只好熬过这个《旋转木马》节目。起先他总算没让一大管牙膏把牙膏挤到自己身上，可还是落到了一大桶肥皂水里。接着他被一股浓云似的滑石粉裹住，眼睛鼻子全都洒满了，他拼命咳嗽，两眼流泪。接着一些奇怪的漆在他的羊毛套衫上留下了洗不掉的渍，埃玛姨妈吓坏了，可弗利普还残酷地嘻嘻笑起来。最后，一支新型的圆珠笔在他的鼻子底下描上两撇很浓的小胡子。等到季普想改善处境，抓住广告上的一块软干酪，馋得就把它往嘴里塞，可还没来得及眨眼，在他嘴里的已经不是干酪，而是难吃的风湿药膏。

等到《旋转木马》广告节目结束，普罗斯佩里律师把电视机捧到宾达先生家来了，可同时说："拳击比赛正好开始。是欧洲电视台播放的……你们明白，这是我唯一真正感兴趣的节目。"

这个新的电视机给放到宾达家的电视机对面。季普在自己的电视机里正用手帕擦着跟广告斗法失败所流下的眼泪。埃玛姨妈在两个电视机之间放下一张接一张的地毯，让季普摔下来时不至于摔得太厉害。行动开始了。

"注意，"会计宾达先生说，"我一发出信号，你们就把两个电视机同时关上。可得记住：把两个电视机同时关上！"接着他向电视机里的儿子转过脸去，补充一句，"季普，现在尽力留神地看着普罗斯佩里律师的那个电视机。"

季普差不多就在这时候，又感到那股使他开始进行历险的奇怪魔力。一转眼他已经像支即将发射的火箭一样，浑身颤动，接着像颗出膛子弹似的飞出电视机，以超音速的速度飞过房间。

可惜会计宾达先生让这景象惊得目瞪口呆，连发信号都忘记了。季普于是一直飞进普罗斯佩里律师的电视机……不见了。

"季普！季普！你在哪儿？你听见我们的声音吗？"

两个电视机屏幕上都是两个拳击家你一拳我一拳地打来打去，一拳又一拳，数也数不清。可季普连影子也没有。

"快，咱们来看看第二频道！"

可是在宾达先生的这个电视机的第二频道里，在普罗斯佩里律师的那个电视机的第二频道里都没有季普。

这时候门铃滴令令响起来。修电视机的老师傅像五月玫瑰花那样笑嘻嘻地来了："有什么事？"

是吃人事件吗？

在瑞典首都斯德哥尔摩的隆德奎斯特医院里，院长隆德奎斯特教授正用一个新发明的仪器在检查一个病人。这个病人名叫斯科格兰德，是一位木材商人，他疑心自己患胃溃疡。隆德奎斯特教授用的新仪器主要是一条细管子，它一直通进斯科格兰德先生的食道，不过这还不算什么，因为医生通常都有办法把几乎各种东西通到病人的胃里，用蓖麻油就更不必说了。应该告诉诸位的是，这管子的头上有一个微型电视摄像机，只比针头大一点。管子里有一些电丝，从管子的这一头通到斯科格兰德先生身体外面，这里电视机开着。

"都准备好了吗？"隆德奎斯特教授问他的助手和两位护士小姐。

"好了，"三个人简短地回答了一声，他们说的都是瑞典语。

斯科格兰德先生也说了一声"好了"，其实他完全可以躺着一声不吭，因为病人一躺到手术台上，他的意见是完全不算数的。

"那好，咱们开始！"隆德奎斯特教授说。他吩咐木材商人吞下带摄像机的细管子，按动一些按钮，忍住了计划中没有的一个喷嚏，这时电视机屏幕上已经出现了斯科格兰德先生那放得很大很大的胃部。

"噢！"两位护士小姐说。（她们当然是用瑞典语说，不过这声"噢"她们也可以用意大利语或者中国话来说，因为在世界上所有的语言里，这声"噢"都是一样的。）

"斯科格兰德先生，请您安静地躺着，"教授说，"现在您只管想您那些桦木和杨木的价钱好了，您就想想您所要交纳的税款吧。用电视摄像机观察您的胃不会多于十分钟。我们这就来检查您的这个所谓消化加工厂。小姐，请把电视机开得亮一些，让斯科格兰德先生的胃部照得更清楚点。这样很好。现在咱们来看。"

四双眼睛忽然同时抖动八对睫毛。

"至高无上的天神啊！"助手叫道。

两位护士小姐只说出一声："噢！"

连隆德奎斯特教授本人也生气地大叫："这可是吃人嘛！"

在电视机屏幕上可以清楚看到，在斯科格兰德先生的胃部中央坐着詹皮耶罗·宾达，或者简单地叫做季普，他因为没事可做，正在用一个手指头挖鼻孔消磨时间。他一发现有人看着他，就很有教养地站起来，鞠了一个躬。

"斯科格兰德先生，"隆德奎斯特教授继续叫道，"您对我们隐瞒了您这病的真正原因！您真以为您可以悄悄地吞下一个孩子，把他消化掉而不留下任何痕迹吗？现在这里证实了您的罪行。真可耻！您根本不是一个胃溃疡病人，您是个吃人者。"

斯科格兰德先生的胃里放着电视摄像机，他当然没办法为自己辩护。再说他也没看到屏幕，根本就不明白为什么会这样可怕地骂他。

"吃人者！"隆德奎斯特教授再骂一遍，继续说下去，"已经是二十世纪，殖民地人民都争取到独立和文明了，木材商人竟吃人。"

"教授，"一个护士小姐悄悄地说，"那孩子好像要说话……您看，他不是在给咱们做手势吗？也许他还活着。"

"可怜的孩子，他连鞋子都没穿。"另一位护士小姐注意到了。

"还算好，让他穿着一双袜子。"助手说着，狠狠地看看斯科格兰德先生。

　　隆德奎斯特教授请大家静一下，把季普从头到脚，说得准确点是到袜子，仔细地观察了一遍。

　　"你觉得怎么样？"隆德奎斯特教授问他。

　　"奎克·普里克·呱克·马拉马克，"

　　"多么奇怪的语言！"隆德奎斯特教授说。

　　（说明：季普实际上是用意大利语回答："我听不懂。"可隆德奎斯特教授不懂意大利语，所以他听起来只是些滑稽的声音。相反，要是换了咱们是季普，一句瑞典语也不懂，那么上面所讲的事情就要重新写过，因为当教授、他的助手和护士们讲话的时候，季普听起来也只是："奎克·普里克·呱克·马拉马克，佩佩里科克！"因此他也会想："多么奇怪的语言！"）

　　幸亏有位护士小姐懂意大利语——她到意大利北部的里乔内度过假——因此能够翻译出来。

　　"你觉得怎么样？"隆德奎斯特教授问。

　　"很好。谢谢。"季普回答说。

　　"他对你很坏吗？"

　　"你说谁呀？"

　　"见鬼，斯科格兰德先生呗。"

　　"说实在话，我不认识这个人。"

　　"那你现在在他的肚子里干什么？我像你那么小的时候，从来没有钻到陌生人的肚子里去过，何况是外国人的肚子。"

　　"我对您发誓，我是无辜的，不关我的事！"

　　"不关你的事，不关斯科格兰德先生的事，不关大家的事。那么怪谁呢？难道是怪我吗？怪瑞典国王吗？怪骑兵队吗？"

　　"您瞧，我……"

　　"够了，你就留在原地别动，咱们来看看有什么办法把你救出来。"

　　教授一直在咕噜个不停，小心地把电视机细管子从斯科格兰德先生的胃里拔出来，斯科格兰德先生最后可以开口问了：

　　"当真很严重吗？"

　　"严重到极点了。"

　　"我想我今天就得住院动手术吧。"

　　"也许您要住的不是医院而是监狱。你可不能带衣服一起吞下一个八岁的孩子，事后又来找外科医生，请他像拔掉手指上的刺那样把这孩子拔出来，

接着太太平平地回家去，像个没事人那样批发和零售木材。"

"对不起，您说的是个什么孩子？"

"说的就是这个。"隆德奎斯特教授用一个手指戳戳病人的胃部，很凶地说。

"可我在这儿，"季普叫道，"我一直在这儿。"

教授、他的助手、两位护士小姐和斯科格兰德先生同时向电视机转过脸去，看着季普在很亮的长方形屏幕上乱跳。

"这么说，你刚才不是在斯科格兰德先生的胃里，"隆德奎斯特教授叫起来，"这么说，你是个最普通的干扰的东西！"

"我不是个东西，是个人。我叫詹皮耶罗·宾达，住在米兰市，落到电视机里了……"

"可这是我的电视机！"隆德奎斯特教授叫道，"我们这儿是瑞典首都。你没权利打搅我的工作。这是破坏活动。这甚至说不定是间谍活动。"

谁知道他还要给季普乱蓬蓬的头上扣上多少大帽子。可就在这时候，电流不知怎么的关了，电视机熄灭了。等到电流回来，电视机重新亮起，屏幕上白净得像一片雪野。既没有季普的影子，也没有一个斑点，甚至没有竖的横的道道。

就这样，斯科格兰德先生始终没弄明白隆德奎斯特教授为什么把他叫做吃人者，摇着头走了。隆德奎斯特教授却气得连诊费也忘了问他收。

搜索小偷

这时在德国莱茵河边一座古堡的地下室里，有两位尊敬的先生坐着在下棋，不时抬头看看一个电视机，它的屏幕上闪现着一个衣架的图像，衣架上挂满了大衣。

屏幕上的图像固定不变，像是电视节目休息时放出来的画片。不过说实在的，幕间休息时放的画片通常是一些美丽的风景，上面有羊，喷泉，伊特鲁里亚古墓，可这儿怎么就是个衣架呢？

有必要给诸位说明一下，情况是这样的：

1，两位下棋的先生不是别人，一位是巴姆施泰特市（也许是达姆施塔特市？）的图书馆馆长西尔维乌斯·利奥波德·林肯拜因，一位是该市的警察局局长、侦缉长格奥尔格·威廉·弗里德里希·雷希滕拜因，这是两位高贵的名流，一般说来，爱电视还不及爱整脚的啤酒。

2，这座德国古堡是一座图书馆，林肯拜因就是它的著名馆长。

3，屏幕上出现的是图书馆里有衣架的前厅。

4，在这前厅里，墙上一个画框后面藏着一个小小的电视摄像机，它把这里发生的一切情况录下来，同时把图像传送到地下室去供林肯拜因和雷希滕拜因两人观看。

5，这里之所以装上这套巧妙的观察系统，目的是要侦破……

等一等，就在这时候，一个小伙子从左边进入电视机屏幕。他脱下大衣挂在其他大衣旁边，接着向右边走去了。

"又不是的。"林肯拜因博士教授说。

"不是的又。"侦缉长雷希滕拜因把话颠倒了说，诸位知道有时虽然把话颠倒了一下，意思却是不变的。

两位先生重新下起棋来。一只老鼠从一堆旧书后探出头来，可没人理。老鼠很不高兴，走掉了。

这时从电视机屏幕右边走来两位漂亮姑娘，脱下两件皮大衣——就是普通的皮大衣，肯定不是貂皮的。她们没有一个行动能躲过林肯拜因博士教授和侦缉长雷希滕拜因的眼睛。两位姑娘从电视机屏幕上消失以后，林肯拜因教授说：

"两个可爱的姑娘。"

"可爱极了，"侦缉长雷希滕拜因同意说，"不过跟咱们的事没一丁点儿关系。"

"跟咱们的事嘛，的确一丁点儿关系也没有。"林肯拜因教授断定说，然后没大把握地走炮。

就在这时候，季普在电视机屏幕上出现了，两位下棋的先生马上停止下棋。

"口！"林肯拜因教授说，"一个小男孩。"

"真有趣，"侦缉长雷希滕拜因说，"看见没有？他脱掉了皮鞋你是怎么看的，大教授？"

"这线索极其重要，"林肯拜因教授懂得他的意思，"也许咱们终于能抓到那个小偷了。已经有十五天，他每天晚上把别人大衣的口袋掏得干干净净，然后像个没事人那样离开了我们这闻名的图书馆。这图书馆可是咱们这城市几个世纪以来的骄傲……"

"晚上好！"这时候季普用意大利语说。

林肯拜因教授和侦缉长雷希滕拜因对看了一下。"我很高兴地知道，您竟然会意大利语。"林肯拜因教授对侦缉长雷希滕拜因说。

"承蒙夸奖，"侦缉长雷希滕拜因回答林肯拜因教授说，"可我可以保证，我根本没开过口。"

"请原谅，是我打搅了你们，"季昔从屏幕上插进来说，"你们能不能告诉我，这会儿我是在什么地方吗？我的名字叫詹皮耶罗·宾达，住在米兰市九月街一百七十五号楼十四室……"

两位尊贵的下棋人同时从凳子上站起来，向电视机走过去。"你站在那里别动。"侦缉长雷希滕拜因对季普大叫一声。他一按铃，屏幕上马上出现两名穿制服的警察。他们躲在隔壁房间里，现在跳出来要把贼捉住，可是他们看看左边看看右边，看看上面看看下面，再看看大衣后面，看看互相的鼻子，站在那里目瞪口呆。

"你们这两个蠢驴！"侦缉长顿着脚叫起来，"双料的蠢驴，你们头上有十六只耳朵！瞧，他就站在你们的眼前！看看你们尊贵的象鼻子前面吧：小偷就在那里。连躲也不躲你们。"

"您瞧，您弄错了！"季普说。

"别赖。只有小偷才脱掉鞋子，好走起路来不发出响声。"

"可我脱掉皮鞋只是为了别弄脏沙发，坐得舒服点。我上这儿不是自己想来：我给抓住了……""你招认了：你是给我们抓住了。有了进步。"

这时候，那两个警察什么人也没有看见，也听不见他们侦缉长的咒骂，走了，一路走一路上还叽哩咕噜地骂出种种在这里不宜写下的话来。

侦缉长雷希滕拜因紧追着说："你说，是谁教你偷东西的，你把你偷来的东西藏到哪里了。你的爸爸妈妈还一定得替你付特殊电视装置费，因为我们在这里装上这些东西，就是为了当场抓住你。"

季普一听爸爸妈妈，一阵难过，大哭起来。

"他哭了！"侦缉队长雷希滕拜因得意洋洋地大叫，"就是说，他承认了。"

可是林肯拜因教授不这么看："等一等，尊敬的侦缉长。小偷只能是图书馆的读者，对吗？可我完全可以断定，我从来没在这里见过这孩子。我自己在家里也是个爸爸，也是个爷爷，对孩子们有点理解：我说不清楚这孩子为什么不穿皮鞋，可我觉得他的脸，尊敬的先生，他的脸怎么也不像会犯偷盗的人。"他又转脸问季普，"你告诉我，你现在在什么地方？"

"这件事正是我最想知道的。依我看，我是在电视机里。"

"难道你不是在前厅里吗？你没看见衣架上挂着的大衣吗？"

"看见了，不过是电视大衣，假使可以这样说的话，我不知道该怎么解释：它们只是些图像，不是真的大衣。我可是在屏幕上啊，你们明白吗？"

"您瞧，"林肯拜因教授转脸对雷希滕拜因说，"这孩子清白得像水。准是搭线了，电线出了毛病……"

西尔维乌斯·利奥波德·林肯拜因博士教授还想说下去，说出另一些可能原因，可一下子住了口。电视机屏幕上出现了一个很神气的中年的先生，灰头发，穿着大衣，戴着帽子，眼睛骨溜溜地朝两边小心翼翼地望了两次就动手很快地搜别人大衣的口袋，把要的东西全放到他自己的口袋里。

这一回侦缉长雷希滕拜因不再说话错过时间了。他按按电铃，两个警察马上从他们藏身的地方跳出来。那个贼想溜，可终于在四点，哦，四点零八分，四点十二分，四点十六分被抓住了（请诸位原谅，数目字写得长了些，因为他对警察进行了一点顽抗）。

最后电视机屏幕上只剩下对发生的事情无动于衷的大衣和小季普。林肯拜因博士教授和侦缉长雷希滕拜因走到屏幕前，很窘地搔着他们尊贵的秃顶。

"这么说，你是从米兰市来的，"林肯拜因教授开口说，"这是个美丽的城市：大教堂，万神殿，达·芬奇的名画《最后的晚餐》。我都知道，我都知道。"

"可您不知道我的爸爸，"季普叫道，"他宁愿相信埃玛姨妈的话。埃玛姨妈硬说我离开家只因为不敢给爸爸看成绩报告单。您知道我算术不及格。"

"太可怕了。二十世纪，而且连机器都会计算了！你觉得这功课很难，对吗？我想是因为除法。"

"不，"季普说，"难的是度量衡表。我老把百升和百米混在一起。我总记不住用什么来量旅店主人买的酒，用什么来量从巴里到巴列塔的路。"

"太可怕了，太可怕了，"林肯拜因博士教授用意大利语说，又用德语加了句，"施雷克利希！"意思一样。

侦缉长雷希滕拜因认为这件事很可惋惜，也很为这个不聪明的孩子对度量衡发生困难感到难过，觉得逼着孩子们替旅店主人计算是不公平的，何况旅店主人本人不在场。最后林肯拜因教授和侦缉长雷希滕拜因忘记了祝贺捉到罪犯这件事，开始给季普讲解容量和重量，同时在侦缉长的本子上写上多少等于多少。到了他们要把分米转为米的时候，又争又吵，根本把季普给

忘了。

争吵了半天，最后他们总算和解。雷希滕拜因和林肯拜因抬起眼睛朝电视机一看，登时愣住不动，像是两尊石膏像（它们的重量该用一百公斤来计算）：季普不见了。

土星人会讲拉丁语？

在接下来的二十四小时里，季普不断地出现在地球最遥远的各个地点。他的图像一会儿在这个电路上，一会儿在那个电路上出现，一会儿在这个电视网里，一会儿在那个电视网里出现，老是安定不下来，像在桌球台上滚来滚去的桌球，总落不到该去的球囊里。

这天清早七点钟，从法国马赛港开出一艘海防舰"梅伦迪纳号"。在船舷上聚集着一大群意大利和法国的电视工作人员和潜水员。船开到预定的地点停下来，他们潜到海底，随身带着特制的电视摄像机，要从一艘古罗马沉船的船舷上播送一个不寻常的电视节目。这艘古船在特拉扬努斯皇帝①时代就沉没在这里，它装运酒和油，还是不久前被一位在水里捉鱼的人发现的。

在"梅伦迪纳号"的驾驶台上，意大利和法国电视中心的技术员们观察着电视屏幕上出现的一切。他们笑着相互一会儿指点一条迅速逃开的大鲱鱼，一会儿指点一条停下来看电视摄像机的双髻鲸，它好像就要挥手说："乔，乔②！"哪怕是最严肃的评论员，当他们知道电视摄像机在给他们拍摄时也要这样做的。

这时候屏幕上出现了那艘沉船。差不多两千年来，海浪轻轻地抚摸它，把它保护在海底，隐藏着它，不让好奇的后人发现。可是它的安静生活被穿着潜水服显得又胖又慢腾腾的潜水员们打破了。他们穿过一个大破口钻进神秘的船舱，里面排列着成百个双耳瓶，它们本来也许是在古罗马皇帝的酒窖里。忽然之间，屏幕上出现了季普的脸，随着水的波动有点儿微微发抖。在"梅伦迪纳号"的船舷上，叫声像放爆竹似的响起来：

"大家看，一个淹死的人！"

"是个孩子！"

———————————

① 特拉扬努斯（公元52—117），亦译图拉真，古罗马皇帝，在位期间是公元98—117年。

② 意大利语，意思是"你好，你好！"

"淹死的人不会那么快活。"

"这也许是美人鱼的儿子。"

"不对，如果是美人鱼的儿子，他就该有鱼尾巴，也不该穿袜子了。"

可就像现时一样突然，季普不见了。随后潜水员们重新露出水面时，发誓说他们在水底下只看到鱼和覆盖着贝壳的罗马时代的旧陶器碎片。

八点钟，在埃及的苏伊士运河上，这正是航运最繁忙的时刻。各种船只开过狭窄的运河，正像地图上说的，它连接着地中海和红海。所有船只通过运河都要服从运河口调度台的指挥。从调度台可以一眼看到整条运河，包括它的长和宽。这是通过设在岸上各个点的无数电视摄像机做到的。

八点多一点儿，负责的领港员阿赫梅德觉得在一个屏幕上看到了一个奇怪的现象。一转眼，他在一艘希腊船"奥纳西斯号"的船舷上看到一个十分好奇和鬼头鬼脑的小男孩转来转去，可这会儿这小男孩又莫名其妙地出现在荷兰油铅"斯宾诺莎号"上。从那里，他毫无困难地又转到一艘装着许多牛的大驳船上了。

"不可能，"阿赫梅德擦着眼睛说，"他绝不可能像个海盗似的从一艘船跳到另一艘船上。这是禁止的！"

季普的图像在屏幕上还保持了一会儿，在属于一位阿拉伯苏丹的极其华丽的游艇的船帆间摇晃了一阵，接着消失了。阿赫梅德马上给酒吧打电话，要了一杯浓咖啡。"准是我昨天夜里睡得太少，因此大白天张开眼睛做梦了。"这位埃及领港员断定说。

在南斯拉夫，一位看林人坐在他那间小木屋里的沙发上，对着生起火的小壁炉和开着的电视机，安静地在抽着烟斗。他的任务是监视很大一个林区，一发现哪怕一点最小的火灾苗子就马上报警。可是第一，正月里森林难得会失火。第二，特殊装置可以让他抽着烟斗，通过电视机观察他的林子，他根本不必离开他的小木屋。

看林人抽着烟斗，准是微微地睡着了，当他发现有整整两分钟由一个小男孩代替他监视着的时候，他惊讶得把嘴里的烟斗拔出来，飘过一缕烟。这个好人可不以为看到了什么林中妖精，因为他一点儿也不再相信童话里讲的事了，不过他还是觉得必须喝一大杯梅子白兰地酒。而就在这一转眼间，季普的图像从电视机屏幕上消失了，甚至连招呼也没有打。

季普还出现在许多地方：高炉的熊熊烈火里，一个煤矿的坑道里，一个监狱的走廊里，一家银行的保险箱里。他从电视的普通线路跳到特殊线路，

骚扰了苏联电视台播送的喜剧、丹麦电视台播送的音乐会、加拿大的电视采访节目。在美国，他在一张桌子上跳舞，而在桌子周围有五位专家正在讨论捐税问题。在中国，他参加了杂技表演。

到了夜里，英国焦德雷尔班克天文台的天文学家们把电子望远镜对准土星，打开电视机，要看那奇妙的星球及其光环很好地放大了和显示出来的形象。可是跑到土星光环上闲逛溜达的不是詹皮耶罗·宾达，即季普，又能是什么人呢？可是天文学家们不知道这件事，因此他们竟然一下子断定他们这是发现了人类眼睛还没有见过的第一个外星人。可这时候季普说："萨尔维！"①

"好极了！"摩根博士叫道，"一个土星人会说拉丁语！"

西塞罗②的一个美丽句子已经在他的舌尖上打转，他本想用它来作为回答，可是季普消失了。摩根博士叹了口气："准又是波因特博士爱干的恶作剧。"

为了不示弱，他拿起电话听筒，打电话通知波因特博士，说晚上邀请他到纳尔逊③海军上将家赴晚宴，他必须穿上夜礼服，装上小胡子。

一个孩子价值三个人造地球卫星

在宾达先生家里，季普失踪后一刻钟，同时来了两个人，一位是电视机公司的代表，一位是警察局的侦缉长，他们奉命来对这个非常事件进行初步调查。他们来时，宾达太太正眼泪汪汪，弗利普在一张沙发上睡着了，埃玛姨妈抱着一卷地毯，宾达先生正跟普罗斯佩里律师在热烈争论，因为普罗斯佩里先生要把他的电视机这就拿回家。

"难道您不明白吗，"会计宾达先生向他解释，"季普随时可能回来，咱们可不知道他会在两个电视机中的哪一个出现？"

"要是他又出现在我这个电视机上，我马上就通知您，"律师保证说，"不过这不大可能。今天的电视节目里没有您的季普，您也看过电视节目表了吧？欧洲电视台的节目马上要讨论怎么在汤里放香芹菜，就这个节目我非看不可：

---

① 意大利语，意思是："你们好！"拉丁语相同。

② 西塞罗（公元前106—公元前43），古罗马演说家，修辞学家、政治活动家。他当时用的是拉丁语。

③ 纳尔逊（1758—1805），英国海军大将，因打败拿破仑的舰队而闻名。

我要一面听面记下点什么。"

"不过您也可以在我们这儿看：瞧，这张沙发我觉得坐着够舒服的。"

"不行啊，先生。我的沙发要舒服得多，它是蒙黑皮的。再说我那边还有小凳子搁脚。而且——我不知道您怎么样——我打算睡觉了。"

"您一准还要把电视机关掉。"

"那还用说。"

"这可不行。电视机得开着等季普回来。"

"开一通宵吗？"

"需要的话就开一通宵。我们在电视机旁边轮流值班。"

"对不起！这样显像管准得完蛋。不行，不行，怎么也不行。我要把我的电视机拿回家。"

这时候侦缉长天真地插进来说宾达先生有理，普罗斯佩里律师于是只好偃旗息鼓地收兵。不过他临走时提出口头强烈抗议。

电视机公司的代表和侦缉长最后要开始调查，可是还没开始就马上结束了，因为他们两个都不知道该打哪儿着手。他们都认为这件事是前所未有、极不寻常，而且是无法理解的。

"不过类似的电视事件不久前已经有过一起，"会计宾达先生坚持说，"我看过一篇文章，是个叫什么罗大里的人写的。他说这是一种病。医生们甚至给这种病定了一个名称。要是我没记错的话，它叫电视病。"

"这是造谣，亲爱的宾达先生。这是报上造谣，胡说八道。新闻记者为了摆噱头，什么东西都说得出来。"

侦缉长证实公司代表的这一重要看法，说有一个新闻记者怎样绘声绘色地描述比萨斜塔被盗走了。

"你们知道吗？亏他想得出来，说这个斜塔给人盗走了，拆成一块一块地盗走了，是一个匪帮盗走的，这个匪帮专门从事历史遗迹的盗窃活动。整个意大利一片哗然。可是不难证明这个报道是假的，是造谣中伤，只要给公众看一张简单的照片就行，从中可以看到比萨斜塔一直在它的老地方。不过谣言还在流传，而且不惜对警察局进行攻击，骂警察吃饱饭是干什么的。"

侦缉长念了那么长的苦经，埃玛姨妈已经把一叠地毯铺在几个房间里了。她回头向四面看看，决定担负起指挥任务：她吩咐宾达太太马上把弗利普抱上床，要会计宾达先生把热水袋捂在肚子上让害怕早点过去，再劝客人们随意喝点她做的酒。接着她拿起铅笔和纸给大家排在电视机旁边值夜班的名单。

欧洲电视台的节目早已结束，关于香芹菜的争论也完了，一位漂亮的广播小姐向全体观众道过晚安，可季普一直没在屏幕上重新露过脸。

第二天早晨，热心的看门人抱来一大叠报纸。报上的头版都是骇人听闻的大字标题：

屏幕会把它吞下去的孩子吐出来吗？
电视机吞吃了一名八岁男孩。
第一频道的骇人罪行！
季普，回到你家的天线上来吧！
电视匪帮威胁全市！

文章本身写得比标题更可怕。各篇写的都两样。季普有时被说成是"金发小天使"，有时被说成是"专门按邻居门铃不让人清静的小捣蛋"。有一份报说普罗斯佩里律师准知道些什么。因为犯罪的那个电视机正是他的。按另一份报的说法，季普在电视机里失踪这件事纯属警察局的虚构：季普实际上是被外星军队劫走了，他们可能是火星人，火星人危险之至，因为他们都是些隐身人。

"隐身人！"埃玛姨妈咕噜了一声，把报纸团起来扔进了垃圾箱，"我恨不得所有这些记者都变成隐身人。"

晚报又登载了许多关于季普的耸人听闻的消息。这些"伪造消息"太明显了：找不到有两份报所报道的东西是一样的。一份报断定季普曾在瑞典出现，一份报说他在荷兰，一份报提到他在苏伊士运河。

"去他们的苏伊士运河吧，这些家伙。"埃玛姨妈大叫，"必须禁止这些新闻记者胡说八道！"

在电视机旁又值了一夜班，看门人又送来一大叠早晨报纸，埃玛姨妈当着他面砰地关上了门。

"这种胡编乱造的东西我看够了。"她叫着说，"我要让这家里一张报纸也不进门，包括卖水果的用来包草莓的报纸。"

"等一等，请等一等，"看门的在外面叫起来，"可您不知道这新消息吧？"

"我什么新消息都不想知道。您走吧，走吧！"

"这报上全写着。他们找您家的季普借助一种东西，这里写着，它叫什么

来着？……"

"我怎么知道它叫什么？"

"亲爱的女士，这个字太难念了，我念不出来，这东西好像烟火，不过不是火。您还是把报拿去读读吧。费您什么呢？上面全写着，倒是大有希望。"

埃玛姨妈小心翼翼地拿起那叠报，好像它这就要烧起来似的。她把报送去给会计宾达先生，宾达先生正在电视机旁边值班，值完班要去上班。

弗利普马上抢过一份报，不过他只是为了在报上找他认识的字。

"一！这里有个'一'字，"弗利普得意地大叫，"这里有个'一'字。"

总而言之，报上写的是这么篇东西。

有一位年轻的日本科学家山中教授，对这个特异现象进行了思考，得出了一个不寻常的结论，说季普进了电视机以后变成电波，如今正以光的速度在太空中漫游。这电波一秒钟可以绕地球七圈以上，比加加林、季托夫、格伦和卡彭特①的宇宙飞船还快得多。

地球各个角落的电视网、电视台甚至电视机都可以不时收到这"季普电波"。

"那么，尊敬的山中教授，为什么'季普电波'首先出现在隆德奎斯特教授的别针头电视机上呢？"

"也许是因为这天晚上全欧洲的电视广播都结束了，就只有他的一架别针头电视机开着。"

我要指出，这一点儿也不错：隆德奎斯特教授喜欢夜间工作。

"非常可敬的'季普电波'，"山中教授笑着说下去，"会利用电视的种种用途，而广大群众一般都不懂。"

"那么有可能截获'季普电波'，用什么办法使季普这孩子回到地球上来吗？"

"有这个可能。这就需要整个地球的所有电视台合作，播送同一个节目：这样'季普电波'就不得不显现出来。然后事情就会一一解决了。"

"整个地球的电视机播送同一个节目？"

"对了，要做到这一点，正如科学家们都知道的，自然必须放出三个人造地球卫星。"

_____

① 这几位都是著名的宇宙飞行员，前两位是苏联人，后两位是美国人。

"什么？为一个孩子放三个人造地球卫星？"

"三个人造地球卫星，三个。一个孩子的价值难道抵不上三个人造地球卫星，甚至三百个人造地球卫星，或者三千亿个宇宙火箭吗？"

"加里波第一号"、"伽利略号"和"季普号"

当天罗马时间十三时缺五秒，意大利撒丁岛发射场正准备发射意大利有史以来的第一个人造地球卫星。这个卫星叫"加里波第一号"，原定是为了完全不同的试验目的发射的，但政府毫不犹豫地作出决定，为了记者所谓的"季普行动"而把它发射出去。这时候在发射场指挥台上，诺切拉教授把手放在发射按钮上，对着扬声器用意大利语倒数着：

"钦奎（五）……夸特罗（四）……特雷（三）……杜埃（二）……"

这时候在莫斯科是十五时缺五秒。在苏联首都附近的发射场上已经作好准备要发射一个人造地球卫星。苏联政府指定这个人造卫星供"季普行动"之用，把它命名为"伽利路号"。这时候在发射场的指挥台上，马克西姆·彼特罗夫教授也把手放在发射按钮上，对着扬声器用俄语倒数着：

"皮亚奇（五）……切退列（四）……特里（三）……德瓦（二）……"

这时候在美国的卡纳维拉尔角，时钟正好指着清晨六时缺五秒。在这里准备按按钮的是布朗教授。美国政府为拯救孩子而发射的这个人造地球卫星就用孩子的快活名字命名，同时是为了讨个吉兆，把它叫做"季普号"。布朗教授对着扬声器用英语倒数，意思是一样的：

"法伊夫（五）……佛儿（四）……思里（三）……土（二）……"

按钮一揿，"加里波第一号"、"伽利略号"和"季普号"这三个人造卫星同时发射进入宇宙，要进入距离准确地计算好了的轨道。

少说也有一亿人坐在他们的电视机前静听广播员激动的声音，他们用世界千百种语言报道"季普行动"的种种情况。有许多人为了知道这件事，甚至在深夜里跑出来，因为诸位知道，地球上这一边是白天，而另一边却是黑夜。

"注意，注意。我们要参与一个宇宙电视活动。全球所有的电视台现在联合播送同一个节目。再过几秒钟，三个人造地球卫星的转播台将向全球播出查利·卓别林的图像，它将同时出现在全世界所有的电视机屏幕上：罗马、东京、纽约、莫斯科、亚洲、非洲、澳洲……"

真的，一会儿工夫，全球所有的居民——也就是有电视机的，并且当然是不睡觉的——都在屏幕上看到了查利·卓别林和他那撮像蟋蟀似的跳的著名小胡子。

可是紧接着这图像消失了，屏幕上出现了季普：露出惊奇神情的脸、已经有点皱巴巴的毛衣、短裤、袜子……

"袜子上还有窟窿呢！"埃玛姨妈叫起来，压倒宾达先生家里七嘴八舌的"呜拉""万岁"声。大楼里所有居民都挤到这里来看电视。

"万岁！万万岁！万万万万岁！"弗利普哇哇大叫。

普罗斯佩里律师却用尽力气把大家的视线转移到另一边：

"在我的电视机里季普更清楚，更逼真，更活灵活现。"

"注意，注意，"广播员的声音说，"诺切拉教授现在尝试同詹皮耶罗·宾达通话。"

这位科学家的声音低沉而激动：

"季普，我们已经看到你了。如果你也听到了我们的声音，请你回答。这里是地球，请季普答话。这里是地球，请季普答活。"

等了一下，接着听到：

"您的话我听得很清楚，"很尖的回答声，"我听见了您的声音，但是看不见您。我这里也有电视机，可我在屏幕上只看见我自己的脸。请回答。"

"难道你不在电视机里吗？"

"噢，不在！谢谢，我在电视机里待够了。幸亏我脱身出来了。"

"那你想办法告诉我们你在什么地方。"

"这不大容易。一分钟前我在……也记不起是在摩洛哥还是在芬兰了。现在来看看。现在我在一个小房间里。这里有那个我给您说过的电视机，还有一大堆各式各样的仪器，而且……唉呀！这里还有一只在飞的小猫。它在空中飘，像悬在一个气球上似的。我的妈呀，我也在飞了，就像当初落到电视机里来的时候一样。可现在我怎么也不到那里去了。我好像学会了飞，在天花板上走……"

"季普，"诺切拉教授的声音叫道，"你右边是个舱窗。你向窗外看看，把你看见的东西说一说。"

"妈呀，那是什么东西！我要是没弄错的话，那是地球……瞧它旋转得多快呀。就在我底下是海岛，可惜它们不像在地球仪上那样写着名称，谁知道它们是什么岛啊。你过来，小咪咪，你来看看。不过小咪咪，你叫什么呀？"

"它叫加里波第一号。季普，就跟你所在的那个人造地球卫星同名。"

"这么说，我现在是个小宇宙飞行员啦？"

"你是意大利第一个宇宙飞行员。"

"不，第一个也许得数这小猫。我来的时候它已经在这里了。请问我是怎么会到这儿来的？"

"这是由于电磁波的缘故。你原先在人造地球卫星上装的电视机里，后来也许由于宇宙线，你从它里面跳出来，到了人造地球卫星的机舱。"

"电磁波，宇宙线……谁知道这都是些什么玩意儿？看来不仅得学度量衡，还得学会这玩意儿。不过现在我能向我妈妈问声好吗？她能看见我，听见我的话吗？"

"现在整个地球的人都看见你，季普。"

"那太多了。你好，妈妈！你好，爸爸！你好，弗利普！你好，埃玛姨妈！您好，普罗斯佩里先生！"

"瞧这小强盗，"普罗斯佩里律师叫起来，高兴得脸都红了，神气地朝周围的人看，激动得不得了，"他怎么猜到我也在这儿的？"

"我想快点回家，"季普接下去说，"假使要责罚我的话，我马上就请普罗斯佩里律师为我辩护。因为我根本不是想溜走。"

"他想着您就为了这个道理。"埃玛姨妈对普罗斯佩里律师讪笑说。

"注意，季普，"诺切拉教授的声音又响起来，"我们马上就让人造地球卫星进入地球的大气层，把你接回来。它将按照地球的指挥下降。你不用怕，一切会平安无事的。在我们中断接触之前，你对电视观众问声好吧。你有许多不同寻常的观众——美国人，苏联人，意大利人，英国人，德国人，法国人，中国人，非洲人……你说点什么吧。"

季普搔着头，做了个怪脸，接着说：

"你们好，白天好，晚上好。我看不见你们，可是我爱你们每一个人，你们的心全都非常好。现在我要下来了。咪咪，你也说声再见吧，完了，再见。"

可是在同人造地球卫星脱离接触之前，各种各样的人——白种人、黑种人和黄种人，幸福的人和不幸福的人——还有几分钟能微笑着看到在太空里跟小猫在玩的孩子。

千万个记者在打字机上给报社打文章的开头：

"在季普的笑嘻嘻的脸上，"一百个记者中有九十五个在打，"我们已经看

到我们这个古老星球的和平与幸福的希望。"

另外那五个记者也用同样的句子开头，只是把"笑嘻嘻的"换成"乐呵呵的"

"猫妈妈"

一月十九日十五时三十分，罗马简直没有什么人不在自己家里或者咖啡馆里的电视机或者收音机旁边，等着季普重新回到地球上来的消息。在余下的很少很少的人当中，有几个或者忙于自己的事，或者忙于别人的事，在这几个人中同有一位老太太，正走在竞技场附近，手里拿着个手提袋，手提袋里放着一纸袋一纸袋的禽畜内脏、干酪皮、鱼头和厨房里扔掉的东西。

在这整个区里，大家管这位好心老太太叫"猫妈妈"，因为她关心那些栖身在古罗马各广场废墟中的野猫。猫在这里过得很安适，晒晒太阳，用一只眼睛看看游客。这些猫没想过要捉老鼠，因为到时候总有好心的先生和好心的太太带大包小包来喂肥它们，

"不是要下雨吧？""猫妈妈"看见人行道上忽然掠过一朵黑云的影子，心里问自己说。为了看看清楚，她抬头看看天空。是一朵云吗？圣母啊，是一个降落伞！难道又打仗了吗？

一个巨大的桔红色降落伞从蔚蓝的天空冉冉下降。伞下悬着的古怪的宇宙密闭小舱在风中摇晃着。

"不是，不是，"好心的老太太心里明智地说，"要是打仗，降落伞就不仅是一个，而是许许多多，成百成千个了！"

这时候那降落伞正好落到竞技场上来。

"我倒去看看，""猫妈妈"拿定了主意，"我那些小猫等几分钟不要紧。"

她穿过广场，她的旧皮鞋能让她走多快她就走多快，穿过竞技场的一个拱门，来到围着场子的栏杆那儿，为了赶上看到降落伞着陆。它正好落在记入历史教科书里的古罗马皇帝看人兽搏斗的地方。

密封小舱打开，从它里面跳出来一个男孩。

"喂！""猫妈妈"叫他。

"您好，老太太！"季普回答着，兴高采烈地向她跑过来。

"为什么不穿鞋子就随处跑呀？"老太太用责怪的口气问他。

"这儿真的是竞技场吗？"季普没回答她的话，向她说。

"那还用说。小心点，别冲到地下室去了。"

"那有什么，那儿现在没有狮子了。"

"我说，现在怎么让孩子跳起降落伞来了？"

"老太太，您家有电视机吗？"

"没有。"

季普觉得非常可惜。从太空飞回来，整个地球哪儿也不降落，就降落到一位小老太太这儿，可这位老太太一无所知，太糟糕了。

"对不起，亲爱的老太太，我必须通知别人说我到达了，要不然，谁知道大家会找我多久啊！"

季普说着向竞技场出口奔去。

可"猫妈妈"再也不去理会他。

"喵喵喵！"她用很甜的声音轻轻叫道："你上这儿来吧，小猫咪，上你妈妈这儿来吧，来吧。"

原来从密闭小舱里钻出了加里波第一号，科学家在发射前把它放到舱里，为的是研究它在太空中的生活情况。加里波第一号这会儿困惑地东张西望。

"这儿是竞技场啊，小傻猫，罗马最著名的竞技场，一眼就看出来你不是本地的。不过你妈妈这里有东西，你听着，有呱呱叫的东西。"

加里波第一号虽然不是只本地猫，可也有个鼻子：它对好心的老太太的手提袋大感兴趣。

这时候，季普到了出口处，他的希望一下子变成了害怕。只见一大群人向竞技场冲来，因为根据最后消息，宇宙飞行员要在这儿着陆。成千上万人赶来，有用两条腿跑的，有用各种交通工具的，要抢在电视车、摄影师和新闻记者、政府代表、外交使团和市政要人前面赶到。从首都的四面八方响起了震耳欲聋的钟声、汽笛声、排炮声。

"他们会把我给踩扁的，"季普心里说，"会只剩下两只袜子救命啊！"他飞快地一转身就往回跑，穿过竞技场的一个个拱门，路上跳过加里渡第一号，这时候"猫妈妈"正分给它吃它的宝贝食品。季普赶到密闭小舱那儿，钻进去关上门。

"别吵，真见鬼！"老太太对直向她跑来的第一批人大叫，"别吵，小猫要吃东西！"

幸亏有一位摄影师认出了这只到太空飞行归来的小猫，发出警告，这才救了它的命和它那顿饭。可季普在他那个密闭小舱里像个死人一样。

"他眼睛闭着……"

"他昏过去了……"

"他死了……"

"季普,你出来吧!季普,整个意大利在向你欢呼……"

"不行,你们先安静下来,"季普咕噜说,"然看咱们讲条件。最重要的是周围不要有电视摄像机。还不够吗,又要我重新飞来飞去?依旧不穿鞋子。"

有人实在忍不住,硬把舱门打开,使劲把季普拉出来,高举在欢呼的群众头上:

"让开,让开!得马上送他进医院。你们叫'急救车'。"

不用说,竞技场广场上早就停好了至少二百辆救护车,只要它们的报警器惊天动地地一响,就足可以把整整一打铁去知觉的宇宙飞行员惊醒过来。只有季普不然,他直到觉得急救车已经在欢迎的人群中穿过开走时才睁开一只眼睛。等到他断定旁边没有电视摄像机会把他给吞下去时才张开另外一只眼睛,哈哈大笑起来。护士小姐、部长、海军上将、理发师、摄影师,一句话,十个左右能奇迹般挤到救护车里来的各式各样人也宽心地跟着他哈哈大笑。

"要是有上米兰的火车,"季普说,"把我送到火车站去吧。"

〔简评〕

对电视节目着了迷的小季普,被魔力吸进了电视机,从此便开始了他那超过宇宙飞船速度的历险。他甚至到太空,宇宙畅游一番,但他内心深处依旧恋着自己的家。最终他在全世界善良人们的期待之中,又重新投入了温暖的家的怀抱。

罗大里的这篇以季普为主人公的科幻小说,融现实生活于奇异的科幻世界中,在多彩的情景,丰富的想象力中,对未来世界做了栩栩如生的描绘,使科幻小说在文学园地中又开辟一个新的境域。

今天的社会中,便有多少"小皇帝",被视为掌上明珠。尤其是低幼儿童,电视这个能说、能看、能哭、能笑的机器势必成为他们的宠物,也就成了陪伴它们的玩物,夺也夺不掉。如果真的出现像季普的电视迷,那么会有多少肝肠欲断的家庭盼着他们的宝贝早日归来。于是作者便纵横驰骋地幻想,提出现实的问题,并通过激发儿童科学的想象力和创造力,离奇曲折的情节,丰富独特的人物形象,丰富多采、幽默滑稽的场景,给孩子创造了一个博大的精神乐园,使他们既获得了审美的娱悦,又通过作家文字后面的心声和期

罗大里（意大利）

望，使儿童得到了精神的启迪。

作家的幻想决非无稽之谈。在未来的某一天，人类真会以超过宇宙飞船的速度旅游，全世界的人们会收到相同的电视节目，人造卫星也会轻而易举地上天，而这科学预见实现的使命便落于我们的未来——儿童的身上。作者深谙儿童的特点，善于将有益的内核包裹住生动有趣的外壳，使深刻的内涵与活泼诙谐的形式完美地统一起来，在笔下自然而然地流露出儿童的心和梦。作家笔下的情节像磁石一般，吸引着儿童的幻想力，又忽而放开，任其翱翔，从而开发了儿童的智力。

（穆朝辉）

不肯长大的小泰莱莎

刘风华　译

泰莱莎是一位小巧聪明的姑娘，可爱得就像个玩具娃娃，因此，大家都叫她小泰莱莎。她和爸爸、妈妈、奶奶住在山上的一个乡村里，日子过得非常快活。

后来，弟弟安塞尔莫出世了。于是小泰莱莎就经常领他外出观看鲜艳美丽的花朵，去鸡场捡刚生下来的新鲜鸡蛋，并让弟弟去摸那些肥大温和的母牛。

一天，爆发了战争，小泰莱莎的父亲被抽去当了兵，结果，从那以后再也没有回来。小泰莱莎见妈妈和奶奶整天哭个不停，就好奇地问道：

"你们为什么哭呀？"

"我可怜的小泰莱莎，可怜的小安塞尔莫，"奶奶回答说，"你们的爸爸再也回不来了。"

"那怎么行！"小泰莱莎叫道，"爸爸多好呀，我最最爱他。我马上给国王写封信，让他把爸爸还给我们，我们一步也不能离开爸爸。"

"国王是不可能把你爸爸还给我们了。"奶奶说，"国王派他去打仗，现在战争结束了，国王打胜了，但我们却遭受了无可挽救的损失，你的爸爸死了。"

"这太不合情理啦！"小泰莱莎气愤地说道，"也太不公平了，简直叫人有点莫名其妙！"

"我的孩子，"妈妈说，"等你长大后，你就知道了。"

"我什么也不想知道，"小泰莱莎眼含热泪说道，"此外，我也不想再长了，就让我永远保持这个小小的身材吧。"

她的话一点也不假，自从那天起，小泰莱莎果真再也不长了。然而，小安塞尔莫却每天都在长，一直长到他能独自一人奔跑游玩的时候，可他的姐姐仍然是那么小，那么忧愁。

后来，当她的小伙伴都长成高大、健壮的美丽姑娘，开始为自己缝嫁衣裳的时候，小泰莱莎仍保持着原来那个样子。于是，"不肯长大的小泰莱莎"这个绰号，从此就叫开了。

"小泰莱莎，"她们说，"如果你还是这么小，谁还娶你呀？"

"我谁也不嫁。"

"如果这样的话，小伙子们可就不来给你奏小夜曲啦。"

"对我来说，听不听它都一个样。"

"那样，你可就无法穿高跟皮鞋啦。"

"我不要穿什么高跟皮鞋，我最喜欢的是我的平底鞋。"

姑娘们一听都笑了，于是小泰莱莎就跑进了草房里。在那里，她想啊想啊，想得头昏脑胀，可始终就没有想出一个办法，改变她要保持那么小的决心。

后来，小泰莱莎的妈妈由于悲伤过度，加之劳累，得了重病，被送进了医院。这样，家里的一切活儿都压在了年老的奶奶身上了。小泰莱莎每当看到弯着腰的奶奶，吃力地背着木柴朝家里走来时，心中别提是多么地难受了。

"我的命真苦啊，"奶奶一边打水一边说，"这一桶一桶的水太重了。唉，小泰莱莎，如果你能快点长大就好啦，也好减轻我的一点负担呀。"

小泰莱莎听后，暗地想试提一桶水，可是怎么提也提不起来，她想试背一捆柴，结果，非但没有背起来，反而摔了一跤，把膝盖皮也擦破了。

"看来没有别的办法可想，"小泰莱莎说，"只有长大一点，但只能长大那么一丁点儿，能帮助奶奶干活就行了。"

说来也真怪，她真的就让自己长大了那么一丁点儿，然后就去井边打水。奶奶一见她手提满满一桶水，毫不费力地走进家里，简直高兴极了，把她亲了又亲。

　　"谢谢你，小泰莱莎，你真是一个好孩子。你再去叉点草料给母牛吃，好吗？今天，我的胳膊很痛，再说，叉子也太重了。"

　　于是，小泰莱莎就跑进她家草房附近的一间牛棚里，双手趣住草叉，但却提不起来，叉子重得就像是铅块似的。

　　"没有办法，"小泰莱莎说，"看来，我还得再长大一点儿。"

　　话音刚完，她真的又长大了一点儿。这样，她就和她以前的女伴们几乎一样高了。可是人们因叫惯了，仍然叫她"不肯长大的小泰莱莎。"因为，当一个人获得了一个绰号后，想要人们轻易忘记，那可不是一件容易的事情。

　　后来，奶奶去世了，可妈妈仍在医院里。于是，家中的一切事情又全落到了小泰莱莎的身上了。那时，弟弟才上小学一年级，每天早晨，小泰莱莎得按时叫醒弟弟，督促他把脸儿洗干净，给他准备好书包和早饭，然后再陪他去学校，回来后，又忙着准备中午饭，打扫房间，整理床铺，喂牛喂鸡，有时还得去园地里干活……

　　这样，一到晚上，小泰莱莎就又累又困，连眼睛都睁不开了，可她还得去洗碗碟，把弟弟的衣服补好烫平。

　　"看来，我还得再长大一点儿，"小泰莱莎决断地说，"因为妈妈还没回来，弟弟又小，照料不了自己，如果我再不好好照顾他，那谁来关心他呢？"

　　于是，小泰莱莎就又长大了一点儿，活儿对她来说，顿时好像也变得轻了。有时她对着镜子，看着自己高大的身躯，不由地又埋怨起自己来：

　　"你怎么这样不坚强，小泰莱莎？你以前不是决心不愿长大的吗？可瞧你现在长得多大，连镜子都快容不下你了。"

　　可是她马上就打消了这个念头，又埋头干活去了，她想：我是长大了，可我不是为了自己才长大的。因此，我问心无愧。

　　妈妈病好后从医院里回来，见家中有条有理，安塞尔莫的衣服整洁干净，小泰莱莎长得又高又大，差一点都认不出来了。妈妈心中非常高兴。

　　妈妈的健康还没有完全复原，小泰莱莎不肯让她做家务事情。

　　"你出去晒晒太阳吧，"她对妈妈说，"或者去树林里散散步，好好保养保养，家务事我来做。"

　　现在家中有三个人了，活儿也多了，因此，小泰莱莎一个人忙得有点吃力。

　　"没有力法，"她说，"我还得再长大一点儿，这样做不是为了我，而是为了不让妈妈再次病倒。"

于是，她又长大了一点儿，现在她可成了村子里最高最漂亮的姑娘之一了。如果她再长下去的话，人们可就要给她起个"长杆"的新绰号了。

"喂，'不肯长大的小泰莱莎'，现在你再也不能长了，否则，要比小伙子们都高了，到那个时候，谁也不会娶你为妻的。"姑娘们笑着对她说。

事实上，小泰莱莎既不想小伙子们，也不为自己着想：她时时刻刻只想着一件事情，那就是怎样去帮助人。现在她长得又高又壮，心中非常高兴，因为这样，她就能帮助更多的人们了。等到妈妈身体基本恢复，小泰莱莎的活儿就减轻了些。于是，她就去帮助她家隔壁的一位无亲无友的老大娘干活。

有一天，从山上下来一个全副武装的强盗，他一进村，就凶狠地命令村民赶快交一公斤的金子给他。

"一克也不能少！"他威胁说，"否则，我就把你们的住房一个一个地烧掉。"

当时，没有一个人敢与他违抗。为了凑齐那一公斤的金子，妇女们慌忙地把金戒指，金耳环，金项链收在一起。香料店的老板娘把她的磅秤推了出来，要称称看搜集的金子是否够一公斤，她一边秤，一边不停地向人们说，她借出磅秤，就等于完成了交金子的义务。

相反，这时小泰莱莎正在挨家挨户地说服男人们：

"快，把大伙联合起来，你们人多，强盗只有一人。"

"他虽是一个人，但他有枪呀，"勇人们害怕地回答说，"我们看最好还是满足他的要求为妙。"

小泰莱莎一听又气又急："你们到底是男人还是山羊？"

他们中间没有一个人回答。反之，为了不让小泰莱莎看见他们羞得通红的脸，都把脸转向一边。

"既然这样，那好吧，"小泰莱莎说，"我来对付他！"

说完，她就跑回家，站在镜子面前大声地叫了起来：

"我还要再长大点，我要成为一个巨人。"

话音刚落，她果然飞快地长了起来。一直长到她头顶天花板。但她仍不满足，又来到院子里任其成长，当她长到和屋顶一样高的时候，她才停止下来，看了一眼，心中仍不是非常满意。

"我应该长得和烟囱一样高！"她决断地说。

当她长得和烟囱一样高，心觉满意的时候，才动身去惩罚那个强盗。

惩罚行动非常简单，小泰莱莎来到广场上，就朝那个强盗走去。强盗一

见有个巨人朝他走来，吓得慌忙丢掉猎枪，拔腿就逃。小泰莱莎一见，只朝前跨了几步，就一把抓住了他的脖子，然后把他放在钟楼顶上，用命令的口气说：

"你就坐在这里吧，直到警察来把你抓走时为止。"

这个强盗一听，吓得不由地从钟楼上掉了下来，摔得顿时断了气。

小泰莱莎向四周看了看，只见大伙正从家门出来，热烈地向她表示祝贺。小泰莱莎一句话没说，转过身子就回家去了。

"这一次我长得太多了，"她说，"可有什么办法呢，总不能眼看强盗胡作非为啊！"

谁知，就在这个时候，发生了一件奇妙的事情。小泰莱莎每走一步，她的高大身材就缩短好大一段。到后来，她越缩越小，直至缩到一个中等身材姑娘那么大小了，并且还成了村里最漂亮的一名姑娘。

人们一瞧，简直无法相信这会是事实。

"小泰莱莎，这到底是怎么一回事情啊？"他们问。

小泰莱莎高兴地微笑着，一句话也没说。她是一个非常纯朴的姑娘，根本不知道这么一个道理：一个最普通的人，只要他敢于同恶人作斗争，就能成为一名巨人。

〔简评〕

在一个遥远的乡村里，住着位巧聪明的姑娘，大伙儿都叫她小泰莱莎。小泰莱莎和爸爸、妈妈、奶奶、弟弟过着非常快活的日子。

可是有一天，不幸突然降临了。被迫去当兵的爸爸再也回不来了。小泰莱莎伤心极了，她弄不明白国王为什么不肯把爸爸还给她。奶奶说她长大后就会知道的。可小泰莱莎什么都不想知道，她再也不想长大了。从那以后，小泰莱莎果真不长了。

后来，妈妈得了重病，奶奶也老了，弟弟年纪又小，谁来干家务活呢？小泰莱莎好难过啊，就想着快点长大。说也怪，小泰莱莎脑袋中想长多高，就长到多高。她成了一个能干的小姑娘，不，应该是能干的大姑娘了。

一天，村里来了一个凶狠的强盗，村里的男人吓得都躲了起来。勇敢的小泰莱莎一下子长成了一个巨人，足足有烟囱那么高。而强盗在巨人泰莱莎面前，吓得摔死了。

小朋友，你们说，小泰莱莎是不是很了不起？其实，"一个最普通的人，

只要敢于同恶人作斗争，就能成为一名巨人。"我希望所有的小朋友都能成为一名真正的巨人。

好多小朋友以前可不希望长大了，现在是不是都巴望着快点长大呢？长大了，他们要做些什么呢？

记住，那个会变形的泰莱莎姐姐也在瞅着你们呢！

（穆朝辉）

重得多和轻得多

刘风华 译

很久以前，有一个国王，他在一天早晨醒来后，兴刘采烈地要去打猎。

"我梦见了一些鹿，"他对他的大臣说，"它们来啃我的手。好梦啊，真是一场好梦啊！你现在就去马厩命令人给我的黑马备鞍。"

饲养黑马的马夫名叫契林多，是一位聪明勤劳的青年，黑马在他的饲养下，骠肥健壮，浑身光亮。但是，那天早晨当契林多去给它备鞍时，这匹黑马却不见了。他四处叫唤，始终没有找到它。后来，有人说大约在半夜的时候，他曾经听见马叫的声音，也有人说，他好像还听见它踢门的声音呢。

"黑马肯定是被人偷走了！"

"可是这么大的事情，谁敢去对国王说呢？"

大臣把黑马丢失的事情报告了国王，气得他暴跳如雷，马上命令手下人去把契林多抓起来，先用镣铐锁上三天，等到第四天，如果还找不到黑马的话，就处死契林多。

于是，大臣只好重返马厩去抓契林多，可是这一次连马夫也不见了。

"我得设法找个人代替他呀，"大臣思忖道，"对，干脆把马厩头子抓起来，契林多的命运就是他的命运！"

原来，契林多因黑马失踪，怕国王发怒，就躲藏到城里他的一个酒店老板朋友的家里。可事后不久，他就知道马厩头子因为他的出走，而面临生命危险的消息，于是马上就跑去自首，但是酒店老板劝阻了他：

"依我的主意，你倒不如这样，"他对他说，"你外出寻马，如果万一能找

到的话，那不是既救了马厩头子的命，也保了你自己的命吗？"

"可是我上哪里去找它呢？"

"我听我的妻子说过，她在睡觉的时候，曾梦见一个骑士催马从东大门出去，并说她还听到马蹄的奔驰声音。不妨的话，你就朝她说的那个方向去找找看。"

于是，契林多在口袋里放了些面包和一瓶酒，就从东大门出去了。他步行了整整一个上午，大约到了中午的时候，他才坐在一棵橡树的树荫下面开始吃早饭。突然，他听见了一个叫唤的声音："请你把我拉上来！请你把我拉上来！"

契林多顺着叫声望去，看见了一个土坑，坑里站着一个瘦得就像一根火柴棒似的半公尺高的矮人，只见他呆在那里面又着急又发愁。

"你呆在那里面干什么呀？"

"我在捉鼹鼠！快，只要你把我拉出来，我会把事情全都告诉你的。"

契林多拉住他的一只手，可是拖不动，于是他又伸出了另一只手，然后就双膝跪地使劲地拉了起来。

"喂，你知道你自己有多重吗？"

"我当然知道啰。我刚才还在这棵树的树荫下睡觉呢，但等我醒来时，发现原来的地方已经被我压成一个坑了。"

"你叫什么名字？"

"我叫重得多。"

"嘿，这个名字对你再适合也没有了。如果光看你的外表，好像还不及一只小鸟重呢！"

"你是谁？"

"我叫契林多。"说完，他就把自己的不幸遭遇告诉了重得多。

"我和你一起去找马，反正我也没有别的事情做。"

于是，契林多和重得多又步行了整整一个下午。大约到了黄昏的时候，他们才坐在一棵无花果树的树荫下面开始吃点心。突然，他们听到了一个求援的声音：

"请你们把我拉下来！请你们把我拉下来！"

"你在哪里？"

"我在这棵无花果树的上面。"

他们抬起头，果然看见了一个胖得就像两只酒桶的奇特巨人，正躺在这棵树的一根枝干上。这根枝干细得可怜极了，但是支撑那个巨人，却一点儿也没有弯。

"你为什么不自己跳下来？"

"因为我太轻了。刚才我还在这棵树的树荫下睡觉呢，结果被风吹到了树上。"

"你叫什么名字？"

"我叫轻得多。"

于是，他们就把他从树上拉了下来，给了他一些面包和酒。

"你们到哪里去？"

"我们去寻找一匹黑马。"契林多一边回答一边又把他的不幸身世向轻得多叙述了一遍。

"我也和你们一起去找吧，反正我没有别的事情做。"

休息了一会儿，他们三个人就又上路了，重得多和轻得多互相拉着手，因为这样，重得多就不会被陷下去，轻得多也不会被风吹飘起来。

当黑夜降临的时候，他们来到了一座外表全是黑色，没有一扇窗户的城堡跟前。

"这座城堡真可怕呀，"契林多说，"可是要再去找一个旅馆又太迟了。算了，我们干脆就睡在这里吧！"

于是，他们三人就上前叫唤守门人，可就在这时，吊桥竟吱咯吱咯地开始上升起来。

"他们想把我们留在外面，"契林多说："你们看怎么办？"

他话音刚落，只见轻得多已纵身跃起，一把就抓住了吊桥的末端，重得多随后跟上，紧紧贴在他的双脚面上，用他的重量把吊桥重新压降下来。然后，他们三人就踏上了吊桥，可是还没走几步，就听见前面响起了一个斥责他们的粗暴声音：

"穷鬼！你们想找死啊！想睡觉到粪坑里去睡！"

他们定神一看，只见城堡门口站着一个人，身穿黑色衣服，头戴一顶装饰着奇形怪状标志的尖顶帽子。

"注意，"轻得多对契林多低声地说，"他可能是个魔术师。"

轻得多的话音刚落，契林多似乎听见远方有马嘶叫的声音，并且好像是黑马叫的声音。于是，他就屏息静听，一直听到没有一点儿声音的时候，他才对这个城堡的守卫者深深地鞠了一躬，然后，用客气的话语说道：

"我们是过路的三个行人，我们来这里只想求您能给一盆汤喝，给一个草垫子睡觉。"

"嗯？你们竟把我当是一个旅店老板？给你们说实话吧，我是魔术师之王，我这里没有你们睡的草垫子，只有羊毛褥子！"

说完，他就带他们走进厨房，一边咕哝着，一边给他们一盆喝剩下来的洋葱汤。然后，又领着他们来到一座钟楼顶上，先指定了他们每个人的床铺，后又在门上挂了三把锁，才扬长而去。

接着，他们三个人也就躺下来睡觉。轻得多为了不让自己飘走，就把一只手捆在床上，重得多为了不让自己陷下去，就把他的一只手捆在房梁上。一分钟之后，他们两个人就打起了呼噜。但是契林多这时却睡不着，他仍在侧耳细听。当夜深人静的时候，他再一次地听见了从远处传来的马叫声，这一次他断定，叫声是从地底下传出来的。"毫无疑问是黑马叫的声音。可是用什么办法来解救它呢？"他整整思考了一夜，但始终没有能想出迫使魔术师交出黑马的办法来。

第二天早晨，魔术师早早地就叫醒了他们。

"快起来！"他叫道，"现在你们去干你们自己的事情吧，因为我还有事要做。"

"是练魔吗？"契林多用一种试探的口气问，"看来先生您肯定是一位本领最高强的魔术师了。"

"你可以这么说，"魔术师听了这句恭维话之后，得意洋洋地说，"因为除了我之外，还有谁能在皇宫马厩里的一群普通马中，认出一匹飞马来呢？"

"太好啦！"契林多说道，"照您的话说，黑马就要飞上天了……"

"那还用说，黑马马上就要飞上天了！"魔术师回答道，"一切都已经准备就绪。只要我从它的鬃毛上和尾巴上分别拔下一根毛来……可是你……你怎么会知道黑马的事情？你是谁？哦，现在我明白了，你们溜进我的城堡原来是想偷盗！好，既然这样，那么就让你们先尝尝我的厉害！"

当他正要念一条咒语惩罚他们的时候，只见重得多迅速地跳到了魔术师的一只脚上，顿时，魔术师发出了一声痛苦的尖叫声。

"你们的胆子真不小啊！"魔术师咬着牙说，"竟敢向我挑战，哼，既然这样，那我们就来决斗！"

"你要来一场真的决斗？"契林多问。

"真的决斗！谁胜利，黑马就归谁。"

说完，他们下楼来到大厅里。魔术师叫一个仆人去拿一台天平秤来。

"我们先来称一称看谁重？"魔术师冷笑着说。

"行啊，"契林多说，"现在就请你在我们三个人中间选一个对手吧。"

魔术师看看契林多，望望站在他左边的巨人，最后选定了站在他右边的小矮子。

"我选这位。"他指着矮小的重得多说。

契林多点头表示同意。于是，魔术师就站上天平的一端，一边念着咒语，一边叫仆人在天平的另一端加砝码：一百公斤，二百公斤，三百公斤……达到一千公斤的时候，魔术师从天平上跳了下来，看着重得多，放声大笑。

"现在该看你的啦！"

重得多连天平看都不看，只是踏上去一只脚：一百公斤，二百公斤，一千公斤……达到一千五百公斤的时候，他才从天平上抽回那只脚，然后擦擦鼻涕。

这时，魔术师气得两眼直冒火花。

"先让你们暂时胜第一盘，"他说，"现在我们再比第二盘，称一称看谁轻？"

说完，他又叫人拿来另一台天平秤。他先在天平的一端放了根羽毛，而后躺到天平的另一端。结果是，羽毛标出的重量竟比他的重。

"现在该轮到你啦！"魔术师指着巨人说。这一次他认为肯定能获胜。但这时，只见轻得多拿起羽毛，先把它剪成十块，然后扔掉九块，只把剩下的第十块羽毛放回到天平的一端上。而后，他才跃到天平的另一端上。结果是，那一小块羽毛标出的重量比他重得多，重得竟把他弹到了天花板上，使他的头部被撞出一个大疙瘩。

像这种魔法赌赛，魔术师还从来没有输过呢，可是现在，他不得不跪倒在地上，用颤抖的声音乞求起来：

"我把我的财宝给你们一半。"他哭着说。

"不行，我只要黑马！"契林多回答说。

"那我把我的城堡，我的土地全都给你们。"魔术师又说。

"别再罗嗦了，快把黑马归还我！"

"我……我把我的魔术棒给你们。"

不管魔术师如何哀求，契林多也不松口，最后，他只得交出黑马，放弃他那个只要掌握了黑马，就能成为世上最强大、最富有的如意打算。

契林多和轻得多跨上了黑马，重得多独自一人在后面慢步行走。就这样，三个朋友又一步一步地踏上了归途。可惜的是在他们高兴的时候，竟忘记了做一件事情，那就是没有把黑马变成一匹飞马。

当他们抵达皇宫时，受到了隆重的欢迎。国王高兴地马上下令释放马厩头子，并且还热烈地拥抱了契林多，然后对他说："我要重重地报偿你。我看你有两个朋友，他们中间有一个胖得就像两只酒桶。我将给你一堆和他一样重的金子，你看怎么样？"

"陛下，"契林多说，"您对我太好啦，我不需要这么多金子，您只要按我这位瘦小的朋友的重量给我金子就够了。"

国王一听，再一次地热烈拥抱了他。因为，他感觉刚才许诺给他的金子已经太多了。

随后，他马上叫人搬来一台天平秤，并让重得多坐到了天平的一端上。人们看着他，不时地发出了一阵阵啧啧的笑声。许多人都说契林多是一个十足的傻瓜，如果换成他们的话，肯定会比他更好地利用这个好机会的。

后来，当国王的财务大臣开始在天平的另一端上放金子的时候，人们再一次发出了啧啧的笑声，但是，这次笑的原因与第一次的可不一样了。因为把皇宫里的全部金子放上了一半，重得多坐的那个盘子才稍许晃了一晃。国王一见此景，吓得脸色发白，气得吹胡子瞪眼。

最后，他终于忍耐不住了。

"给我把这三个诈骗犯扔进监狱里去！"他吼道。

就在这个时候，契林多突然想起了魔术师说过的话。于是，他急忙从黑马鬃上拔下一根毛，接着，又从它的尾巴上拔下另一根毛，然后跨上马。顿时，马就朝天空中飞去。此刻，只见轻得多纵身跃起，一把抓住马尾巴，重得多随后跟上，紧紧贴在他的双脚面上。留下的人们只得呆呆地站在地上仰头张望，眼睁睁地看着飞马载着契林多、轻得多、重得多以及装满金子的天平秤，越过房顶，远远离去。

〔简评〕

小朋友们，都看过《西游记》吧，一定对孙悟空、猪八戒、沙僧有着很

深的印象。可今天呢，我要向你们介绍另外三个好汉：契林多、重得多和轻得多。故事讲的呢，就是这三个好汉如何运用聪明才智战胜了邪恶。

契林多是个聪慧、善良的马夫。为了寻找国王失踪的黑马，救出同伴，他毅然出外寻马。半路上，又解救了危难中的重得多和轻得多，并在他们的帮助下，击败了魔法师，找到了黑马。

而乐于仗义行侠的重得多和轻得多，真是好一对相辅相成的伙伴。重得多是一个看起来不及一只小鸟重的矮子，而轻得多却是一个称起来不如一只羽毛重的巨人。可他们却谁也离不开谁。小朋友们，要记住呀：有重得多的地方一定会有轻得多。

虽说契林多、重得多和轻得多并没有七十二般变化，可他们也做了很多了不起的事情。说不定，哪天你遇到了困难，三个好汉会骑着黑马来帮助你呢。

作家叔叔通过丰富的想象，运用极度的夸张手法、对比手法，为小朋友们塑造了三个栩栩如生的形象。让小朋友们在笑声中，发现一个道理，从而实现一种幽默的艺术。

小朋友，你们也愿意做一条好汉吗？

（穆朝辉）

Shi Jie **Jin Zhi** Tong Hua

世界金质童话

朱自强　主编

三

北方妇女儿童出版社

佐藤晓（日本）
作 家 介 绍

　　佐藤晓（1928——　　）是日本当代著名的小说童话作家。他出生于神奈川县横须贺市。1949 年毕业于关东学院工业专科学校建筑科。在学期间开始童话创作。1950 车与神户淳吉、长崎源之助、乾富子等创办同人杂志《豆树》。1959 年自费出版《谁也不知道的小小国》。同年由讲谈社出版，并获每日出版文化奖、日本儿童文学者协会新秀奖、国际安徒生奖日本国内奖。佐藤晓因为创作《谁也不知道的小小国》而被称誉为日本迄今所未曾有过的，真正意义的小说童话的开拓者。

　　自《谁也不知道的小小国》起，佐藤晓花费了二十四年的功夫创作完成了另外四部关于"克洛勃克尔"（小矮人）的故事，与《谁也不知道的小小国》一起成为"克洛勃克尔故事"系列。

　　除上述长篇作品外，佐藤晓还创作了一些短篇童话。其中最有影响的是选入本选集的《老奶奶的飞机》（1966），这篇小说童话曾获儿童福利文化奖、野间儿童文艺奖、国际安徒生奖荣誉奖。

　　讲谈社 1972 年至 1974 年出版了《佐藤晓全集》12 卷，1982 年至 1983 年出版了《佐藤晓小说童话全集》16 卷。

　　佐藤晓还为幼儿创作了《到大海去的婴儿大王》（1968）、《想要一棵高大的树》（1971）等幼年童话和图画故事。

　　佐藤晓被日本的儿童文学评论家称为"幻想的魔术师"，其作品在深层孕育幻想，并将其加以细腻的描绘，赋予严密的合理性。他的作品不仅为儿童读者所喜爱，而且还拥有许多成人读者。

谁也不知道的小小国

朱自强　译

开头语

世界上分有许多个国家。其中有大国，也有一些象摩纳哥公国和梵蒂冈这样豆粒似的小国。

可是，还有比这样小的国家还要小得多的国家。它还离我们不远，不，它就紧邻着日本。我这样说，世人一定会感到惊奇，也许还有人觉得可笑。

不过，在笑话我之前，请读一读这个小国的故事。

佐藤晓

第一章　泉水

一

也许可以说是很久以前的故事了，那是在将近二十年前，我还是小学三年级的学生时发生的事情。

那一年暑假，镇上的孩子们中，盛行用冬青树的树皮制作捕虫鸟的粘胶。不知是谁在哪儿学会的方法，把冬青树皮浸泡在水里，一边把它磨碎，一边冲洗掉渣滓，就做出了上等的粘胶。

附近人家的院子里有五棵冬青树，树皮就是从那儿剥到的。可是，因为很多人围在院子附近，想剥那树皮，很快就被那家主人发现了，我们挨了一顿训斥。

"没关系，翻过山岗，一定会有冬青树的。"

佐藤晓（日本）

挨骂之后，一个年龄大些的孩子头儿伸了伸舌头，充满自信地说。大伙儿也这么想，包括我在内。镇上没有的东西，山岗那边是应有尽有，冬青树当然也会有的。

山岗在镇外。从背面的小巷往前是一条山路，小路通到镇后的山丘就好像到了尽头。不过，要是走到山丘下边，往左一拐，就出现了陡峭的石阶。登上石阶，终于有了能通过一个人的狭窄通道。

这里就是山顶。我们是这样叫它的。一穿过幽暗的隧道似的通道，眼前豁然开朗，展现出村庄明媚的景色。在此之前的城镇感觉，一下子变成村庄的景色，不知什么缘故，这风的吹法都截然相反。

这里是从镇上通向村庄的近道。但是，因为自行车和货车都无法通过，所以很少有人走这条路。也许走得最多的是我们这些孩子。

我们经常通过这里，到山岗对面去玩。在那里有一条小河和迷宫似的小路，有着各种各样我们想要的东西。春天有樱桃，夏天有草莓，到了秋天，就能采到栗子和野木瓜。挖山芋也很有趣儿。在小河里捉鲫鱼和泥鳅就不用说了，连暑假采集昆虫标本的作业也是在这里完成。还有在学校里使用的竹编手工的材料也是在这里弄到。

所以，大家都想，到了这里，肯定会有冬青树。

"我们可得走出好远哪。"

孩子头儿说。我们点点头。山岗的对面山谷深幽，不远处就有农家警惕的目光，以前一直没有什么像样的收获。不仅如此，无意中进了农田，还会挨骂。

大家想，这次必须到很深的山里去。

我们一起去寻找冬青树。要找到即使剥下树皮也不会被骂的地方实在是不容易。后来终于在离开山顶有三十分钟路的山谷里找到了一棵，幸好那棵树非常粗。

但是，孩子头儿站在那棵树前，对我们说：

"这棵树归我了。要是偷着来剥皮，我可不答应。不过我会给你们每人分一点儿。"

虽说没有办法，可我还是很丧气。我这个三年级小个子，只能分到可怜的一点点。我总是凑和着用指尖捻起的那点粘胶。

我下决心一个人去寻找冬青树。但是，那么多人找，才只找到一棵，我一个人是不会轻易找到的。再说，我也没有一个人到太远的地方去的勇气。

于是，我打算先到大家不留意的山顶附近去探看一下。那一带叫顶峰山，是个谁都没有找过的地方。

站在昏暗的通道上，我一边听着蝉鸣，一边犹豫了一阵儿：是从右边爬上去，还是从左边爬上去呢？然后选择难上的左边的山，钻了进去。

我拨开迎面扑来的矮竹叶和小树枝，寻找冬青树叶的颜色。向前走了一阵儿，脚下突然深陷下去，我来到了悬崖上面。因为对面也耸立着山峰，高高的草丛挡住了视线，我差点跌落下去。

我吓得胆战心惊，一把抓住了树枝。往下一望，下面似乎相当深。我从左边绕了个大圈儿。

绕过山崖下去，就走进了一大片杉树林。树林中寂静无声，好像在这里找不到冬青树。我想到刚才那座悬崖下面看一看，就穿过了杉树林。前面有一座从悬崖上也能看见的尖尖的小山。我用力拨开草丛，开始向小山上攀登。

没爬多一会儿，我突然来到了隐藏在这座小山上的一块奇特的三角形平地。

二

意外地走进平地时的感觉，我至今还记忆犹新。就好像掉进山洞里了似的。不觉得仰望天空，只见杉树林上空堆着厚厚的乱云。

右侧是林木覆盖的高高山崖，左边是树丛繁茂的山坡，我攀上来的这边是高高的杉树林，平地被这三面围成三角形。杉林位于南侧，所以，几乎一整天都不会遭日晒。脚下是密密麻麻生长着的羊齿草、蜂斗菜和荨麻。

来到这里，我再也迈不出先前那兴冲冲的步伐来了。在这样潮湿的地方，经常会有腹蛇出入。我一边用棍子敲打蜂斗菜和荨麻，一边一步步前行。我马上发现在三角形的左角那儿，一个小泉眼正在涌出泉水。

那又深又清澈的泉水先就吸引了我。虽说泉边已有多处塌隐，但肯定曾有人在什么时候挖掘修整过。小山的山脚被削得平如墙壁，那里被抠出了一个幽深的洞，泉水从洞里涌了出来。

这水能喝吗？我马上就想到了这一点。试着用一只手舀起泉水，简直凉极了。

我扔掉棍子，不断地用手捧起泉水往嘴里送。水滴溢出来，一直流到胸前。

我望着这美丽的泉水，一时忘记了冬青树的事。阳光透过枝头，洒在水

佐藤晓（日本）

面，轻轻地摇晃。呆呆地看着这景色，觉得好像什么时候在梦中见过这情景似的。

泉水漫出来，流向杉树林。这小小的瀑布声与蝉鸣汇在一起。我喜欢上了这座小山。我想，谁都没有注意到在这样的地方有这样的泉水吧。

停了一会儿，我笔直横穿三角地，来到最尖的那个角儿上。我钻过树丛，眼下是一条小河。从脚下流过的河水里，巨大的岩石像石阶一样重叠着突出出来。对岸是密密的竹林，小河绕过竹林流去。我抓着树枝，下到一级一级的岩石那儿。向小河流去的方向一望，看见前方微透亮光。

这时，我突然觉得好像看见过这块岩石。

（什么时候我到过这里。什么时候呢？想起来了。是和大家一起在河里行走的时候。那时，我们不停地向河的上游走。怎么，竟然这么近哪。）

我站在重叠的岩石上，四下巡顾。刚才从三角平地出来的地方，并排立着两棵树，两树之间好像是一个黑黝黝的洞口，那里就是三角平地的出入口。

"啊！"

我喊出声来。那两棵树都是冬青树。

我放声笑起来。冬青树竟是在这样的地方！

"这是我的山！"

我情不自禁地说道，得意得不知怎么办才好。回到冬青树旁边，我剥下一点树皮放进了口袋。然后，又走进小山的三角平地，回到杉树林那儿，围着小山转了一圈儿。

从泉眼那儿溢出来的水与杉树的低处渗出的水汇成了一条小溪。小溪绕过小山的外侧山脚，在刚才的岩石附近流入了小河。

小山像是从顶峰山揪下来的似的，孤零零地立在那里。外侧是陡峭的斜坡，别的地方都没有上山的路。

我在岩石上脱下鞋子，走进小河，顺流而下。走了不过三十米，便攀上了通向山岗的乡村小路。

三

那年的暑假，我一个人到小山上去过好多次。并不只是去剥冬青树皮，有时候，为了在泉边能玩得痛快，还带上镰刀和小镐头，去把草割掉，把地修平整。

去的时候，我差不多都是在河里淌水走。不溅起水声，轻轻地向前走，

白天也很幽暗的小河就像一条秘密的道路。所以，即使是晴天，我也穿上雨靴。当然这也是因为怕腹蛇咬，不过，我一次也没有看到腹蛇以及别的蛇，青蛙倒是有不少。

我在三角平地上开出了小道，在水泉的四周砌上了从河里搬上来的石块。小山上的杂木林里，我也曾着手开一条自己走的路，但是，树下的杂草丛我这三年级小学生实在割不了，只好作罢。不过，我探察遍了小山的每个角落，连哪棵树长在哪个地方，都一一记在心里了。

在小山的南侧，有一棵高大的山茶树。山茶树的树枝又多又结实，很容易爬，不过这棵树的树枝长得格外有意思。有一处就像魔法中的椅子，既有座位，还有扶手和靠背。

往那上面一坐，既能看见镇上的一部分景色，又能眺望到远远的村庄。透过脚下枝叶的缝隙，可以俯视泉水闪着光流进平地。而且，想不到杉树林对面的近处就是农田和道路，正干着农活的人的身影看得清清楚楚。

有时候也想，这么好的地方一个人玩有些可惜，要是和很多伙伴一块来玩，该多么有趣啊。可我还是忍住了。那个孩子头儿肯定会马上把找到这地方的我忘掉，把这愉快、宁静的小山糟塌个遍，冬青树和山茶树上的座椅都会被他抢走。

在我家的附近和伙伴玩闹时，有时会一下子想起幽暗的树荫和清凉的泉水。那时，我便一边心激动地跳着，一边偷偷盯着伙伴的脸色。

就这样，那年的暑假结束，秋天也过去了。

冬天的小山又别有一番乐趣。在阳光照不到的山崖下面，我找到了这一带少见的冰溜子。相反，山茶树上则是晒太阳的天堂。因为背对着北面，寒风从头顶上吹过。

我抱着几本喜欢看的书来到这里。有时，不知名的小鸟会飞到我的身边来，它那在意想不到的地方见到人而惊慌逃去的样子实在令人好笑。

在开春之前，山茶树开出了红花，那颜色美得惊人。它太引人注目了，叫人担心小山会因此被别人发现。

不久，从泉眼中溢出的小瀑布的水声突然听起来有了活力，穿着长靴走在小河里，我明显感到河水变得暖和起来了。

没几天，附近的田野里，迫不急待的青蛙鸣叫起来。小山的树上也绽出了新叶。

在我发现这里以前，小山也一定是这样一年又一年地重复着相同的景色，想一想真是可惜。哪个季节里的小山我都喜欢。我想一定哪儿都没有这么好的地方，等我有朝一日长大了，就买下这座小山，把它真正变成自己的小山。

（在那以前，我不会告诉任何人的。）

在嫩叶的清香中，我下了这样的决心。

四

一个星期天的上午，我带着自己用木板削成的小船到小山上去。我跪在水泉的岸上，入神地察看小船走的情况，忘记了一切。突然，我觉察到杉树林中有人的声息，便抬起头来。我吃了一惊，以为是哪个伙伴到这里来了，可是，那是一个大人的咳嗽声。他渐渐向这里走近。

（是这座山的主人吗？）

是逃走，还是躲在哪儿，我有些不知所措。虽说并没做什么需要逃走的事，但是，随便进别人的山，修路、割草，这也许就不好。也许在这顶峰山的附近，也还是要遭训斥。

不管怎么样，我抱着小船，做好了随时起跑的准备。这时，那个人从草丛中走出来了。

那是我十分熟悉的满脸皱纹的西红柿奶奶。

她从很早以前就到我家来卖蔬菜。因为这位老奶奶拿来的西红柿特别好，她也总是夸耀自己的西红柿，所以我叫她西红柿奶奶。

现在我是彻底放心了，可是看见了我的西红柿奶奶反倒吃了一惊，停住了脚步。她用好像看着怪物的眼神眯缝着眼睛盯着我。

"是我呀。老奶奶。"

我急忙这样说。老奶奶慢慢走上前来，仔细瞧着我。

"哎？是小弟弟呀。"她朝四周看了看，"就你一个人？"

我不吭声地点点头。

"你到这样的地方来玩吗？"

"我时常到这儿来。"

"真了不起呀。可吓了奶奶一跳，我还以为这儿什么人都没有呢。"

老奶奶似乎终于定下神来，露出了微笑，并且好像注意到了我费心开出的小路和修整一新的泉水池。

"和朋友一起干的吗？"

"是我一个人……"

想到也许会被训斥，我只说了半截。但是，老奶奶反而微笑着夸奖我：

"嗬，是一个人干的啊。"

我放下心来："这座山是老奶奶的吗？"

"那倒不是。"

"老奶奶来干什么啊？"

"我来采蜂斗菜。这座山上的蜂斗菜鲜嫩好吃，每年到了这个时候，我都要来采的。"

西红柿奶奶一边这样说着，一边已经弯下腰开始一下一下地采那些个儿大的蜂斗菜。我从来没想到过蜂斗菜可以吃，心里很是佩服，马上学着老奶奶的手势帮她一起采。

因为两个人采，老奶奶带来的篮子很快就装满了。

"这可采得真不少啊。你给妈妈带回去点吧。我现在就帮你摘干净。"

西红柿奶奶在泉边铺上厚厚的干落叶，和我并排坐了下来。

我从旁边默默地看着她用干瘪的手，利索地剥去蜂斗菜的皮。

"刚才奶奶吓了一跳是有原因的。"

老奶奶突然说。

"是因为我在这儿吧。"

"那倒也是，不过，还因为我想起了这座山从前的故事。"

"哎？什么故事？"

"是奶奶呀，在很久很久以前从老人那儿听来的故事。"

西红柿奶奶停下手，好像思考了一会。

"那可是个奇怪的故事。"

"能讲给我听听吗？"

"当然可以啦。"

老奶奶换了一下坐着的姿势，开始讲故事。

近晌午的太阳终于从杉树林的上面露面了。这昏暗的三角平地里，也有一段时间照进来了明亮的阳光。我一边摆弄着蜂斗菜的叶子，一边仔细地听着故事。老奶奶不停地剥着蜂斗菜的皮。所以，我至今还一闻到蜂斗菜的气味，就联想起那时的情景。而且，有时还一想到那时听到的故事，就同时想起了蜂斗菜的气味。

五

"这座山名叫鬼门山。"

老奶奶从这座山的名字开始讲起。

"你这孩子恐怕是不知道，鬼门是个不吉利的方位。从这儿看，就是那个方向吧，因为是在东面与北面之间。"

老奶奶这样说着，手指着山崖的方向。

"相反方向的南北之间叫做后鬼门，这也是个不吉利的方位。不过，这座山从很久以前就是两个村子的交界处，从这边儿的村子讲，它是鬼门，从那边的村子讲，它是后鬼门。因为这样，它才叫鬼门山的吧。"

听这样一解释，我有点害怕了。

"那么，这里不吉利了？"

"说法是这样的。说是这山上住着妖魔，要是随便糟塌这山，就会遭受惩罚。就是现在，也很少有人走近这里。"

我吓得不由自主地把身体贴靠向老奶奶。但是，老奶奶却在微笑着。

"不用害怕，因为那妖魔很是有趣。现在的人对它的本来面目可是一无所知啊。"

"老奶奶知道吗？"

"当然知道。"

"是什么样的妖魔？"

它叫'小法师'，是很小很小的人。"

"小法师"？

"是的。有一种叫做不倒翁小法师的玩具吧，就写作那里的小法师三个字。就是这样大小的人吧。"

老奶奶一边用手指比量着大小，一边说。

我往前凑了凑："那小人是什么呀？"

"妖魔呗。"

"它干坏事吗？"

"不，不。它真的没干过什么坏事。相反，倒好像在很久以前从恶神那里把两个村子保护了下来。"

"哎?!"

讲到这里，老奶奶歇了口气。

很久很久以前，这座小山上住着许多叫"小法师"的小矮人。因此，恶神无法通过鬼门。传说这小山上没有蛇，也是因为从那时起，"小法师"发现了蛇就把它打败，所以蛇就不再靠近这里了。据说从前，人们因此而在这泉水旁边修起了祭祀"小法师"的小庙。

可是，这些小矮人特别喜欢恶作剧。有时淘气得过了格，惹得村里人发笑，或者给他们带来麻烦。而且，如果村子里发生了争斗，一般来说，双方都要被惩罚。有时也会发生一方被惩罚的事，这种时候肯定是这一方做了错事。本来小矮人就小，再加上动作敏捷得眼睛都盯不住，所以轻易不暴露自己的面目。即使这样，据说有时也会失败。

有一次，村里人用石磨磨豆子，一次掉进一粒豆子的磨眼堵住了。用手指往下塞时，那豆子却拱了出来。咦，这可真奇怪呀，村里人搬开磨一看，一个胖胖的小矮人在磨眼里脸憋得通红，正使劲呢。原来小矮人闹着玩儿钻进这个磨眼。结果身体塞得满满的出不来了。正在这时从上面塞进豆子来，小矮人只得拼命抵着。

村里人忍着笑，用筷子尖儿去捅磨眼，砰的一声，磨眼通了，小矮人急忙行了个礼。转眼就不知道哪儿去了。

另外，"小法师"还被捉蚂蚱的孩子们逮住过。"小法师"骑在蚂蚱的背上，腾腾地四处跑跳。因为这太有趣了，"小法师"完全入迷了，终于一时疏忽被捉蚂蚱的孩子连蚂蚱一同捉了去。小孩子发现捉到了小矮人，就把他放入纸袋，紧紧攥着飞跑回家去。小矮人怕蚂蚱也随着逃掉，直到孩子跑回家打开纸袋之前，一直不动地呆在里面，没有把纸袋弄破。当孩子悄悄往口袋里望时，小矮人便跳出来逃之夭夭了。

另外还传说，村里的年轻人晚上在这座小山旁边的小河里（大概就在那块一阶阶的岩石那一带吧）钓鳝鱼时，从什么地方传来了热闹的歌声和打拍子的掌声。他想，哎？是什么地方在搞庆祝集会吧。不一会，从上游漂来一只茶碗，黑夜里也白白的能让人看清，漂到年轻人脚下就一下子停住了。年轻人不禁拿起一看，就闻到了浓浓的酒香。碗里面大约有三盅酒。接着响起了哗啦哗啦的水声，两个看来是送来这只茶碗的小矮人急急忙忙地逃走了。

开宴会的不用说就是小矮人们，他们请恰好来到这附近的年轻人也喝上一杯。

这样的故事不知从谁那儿就传开了，村里的人们都当心不去糟害小山。

佐藤晓（日本）

所以，那时的小山，不属于两个村子的任何一个，而是属于小矮人的领地，谁都注意不去靠近它。

六

但是，不知是从什么时候起，小矮人们不再露面了。迷信的村民们认为，这是因为人世间越来越喧闹不安，小矮人躲进山里不出来了。

偶尔到山上去作修整的是西红柿奶奶的先祖。据说这是因为在这一带只有奶奶一家祖祖辈辈兼做些木匠活儿。好像除了修理小庙之外，还顺便锄一下草，剪剪树枝。

过去了好长时间。不知不觉连小矮人的故事都被人们完全忘掉，只留下了"切不可走近这座不吉利的山"这句话。小矮人变成了可怕的"妖魔"，小庙也没有了。据说在很早以前，这座山就成了村里人的财产，可是主人至今也不修整它。

"这可是老早的话儿啦，奶奶也已经忘记了。刚才看见你时，才突然又想了起来。我以为你是小矮人托生出来的，真吓了一跳。不过，也没有你这么大的小矮人。"

老奶奶似乎很高兴地说完，然后笑了。

我长出了一口气："真是个有趣的故事啊。"

老奶奶平静地说："是吗，那么有趣吗？"

"那小矮人，真的有过吗？"

"这个嘛……"

老奶奶不回答了。可是，我完全被那叫做小法师的奇怪小人儿给吸引住了。

"哎，老奶奶，要是现在还有叫小法师的小人儿，该非常有趣吧。"

"是呀，会很有趣吧。"

"我想去找一找。"

"不会找到的，他们太机灵敏捷了。"

我当时想，这倒也是。如果真有的话，或许现在就藏在什么地方的草下面，吃吃笑着听我们谈话呢。一觉得那一带草里有些可疑，就好像看到了忍着不笑出声来的小矮人。话虽这么说，我当时并没有认为这些小矮人现在依然活着。我只是想，如果他们活着，现在还住在这座小山上，该非常有趣吧。

虽然这么想，可又有一点害怕。

（我的小山可真不简单！）

我仰脸望着老奶奶被太阳晒黑的脸在心里这样想。泉水在闪着亮光。我连肚子饿都忘了，一动不动地坐着。

老奶奶把剥好皮的蜂斗菜拢在一起，分成两份儿，把其中一份儿用蜂斗菜叶包住，又用草帮我捆好。

"已经过晌午了吧，你也快点回家吧。"

"嗯。"

我一边接过那捆蜂斗菜，一边问：

"我以后时常还到这儿来玩，不会被人责骂吗？"

"不会的，这里几乎没有人来。不过，还是尽量别领很多人来山上打闹。要是不知道小矮人的事情的人吓了一跳就不好了。"

"不管什么时候，我都一个人来。"

"那就行了。"

我放心了。把老奶奶给的蜂斗菜抱在胸前，沿着山岗上的路慢慢地边想边走，并且下决心，无论如何也要让小山成为自己一个人的。

我至今还有时候深切地感到，这个故事是这样听来的，实在太好了。在那以后，西红柿奶奶依旧来我家卖菜。可是，再也没有在小山上见过她。

记不得是什么时候了，有一次，老奶奶走出了我家，我因为弄不明白小矮人长的什么样，就追上去问。

"是呀，奶奶也不知道啊。你喜欢他是什么样，就把他想成什么样吧。"

老奶奶说着笑了。可是我却实在决定不下来小矮人的模样。每次来到小山，都不觉得要看看草丛下面和岩石后面。

就这样，这座小山更加成了我的珍贵的难以忘怀的地方。幸好，谁也没有发觉我知道那么一个地方。我也变得格外小心，不像过去那样在小山上呆太长时间。

不久，又到了炎热的夏天。我已经不再剥冬青树皮了。因办对这么珍贵的小山上的树，即使是损伤一点点，都感到非常可惜，我怎么还能去剥树皮。

七

那一年暑假快结束时，我带着写生用的画具，翻过山岗，想找个什么地

方完成写生作业。一到小山附近，我自然而然地朝它那个方向走去。

我像往常一样光着脚在小河的水流中行走。静静地不发出水声地向前走着，小河一拐弯，在前面，清楚地现出了那块重叠的大岩石。

走到那儿的时候，我不禁吃惊得停住了脚步。一个女孩儿坐在岩石上，像布娃娃一样一动也不动。她低着留着齐耳短发的头，好像在专心地注视着流水的下面。

我从处于暗处的河里看着她。在当头的夏日照射下，她身上的淡黄色西装和放在岩石上的红色大帽子美丽得耀眼。但是，这反而使我感到有些害怕，产生了一种被意想不到的东西混进来那样的不安。

我开始向后退两三步，但马上又改变了想法。

（我怎么了，不就是一个女孩子吗。我怎么能让那样的家伙走进小山呢。）

这样想着，我便吹起了口哨，故意把水声弄得很响，向小姑娘走近。

那女孩子发现了我，直立在岩石上，睁圆了眼睛看着我。我从来没见过她，不过她长得挺可爱。从那身讲究的衣服看，她好像不是这附近的乡村孩子。

是一年级学生，或者是还没有上小学，不管怎么说，我想她也不该一个人呆在这样的地方。

"你和谁一起来的？"

我一边环顾周围，一边问她。可是，女孩子连眼睛都不眨地直盯着我的眼睛。她那红扑扑的脸蛋上，晃动着河水反射上来的阳光。

"你从哪儿来的？"

我又问她一次。她默默地举起手，指了指小河上游，这正好和我来的方向相反。这时我才发现，这个女孩子也光着脚。

"就你一个人？"

我有点担心了，问道，我想她也许是个迷路的孩子。小女孩儿摇摇头，向对岸的深草丛中望去。我也跟着她向那儿寻视，可是一个人也没有。即使这样，我还是想，有人在那儿找寻山芋或者是在砍矮竹子吧。

这时，一直不开口讲一句话的小女孩儿看着脚下，吃惊似地嘟囔着：

"鞋不见了，只剩下了一只。"

她拾起岩石上剩下的一只红色运动鞋，慌忙在周围找寻起来。

"刚才还好好地在这儿呢……"

小女孩儿表情变得像似要哭，看着我。我也和她一起用目光四处搜索。

水里也没有鞋。

大草帽轻轻地飘落到水里，眼看要被水流冲走。我拾起草帽，用力给小女孩儿戴在头上。

"用不着哭。一定是你刚才站起来时，鞋掉进小河被水冲走了。我去给你找回来，你等着啊。"

我感到了身上的责任便这样对她说。然后，我把写生画具往岩石上一放，就趟着水，急急地返回河流之中。

我想，即使被水冲走，运动鞋也还不会被冲得很远。我追过一段水流，走到岸边回到路上，向前走出好远，然后再找，可是没有找到。

我不甘心，又慢慢趟水开始返回小山。

我想，也许沉到什么地方了吧。我弓着腰寻视水底向前走去。就好像正在等我走过去似的，被草根绊住的红运动鞋在水流冲击下，正要漂走。

"找到了，找到了。"

我踢溅起水花，跑向鞋子，伸出了手。可是又把手缩了回来，因为我发现小小的红运动鞋里有虫子似的东西在蠕动。

但是，那不是虫子。我看见只有小指头那么点儿的两三个小矮人，冲着我挥着可爱的小手。

我惊得目瞪口呆，呆立着目送漂走的鞋子。

那是什么呀？

鞋子马上又被草遮住了。吃惊得大张着嘴的我到了这时才终于醒悟过来。

那是小矮人！

然后我就忘记了一切，水花溅得齐胸高，扑向了红运动鞋。但是，抓起来的鞋里却是空的。我紧紧抓着那只鞋，急忙到附近的岸上乱翻。当然，那里什么也没有。

有一会儿功夫，我气喘吁吁地四处寻视。

刚才看到的东西确实是人的模样。那肯定是小矮人。小矮人现在仍然活着。可是，会有这种事吗？

还是自己看花了眼？我仰望着天空。从头上覆盖着的树叶之间。露进来闪烁的阳光。那光亮形成圆点，投射在水面和岸边的草上。

我好容易才想起了在岩石上等着我的小女孩儿。

八

重叠的岩石上一个人也没有。小女孩儿像小矮人一样消失了。我好像是被狐狸迷住了。只有写生的画具好好地留在岩石上。

如果想一想，已经过去了相当长时间，小女孩儿也许是等不及回去了。可是，我的脑袋乱成一团，把小矮人和小女孩儿搅在了一起。

单只的红运动鞋确实在我的手里。鞋底没有磨偏，好像还没怎么穿过。我想鞋上也许写着名字，一看，这也没有。我望着鞋，陷入了沉思。

那个小女孩儿究竟到这里干什么来了呢？她知道小矮人的事吗？她说不是一个人，可现在看来真有些可疑。那女孩儿不管我问她什么，都没有作象样的回答。她一定知道什么事情。

（那家伙把我嘲弄了，装出要哭的脸孔，其实却是傲慢的家伙。）

我在岩石上坐了下来。

我看见的真是小矮人吗？也许是由于光的影响，我把鞋里的树叶什么的错看成了小人。虽然我觉得小人好像招了招手，可并没有看得很真切。不过，那还是小矮人，不然的话，就不会连小女孩儿都不见的。

如果真的是小矮人，他们为什么要逃走呢？我不会做任何坏事，他们不知道这一点吗？不管怎么样，再看清楚点就好了。也许应该跟他们打声招呼。也许是因为我慌忙扑了过去，他们吃了一惊才逃走的。真是办了件遗憾的事。

我拼命想回想出刚刚看到的小矮人的模样。可是怎么也想不清楚。我取出写生的画具，打开写生簿，想画出小矮人的形像。

小矮人只是在我眼前闪了一下，而且他们又是比小手指还小的人，所以细微之处，一点都不知道。记得好像什么东西闪了一下光，那也许是项链。好像穿着白色的衣服，那衣服上印着黄色和茶色的花纹。头上缠着像是头巾似的东西。面孔无论如何也想不起来。好像觉得是长着乱蓬蓬的胡子，又好像觉得没有长。最重要的面孔没有记住，真是窝心。

花了好长时间，我闭目回忆，歪着头琢磨，在画纸上画了好多个小矮人，既有满脸胡子的，也有面带笑容的。最后，连自己都不知道画了些什么。我扔掉蜡笔，呆呆地望着天空，不知什么时候，太阳西下，天边烧起了火红的晚霞。

不管怎么说，我见到了小矮人！

怀着从梦中醒来的心情，我这样想着。谁也不知道的小矮人，只有我一个人知道。这样一想，我长呼了一口气。有一天，小矮人一定会再次来到我面前的，那时，我要不慌不忙地看清楚，悄声地与他们搭话。

我来了精神，做回家的准备，单只的红色小运动鞋也郑重地收进口袋里。一想到小矮人曾经进过这里，就不能随便乱放。

从那以后，这只鞋成了我的宝贝。默默地望着它，想着清泉流淌、树荫浓密的小山上，小矮人在过着什么样的生活，每次都感到极为不可思议。

我想象隐藏在草下面的小矮人的小房子。它一定做成了我无法找到的样子，一定看起来只是岩石或者是草丛吧，也许是树洞。古老的杂木树根往往成了大树墩，这种树墩上，大都长着湿润、柔软的苔藓，并且有两个小洞。它做小矮人的家太合适了。

吃的东西是什么呢？是吃草籽，还是也吃青蛙？据说发现蛇，小矮人会把蛇打死，这该不会是为了吃吧。

可是，那么小的身体，怎么去打败蛇呢？也许是施展魔法似的招术，使蛇不能动弹。听说青蛙被蛇一瞪，身体就畏缩成一团，无法逃跑，也许蛇被小矮人一瞪，也无法动弹。或者是使用扎枪和刀，与蛇勇敢战斗吗？真是那样，我倒想看看，只看一次就行。

小山上一共住了几个小矮人呢？我去了多少次小山，以前却从没有见到过。小矮人一定非常机敏。也许躲过我的眼睛本来就不算什么难事。我一接近小山，放哨的小矮人就会通知大伙儿吧。

"那个孩子又从河里走来了。"

"真是烦人的家伙。快藏起来，别让他发现。"

也许他们就是这样说的。那几个小矮人为什么要让我看见呢？我想不太明白。如果是因为喜欢我那就好了。

"看来那孩子非常喜欢这座小山。对我们的存在也好像隐约感觉到了。我们该和他打一次招呼吧。"

我心想，如果小矮人曾经作过这样的商量该有多好啊。

我想，也许不久还会看见小矮人，所以只要有空儿，我就到小山那儿去。可是，任我怎样费尽苦心，眼睛瞪得像铃铛，却一点用处也没有。

九

直到第二年的春天，我依旧继续一个人想起来就去小山上玩儿。我已经谁都见不到了，小山总是宁静的。

但是，不久我就不得不和这座宁静美丽的小山分手了，因为我家要搬走了。新搬的地方是个大城镇，离这里坐电车需要四十分钟。虽然并不怎么远，但那时我却感到太遥远了。

和朋友们分手也很叫人寂寞，不过，最牵动我的心的，是离开小山这件事。一想到也许在我不知道的时候，什么人会把小山占过去，我就实在不能甘心。

搬家的日子终于临近，大件行李先运走了。那天，从早晨起就下着毛毛细雨。家里突然空空荡荡的，越发让人感到冷清。

我穿上雨衣，悄悄从家里出来。雨中的小山如在烟雾中，朦朦胧胧的。在淋湿的三角平地上，我呆呆地站了一会儿。

虽说不知道是一个月一次，半年一次，或者是一年一次，但我想即使搬了家，也要尽可能地到这里来。

我从口袋里掏出三个蓝色的玻璃球儿，在雨中把它们郑重地埋在泉边，然后急匆匆地回家了。

忙忙乱乱地搬完家以后，我也转到了新学校。当时，没有一个朋友，一心只想着小山的事。曾经认真地想，干脆在放学路上就这样直接去看看吧。我把自己的储蓄箱里的钱掏空，带在身上两三天，可是最终还是下不了决心，又送回了储蓄箱里。

没过多久，我习惯了新学校的生活，也有了新朋友，终于安下心来。虽说并没有完全忘记小山的事，但随着时光的流逝，也就一点儿一点儿地不再那么留恋了。我想，不管什么时候，只要想去就能去，于是就不把它当件事惦记了。

就这样一年很快就过去了。

不久，我升进了中学。每天乘电车到与小山的方向相反的学校去上学。到了这时，我已经几乎不再想起小山的事。中学里的学习比小学要紧张得多，再加上新鲜事儿一个接着一个已经顾不上小山了。那只红色小鞋也被收进了桌子的最里面。

很长时间里，我没有去过小山，日子就这样过去了。

不知什么时候，日本被卷进了战争的漩涡。我的身边，形势也渐渐严峻，梦境似的回忆消失得无影无踪。战争越打越激烈，我父亲也出征打仗去了。在空袭开始的时候，他和船一起沉入了南方的海里。

城市被烧毁，人们总是瞪着警觉的眼睛。我长成了一个瘦高的中学高年级学生，被带到了工厂。就在我浑身油污在工厂劳动期间，学校也被烧毁了。

虽然每天净是些痛苦的事，我们却还是傻乎乎地高兴。我们完全是得意地互相讲着自己家被烧掉的事，被轻型飞机追得绕圈跑，子弹啪啪地扫射，我们却觉得好玩儿极了。这其实是玩命的捉迷藏，我们中就有好几个运气不好的朋友被"鬼"给抓住了。现在想来，真是叫人不寒而栗。

战争终于结束了。

那是在闷热的盛夏，我站在被烧成废墟的城市里，就像浓云散尽似地，小山突然浮现在我的脑海。让人怀恋的小山，从那以后，到底还是一次也没有去过的小山。它现在还和从前一样完好无缺吗？关于那座山，传说着有趣的故事吧。我突然想起了款冬的气味，让人怀恋的小山。

那一次，我曾看见过不可思议的东西。那究竟是什么呢？为什么我没有进一步好好调查呢？想起来了，那只红色小运动鞋怎么样了？我应该是把它收起来了的，所以找一找一定会有的。

虽然巨大的不幸接连不断，但是我家因为在郊外，所以直到最后也没有被烧毁。因此，连和我那记忆有联系的东西都没有丢失。

想起了一件事，许多事情就一个接一个地浮现在脑海然后又消失。怀恋之情涌上了心头。

（好吧，这几天就去看看。）

我下了决心。我感到被挤在心灵角落里的记忆，发出声音在向外挣脱。我和小山的小小历史又开始进入了新的阶段。可是，我的小山还会和从前一样，宁静地迎接我吗？

第二章　小黑影

一

那是初秋的一个晴朗的日子。我下了电车。停立在多年未到的小镇的车站上。

佐藤晓（日本）

这里好像没有受到什么战争灾难，我心里松了一口气。走近我度过童年时光的街巷，不由得心情激动起来。我感到。好像在路旁的小石块儿上，也能看见小学生时的自己。

在擦身而过的人中，也有好像是在哪儿见过似的面孔。对方当然不会认识我。在从前的淘气伙伴儿的家门前，我悄悄地向里面探望了一下。街道好像变得窄了许多，这是因为我自己长大了吧。

不一会，我来到了怀恋的山岗。这一带几乎和从前一洋，连陈旧的石阶上的坑洼都没变。走过幽暗的山岗，景色豁然开朗，风吹过出了汗的身体，使人舒适。从前也是这样。

看见小山的山尖了，我感到有些安心，四周的山全都秃了，可是只有我的小山，树叶开始染红的树木十分繁密。我感到好像有谁为我保护了小山似的，非常高兴。

我穿着结实的皮鞋，所以从山岗那儿进山可以省力，可是，我特意走到小河那里，赤了脚，在冰凉的水中□过去。河流的情形好像有了变化。是我长大了，还是水流有了一些变化，大概两者都有吧。

我在幽暗的河中站住，向重叠的岩石那儿望去，那儿并没有人。

我的两棵冬青树像哨兵似地，笔直站着。而且，在冬青树身上，清楚地留着我剥下树皮后的伤痕。

"啊！"

我情不自禁地喊出声来。

这样从外面看去，这小山好像一点儿都没有变，可是当我穿上鞋，钻进三角平地。样子就完全不同了。

原来昏暗的平地，现在充满了明亮的阳光，因为南侧的杉树被砍得一棵都不剩了。我觉得好像错走到了一个完全陌生的地方。

但是岩壁环抱着的泉水依然和从前一样美丽。我垒起的石头已经塌落在地上。款冬的叶子还残留在泉水的四周和山崖下的树荫里。抬头一看，冬青树还是原来的样子。

望了一会儿，我改变了对明亮的平地的最初感觉，渐渐喜欢上了它。我像从前一样，在泉边坐了下来。早落的树叶时而沙沙地飘落在面前，令我微微一惊。

从泉眼漫落下来的泉水，使寂静的小山回响着水音。静静地听着这水声，从西红柿奶奶那儿听来的故事浮上我的心头。

我闭上了眼睛。再轻轻睁开时，眼前的款冬叶子在动，我伸出手去，一只青蛙跳走了。

我忽然想起，最后来小山告别时，曾经埋下三颗玻璃球。那确实是一个雨天。

我站起来，在估计可能埋的地方寻找。可是，记得当时并没有埋得太深，却怎么也没有找到。我想，如果真想找，就得带工具来。我停住手，又像先前一样坐下了。并且思考着怎么做能买下这座小山。

（首先必须去找小山的主人。这该不太困难吧。）

但是，他肯不肯卖给我却是个问题。而且就是卖给我，我也没有钱。现在的我，等于是一文不名。弄到能买下小山的那笔钱，肯定是让人等得心烦意懒的将来的事。

因为父亲已经去世，从现在起我也必须去工作。现在正是全家人不齐心合力地工作，便无法生活下去的时候。而且我已经下决心一边工作一边升学读书。

即使这样，我还是打算买下小山。有一天把这里变成自己的东西，这一愿望我想把它珍藏在心里。我对自己说，你还是忍耐着吧，在长长的一段时间里，来到这里只能沉思默想。

我不知不觉躺在草地上，凝望着秋天蔚蓝的天空。世界在卷着旋涡激烈动荡，可是我和小山却好像置身于旋涡之外，十分宁静。

不知过了多久，我站起身，就着泉水，吃光了自己带来的简单的食物。

二

访问小山后过了不久，我发现有时会出现奇怪的事情。

从口袋里掏东西时，我觉得有什么东西也一起带出来，掉在了地上。那感觉好像是小小的黑影掠过我的眼角，在脚下消失了。那不过是一瞬间的事，当然也没有什么声响。我在身边找了找，并没有掉下东西。尽管如此，有时我还会不自觉地退回两三步，再找一找。而且有时注意到从一开始口袋里就什么东西也没放，不禁自己笑起来。

开始时，我认为这是幻觉。但是，因为这种情况不断发生，我又认为正是经常挨饿的时候，是营养不良导致视力出了问题。

不久，我发觉，这样的感觉并非只限于从口袋里向外掏东西的时候。比如说，脱下衣服往钉子上挂时，从坐着的椅子上站起来时，从读得入迷的书

佐藤晓（日本）

上抬起头来的时候，在我的眼角上都会有一个小黑影一闪而滚落。于是我已经决定不为这样事担心了。因为习惯了也就不是值得特别一提的事，而且又不是我的视力变坏了。

有一天，我在镇上被一个外国牧师大声叫住了。他说找不着路，想打听一下。因为用语言来说明太费劲儿，我想画张图给他看看，就从口袋里掏笔记本。我总是把笔记本收在胸前的口袋里，可是那儿没有，于是我四处翻找，结果从裤子的口袋里抽了出来。这时候，又有一个小黑影闪了过去。

令人吃惊的是，这时连那位牧师也好像在寻找掉在地上的东西似地，四下张望。

"您在做什么？"

"我想刚才从你的口袋里好像掉了什么东西。"

我吃惊地望着牧师的脸。并不是只有我才感觉到了那黑影吗？

"我好像看见蟋蟀一跳似的。"

"蟋蟀？"

"不。我只是这样想，看来不是。好象什么东西都没掉。"

牧师这次是用英语说着这个意思，然后笑了。我定定神，在笔记本上画好图，把它撕下来作了说明。牧师用英语说了声谢谢，拍拍我的肩膀，跨着大步朝我指的方向走去。

我一边目送他走远，一边沉思起来。我还以为只是我的眼睛中映入了黑影，看来别人好像有时也能感觉到。牧师曾说是，他这一说，的确映入我眼中时很像是蟋蟀迅捷地跳走。两个人肯定是看见了同一个黑影。我的口袋里，不，不只口袋里，我的浑身都好像有什么东西附着上了。它决不会真是蟋蟀，而应该是比蟋蟀更迅捷的奇异的东西。

我啊地叫出了声。也许那小黑影就是住在小山上的小矮人吧。莫不是现在小矮人还活着，悄悄钻进我的口袋，藏在我的上衣下面。如果真是这样……

想到这里，我一边摇着头一边开始往前走。我觉得这就太荒唐了。那样的小矮人现在还活在世上，这事无法让人相信。但是，我马上又站住了。

我小的时候不是看见过小矮人了吗。现在想来，我也认为那确实是小矮人。而且，就在刚才连什么也不知道的外国牧师都发现了小黑影，黑影确实存在。如果存在的话，那一定是小矮人。

我觉得身体像是要颤抖。这下可有意思啦，这下可有意思啦，这下……

我在心里念叨着这同一句话，不知不觉已是上气不接下气地快步奔走着。

三

在那以后，小黑影照旧在我眼边出现。这回我努力想辨明它的真面目，可是我还是办不到。

小山那儿我也去了好几次，比从前更用心地寻找，可是没有用。如果把小山砍光秃了，也许能知道什么，可是这当然做不到。

我想用什么办法进一步详细了解小矮人的事情，因此，碰上什么书就拽过来，查阅各种小矮人的故事。我想也许里面会有成为线索的东西。

好像小矮人的故事本来在日本就不大听得到。虽然谁都知道一寸法师的故事，但是这和小矮人不一样。因为就是在故事里，一寸法师的父母也是普通的人。真正的小矮人必须像"小法师"那样，全家族都是小矮人。在日本，几乎没有这种小人家族的故事。

我费了相当大的工夫找寻，可是类似"小法师"的故事怎么也找不到。

但是，过了一段时间，我终于发现了很好的故事。原来在日本也有和"小法师"一样的小矮人族的故事。

这是北海道阿伊努族人传说的克洛勃克尔的故事。我以前知道这个故事，可却一时马虎没有想起来。我马上打开了手头的辞典。

"克洛勃克尔——阿伊努族语（意思为款冬叶下的人），（1）在阿伊努族的传说中出现的小矮人；（2）或者根据这一传说可以想见的在阿伊努族定居之前住在北海道的小人种的名字。"

我觉得就这些好像就足够了。对我来说，"小法师"的故事和款冬的气味是互相系在一起的。这么说，"小法师"就是克洛勃克尔了，我心里激动起来。"小法师"是因为原就喜欢款冬的叶子，才看中了生长款冬的小山。

再一本书接一本书地翻下去，没想到的是，很多学者研究了克洛勃克尔的情况，结果好像是认为没有那样的人种。但是，这无关紧要。也许我就知道活着的克洛勃克尔。

除了持这种学说的学者写的书以外，要想进一步仔细了解克洛勃克尔的传说，这可是困难的事情。我好不容易算是找来了一本陈旧的小册子，那上面这样描写克洛勃克尔的情况：

"身长一至二寸（三至六公斤），其心性机敏。据说讨厌经常显露其身体。

或者只闻其声，不见其形。"

我所知道的小矮人，身长约三公分。从没有听见过他们的声音，清晰地看见形象只有那么一次。不管怎么说，确实和书上写的十分相似。

据说在很久很久以前，有一次克洛勃克尔被恶作剧的阿伊努族人捉住，蒙受了侮辱。此后便举族迁移到他乡，下落便没有人知道了。

正如他们的名字的含义那样，据说有时一片款冬叶子下面，竟藏了好几百人。这是因为北海道的款冬叶子像雨伞那么大吧。

关于克洛勃克尔身体的微小，那本书作了这样的说明：

"搬运一根芦苇叶需要数十人，把萝藦①（植物名）的果实分成两半，一半当成船来打渔。"

我不知道萝藦这种植物，马上去查阅辞书。这是一种野生的蔓草，好像哪儿都能找到。它结有十公分至十五公分的豆荚那样的果实。这和我见到的另一只船（红色小运动鞋）基本一样大。我想这也是一个证据。

我一边把自己查到的资料抄到小笔记本上，一边心里高兴得不得了。并且打算证实一下这是否符合事实。这就必须要见到小矮人，和他们谈谈。

我想写封信放在小山上，可又不知道"小法师"究竟认识不认识字。不过，这总比什么也不干要强些，于是就简单写了封信，说我想做他们的朋友，想知道他们为什么跟在我身边，"小法师"实际上不就是克洛勃克尔吗？等等。我把信放在了草丛里，高兴地盼着能有回音，可是很遗憾，没有什么反应。

过了不久，我进山一看，那封信湿淋淋地还放在原处。

但是，我没有只因为这事就罢休。我想，要是这样的话，就尽早买下小山，让小矮人安心，然后主动出来见我。

因此，我想先把小山的主人调查清楚，作这一打算正是我升入夜间专科学校的时候。

四

这件事像预想的那么简单，只用了半天就办完了。从小山一带开始，山岗附近的山的主人都是一个人。知道了山主人的姓名和住址，我很想在他家

---

① 1萝藦：俗称"婆婆针线包"，多年生蔓草，果壳能入药。

的外面看看这户人家，就直接去了。

从山岗上的路通过小山旁，往山里走了很远才到了山主人住的地方。因为儿时曾来过这里，所以基本上知道怎么走。但是，这一带的农家很多，从大门外又看不见门牌上的姓名，和在城里找人家的困难有点不同。

于是，我下了决心去寻问一位过路的女人。

"啊，是峰家呀。你看，就是前面的树围墙那儿，有小男孩儿在玩儿的那家。"

那位妇女用手指着告诉我。那个有五岁左右的男孩儿正好在这时走进了树围墙。后来我才知道所谓峰是这户人家的户名。从很久以前。这里就互相起出户名，以此来彼此称呼。也许是因为都是同姓，无法区分。

我要找的人家户名叫作峰。这样一来，我又产生了一个欲望：好容易到了这里，就去见见这儿的主人。我想哪怕只问问，有一天我攒够了钱时，他究竟能不能卖给我也好。

虽然这事情做得很鲁莽，但我想，这又不是想干坏事，如果被拒绝了可以找机会再来嘛。我在树围墙前面站下了。回头一看，刚才那位妇女从远处看看这里，并挥挥手，意思是说那儿就是峰家。我要是不进去，反而会被怀疑。

我一边在头脑中紧张地盘算着先从什么地方挑明来意，一边走进门里。套廊正对着大门，一位穿着干农活的衣服的胡须蓬乱的大叔正在抽烟。

"对不起，打扰您了。"

"什么事，我不会卖给你的。"

胡须里传出一声粗犷的回答。我感到迎头遭了一盆冷水。他是在说小山不能卖吗？但是，我马上醒悟过来了。那时还处在没有东西吃的时期，他一定是把我当成来买食品的城里人了。

"不，不是的，我有件事想请您帮忙。"

"不是来买大米的吗？"

"不是，我想要的不是大米。"

"是土豆吗。"

"不，也不是土豆。"

我的全身都被汗湿透了。

"那你要什么呢？"

"山。"

"山？"

峰家的胡子蓬乱的大叔大吃一惊，叼着的烟斗一下子掉到了膝盖上。那惊呆的表情与满脸的胡须很不相称，显得有些可笑而又可亲。我轻松了一些。

"我不懂你说的什么意思。来，到这儿坐下。"

说着，大叔用捡起来的烟袋的头指着套廊。我照他说的坐下后，他就再三打量着我的脸，问道：

"你说的要买山，这倒底是谁要买？"

"是我呀。"

我急忙把自己的名字、住址以及小学五年级以前一直住在离这儿不远的镇上的事讲了出来。

"我说的是鬼门山。您知道那座山吗？"

"你为什么喜欢那样的地方？"

"那是我从小就喜欢的山。我打算有一天在山上盖房子。"

大叔露出拿不定主意如何回答的奇怪表情。

"这个嘛，你冷丁提出来，我现在不好回答你。别的不说，就像从名字也能知道的，那座山可是不吉利。连我都只有那座山上的树不去砍伐。从很久以前，就传说要是把山弄秃了就会遭报应的。你恐怕不知道这些事吧。"

"不知道。不过有报应我倒是听说过。现在前面的杉树林没有了，所以不用伐树就能盖起房子。"

"在那样不方便的地方吗？连路也没有……"

"路很快就能开出来。"

"你真是迷上它了。"

大叔好像为难似地说。

"是那山上能挖出什么宝贝来吧？"

"宝贝？有没有宝贝我可不知道。"

我有些吃惊地回答。小矮人倒不是不能看成是宝贝。至少对我来说，肯定是宝贝。但是，峰家大叔那大胡子的脸上浮起了嘲笑。是因为我太认真了，他才戏弄我的吧。

"你爸爸同意吗？"

"爸爸战死了。"

"是吗，这可真够受的啦。可是和家里别的人商量过了吧？"

"还没有和任何人商量过。"

"那可不行。你这可是想买一座山哪……"

"不，我真正来买这座山是将来的事。现在别说买座山，连土豆我都买不起。今天我是突然拿定主意来求您的。"

我苦苦地向大叔解释，虽然现在买不起，但等到长大成人一定买下那座小山，这是我从小时候起就有的愿望，所以今天才跑来，就想问一问，等过些年以后，我把钱攒足时能不能把小山卖给我。

在我解释的时候，大叔不说话，只是嗯嗯地点着头。我想他从我说话的样子上明白了我是认真的。一会儿，大叔用吃惊似的口气说：

"你也是个古怪的人哪。不过你的话我都懂了。作为我来看，那座山我并没有理由非卖不可，这样说，也不是就是不想卖。即是说，这是一座有没有都行的山。所以，如果你那么喜欢，到那时我可以和你商量。不过，别太性急，要耐心去做。我也不着急地等着你。只是你得在我活着期间来商量这事啊。"

峰家大叔这样说着，好像觉得有趣似地"哈，哈，哈"大笑起来。

那天，大叔送给我好多土豆和蔬菜，让我带回家。这些东西很沉，但我的心却像轻盈地飘舞在空中一般。

五

从那以后，我和峰家大叔十分亲近起来。大叔说我是古怪的人，可他自己也是非常古怪的。也许这是古怪人之间的对脾气吧。我想开一条进小山的路，与大叔商量时，他也一起帮我出主意。

"还沿河边开路为好。从山上过去，反而绕远。割去右侧的草丛，把河岸铲下去一点，你看怎么样？在那前边架起一座小桥就可以了吧。什么？没关系的。我要是有了空儿还可以帮你一把。"

"我一个能干。"

我赶忙回答。

"嗯。那你可以使用放在那儿的工具。"大叔说。

我打算沿着新路种上喜马拉雅杉树。我已经和朋友说好从他那儿分来一些。

到了夏初，我准备妥当，一大早就来到小山，从峰家借来铁锹和小镐头。我换上带来的工作服，从重叠的岩石那儿开始向前修路。虽然我说过一个人能干，可是这活实在是够累的。只有镰刀是我从家里拿来的，它一点都不快，

意想不到地耽误了时间。

好容易割完了草，早已经过了晌午。在这里吃了午饭，从下午开始去刨河岸。抡镐这个活，姿势不累人，进展得也很顺利。尽管如此，等我在河沿上栽喜马拉雅杉树苗时，已经接近黄昏了。

费了这么大的劲儿修出的路，宽度也就是将近半米，勉强算是能通过一个人。

我想，又不会与人迎面擦肩而过，这么宽也就足够了。架桥的活儿只能留给以后了，但我可以在这段时间里踩着岩石跳过河去。就是说，只要不总是在河水里和草丛中行走就可以了。

树苗还多出十来棵，于是我走进小山。我是想种上杉树苗代替插桩子，好划清小山的界线。我先爬上山崖，种上两棵树苗。我把南侧的小山前边的洼地也划了进来。这片洼地因为四周的山上涌出来的泉水，总是存着积水。我的计划是想把这里再深挖一些，使小山的前面变成一个大池塘。这样一来，这座小山除了我修的路以外，就没有其它入口了。

我绕小山一周，在需要的地方种完树苗时，四处已经蒙蒙黑了。我先急奔峰家去还工具。我没有换下工作服，因为我想回头用泉水从容地把身上擦干净，然后再换衣服。已经有了路，所以进出小山不再像从前那样费事了。

峰家大叔刚从地里回来，正在院子里干活。他看见我，微笑着问：

"噢，怎么样，很顺当地干完了吗？"

"干完了。花了整整一天的工夫。"

我精神十足地回答。

"真不错。等明天我去看看。"说完，大叔挽留我：

"吃了饭再走吧，还能洗个澡。"

他这么一说，我肚子就咕咕地叫起来了。可是我不想添麻烦，就谢绝道：

"不用了。要换的衣服还放在山上，我得马上回去。"

"是吗？那你稍等一会儿。"

大叔回过来，大声喊家里的人：

"喂，赶快去捏五个饭团子来，山大王看来是肚子饿了。"

"山大王"说的就是我。大婶边笑边退了下去，一会儿就给我拿来了配着咸菜的晚饭。

"这样你就能边走边吃了，年轻人肚子饿了可受不了哇。"

大婶把饭团子递给我，我感激地接过来，然后返回小山。我走在路上，

迎面一轮大月亮正在升起。

六

我用清凉的泉水把全身擦了个痛快，然后坐在干枯的落叶上吃晚饭。那大饭团子实在太香了。

干完力气活儿以后的舒服的疲劳感袭上来，我出神地望着月亮。如果不是有时蚊子大声嗡嗡着飞来，真想睡一小觉儿。一不留神去拍蚊子，手上磨破的泡就火辣辣地痛个没完。

我伸手摘下一片款冬叶子，用它当扇子去扇脚底下。款冬的气息飘过来，让我想起了从前的事。

（西红柿奶奶她怎么样了？）

我一边出神地想着这些事，一边有意无意地望着身边的草丛。

月光照不到的地方黑黑的，看不清楚。在这黑暗中，一个白影子一闪而过。

我不由得吃了一惊，掉过头来。这和我经常感觉到的小黑影的动作相同。那白色不就是反射的月光吗？我把脸转向那里，它又横着闪向一边。只见一片枯叶慢慢地翻了过来。我盯着它看时，在我身后响起了小石头从山上滚下来似的啪嗒啪嗒的声音，接着啪地打到了我的背上。我用手在地上摸，捡起来一看，是蓝色的小玻璃球。

一个小白影从正在吃惊的我的眼前一闪一闪地飞去。

终于露面了！

我不禁屏住呼吸，感到身体似乎绷紧了。虽然想到过这样的事总有一天要发生，但是，来得这么突然，叫我不知如何是好。也许是生我的气了，这种担心在头脑中闪过。我修这条进小山的路，也许叫"小法师"不满意了吧。

不管怎么，要把那小东西看个清楚，我身体僵直不动，把注意力都集中在眼睛上。不一会儿，小影子开始以我为中心滴溜溜转。开始像是一圈光环，随后一点一点地慢下来，变成了三个点儿，接着又变成了小矮人的模样，很快就静静地停了下来。

这是三个我只见过一次的小矮人。他们那将近三公分，像豆粒儿似的身影慢慢地聚在了一起，像是在抬头盯盯地看着我。

他们要干什么呢？我边想边望着他们，心扑通扑通地跳起来。

可是左等右等，小矮人还是不动。

佐藤晓（日本）

"喂——"

我一横心跟他们打了声招呼，三个人一起嗖地跳开了。害怕的并不是我一个人。看来他们并没有生气，我有些放心了。

"不用跑，我不会伤害你们的。"

没有回答。是听不懂我的话吗？我想他们也许不懂日语。

"明白我说的话吗？要是听懂了能回答一声吗？"

好像是有说话的声音，可是听不清楚。我双手撑地俯下身去。

小矮人沿着草丛的黑影向我身边移动过来，然后躲在我眼前的款冬叶子下面。我悄悄地把叶子翻开，转眼之间，不见了两个。剩下的一个抓着款冬的叶茎，从下面直视着我的目光。月光横射进来，照清楚了这个勇敢的小矮人。

他穿着裤子似的东西，上衣长长地拖到膝盖，上面扎着线绳似的腰带，带子头垂下来，一闪一闪地发光。脸太小，看不清楚，不过像是个年轻的小矮人。

这个年轻的小矮人跷着脚仔细地望着我。我一动不动地忍着脸上的痒。不一会儿，年轻人从草下面迅速走了出来，挥着手说了些什么，可是因为声音太小听不清楚。但我觉得第一次听到的小矮人的声音很像飞虫拍动翅膀的声音。我蹲下身子，把耳朵靠近他。

"你好。"

"啊！"

我有点惊慌。想了一下才明白，小矮人是在向我问好。

"你出来了。我不会做什么的，你别跑啊。"

"不跑……"

小矮人似乎已经完全镇静下来了。

"你有什么事吗？"

"嗯……"

"什么事？"

年轻的小矮人沉默不语。似乎是在考虑怎么说为好。

"来，说什么都行。我的事你不是全都知道吗？"

"嗯。"

说完又闭口不语了。我想，也许是因为长时间躲开人类生活，一下子还不能消除隔阂。我打算慢慢等待，就重新换了个舒服的坐姿。月亮被云朵遮

住，一时四下黑暗下来。

不知什么时候，退到后面的两个小矮人也慢慢走到近前，在我面前的石头上并排坐下。三个人乍看起来长得一样，可仔细一看，后来的两人中，一个长得圆圆胖胖的，另一个好象还是个孩子。我想，他们可能是兄弟吧。

<h1 style="text-align:center">七</h1>

等了很久，他们就是不开口。不过我这里倒是有许多事情想问。于是，我想让小矮人轻松起来，就先开口发问：

"你们从什么时候起住在这里的？"

过了一会，他们回答：

"从很久很久以前。"

"一直吗？"

"嗯。"

"有多少人？"

"很多……有几百人。"

又没有什么值得担心的事，小矮人流畅地回答着我提的问题。

"你们有时就在我身边吧。"

"是的。"

"干些什么呢？"

"这个么……"

胖胖的年轻人说：

"是了解情况。"

"我的情况？"

"嗯。"

"原来是这样。"

我点着头。这也是当然的事情。从来没有人接近的小山上，出现了一个愉快而来的家伙，在不了解他究竟是什么样的人之前，对小矮人来说，当然是令人担心的事。

"那么为了慎重起见，我要事先告诉你们，我是在很久以前就已经知道你们了。小时候曾见过你们一次。"

"这个我们知道。"

我慢慢点了点头。

"我从那时起就想和你们成为朋友了。所以，我不想做任何不为你们考虑的事。如果我做了什么令你们不满意的事，就不客气地告诉我好了。"

"唔。"

三个小矮人一齐点着头，其中的一个人说了些什么。可是我却只听见"噜噜噜"的声音。我刚想问个明白，小矮人马上用我能听懂的话说道：

"从现在起，你打算把小山怎么办？"

"这件事啊？"我说道。"有一天，我要买下它，让它成为自己的小山，然后在小山上盖座房子，一个人住在这里……"

年轻的小矮人们既不说好，也不说不好。但是，看表情就清楚地知道他们已经放心了。我想，他们露霜，也许就是为了证实这一点。

"刚才你们是在说自己的语言吧？"

"不"三个人摇摇头。

"我们说的是同样的语言。只是我们说话的速度比人类要快得多，所以……"

我十分佩服他们。小矮人不仅是手和脚动作迅捷。照这个情形看，他们头脑的反应也一定很快。

"总之，你们以后就放心地到我跟前来吧。我有一些事想和你们商量，也想听听你们的事。"

"我们尽可能这样做吧。"

小矮人含糊地回答。我正想再叮嘱一遍，个子最矮的小矮人又"噜噜"地说起来，然后赶紧换上我能听懂的速度。

"不会有别的人发现我们吗？"

"这倒不要紧吧。"

我边考虑边回答。

"只要你们不露面，就不会有人发觉你们的。即使有人看见了，也许要怀疑自己的眼睛看错了。所以，就算我千方百计地把你们的事解释给他们听，我想也不会有人相信。恐怕别人或者是认为我在开玩笑，或者是认为我的脑袋出了什么毛病。"

三个矮人默默地互相望着。

"但是，你们就不想走到人世上，叫人们大吃一惊吗？如果有这个心思，我会尽最大力量帮助你们。"

"不，我们不想那么做。"

"这倒也许是。"

我已经不太在意地作了附和,可是,三个小矮人却还要用力地说:

"就是。"

好像小矮人非常讨厌人类。我不知道说什么合适,一时沉默起来。

过了一会儿,三个小矮人从石头上站起来。

"要走了吗?"

"大家在等着我们呢。"

"稍等一下,我还有件事想问问。"我急忙挽留他们。

"你们知道不知道克洛勃克尔?"

"克洛……?"

"就是克洛勃克尔呀。"

我有点失望,因为三个人互相望着都摇了摇头。

"是吗?我还以为你们就是克洛勃克尔呢。"

"好像是听到过这个词。"

最初的那个勇敢的年轻人突然想起什么似地说。我不由得用力说道:

"是啊,我想你们应该听说过。"

"不,好像还是不对。你说的克洛勃克尔是什么?"

"是从前的小矮人的名称。我还以为就是你们呢。"

"咦,这倒像是挺有趣。"

胖胖的年轻人又要坐下,可是他马上又站了起来。

"这件事,下次再听你讲,今晚我们该回去了。

"是吗?那就这么办吧。"

我也只好就此罢休。

三个小矮人挥挥手,一下子就不见了。快得叫人没有个准备。

我又变成了孤独一人。小山依旧洒满了明亮的月光,我不禁长长地呼出一口气。

我感觉过去了很长时间,可是一看手表,却只过去了一会儿工夫。刚才发生的事情就像是场梦。我默默地望了一会儿月亮,直到心情平静下来。

松开紧攥着的右手,汗漉漉的手心里有一棵蓝色的玻璃球。这一定就是我小时候埋在这里的玻璃球。

佐藤晓（日本）

八

在那以后的一个星期里，我就像一个发着高烧的神情恍惚的人。什么东西都不想吃，眼眶发热，双腿无力。或者我也许是真地发烧了。

我一遍又一遍地在头脑中从头至尾地回想与小矮人的相会。我和小矮人谈了些什么，怎么个顺序，这些我都一一仔细地回忆出来。并且一到小矮人消失离去的时候，就赶快让思绪又返回到小矮人出现的地方。

不管怎么说，小矮人好像也不反对我成为小山的主人。但是，我感到除了这一点，他们找我也许有什么事情。要是这样，当时真该多问问他们。这种遗憾随着日子的过去而逐渐增加。

对小矮人不知道克洛勃克尔一事，我也感到有些失望。但是，我认为小矮人不知道克洛勃克尔，这并不能说他们就不是克洛勃克尔的子孙。就是这件事，如果进一步详细交谈，也许也会弄清楚。

小矮人说过以后可以时常与我见面这样的话，可他们什么时候来呢，我在心里期待着。但是，小矮人根本没有再出现。我突然注意到，在那以后，小黑影也一下子不见了。是因为不用对我做调查了吗？要是这样，我想好像应该赶快出现才是。

实在等不及了，我主动去小山看看。可是，不论我怎么呼唤，小矮人也不出来。我想可能是白天不好出来，就像那天一样，直等到晚上，可小山还是一片寂静。

过了不久，我也断了念头。一定是小矮人没有特别重要的事情就不到人类的面前来。可是，只有我是个例外。所以，也许过不久，他们又在我淡忘了的时候，一下子出现。这样一想，我终于又恢复了镇静。

我对小矮人的断念被代之以越发想拥有小山的渴望。我要想什么办法，早一天把小山买下来。话虽这么说，我现在身无分文，当然事情并不那么容易。

于是，我考虑把小山借下来。借土地盖房，这在生活中也是很普通的事情。我打算借下小山，在上面盖房子。

但是，这对我来说也是相当困难的事情。首先，峰家大叔是否同意就很难说。就是盖座小屋，也肯定需要很长时间。我只有一步一步地进行，于是自己制定了计划。

很快地，又是一年过去了。我从学校毕业，在小山旁边的镇上找到了一个新的工作。虽然是一家从事电气施工的小公司，但我很是高兴。因为这样一来，我的生活既有了宽裕，又能每天路过小山的附近。

小山上，我也可以去的次数更多一些。也许这样还会再见到小矮人。

工作单位一定下来，我立刻就去了峰家大叔那里。我提心吊胆地提出了借小山的请求。大叔听了我的话，把头摇了又摇说：

"现在就和借给你差不多呀。早就说好了要卖给你，而且看你这热心劲儿，反正是非卖给你不可了。所以，正式借给你也行啊。不过，你该不会是要建房子吧？"

"当然，建房子还早着呢，不过，我想先盖一间小屋。"

"盖小屋？"

"是的。我想要一间能过夜的小屋。因为工作也已经定在了这个镇上。"

"噢。"

大叔又摇了摇头。

"不行吗？"

"不，这倒没关系。只是要当心别胡乱糟踏小山，虽然年轻人也许并不在意这样的事。俗话说，不去触法神，就不会招致报应。"

"我会加小心的。"

我顺从地回答。好像大叔还是相信鬼门山的传说。

于是我和大叔订下了详细的借约，借约上还加上了等到我准备好足够的钱，就以合适的价格卖给我这一条。

我俩结伴儿去小山，划清了界限。我以前种植的西玛拉雅杉树，一棵也没有枯死，牢牢扎下了根。对此，大叔一点也没有责怪。

我对大叔讲了在小山前开大池塘的事，大叔很感兴趣地说：

"养鲤鱼吧，鲤鱼好哇。"

九

就这样，我勉强算是拥有了小山。儿时起就有的愿望，没想到很快就实现了一半。不过，要做的事才刚刚开始。

公司的工作熟悉以后，我一点一点地开始做盖小屋的准备。我四处去买便宜的旧木材和烧坏的洋铁皮，把家里的木匠工具找出来，悄悄地修好、磨快，设计一个人住起方便的小屋，制作正确的小山地图，真是忙得够呛。

　　不久，小山上的山茶树开始绽开美丽的花朵，我已经等不及了。我像以前一样，从峰家借来了铁锹和镐头来到了小山。我想把盖小屋的地方修平整。

　　虽然是春天，但是还相当寒冷。我故意走进杂草丛生的三角平地，把铁锹插在地上，并脱去上衣，做好干活的准备。

　　盖小屋的位置早已选定，就在泉水的后边，山茶树下。这里从小山上突出出来，如果在小山前挖一个大池塘，它就会象岬角浮在水面上一般。

　　我站在泉水边环顾四周，心想，也许小矮人会出来吧。从那天晚上以后，当然小矮人一次也没出现，黑影也没见到过。我做的事情小矮人是否知道，对此我有些担心。

　　因此，我觉得应该把将要盖小屋的事也预先通知给小矮人。我冲着小山呼喊：

　　"喂！听见了吗？"

　　我侧耳倾听，可并没有回音。但是，或许是精神作用，我觉得山茶树下那一带，草丛发出沙沙的声音。我鼓足力量继续呼喊：

　　"现在我要走过去把那一带弄乱一点。可以吗？如果不可以，现在马上就走出来。"

　　草丛又动起来。我想这次确实是动了，于是我向前探出身体。

　　没想到这时候从山茶树上，冷丁跳下一个人来。

　　鲜艳的黄毛衣跳入我的眼帘，一个戴着宽边眼镜的年轻女子撇着嘴，两眼直瞪着我。

　　我差一点吓呆在那里。后来也觉得自己没出息，可是当时，实在是惊慌得说不出话来。那个女子在我的眼前转过身，跑进草丛，冲着小山的那一侧跑下山去。这事就发生在转瞬之间。

　　好不容易，我才止住心跳，走到小山边上寻找张望，可是已经不见了那个人的踪影，也不知她逃到哪儿去了。

　　我拨开草丛，走到山茶树下一看，半块奶糖掉在那里。

　　（她到底来干什么？）

　　我边琢磨边抬头望山茶树，发现树枝上挂着一件绿色的半短大衣。

　　"这可不好。"

　　我急忙爬上山茶树，眺望那女子逃去的方向，可是没有看见她。我还是喊她：

　　"喂！你的东西忘在这儿了。"

但是，什么回音都没有。我失望地从树上下来，检查那件短大衣。衣袋里装着一张折折巴巴的明信片，上面的地址就在这个镇上。漫不经心地读下去，好像是好朋友寄来的，那个女子在明信片里，不断地被称为"小不点儿"、"小不点儿"。

我突然觉得好笑起来。也许跑进这样的山里的那位"小不点儿"受到的惊吓比我还大。我想，一个奇怪的男人来到这里，突然喊些离奇的话，她要是不吃惊，那才不正常呢。

我自己吃吃地笑了起来，这笑怎么也止不住，一想到吃惊地向后蹦时自己的样子，我终于忍不住放声大笑起来。那笑声传遍了整个小山，我完全恢复了镇静。我想，她忘掉的这件衣服，可以给她寄去，或者放在这里，她也许会来取。

"好了，该干活了。"

我往手上吐口唾沫，用力挥舞起镰刀。

活干得很顺利。割净了杂草丛，要平整地面时，我脱掉衬衫，光着上身干起来。山茶树下的杂草全部被割去，就像在小山上开了一个洞。不久，小屋将出现在那里。我顺便修出了从三角平地通向泉水边的阶梯。

我用泉水洗过手脚，擦净身子，轻松地休息一会儿。

十

突然，我听到有脚步声，便回过头去。在冬青树形成的入口处，黄色的身影在闪动，我不禁暗自笑了。一定是她估计我已经回去了，便来取回忘记的东西。

"请过来吧。"

我这样一招呼，人影马上就躲了起来。如果我不说话，她好像又要逃走，于是我站起身走过去。那女子正在我开出的沿河小路上啪嗒啪嗒地向前跑去。现在看清楚了，她穿着西装裤子，脚上是一双雨靴。

"喂！"

我大声喊她。

"喂！小不点儿。"

女子哆嗦了一下站住了。

"你是来取这个的吧？"

我笑着挥了挥短大衣。那女子露出想说什么的表情，可又什么也没说。

我慢慢走近她。

"刚才让你受惊了，对不起。不过你为什么要跑呢？"

"那么冷不丁地……"

小不点儿扶了扶与她不太相称的红边眼镜，又撅起了嘴。这动作有些孩子气。她的鼻尖上冒着汗珠儿。

"你在树上干什么来着？"

我尽量用轻松的语气问她。

"……在看书。"

"是这样，这么说，你时常到这里来吧？"

我突然感到担心，就这样问她。坐在树上看书，这是我从前经常做的事情。她既然连这事都做了，以前怕是来过好多次了吧。但是，小不点儿没有回答我的问话。

"这是你的山吗？"

"嗯，是的。"

"那我以后不来了。"

"为什么？"

小不点儿摇摇头，默默地伸出手。我把大衣还给她，她当场就穿上了。

"谢谢！"

她说着恭敬地鞠了一躬，然后就像远离可怕的东西似地，赶快跑走了。

我困惑地回到原来的地方坐下，把奶糖也扔进了嘴里。对了，这奶糖应该还给她的，我这样想道。

"可不能疏忽大意。"

我对自己说道。思想起来，像小不点儿这样的人是最不好办的。她和我一样喜欢这座小山，如果经常随便地到小山上来，小矮人会格外担心的吧。

我想，幸亏我借下了小山。现在，小山已经是我的了。既然如此，建造小屋的计划必须更快地进行。尽快盖成小屋，按预定挖好池塘，把小山变成一个谁都进不来的宁静的地方。

把这里建成不遭任何人侵犯的小矮人的国家，由我来担当这个国家的守护人。这样，小矮人也会放心地走出来吧。

我站起来，走到山茶树下，看着刚刚平整完的地面，下决心一定要把这里修建得今年夏天能够住下来。

那天回去的路上，很久没有看见的小黑影又在我的眼前闪过，我不禁叫

出了声。小矮人又回到了我的身边。

（小矮人一定是开始了解我要怎么来盖小屋吧。）

小矮人回到我的附近，使我高兴得不得了。

第三章　箭尖儿

一

我在小矮人的黑影的注视下，放心地进行盖小屋的准备。进入七月不久，我已经把建筑材料全部运上小山，做好了随时可以开始盖房的准备。

我向公司请了四、五天假，打算一鼓作气干完。我把计划对峰家的大叔讲了，大叔充满兴趣地说：

"虽说正是农忙时节，我也来帮你干一天。你这几天住在我家里怎么样？这样干得快一些。"

这可是求之不得的事，我高兴地接受了他的好意。我想，这样就能从容地从一清早一直干到天晚。

终于开始动工了。峰家大叔的手艺不次于木匠师傅，虽然只帮了我一天，可是在这一天里，结实的房架子已经搭好了八成左右。

"干完这些，剩下的你一个人干也行了。这么搭起来一看，不是挺好的嘛，虽说有点像鸡窝。"

黄昏降临，我们停下来休息一会儿，大叔笑着说。从陡斜的一面坡的房顶上，像是揭开盖子似的大窗户突出出来，这是我煞费苦心设计的。

从第二天起，大叔的小儿子阿牧做我的助手，我们发奋把小屋盖了起来。阿牧就是我第一次去峰家时，在树墙那儿玩的那个孩子，那时他还小，可现在已经是小学二年级生了。

阿牧一边帮我干活，一边给我讲了有趣的故事。

"我不明白你为什么要在这样的山里面盖房子。要是我的话，我可不愿意。"

"为什么呀？"我一边干活，一边和他交谈。

"住在这山上，一定会生病的。"

"为什么？"

"听说从前砍了这座山上的树的人，都变成了聋子。"

"是吗？这是怎么回事？"

"据说医生一检查耳朵眼里，发现进了一块石头似的东西，怎么也取不出来。如果你也变成聋子，可怎么办？"

"那当然难受了。"

我边笑边回答。想到这很像是小矮人干的事情，觉得很好笑。

"这故事你是从谁那儿听来的。"

"妈妈呗。这座山会给人报应的。妈妈说这山上有恶神。"

阿牧紧皱双眉，环望着小山。看那表情就好像恶神现在就会从什么地方蹦出来似的。

"我会十分当心的，变成聋子那可不得了啊。"

我这么一说，就让阿牧放心了。我也想过仔细地对他解释，其实不必那么担心，但是，想到小矮人也许会不愿意，就打消了这个念头。

这样，在第四天，小屋基本上盖完了。看上去有些脏，就像峰家大叔说的那样，和鸡棚一模一样。尽管如此，我已经很满足了。

我从镇上买来一把大大的弹子锁，像装饰一样，安在了门上。与其说是为了防小偷，还不如说希望别人明白不得随意入内。出于这种打算，我特意选了这把漂亮的锁。

我站在小屋前，一个人微笑起来。下个休息日来这里把住宿的准备做好，一想到这儿，心就异常激动。

二

那是两三天以后的事了。因为是季节的台风逼近，那天晚上，下起了雨。

我早就躺下了，可是怎么也睡不着。

我住的是一个由仓库改装的狭窄房间，位于二楼。有一扇窗户，窗前放着一张桌子。墙上贴着小山所在的镇子的大地图。我的小山，连在这张大地图上，不仔细找都几乎看不到。所以，我在它的位置上，画了一个大大的箭头标记。

我一边斜眼望着那张地图，一边出神地想，小屋可别被台风刮倒了。

啪嗒，好像是漏雨打到了枕头边。我起来察看天花板，可是没有继续滴水的迹象。我想熄灯睡觉，便把手伸向开关处。

这时，在我眼前的书上，突然扑通一声响，掉下来一个绿色的东西。原来是一只宝石似的小雨蛙。我吃惊地正要起身，接着又一只扑通掉了下来。我猛地站起身来。

　　惊慌失措地看去，两只雨蛙突然用后腿站立起来，并把头向后面拨去，原来这是穿着雨蛙皮的小矮人！

　　太出乎意料了，我擦了好几次眼睛，因为我原以为小矮人再不会露面了。可是，千真万确是小矮人。

　　"可不要走掉啊！"

　　我焦急地说，嗓子发干，声音沙哑。

　　两个小矮人举手表示回答。一个是留着白胡须的老人，另一个是看上去结实强壮的年轻人，他一定就是以前那个最先开口说话的小矮人。

　　"晚上好。"

　　那个年轻人挥着举起的手说。

　　"欢迎，欢迎。"

　　我一边放下心来，一边说。不过，我还是觉得不快点招待他们，好像他们就会立刻消失，于是赶紧穿好衣服，急急忙忙地在桌子上铺好手绢，为小小的客人准备好座位。

　　两个人先退回到墙边，从那里一使劲，一下子跳到桌子上，然后慢慢地脱下雨蛙皮。

　　我坐在桌子前，默默地望着他们俩。在明亮的房间里这样看着小矮人，我当然也是第一次。

　　两个人都穿着整洁的衣服，上衣的下摆还镶着花边，让人想到阿伊努族人，脚上穿着不知什么皮子做成的白色长筒鞋。

　　"制多迦①先生。"

　　年轻人在叫我。小矮人好像给我取了这样一个名字。

　　"我把我们的保护人领来了。"

　　"你们的保护人？"

　　"对。"

　　"啊，我明白了。"

　　我面对老人说："欢迎，欢迎。"

　　老人哩哩罗罗地不知说了些什么。

---

　　① 梵语 Cetaka 的音译。佛经中出现的人物。也叫制多迦童子。与矜羯罗一同为不动尊王的使者，八大童子中排第八应。身为童形，莲花色，头缠长带，左手执金刚，右手执金刚棒。

"他说了些什么？

我小声问年轻人。

"他说，能和制多迦先生做朋友，感到非常高兴。"

"哎呀，我更高兴啊。"

年轻的小矮人笑了。我向老人伸出手去。老人像抱着似地，只握着我的食指，歪着嘴角说：

"我是冬青树彦。"

"冬青树彦老人，请多关照。"

我一边想，真是奇怪的名字，一边与老人打招呼。

老人又哩哩罗罗地说了些话。他好像不太会慢慢讲话。

"小屋盖好了，我们也放心了。"年轻人在一旁代他传达。

"大家都盼着呢。"

"盼什么？"

"小屋完工呗。"

倒也是这么回事。我想，小矮人的露面，也是因为看到小屋盖好，来商量今后的事情吧。

"既然如此，为什么不早一点到我这里来呢？冬青树彦老人。"

我这样一问，老人的嘴动了几下，什么也没说，一边笑着，一边把头一歪，意思是说，也没有什么大事。

"这个就不提了……"我注视着他俩说："今天能和我慢慢地谈谈吧。"

两个人都点点头。他们也一定是怀着这样的打算到这里来的。因此，我看着年轻人的脸，干脆地换了话题：

"你叫什么名字？"

"我叫枸骨彦。"

"哎？你也叫彦吗？"

"是的，我们的名字都带一个彦字。"

"妇女也是？"

"妇女叫姬。"

"是这样。在前边加上树的名字是吧。"

"是的。"

"真有趣儿啊。"我打心里这样想，眼前浮现出小山的模样。

"也有叫山茶树彦的吗？"

"有的，以前制多迦先生还见过他呢。"

"是那个圆乎乎的吗？"

"不是。"

"那就是坐在中间的小个子罗。我还以为你们三个是兄弟呢。"

"大家是都像兄弟一样啊。不过，我和山茶树彦特别要好。"

"是吗。那个圆乎乎的叫什么哪？"

"他叫朴树彦。他也是我的好朋友，是个快活的家伙。"

"我们三个练习了慢慢讲话。"

"是吗？是为了我吗？"

"是的。以后我们会时常到你这儿来。"

"好，你们一定要常来。"

我觉得好像一点儿一点儿地理解了小矮人的做法。在很长时期内，他们调查了解了我，而且连三个联络员都准备好了。

"他们叫枸骨彦、朴树彦、山茶树彦哪。"

我自言自语地说。如果三个人到一起，很可能把名字弄糊涂。我想等更亲近些以后，给他们另取容易叫的名字。

我们终于情绪变得轻松起来。

冬青树彦老人舒展地盘腿坐下，枸骨彦扑通一声坐在了墨水瓶上。外面的雨像被遗忘似地下小了，房檐上滴下的雨滴声不知不觉地拉长了间隔时间。

三

"对了，你们不是找我有事吗？"

我直截地问他们。于是，老人郑重地点点头，向年轻人递了个眼色。枸骨彦从墨水瓶上腾地跳下来，并说出一句意料不到的话。

"我们需要能做我们的朋友的人。"

"做朋友？"

"是的。很久以前我们就想让你做我们的朋友了。"

我点点头。枸骨彦见了，不知为什么，脸上浮起了微笑。

他说小矮人长时间地在寻找可以做朋友的人。这样的人完全相信小矮人活在世上，从不想捉住小矮人去供人观赏或是做标本。我好像与小矮人要找的人完全一致。

被他这样一说，我想是啊，自己也许是这样的。可是，我并没有完全弄

佐藤晓（日本）

明白。

小矮人为什么想到了这种事？为什么需要"朋友"？小矮人有什么力量？知道哪些事情？

首先，他们在那座小山过着怎样的生活呢？这也是我从儿时起心里就有的一个谜。我不由得向前探出身子。

"先把我们的生活情况详细告诉你吧。"

枸骨彦用手按了我一下，顺势跳回到离得挺远的墨水瓶上。外面雨又下了起来。

现在小矮人们住在小山的地下。他们不是集中于一处，而是到处都有公寓似的居住区。居住区之间连接着宽敞的道路，路边像街灯似的放着朽树枝，从朽树枝冒出蓝色的磷光，照亮铺着白沙的地下通道。所以，他们设有专门负责收集这种木头的人。

枸骨彦说：他们并非不知道使用火。

他们当然没有火柴和打火机，但是会用古时候传下来的方法取火。如果来不及的话，他们还能跑到附近农家的灶里借来火。不过，一般都留有火种，很少有这个必要。

另外，到了夏天，小矮人也会来到地面上生活很短一段时间。那时。大家都住在高大的树上。

但是，他们是不允许随便离开小山到外面居住的。因工作外出（比如去借火）也必须请示首领。不过获得了允许，有时还走出很远，甚至进行三、四天长途旅行的事也有过。这样走出小山一去不返的事，极偶尔地也有发生。

"一定是被老鼠或伯劳鸟抓去了。"

枸骨彦悲伤地说。

小矮人动作迅捷得人的眼睛都看不见。尽管如此，避开人的眼睛活动，时间一长也会疲劳。这种时候，一疏忽就会有意想不到的灾难临头。

对小矮人来说，与老鼠相比，伯劳鸟是更可怕的敌人。因为这种尖嘴利喙的鸟像垂落的石头似的从空中袭来。不过，如果在小山上，就完全不用担心老鼠和伯劳鸟。山上总是有放哨的小矮人，最主要的是伯劳鸟和老鼠决不靠近小山。

现在，许多的小矮人就这样和睦地住在小山上。枸骨彦说他们就像兄弟一样，这话一点不错。他们之间没有争斗，纠纷也几乎没有发生。大家共同思考、共同决定，是小矮人中的规矩，大家都遵守这个规矩。如果有谁违反

规矩，他自己的所有同伴就会说一定有大的灾难降临在他的头上。

"那你们为什么出现在我的面前呢？这恐怕是破坏了规矩吧？"

我觉得奇怪。这样问道。枸骨彦回头望一眼冬青树彦老人，慢慢点了点头。

"与老鼠和伯劳鸟相比，我们更害怕人类。"

"那我就更加不明白了。"

我刚要说我不也是人吗，但没说出口。因为总有些感到自己也有责任。

"制多迦先生，"枸骨彦说，"我们在很久很久以前，比现在更无忧无虑，更快乐，并不害怕人类。"

四

很久以前，这座小山确实是小矮人的天下。建在泉边的小庙对小矮人来说，是过于阔大的集会场所。周围的款冬树叶下，小矮人们毫无挂虑地随处奔跑，而小矮人的孩子们在泉水里放进树叶划船玩儿。男人们去附近的山里打猎，女人在阳光下面缫丝。地下的居住区是只有睡觉时才回去的地方。

把这些小矮人驱赶进地下的是粗暴贪婪的人类。

听了传闻的外地人赶到这里，想捉住小矮人去赚钱。而且还不是一、两个人，多的时候一下子来十余人。因为被村里人知道肯定会被赶回去，所以那些家伙都是偷偷地来，偷偷地回去。开始时，他们拿着铁耙和网兜只是四处乱搅一气。但是，发现这样干捉不住小矮人以后，下次就设绳套子、下药饵，来捉小矮人。因此有好几个小矮人遭殃。一直不理睬他们的小矮人终于发怒了，将来到小山的坏蛋们，一个一个地弄瞎眼睛，堵聋耳朵，并且，小矮人自己也决不在人的面前露面了。

"你们就是这样躲藏起来的呀。"我说。

"从那以后一直在躲着。"

枸骨彦好像发怒似的说。

不久就没有人走近小山了。不仅如此，这座山成了人们总是有些害怕的地方。

四周山上的杂木林过了些年就被伐光，成了秃山，只有小山被保留下来。有时，记得小矮人的故事的人来小山上修整树木，孩子们不知不觉地走到这里游戏。这种时候，小矮人当然什么都不会做。

就这样，小矮人在很长的时期里，能够安静地生活下去。与此同时，记

得小矮人的人也渐渐少了起来。

"到这时为止，生活过得挺好的，要说的是从这以后的事情。"

枸骨彦说着看了看我的表情。

有一次，镇上的花匠看中了山上的山茶树。不知和小山的主人怎么谈的，过了不久，说定了把山茶树卖给花匠。花匠带了年轻的帮手来到小山。这个花匠既不知道小矮人的故事，也压根儿就不相信小山是个可怕的地方这一传说。

"我也觉得那山茶树太显眼，因为花开得太美了。"我自言自语地说。

如果是把树砍断，也就算了，可是把粗大的山茶树连根掘走，却是小矮人不能容忍的。被逼无奈，小矮人狠狠教训了他们一顿。把他们赶走了。不久，事情传开，小山的主人也害怕了，取消了卖山茶树这桩买卖。

这件事发生以后，小山真正让人们感到害怕了。对于想安静生活的小矮人来说，这反倒是有利的事情。但是，同时也产生了更大的担心。

随着人世间的进步，像那个花匠那样不惧怕小山的人恐怕将越发增多。也许小山在什么时候又要被这样的人破坏。别说是山茶树，这些人把一两座山翻个个儿也是办得到的。因此，小矮人为了到那时不至于惊慌失措，每天都练习反击的本领。设置严密监视的岗哨，调查村民们的想法也是从那时开始的。尽管也有小矮人主张，如果发生了那种事，不如搬走算了，但是，如果可能的话，大家还是不想搬走。搬到近处，也许还会遇到同样的局面，又要为老鼠和伯劳鸟付出辛苦。搬得太远，也有为难处。因为小矮人的用具、衣物，有时连食物都是从人类那里获得的。

而且那段时期，小山的主人经常更换。一有什么不好的事，就都认为是小山造成的，于是便把小山卖掉了事。每换一个主人，小矮人都胆战心惊地想，这次是否会被从小山上赶出去。

小矮人最希望的是像很久以前的村民那样非常理解自己的人做小山的主人，这样小矮人就可以主动去告诉他，小山原本是小矮人的。但是，哪里会有如此称心如意的事呢。

小矮人心想，只是一味地提心吊胆是无济于事的。因此，想依靠自己的力量，找到能做小矮人的朋友的人。小矮人认为在众多的人里，一定会有这样的人。哪怕只有一个也好。这个人即使是再没有力量，只要他把小矮人的愿望传达给其他的人就可以了。

就这样，小矮人的这个愿望由一代的首领传达给另一代的首领。

"那么，你们终于把目光放在我身上了。"

"是的。"

"是什么时候的事情?"

"从最一开始呗。"

"从最开始?"

这越发叫人感到意外了。小矮人为考查我花费了令人吃惊的漫长时间。据说，那次我听西红柿奶奶讲小矮人的故事的情形被小矮人看到了，他们想，如果像我这样也许没什么问题。

小矮人集中了所有智慧之后，决定在我面前只露一次面，然后就一直等待着，看我长大以后怎样对待这件事情。如果我忘掉的话，那就作罢，即使没有忘记，如果并不相信真会有这种事，那么像从前一样不再露面也就完事了。所以，当我长成大人，再次出现在小山时，整个小山都轰动了。

"等一等。"我插话说。

"我是没有忘记你们，可是你们就没有想到我会驱赶你们吗? 当然，我并没有这种打算。"

在此之前，一直沉默不语的冬青树彦老人这时说了些什么。枸骨彦作了传达。

"我想没有这种担心。不过，如果发生这种事，我们也有办法。"

"噢。"

我呻吟了一声。因为我非常清楚老人说的意思，那就是让我遭到和从前那些坏蛋一样的厄运吧。

雨又下大了，激烈地敲打着窗户。

五

我们互相望着，长出了一口气。

我打开桌子抽屉，从里面取出一个纸包。把纸包打开后，滚出来一只旧了的小运动鞋。

"你们中有人曾进过这里面，我亲眼看到的。"

冬青树彦老人站了起来，并一边叽哩咕噜地说着，一边指着自己。

"是吗! 那时，您也乘过这只'船'啊!"

老人微笑地点点头。高兴地作出个姿势，表示那时我并没有像现在这么老态龙钟。两个人情不自禁地又握紧了手。枸骨彦望着我们，好像感到挺有

趣。我终于又恢复了平静的心情。

"说实话，我对你们也作过一番调查研究。我想知道小矮人究竟是怎么回事。"

一边这样说着，我一边拿出小笔记本。就是调查克洛勃克尔时的那个笔记本。

"我想请问冬青树彦老人，您也没听说过'克洛勃克尔'这个名字吗？"

老人想了一会儿，朝着年轻人说了些什么。年轻人也回答了几句，然后对我说：

"据说我们是叫'克洛勃西'，也叫'克洛勃契'，和你说的名字非常相象啊。"

"对了，一定是这么回事。"

我不禁拍了一下手。

"克洛勃西和克洛勃契一定是克洛勃克尔的误读吧。你们的祖先就是克洛勃克尔这件事几乎没有问题。"

"等等。"枸骨彦表示有疑问。说："我们的祖先可是'少彦尊君'啊。"

"少彦尊君？"

我瞪大了眼睛，因为我想少彦尊君一定就是日本神话里出现的少彦名神。我也没有注意到这一点。

很久很久以前，在日本还居住着神仙的时代，大国主命神（大黑尊君）第一次见到这个米粒样大小的神仙时，不知道他是哪路神仙，就去问蟾蜍。蟾蜍也不知道，这样回答大国主命神："也许你去问总是站在那儿警戒的稻草人，就能弄清楚。"于是大国主命神去问稻草人。稻草人回答说："那是叫做少彦名神的聪明神仙。"因此，大黑尊君就恭敬地请来这个小神仙一同治理国家。

这个少彦名神确实是与小矮人的祖先完全相称的神仙。和大黑尊君见面时，他就是穿着飞蛾皮做成的衣服，拿豆荚似的东西当船的。

这时，我突然产生了疑问。

这个小神仙是拿什么当船的呢？豆荚似的东西，莫不就是和克洛勃克尔使用的萝藦荚壳是一个东西吧。

我急忙走到书架前，开始四处寻找。我确实有记载着这个故事的书。

"我明白了！"

我翻开找出来的书以后，大声对小矮人说。两个小矮人吃惊地向后跳去。

"对不起。我并没想惊吓你们。我刚才弄清楚了，我认为你们还是克洛勃克尔。因为我觉得你们的祖先少彦尊君原本就是克洛勃克尔。"

少彦名神乘坐的船也是萝蔔的荚壳。两者使用着相同的船。这样一来，小矮人的祖先少彦名神原本不也是克洛勃克尔吗。也许阿伊努族传为克洛勃克尔，而在日本的神话中，则变成了少彦名神。这就是我的推论。

冬青树彦老人挥挥手示意：一定讲给我们听听。

我自己也感到有趣。拿起了笔记本和书。两个小矮人眼睛闪着光听我的解释。

"是啊，我们确实像是克洛勃克尔啊。"

枸骨彦等我讲完以后这样说道，和冬青树彦老人相对连连点头。

"实在像是这么回事，你们好像就是有着悠久历史的克洛勃克尔。"

我感到好像卸下了一副重担，这样说道。小矮人完全接受了我的看法，令我高兴得不得了。

夜已经很深了，雨也还在下着。我劝他们俩住在这里，可是他们说，一口气就能跑到小山，不用为他们担心。

两个小矮人站起来，披上雨蛙皮，蒙上头以后，不管怎么看也是雨蛙。

"那么，路上要当心。"

"嗯。"

"向你的朋友问好。下次你们三个一起来吧。"

"嗯。制多迦先生也早些到山上来。"

"我当然要去。"

我们互相道别。两只小雨蛙从我打开的窗口跳出去，刷地消失在漆黑的雨夜里。我淋着雨水，把头伸出窗外，目送了他们一会儿，好像吹来了一阵微风。

就这样，我终于弄清了克洛勃克尔的秘密。可是，不知为什么，这一夜我睡得特别香，连我自己都感到吃惊。

六

强台风过后，我所在的公司连续忙了一阵子，因为由于台风影响，承包的工程进度完全被打乱了。

连从来不到外面干活的我也终于被派了出去。公司让我去一所幼儿园对

他们委托的工程作预先调查。一打听，那所幼儿园就在通往小山的路的附近。我提前一点离开公司，想先到小山那儿看看。暴风雨之后，小屋怎么样了？我虽然一直很担心，可是在此之前没有去的时间。

小屋完好无损。我对峰家大叔的高超手艺再一次感到佩服。

我正望着小屋，枸骨彦突然跳到我的肩头，吓了我一跳。他感情十分融洽地在我耳边说，过几天到你家去玩儿行吗？

"当然可以，我等着你们。"刚回答完，他马上就没了影儿。我也赶紧离开小山去幼儿园。

孩子们好像已经回家了，崭新的淡黄色建筑鸦雀无声，我站在门口招呼了一声，走出来一位所轻的女教师。我报上公司的名称，请幼儿园让我看看房子里面的情况。

那位老师走了进去，马上就出来了一位胖胖的女老师。她是幼儿园的园长。

"喂，怎么这么久才来！"

园长老师用男人似的粗嗓门说。她知道了我绕道去了小山吗？我很吃惊。

"十天前就已经委托给你们了，这不给我们制造麻烦吗！我们正急等着呢。"

"对不起。"

我松了口气。怪我来迟，原来是为了这个。

"都是因为刮台风，打乱了工程计划。我们明天马上就开始干。"

"那就这么办吧。"

没想到园长老师十分爽快，说完就为我领路。我将现场与施工图纸相互核对，画简图，量长短，专心致志地工作了一阵子。刚才那使年轻老师留在我身边做帮手。

"啊！"

那位女老师突然喊了一声。

"怎么啦？"

"这个，没怎么。我终于想起来了。"说完她觉得好笑似的笑起来。

"你不记得吗？"

"记得什么？"

"你不就是小山的制多迦童子吗？"

"小山的什么？"

"制多迦童子。你就给我这样的感觉。"

我直发愣，女老师一边笑一边接着说：

"那时你连我的绰号都知道，现在就把我忘了吗？开头我还以为你真的有什么神力呢，后来才想到衣服口袋里装着明信片。"

"怎么，是你啊。"

我也觉得好笑。原来她就是在小山上留给我奶糖然后跑掉的那小不点儿。一想到在这意想不到的地方相遇，我有些惊愕地说：

"你是幼儿园的老师啊。"

"是的。你是电气公司的职员啊。"

小不点儿学着我的口气，又放声笑了起来。

"你今天没戴眼镜，所以我没认出来。"

"是的，我只在看书的时候戴，我的视力并不怎么坏。"

"不过，后来你取衣服来的时候也戴眼镜来着。"

"那是为了化装，我怕别人看清我的脸。"

"是这样啊。"

"当时，你是已经知道我在场，才吓唬我的，还是？……"

"不，不是这样。"

我不由得用力否认。

"是吗？就算不是，可你……"

小不点儿老师要说什么，但又止住了。

"真是没法跟你解释啊。反正我可没打算吓唬你。是你自己愿意吃惊的。"

"我怎么会自己愿意吃惊……。不过，算了吧。因为你把大衣还给了我，所以我宽恕你。"

小不点儿微笑着。但是，有件事我却挂在了心上。克洛勃克尔（我决定这样来称呼小矮人）叫我"制多迦先生"，这位小不点儿老师刚才叫我"制多迦童子。"制多迦是佛经中人物的名字。虽然我想她与小矮人不会认识，但因为两者太相像了，所以叫人犯琢磨。

"你喜欢那座山吗？"

"嗯。"

"打那以后又去过吗？"

"一次也没去过。"

我点点头。这就是说，我盖小屋的事她也不知道。我正犹豫是否把这件

事告诉她，她又开口问我：

"你不觉得那座山有些奇怪吗？"

"奇怪？"

"嗯。那真是个奇怪的地方。我有这种感觉，所以，以前我经常去那儿。"

我吃了一惊。不过，尽量装着满不在乎的样子问她：

"为什么奇怪？"

"为什么？这可说不好。"

小不点儿老师含混其词，什么也没说。我想再详细一些地问问她这究竟是怎么回事。

就在这时，园长老师走了进来。

"要是工作干完了，喝杯茶吧。"

小不点儿老师耸耸肩，就准备茶去了。

我们俩再就没有从容谈话的机会了。园长老师一边喝茶，一边只管一个人对我讲话。这段时间，小不点儿老师几乎不插话，只是默默地微笑着。我看看表，急忙站起身告辞，这时也是园长老师特意送我到大门口，我只好怀着遗憾回去了。

七

那以后的两三天里，我心里一直惦记着这件事。但是，因为过于繁忙，心事也只好搁在那里。

三个克洛勃克尔一起来看望我就是这段时间的事。我贪黑坐在桌前看书，听到一声细微的口哨，心想，他们来了。克洛勃克尔在我面前出现时，必定要发来只有我一个人才能听到的信号。这种做法直到后来也没有改变。

"嘿。"我打声招呼，抬起头来。我的眼前并排站着枸骨彦、胖子朴树彦和小家伙山茶树彦。朴树彦皱着眉头，突然问我：

"制多迦先生，你是叫我胖子了吗？"

"哎？是谁传话了吧。"

我微笑着刚说完，朴树彦后面的枸骨彦感到有趣，发出了笑声。

"我可没说胖子，我只是说的'圆乎乎的'。"

"你看怎么样！"

朴树彦说着推了正在一边笑的枸骨彦一把。

"制多迦先生不可能说那种话。"

"那是当然了。"我说。

小家伙山荼树彦哩哩罗罗在后面说了一通。好像是说"胖子"和"圆乎乎的"是一回事。朴树彦也对山荼树彦说了些什么，然后，突然表情认真起来。重新和我打招呼：

"我是朴树胖子。"

我不禁笑出声来。

"大家都这样叫我，请制多迦先生也这样叫吧。"

山荼树彦也接着自己报上了名字。

仔细端详这位克洛勃克尔，发现他长着像布娃娃那样美的容貌。与其说他是少男，还不如说是少女。我有点吃惊。上次在月光下看见他时可没发现这一点。

"你也有别的被大家叫着的名字吗?"

"怪人。"

"怪人?"

快活的朴树胖子向我解释：

"这家伙脑袋笨，所以别人说的话他不能马上听懂，要让人家说好几遍。而且还喜欢给人家提意见。"

"这是真的吗?"

我去问本人，山荼树彦只是默默地笑着。枸骨讨彦纠正说，山荼树彦和刚才胖子说的正相反。他被叫做怪人是因为平时不太讲话，可是一旦有什么事情，则坚持自己的观点，不做让步。

"那么，枸骨彦的绰号叫什么呢?"

我觉得很有趣，就又问枸骨彦。可是，他竟然难为情似地摇摇头：

"我——没有。"

"枸骨彦就叫枸骨彦。"胖子在一旁插嘴。

我原想给三个人另起名字，现在好像不必操心了。我们的感觉就像是从前的老朋友一样，一下子就亲热起来了。朴树胖子躺卧在我刚才正在看着的书上，枸骨彦和上次一样坐在墨水瓶上，可爱的怪人在桌子上漫步，新奇地望望这儿望望那儿。他看见贴在墙上的地图，便问我：

"这是什么?"

"是小山那一地区的地图呀。"

"是吗，小山在哪儿?"

"那里不是画着箭头标志吗，就在箭头儿那儿。"

"这么小吗？"

"是的。不过箭头儿那里就是你们的国家。我想在小山建立一个新的克洛勃克尔国，它虽然很小，但却美丽而又宁静。"

"嗯，是个好主意。"

朴树胖子两眼滴溜滴溜地转着，站了起来。我有些得意地继续说下去：

"它是箭尖儿小国。我还要和冬青树彦老人商量，不管怎样，我要把它建成一个规整的国家。要是这样，首先得建克洛勃克尔学校。"

"学校？"

"对。你们也应该了解人类懂得的事情吧。"

"谁来当老师呢？"

"我先来教你们三个，然后你们当老师就行了。"

"太棒了！"

朴树胖子翻了个跟斗。他一蹦有五十公分高，在空中陀螺一样直打转。虽然他那么胖，身体却很灵活。

八

说起老师这个词，我倒想起了一件事：也许这些克洛勃克尔十分了解幼儿园的小不点儿老师。

"我有件事一定要问问你们。我为了盖小屋，去平整过地面吧。你们还记得我那时遇到的姑娘吗？"

"嗯。"三个小矮人一起点头。

"据说那姑娘在那以前也经常一个人去小山。"

"是的，为此，保护人曾经有过担心。"

"为什么？"

我探着身子问。

"因为她来了好多次。"

枸骨彦爽快地回答。据他讲，小不点儿老师总是一个人来到这里，很长时间地看书，还往笔记本上记着什么，所以，克洛勃克尔对此十分介意。但是，仅是这些举动，好像也不值得特别一提。

我简要地把遇到小不点儿老师的事告诉了他们。三个小矮人都一脸认真的表情，听着我的讲诉。

"不过，她说小山是个奇怪的地方。是不是想到了与你们有关的什么事啊？比如，你们不留神，被她看见了等等。"

三个人互相望着，这次是一起摇着头，意思是说，克洛勃克尔可不会做出这种蠢事。他们说只要不做特别困难的工作。就不会被别人看见，而且，小山上有人来时，他们也不会做这种工作的。

朴树胖子不在乎似的小声嘟囔：

"她只是感到有些奇怪罢了，肯定是的。"

"也许是这样。不过，真是这样的话，说明她的直感敏锐得有点叫人害怕。"

"以我的看法——"

山茶树彦慢慢地插进话来：

"她是不是在哪儿听到了我们从前的事情呢？"

"嗯，有道理。"

我也认为有这种可能。也许，像我从西红柿奶奶那儿听到了小矮人的故事一样，小不点儿老师也从谁那里听到了相似的故事。

那么有趣的故事，即使好像完全不被提起，在什么地方，也许还有人在讲述着它。

要是这样，小不点儿老师是不是感觉到了小山的秘密，或者像朴树胖子说的，她什么都不知道，只是有些感觉。不管怎样，她认为小山是个奇怪的地方，这一点是确实的。

我想，非得采取什么办法把事情弄清楚。

也许小不点儿老师和我一样，是一个能成为克洛勃克尔的朋友的人。一想到这个，更惦记这件事了。

除了我，还有能成为克洛勃克尔的明友的人，这有点令人难以置信。如果有的话，我和克洛勃克尔反而会感到吃惊。

我断然对三个小矮人说：

"你们和冬青树彦老人商量一下，看能不能了解一下那位女老师。她因为什么原因认为小山奇怪？如果听说过从前的故事，是怎么听到的？她如何看待这个故事？就是说，我希望像调查我一样，调查一下她。"

"调查以后又怎么样？"

枸骨树彦探过身子问。

"如果弄得好，也许你们就会增添又一个朋友。"

"真的吗？"

"我说的是如果弄得好的话。我也打算下次见到她时问一问她，不过，一不留神也许就会打草惊蛇。"

说着，我想起了前几天见到的小不点儿的面容。当时，她是含糊其辞，露出试探我的眼神来着吧……

"就这么办！"

朴树彦劲头十足地大声说。

"这次有制多迦先生的帮助，会很轻松吧。"

"不，还是别指望我的好。如果你们对她不中意，我就什么都不做。因为最后做决定的还是你们哪。"

"明白了。"

三个人干劲十足。我们忘记了时间，就新的工作交谈了一阵子。我和小矮人一起商量同一个工作，这还是第一次。

过了一会儿，小矮人要回去时，枸骨彦指着墙上的地图说：

"希望你把它带到小山来。"

"你好像喜欢它嘛。"

"因为这上面有我们的国家。"

"好吧，我在小屋的墙上也挂上同样的地图。"我用力点着头。

"箭尖儿小国。"可爱的怪人自言自语地玩味着。

九

不久后的一个大热天，我背起旅行背包，打扮成外出野营的样子，来到了小山。我想在小山上住一夜看看。

当然小屋还没有修建成可以在里面生活的程度。不过，克洛勃克尔热心地劝我，我自己也想尽早在小山上留宿。

我来到以后，小山依然那么宁静。克洛勃克尔们肯定在什么地方注视着我，但是并没有露面。那三个小矮人也没有走出来。

（是在睡午觉吧。）

我只这样想了一下，不太在意地放下背包，咔嚓一声打开小屋的门锁，穿着鞋子就走进了幽暗的小屋里，想把窗子推开。因为买不到玻璃，安的还是临时的木板窗。

这时，脚下响起了用扫帚扫地似的沙的一声，我心想，原来如此，就用

力推开了窗户。

在一下子变得明亮的小屋里，克洛勃克尔们多得叫人吃惊。不仅是地上，在没有上门的木橱里，在放在木橱顶上的我的被褥上，都站满了小矮人。

我正惊得目瞪口呆，耳边响起说话声。

"吃了一惊吧。"

不知什么时候，枸骨彦上到了我的肩上。我一边点头，一边挥手向全体小矮人问好。仔细看去，克洛勃克尔都在笑。

"那么，回头见。"

枸骨彦小声说着，跳到了地上。

沙沙——，又是一阵扫帚扫地的声音，克洛勃克尔转眼就从我眼前消失了。就像一把看不见的魔法扫帚，把克洛勃克尔扫出了门口似的。小屋里倾刻间变得空空荡荡。这就是克洛勃克尔为我举行的欢迎仪式。

连我都对这一切惊奇得直眨眼睛。凉爽的风从小屋里吹过。

我紧张地一直干到傍晚。打扫小屋，给窗户装上窗网，搜集柴棍，活有的是。天黑之前，还到峰家去了一下。阿牧在家，他吓唬我说：

"你被妖怪吃了我可不管啊。"

"我才不在乎呢。阿牧，跟我一起在小屋睡吧？"

"我不。"

阿牧瞪我一眼，跑开了。

我从峰家借来了两只空木箱。这既可以当凳子坐，也可以当桌子用。

傍晚，我在屋外做好饭，一个人悠闲地吃了晚饭。我打算在冬天到来之前砌好地炉，装上烟囱。

过了一会儿，我取出自制的煤油灯，把它点燃。借着这光亮，再次望着小屋，觉得住着好像能挺舒服。我满意地在空箱子上坐了下来。我把胳膊肘支在窗边，身子靠在墙上，久久地出神。我在盘算着在小山前面挖池塘的事。池塘若是挖成了，山影倒映在水中，我想那一定很美吧。

突然，后背被捅了一下，我吃了一惊。原来，墙壁那儿有个小小的节子孔，快活的朴树胖子硬要从那儿往屋里进。他上半个身子好歹算是进来了，可肚子卡在那里，一个劲儿地挣扎。好容易挤了进来，却一下摔在了地上。

"你怎么又硬是从那样小的地方往里进？不是有比那更大的节子孔吗？"

"这是近道啊。"

佐藤晓（日本）

胖子大咧咧地回答说。这时，怪人从同一个节子孔跳了进来。接着是冬青树彦老人，随后是一位我不认识的小矮人姑娘。最后进来的是枸骨彦。我急忙把另一只木箱立起来，当他们的座位。

冬青树彦老人和我打完招呼，就问我是不是就此一直在小屋住下去。我回答说，我是非常想这样做，但是在短时期内这还很难办到。

冬青树彦老人点点头，随即递给我一样东西。这是一把不到一公分长的很小很小的短剑。他说送给我，作为友好的表示。我用指尖轻轻捏着，走到煤油灯下照看。剑虽然小，但好像镶着宝石，闪着美丽的光芒。我叫过来枸骨彦：

"能替我抽出剑来吗？我抽的话，也许会把它弄坏。"

枸骨彦马上在我的手掌上把剑抽出来给我看。并告诉我这是冬青树彦老人家的传家宝。我从心里感谢冬青树彦老人。

"我把它当作我的护身符，珍重地时刻带在身边。"

我用纸把剑包好，放进胸前的口袋里。一同来的那位小矮人姑娘名叫萩姬，据说是被特别挑选出来，担任调查小不点儿老师的。那天以后克洛勃克尔立即着手进行了工作。

据说姬萩（阿萩）是个比男子还敏捷、灵活的小矮人。虽然她还不太会慢慢讲话，但她微笑着对我说，如果调查发现了什么，也来通知我。

随后我们又谈了一会儿，主要是议论建立克洛勃克尔国家的事。有趣的是，克洛勃克尔们都把小山叫做"箭尖儿"。好像他们什么时候给小山起了这样一个名字。

＋

从那以后，我几乎每三天就有一天住在小山上。我终于开始挖池塘了。可是，土比想象的要硬，干上一天，只挖出狗刨似的那么一个小坑。这真有点让人腻烦。不过，我想一旦挖成了，倒是个不会漏水的漂亮池塘。

每在小山上住一次，小屋里的工具就要增添。我用木板做了椅子和桌子，从家里拿来，从镇上买来一些零零碎碎的东西，不觉得东西堆成了堆。

我在小屋的墙上贴了一张和我房间里的那张一样的地图，这是我答应枸骨彦要做的事。地图上同样也标上了箭头标志。我还把自己制作的小山的地图装在镜框里挂在大地图的旁边。这样小屋越发变成了住着舒服的地方。我也就经常从小山去公司，又从公司回到小山。

克活勃克尔们称我的小屋为城堡，在我不在的时候，他们自由地出入。我的小屋起着很久以前的"寺庙"的作用。朴树胖子发现的节子孔不知不觉地变成了克洛勃克尔出入的门。当然，我还用小刀把小洞削大一些，好让胖子也能轻松地通过。

小不点儿老师在那以后也一直没有来。她的事听凭克洛勃克尔去办，我全身心投入到建立小国的工作上。不仅是小不点儿老师，别的人也几乎没有来走访小山的。偶尔村里人感到新奇来探视一下，但也从不走进小山。走进小山的也就是峰家的大叔一个人。说到阿牧，他必定是站在小山的入口处喊我，如果我不在，他就转身回家去。

挖池塘的活干习惯以后，速度也加快了一些。但是，从挖出的塘壁上流下的水积聚起来，泥水溅得浑身都是。我想天一冷就什么也干不成了，于是决定将就着挖一个比预想的要浅一些的池塘。有了这样的想法，渐渐地一个池塘挖成了。

这样挖好后一看，映在水中的小屋有点寒伧。我毅然用雪白的油漆粉刷了小屋。只是这么一弄，小山给人的感觉全然改观。穿过幽暗的树荫，映入眼帘的小屋光彩夺目。

接下来我做的事情是给小屋拉上电灯。这件事如果请公司出面申请就十分简单，但是，因为我没有那样做，所以一直没有办成。最后，借用峰家大叔的名义，总算得到了许可。

我和克洛勃克尔的领地，就这样一步一步地治理好了。我们之间，把这个小国叫做"箭尖儿克洛勃克尔小国"。我们互相都为它的小而得意。

这个小国的国旗，是我思考之后设计而成的。绿地染上白色的箭形标记，其含义是绿色取自与克洛勃克尔缘分很深的冬青叶，表示一个小世界，在这个小世界里，有一个必须用箭头标示的小国。我是将贴在墙上的地图原封不动地拿来作为国旗图案的。

即使走在街上，一看到画着相同的箭形标记的东西，我就心中一热，体味到快乐的心情。

在我的周围，依然有小黑影。这是枸骨彦他们，每个人轮流做我的保护人，跟在我身边。只要我一发暗号，小矮人就会随时跳到我的手上。

有时，我打开公司里桌子的抽屉，胖子正坐在里面，吓了我一跳。你对克洛勃克尔什么也瞒不住。我觉得，似乎不知什么时候，克洛勃克尔已经进入了我的心中。在我知道了箭尖儿小国的同时，好像也把自己的心交了出去。

但是，一想到克洛勃克尔正伴随着自己，心情就总是那么丰富。我已经不再为小事而烦恼了。

第四章　恶梦

一

小山上，不觉之间山茶花又盛开了。花瓣儿纷纷飘落到我开出的宽阔池塘里，发出微微的声响。

我们的小小国，是世上的一个极小的角落，我们在这里悄悄地送走宁静的时光。谁都没有发觉，在这样的地方隐藏着非常大的秘密。

如果说有什么人注意到了的话，那也许就是小不点儿老师。据克洛勃克尔的调查，小不点儿老师已经发现自己身边时常有黑影在活动，每次发觉时，她都要皱起眉头。

冬青树彦老人说，如果小不点儿老师知道小山的什么事情，肯定要回想起来了，克洛勃克尔将使用最有效的方法试探她，以后的事情则托付给我来办。就像试探我时一样，克洛勃克尔要在小不点儿老师面前露一下面，然后了解她对这件事的想法。我也怀着这样的打算，期待着那一天的到来。

有一天，我正在家里，突然从小山那儿来了报信的。我以为是小不点儿老师到小山去了，但却不是这样。来者通知我，一个陌生男人上了小山，所以克洛勃克尔把他赶了回去。

这是宁静的小山上第一次发生的小小事件。而且，也许是接着发生的重大事件的前兆。但是这一点不由得被掩盖起来，成了一件有趣的事件。

那个陌生男人大摇大摆地走进小山，到处转来转去，最后来到小屋前，咣当咣当地拽门，想把门打开。

这种事情在小屋建成以后还是第一次发生。好像克洛勃克尔们也犹豫了一会儿，不知如何是好。可是那人就是不罢休，所以克洛勃克尔只好使出了很久不用的本领。两个特别敏捷的年轻小矮人用涂满了蜂毒的针猛刺他的手脚。

这是克洛勃克尔为了以防万一，自古以来就练习掌握的方法。如果被刺的是眼睛，当场就会被刺瞎的吧。

也难怪那个男人发出了惨叫。即使被普通的长脚蜂刺一下都疼得厉害，何况小矮人的针刺得更深更狠，而且一次就有两处被刺呢。换上谁，都要疼

得双脚乱蹦的。那个男人嘴里不停地骂着逃走了。

我刚听到这个消息时，认定那家伙是个小偷。但是，了解了详情之后，发觉事情并非如此，不由得吃了一惊。那个可疑的男人，不仅不是什么小偷，怎么琢磨都肯定是个巡视的警察。

弄清楚这件事是在四、五天以后的星期天。这一次好像是抓住我在这里的机会，那个人又到小山来了。

我当时正在小屋里，放哨的克洛勃克尔马上通知了我。我走到窗前一看，果然是个警察站在冬青树那儿的入口处。他好像不愿再吃上次的苦头，从那里朝这边喊：

"喂！有人吗？"

我马上走了出去。警察露出了放心的样子，等着我走过去。

"噢，住在这山上的是你啊。"

"是的。您有事吗？"

"不，我负责这一带的治安，在此之前并不知道这里住着人。你来这里有多久了？"

"就在最近。不过，并不是每天都在这里。"

我急忙回答。可是，好像对方没有明白我的意思。

"你没有交居住申报书吧。这土地是你的吗？"

"不是，是借的。"

"房子呢？"

"是我的。"

"你有身份证之类的东西吗？"

"应该有的。"

我回身走进小屋。那警察仍然站在入口处的冬青树那儿不动。看来吃的苦头真不小。我拿来身份证给他，他翻来复去地仔细察看了好几遍。

"住址不是这里啊。"

"我正式是住在证件上写着的地方。因为我想以后把家建在这里，所以先盖了这么个小屋，时而来修整一下，当然有时也住在这里。"

"是这样。"

警察终于明白了我的意思。我告诉他峰家大叔住的地方，说在那里一打听，会了解得更清楚。警察一边在笔记本上记着什么，一边"嗯，嗯"地点头。他把身份证还给我时，笑着问道：

"啊，这一带有非常厉害的毒虫吧？"

"是，是的。"我惊慌失措地回答："我想，这附近是有马蜂筑的巢。"

"是马蜂吗？怪不得呢。"

警察自己点了点头。看他那样子，我想逗他一下。

"您挺熟悉这里啊，被马蜂蜇了吗？"

"嗯，发了一夜烧，整夜都没睡。哎呀，那疼劲是无法让人入睡的。

警察也不知所措起来，慌忙举手行了个礼。

"打扰你了。这里实在是个好地方啊。"他说着，一边四处张望，一边回去了。

那个警察一走就再没有来过。我对克洛勃克尔的马蜂式攻击所具有的超过预想的出色攻击力感到吃惊。

据说被刺伤的人有的还会死去，要是这样，我想就不能胡乱采取这种方式。因此，我请求冬青树彦老人让大家注意不要随便攻击人。

二

那件事以后，连续下了一阵子雨。

我也很喜欢雨中的小山。阳光照耀下的明媚的小山当然也很美，不过被细雨打湿的小山则让人心中产生静谧的感觉。特别是春雨，还和儿时的记忆连系在一起。

我比平时早一些离开公司，一边往小山走，一边想，今天晚上和克洛勃克尔们好好谈谈吧。我突然注意到身边有克洛勃克尔，一打招呼，怪人便坐在了我头上撑开的雨伞的支架上。

雨天里，克洛勃克尔们也会变得轻松而又无牵无挂。女人们也和大家结伴来到"城堡"，闲聊、唱歌，有时还围成一圈跳舞。

我在雨中走上进山的小路，烟雨仿佛给傍晚的幽暗的小山蒙上了白色的轻纱。我小心翼翼地走过了独木桥。

在冬青树上，有一张不知是谁用按钉按上的纸。我吃惊地走近前去，纸上用蜡笔写着这样几个大字——

爸爸有事对你讲，让你到了小山的话来我家玩。请一定来。

我刚念完，放哨的克洛勃克尔跳到伞里，对怪人说了些什么。他穿蓑衣虫的皮做成的雨衣，像一滴黑水滴。怪人在我肩膀上站了起来。

"他说是阿牧下午送来的。写了些什么？"

"大叔有话要对我说。"

我考虑了一下，想现在就直接去峰家。虽说不知道要说些什么，但是我想，既然特意派阿牧来送信，那就还是快一些去为好。我也有几天没见到大叔了。

我把想法告诉怪人，托他转告冬青树彦老人一声，然后一个人返身往回走去。

峰家大叔正在外屋干活，他十分高兴地欢迎我。

"这样的雨天也睡在那个鸡棚里吗？"

"当然了。"

"真叫人吃惊啊。"

话虽是这么说的，可是大叔面带微笑，并没有显露出多么吃惊的样子。从这往后大叔讲的事情可就是不得了的大事了。对我们的克洛勃克尔小国来说，这件大事简直是意想不到。

"我觉得这件事应该早些通知你。"

大叔边取出烟来边开口说道。

"据说这一带要修一条新路。好像说是专供汽车行驶的大道。白天时，政府人员到这里，大体谈了谈有关收买土地的事，这样的话，好像鬼门山那一带也要被划进去。"

"被划进去？"

"据说要从那座山通过。特意说好的把小山卖给你，这也办不到了。"

"小山要被挖掉吗？"

"好像是的。"

我被惊呆了，愣愣地看着大叔的脸。这不正是克洛勃克尔最担心的事吗！怎么办？

我抑制着自己激烈的心跳。真没有想到灾难这么快就要降临。

"这个计划还没有正式定下来吧？"

"不，听说基本上定了，剩下的是只要收买土地顺利就行了。"

大叔抚摸着下巴说道。

"就没有人反对吗？"

"这个嘛，农田被毁坏，当然谁都不愿意。可是好像大家认为这次是没有办法。而且据说出的价钱很高。"

我沉默了。于是大叔安慰我似的说：

"小山已经借给了你，估计他们不久也会找你谈的。山上还有小屋，所以要让他们出很高的价赔偿，这话我也要帮你讲。你再另外找地方吧。如果是我的山，还可以商量。"

尽管大叔这样说，我还是无法回答。我和克洛勃克尔都不能失去那座小山啊。我觉得事情糟透了。

"这件事情是什么时候决定的？"

"哦，这个计划战争期间就提出过，因为中途战争结束，便半途而废了。"

"是这样。"

他这么一说，我也似乎记得枸骨彦以前说过这件事情。一定是因为最近汽车增多，通过镇上的道路太窄，行车不便，这个计划又被提出来了。

这时，大叔像突然想起来似地说：

"对了，听说警察去过小山了。"

"去过。"

"不知是真是假，风传有土地的人家都去过了。我这里也来过，当时还寻问了你的情况呢。"

"是吗？"

我一边回应，一边渐渐担忧起来。如果这个传闻属实，那么这项计划一定是从很早以前就慎重地进行了。不管怎么说，我该干些什么，无论如何必须阻止他们，这是我的责任。

三

那天夜晚，我回到漆黑的小屋，冬青树彦老人和其他三个小矮人正在等我。这件事当然也传到了克洛勃克尔的耳朵里。但是，克洛勃克尔好像不太明白峰家大叔为什么取消协议，要把小山卖给别人。

"并不是取消协议。"我边考虑边向他们解释："道路是国家修筑的，国家的力量很大，有些事情我们是无能为力的。"

三个小矮人露出了失望的神情。只有冬青树彦老人依然很镇静。我见他这样，也松了口气。反正惊慌也不会带来什么结果，我们决定等进一步了解详情之后再商量对策，然后就分手了。

峰家大叔说的几乎都是事实。调查结果，新公路将通过村子的中央，从宽阔的田野穿过，就像瞄准好了似的直奔小山。小山确实是要被挖去。

不仅如此，计划准备一完成，就要收购土地，一年后就开始动工。工程比预料的进展要快。

不久，报纸报道了修路这件事，说是三年后可全部竣工，投入使用后对过往车辆收费。这是一则基本上持赞成态度的报道，但在结尾处加上了这样一句话：

"如果变成收费汽车专用公路的话，对当地人就没有多大用处，所以也有一部分人表示反对。"

我把这条报道也读给克洛勃克尔听了，然后让他们按我的要求去调查被占用土地的人。根据调查结果，我制作了一份一眼就能看明白谁持着什么样的想法的表格。可是，附近的村民们没有一个反对的。

我们聚会了好多次，商量保护小山的办法。盯着挂在小屋的地图，我和三个小矮人琢磨起来就是好几个小时。

枸骨彦提出一个大胆的想法。他说对靠近小山的人一个一个地实行马蜂式攻击，把他们全都赶跑。

"还有比蜂子的毒更厉害的毒呢。"

枸骨彦充满自信地说。照他说的做，就会变成"克洛勃克尔小小国"和日本两国间的战争。最重要的是，如果踏上小山的人都要患上原因不明的病，人也不会善罢甘休。一旦他们发现了看不见的蜂子，箭尖儿小国反而会陷入危险。

我还想到过，为了给收买土地造成困难，现在马上就把小山买下来。先把小山变成自己的东西，然后坚持不卖，结果会怎么样呢？

峰家大叔肯定会说，别干没用的事。不过，如果我硬是求他，再加上像克洛勃克尔所说的，有协议在先，也许他能卖给我。

但是又一想，即使费这么大的劲儿，就我一个人反对，还是不起作用。一个人再拼命坚持，也是无法阻止这么洪大的工程的。要是能够的话，我真想把克洛勃克尔带到总理大臣那儿，让他看一眼。

如果我对他讲，不过就是一座山，上面还住着这么珍奇的小矮人，别把它毁了吧，他当然会高兴地答应的。但是，如果总理大臣一个人把这事藏在心底，做克洛勃克尔的朋友倒是行了，然而事情往往不如想象的那样。克洛

勒克尔也许会被他交给科学家，装入玻璃瓶中当成标本。

我变得没心思工作。面对巨大的力量所一步步推进的工程，我必须采取什么措施，可是不管我怎样苦思苦想，就是想不出一个好办法。

连总是无忧无虑的朴树胖子都常常陷入沉思。怪人从一开始就几乎什么也不说。从其他的小矮人的脸上也能看到闷闷不乐的神情。只有冬青树彦老人照旧那么镇静。他说，如果怎么着都不行了，可以搬家嘛。看到老人这个样子，我既有些安心，又感到对不起他们。

在这期间，计划仍在一步步推进。从什么时候起，第一次测量已经开始，在田野里跑动的人们。每天一点儿一点儿地朝小山靠近。很快就越过小山在远处消失了。

那几天我做了一个梦。

比小山还大的推土机无声地开过来。我眼看着小山被很快地铲平了。你说驾驶推土机的是谁？就是上次的那个警察。他行了个礼说："噢，打扰了。"

这个奇怪的梦总是留在我的头脑里。我开始想，与其闷闷不乐地想着办不到的事情，不如现在就做搬家的准备。

我暗暗作好了精神准备，开始考虑克洛勒克尔们的新住处。

四

得知小不点儿老师也许会来小山的消息，恰巧是在这个时候。

因为在此之前，脑袋里净是保护小山的事，所以把小不点儿老师完全忘记了。但是，好像冬青树彦老人坚持不懈地让小矮人进行了调查。

"她这么说的吗？"

"是的。"

来报信的萩姬已能把话讲得很好懂。我振奋地听着她的讲述。

"这么说，她终于发现了黑影的真面目了？"

"这个可不知道。"

萩姬摇了摇头。我感到有些失望。

"是吗，不过这座山的古老传说她该知道吧？"

"这个……我认为她不知道。"

"小矮人的故事也不知道吗？"

"好像是不知道。"

我又猜错了。这是说，小不点儿老师是什么都不知道吗？

"不过，好像她还是知道些什么的。真是个不可思议的人哪。"

阿萩好像看透了我的心思似的说。我想她说得对。

"不管怎样，把你知道的事情详细地讲给我听好吗？"

阿萩考虑一会儿之后，慢慢地讲了起来。

据说小不点儿老师给幼儿园的孩子们讲了这样一个故事。

"今天要讲的是老师去过的一座小山的故事。那座小山是个幽静美丽的地方。山里面开放着红艳艳的山茶花和雪白的野百合花，小鸟总是用可爱的声音啼鸣。

老师一个人去那座山上玩，是非常高兴的事。

可是有一次，老师正在山上看书，突然听到一声吼：'哎！是谁在那儿！'我吃了一惊，回头一看，这不是一个大怪物吗？'这可是我的山，你是从什么地方进来的？'怪物转悠着眼珠子说。老师话都说不出来，赶紧逃走了。因为太慌忙，把帽子忘在了那里。

这样，那个怪物就大步追上来，喊着：'喂，你忘了东西'，他很快就追上老师，把帽子还给了我。可真是热心的怪物啊。"

这个故事我也觉得挺有趣，因为那个怪物肯定就是从前的我。

"然后呢？"我往下催促。

"从那以后，老师没有去过小山，可是后来在这个幼儿园里，老师又一次看见了那个怪物。

大家都已经回家，老师正在值班。突然眼前闪闪发光，紧接着是轰隆轰隆的打雷声。因为是个大晴天，所以老师吃惊地向外面望去，只见前些天的那个怪物正拍着屁股站起来。

怪物也发觉了老师，说了声'啊，你好'，马上就不知跑到哪里去了。

老师在山上遇见的怪物，原来就是雷公。"

"雷公？"

我半呆地看着阿萩的脸。但是仔细一想，我的工作要使用电，如果叫怪物的话，也许应该称作雷公。

据说讲完这个故事，小不点儿老师对那些缠着她要求往下讲的孩子们许下了下面的诺言。

"老师打算最近还到山上去看看。如果那时候也能见到雷公，就接着给你们讲这个故事吧。"

"原来是这样，那她的确会来的。"

我边点头边说。阿萩微微笑着。

"冬青树彦老人打算怎么办？"

"他说按说好的去做。"

"就是说，还是让她看到你们本来的形象。"

我这么一想，便有些挂虑。如果小不点儿老师这次上山来，遇到就不是她编造的故事中的傻雷公，而是真正的小矮人。

她会怎样对那些许下了诺言的孩子们讲小矮人的事呢？如果只对孩子讲还没什么关系，可是她不会不管是谁都乱说一气吗？为了慎重起见，我问阿萩：

"你认为让她看见你们不会出问题吗？"

"我想不会。"她毫不犹豫地回答。

"好像能成为朋友吧。"

"我认为能成为朋友。"

"是吗。"

我在心里松了口气。坦率地说，我真希望现在的克洛勃克尔哪怕是再有一个朋友也好啊。

如果小山就这样被毁掉的话，那就更是如此。就说搬家吧，并不能从小山一下子直接迁居到别处，肯定要暂时把克洛勃克尔藏在安全的地方。那时候，光是我的房间，也许有些不够用，如果小不点儿老师能成为朋友，那可是求之不得的事。

冬青树彦老人当然也会考虑到这一点吧。很长时间我的情绪没有这样高涨了。

五

小不点儿老师在星期六的下午，悄悄离开幼儿园来到小山。当然，我那时还在公司里。

朴树胖子突然出现在桌子上。他就像一条橡皮筋在我眼前一晃就弹了回来，给了我信号。我赶紧用手把他遮挡住。

"她来了……刚来。"

　　胖子慌张地嘴一张一合，虽然没出声音，但我完全知道他说的是什么。我也用眼睛回答：

　　"已经来了吗！情况怎么样？"

　　我把胖子捧在手里放到耳边。

　　"她看见小屋惊奇极了。"

　　"让她看见你们了吗？"

　　"这件事从现在开始做。回头咱们慢慢谈，所以今天晚上希望制多迦先生也到小山来。"

　　"我一定去。"

　　我不禁出声回答。因为感觉就像是在打电话，所以被诱出了声音，我慌忙咳嗽两声遮掩了过去。这时，胖子已经消失了。

　　下班以前，我一直心神不安，惦记着小不点儿老师对小山的秘密作何想法。可是，一想到她看见小矮人脸上会露出什么表情，又觉得很有趣。一下班，我就奔向小山。

　　"她并没有像我们想象的那样吃惊。"

　　冬青树彦老人通过枸骨彦的"翻译"首先这样对我说。然后老人又说，看她的表情，不是知道了什么，就是她生来是个不怎么爱吃惊的人。

　　"不是因为不相信自己看到的事情吗？"

　　我问了一句，心想如果是个普通的人就会这样做的。可是，冬青树彦老人摇了摇头。

　　小不点儿老师正如胖子说的那样，看见出现了一座小屋，便急忙退回到了冬青树的入口处那里。她是觉得不该不打招呼就走进小山吧。她从冬青树那儿向小屋这儿窥探了一会儿，提心吊胆地又走了过来，打了两三声招呼。

　　见没有人出来，小不点儿老师好像也终于放下心来。她走到泉边，发现了眼前新挖的大池塘。

　　"嗬！"她惊奇地睁大眼睛，望了一会儿，转身跑下了小山。她从小山外面的草丛里绕过去，走到池塘的对面。从那里看过来的小山是最美的，小不点儿老师一定也是这么想的。

　　她从那儿到这儿变换着位置，时而手插着腰，时而双臂抱在胸前，欣赏地望着小山。过了一会儿，好像心满意足了，便返回到小山的入口处，从冬青树之间往里走了一点儿，又一次环顾小山。

就在这时，冬青树彦老人下了命令。

"好了，去吧。不要时间长得被看得太仔细，也不要时间短得没有被发觉。要掌握恰当的时间，让她看见你的模样。"

这个重要的任务交给了熟知对方情况的阿萩。

据说平时总是穿着和男人一样服装的阿萩，在这时换上了女式服装。

小不点儿老师注意到了脚下的款冬叶子在不断地摇晃，并且看见那片叶子上突然出现一个小矮人向自己挥着手。小矮人立刻又不见了，只有款冬叶子在摇晃。

"她怎么样呢？"

我咽了口唾沫问道。

"她微微地笑了。"

枸骨彦回答说。他从冬青树上仔细地观察，小不点儿老师一点儿也没有吃惊。非但如此，她简直就像看见的是平常事，态度非常镇静。据他说，小不点儿老师过了一会儿吹着口哨回去了。

"这和我初次看见你们时不是大不一样吗！"

"是呀，真有点令人扫兴啊。"

话虽这么说，冬青树彦老人和其他的克洛勃克尔好像都暂且放下心来。他们让阿萩继续跟随小不点儿老师，还说今后想请我也帮忙。

"你一定要帮忙，以后的事情困难很大。"

枸骨彦用力说道。其实我也想尽早知道她能否成为我们的朋友。因为只有这件事是不容许慢慢去考虑的。我想在小山被毁坏之前把事情弄清楚，如果能够的话，就要和她商量小矮人今后的事。

第二天，我在小山呆了整整一天，在心里等待着小不点儿老师。我想，也许她还会来。但是，小不点儿老师并没有来。

冬青树彦老人看来也有同样的想法，他不断地与阿萩取得联系，并且每次都把阿萩的信息也通知给我。但是，阿萩传来的消息总是说小不点儿老师和平时没有不同的变化之处。

六

"喂，从叫什么的幼儿园来了电话，问去他们那进行工程调查的人在不在。"有人在午休时变得空荡荡的事务所里喊道。我跳了起来，我本打算给幼儿园打电话，所以才留到现在。

从小不点儿老师去小山那天起，已经过去三天了，可是什么反应都没有，小不点儿老师连向孩子们许诺的故事也还没有接着讲下去。

我运了运气，慢慢拿起话筒。

"喂。"

"喂，制多迦童子吗?"

我心里轻松起来。

"是的。你是小不点儿老师吧。"

"是的。"

"有什么事?"

"这个，前不久您安装的开关那儿爆出蓝色火花，有些发热，我想这有危险，想请您来看一下。"

我感到失望，但马上恢复过情绪。

"这样的话，我回去时顺便去检查一下吧。"

"拜托您了。还有——"

小不点儿老师吞吞吐吐起来。我把电话筒紧贴在耳朵上。

"山上的小屋是您盖的吗?"

"是的。"

"前几天我去小山时看见了，真是令人吃惊。还新挖了池塘，完全变了样是吧。"

我没有回答。

"不过，我对小山的奇怪感觉还残留着。"

"是吗? 什么地方奇怪呢?"

我故意做出满不在乎的样子问她。但是，小不点儿老师马上改变了话题。

"您一直住在那间小屋里吗?"

"是啊，似乎是住在那里吧。星期天一般都去那儿，平时也有时住在那里。"

"一个人不觉得寂寞吗?"

"并不觉得寂寞。"

"真是挺有趣的事啊。以后还要建造真正的住房吧?"

"我是有这个想法，但是好像已经无法实现了。"

"为什么?"

"你知道吧，镇外要修筑汽车公路的事，小山正好在那条路的位置上。"

"真的？"

"是真的，那座山要被毁掉。"

"那可不行。"

小不点儿老师生气似的说。我脸上露出了有深意的笑容。

"为什么不行？"

"太可惜了呗。"

这样说完，小不点儿老师就不哼声了。我也默默地仔细听着话筒。

"那么，不管怎样，今天您能来是吧。"

"当然。"

"那就拜托您了。"

电话挂断了，我在那里站了一会儿，到最后，小不点儿老师也什么都没说。可是，我却感到好像是缠着的线头解开了。

不管怎么样，她肯定是小山的朋友。我这样想。

但是，我拿不准是否应该马上讲出克洛勃克尔的事。我不能自己随意行动。回头一看，事务所里一个人也没有，我小声招呼：

"彦！"并把手放在耳边。几乎与此同时，枸骨彦作出了回答：

"有什么事吗？"

"嗯。"

我拿起电话，举到另一只耳朵边。这是为了即使被别人听见，也让他以为我是在打电话。

"听到刚才的电话了吗？"

"听到了。"

"一会儿我去见她。可以把你们的事对她讲明吗？"

"这个——"

连枸骨彦也拿不定主意。他说，暂且把关于小山的古老故事告诉她怎么样。我也认为这是个好主意。

"好吧，我就从小山的传说和她谈起。"

我轻轻地放下了听筒。

七

我在幼儿园的院子里打了声招呼，小不点儿老师就走出来为我打开门。那位胖园长老师坐在椅子上大声说：

"辛苦了。虽说没什么大不了的事，可是她说担心出事。请你给好好修理一下。"

"我明白了。"

我冲着小不点老师回答，可是她一副若无其事的样子。

开关的螺丝松动，弹簧不起作用了。为了保险起见，我决定换上带来的新开关。小不点儿老师从后面跟上来，看着我怎样修理。

"什么时候去的小山?"

我不动声色地问。

"大约三天前吧。因为我想起了它。"

小不点儿老师说着笑了。也许是觉得自己编出来的雷公的故事好笑。

"你知道那座山的名字吗?"

"还有名字吗?"

"有，叫作鬼门山。从很久以前，流传下来有这座山是不吉利的地方的传说。"

"是吗?"

听她回答得带答不理的，我便回头看了看她。小不点儿老师皱着眉眼。

"可是，不是要被毁掉了吗?"

"是的。"

"完了。"

"什么完了?"

小不点儿老师两臂抱在胸前，眼睛一动不动地看着我。我慌忙回身干活，心想，也许她不仅是小山的秘密，连我熟知克洛勃克尔的事都完全感觉到了。

我突然明白了，我们低估了小不点儿老师!

"你打算把小矮人他们怎么办?"

我好像觉得身后突然这样问道。我浑身紧张起来。

但是——，小不点儿老师只是叹了一口气。

开关立刻就修好了。我一边收拾工具，一边琢磨是不是毅然说出克洛勃克尔的事来。这时小不点儿老师说:

"不管怎么说，都是运气不好啊。要是选择另一个方案就好了。"

"另一个方案是指什么?"

"新建公路的路线哪。据说原来有两条路线，当时怎么也定不下来选哪条路线好。"

"哎？这可是头一回听说。"

我抬起头来。

"你知道得很详细啊。"

"不，我也是刚刚听到的。我什么都不知道，就向园长老师详细地问了情况。"

小不点儿老师还补充说，园长老师在政府部门有许多熟人。我默默地点点头。

"如果现在大家都来反对，就不能使政府部门改为另一条路线吗？"

"这恐怕很难吧。"

"不过，不干起来是不会知道结果的。"

"这倒是的。可是，谁都没有反对呀。"

"那就完了。"

小不点儿老师又这样说。我边笑边回答：

"我已经死心了。就算我一个反对，又有什么用呢。"

"可是，您不窝火吗？"

"怎么不窝火，我甚至都做过梦。"

"什么梦？"

"那座小山被铲平了的梦。心里憋得慌就醒了。"

"梦可真是奇怪啊。"

小不点儿老师点着头说。

"让别的人也做点什么可怕的梦就好了。"

"是啊。"

我一边漠不经心地回答，一边想，这两件事先后顺序不同。因为窝火才做那样的梦，根本没有什么窝火的人压根就不会做梦。

"既无法硬让别人做梦……"

话刚说到一半，我心里突然一震，头脑中猛地亮起火花。从小不点儿老师说的话上，我想到一个离奇的办法。

——使用克洛勃克尔不就能强迫别人做梦了吗！

我看着小不点儿老师的脸思考了一会儿。开始的这么一点儿想法迅速扩大并坚定起来。

正像小不点儿老师说的那样，也许从现在开始反对也并不算晚。土地的收买要开始于第一次测量彻底结束之后。虽然不能使工程停止，但是使其多

少作些变更，这还是有希望的。为了实现这一点，可以使用做梦这一招。

"您在考虑什么？"

"啊。"

我突然想把所有的事情都告诉她算了。但又转念一想，事情既然如此，就用不着着急了。

"我还有想进一步问你的事。不过，过些时候再说吧。"

"我也是。"

我们互相用探询的目光对视着，但马上就都笑了起来。

我放下心来，说道：

"到时候也许会请你帮助。我先想了想，打算照你说的那样去做，保护小山。"

小不点儿老师默默地点了点头。

八

克洛勃克尔们也觉察到我想出了什么办法，不知缘由地有了生气。我为了制定计划，一个人静静地思考了两三天。

不久，我让克洛勃克尔潜入政府机关，去调查工程的进展情况和官员们持有的想法，以此开始实施我的计划。

没过多久，就大致弄清了情况。正如小不点儿老师讲的那样，似乎公路的路线开始时怎么也决定不下来。但是，并非是因为明确地考虑到了两条路线，而是因为有各种意见，比如，比照工程的费用，避开多山的地域，或是想尽量减少弯路等。

我再次看了地图。我认为不通小山，稍稍向北，从北面的山峰那绕过去，既不会毁坏农田，还能减少一个弯路，这样做十分合适。随之而来的是施工也许会麻烦些，但是从整体看，只是不长的一段路。

我叫来冬青树彦老人和枸骨彦他们三人，进行了详细的磋商，并让他们把克洛勃克尔们集会到小屋来。克洛勃克尔把小屋挤得满满的。

"从现在起我要说明的是把克洛勃克尔小国从筑路工程那里保护下来的方法。这个方法能否成功还不可知，但是，不管怎样，我想试试看。"

我用手指着墙上的地图。

"这条路从这里这样绕过去，通过农田，从神社旁边直奔小山而来，然后向右拐去。我想大家会注意到在这附近几乎路都是从农田里通过的。我们主

要是请求这些农田的主人们，不要卖掉农田。"

克洛勃克尔们就像我第一次来小屋过夜那天一样，挤满了小屋的每个角落。看不见地图的想办法要看见，小屋里吵嚷成一团，我等他们安静下来又说：

"怎样去请求他们呢？那就是你们克洛勃克尔到土地主人的梦中去。"

吵吵嚷嚷的声音又响了起来。是不太明白我说的意思吧。

"也许你们会认为无法进入到梦中去，但是这却是可能的。人是在没有真正睡着的时候做梦的，就是说，在将睡未睡，将醒未醒的很短时间里才做梦。在这个时候，你们在他们的耳边小声嘀咕一些话。当然，话并不长，你们要好好练习，做到能够慢慢讲。这样一来，你们小声说的事情就会进入到梦里去。你们不是也有过近处的说话声进入梦境的体验吗？"

吵嚷声又高涨起来。克洛勃克尔觉得这事很有趣。

"不过刚睡着时做的梦一般会被遗忘，所以，你们要在他们即将醒来的时候行动。而且这也不是一次就奏效的，你们要让他们多次重复做一个梦。"

这样一步一步地做下去，土地的主人们就会把梦当回事了吧，而且，不能出卖土地的气氛就一定会在全村产生。好像克洛勃克尔也明白了我的意图，马上都安静了下来。

"还有一件工作。"

我像是在说给自己听。

"对负责这个工程的政府人员也要采取措施。对他们也要在其睡着的时候，坚持不懈地重复嘀咕.'应该重新考虑一下筑路计划'。即使他们不做梦也没关系，人的头脑经常在睡着的时候也在一点儿一点儿地工作。这种时候，把我们的想法注入进他们的头脑里，等他们醒来时，也会持有同样的想法。"

我边说边自己觉得好笑。我觉得这计划像是能够成功。

"关于工作的顺序和担当任务的人，过后由冬青树彦老人通知你们。除了政府人员，其他的人针对其情况，嘀咕的话必须各自不同，所以我打算把三个人分为一组，练习一句话。你们同意吧。"

克洛勃克尔们异口同声地表示赞成。其中也有腾腾地蹦跳的小矮人。那样子就像锅里炒的豆子似的，非常有趣。

九

在此之前我曾制作了一张调查土地主人之后的一览表，现在又在这张表

上补充了政府人员和与筑路没有直接关系的村子里的特别麻烦的人和有势力的人的情况。看这张表，一眼就能明白每个人都具有什么想法。我在这张表的下面，写上了需要嘀咕的话。比如：

"太郎啊，你可不能卖地呀。我是你爷爷，那地我可曾经倍加爱护过呀。不能卖，不能卖。"

"喂喂，你要是卖了地，我就吃了你。我是后山的五谷神仙。你要是不卖，我就让你收成更多的粮食。"

这些话这样听起来，好像有些可笑，但若是在梦里听到人们一定会吃惊的。

我只留下怪人一个人帮助我，让枸骨彦和朴树胖子去教挑选出来的克洛勃克尔做各自的工作。等到他们能说以后，我就躺下，让他们一个一个地在我耳边说，好给他们纠正错误。克洛勃克尔学得很卖力。

一天早晨，我做了个梦，梦见自己被悬挂在一棵大树上，大树罗罗唆唆地对我讲诉怨言。

大树用胳膊一样粗的树枝抓起我，一次一次地对我行礼："请不要卖地。"每行一次礼，我就被举到大树顶上，弄得头昏眼花。最后说道："要是把地卖了，就叫你这样，"然后我就被抛到了空中。

我吓得跳了起来，只见胖子笑嘻嘻地望着我的脸。

"制多迦先生，你做梦了吗？"

"你说什么！"

"我在你身上试了一试。"

我睡眼朦胧地看着胖子。胖子的任务是变成村里的一棵杉树去请求某个村民。

"真是可怕的梦啊。一棵杉树苦苦地缠着我，最后把我扔了出去。"

我虽然扭歪着面孔回答，但是因为小矮人起的作用比想象的要大，所以内心里十分高兴。但是，我禁止以后再对我进行试验，每次到小屋来住都做这种梦，可受不了。

不久，克洛勃克尔们对各自的对象一齐实施这个计划。

村里很快便开始流传风言风语。如果有人嘲笑这些风言风语，下次那个人就会做梦。通过怪人的联络，村里焦躁的气氛我也十分清楚。

这段时间里，从小不点儿老师那儿也打来过一次电话。她说幼儿园虽然放了暑假，但老师却不能休息，之后向我询问了小山的事情。

"现在还不知道结果。"

我告诉她，现在正频繁地活动以使村里的人们也来反对。

"进行得顺利吗？"

"目前来看进行得非常顺利，但是以后还无法预料。"

"真叫人担心啊。不过，有了结果也请告诉我，即使是失败了。"

"那是当然了。"

小不点老师没有多说什么，只说等着好消息，就挂断了电话。

过了不久，终于开始收买土地了。我们紧张地注视着事情的发展。结果大致和我预料的一样，虽然以前已经说好了，但是现在，想不到的反对者一个接一个地出现，收买计划难以进展。

我看准机会，访问了峰家大叔。

"筑路的事怎么样了？我这儿什么人也没来过呢。"

我用试探的话问他。大叔纳闷地说：

"这一带突然增加了反对的人。这一阵子流传着奇怪的风言风语。"

"奇怪的风言风语是怎么回事？"

"据说大家都做了恶梦，而且好几天连续做着一个梦。大伙儿都说，这个村里的神仙反对筑路工程。"

"这倒也是吧。"

大叔吃惊地看着我。

"你想，这条路可是要毁掉鬼门山哪。连砍棵树都要遭到报应，把山毁掉神仙出来反对不是理所当然的吗。我也放心不下，才来找大叔商量的。"

"你也做了什么梦吗？"

"一住在小屋就做恶梦。"

我这样说着，观察大叔的表情。其实，对峰家大叔，我们也让鬼门山两三次出现在他的梦里。因为他要是不做这种梦，就没法和他谈。

"先不谈会不会遭报应，您不觉得这条新路在这一带毁坏的农田太多了吗？如果稍稍向北绕一下该有多好，那边全都是山。"

大叔诚恳地点点头。

"是啊，农田被破坏这的确不好。这件事和大家商量一下吧。"

"就是的啊。大家一起向上面请求一次您看怎么样。如果对他们说农民最要紧的还是种庄稼，减少收成粮食的农田，我们农民可就难以生活了，这就会成为充足的理由。我想我们能够阻止这件事发生。"

我装出若无其事的样子，鼓动峰家大叔。一切都按计划实现了。

过了不久，以峰家大叔为首的一份要求公路改道的请愿书送到了政府部门。我听到这个消息，立即让克洛勃克尔停止使人们做梦的活动，同时让他们又去调查政府部门的情况。

十

最初，村民们的请愿似乎一点作用也没有。

从政府部门来讲，已经决定了的事情，肯定不愿意因为有那么一部分人反对就作哪怕是一点儿改变。如果重新考虑路线，就需要多余的人手，多花费时间，不用说还需多花钱。

政府部门的打算好像是，与其改变路线，不如稳住劲儿，想些办法，直到村民们不再反对，然后好按原定计划进行。

"到底还是晚了吗？"

听到上面的情况时我心里这样想。不过，我和克洛勃克尔都没有就此罢休。

克洛勃克尔比原来更加热心地反复在政府部门的重要人物的耳边进行宣传。知道了只在一处的政府机关做工作还不行，我就把活动扩展到令克洛勃克尔感到吃惊的地方。

尽管如此，还是从政府机关特意来了一位高级官员，把村里的土地主人召集在一起进行协商。我突然感到担心，对克洛勃克尔们说：

"如果他们的协商进行得过于顺利就不好办了。如果出现这种情况，你们就得再完成一项任务。"

"终于要进行马蜂式攻击了吗？"

枸骨彦把身体凑过来说。

"等等。"我慌忙补充说："不能真的惹他们发火。反正你们得设法让那些去开会的人心烦。"

枸骨彦看了我一会儿，点点头说：

"用马蜂的毒太厉害了，那就把草籽儿放进他们后背里吧。"

"是啊，这样可以吧。"

我没有多作说明，因为我想，双方心情烦躁，协商也不会进行得顺利。

小矮人们马上拿来了牛膝草的草籽儿给我看。我把一粒放进后背试了试，果然针扎似的心情烦躁起来，连忙让克洛勃克尔给取了出去。

另一方面，在协商会议的前一天晚上，我们又为土地的主人们准备了梦。不过，因为只是一个晚上，肯定有的人做了梦，有的人没有做梦。不管怎样，

或许这也起了一些作用，第二天的协商会议上没等克洛勃克尔去放草粒儿，谈判就彻底破裂了。

不久，小小的希望之火忽地点燃了。

地方的报纸讨论了这个问题。报纸在介绍了村民们的意见和政府部门的意见之后说道，政府部门如果不吝惜时间和劳力，毅然重新考虑筑路计划的一部分，事情将会如何呢。

对报社的人们，我也指使克洛勃克尔去作过"嘀咕"活动。所以，当我念报纸给小矮人们听时，他们高兴得喊了起来。

这件事触发了转机，政府部门里也渐渐地出现了和报纸持相同意见的人。不可思议的是，有了两三个这样的人以后，赞成这种想法的人不断地增加。

他们都说："其实以前我就想过，也许还是这样做好一些。"开始赞成改变计划。

我们的努力到了这时，似乎总算产生了效果。

政府机关里开了许多次会，新的规划图画出来了。接着印了好多份相同的文件，向各处分发，好几个人在这文件上啪啪地盖上了印章。

小矮人们把这样的情况摸清楚之后，我也终于觉得"似乎已经不要紧了。"并且一下子变得精疲力尽。

克洛勃克尔也有一阵子总是在那里出神。不过，就这样，我的计划完全获得了实现。

第五章　新朋友

一

不知不觉到了红蜻蜓在美丽蔚蓝的天空中飞舞的时节。

在政府部门的答复终于发到村里的那天，我给小不点儿老师寄出了第一封信。正如我想的那样，新路线向北一直绕了过去。当然，我和克洛勃克尔比这更早就知道了结果，但是，没有正式的通知，我们总有些不放心，所以连小不点儿老师也没有告诉。

信上，我只是简单地告诉她，托小不点儿老师的福，小山没有遭到毁坏，等见了面再详细介绍情况。小不点儿老师往我家那个地址写了回信。

制多迦童子：

　　收到了您的来信。那座小山没有遭受毁坏，这实在是太好了。

不过，我一直认为结局一定会是这样的。因为我觉得制多迦童子到了关键时刻会使出神通的。

您信中说，从我的言谈中产生了好主意，如此说来是我引发了制多迦童子的神奇力量的。总之，能对你们有些帮助我感到高兴。

想写的事情很多，今天就此住笔，因为一写起来好像会漫无止境。等见面时再对您说吧。隔了这么久，我想去小山看看，那时还请多加关照。

小不点儿

又及：童子，站着走路的小青蛙您是知道的是吧。

读到最后一行，我吃惊得瞪圆了眼睛。站着走路的青蛙，肯定是指克洛勃克尔，没想到她连这个都知道。

但是，与此同时，我也感到好像解开了一个谜。小不点儿老师以前就说过小山是个奇怪的地方，这意思一定是指小山是"一座站着走路的小青蛙住着的山"。而且从她看见克洛勃克尔的模样不怎么吃惊这一点来考虑，她一定十分认真地相信小矮人的存在。

"可是，她是在什么时候看见的呢?"

我左猜右想。以前我曾问过那三个小矮人，那时候，三个人也是同时摇头，说是克洛勃克尔不会做出那种蠢事。可是，又不能认为她是从别人那里听到的。

唉，真是难猜呀。很久很久以前的"小法师"，有的时候也会失败的，就是现在的克洛勃克尔偶尔失败一次的事总会有的吧。

即使真是这样，我想对方多亏是小不点儿老师。不然的话，这里一疏忽大意，也许整个小山就会因为寻找珍奇的青蛙而被破坏。真是这样，又要发生一场骚乱。

"真险，真险。"

我自言自语地说。而且觉得小不点儿老师正像阿萩说的那样，是个不可思议的人。不管怎么说，我认为她是克洛勃克尔的朋友这件事已经完全清楚了。

这封信我也读给克洛勃克尔们听了。他们和我一样，听到最后一行，露出了一脸吃惊。我点点头说：

"她还是知道的。"

"不……"

枸骨彦刚要说什么，却又沉默起来，把双臂抱在胸前。过了一会儿，冬青树彦老人作了如下解释。

——克洛勃克尔穿雨蛙皮是在春天至秋天之间。但这并不仅限于下雨天，当克洛勃克尔想走到人面前慢慢看一看人时，当做复杂的工作，不容易躲过人的眼睛时，他们也常常装扮成雨蛙。因为他们曾为此作过特殊练习，所以一般并不站立起来。但是，也许偶尔还是会疏忽大意。小不点儿老师多次来过小山，恐怕在什么时候看到了疏忽大意地站起来的雨蛙。

"只要一调查，就能知道谁在什么时候穿过雨蛙的皮。"

枸骨彦说。

"一定谁都没有注意到。"

我一边把信收起来，一边说："恐怕是这样吧。对了，好像可以把事情全都告诉她了吧。"

冬青树彦老人默默地点了点头。

二

不久，我从小不点儿老师那儿得到了她要在这个星期日到小山来的通知。不过，这个通知却是用意想不到的方法传送的。小不点儿老师并没有打电话或写信，而是试验了一下，看在自己身边的小黑影（阿萩）能否传递消息。

据阿萩讲，在孩子们回家以后的寂静的幼儿园里，小不点儿老师端坐在钢琴前面，她打开琴盖，闭着眼睛，清清楚楚地说：

"我在这个星期日去小山。"

这句话她说了三遍，然后睁开眼睛环顾四周，大声问：

"明白了吗？就这样转告吧。"

在近旁的阿萩听了大吃一惊。她终于发觉这句话是冲着自己说的。

小不点儿老师接着说：

"来吧，如果听明白了请弹响钢琴，我闭上眼睛。"

听这样一说，阿萩不由得跳到了琴键上。

"梆——"，一声高音在无人的教室里久久回响。

"啊，果然是这样！"

小不点儿老师高兴地说，并且像吃惊时那样，用双手捂着脸颊。

阿萩一边学着小不点儿老师的举止，一边困窘地说：

"我可是着了慌。"

"不要紧的，因为她已经知道了。"

我虽然也有点吃惊，但还是这样对阿荻说。我想，小不点儿老师是以她自己的方式想了解克洛勃克尔。

这个星期天，是秋晴的极好天气。克洛勃克尔小小国作好了迎接客人的全部准备。

我在前一天就住在了小屋。早晨早早起了床，对小屋进行大扫除。小屋收拾完以后，清扫了三角平地上的落叶，在泉边放了两张自制的椅子。

克洛勃克尔们走出小山，到山岗那里去瞭望。

上午，小不点儿老师来到了小山。瞭望的克洛勃克尔像小石子似的一个接一个地跑来，然后又不见了踪影。最后阿荻来了，在我耳边轻轻地说：

"她来了。"

我点点头，走到冬青树入口处去迎接她。小不点儿老师已经来到了独木桥那儿。一看见我，就在桥上站稳，低头行了个礼：

"您好！"

"你好，我一直在等你呢。"

"是吗。"

抓住我伸出的手，小不点儿老师一下子爬到了重叠岩石上。她小声说：

"你知道我要来？"

"知道。"

我点点头。她放心似的眼睛转了几转。可是什么也没说，就先自走进了三角平地。

在椅子上相对坐下以后，我们沉默了一会儿。我们俩想说的话都太多了，不知从什么地方说起才好。就好像面对眼前摆着的许多美味佳肴，不知先从什么东西吃起才好似的。

"从什么地方谈起呢？"

我刚开口，对方也用同样的语调同时说出了这句话。我俩不由得互相望着，小不点儿老师用手捂着脸，吃吃地笑着。

"我很高兴今天到这里来。我想把我知道的事情告诉您，更想向您请教许多事情。"

"我也是这样打算的。"我也笑着回答她："但是，你知道多少事情呢？"

"不过是一点点儿。"

小不点儿老师这时有点犹豫，不过马上又很认真地说：

佐藤晓（日本）

"我知道的是小矮人就住在这里。"

"这，这就足够了。"

她这么直截了当地一说，我倒反而不知所措了。我们又沉默了一小会儿。

"知道这件事的，不，应该说是相信这件事的，只有我和你。"

"我也这么想。因为这事即使对人讲，肯定也不会有谁相信。"

"你从什么时候知道的？"

"什么时候呢？"

小不点儿老师望着远方的云朵。

"从很久以前我就相信有小矮人。"

"是看见了青蛙之后吗？"

"是的。不过，确切知道这件事，是因为上次来这里时看见了小矮人。"

小不点儿老师好像突然意识到似的接着说：

"这是您安排小矮人让我看见的吧？"

"不。"我摇了摇头。

"是小矮人自己干的。"

"他们这是为了什么呢？"

"小矮人是为试探你能否成为他们的朋友。"

"朋友？"

"是的。小矮人的朋友是由小矮人自己调查和挑选出来的。你也被了解了很长时间。"

小不点儿老师的面孔一下子放出了光彩。

"我明白了！他们在我身旁是为了这个呀。"

我用力点了点头。小不点儿老师把身体挨过来：

"作为朋友，该做哪些事呢？"

"也并没有什么难办的事，因为难办的事已经解决了。"

我这样回答，同时心里想，破坏小山的事看来不会再发生了。

"是啊，保护小山的事也应该讲给我听听。"

"那是当然了。不过，为了慎重起见我得关照你一声，这个秘密除非得到小矮人的同意，是不能告诉任何人的。"

"这你放心吧。"

"那么，我就把我知道的一切都告诉你。讲完以后请你去见小矮人。"

我往椅子里面挪了挪身体。

三

"住在这里的小矮人叫做克洛勃克尔。这虽是我给起的称呼，但原来是阿伊努族传说里出现的小矮人的名字。"

我从小矮人的名称来由讲起，讲了从西红柿奶奶那儿听来的古老的故事，从枸骨彦那儿听来的小山的故事，峰家大叔和我的奇持协议，以及我和小矮人之间的可笑的对话等等。

小不点儿老师热心地听着我的讲述。

她对我在儿时看见过一次小矮人的故事似乎特别感到有趣，她打断我的话，要说什么，可又好像改变了想法，催促我接着讲下去。讲到小山被保护下来的经过时，我告诉她，朴树彦恶作剧地让我也做了一个恶梦，她听完笑得直捂肚子。

"好了。"我说："我要讲的事情到此结束了。剩下的请你去问克洛勃克尔吧。"

小不点儿老师突然有些紧张地环顾四周。

"他们在哪儿呢？"

我默默地用手指着白色小屋（克洛勃克尔城堡）。小不点儿老师点点头，一个人站起来向小屋走去。

我等了好长时间。小不点儿老师一定像我从前那样，受到了满屋子小矮人的欢迎。在此之后，她一定会缠住冬青树彦老人和阿萩他们刨根问底地寻问个没完。

我正想得出神，不知什么时候，枸骨彦跳到了我的肩上。他好像担心等在这里的我，来看看我的情况。

"怎么样？"

我这么一问，枸骨彦点点头微笑着说：

"她在问我们的事情，还有制多迦先生的事。"

我听了点点头。

"增加了新朋友，小山也保住了，剩下的就只是买下小山了。"我自言自语地小声说。只是这件事好像还得在遥远的将来才能办到。

"她可是哭了。"

见我老是出神地想心事，枸骨彦突然这样说道。

"哭了？"

"在大家向她问候的时候。"

佐藤晓（日本）

"是吗？那是她太惊奇了。"

"太惊奇了也会哭吗？"

"这种事也是有的。"

我这么回答。枸骨彦觉得有趣地笑了，然后又一下子就不见了。

过了一会儿，小不点儿老师走了出来。她精神饱满地跑到我面前站下，久久没有说话。大概是不知从哪儿说起是好吧。

"制多迦。"

小不点儿老师歪着头，终于唤了我一声。

"听说他们也叫你制多迦是吧。"

"是啊。第一次听到时，我吃了一惊。但是一想，自己是个大个子①，这么叫我也许是理所当然的。"

我想起了雷公的故事，不由得感到好笑。小不点儿老师悄悄地在椅子上坐下。

"我也问了我的职责。他们说我做你的顾问就行了。"

"他们是这么说的吗？"

"是的。还给了我一面小巧的镜子，你看。"

小不点儿老师在掌心里把小纸包打开给我看。那镜子像我得到的那把短剑一样闪着美丽的光辉。

"这样你就成了我们的朋友。"

我们俩站起来相互握手。阳光照在小不点儿老师的脸上，她好像有些刺眼，举起小手遮挡阳光，抬头看着我，并且突然移开视线，又去眺望远方的云朵。

这时才发觉，时间已经过了中午。

"饿了吧？"

"倒是喉咙太渴了。"

"那么，烧茶喝吧。"

"我来烧。"小不点儿老师慌忙说。

"不，你是客人嘛。"

我跑进小屋。克洛勃克尔已经不见了踪影。我事先摆在桌子上的地图、国旗和笔记本，已经整齐地挪到了屋子角落。

我提着空茶壶回来时，小不点儿老师好像在思考着什么。我打来泉水，

---

① 日译中，佛经里的"制多迦"童子的发音与"大个子"的发音相同。

在三角平地垒起石头做炉灶。

"啊，在那儿烧茶吗?"

"有意思吧。"

"我喜欢。"

小不点儿老师说完去收来落叶，点着了火。青烟升起来，火哔哔啪啪燃得很旺。

"要是带些食品来，能在外面做饭就好了。"

她望着火苗，好像挺遗憾。

"我这里有点罐头和米。"

"不，我今天带来了饭。"

小不点儿老师很高兴似的打开了小包袱。好象连我那份儿都准备出来了，有好多好多三明治。

"他们会不会到这儿来?"

她在落叶上坐下，望着小屋自言自语地说。

我默默地做了一个暗号。阿萩跳到了小不点儿老师的肩上，并在她耳边小声嘀咕了些什么。小不点儿老师吃惊地喊出了声，可我装作不知道的样子。

一会儿，冬青树彦老人和那三个小矮人也加入到我们之间。不过，三明治几乎都被我一个人吃了。

四

吃完午饭以后，小不点儿老师几乎没有说话。我静静地不去打扰她。因为我在第一次和克洛勃克尔谈过话之后，也像是得了病似的。

过了一会儿，小不点儿老师站起来，一个人在小山上四处观看。她还往山茶树上爬了一截儿，从那儿向我挥了挥手，马上又爬下来，走进了小屋里。从小屋里她也是马上就出来了，这次是从冬青树入口处走了出去，有一会儿功夫不见她回来。

我想她大概去了池塘对面，可是那儿并没有她的身影。我突然有些担心，从冬青树那儿探头向外望去，只见小不点儿老师正坐在重叠岩石上出神。

"原来你在这儿啊!"

我放心地和她打招呼。小不点儿老师脸上笑眯眯的，但没有答话。

"怎么样? 心情平静一些了吗?"

"嗯。"

她使劲点了点头，又转了过去。她好像是在倾听小河的流水声。

"刚才我在想一件有趣的事。"

过了一会儿，她依然背对着我，小声说道。

"什么事？"

"我在想今天和你是第几次见面。"

"是啊。"我扳着手指。

"第一次是我在这里吓了你一跳，然后是在幼儿园见过两次，然后就是今天，所以是第四次。"

"是啊。"

小不点儿老师一边这样回答，一边慢慢脱下一只鞋，把它轻轻放在水流上。皮鞋浮在水面，嗖地漂走了。我吃了一惊，望着小不点儿老师的脸，可是她目送漂去的鞋子，直到看不见为止。突然，她回头对我说：

"哎，替我捡回来！"

我莫名其妙地奔下小山，沿着小路向前跑去，马上就发现了鞋子。可是，不下到河里就没法拿到它。我只好迅速脱下鞋，下到冰凉的水里。

拾起鞋子，我直接在河流里向重叠岩石那儿走去。我已经好久没赤脚在这流水里行走了。

（她为什么要学从前那个小女孩儿的样子给我看？）

我一边走，一边这样想着。刚才，我刚对小不点儿老师讲过儿时遇到过的那个鞋被冲走的小女孩儿的事。那时，我这样捡到鞋回来，岩石上已经不见小女孩儿了。

（她也打算走掉吗？）

我突然有些担心。

但是，岩石上的小不点儿老师一脸认真的表情，在等着我。她的眼睛真大。这时，我在流水中呆立住了，因为我突然明白过来，小不点儿老师为什么要这样做。

（是吗，原来是这样啊！）

我浑身的血猛地热了起来，呆立在岩石前，从上到下，再一次慢慢地打量小不点儿老师。

"你——就是我小时候遇见的那个小姑娘吗？"

小不点儿老师使劲点点头，脸上作出生气的样子。我呆呆地站着，不知说什么是好。

"你总算想起来了。我们今天的见面不是第四次而是第五次。"

"是吗！"

我把眼睛闭上一会儿，努力想回忆起从前那个小姑娘的模样。我的眼里浮现出她盯盯地与我对视时的眼神。我记住的只有她的这个眼神。我睁开眼睛，觉得小不点儿老师的眼神的确很像那个小姑娘。

长期不见了的那个小姑娘，变成小不点儿老师出现在我的眼前。

"你是什么时候认出我的？"

"那次在幼儿园意外地见到你时，我马上就想到，他就是小时候那个男孩子吧。"

"那你为什么以前不说呢？"

"不知为什么，我觉得这件事说出口就可惜了。其实我以前是打算在你认出我之前不讲出来的。"

"你心眼真坏啊。"我喊起来。"不过，那些事情你倒是一直记得很清楚啊。"

"你不也记着呢吗？"

"我不能忘记是有理由的。"

"我不能忘记也是有理由的。"小不点儿老师微笑着说。

我吃惊地问她：

"那时，你也看见克洛勃克尔了吗？"

"没有。"

小不点儿老师用对幼儿园的孩子说话那样的语气说：

"那时候，男孩子看见了小矮人，女孩子看见了站着走路的小青蛙。"

五

（原来是那时候看见"雨蛙"的呀！）

我惊得闭不拢嘴。说起来，还没有问过小不点儿老师是什么时候看见"雨蛙"的呢。我和克洛勃克尔都没有想到，这竟然是那么久以前的事情。

克洛勃克尔真是在意料不到的时候出了差错。恐怕他们是被让我看见他们这个复杂的工作吸引了全部注意力，再加上对方是个小女孩儿便粗心大意了。但是，这却是个漂亮的大失败。克洛勃克尔只想获得一个朋友，不留神却又得到了一个。我这么一想，觉得很好笑。

"这就是说，我们是在同一天，同一时刻发现这座小山的秘密的。"

"是啊。"

小不点儿老师也笑了。我光着脚，拉着小不点儿老师的手走到椅子那里。冬青树彦老人他们也好像听到了我们的谈话，在那里等着我们。他们用吃惊

的目光望望我又望望小不点儿老师。

"来，听你讲讲吧。我当时看见那个小姑娘一动不动地向水里望，后来我曾想她是不是在看小矮人呢。可是，其实你是在看着青蛙是吧。"

小不点儿点点头，并说，我脸冲着水面，眼睛其实在斜望着别处。当时岩石上不知从哪儿来了一只小青蛙。我好像觉得那只青蛙突然站起来走了两三步。

"我想如果我把脸转过来，它就不会再站起来了。所以我故意装作看着水里的样子。"

那只青蛙在小不点儿老师的旁边，老实地呆了一会儿。也许是认为小不点儿老师没有看着自己，不一会儿，又站了起来，摆出向远处眺望的姿势。

"这时青蛙没有走步，我屏住呼吸，以为它就要走了。这时，河里面有个男孩子吹着口哨向这边走来。"

"那只青蛙呢？"

"已经不在我身边了。我发觉后正要寻找时，鞋不见了。那只鞋子……"

说到这儿，小不点儿老师回身望着克洛勃克尔们说：

"以后的事情该你们说了。"

"我们让制多迦先生去追赶鞋子，我们则躲在鞋子里面。"

"我抓住鞋子回到了岩石那儿，这些刚才都对你说了。可是你为什么不见了呢？"

"我回去了。"

冬青树彦老人好像回忆起了什么，很快地说了几句话。那意思是，那时小山附近还有一个人，小不点儿老师被那个人背着回去了。

"是这样，他是我的表哥，当时是个中学生。"

"对了，你是说过和什么人一起来的。"

"我那时是小学一年级学生，那是我的第一个暑假。当时我是来这个镇上的表哥家来玩几天的。"

"等等，这么说，你不是在这个镇上长大的了？"

"不是。我们家在战争中被烧掉了，我便投靠了这里的亲戚。经常到这里来，是投靠亲戚家以后的事。"

"是吗。"

我默默地望着小不点儿老师。我在这个镇上长大，中途离开了这里。后来因为忘不掉小山又回到了这里。小不点儿老师的经历也和我相似。这既让人感到不可思议，又让人觉得理所当然。我们两个肯定是因为都被小山所吸

引所以才在这里相逢。

"那么，你看到那只雨蛙心里是怎么想的？"

"反正我想这只青蛙一定不是一只普通的青蛙。"

小不点儿老师稍稍歪了一下头。

"开始我只是这么想的，不过，不久我就觉得这座小山一定是不可思议的东西住着的地方。因为我看得太真切了，所以只能这么相信。我想也许是小矮人变成了青蛙，或者也许有会说话的青蛙。一个人想着这种事非常有乐趣。"

我点着头，不禁松了一口气。可以说，小不点儿老师从极小的线索就几乎看破了小山的秘密。而我既知道"小法师"的故事，又早就看见过克洛勃克尔的模样，还曾经一度遗忘了这件事。

小不点儿老师默默地从椅子上站起来，又走进了小屋。她从小屋回来时拿着红色小运动鞋。这也是我摆在桌子上的东西。

"丢了这只鞋，被妈妈狠狠地骂了一顿。这是刚买来的新鞋。"

"如果现在也可以的话，我把它还给你。"

我一边笑着一边说。

"不，这是克洛勃克尔小小国的东西。不过，真叫人怀恋啊。"

小不点儿老师双手抱着鞋子好像是要温暖它，我出神地望着这个姿态的小不点儿老师。太阳将要落山，山茶树的影子长长地伸在三角平地上。

小不点儿老师回家时，我把她送到镇上。一边走着，我一边把克洛勃克尔的事讲给她听。能这样轻松地交谈小山的秘密，对我真是十分痛快的事情。

（要是这样，真该早些对她把事情挑明。）

我心里这样想。一个人知道这个秘密的确也是心情愉快的，但是不能对别人讲，也是相当苦恼的。上次见到小不点儿老师时，我就曾经拼命地把到了嘴边的话压下去。

小不点儿老师好像也有同感，她的表情十分轻松愉快。

六

就这样，克洛勃克尔有了一个新朋友。从这以后，克洛勃克尔小小国将会更快地发展。小不点儿老师认为克洛勃克尔们应该进一步多多了解人类的情况。当然我也十分赞成这个意见。正是出于这个考虑，在此之前，我也在教构骨彦他们三个一点点地识字，告诉他们人类社会构成。但是，大部分克洛勃克尔只知道小山附近的事情。

"他们不能只是躲藏。"

小不点儿老师说。

"小小国也建立起来了，克洛勃克尔今后当然会有很多工作要做。我们必须使他们自己能够做一切事情。"

于是我们找冬青树彦老人商量，决定马上办起以前就设想过的克洛勃克尔学校。这个学校以枸骨彦他们三个为核心，把我们教给他们的知识再传授给其他的小矮人。学生从孩子到老人都依次集合起来。本来克洛勃克尔的头脑就反应很快，所以记东西也快。我和小不点儿老师像被克洛勃克尔追赶似地必须一个一个地迅速向下进行。我们给克洛勃克尔买了书。看见朴树胖子把那本书读给大家听，真是觉得有趣。胖子打开巨大的书本，一边在书上到处跳，一边给大家读。

不久，克洛勃克尔们的想法也一点儿一点儿地发生了变化。他们像小不点儿老师说的那样，不是仅仅从世上躲避开，而是要把自己的国家建设成更加充满生气和快乐的国家。这样一来我也更来劲儿了。

冬青树彦老人也产生了浓厚兴趣。近来，他终于学会慢慢讲话，这样说道：

"我们依靠自己的力量寻找朋友，这一步做对了。什么事情不想去做一做是不行的。"

我也这样认为。特别是有了小不点儿老师这个顾问以后，只要是该干的事，我什么都想一个一个地干一干。

冬青树彦老人还说了这么一句话：

"我想记载下克洛勃克尔小小国的故事，不知制多迦先生能否帮忙。"

我高兴地答应了下来。这成了我和冬青树彦老人的愉快的工作。我买来了厚厚的笔记本，按照老人的口述，记录下小矮人的往昔和今天。

看到克洛勃克尔们这样与日俱增的热情，我真想早日买下小山。虽说目前什么担心也没有，但还是想把小山完全变为自己的小山。对我来说，这也是我从儿时就一直怀着的愿望。但是，我既不想为此给小不点儿老师添麻烦，也不能指使克洛勃克尔帮忙。我在此之前，把结余的钱都积攒了起来，可是还只有那么一点点儿。

包括小不点儿老师在内，大家对这件事曾进行过交谈。那时，克洛勃克尔们安慰我说：

"制多迦先生，用不着那么着急，现在这样，我们就已经很安心了。"

"是啊。"

小不点儿老师也说。

"我帮你点忙恐怕也解决不了问题。还是别做过于勉强的事吧。从你讲的来看，峰家大叔好像是个可以信任的人，你不必着急。"

"也许你说得对。只是这样下去，不知要等到哪一天呢。"

我叹息着说。就是克洛勃克尔，最初动起寻找朋友的念头，也是希望能够放心的人成为小山的主人。并且我的多年的梦想，就是想把自己发现的有着清泉的秀丽小山归为己有。我从心里盼望这一天早日到来。按我的想法，正是这个日子才是克洛勃克尔小小国真正独立的时刻。

（到了那一天，要好好庆祝一番。在克洛勃克尔城堡升起箭头国旗，在冬青树入口处搭起彩门。不知内情的人会有多么吃惊，这我可不管。就把那一天作为这个小小国的国庆纪念日。）

我想着这些事情，心里暗自激动起来。但是，也许到那个时候，我已经上了年纪，头发全都白了。

自从获得小不点儿老师这位朋友以后，时光也在不知不觉地流逝。转眼间一年过去，小山上的茶花又开了。

七

一天早晨，我接到了一封信封非常漂亮的信。收信人确实写的是我的名字，可翻过来一看，上面印着有名的汽车制造公司的名称。

（是广告吧。）

我马上这样想。可是，我和汽车可太没缘分了。我诧异地剪开信封，从里面抽出薄薄的信纸。在印刷精美的信上，有用钢笔填进去的文字。那几个字猛然扑入我的眼帘。

克洛勃克尔！信上确实写着克洛勃克尔。

扑通！我的心剧跳了一下。我急忙去读信。

敬启者：

前日，本公司为新产品小型四人座轻便汽车广为征募车名，应征者甚多，不胜感谢。

经慎重评选，您提供的"克洛勃克尔号"荣获一等奖，特此奉告。

另外，不久将寄上奖金二十万元。

"克洛勃克尔"、"一等"、"二十万元"，还有我的名字，是由钢笔工工整整地填写上去的。我好像被狐狸迷住了似的，又读了两三遍，可脑袋还是乱成一团。这完全是我没有做过的事情。一开始，我想可能是谁开的玩笑，他知道了我与克洛勃克尔的关系便搞了这么个性质恶劣的恶作剧。但是，这家公司进行这项征募的事，我以前也在报上看到过几次。

（等等！）

我向这天的报纸奔去。无需找寻，广告栏里醒目地登着评奖结果。一等奖一栏确实是我的名字、地址和克洛勃克尔号！

这样一来就越发令人奇怪了。如果上面不是我的名字，这事还好理解。克洛勃克尔这个名弥确实是飞快奔跑的小型汽车的合适名字。就算有人从历史书中找出这样的名称，这也一点都不奇怪。可是现在，这个名称被认为是我想出来的。

（是谁干的呢？）

我想，必须马上找小不点儿老师谈谈。

（把小不点儿老师和克洛勃克尔召集在一起，让他们调查一下是谁干的。）

好容易拿定了主意，我突然想到，只有一个人知道我和克洛勃克尔的事情，那就是小不点儿老师。

（怎么，这事是小不点儿老师干的吗？）

在安下心来的同时，连自己都觉得十分好笑。除了小不点儿老师，没有人知道我的秘密。我刚才是由于过于突然而失去了判断力。

"嗯。肯定是小不点儿老师。"

一边再一次慢慢地读着信，我一边自言自语。我认定小不点儿老师就是让我吃惊的人。

不过还有一个担心，那就是克洛勃克尔自身知道了这件事会怎么想。我倒是没什么，可是，克洛勃克尔也许不喜欢这样做。那时，我说些什么才能让他们谅解呢？如果这事是不知情的人干的事，可以说是没有办法，可是，要是自己朋友不打招呼就做的事情，可就没法辩解了。

我担心地回到自己的房间，召唤克洛勃克尔。枸骨彦立刻就出现了。我默默地让他看了报纸和信，他过了一会儿在我耳边悄声说：

"这是小不点儿老师和冬青树彦老人干的。"

"冬青树彦老人？这么说，你们知道这件事了！"

"嗯。"

枸骨彦高兴地笑了。

"这样能买下小山吗?"

(是这样。)

我没有说出声来。不愧是小不点儿老师,早就和冬青树彦老人商量好了。虽说就我一个人被蒙在鼓里,不过,这已经不算什么了。我第一次为获得一等奖而高兴。

(二十万元! 是啊,也许这就能买下小山了。不过,正是这件事必须去和小不点儿老师商量。)

我把信郑重地放进口袋,冲出了家门。

八

"我也吃了一惊啊。这事进行得太顺利了。"

小不点儿老师事后也经常这么说。

"不过,亏你想得出来,克洛勃克尔做小汽车的名字确实是再合适不过了。"

"是啊。不过,最初可是你找到的名字啊。"

"尽管如此,你还是一个了不起的顾问。"

我想起了冬青树彦老人那时说的话:

"什么事情不想去做一做是不行的。"

现在回想一下,那时小不点儿老师就好像想到了这个主意。

"不管怎样,这笔奖金要按你的安排去使用。"我慢慢说。"你的那份儿也请你收下。"

"不。那就太可笑了。"

小不点儿老师根本不理我的话。她说为了让我不推辞地买下小山,他们才特意使用了我的名字。

"如果不是这样,也许冬青树彦老人也不会同意。"

"嗯。"

我不知如何回答是好,只是点了下头。

以后的十来天,我突然忙了起来。因为为了买下小山要四处奔波。

我让峰家大叔看了信,并说明了情况,峰家大叔说,有这些钱足够买下小山了。但是,他又担心似地添了一句:

"难得有这么一大笔钱,你再拿一段时间怎么样。买小山的事用不着着

急吧。"

"不。"

我笑着回答。

"这是一笔不能花在别的事上的钱。这不是我一个人作出的决定。"

"噢?"

大叔抬起头来。

"还有同伙儿吗?"

"是的。那个人也知道我想买小山的事，因此，完全托付给了我。"

"是这样。"

我对克洛勃克尔的名字也稍加说明，然后说:

"那座山，从这次起就叫做克洛勃克尔山。作为纪念，我想给它起个和小汽车相同的名字。"

"嗯，好。鬼门山这名字确实是不吉利。"

大叔很高兴地说。

这个名字是和克洛勃克尔们商量后决定的。以后，我就可以公开地把小山称为克洛勃克尔山，当别人问我为什么这样叫时，我也不用多作说明。我感到心里轻松了许多。

小山很快就真正属于我了。

买下小山的第一个星期日。小山披着闪动光泽的新叶，犹如一块绿色的宝石。我终于得到了这个巨大的珍宝。

我像儿时那样，一个人爬上山茶树眺望小山。脚下的泉水波光粼粼，近处可见镇上的屋顶。近来镇子在渐渐扩展，在小山的附近，新建的房屋也鳞次栉比。

我把脚伸到树枝上，头枕双手，在树上舒服地躺了下来。天空中飘荡着似曾相识的云朵。清爽的风轻轻地吹过。

渴望得到小山的遥远的往昔，就像云朵一样，在我的脑海中涌起而又飘过。

（不就像是一场梦吗?）

我突然这样想。就在这时，从冬青树入口处传来了话音:

"制多迦。"

克洛勃克尔的另一位朋友，为了庆祝这个谁也不知道的小小国的诞生来

到了小山。我从树上坐起来，自言自语地说：

"还有她，也是一个好人……"

我猛地激动起来，在心里向小山呼唤：

"克洛勃克尔小小国！愿你永远充满宁静和光明！"

〔简评〕

读惯了《白雪公主》、《拇指姑娘》一类童话的读者，读了佐藤晓的这部《谁也不知道的小小国》，一定会在心理上产生一种或者说是新鲜、惊异或者说是陌生、诧异的感觉。《白雪公主》、《拇指姑娘》和《谁也不知道的小小国》写的都是小矮人的故事，但是在阅读对《白雪公主》、《拇指姑娘》所描绘的幻想世界，使我们产生的相信心理与《谁也不知道的小小国》所描绘出的幻想世界使我们产生的相信心理在程度上是有极大不同的。由于佐藤晓是在与我们身边的现实生活完全相同的环境中，细致、合理地构筑起了"我"、小不点儿老师和小矮人们的世界，所以，我们不能不对这个世界信以为真。打个比方，佐藤晓这位创造幻想的魔术师，不是在读者面前罩起一层烟雾，把灯光弄得昏暗或者是采用催眠术的手段，而是自己置身于光天化日之下，在众人之间，在其眼皮底下来施展自己的魔法。佐藤晓这样做的目的就是为了向人们证实幻想世界存在的"真实性。"

读《谁也不知道的小小国》，我有时会想起中国作家张天翼的《宝葫芦的秘密》。记得小时候，我被《宝葫芦的秘密》所描绘的幻想世界迷住了，连晚饭都不愿意吃，想一口气把它读完。心理也总想得到宝葫芦的我，见和自己一样戴着红领巾，在新中国的小学校里读书的王葆得到了一个想要什么就能得到什么的神奇的宝葫芦，心里能不着迷吗？

幻想虽然并不能直接带给我们什么，因而怀着短见的功利心的人对幻想不以为然，但是，幻想是人类的一种可贵的品质，是人类创造力的源泉之一，它理应得到充分的肯定和大力的发展。儿童文学注意并重视了这一点。《谁也不知道的小小国》无疑为读者建立起了一个神奇而又具有现实感的幻想世界，而且更重要的是，它让读者懂得了应该珍视自己心中拥有的这个幻想世界。

(朱自强)

佐藤晓（日本）

老奶奶的飞机

朱自强　译

一、老奶奶是编织高手

在一个乡村小镇的镇边，有一户小小的人家。有一位老奶奶独自一人住在这里。老奶奶圆圆的脸庞，精力充沛。她总是身穿长裙，脚上穿着毛线织的袜子。

小房子的门前是宽阔的庭院，庭院四周是美丽的大叶黄杨树围墙。围墙的入口处有一棵高大的山茶树。山茶树挂着一个牌子，上面写着"承揽各种编织活计"。

老奶奶的编织手艺非常高，附近镇上的人们把许多编织活送到老奶奶这儿来。有的人在炎热的夏天，就开始送活给老奶奶。镇上的人们甚至这样传说：

"听说穿上那位老奶奶织的毛衣就不会感冒。"

所以老奶奶从夏到冬，每天都戴着银边眼镜，不停地织着毛线活。送来的活再多，老奶奶也会高高兴兴地织完，因为她太喜欢编织这工作了。

冬天过去，春天来临。当令人愉快的春风吹来的时候，有一段日子，人们不再送来编织活，一直很忙的老奶奶也会完全闲下来。年年都是这样。

不过，因为老奶奶喜欢编织，所以她闲不住。于是就把自己旧了的大披肩拆掉重新织。

这样的披肩，老奶奶有三条。一条拆掉重新织好后，就又拆织另一条。三条披肩反复地织了拆、拆了织。

细密的小方块花样，大海的波浪似的花样，老奶奶就是打着盹儿，都能把它织好。

即使是更复杂的松针花样，拧棍花样，老奶奶织起来也很轻松。

把各种织法组合到一起，无论多么细致、多么复杂的图案，老奶奶织起一都能随心所欲。

上次拆织好的披肩，织的是美丽的鹿在并排奔路，真是漂亮。

织这样难织的图案时，老奶奶的手指也是快得让人眼花缭乱，一刻也不停歇。就好像老奶奶想像中的图案从她的指尖流出，和毛线一起渗透到了编织物上。

老奶奶的编织手艺就是这么高超。

二、达雄的信

春天里，茶花树将要开出红花的时候，老奶奶收到了一封信。这是住在山那边的大港口城市的外孙子达雄写来的。

老奶奶只有一个女儿，早已经出嫁走了。达雄就是这个女儿的孩子。

"我来看看。"

老奶奶放下手里的编织活，微笑着打开了信。

"达雄已经会写信了吗？真了不起。"

老奶奶说完就出声地读起了那些用铅笔写得很大很大的字：

"姥姥，您身体好吧。我身体也很好。今年我上小学一年级了。谢谢毛衣。"

老奶奶扶了扶眼镜，自己笑了起来：

"'谢谢毛衣'，嘿嘿嘿，'谢谢'，这孩子。"

每年入冬之前，老奶奶都要织好新毛衣给达雄寄去。

"请再来玩儿。再见。"

达雄的信只写了这些，不过还有一张纸。打开一看，是达雄的妈妈（老奶奶的女儿）写来的信。信里这样写道：

"姥姥也来这儿的城里，和我们一起生活吧。您上了年纪，总是孤独一人，我实在担心。我丈夫他也这么说。请您好好考虑，给我们回音。"

老奶奶歪着头想了一下后，嘴里嘟囔着：

"住在那个白色四方形的建筑里会怎么样呢。不管怎么说，要进到家里，就必须爬三、四十阶楼梯。"

达雄一家住在城市中心的住宅区里，而且是在三楼。达雄出生时，姥姥去帮忙，住过些日子，所以知道得很清楚。

"我要是去了，那小房间就变得更狭窄了。还有达雄，已经上了小学，也需要有一张自己的桌子吧。"

老奶奶这样想着，突然非常想看到达雄的模样。不过，她还是打算谢绝一起生活的事。

"他们惦记着我，这很叫我感激，不过，我身体还很结实，而且一个人住

在这个家里，还能随心所欲地织毛线活。"

老奶奶这样想着，把信认真折好，放进了怀里，打算过后再慢慢写回信。

三、刚刚出生的蝴蝶

老奶奶又拆开了一条旧披肩。因为毛线已经变得皱皱巴巴，所以，老奶奶把毛线放在蒸汽上，然后阴干，这样毛线就膨松起来了。

"这次织什么图案呢？"

老奶奶把椅子搬到窗边，准备开始织披肩了。敞开的窗子的对面，嫩树叶闪闪发光。考虑怎样织下面的毛线活，这是老奶奶最愉快的时刻。

刚织了几针，又把它拆开，再织几针，再拆开，实在是拿不定主意。不久，老奶奶一动不动地眺望窗外，长时间没有动针。

一只好大的黑蝴蝶从窗外飞了进来。它在老奶奶的身边忽悠忽悠地飞舞，不一会歇落在老奶奶的膝盖上，合上了翅膀，跟老奶奶一样一动不动。

老奶奶并没有发觉蝴蝶飞了进来。因为总是织和过去一样的图案，那实在没趣，所以老奶奶在努力构想新的图案。

"难道就没有什么好图案吗？"老奶奶叹了口气。这时，膝盖上的蝴蝶慢慢地打开翅膀，然后又合上了。老奶奶终于发现了它。

"哎呀，叫人吃了一惊。"她轻轻地用手去拂开蝴蝶。可是，蝴蝶并不飞走。老奶奶就用手指捏起蝴蝶，放到手心上。尽管这样，蝴蝶还是一动不动。

"真可怜，你才刚刚出生呀。"

黑蝴蝶停在老奶奶的手心，翅膀一开一台。

"哎？"老奶奶突然扶着眼镜，凑上前去。乍看，这蝴蝶的翅膀不过就是黑色，并不那么漂亮。可是，仔细一看，黑色的翅膀上凸现出细致而美丽的花纹。

"咦？"老奶奶一只手捏着蝴蝶，一只手从脚下的提篮里取出一只很大的放大镜。老奶奶读很小的字时，总是使用它。

老奶奶用放大镜长时间地盯着蝴蝶的翅膀，因为她生出了一个极好的想法。

"如果织出和这蝴蝶的翅膀一样的图案，披肩一定能非常漂亮。"她仔细看蝴蝶的翅膀，好把花纹记住。

不愧是编织能手。老奶奶用放大镜看了一会，感到似乎能把它织成披肩的图案了。剩下的只是实际编织了。

"去吧，好好飞吧。"老奶奶微笑着从窗口把蝴蝶放了出去。

刚出生的蝴蝶轻盈地向后山飞去。

四、一公分也没织成

老奶奶马上开始织起来。

咔嗒、咔嗒、咔嗒……

竹针发出轻微的声响。老奶奶的手指的动作快得让人都看不清。

织了一阵儿，老奶奶停下针，检查织出的效果，然后皱着眉摇了摇头。

"有点不对劲。刚才的蝴蝶的翅膀可不是这么粗糙歪扭，它的花纹要更细致笔直。"

老奶奶自言自语地说着，"噌"地把针抽出来，把好容易织出的地方全都拆掉了。

"好吧，重新织。"她在椅子上正了正身体，又开始织起来。这次她织得慢了一点。

织出几行后，老奶奶又拿在手里检查。把头摇了好几次，还是不满意。

"哎？这还真够难的呢。这样不行，再重织一次试试。"于是，又全部拆开，从头开始织。可是又没有织成。老奶奶已经入迷了。

四次、五次、六次、七次。

在拆拆织织之中，天已经黑了下来。努力织了半天，织好的连一公分都不到。

老奶奶已经好久没有遇到这样的事情了。

"我一直以为，不论什么花样，不论多难的织法我都会织，可是并不是这样啊。"

说着，她长出了一口气。不过，这可不是泄气，相反，老奶奶却高兴得不得了。

从前，在老奶奶还是像外孙子达雄那么小的小女孩儿时，就曾经对刚学会的编织感到有趣，有过一织就是整整一天的事。那时候也是，织错了拆，织错了拆，一天过去，也织不成一公分长。

"和那时候一样，完全一样。"老奶奶这样一想，就十分高兴。她只要想到还有自己不会的编织方法就心情激动。

吃了晚饭以后，直到睡觉前，老奶奶都在织披肩。不过，还是织不好。

第二天，一大早就起来织，可还是织不出来。

老奶奶只想着编织的事，第三天，第四天，天天都努力想织出和蝴蝶翅膀上的花纹相同的图案。

因此，她把给达雄写回信的事，忘得一干二净。

五、奇异的编织物

十天过去了。

老奶奶还在织东西，她并着膝盖端坐在窗旁的椅子上。

外面天气很好。洁白的云朵悠悠地飘着。窗下开着蔷薇花，芬芳的气息飘进了屋里。

可是，老奶奶的心思只在编织上，她的脸颊微红，不停地移动着织针，两眼像年轻姑娘一样放着光辉。

披肩不过织出了五公分长。这次她感到能织出和那只蝴蝶的翅膀一模一样的花纹了。

那是非常复杂的织法，比老奶奶以前织的任何花样都要麻烦难织。所以，连老奶奶都得慢慢地织，以免出差错。

"似乎总算可以顺利织下去了。"老奶奶停了一下针，一边察看织的怎么样，一边小声嘟囔着。

这时候，开始发生了奇怪的事情。

织成的五公分左右的细长的编织物，扑楞扑楞地活动起来，就像鱼在跳跃一样。老奶奶急忙摘下眼镜，揉揉眼睛：

"一定是眼睛太累了。"

可是，好容易刚刚学会了新的织法，她不想马上就休息，又不停地织了一会。渐渐地熟练起来，织得快了许多。不久，不知为什么，织好的部分轻轻飘起，贴在手上，难织得不得了。

老奶奶入了迷，按下去继续往下织。织了三十公分以后，不管怎么往下按，它都立刻轻盈地浮起来，碍事得无法织下去。

"真讨厌哪，给我老实地呆一会吧。"老奶奶这样自言自语，把织物向下按时，终于清醒地发觉了这个奇怪的事情。

"啊，这可真叫人不舒服，这东西在动弹。"

老奶奶吃惊地把手放开，织物带着两根织针，竟然忽啦一下飘上了空中。毛线团从提篮里跳出来，骨碌骨碌地滚到了房间的角落。老奶奶张大了嘴，看着这情景。

编织物在天棚下忽忽悠悠地飘动，就是不落下来。无奈，老奶奶只好去慢慢地拽垂下来的毛线。可是，轻轻地拽，它不落下来。

"哎呀？它还真挺有劲。"

老奶奶使劲拽动毛线，把它弄了下来。

"这究竟是怎么回事呢?"

再是编织的高手，也弄不懂其中的奥秘。这种飘浮在空中的编织物，老奶奶是第一次织出来。

她抓住忽忽悠悠的编织物，长久地四处翻动察看。

使用的不过是旧毛线，织的图案和那只蝴蝶翅膀上的花纹一样。好像是那种织法具有奇怪的魔力。

"好像我发明了重大的东西。"

老奶奶按捺着激动的心情小声说道。这件事若是大家知道了，谁都一定会吃惊的。不过，老奶奶马上决定不告诉任何人。因为她不愿意让大家吵得闹哄哄的。而且，这种织法能否每次都使编织物飘到空中，它有多大的力量，这些都还不知道。

六、 绝妙的主意

老奶奶又试着用心地织起了披肩。

因为这是能漂浮空中的奇异织法，所以渐渐变得麻烦起来。开始的时候，老奶奶一边用手按着，用臂肘压着，一边编织，不久，靠这样做，就怎么也按不住了。因此，老奶奶就跪在椅子上，用膝盖压着编织物。可是，老奶奶突然被猛地掀向了后面，她抵挡不住编织物的浮力。

从椅子上摔下去时，因为无处可扶，老奶奶抓在了眼前的编织物，因而轻轻地落在了地板上。

"啊，吓了一跳。差一点就大头朝下摔去。"

老奶奶一边松了口气，一边把抓住的编织物用力囗进怀里抱紧。不可思议的是，这样团在一起，编织物就不往上飘了。

"不管怎么想，这织法都不适合织披肩什么的。大概可以用来织鲤鱼旗，要不就是织飞机。"

老奶奶怀抱着团在一起的编织物，感到可笑，就一个人吃吃地笑起来。

"嘿嘿嘿，用毛线织飞机，这要是不知情的人听到了，肯定会大吃一惊的吧。"

这时，老奶奶猛然产生了一个绝妙的想法——如果真地试着织一架在空中飞翔的飞机，会怎么样呢。老奶奶的心一下子扑通扑通地急跳起来。

"用毛线织翅膀，对了，就要像蝴蝶那样的三角形翅膀。把它固定在竹竿上，在中间绑上椅子，这样一定能做成飘在空中的毛线飞机。"

老奶奶像孩子似的激动不安起来。

"嗯，首先是两根或者三根竹竿，然后是一把椅子，一些绳索，再就是多多的毛线。"

老奶奶歪着头，盘算着制作飞机所要用的东西。

"披肩这么大，就有把我掀倒的力量，如果拆开三条披肩，织成翅膀，即使加上椅子、竹竿和绳子的重量，也应该能够载着我飞到空中。"

老奶奶总觉得飞机似乎马上就能做成。竹竿可以用晒衣服的，仓库里有结实的绳子，椅子只要轻而结实就可以吧，这样的椅子就收在仓库里。

老奶奶决定，从第二天起就赶快着手制作飞机。

七、难做的工作

飞机的架子在院外制作。搬出椅子，在椅子的两侧各紧紧地绑牢一根竹竿，两根竹竿的后部绑在一起。

椅子的后背上立起短竹竿，当作柱子。从这儿用绳子系在翅膀上，使翅膀能够收拢、扩展。顺便在椅子背上安装上皮带子，为的是扎在老奶奶身上以防她从椅子上跌落下去。

只是这些工作，老奶奶就花了一天的工夫。

然后是编织翅膀，这个工作也很艰难。随着编织物的增大，浮力也迅速增强，一个人实在是按不住。而乱糟糟地团成一团，很不好织，还是不行。于是从边上一圈圈地卷起来，用晒衣服的夹子卡住以防其松开。这样好歹能够继续编织了。

编织过程中，晒衣服的夹子只脱落过一次。在老奶奶发觉之前，编织物自动地打开，飘浮到了天棚上。慌忙去抓它的老奶奶被悬挂在了天棚下面。老奶奶吧嗒吧嗒地蹬腿、把编织物揉成团，好不容易才算落回到地上。

那以后，老奶奶格外加小心，在第三天，顺利地织成了两只三角形的大翅膀。

老奶奶把两只翅膀紧紧地卷成细卷，用橡皮筋牢牢地扎了起来。虽然老奶奶真想马上到院子里，把它安装在飞机架子上，飞到天上试试，但是，大白天驾着这么奇怪的飞机，肯定会引起很大骚动。老奶奶讨厌被别人吵吵嚷嚷的，她想在人们都睡着了的夜里开一开这架飞机。

"应该等到满月的那天夜里。在漆黑的夜空中飞起来也一点都没趣儿。"

于是，老奶奶决定，在月亮变圆之前，把卷起来的翅膀收起来。

"如果能成功地飞上天空，就飞到达雄住的城市去看看吧。"

老奶奶这样想着，内心激动起来。于是，想起了不久前达雄寄来的信。

"哎呀，我还没给回信呢。他们一定在担心吧。赶快给他们写信吧。"老奶奶写了这样一封回信——

达雄：

　　谢谢你的来信。姥姥身体非常好。这几天有点忙，所以回信迟了，很抱歉。把这话也告诉妈妈，说我想在这里再过一段编织东西的生活。过几天我就去你那儿玩。

　　再见。

姥姥

信写完后，老奶奶把信放进信封，写上了地址。

八、在天空上

满月的日子终于到了。

令人高兴的是，这是几乎没有风的晴朗的好日子。初次在天空中飞行，这样的夜晚是再合适不过的吧。

"好吧，可得做好准备了。"

老奶奶从午后开始动手组装飞机。

她把放在院子里的飞机架子牢牢地拴在茶花树上，因为不这么做，安装翅膀时，它会自己随便飞走的。

老奶奶把卷着收起来的用毛线织成的三角形翅膀拿了出来。她从边上打开一点，仔细地用结实的麻绳牢固地缝在竹竿上。

翅膀自动张开了，飞机好像马上就要飞起来。不过。因为和茶花树拴在一起，飞机是飞不走的。

接着，老奶奶在翅膀上穿细缆绳，右边的翅膀和左边的翅膀同样系上三根，然后和椅子背后立着的柱子连结在一起。

绳索和翅膀都绷紧了，样子非常漂亮，就像一只大蝴蝶。老奶奶这儿瞧瞧，那儿看看，满意地点了好几次头。

这样就全都准备好了，剩下的就是等待夜色来临。老奶奶回到屋子里，睡了一会儿。不过睡得并不好。

在等得疲倦了的时候，夜晚终于来到了。圆圆的月亮升起来，四周变得像白天一样明亮。

老奶奶穿着厚厚的衣服，头上戴着头巾，来到院子里。她坐到椅子上，

把身体绑好，然后解开了拴在茶花树上的绳子。

毛线织成的飞机开始静静地、静静地飘浮。老奶奶身体僵直，紧紧地抓住椅子。

忽悠——

奇异的大蝴蝶似的飞机成功地浮向空中，并且笔直地上升。

"噢，噢。"老奶奶在飞机上情不自禁啪叽啦叽地鼓起掌来，因为自己设计的飞机如预想的那样开始飞行了。老奶奶高兴得不知如何是好。

在月光中，老奶奶的小房子变得越发小了。后山上茂密的森林不一会儿就呈现在眼底。镇上的灯光在闪烁。

"噢，真美！"

老奶奶已经看入迷了。她在高高的天上，这边看看，那边望望，紧忙着转动身体。

不一会，吹起了风。在高空中，总是有风在吹动。飞机开始轻轻摇晃着随风飘走。

"只是这样随风飘动，就和汽球一样了。重要的是，这样就回不了家。"

老奶奶慌乱伸出手，去拽拴在翅膀上的绳索。一用力收紧前面的绳索，飞机就向前倾斜，开始嗖嗖地滑行着飞驶。

"嘿！果然像我预想的，这么一拽，它就会向前飞。好吧，飞到达雄住的城市去看看。"

老奶奶把飞机转向了遥远的港口城市的方向。

九、与月亮同行

又大又圆的月亮跟着老奶奶制造的奇异的飞机一起走。

风在耳边呼呼作响。一顺了势头，飞机飞得相当快。老奶奶通过拽动绳子来操纵飞机。

飞越过田野，飞越过森林，飞越过一座、两座、三座大山，然后又飞越过一条大河。飞机在大致是二百米的高度上飞行。这是比东京塔要低一些的高度。

在高山上飞行时，飞机也随着山一起升高。它总是在离地面的相同高度上飞行，因此，不必担心会撞到山上。

飞了三十分钟左右，天空朦胧地明亮了。飞机来到了很大的港口城市。城里点着很多灯火，还有很多闪烁的霓虹灯。所以，月亮看起来很明亮。

许多亮着车灯的汽车在奔驰。海上停泊着轮船，轮船的灯火稀稀落落地

映在波浪中。

"终于到了。达雄他们住的住宅区在哪儿呢?"

老奶奶从空中向下寻找。只用一只手拽动绳索,飞机就倾斜着盘旋。

在那儿,住宅区找到了。在月光下,白色的大箱子整齐地排列着。

不过,那可不是箱子,而是公寓大楼。

"嗬,排列得可真规矩。"

公寓确实建筑得很规整。

老奶奶驾着飞机在天空中盘旋了好多次。

"这么从上往下看,还真挺幽静漂亮。我觉得,如果是这么漂亮的地方,试着来和他们在一起生活一下也行啊。"

老奶奶一边向下眺望一边这样想。

"行了,总是在这儿磨磨蹭蹭,被人看见了发生骚动就糟了,该回去了。"

老奶奶嗖地来了一个大盘旋,把飞机转到来时的小镇的方向。

回去时,月亮也跟着飞机一起在行走。

飞越过大河,飞越过一座、两座、三座大山,飞越过森林,飞越过田野,终于回到了山中的老奶奶家的上空。

"嗯,好像是这一带。那个屋顶就是我的家吧。"

这时,老奶奶才突然想到,怎样做才能使飞机降落下去呢。这下可陷入了困难的境地。老奶奶胡乱地向四下乱拽绳索。可是,飞机只是向后跳或者横着飞。老奶奶在高高的天空上,急得不知所措,已经是半哭的模样。

"哎,月亮月亮,究竟该怎么办哪?"

老奶奶向月亮问道。月亮当然什么都没有回答。

十、放声大笑的老奶奶

老奶奶久久地在自己家的上空,像老鹰似地一圈圈盘旋。

月亮也渐渐向西边斜去。就这样天亮了可怎么办。镇上的人们发现了,一定要引起大骚动吧。也许报社的直升飞机和警察的飞机会飞来的。老奶奶被直升飞机救助,被拽着这儿呀那儿地绕圈,事情肯定变得十分麻烦。

也许会因为随便制造飞机,随便在天空飞行而受惩罚,被关进牢房。老奶奶在飞机上连这种事情都想到了。老奶奶想,怎么也得想个办法让飞机降落。

这个织成蝴蝶翅膀图案的不可思议的毛线编织物,只要团成一团就飘浮

不起来。因此，就该用力去搂系在翅膀上的绳索。可是，老奶奶的那点劲无论如何也收不拢翅膀，只是堆起了一点点褶而已。

老奶奶还伸出手想去口回翅膀，但也还是办不到。因为编织的翅膀绷得紧紧的，就和吹足了气的结实的胶皮汽球一样，连抓的地方都没有。

"不好办了，真的不好办了。就没有什么好办法了吗?"

飞机载着抱着脑袋的老奶奶，忽悠忽悠地随风飘动。

老奶奶想："这种时候才要镇静。因为镇静下来慢慢地想，一定会想出好办法的。"她闭上眼睛不动，作了几次深呼吸。

事情确实如此。过了一会，老奶奶在高高的天空上放声大笑起来。不是老奶奶神经出了毛病，而是她终于知道了要降落下去应该怎样做。因为一旦知道了，那办法太简单，所以连自己都情不自禁地觉得好笑。

"什么呀，根本就没有什么可担心的。这是用毛线织的飞机，把毛线拆开，不就降落到地面上了吗! 嘿嘿嘿，哈哈哈。"

老奶奶一边微笑一边低语。

"我怎么没早想到这一点呢。是因为我是第一次在天空中飞行，所以连脑袋都轻飘飘的了。"

的确是这样。用毛线织成的飞机，把毛线拆开就可以了。而且，说到编织的事情，老奶奶可是高手啊。从什么地方，怎么拆才能拆开，老奶奶非常明白。

"要是不从左右同时拆可就危险啦。"老奶奶低声说着抓挠起两旁的翅膀，并且指尖扑哧一声割断毛线，两根并在一起开始顺利地往下拆。

拆呀拆，把拆下的毛线卷成圆线团。翅膀上横着出现了缝隙。于是飞机开始缓慢下降。老奶奶小心地拆着毛线，不时停下手来。如果拆得太快，会像石头似的从高空掉下去。

老奶奶家的屋顶终于就在下面了。老奶奶慢慢地慢慢地拆着毛线，好不容易在院子里着陆了。

"嘿! 这飞机真够受的。"

即使落到地面以后，也不能不留神就下飞机，那样，变轻了的飞机会飞到什么地方去的。

老奶奶依旧坐在椅子上，把编织物全部拆开卷成了一个像大皮球似的毛线团。拿着那个毛线团，老奶奶终于从飞机上下来了。

圆圆的月亮正要躲进后山，看起来，月亮也好像放心了。

十一、达雄和奶奶

老奶奶做的飞机的故事到这里就结束了。因为打那以后，老奶奶再也没做过一次飞机。

在满月的夜晚作飞行的编织的飞机的确是太棒了。不仅飞行的时候，而且制作的时候，心情也十分美妙。因为太美好了，所以老奶奶已经不想第二次飞上天空了。

不只是不再制作飞机，从那以后，连那么喜欢的编织活也不能像从前那样努力地去做了。因为和编织飘在天空的奇异的编织物相比，编织普通的披肩和毛衣使老奶奶觉得没趣儿。

过了不久，老奶奶锁起了自己的乡村小屋搬到了大港口城市里的达雄的住宅区。老奶奶决定和达雄他们一同生活。

在天空中飞行的事，除了达雄，老奶奶没有对任何人说过。不过，达雄好像并不信以为真。

"奇怪呀，姥姥。乘编织物在天空飞行，这我可从来没听说过呀。"

达雄盯着姥姥的脸，这样说道。姥姥微笑着回答：

"现在，连姥姥也不能那么认真地去做了。"

〔简评〕

小时候，多次做过像鸟一样在天空中飞翔的梦，日有所思，夜有所梦，现在知道了那是因为自己在渴望飞翔。

后来长大了，便好多年做不出飞翔的梦了，然而读了佐藤晓的《老奶奶的飞机》，我又如同重温了当年的梦境，而且，这"梦"是我眼睁睁所目睹，比当年的梦境更加真切。

用毛线织成的披肩竟能在天空中飞翔，这话乍听起来，有些令人难以置信，所以达雄也说："乘编织物在天空飞行，这我可从来没听说过。"不过，我们如果不是去"读"这篇作品，而是站在老奶奶的立场与老奶奶一起去经历、体验作品中所描绘的一切，我们就会感到，不知不觉地和老奶奶一起，乘上了奇异的飞机，在天空中轻盈地飞翔。

《老奶奶的飞机》在儿童读者心中肯定会产生更大的魅力，获得更大的真实性，因为儿童那双幻想的翅膀，就像老奶奶织成的飞机一样自由而轻盈。

（左伟）

松谷美代子（日本）
作 家 介 绍

　　松谷美代子（1926——　　）是日本当代著名童话作家。她出生于东京，1942 年毕业于东洋女子高中，在太平洋战争最为严酷的 1944 年，被征入海军水路部，在空袭的炮火下开始了童话创作。战争结束后，于 1948 年只身回到东京，成为横滨银行为工会书记。由于著名童话作家坪田让治的推荐，《变成贝壳的孩子》发表在杂志《童话教室》（1948）上，1951 年与其它短篇作品一起结集出版。这本名为《变成贝壳的孩子》的短篇集获第一届日本儿童文学者协会新秀奖。

　　1955 年，松谷美代子与民间故事研究者濑川拓男结婚，对社会认识的视野更加拓展。她根据和丈夫一同采访的信州的小泉小太郎传说，创作了《龙子太郎》，开辟了一个崭新而独特的文学世界。1960 年，《龙子太郎》获第一届讲谈社新秀奖，1962 年获国际安徒生奖优秀奖。

　　这本童话曾被改编为戏剧、芭蕾舞，拍成木偶片、动画片和电视剧，并有英、法、德、俄、中文等文字的译本，影响十分广泛。

　　在致力于以民间传说为素材的童话创作的同时，松谷美代子还创作了幼年童话《小百百》（1964），给日本的幼年童话创作带进来一股新鲜气息。并获第二届野间儿童文艺奖，NHK 儿童文学奖励奖。松谷美代子痛感没有给婴儿看的图画故事书，于 1967 年开始创作出版给婴儿看的书。她还创作了一些揭露、控诉战争的作品，其中就有选入本选集的《两个意达》（缩写）。这部小说童话荣获为 1979 年国际儿童年而设立的特别安徒生奖，并在日本改编、拍成电影。

龙子太郎

朱自强　译

　　如果有一天，你们走在山里，就请想一想：龙子太郎就是从这一带大步流星地走过去的吧。

松谷美代子

第一章　龙子太郎和阿娅

一、懒蛋包儿龙子太郎

　　在连绵不断的险峻山岭之中，有一个小小的村庄。村头有一条溪流哗啦哗啦地流过。不过，村子的四周是十分贫瘠的土地，从那满布石头的小块旱田里，只能收到一点点谷子啦、稗子啦、豆子啦这一类杂粮。再加上这一带有恶鬼出没，那些好不容易长成的庄稼眼看到了收割的时候，却全都被恶鬼抢走了。这真是一个贫穷的村子，一个难以为生的村子。

　　尽管如此，村里的人们还是一边播撒着一粒粒豆种，一边唱着：

　　　　一粒变千粒
　　　　两粒变万粒

从蒙蒙黑的清晨拼命劳动到伸手不见掌的夜晚。

　　在这个村子边上的一座小房子里，住着姥姥和一个叫太郎的男孩儿。

　　太郎的左腋和右腋下分别长着三个形状奇特的痣。那痣清晰地呈鳞状。不知什么时候，"听说那是龙的鳞，太郎是龙的儿子"这一传说流传开来，村里的孩子们唱着哄太郎的顺口溜：

　　龙子，

松谷美代子（日本）

> 龙子，
> 妖怪的儿子。
>
> 龙子，
> 龙子，
> 妖怪的儿子。

这样一来，不觉之间，太郎就被人们叫成了龙子太郎。

要说这个龙子太郎，却是一个逍遥闲散的小子，是一个懒蛋包儿。他每天都带着姥姥给他做的稗子米饭团儿，爬到山上，用他那粗嗓门又喊又唱：

> 东风哟，呼呼吹吧，
> 西风哟，呼呼吹吧。

肚子饿了，他就爬起来吃饭团子。如果兔子在身边，就和兔子一起吃，要是老鼠在身边，就和老鼠一起吃。

相反，姥姥竭尽全力不让太郎挨饿。她揉摸着酸疼的后腰，挑起粪桶，爬上陡峭的山地，背朝天地干活。

有一天，龙子太郎照例在山上躺着。他正数着天空飘过的云朵时，躺在旁边的兔子突然跳起，竖起了耳朵。接着，从近旁的洞里探出了老鼠的脑袋，它也扑腾一声坐在地上歪着脑袋在听。

"哎呀？怎么了，出了什么事？"龙子太郎奇怪地四下环顾。这时，一阵微弱的笛声随风飘了过来。

"多好听的笛声啊，是谁吹的呀？"

龙子太郎站了起来，一看，兔子和老鼠也在一动不动地竖着耳朵在听。笛声渐渐地近了，不一会，出现了一个像草莓果那样可爱的小女孩。他的肩上挎着用藤蔓编成的口袋，里面装着蕨菜和口树芽。

"你是谁？从哪儿来？不是我们村的孩子吧？"

小女孩睁大了黑黑的眼睛，惊奇地盯着太郎看，然后转过身去，指着波光粼粼的小河上游。

"噢，你住在河上游的村子呀！叫什么名字？"

"我叫阿娅。你呢？"

"我吗？我叫龙子太郎。"

"龙子太郎？"

女孩儿故作认真地重复问道。

"这名字奇怪吗？"

女孩儿摇摇头，露出了笑容，雪白的牙齿闪着光泽。

"不，是个好名字呀，这名字好像很有力量。"

"是吗，这名字像是有力量吗？"龙子太郎乐得蹦了起来，猛地来了个倒立。

"我倒立做得很棒吧。就这么倒立着，我能吃掉三十个饭团儿。"

龙子太郎逞能地说完，就倒立着直到脸红得像颗酸浆果。然后他又翻了一百个筋斗，呼哧呼哧地一边喘粗气一边说：

"挺棒吧。你明天也来吧，我和野猪摔跤给你看。还给你饭团子吃，是姥姥给我做的。阿娅有爸爸和妈妈吧？"

"没有。"阿娅摇着头说。

"爸爸妈妈在我很小的时候就都死了。我和爷爷两个人一块儿生活。这个笛子就是爷爷给我做的。"

"是吗？就你和爷爷两个人，爹娘都没有了吗？这么说，和我一样啊……"

从这天起，龙子太郎和阿娅成了要好的朋友。两个人每天都来山上碰面，阿娅吹笛子，龙子太郎和野兽摔跤，两个人就这样在一起玩。

动物们真是很喜欢听阿娅吹笛子。笛声一响，最先跑来的总是兔子，不过它却并不坐在最前面，而是离开些距离坐下。这样做是有道理的，因为据说笛子要离远一点才好听。

老鼠贪吃，它总是一边啃着山芋渣一边听。野猪妈妈带着十个孩子来了，光是它们就够惊人的。这些野猪崽儿，身上是漂亮的黑白条纹。它们排成一排听笛子的模样真是让人喜爱。阿娅高兴极了，竟至于谱了一支叫做《十只野猪崽儿》的曲子。

接着来的是狐狸。它跑几步就急忙舔舔身子，跑几步又急忙舔舔尾巴，所以很晚才赶到。狗獾太懒，躺在洞里面听；熊呢，直到最后才慢腾腾地跑来，这都怪它早晨睡懒觉。

就这样，动物们高高兴兴地聚集到一起来了。龙子太郎已经高兴得要倒立着给大家分饭团子了。

松谷美代子（日本）

"三十个饭团子不够啊。明天我让姥姥给我做五十个。要是五十个也不够，就拿一百个来。"

龙子太郎一边把饭团子都掰成两半儿，一边说。虽说是半个饭团子，大家却吃得很高兴。

二、喜欢打鼓的红鬼

正在这时，一个红鬼手里提着一只小鼓大摇大摆地在山里走着。他把鼻孔鼓得老大，扯开大嗓门，兴高采烈地喊：

> 我是爱打鼓的红鬼，
> 咚——咚达，咚达咚达，
> 咚　咚　咚。
>
> 打鼓要赛过吃白米饭哟，
> 咚——咚达，咚达咚达，
> 咚　咚　咚。

"嘿，今天我要尽情地来打鼓啦。要是往常，被黑鬼大王看见了，他就会眼珠瞪得要蹦出来似地骂道：'哎呀呀，你这家伙还在打鼓，捧着个玩具玩乐呀！有这工夫，去给我多抢一两个小姑娘来！'不过，今天不要紧。昨天我往铁山上送去了十只鸡，这会儿黑鬼吃了鸡正在睡午觉呢。"

红鬼一边笑着一边走，一抬头看见山上有一块平坦的岩石，就高兴地停了下来。

"嗯，好，好，这块岩石最好了。我爬上去把鼓一敲，满山的野兽就会在这儿围聚成一圈，静静地听入神。不管怎么说，象我这样出色的鼓手恐怕还没有。所以我才特意热情地来这儿打给它们听的。好了，把野兽们聚集起来吧。"

红鬼把手围拢在嘴边，用震动整个山谷的声音大喊：

"伙计们，集合啦！山的红鬼大人驾到！我要特地打鼓给你们听。快集合喽！"

可是，究竟是怎么回事啊？四周一片寂静，一只老鼠跳出来的意思都没有。

"哎呀，奇怪呀。不久前我第一次到这座山来的时候，大家还曾经高兴地聚集过来的。兔子因为我的鼓敲得太好，好像还哭了。可今天到底是怎么回事？"

红鬼又喊了一遍：

"集合啦！红鬼大人要打鼓喽，集合啦！"

可是，四周还是一片寂静，只有矮竹的叶子在沙沙作响。红鬼勃然大怒，他猛地掀翻那一带的岩石，抠挖泥土，终于抓住了一只很小的老鼠。

"哎，老鼠，我叫你，可你为什么不出来？"

"对不起，对不起。我的耳朵里面长了个疖子，请您就别让我听鼓吧。"老鼠用唧唧的声音喊道。

"嗯，耳朵里面吗？耳朵有瘤那没有办法。那么，狐狸是怎么回事？"

"它说它耳朵的中间疼。"

"什么？耳朵的中间？嗯，耳朵有病那没有办法。那兔子是怎么回事？"

"它说它耳朵的外边疼。"

"什么？耳朵的外边。喂喂！老鼠，我不吭声听你说，你就得意起来了，你想戏弄我是吧。"

红鬼气得脸像烧红的炭火，猛地摔掉老鼠，噢噢叫着奔跑起来。

"哎——，我要是找到你们，非得当场揪掉你们的脑袋不可。耳朵中间疼是什么意思，耳朵外边疼是什么意思，小瞧我的鼓吗！喂！藏在哪儿了，给我出来，出来！"

就这样，红鬼转了不知有多久，可是不管他怎么跑，怎么喊，也不管他怎样撞翻岩石，怎样拔下大树乱抢，还是不见一只兔子跳出来，山上仍然寂静无声。红鬼累得一屁股坐在地上，直想哭。

"它们都到哪儿去了……"

突然，红鬼侧耳倾听，不知从哪儿传来了优美的笛声。

"是谁？是谁吹的笛子？"

红鬼跳起身来，手扶着杉树，向山下望去。就在红鬼眼下的山谷里，吹着笛子的阿娅、龙子太郎和动物们的欢乐聚会正在进行。

"岂有此理，真是岂有此理！"红鬼挥舞起他那大海螺似的拳头。

"我说我的鼓怎么连一只动物都不来听呢，原来是这样。哎！我在这一带也算是知名的鬼啊。好吧，我去把那个小姑娘抢来，让她从早到晚不停地给我吹笛子。龙子太郎，到时候你可别咧嘴哭！"

三、听说妈妈是龙！

　　龙子太郎一点都不知道红鬼的坏打算。他从山上下来，要进还没进家门就大声喊叫："姥姥，姥姥！饭团子三十个不够，给我做五十，不，做一百个。"

　　回答龙子太郎的却是"哎哟，哎哟"的呻吟声。他吃惊地仔细向屋里一看，只见姥姥正在呻吟着。

　　"姥姥，姥姥，您怎么了？"

　　姥姥用哀伤的声音说："也是上了年纪，我从山坡上摔了下来。"

　　"真的吗？姥姥。您不要紧吗，姥姥。"

　　"啊，虽然腰摔得很疼，可神志很清醒。不过，龙子太郎，我仔细想过了，"姥姥仰面躺着，凝视布满了尘网的屋子顶棚，说起了一件令人不安的事情。"这件事我一直想告诉你，可你都这么大了，却还像个小孩儿，所以就不知不觉拖了下来。现在我已经上了岁数，也许说不准什么时候会突然死去。在这之前，我得把这件事先告诉你。"

　　"姥姥，您要告诉我的是什么事呀。"

　　"这呀，是你爸和你妈的事，还有龙子太郎这名字的来由。"

　　"可是姥姥不是总说爸和妈在我还是婴儿时就死了吗？当别人嘲笑我是龙的儿子，是妖怪的儿子时，您不也说别为这个而痛苦，爸和妈都确确实实是人吗？"

　　"嗯，是那样说过。你爸是个樵夫，在你出生以前就死在山里了。不过，你妈她呀……"

　　"妈妈她？"

　　"也许还活着。"

　　"什么？您说妈妈还活着？"

　　姥姥慢慢点了点头，然后对龙子太郎讲了下面的事情。

　　龙子太郎的妈妈名字叫阿辰，是姥姥的独生女儿。因为就这么一个女儿，所以不愿意把她嫁走，就招了一个叫又平的年轻樵夫做养老女婿。这就是龙子太郎的爸爸。

　　可是有一天，爸爸又平在山上干活时，脚下打滑，掉进山谷里摔死了。姥姥和妈妈都不知有多么伤心。但是，妈妈的肚子里已经有了孩子。"只要这孩子能生下来。只要这孩子能生下来。"姥姥、妈妈都把这当作唯一的乐趣过着日子。

可是，有一天，轮到了妈妈去干村子里在山上的农活，妈妈就到山上去了。

"多加小心。"姥姥不太在意地送走了妈妈。可是到了傍晚，响起了猛烈的山啸，这可把姥姥吓坏了。

"呜……呜……"

群山在剧烈地摇撼。转眼间四下已是一片黑暗，紧接着就哗哗地降下了倾盆大雨。

"哎呀，上山去的人们怎么样了啊？阿辰可是有身孕的人啊，她不会出事吗？"

姥姥不知所措，坐立不安。不一会儿，接连下了一阵子的大雨就一下子停了，停得就像它开始下时一样突然。

就在这时，上山干活的村民们纷纷叫喊着，连滚带爬地从山上跑了下来。再一看哪，个个脸色铁青，手和脚也许是被荆棘划破的，鲜血直流。姥姥吓得惊慌地从屋里跌跌撞撞跑了出来。

"噢，是乡亲们哪。那不得了的暴雨真叫人担心啊。大伙都好吧？阿辰她怎么样了？"

"阿，阿辰她，她不见了。"

"什么，阿辰她，怎，怎么会……"

"听我们说，大娘。我们一起去山上干活，阿辰是个女人，又怀着身孕，大伙就让她留下来烧火做饭。就在大伙分头干活的时候，下起了那场暴雨。山在咆哮，雷声炸响，大雨就像瀑布一样倾泻下来。我们吓掉了魂儿，躲到岩石下面，连气都不敢出。不久，终于连雨也停了，我们就跑回去看看独自留下的阿辰怎么样了，结果……"

乡亲们你看我，我看你，倒抽了一口冷气。

"就那么一会儿功夫，那里就成了一个池沼，在哪儿都没有阿辰的影子……"

姥姥听到这里，猛地从地炉里抽出一根燃烧着的柴棍，举着它跑了出去。

姥姥被树根绊倒，在泥水中滑倒，可还是沿着山路向山上爬。只是一会儿的工夫，山就完全改变了样子。树木遭雷击烧得焦黑，阴森地伸出光秃秃的枝干。山被撕开深深的裂口，岩石破碎，连落脚的地方都没有。

"阿辰啊！阿辰啊！"

姥姥举着燃着火苗的柴棍，终于找到了乡亲们说的那个大池沼。

"阿辰啊，阿辰啊！你还活着吗？你要是活着，就答应一声吧！"

于是，从深深的水底传上来微弱的回音："哎——，我这就来。"

池沼哗哗地泛起波浪，只见池面啪地一声裂开，现出了一条可怕的龙。

"妈妈。"龙满眼含泪，望着姥姥说，"我因为某种缘故，变成了这个样子，我想总有一天会有对您说明的机会的，请您原谅我吧。我唯一放心不下的就是我肚子里的孩子。不过，不管怎样，我也要生下他。妈妈，到那时，请您抚养他吧。"

姥姥被震惊得瘫坐在那里。

"阿辰啊，阿辰。你怎么变成了这个模样。就是你这样说了，我也不能相信。如果你真的是我的女儿，那就变成从前的样子给我看看。"

但是，龙悲哀地摇着头，深深地沉入了水底，再也没有露面。

从那以后，过去了一个月、两个月、三个月。有一天，姥姥下河去洗菜。她独自一人时，想的总是阿辰的事。

"已经到了该生孩子的时候了，阿辰在池沼里怎么样了……？没想到我到了这把年纪，竟会遇到这样的不幸……"

姥姥一边吧嗒吧嗒地掉着眼泪，一边洗着菜。这时她发现一个奇怪的东西晃晃悠悠，晃晃悠悠从河上游漂了过来。那是用树枝编成的好像很大的鸟巢似的东西，一个东西在上面一动不动地端放着。于是，姥姥这样唱道：

> 要是我家的宝贝就过来，
> 要是他家的宝贝就走开。

一唱完，那个怪东西就晃晃悠悠地飘到姥姥的身边来了。一个可爱的婴儿裹在短褂子里，嘴里吮吸着一个水晶珠似的东西躺在那上面。

"啊，这是阿辰的短褂子呀！那么你是阿辰的孩子，我的外孙子吧。"

姥姥抱起婴儿，呜呜地哭了起来。婴儿的腋下长着鳞一样的痣，这是一个漂亮的玉一般的男孩儿。

这就是龙子太郎。

四、哎呀，大事不好了

"这么说，姥姥，到山里的池沼那儿去，就能见到我妈妈是吧。"龙子太郎望着姥姥说。

姥姥慢慢摇了摇头，眼睛里滴下了泪珠。姥姥听任泪水流着，接着说下去。

虽说捡回了龙子太郎，可是姥姥没有奶水，如何抚养才好呢，姥姥感到一筹莫展。不过，龙子太郎用不着姥姥担心，他吮吸着手里拿着的水晶一样的球，很快就长大了。

可是，过了半年，那球渐渐变小，最后完全没有了。姥姥煮了烂乎乎的小米粥，可是龙子太郎打着挺地哭喊，怎么也不让往嘴里喂。一筹莫展的姥姥只好背起龙子太郎向山里的池沼走去。

池水幽蓝而寂静。姥姥摇着啼哭的龙子太郎朝池沼喊道：

"阿辰哪！你听到我的声音了吗？要是听到了就出来吧。那个球没有了以后，龙子太郎一个劲儿地哭，什么东西也喂不进去呀！"

于是，池沼哗哗地泛起波浪，只见池面啪地一声袭开，出现了一条龙。

但是，不知怎么弄的，它两眼闭着，成了瞎子。

"妈妈。"变成龙的阿辰悲伤地喊道。

"听到太郎的哭声，我就知道您把太郎抚养得很健壮。给您添了麻烦，实在对不起。我这儿还有一个球儿，请让他裹着这个球儿长大吧。这个球儿裹没了，也就到了断奶的时候。这件事就托付给您了。"

龙这样说完，摸索着让龙子太郎握住了一个像玉一样透明的球儿。龙子太郎马上一下子就不哭了，脸上露出了笑容。

"可是阿辰哪！你的眼睛怎么瞎了呢？这个球儿莫不是……"姥姥喊道。可是龙已经不见了，只有龙子太郎在耀眼的阳光中，裹着小球儿天真地笑着。

从那以后，不知过了多久。

那是在龙子太郎三岁的一个夏天，暴风雨下了一整天，姥姥在撕裂天地的闪电中，清楚地听见了一个声音：

"妈妈，我到遥远的北国的湖泊那儿去，龙子太郎就托付给您了。"

姥姥冲到屋外，呜咽着喊道："阿辰！你到哪儿去？这就再也见不到你了吗？阿辰！"

于是，从黑暗中传来了悲伤的回音："如果龙子太郎……"

"龙子太郎他怎么？"

"长成一个强壮、聪明的孩子来寻找我的话……"

说到这里，声音就断了，又轰地卷起了可怕的龙卷风。这时，抓着门框的姥姥看见龙爪闪耀了一下就消失了。

"这么说，妈妈就在北方的湖里，她还活着，在等着我是吧。我去，去找妈妈！"

龙子太郎眼睛闪闪发光，站了起来。

"你在说什么！你还是个孩子呀，出远门还是以后的事。"

就在这时，四周突然喧嚷起来。

"不好啦！姑娘被抢走了。阿娅被鬼……"阿娅的爷爷叫喊着从门口跌爬进来。

"什么？阿娅被鬼抢走了？"

"是啊，肯定是鬼。我不该夜这么深了，还说想喝水。'陈水不能喝，我去给你汲新鲜水'，阿娅说着疼人的话，拿起水罐到泉边去给我打水。过了一会儿，传来了可怕的喊叫声。我吃惊地冲出去，只见朦胧的月色中，一个黑大的东西，风一样跑到森林中去了。那一定是鬼。"阿娅的爷爷说着，着急得哭了起来。

"水罐倒在了泉水的旁边，刚打上来的水全洒了……"

龙子太郎紧闭双唇，挺立在土间①，怒目凝视黑暗的天空。啊，一切事情都变得严重起来了。

五、阿娅，我去教你！

天亮了。

龙子太郎充分做完了出门的准备，把姥姥硬挺着给他做好的稗子米饭团拴在腰上，出村寻找阿娅去了。阿娅的爷爷一边咳咳地咳嗽着，一边挥着胳膊，硬说我也和你一块去。可是龙子太郎干脆地说：

"别担心，我一定把阿娅带回来，把鬼打败。"

姥姥听了这话，突然感到龙子太郎好像连个子都长高了。太郎接着说，找到了阿娅后，直接去寻找妈妈。

"虽然姥姥说，等我长成大人了再去，可是我可等不及了。我一定把妈妈找回来。而且要让妈妈恢复了和从前一样的人类的模样，才把妈妈带回姥姥的身边。妈妈既然是突然变成龙的，就一定能再变成人。是吧？姥姥，您等着吧！"

---

① 日本式房屋中不铺地板的土地房间。

姥姥擦擦眼泪，点着头，从怀里掏出一把木梳，塞在龙子太郎的手里。

"这是妈妈的梳子，带着去吧，它会有用的。"

"嗯，我知道了。那好，姥姥，阿娅她爷爷，我走了。"

龙子太郎出了村子，就径直爬上了总是和阿娅一块游戏的那座山。

龙子太郎刚在树底下坐下，兔子马上就跑了过来。老鼠也叽哩咕噜地跑来了。野猪妈妈、狐狸、熊，全都来了，在龙子太郎的四周围成一圈儿。

"阿娅被鬼抢走了。你们知道情况吗？"

于是，老鼠用尖利的声音叫道："我知道，我知道。这是泥山的红鬼干的。因为泥山上有我的亲戚，已经从一个地洞接一个地洞地传来了信。"

"要是泥山的鬼，那就是爱打鼓的红鬼。"

"如果是被那样的家伙抓走的，阿娅会不断被逼迫吹笛子而被累死的。"

动物们七嘴八舌地吵嚷起来。

"不要紧。我去制服红鬼，把阿娅领回来。"

龙子太郎刚说完，野猪妈妈就深思熟虑地说：

"龙子太郎，有句话叫'欲速则不达'，我想，你应该去借天狗的力量。龙子太郎的确比一般的人有力气得多，不过，以你现在的力量，是难以战胜红鬼的。"

"谢谢啦，野猪妈妈。可是，天狗在什么地方啊？"

"我带你去。野猪崽儿们，妈妈出一下门，你们乖乖地等着我回来，好吗？"

十只野猪崽儿们排成一行，点着头。龙子太郎见了，觉得太招人喜爱，就把拴在腰上的饭团，给它们各分了一个。

野猪驮起龙子太郎，风似地跑了起来。穿过树丛，跨过小河，绕过陡峭的悬崖，不停地跑了一天一夜，猛然来到了森林里的一小片开阔地。

"这究竟是怎么回事？"

龙子太郎喊了起来。

"这儿又有兔子，又有鹿和猴子，啊，又是抓挠，又是踢踹，是在打架，是打架。"

于是，兔子很生气地说：

"这可不是打架，这是摔跤！"

"摔跤？"

这时，脚下响起了一个带着哭腔的尖尖的声音："是谁，是谁？别往那儿

站，摔跤场会被踩坏的。"

龙子太郎吃惊地往脚下一看，果然脚下有个小小的摔跤场，两只老鼠正在吱吱地叫唤。

"我不知道，原谅我吧。"

龙子太郎从野猪的后背滑到地上，轻轻地把摔跤场修好了。他仔细看去，对面的山毛榉树荫下，熊正在摔跤，而这边的岩石下，野猪正叽哩轱辘地抱在一起打滚。

可是，只有动物们的喊声很雄壮，那架势却都不对劲。兔子拽着耳朵，鹿在用犄角顶，就是说恭维话，也不能把这叫作摔跤。

龙子太郎不由得捧着肚子笑了起来。

"你们干吗这么下力地摔跤啊？"

熊回答说："天狗大人要光临呀。"

"什么，天狗大人？"

野猪妈妈跳了起来。

"这是真的吗？要是真的可太好了，在这儿就能见到天狗。"

"当然是真的。"熊噘起嘴说。

"是万太郎天狗大人和万治郎天狗大人要光临。"

"那么，你们为什么要开始摔跤呢？"龙子太郎问。

"是这么回事。这两个天狗是兄弟俩，都喜欢摔跤。这一带的山上，到处都有天狗的摔跤场。刚才乌鸦天狗飞来，通知大家说大天狗要光临，大伙今天打算先摔跤给大天狗看，所以就嘿哟嘿哟地开始摔了起来。"

"那天狗好吗？"

"当然好。没有比这更好的天狗了。它们喜欢喝酒，一喝醉就给我们跳天狗舞。而且设立了天狗摔跤场的山上，那一年，蘑菇、栗子、柿子、野木瓜都比往年要多结出一倍。"

"哎？真是个好天狗啊！"龙子太郎十分赞许地说。兔子一直热心地抬头望着龙子太郎，听了这话，好像终于下了决心似地对龙子太郎说："你刚才对我们说，这样不叫摔跤，那你知道摔跤的方法吗？要是知道就教教我们吧。"

"好吧！先从举腿踏地这一站法开始。"龙子太郎咚咚地举腿踏地。

野猪和熊扑咚扑咚地踏地，狐狸和兔子们腾腾地踏地，只有老鼠啪嗒啪嗒地跺着脚。

"好了，互相面对！"

就这样，龙子太郎从站法进入到摆架势，当他教了从对方臂上抓住腰带向外摔的动作时，猛然呼地刮过来一阵大风。

六、给龙子太郎力量的天狗

"啊，是天狗大人！"

动物们目不转睛地望着地上。好像有一只看不见的手在挥动扫帚似地，枯叶被沙沙地扫到一起，一个干净的摔跤场就在那里打扫出来了。

接着，响起了扑扑的翅膀拍击声，两只天狗从天边轻飘飘地降落在摔跤场上。天狗看见这么多野兽聚集在一起，脸上露出了惊奇的神情。

"这么热闹是怎么回事？"

熊笨拙地低下头，把事情如此这般地说了一遍。两个天狗对望着大笑起来。

"喂，来吧，先从老鼠开始摔。"

"那好吧。"动物们好像有些不好意思地先从老鼠开始进行摔跤大赛。

"加油！加油！"

助威声雄壮地回荡着，比赛在一场接一场地进行。因为刚刚学过"从臂上抓住腰带向外摔"，所以老鼠、熊、猴子，大伙都用这一招来一决胜负。

"哎呀，真有意思，真有意思。龙子太郎，这回你来和我比试一下。"

万治郎天狗和龙子太郎对阵了。双方"嘿哟，嘿哟"喊着扭在了一起。不管怎么说，对手毕竟是天狗，龙子太郎不管怎样用力憋红了脸，也无法从臂上抓住腰带把对手摔倒，最后只好休战了。

"哈哈哈，龙子太郎，你的力量真够大的。以前和我比试过的，还没有像你这样有劲的呢。啊，我喜欢上你了。怎么样，到我的岩洞来吗？我们慢慢地对饮着酒，谈一谈吧。"

"是呀，在岩洞喝个通宵，明天和我比个胜负。"万太郎天狗也兴致勃勃地说。

龙子太郎慌忙摇头："不，我因为以前的这个毛病，玩起自己喜欢的摔跤就忘记了时间，其实我正在急着赶路呢。"

"噢？在这样的深山里，你究竟急着去哪儿啊？"

于是，龙子太郎就把他所经历的事情全都讲了出来。阿娅的事，爱打鼓的红鬼的事，还有妈妈说的儿子长成强壮聪明的孩子就来找她的事……

"天狗，请借给我力量吧。"

"原来是这样，我们全明白了。"

两个天狗对看着点了点头。

"那么，就给你一百个人的力量吧。龙子太郎，来，拿起这酒杯。"

说着，万太郎天狗拿出了一只大酒杯，万治郎天狗提起拴在腰上的大葫芦，往里面满满地倒上了果实酒。龙子太郎双手接过酒杯，咕嘟一饮而尽。于是，他的身体呼呼地直发热，力量一个劲儿地往外涌。

"嗬，真棒！那么，你把那块岩石举起来看看。"

于是，龙子太郎伸手去搭那块比自己还高的岩石，可是，岩石只是忽悠地左右晃了一下。

"那么再来一杯。"

龙子太郎咕嘟喝了第二杯酒，身体已经像一团火似的，力量更猛地涌出来。于是，他轻松地举起了岩石。

"好！再来一杯。"

一喝干第三杯酒，身体的灼热不可思议地刷地消退了，一人多高的巨大岩石，像球似的，用指尖就能扔出去。天狗见了，露出微笑：

"龙子太郎啊，你的力量已经不在任何鬼怪之下。好了，泥山就在前面，你想把红鬼撕成两半儿，咬他的鼻子，这都随你的便。"

"谢谢了，天狗！"

龙子太郎谢过天狗，侧看后背等他骑的野猪妈妈说：

"谢谢你，野猪。泥山就在前面，我一个人前去。你赶快回到野猪崽儿们那里去吧。"

"没事儿，野猪崽们儿一定呼噜呼噜地睡熟了。走吧，我陪你去。"

野猪妈妈坚持着说。龙子太郎摇摇头："不过，我可是很担心它们，好了，快回去吧！马上就会传去好消息的，等着吧。给大家问好，多多保重。"

龙子太郎说完，告别了天狗和野猪妈妈，朝着泥山走去。

七、红鬼变成了雷公

龙子太郎在布满青苔的茂密森林里走啊走，来到了泥山的深处。在枝桠密密麻麻地环绕交错的森林里，长满了红色、灰色和黑色的毒蘑菇。扑哧扑哧，龙子太郎在毒蘑菇里走着走着，不觉地来到了一个陡峭的山崖上。在那里，挺立着一个高耸入云的巨大红门。龙子太郎咚咚、咚咚地敲响了那扇大门。

可是，什么回答都没有。龙子太郎不耐烦了，他把门捜下来，扔进谷底，不客气地向里面走去。

红鬼正在客厅里笨拙地敲着鼓。

咚，咚，咚咚，
咚打，咚，打咚，咚。

简直是奇怪的鼓点儿，可红鬼打的表情却没有比这再高兴的了。

他闭着眼睛，张开鼻孔，摇晃着脑袋，已经入了迷了。而且，鼓声那个大呀——

"这也难怪兔子和狐狸耳朵疼，连我的耳朵都要被震聋了。"

龙子太郎走进客厅，就盘腿坐下，笑微微地听红鬼打鼓。红鬼独自敲啊敲，满意地微笑着，咧着大嘴，嘴里还嘟哝着。突然，他发现了龙子太郎，呆呆地张开了大嘴。

"哎？你是怎么到这儿来的？"

"听着！红鬼。放了阿娅！要是不放，我就揍扁了你，把你的鼻子咬下来！"

"什么？你这不是吹大牛吗！阿娅已经不在这儿了。"

"你把她弄到哪儿去了？"

"黑鬼大王把她领走了。我只想慢慢地听阿娅吹一次笛子，可是连这一次都没听上，就被黑鬼把她领走了。这就叫作不走运。"红鬼一脸扫兴地说。

"哼，那黑鬼在哪儿？"

"从这儿向北一直走，一片石头山里有一座叫铁山。不过，你到了那儿可先就没命了。"

"是吗？"龙子太郎听到这儿就站了起来。这时，红鬼急忙摆了摆手："等等，别着急，我有话说。"

"什么话？"

"我来告诉你有关黑鬼的各种事情吧。对了，我这里还有饭团子呢。"

"饭团子？"龙子太郎露出了微笑。

"是的，而且还是大米做的饭团子。是从黑鬼那儿得到的。像你这样的，怕是生下来后，连一次都没吃到过。你等一下。"

红鬼搭拉着长胳膊，慢吞吞地从客厅走出去。可是，他马上返了回来，

探出头说：

"龙子太郎，你替我打打这鼓。打到我把饭团子拿到这儿就行。我要是一听不见鼓声，肚子就不好受。"

"好吧，我打得可比你好。你听着！"

龙子太郎咚——咚打，咚——咚打地开始敲起来。一想到连自己都敲得这么好，就来了兴致，不停地敲了起来。

咚——咚打，咚——咚打，

打咔咚——咚——，

咚打咚打咚——咚——，

打咔咚——咚——。

红鬼趁这工夫，急急忙忙从厨房里摘下一把生满了红锈的厚刃菜刀，在井边喀哧喀哧地磨起来。

"哼，小崽子，竟然摆出一副大人的面孔满不在乎地跑到这里来了。等着瞧吧！我要把你切成碎片，用大锅咕嘟咕嘟地煮了你。不过，午睡让我睡过了头，鼓也像是打得太久，关键时刻，菜刀却是这副模样。"

红鬼嘟嘟哝哝地磨刀的时候，也在传来咚——咚古，咚——咚古的打鼓声。

"哼，这鼓打得多臭，真是听不得。我红鬼大人真想教教你。不过呀，在敲着那鼓的工夫，你是无法逃掉的。哼，让我来从容地把你做成菜。"

可是，听到这自言自语，从红鬼脚下的洞里，噌地探出了一个脑袋。这是一只老鼠，它急忙钻出去，跑进了客厅。

"龙子太郎，你的旅行这么重要，可不能因为惦记那点儿大米饭团子而丢了性命。那鬼要用菜刀杀了你啊。来，我用尾巴敲鼓，请你趁这工夫快跑吧。"

老鼠说完，就咚打咔，咚打咔地用尾巴敲起鼓来。

"哎，快，快逃命吧。"

龙子太郎瞪圆了眼睛："你说鬼要拿菜刀杀我？可是，鬼说过要拿香喷喷的大米饭团子给我吃的呀。那是说谎吗？"

"当然是说谎，龙子太郎。你别以为你自己能把饭团儿分给任何人，别人就也都跟你一样。快，在我打鼓的工夫，快逃吧。"

"我不逃，我讨厌逃跑。老鼠，老鼠，你就帮我打鼓吧。我到鬼那儿去看一下。"

老鼠深呼了一口气，用力甩着尾巴，打出悦耳的鼓声——

咚——咚——，
咚打咔咚——。

听着鼓声从背后传来，龙子太郎满不在乎地走到了后院。红鬼正朝天撅着屁股，起劲地磨菜刀呢。

"红鬼，菜刀磨好了吗？"

红鬼吃了一惊，拿着菜刀跳起来。

"哎？鼓在响着，可你却在这里。这是怎么回事？"

"你磨刀的声音刺啦刺啦地比鼓声传得还远呢。这事儿你没发觉吧。"龙子太郎强忍住笑说。

"啊，是吗？"那鬼看着好容易才磨了一面的菜刀说。

"喂，红鬼。你不是想用它杀了我吗？好，来吧！"

龙子太郎咚地跺了一下脚。红鬼见了，恼羞成怒，本来就红的脸变得比酸浆果还要红。

"小崽子，小崽子，小崽子！"

那鬼挥起一面刃闪着光的菜刀向龙子太郎扑来。龙子太郎在刀下蹦跳着钻来钻去，躲避周旋，突然。他一把夺下刀，迅即扔到了十二公里以外的河里去了。菜刀变成一条鱼游走了。

"你，你这家伙！"

红鬼气得直跺脚，猛地向龙子太郎扑过来，可是反被龙子太郎抓举起来，一次、二次、三次、五次，总共被扔出去十次，一动不动地瘫在地上。

"哎？龙子太郎，你是什么时候变得这么有劲的！唉，疼死了。"

"喂，红鬼。你真是个坏东西。乡亲们辛辛苦苦种出的豆子和黍子刚一熟，就叫你全吃光了。是不是这样！"

"是的。"红鬼用蚊子叫似的声音说。

"你又抢走了阿娅，而且还想杀了我。不能饶了你！来，把你扔到山里或河里去吧，或者扔到地狱里的阎王爷那儿那里成不成，你说怎么办！"

"要是那样，我有个请求。如果你非扔不可，那就把我扔到天上去吧。这

样，我就可以做雷公的弟子，把鼓打个够。在黑鬼大王的手下实在没什么好事。他老是命令我：去抢吃的、去抢酒、去抢小姑娘，到头来，我打鼓被他发现了，还要被打得眼珠都要冒出来。实在是没意思。"

"噢，到天上去当雷公的弟子，这想法倒不错。"龙子太郎高兴起来，取来鼓交给了红鬼。

"喂，拿好鼓，别把它丢了。我把刚才从天狗那儿得到的力气全都使出来，把你扔到天上去。嘿，呀——。"

龙子太郎高高地举起红鬼，正要扔——

"等等，等一下。"

"怎么？红鬼。"

"你要到黑鬼那儿去吧。那黑鬼什么东西都会变，你要当心啊。他变化时，你就念：'南无阿拉比'，连念三遍，这样你也能想变什么就变什么。我要告诉你的就这些。"

"好的，我知道了。那么，红鬼，你平安到了天上，就敲响鼓通知我。"龙子太郎大喝一声：

嘿，呀——

红鬼被高高地扔到天上，轱辘地打着转，好像被天际吸进去似地，越来越小，一会儿就看不见了。

轰隆轰隆轰隆

过了一阵儿，传来了一声悦耳的雷声。

"啊，好像平安到达了。红鬼的大鼓，到了天上以后，也倒挺好的了。"

八、奔向铁山

龙子太郎把红鬼送到雷公那里以后，踏开一条又一条山路，朝着黑鬼住的铁山，不停地赶路。

不觉是什么时候，四周不见了青青的树木，眼前全是灰色、黑色岩石重叠起的如屏风似的连绵绝壁。稀稀拉拉出现的只有被风吹落的枯树的黑色枝杈和青羊、鹿的白骨。太阳刚一出来就被云遮住了，紧接着云彩又变成浓雾

翻滚，龙子太郎真是进退两难。

好容易雾散开了，龙子太郎经常发觉自己正走在令人目眩的绝壁的边缘上。阿娅就是被抢到这样可怕的地方来了吗？龙子太郎一边这样想，一边向前不停地走啊走啊。后来，眼前出现了一座被浓雾缠绕的漆黑的岩石山。

"啊，在那儿！那一定就是铁山。"

就在龙子太郎加快脚步的时侯，突然，一阵微弱的笛声传入耳中。龙子太郎吃惊地停了下来。

"是阿娅，阿娅在吹笛子。"

是的。吹笛子的确实是阿娅。因为听到的曲子正是《十只野猪崽儿》。

龙子太郎不顾一切地在雾中前进。正好吹起一阵风，吹散了一片片的雾，不一会儿，阿娅的背影浮现在眼前。在峭壁边缘，阿娅像朵花似地坐在那儿，吹奏着笛子。见此情景，龙子太郎像被一只滚烫的手紧紧地抓住了心一样。一时说不出话来，只是凝视着阿娅小小的背影。

是感觉到了这一情形吧，阿娅把笛子从唇边移开，回过头来。她那双美丽的大眼睛张得更大了。

"……龙子太郎，这是梦吗？"

"并不是梦，我真的是龙子太郎。"

龙子太郎一下子来了精神，喊过以后就咚咚咚地做起了摔跤的踏地动作给阿娅看。

"阿娅，黑鬼在吗？我是来制伏它的。"

"黑鬼现在不在。不过，马上就会回来的。它说，今晚能从山脚下的村民那儿得到做祭礼用的姑娘，高兴得不得了。"

"什么？用活人做祭礼？黑鬼这家伙，在这里也在干这种坏事吗！"

"据说黑鬼霸占了这一带的全部水源。它还威胁说，如果不献上做祭礼的活人，就让这一带全被洪水淹没。人们为了让更多的人能活命，每年只得哭哭啼啼地送来祭礼的活人。"

"竟然有这种事！"龙子太郎气得脸通红。

"它把农民最珍贵的水源攥在手里干坏事！好吧，我一定要制伏它！"

"可是，龙子太郎，黑鬼非常非常厉害呀。"

"不要紧的，你不用担心，就瞧着吧。"

这时，大地咕咚咕咚地震响起来。紧接着四周的岩石嘎啦嘎啦地晃动，碎石块落进山谷底，发出很大的声响。

"啊，是黑鬼。喂，快！龙子太郎，到这儿来！"

阿娅抓住龙子太郎的手，跑进岩洞，把龙子太郎推到了木头柜子里。就在这时，黑鬼瞪着它那像燃烧的红火炭一样的眼睛，迈着腾腾响的脚步回来了。

鬼一走进岩洞就叫嚷："有人的气味！"那吓人的凶相真是难以形容。它的身上长满了铁刺，手指上长着铁钩似的指甲，它把雪白的獠牙嗑得格格响，四外瞭望。

"喂，姑娘。有人到这岩洞来了吧。把那个人交出来！"

"不，没有人来。"

"不许说谎！"鬼用破锣似的声音叫道。

"岩洞门口开的花是人花。要是有男人就开白花，有女人就开红花。刚才我回来时一看，开着一朵红花，两朵白花。这里的男的，一个是大王我，还有一个呢？说，是谁？"

"是我，龙子太郎。"

龙子太郎一把掀开木柜的盖子跳出来，腾地站在了黑鬼的面前。

"哼！是你这小东西呀。到这山洞里来有什么事，想让大王我吃了你吗？"黑鬼慢慢举起胳膊，一边舔着嘴唇一边向龙子太郎走近。阿娅猛地跳过来，挡在黑鬼的面前。

"这是我哥哥，你要是吃他我可不答应！"

"哼！"黑鬼听了，龇出大牙，冷笑起来。

九、和黑鬼搏斗

"是你的哥哥吗？并不是我不把他当作客人，只是我不把没有我力气大的人当客人。怎么样？客人，肚子也饿了，我们比一比吃炒豆吧。赢的一方就吃掉输的一方，怎么样？"

阿娅听了，马上拿出一口大锅，哗啦哗啦地开始炒豆子。但是，在炒龙子太郎那份豆子时，洒上水，炒得软软的，而鬼的那份豆子却嘎啦嘎啦地掺进小石子，所以吃豆比赛，龙子太郎轻松地取胜了。

"真出乎意料。那么，这次比摔跤。客人，到外面去，咱俩摔跤。"

黑鬼跳到岩洞外面，"咚——咚咚——，咚——咚咚——"，黑鬼用力踏着地。于是周围像地震似地摇摇晃晃，大石块从岩洞上面嘎啦嘎啦地落下来。

"嗯，摔跤吗？我最喜欢的就是摔跤。"龙子太郎满不在乎地来到外面，

"嘿嘿"喊着跺脚。

不一会儿，黑鬼和龙子太郎猛然用力扭在一起，摔了一阵却不见胜负。终于，两人双臂扭紧，僵持在那里。

龙子太郎突然好笑得不得了。因为个子小的龙子太郎的眼前正好是个子大的黑鬼的肚脐眼。龙子太郎就那么僵持着，仔细地看着那肚脐眼，渐渐高兴起来，突然放开粗嗓门唱了起来：

> 啦——啦呀啦——呀，
> 啦——啦呀啦——，
> 黑鬼的大肚脐眼呀，
> 是二百零十天的台风口哇！

黑鬼吃了一惊，肚脐眼周围突然发痒，紧接着，跑了调的粗嗓门又唱了起来：

> 啦——啦呀啦——呀，
> 啦——啦呀啦——。

于是，黑鬼终于泄了气。龙子太郎趁机"呀"地大叫一声，把它扔了出去。黑鬼翻着筋斗，眼看就要摔到深深的悬崖下去了。可是，它真不愧是鬼，见峭壁上伸出一块莲花似的岩石，身子一转就站在了上面，呼地长出了一口气。

"哎，客人，你的本领是了不得。但是，不管什么，决胜负非得三局不可，喂，进行第三局吧，怎么样？"

黑鬼眼看着变成了大如小山的野猪，龇出锋利的獠牙，竖起鬃毛，一边吐出火一样的气息，一边朝龙子太郎冲撞过来。见了那凶猛的来势，阿娅不禁叫出声来，捂住了脸……

可是，结果怎样了呢？过了好长时间，传来的还只是野猪那从鼻子发出暴风雨似的哼哼声。感到奇怪的阿娅悄悄睁开眼睛一看，在那里已不见了龙子太郎的身影，只有一只小蜜蜂嗡嗡地扇着翅膀，绕着野猪的鼻尖飞转。

野猪已经气得快发疯了。它把大鼻子朝天撅着，晃着脑袋想赶跑蜜蜂。可是，蜜蜂嗡嗡、嗡嗡地叫着，一会儿落在野猪的鼻子上，一会儿在野猪眼前翻筋斗，最后翅膀发出尖利的响声，它竟然钻到野猪的耳朵里去了。

哎呀，这可不得了啦。只见野猪吼叫着，撅起后腿，抓耳朵，挠鼻子，翻着筋斗打滚，最后猛地狂奔起来，转眼间就从峭壁上摔了下去。

　　　轰隆隆隆——

一阵巨大的声响过后，从令人头昏目眩的深深山谷里，升起滚滚的黑云，黑云聚集在一起，变成了一块黑鬼模样的黑色岩石。

阿娅弄不明白这是怎么回事，浑身哆嗦地呆立在那里。也不知是怕是喜，只是不停地发抖。这时，阿娅耳边响起了一个精神抖擞的声音：

"阿娅，看见了吗？黑鬼终于变成了岩石。我用红鬼教给我的咒语变成蜜蜂，制伏了黑鬼。阿娅，吹笛子吧，我来跳舞。"

龙子太郎高兴得拍着手，跺着脚，放开粗嗓门边唱边跳——

　　　啦——啦呀啦——呀，
　　　啦——啦呀啦——，
　　　黑鬼变的大岩石呀，
　　　挡住了二百零十天的强台风啊！

唱啊、跳啊、吹笛子，就在两人累得呼呼喘着粗气躺在地上的时候，从远处随风飘来隐隐约约的笛子和大鼓声，还有奇怪的歌声。

十、奇怪的歌声

"啊，那是什么声音？"

不知是从这原以为没有人迹的荒山的什么地方传来的，那是奇怪的有节奏的吆喝声和唱歌声。

"是祭日的活动吗？不过，这声音也太叫人不愉快了，就像是从地狱里传来的声音似的。"阿娅毛骨悚然地哆嗦着。

"嗯，简直像是要把人拖进地狱似的声音。阿娅，我们去看看。"

"好，去看看吧。"

两人奔跑起来。他们绕着穿过散布着白骨、灰骨和被雨淋渥的骷髅的黑色石山，沿着陡峭崖壁上的羊肠小道，一溜烟地往山下走。突然，阿娅叫

起来:

"啊，看哪! 对面的山谷里走过那样的一队人。"

两人顺着两块大岩石的缝隙爬上去，朝老深老深的下面的山路望去。穿着白衣的奇怪队列正静静地绕过对面的山谷，朝着铁山走来。那些人看起来像蚂蚁那么小，他们担着一顶白木头轿子，一边吹笛子打鼓，一边用低沉的声音唱着歌，就像是从地狱里徬徨而出的队列，慢吞吞地走来。

龙子太郎和阿娅默默地对望了一眼，又拉起手，时而跳越、时而打滑，从险峻的石山上下来，向队列那儿跑去。

一看见他俩，队列就停了下来，转眼间，人们哇地一声叫喊，扔下白木头轿子，四散奔逃起来。

"喂，我们可不是坏人! 你们这是怎么了?"

龙子太郎一边大声喊叫，一边走上前去，一看，只有一个老爷爷爬伏在丢在路边的白木轿子上。

"老爷爷，老爷爷，为什么大伙要逃跑呵? 我们又不是坏人。"

老爷爷仰起惊恐的脸，定睛打量了龙子太郎和阿娅一会儿，长出了一口气。

"啊，你们两位是人吗? 是哪儿的人? 是黑鬼大王派来的吗?"

"黑鬼大王? 黑鬼大王早就变成岩石了。"

"哎? 变成岩石?"

"对，瞧，就是那个。那儿有一块黑色的大岩石是吧，那就是黑鬼。我们已经把它制伏了。对了，老爷爷，刚才您没听见巨大的声响吗? 就是那个时候黑鬼变成岩石的。"

"是的，听到了……是这么回事呀。我们还以为世界的末日要到了呢。这么说，黑鬼被制伏的事是真的了。啊啊啊……"

老爷爷放声大哭起来，然后用颤抖的手打开了白木轿子的盖子。在那里面，躺着一个失去知觉的穿一身白衣服的美丽姑娘。

"姑娘啊，姑娘啊，你得救了。黑鬼被这个年轻人制伏了。喂，醒醒!"

"喂，乡亲们，都回来吧，黑鬼已经变成岩石了!"

这下可大轰动了。这可是让人们吃了几十年，不，几百年苦的黑鬼被制伏了呀。山脚下村子里的乡亲们流着热泪感谢他俩。

据这个村子里的人们讲，黑鬼霸占了这一带的所有水源，不仅每年都要征收堆成山的贡品和做祭礼的活人，而且事情稍不如意，就搅起黑云，好几

十天遮住阳光，有的时候，下起雹子毁坏所有庄稼，有的时候，发起洪水，让人们吃尽了苦。

"来吧，大伙都到黑鬼的岩洞去看看吧。"

在龙子太郎和阿娅的带领下，村里的人们忘记了疲劳，爬上了黑鬼的岩洞。

"看哪！看哪！这边洞里装满了大米。"

"喂，这边的洞里尽是金子、银子。"

"喂，瞧这儿，这是什么，是闪闪发光的玉石啊。"

听着人们欣喜若狂的呼喊声，龙子太郎和阿娅一边笑着，一边向岩石山上爬去。在意想不到的地方，有一个小岩洞，从里面"咴——"地传出一声马嘶，还有咔嗒咔嗒的马蹄声音。进去一看，一匹雪白的小马睁着葡萄珠似的眼睛，甩着绢丝一样的长尾巴。

"啊，就是它吗？黑鬼的确得意地说过它有一匹日行四百公里的小马。"

"啊，多么可爱的小马呀。阿娅，我们别的什么也不要，就要这匹马吧。"

"那好极了，这是多可爱的小马呀。"

两人牵着小马来到外面，路还在向上延伸。

"这上面有什么东西呢？"向上爬去的他俩说着说着不觉惊叫起来:

"啊，多么美丽的池沼啊！"

在岩石之间蓄成的清澈的池沼，碧绿的水面宁静透明，闪闪发光。在那里已经先有一人，他就是刚才那位老爷爷。他抱着膀子，凝视着水面。一看见龙子太郎和阿娅，老爷爷高兴地露出了笑容。

"金子、银子和玉石都是贵重的东西，不过，对我们农民来说，这水才是比什么都珍贵的宝物。从前，因为这池沼被黑鬼霸占着，不知农民们受了多少苦啊……龙子太郎、阿娅，实在太感谢你们了。"

老爷爷说着，又仔细地凝视着水面。突然，他一弯腰，从岩石缝中拾起了一面小镜子。

"虽然小点可倒是面好镜子。阿娅小姐，你拿去吧。"

阿娅高兴地搂着镜子，用袖子擦去上面水气说: "真高兴。这么漂亮的镜子，有了它我什么都不要了。"

龙子太郎在远处一边听着这些话，一边强忍住要涌出来的眼泪。这池沼让龙子太郎无比深切地想起了妈妈。

"妈妈，您现在住在哪里？我是为寻找妈妈而走上旅途的。我这就去找

您，等着我吧。"龙子太郎在心里这么自言自语说。

十一、多么广阔的土地

不一会儿，三个人牵着小马走下来，这时，乡亲们已经把鬼的宝物满满地装进了白木箱，那热闹劲好像马上就要跳起舞来。

"喂，龙子太郎，阿娅，请你们两位到我们村子去吧。"

> 嗨哟！嗨哟！
> 嗨哟！嗨哟！

他们在这岩石山上转啊转，来时那悲哀的歌声不知飞到哪里去了，大家都精神焕发地往回急急赶路。

不久，红彤彤的夕阳慢慢地落入石山的背面，黑暗的夜晚来临了。可是乡亲们仍然情绪高涨，老爷爷终于拍着手唱了起来：

> 嗨——咿，
> 嗨——哟——嗨！
> 黑鬼哟黑鬼，
> 咚打咚打，
> 咚咚咚，
> 它翻过山，
> 又跨过河，
> 害得我们不能活。

接着，别的人应唱道：

> 嗨——咿，
> 嗨——哟——嗨！
> 龙子太郎哟龙子太郎，
> 咚打咚打，
> 咚咚咚，
> 他翻过山，

又跨过河，

打败黑鬼我们得快乐。

唱到这儿，大伙高兴得"嗨——嗨——"地拍着手，跳着舞，在夜色里走啊走，不久，四下渐渐明亮起来。

人们已经走出了险恶的岩石山，四周是茁壮生长的杉树林，到处弥漫着清新的气息，小鸟的啼鸣好似从天而降。昨天发生的事，简直像是一个梦。

"龙子太郎，阿娅，请看，在那里有一座好大的岩石是吧，转过那座岩石，景色就会豁然一变，我们的村子尽在眼前。"说着，刚才那个老爷爷乐呵呵地走到龙子太郎和阿娅的身边。

"看，绕啊绕，绕过这座岩石，看，怎么样！"

面对不断铺开的山下景色，龙子太郎和阿娅不觉得惊叫起来。

两人的脚下，一眼望不到边的绿油油的田地，一直伸展到远方的朦胧山麓处。田野上河流像条带子，弯弯曲曲，闪着光流过，那里一簇，这里一群，小如豆粒的人家排列着。

"这是多么广阔的土地啊……"

在险峻的山中成长，生下来还是第一次见到这样广阔的土地的龙子太郎和阿娅，只说出了这么一句话。

十二、大饭团子吃了八十八

"来来，串个门。"

"来来，顺路到我家来吧。"

"喂，来吧，洗澡水烧好了。"

为欢迎龙子太郎和阿娅，全村特地搞起了欢庆活动。

"说是那个年轻人制伏了黑鬼。"

"那么年轻，还是个孩子呢。"

"真是了不起呀。"

"这样咱们村终于能过上无忧无虑的日子了。"

"是呀，我高兴得止不住眼泪。再丰盛地招待他们也表不尽心意呀。"

"哎呀哎呀，我可真够马虎的，我本该去河里打鱼的。"

"哎呀哎呀，我也净顾说话，忘了自己是去上山采蘑菇的。"

"我去把村里的大锅收到一起。"

"哎呀哎呀。"

"哎呀哎呀。"

全村的人高兴得直发愣，过了一会儿，欢欢喜喜地用收上来的全村的大锅做好了雪白的大米饭。

"哎，攥吧，攥吧，做饭团子吧！"

　　饭团子，饭团子，

　　哎，芝麻饭团子，

　　哎，豆酱饭团子，

　　哎，咸梅饭团子，

　　还有烤的饭团子，

　　饭团子，饭团子，

　　哎，哎！

龙子太郎和阿娅瞪圆眼睛，看着这热闹的情景。尽管是招待客人，仍然显示出这村子过着多么富裕的生活呀。

大门里开满了五颜六色的鲜花，鱼池里白鲤鱼、红鲤鱼啪啪地欢跳。鸡窝里上百只鸡跑来转去，马厩里马儿在卡卡地踏着蹄子，牛棚里牛在慢悠悠地吃草。

宽敞的客厅收拾得整整齐齐，用两搂粗的树根挖成的漂亮火盆里，堆着小山似的炭火，铁壶里烧开的水哗哗地沸腾着。

一会儿，饭菜端上来了，这菜肴也是十分丰盛。

鲤鱼、鲫鱼、泥鳅、鳝鱼，这是河里的美味。

蘑菇、薇菜、干栗、柿饼，这是山上的菜果。

在正中间的大盘子里，热气腾腾香味扑鼻的饭团子堆成一座小山。

"来来，请吃吧。"

"来吧，就不讲客气话了。"

"请多多地吃吧。"

"哇！真高兴啊，我就不客气了！"

龙子太郎正了正坐着的姿势，不客气地吃啊吃啊。

　　鲤鱼酱汤喝了二十碗，

大饭团子吃了八十八。

"真好吃，真好吃啊，肚子都要撑炸了。阿娅，你怎么才吃第三个呀？"

龙子太郎拿起第八十九个饭团子，咬了一大口，突然撇起嘴，"吧嗒吧嗒"，落下糖圆儿大的眼泪。不一会儿，竟呜呜、呜呜地放声大哭起来。村里的人们吓了一跳，因为这位打败了黑鬼的英雄，竟然一只手里拿着饭团子在那里大哭。

"怎么了？哪儿难受吗？"阿娅摩挲着他的后背问。

老爷爷们也吵吵嚷嚷地问：

"是肚子疼吗？"

"是胸口疼吗？"

"快端水来！"

"快拿药来！"

龙子太郎一边抽泣，一边叫道："不是的，不是的！"

"我，我，一想到大米饭团子这么好吃，就突然悲伤起来了。我想让姥姥吃上这么好吃的东西，哪怕一口也好啊。"

"不光是姥姥，我想让山里我们村的乡亲们都尝尝。我们村在深山里，地都是很陡的山坡地，要呼哧呼哧地把粪桶挑上去，如果稍不小心，就会叽哩轱辘地摔到山谷下面去。前几天，我姥姥还掉下去了呢。

"在那里能收成的只是谷子和稗子，还有一点豆子。要说好吃的，也就是山芋。碰上荒年，只好把矮竹籽磨成粉，做成团子。那团子吃着就像在咽石头面子似的，根本咽不下喉咙。我姥姥就是在那样的地方弯着腰在干活。可我呢，却只知道缠着姥姥要饭团子。"

听到这儿，阿娅也突然伤心地哭起来。上了年纪的阿娅的爷爷，还有山上的动物们现在怎么样了呢？

"啊，是为这事才哭的吗。哎，龙子太郎，阿娅，要是那样，把姥姥、村里的人都叫到这儿来就行了。大伙就在这里住下吧。"

"这样好，这样好。这里大米也收得多，河里的鱼也多，蘑菇到处都是。只要没有了黑鬼，就没有比这里再好的地方了。"

"是啊，是啊，都搬过来吧。"

"再来多少人也有地方住的。"

村里的人七嘴八舌地说了这番话。龙子太郎用拳头背擦去了眼泪。

"大伙这么说，我实在是高兴。不过，我还有事要做，要赶快上路。对了，把在黑鬼那儿找到的小马送给我们吧。"

第二天早晨，天还没亮，龙子太郎和阿娅就出了村子。一来到村外，龙子太郎就让阿娅骑到了小马背上。

"阿娅，像昨晚说的那样，我得寻找妈妈去了。所以，你一个人回村子吧。"

"不，龙子太郎。这马一天能跑四百公里，我们俩骑着它去找你妈妈吧。"

"你在说什么呀，在黑鬼那儿吓得直打哆嗦的是谁来着？不行，不行。那不是女人和小孩子去的地方。再说了，这样小的一匹小马也骑不了两个人。喂，小马，把阿娅好好地送回去吧。"

小马因为被说成"这样小的小马"，正撅着嘴，脸扭向一边，可是一被龙子太郎轻柔地抚摸鼻尖，情绪又好转过来，卡卡地蹬着蹄子嘶叫着。

"阿娅，问姥姥和村里的乡亲们好，也问你爷爷好。"

小马一跃便跑起来，把阿娅"龙子太郎——"的喊声留在身后，眼看着变得芝麻粒那么小，一会儿就看不见了。

剩下一个人的龙子太郎，深深地吸一口黎明时的空气，抬头仰望深远的天空。

"妈妈在北方的湖里，在等着我长成强壮、聪明的孩子去找她。姥姥就是这样说的。我要去找，一个一个池沼，一个一个湖地去找，直到见到妈妈为止。不过，虽然我从天狗那儿获得了力量，可是我已经变聪明了吗？我已经变得即使去见妈妈也毫无愧色那样的聪明了吗？"

第二章 寻找妈妈

一、鸡财主

和阿娅分手后的龙子太郎，在一望无际的田野里一直向北走去。正是刚插过秧之后，每一块田里的嫩绿秧苗都是那么整整齐齐。这对只见过满布石头的山地的龙子太郎来说，真是令人惊奇不已的景色。

"啊，真了不起，太棒了！"

龙子太郎边赞叹边走着，从对面走来一个看上去人挺好的小伙子。

"请问，这一带有没有一个住着龙的湖？"

"龙？"小伙子惊奇地说道。

"咦，龙是吧，你可真是个寻找奇怪东西的人。"小伙子不可理解地摇着头。

"对了，听说鸡财主家的池沼里住着一条大蛇，不，也许当时说的是龙吧？上了年纪的人的话，我当时没有认真听。很对不起呀。"

"那个叫鸡财主的人住在什么地方？"

"沿着这条道向北一直走，走上整整一天，自然就到了。哎，不过，你只有一条性命，当心可别被龙给吃掉啊。"

龙子太郎道了谢，向前走去。他想，说是大蛇，肯定是龙，于是嫌走得太慢，快步往前赶啊赶，不久，太阳烧得通红，开始落下去了。

"好像应该看到鸡财主的家了。"

四处环顾的龙子太郎突然瞪圆了眼睛。哎？这究竟是怎么了？好好的田里却杂草丛生，别说插秧，连地都没有翻。

"哎呀，哎呀，太可惜了。看到这样遍布杂草的田地，真叫我难受。究竟是谁让这么好的田里长满了草？"

这时，不知从什么地方传来了"喂，喂"的喊声。一看，有个老婆婆"喂，喂"地挥着手跑过来。

"喂，喂，不管是哪儿来的要饭花子都行，在我家干活吧。"

老婆婆连连说着跑来，一看到龙子太郎就说："哎，那个要饭的，到我家来干活吧。"说完就累得一屁股坐在了地上。

"我可不是要饭的。我叫龙子太郎。"

"什么？反正都差不多。到我家干活吧。"

"你这位老婆婆是哪儿的人哪。干吗这么着急呀？"

"干吗这么着急？哎，你看哪，看这地里，草不是都长满了吗？我们家呀，叫做鸡财主，是这一带第一号大富翁。直到前不久，还一共有男女长工三百六十五人呢。他们从早到晚不停地干着活，可是不知怎么，一个一个地全跑了，到现在连一个人都没剩下。结果就成了这个样子，所有的田里都长满了草，连秧都不能插。真作孽啊。"

老太婆在那里放声大哭起来。

"真作孽啊，就像是在扔钱呢。我每天都急得直哭。如果从这些田能收到米，盛着大米的草袋子就会把八十八个粮仓装满。照这个样子，收到的只能是草啦。喂，给你多少工钱都行，在我家干活吧。"

"是吗？老婆婆家就是鸡财主啊。那么，老婆婆，我想打听点事。听说老

婆婆家里有一个住着大蛇或者是龙的池沼，是真的吗？"

"大蛇，或者是龙？"

老太婆猛地挺起了腰。

"是龙呗。这还用说吗？这是鸡财主的家，当然养着龙。不过，它一年只露一次面。就凭这事，你看怎么样？还是决定来我们家干活吧，怎么样？"

"好吧，决定了。不过，我有个条件。得让我睡在老婆婆家的池沼的旁边。我是水命，不在散发水的气息的地方就睡不着。"

"要是这样可太简单了。长工的房子本来就在池沼的旁边。"

来到老太婆家时已经是夜里了。这是一个好像会出来鬼怪的非常大的宅院。可是，这个家里面，除了老太婆，连只猫都见不到，听不见一点声音，看不见一星灯光，空空荡荡的。绕到房后，果然有个池沼，据说龙就住在这里。池沼响着哗啦哗啦的水声。龙子太郎凝视着池沼，这时，老太婆用妖声妖气的声音喊道：

"龙子太郎，龙子太郎，到这儿来。这里是你睡觉的地方。"

龙子太郎走进老太婆说的房间一看，又吃了一惊。老太婆手里的灯光照出的是一间没铺地板，没有粉刷裱糊的房子，里面只横躺着一些大圆木。

"睡觉时就用这圆木当枕头。还有，明天早上，鸡叫头遍就得起来干活。听着，你知道我家为什么被人叫作鸡财主吗？那呀，是因为鸡一叫头遍，就得马上跳起来干活。"

说完，老太婆呼地吹灭了灯，急忙走了。

"嗬，真是叫人吃惊。这么说，三百六十五个长工就是用这大圆木当枕头，睡在这个小屋里的了。真是到了一个奇怪的地方。不过，那个池沼里面有我的妈妈吗？"

龙子太郎等老太婆的脚步声完全消失后，又来到屋外。这是一个漆黑的夜晚，潮湿而略带暖意的风呼地吹过，树木飒飒地摇动起来。龙子太郎站在池沼边，低声喊：

"妈妈，我是龙子太郎，我接您来了。如果您在池沼里，就出来吧！"

可是，池沼里只是一片寂静。龙子太郎又叫了第二遍、第三遍。但是，池沼还是黑漆漆的，只是哗啦哗啦地荡着微波。

"想起来了，刚才那老婆婆说过，龙一年里只露一次面。那究竟是在什么时候呢？"

龙子太郎无力地走进小屋，躺下来闭上了眼睛。

二、手里只剩下三根稻子

就这样，龙子太郎把圆木当枕头，轱辘一下躺了下来。他睡了多久呢？实际上，就在他要打第十个呼噜时，外面响起了鸡的啼声——

喔——喔喔——

当然龙子太郎连动都没动一下，只是鼾声"呼噜呼噜"地越打越大。于是，一个矮小的黑影悄悄地进了龙子太郎的小屋。那黑影停下来，伸长脖子听着龙子太郎的鼾声，然后"啪哒啪哒"地拍打挂在那儿的蓑衣，叫了起来——

喔——喔喔——

哎呀，那鸡叫学得那个像啊，让人错以为是一只真的鸡。小黑影又伸出脖子窥探龙子太郎，可是鼾声比原来打得更大了——

呼噜——呼噜——
呼噜——呼噜——

这鼾声简直像十盘石磨转起来那么响。小影子举起双手，跺着脚喊道："嘿，这个懒鬼！"

原来这小黑影竟然是先前那个老太婆。老太婆猛地捡起扔在那儿的一把木槌，高高举过头顶。龙子太郎什么也不知道还在睡着。危险！她要砸死龙子太郎吗？不对不对，老太婆拼力锤打的是龙子太郎枕着的大圆木的一端。

"起来！起来！天亮了。我从前就是这样每天早晨把三百六十五人敲打起来的，可是这么不要脸的家伙还是第一次碰到！"

"是什么呀？是老鼠在胡叫唤吧！"

"不是老鼠，是我。天亮了，起来干活！"

龙子太郎这才慢吞吞地起来。不管怎么说，也只能认为现在是深夜。

"喂，赶快起来到外面去，早饭之前得干完一气活。

"哎？老婆婆，这么一说，昨天的晚饭你还没给我吃呢！"

"昨天的晚饭吗，连活都没干，哪有什么饭吃。去，赶快下地！"

龙子太郎懒洋洋地站起来，打了一个大哈欠："啊，我觉着这家像是要闹鬼，结果出来了这么个鬼。"

龙子太郎下了地，一个人就把从前三百六十五个人干的插秧的活全都干完了。

老太婆可高兴透了，她叮唎嘡唎地敲着钟，向神仙表示谢意："哎呀，真是找到了条好汉。虽说早晨叫醒他花了点功夫，可这个好小伙子干起活来能顶以前的三百六十五个人。"

就这样，龙子太郎每天早晨被老太婆咚咚咚地敲起来，干完了地里除草的活，现在迎来了将要收割的秋天。可是，悲伤的是，龙子太郎每天晚上都冲着池沼寻问，池沼却半点回答都不给。

在收割的前一天晚上，龙子太郎仍旧坐在池边，低声喊道：

"妈妈，我是龙子太郎啊，您从池沼里出来吧。"

可是，池沼依然只是一片寂静，什么回音都没有。龙子太郎悲伤起来，抱住双膝，把头顶在上面。这时，他晚饭时领的一个糠团子掉了出来，叽哩辘辘地滚到池沼边，扑通一声掉了下去。太郎抬起头，呆呆地看着那糠团子向下沉去。

就在这时，池沼第一次波动起来，一条不大也不小的白蛇浮现出水面。

"是你刚才给了我一个糠团子吧。我在这池沼里住了几百年，可这儿的财主没给过我一小把糠。还有这么新鲜的事，我才出来看看的。你有什么事吗？"

于是，龙子太郎把事情原原本本地讲了出来，说自己听说这池沼里住着条龙，所以才在这里一边干活，一边等待与龙相见的日子。

"我就是这个池沼的主人，可是我既不记得有过你这样的孩子，也根本没听说过这里住着龙。哼，'这是财主人家，当然会养着龙什么的'，这倒像是贪心的老太婆说的话。你等着瞧吧，作为慢待我的报应，这一带很快就会变成杂草丛生的荒野。"

白蛇"嘶嘶"地吐着舌须说道。龙子太郎十分失望，真想哭一场。

"别那么软弱爱哭。作为你给我糠团的答谢，我帮你个忙吧。从这里往北走，越过九重山，确实有一个大湖，据说龙住在那里。不过，去湖那儿之前，你先到住在第九座山山脚下的山婆婆的小屋去，并且告诉她我向她问好。她一定会给你有用的智慧的。"

白蛇说完，就一头钻进了水底。

第二天，龙子太郎挥舞一把大镰刀，开始割稻子。去年曾经是一片荒草的田里，如今是一望无际的滚滚稻浪，那景色叫人想用嘹亮的声音歌唱。龙子太郎只用一天的功夫就割完了据说得一千人才能割完的稻子，然后对老太婆说：

"我的活正好告一段落，我又有想去的地方，现在告个假。"

"哎？你要走？快别说这话，在这儿再留一年吧。"

老太婆说完后又一想，虽说接着雇他也可以，不过，稻子已经割完了，冬天又没有什么大不了的活，让他白吃的那份粮太可惜了。明年嘛，可以再捡个要饭的来干活，也许还能找到比他更好的呢。想到这，老太婆连忙说：

"不不，既然你要走也好。工钱的事就这么办，你为我干活很卖力气，我就给你一些你能背起来的稻子当工钱，随你能背走多少。"

龙子太郎听了这话，微微笑了。

"真的吗，老婆婆，真把我能背起来的稻子给我吗？"

"嗯，能背动的就都背走。"

老太婆心中欢喜地说。从春天干到秋天，只给他能背得动的那些稻子就算完事，这和白让他干一样便宜。可是，她的对手可是龙子太郎啊。

"那么，老婆婆，多保重。"

龙子太郎乐呵呵地走到地里，把一千个人才能割下来的小山一样的那么多稻捆紧紧地卷成了一个稻捆，然后轻轻地扛起来，蹭蹭蹭往山里走去。

老太婆大吃一惊："哎呀，龙子太郎，你要干什么！这不是把我家的稻子全都背走了吗！等一等。"说着光着脚追上来：

"龙子太郎！龙子太郎！"

可是，不管老太婆怎么追赶，稻垛只是蹭蹭蹭地一个劲儿往前走。老太婆哭叫着"哎呀腰酸哪，腿疼呀！"拼死命追了三天三夜，总算是抓住了稻垛。

"龙子太郎，龙子太郎，求求你别这么做，还是回去吧。"

老太婆硬揪住稻垛不放，想把它拽回去，可是手里抓住的只不过是三根稻子。老太婆紧紧握住这三根稻穗，一下子昏了过去。

三、越过九重山

龙子太郎背着那垛一千人的收割量的稻子，腾腾腾地不停地走。

"没想到在老太婆那儿耽误了这么久。不过也挺有趣，既学会了种稻子的

方法，而且第一次知道这天底下还有那样的老太婆。"

山越来越高了。

"白蛇说过，翻过了九重山之后，就有一位山婆婆住在那儿，这么说，这里是第一座山。不管怎样，我们国家的山可真够多的了。我们村也是在这样的深山中，那这一带也会有人住着吧。"

果然有人住着。人们在那边的山背阴面，在这边的向阳坡地搭起了一座座小屋，种上芜菁啦、稗子啦、豆子什么的，勉勉强强地度日。当龙子太郎背着稻垛走过时，山里的人们亲热地打着招呼：

"喂，你到哪儿去呀？"

"哎，听说越过九重山以后，有一个湖，我就是到那儿去。"

听了这话，山里的人们好吃惊：

"真是荒唐。据说那湖里住着龙呢，命可是万事之本，别去了！别去了！"

"湖里住着龙？"龙子太郎高兴地喊起来。

"所以我才要去，我是去见那龙的。"

"他在说什么？真是真是，年纪轻就是鲁莽，也不知道什么是害怕。那一带有很多可怕的东西，去的人没有活着回来的。"

山里的人们你看我，我看你地叹着气。龙子太郎一边笑着，一边咚地一声把稻垛放在他们面前。

"喂，我背着的稻子都送给你们了，快拿去吧。"

"哎？稻子？这么说，稻子就是这东西了。"

"大米就是它打出来的吗？"

山里人就像摸着宝物似地摸着稻子捆，把稻穗放在手里，又是掂重量，又是摸搓。

"我们连一次都没吃过，这米好吃吧。"

"当然好吃啦。"龙子太郎用力地说。

"先脱粒，再把脱下的稻粒碾成米。用大锅把米一煮，那个香劲儿能把肚子撑炸。"

"是吗？"山里人摇头惊叹说。

"好吧，我把这些稻子都留在这儿，你们都吃得饱饱的吧。"

"哎？你说把它都送给我们吗？"

山里人惊奇极了。一位老爷爷走上前来："喂，大家伙儿，这么好的东西可没有我们自己随便吃掉的道理。你们说呢？"

"那是当然。"大伙儿一齐点头。

"不光是我们这座山，四周的山上，生下来后从没吃过大米饭的人实在太多了，是吧。"

"是的。"

"这么珍贵的东西，没有就这么随便吃掉的道理。用它做种子，我们也种大米，怎么样？"

"好！"山里人一起喊起来。老爷爷转向龙子太郎：

"所以，我们只留下做种子的就行了。你把剩下的送给其它山上的人吧。"

龙子太郎听了这番话，心里像吞了一团火似地悲伤起来。在这陡峭的山里，大家怎么能开出水田来种稻子呢。龙子太郎不禁跺脚喊起来：

"啊，我真想变大，变得比山还大。这样就能把这山扑通扑通扔到海里去，造出广阔的土地，然后种上无边无际的稻子！"

山里人听了，叹了口气："是呀，就是弄干一个龙住着的那样的湖，也能获得多么辽阔的土地呀。不过，这事简直像梦一样。"

龙子太郎直盯着说这话的山里人的脸。"弄干一个龙住着的那样的湖，也能获得多么辽阔的土地……"啊，山里的人们在这样梦想着。虽然他们说着这事像梦，但一定还总是期待着。

龙子太郎满腔热血沸腾得使他无法静呆在那里。

"对了，见了妈妈，我要首先把这些事告诉妈妈。我来到这广阔的世界之后，见到的、听到的、知道的事情，还有我即使交出自己的身体也要做对大家有用的事情的心情，这些都要告诉妈妈。"

山里已快到了枫叶似火的时候。龙子太郎背起剩下的稻子，每翻越一座山就把一部分稻子分给山里的人们。而且，每次都听到人们用痛苦的语气说，真想得到辽阔的土地，真想种下这稻子让它成熟。

"啊，我要快些见到妈妈，把这些事告诉她。"龙子太郎这样说着，越过了第九座山。这时，他发现那里有一座用矮竹的叶子苫着屋顶的小屋。小屋里一位不知究竟有多大年纪的老婆婆嗡嗡地摇着纺车。这正是白蛇说的那位山婆婆。

四、我不会输，我不会死！

山婆婆嗡嗡地继续摇着纺车，在那里一声不吭，也不知她看见龙子太郎没有。

龙子太郎把最后剩下的稻捆从背上拿下来，放开粗嗓门喊起来：

"山婆婆，山婆婆。住在鸡财主家的池沼里的白蛇问你好。"

听了这话，山婆婆才停了手，抬头看龙子太郎。

"你说白蛇向我问好？嗯，你是什么人哪？来，坐下说吧，为什么要来找我这老太婆？"

"我叫龙子太郎。是来打听到山上大路去的路。"

龙子太郎把前面发生的事情全都告诉了山婆婆。

"大伙儿都说山上的大湖里有条龙，老婆婆，这是真的吗？"

"有一条龙，这倒是真的。"老婆婆一脸冰冷的表情，又摇起了纺车。

"不过，那龙是不是你妈妈，这事我也不知道。你要是白跑一趟，可不能埋怨我。"

"我决不埋怨。"龙子太郎下了保证。

"那我就告诉你去的路吧。"

老婆婆走到门口，伸手给龙子太郎指路：

"你出了这间小屋，一直向北穿过松树林，过了芭茅草甸子再往前走，就有两棵高大的杉树，树下有两只豺狗，发出震荡山谷的嚎叫。走过了那儿，就是矮竹地，那儿有个可怕的大蜘蛛迷人，你要当心。穿过这个地方，爬上山，就到了湖边。不过，到了这里还有一件难事。就是，那条龙不知什么缘故，老是呆在湖底不出来。所以，不管你在湖边怎么喊叫，恐怕龙也听不见，你就是在那儿坐上一辈子，能不能见到龙也难说。怎样做才能见到龙，这就是难处。"

老婆婆话到这里就不再说了。

"谢谢啦，山婆婆。我这就去了。虽说少了点，这儿的稻子你打成米吃吧。"

山婆婆听了这话非常高兴，露出牙齿笑起来。

"等等，要是这样，你帮我把它打成米再走吧。我加些小豆，给你做顿小豆饭，讨个出门吉利。"

于是，龙子太郎把稻子打成米，老婆婆挑好小豆，不一会儿，煮着的豆饭就冒出了带着香味的热气。可是，多不走运，就在这时，天空飞舞起了雪花。

山婆婆劝阻龙子太郎："啊，这事儿可糟了。看这样子，你去湖边的一路上，天气好不了，今天就别走了吧。下起雪来，可比豺狗和大蜘蛛可怕

得多。"

可是，已经到了湖的眼跟前，龙子太郎说什么今天也要走。

"不要紧的。老婆婆，豆饭也煮好了，我一定得走。"

龙子太郎不顾老婆婆的劝阻，把小豆饭团子带在腰上就上路了。

龙子太郎穿过北边的松树林，走过芭茅草甸子，一会儿就看见了两棵杉树。只见两只豺狗拧着身子用震荡山谷的声音嗥叫着。豺狗一看见龙子太郎就张开血盆大嘴从两边扑上来。

"豺狗啊，别急别急。我给你们多多的你们喜欢吃的小豆饭团子。"

龙子太郎把小豆饭团子扔过去，豺狗就嘎吱嘎吱地啃起来，龙子太郎乘机走了过去。向前走啊走，来到了矮竹原野。那里流过一条河，河上既没有桥也没有船。怎么办呢？龙子太郎在河沿上坐下思考起来。

这时，从水中上来一个比豆粒还小的蜘蛛，在龙子太郎的脚上拉了一根丝，然后回到了河里。

龙子太郎吃惊地看着时，那蜘蛛又小跑着从水里上来，拉上丝线回到水里。它反复地来回拉着线，龙子太郎想，这可真奇怪呀，就把丝一根根摘下来，挂在身旁的一个柳树桩子上。

> 唉——哟嘿哟——，包在我身上，
> 唉——哟嘿哟——，包在我身上！

过了一会儿，从水中响起了这种奇怪的号子声，紧接着，柳树桩子晃晃悠悠地动起来，忽地从土里被拔出来，滚进河里去了。龙子太郎吃惊地望着这情形，这时，从河里传来"真聪明，真聪明"地拍手称赞的声音，与此同时，河一下子消失了，只有狂风呼呼吼着刮过矮竹原野。

"啊，好险，好险。这一定是大蜘蛛干的了。"

龙子太郎放了心，又开始向前走。他突然发现，刚才零零散散飘着的雪花，现在已经下得很紧了。

"嗬，我喜欢的雪越下越大了。"

龙子太郎一边起劲地唱着小时候从姥姥那儿学来的雪花歌，一边脚步咚咚地穿越矮竹原野。

> 上看是虫子，

中看是棉絮，

下看是雪花。

可是，雪越下越猛，还夹杂着风，叫人喘不过气来。龙子太郎攥紧拳头，运足气力，边走边喊：

"嘿，来吧，这样的雪算不了什么！"

四周不知不觉地黑了下来。雪花在黑暗的夜空中纷乱地飘舞，变成雪烟泡，吹打到龙子太郎身上，撞碎之后又飞舞起来。雪落在龙子太郎的眼睛、嘴、脖子和身上，越积越厚，他已经变成了一个雪人。

"妈的！不怕，我不怕！我是去见妈妈，我有许多要做的事。"

这时，四处响起了"哈哈哈，哈哈哈"的嘲笑声。

从我们手里逃逃看，

小瞧我们试一试，

从我们手里逃逃看，

小瞧我们试试！

"哈哈哈，哈哈哈"，嘲笑声没完没了地响着，龙子太郎的眼前，面孔雪白的雪女一个接一个地出现了又消失，消失了又出现。

"混蛋，混蛋，混蛋，给我滚开！"

龙子太郎挥舞着双手，不断拨开飘过来的雪女的面孔，自己究竟走了多久，现在走到了什么地方，他已经都不知道了，一下子颓然地跪在了雪地里。

"哈哈哈，哈哈哈"，叫人心烦的笑声又响起来，在呼呼的风中，雪女们的声音一边被抹去，一边又久久地持续响起。

雪一刻不停地下，雪花在龙子太郎身上堆积起来。不久，他那结实的胳臂、宽厚的胸脯、还很幼稚的少年人的脸庞，便都被蒙在雪中了。

五、走啊，到湖边去

过了一会儿，天亮了。昨夜的事情，全都像一场恶梦似的，现在，碧空万里，阳光灿烂。

这时，天边回响起了叮叮的铃声，一匹威武的白马就像从太阳那里跳出来似地，从天边奔跑过来了。白马踢破冬天那冷凝的空气，转眼间四蹄一并，

咚地落在了被雪埋住的龙子太郎的身边，然后像在大地上生了根似地，身子纹丝不动。

从白马的背上，一个温柔的像朵白花似的小姑娘滑落下来。这是阿娅，是阿娅赶来了。

"龙子太郎，龙子太郎，你在哪里？你被埋在哪里了？"

阿娅用她那连掉下一根针都不放过的眼睛，四处寻找，发现了露在雪地外面一点点的龙子太郎的袖子边。

"龙子太郎，你在这儿呀。"

阿娅跑过来，拼命地用小手扒雪。过了一会儿，好容易露出了身体和一只手，可那胳膊很沉重地搭啦着，拽也拽不起来。

"龙子太郎，醒一醒！"

阿娅一边摇晃他的身体，一边回头看白马：

"白马，白马，快帮帮我。"

白马快步小跑上来，用马蹄刨开雪，叼着龙子太郎的衣服，把他拽了起来。然后，用绢丝一样松软的尾巴裹起龙子太郎，呼出火一般的气息温暖他的身体。眼看着龙子太郎的脸颊出现了红晕，唰地睁开了眼睛。

龙子太郎惊奇地盯着阿娅，然后四处张望。这好像是昨天的芭茅草甸子，是什么时候，怎样走回来的呢？龙子太郎眨巴眨巴眼睛问道：

"我是在做梦吗？"

"不是做梦。我是阿娅！因为你的生命垂危，所以我赶来了。"

"怎么来的？"

于是，白马长嘶一声，得得地刨起了蹄子。

"是的，龙子太郎，是这匹白马带我来的。我回到山里的村子后，每天每天都在想着你。我总是和爷爷、姥姥讲，龙子太郎现在怎样了？已经见到妈妈了吗？

"有一天，我凝视着从黑鬼那里拿回来的镜子，一边想着你，结果，不可思议的是，你的身影隐约浮现在镜子里。你的身影渐渐清晰起来，最后，不管什么时候，一看镜子，就知道你在干什么。

"前些时，你在拼命地干活。我十分吃惊，想，为什么你不去寻找妈妈呀？不过，那里也有个池沼，你是想龙住在那里吧。

"以后的事我也看见了，你背着稻子进山的事，把稻子分给山里人的事。你终于见到山婆婆时，我高兴极了，我想，龙子太郎这下可快要见到妈妈了。

"结果，你却倒在了雪地里。我不顾一切地跑进马厩，抱住了白马的脖子，对它说：一天跑了四百公里的小马哟，你已经长大了，不能一天跑四千公里吗？不，你能在天空中飞吗？要是不快些赶到，龙子太郎就会死的。

"就这样，白马猛地驮着我飞上了天空。这样飞呀飞呀，就来到了这里。"

白马踏着蹄子，长嘶一声，说："喂，不能这么磨蹭了。趁雪还没再下起来，你们俩乘到我的背上来。从前，龙子太郎小瞧我，说驮不了两个人，现在好了，我也长成壮马了。来，那座山的对面就是湖，走吧，到湖那儿去。"

驮着两个人，白马轻松地飞起来。轻飘飘地飞越过覆盖着白雪的锯齿般的山峰，在遥远的下面，出现了一个宽阔的闪着五彩光辉的大湖。

"是它！多么美丽、辽阔的湖啊。简直能装得下一个国家。"

白马好像在寻找在湖边降落的合适的地方，缓慢地绕着圈儿，在湖的上空飞着。龙子太郎从马背上探出身去，一边眺望叫人头晕目眩的下面，一边继续喊道：

"看哪！阿娅，你看前面，那座山的对面，就像天空一样碧蓝，无边无际闪闪发光的，那就是大海！我听别人说过，大地的尽头就是大海，不过，亲眼看见，我这是第一次。我们终于来到了大地的尽头！"

"真的，我们走了这么远。"

阿娅也望着下面说道。这时，龙子太郎突然往起一跳，吓得阿娅急忙搂住白马。

"哎，龙子太郎，别闹！危险哪。"

"可是我想到了一个出色的主意。你看，那大湖的四周都被山包围着，不过靠海的那面，只有一座小山。把它推开，湖水就会哗啦啦流向大海，这样，湖底就变成了一马平原，那里就能收获如山的大米和豆子。怎么样，阿娅，这想法不得了吧。"

龙子太郎已经等待不及了，他挥舞着手：

"这样，就可以把山里的人都叫来，把姥姥，当然还有阿娅的爷爷都叫来，大伙儿在一起生活。"

"不过……，你妈妈怎么办呢？不能随便把妈妈住的地方破坏掉呀！"

阿娅表示反对了。

"不要紧的。妈妈再变成人就行了。我一定要做给你看。如果妈妈一定要做一条龙，我就在别处给她挖一个大的池沼。"

白马划了一个大圈儿，开始缓缓地下降。

于是，龙子太郎的心和在此之前的相反，变得很憋闷。

这湖里真的有妈妈吗？

六、双目失明的龙

不一会儿，白马像一只大鸟，平稳地落在湖边。龙子太郎从马背上滑下来，冲着湖面，深深吸进一口气，用足力气喊：

"妈妈，龙子太郎来啦，让我看看你吧！"

这声音落到了湖水上面，但马上就被风吹散了。龙子太郎又深深吸进更大的一口气，喊道：

"妈妈——！是龙子太郎来啦，让我看看你吧！"

这声音传入了水中，但马上变成气泡消失了。

"妈——妈——！"

龙子太郎用尽全身的力量喊了三遍。但是，辽阔的湖面只是在涌起波浪。就这样，龙子太郎继续喊叫到喉咙都出了血，湖面还是连一点动静都没有。

"没希望了。这里没有龙。就算有，也不是妈妈。我这么喊都不回答嘛。"

龙子太郎啪嗒啪嗒地掉下了热泪。

"不过，龙子太郎，湖这么辽阔，还不能认定就没有。一定是声音传不到，别哭……"

阿娅说完，掏出笛子，坐在湖岸边，轻轻地吹起来。笛声随风飘荡过湖面，于是，大鱼、小鱼、瘦鱼、胖鱼，全都游拢过来。这些鱼闪着银色的脊背，活蹦乱跳，你拥我挤地听着阿娅的笛子。阿娅吹完一曲，停下来问鱼儿们：

"喂，我有件事想求你们。请你们去住在这湖底的龙那儿捎个话，就说龙子太郎来了。"

鱼儿们互相看看，十分为难。

"好像说的是那个沉默不语，有些可怕的家伙。"

"它没有张口说过一句话。"

鲤鱼听了这些话说："它眼睛看不见，没什么可怕的。好吧，我去。"

鲤鱼强健地游走了。龙子太郎喊道：

"等等！双目失明的龙？啊，那一定是妈妈了。鲤鱼，鲤鱼，把这个交给我妈妈，就这样说，'龙子太郎来了'。"

龙子太郎掏出珍藏的梳子，交给了鲤鱼。鲤鱼叼着梳子，游向了湖底，

可转眼功夫，就用惊人的力量游回来了。它啪啪地拍着水，高高地跳起来三次。

"那个以前从没开过口的龙……，我把梳子交给它，它就哭了，让我告诉你，它马上就来。"

"那么，果然是妈妈。妈妈，妈妈！"

龙子太郎站起来，握紧拳头喊着。于是，湖水忽悠摇晃，放出闪闪的金光，紧接着湖水分成两半，龙出现了。

"龙子太郎，是龙子太郎吗？"

龙使劲睁着失明的眼睛，朝岸边游拢过来，探出头问。

"是的，我就是龙子太郎啊。"

龙子太郎紧紧搂住龙的脖子，温柔地抚摸着那双瞎眼，啪嗒啪嗒地掉下了眼泪。

"你真的来了吗？来到这么遥远的北国。你长多高了？有多么强壮？真的，哪怕我能看你一眼也好啊……"

"妈妈，我知道。妈妈是为了养育我，才把眼睛抠瞎的。不过，我来了就不要紧了，我会一直守在您身边的。"

听了这话，从龙的瞎眼窝里涌出了热泪。

"龙子太郎，你是多么善良的孩子啊，你是说要和这个样子的妈妈守在一起吗？"

"当然要一起生活，妈妈。还有姥姥，也都在一起生活吧。不过……"

龙子太郎吞吞吐吐起来。他不知道下面的话该说还是不该说。可是，这是他无论如何都想知道的事。龙子太郎下了决心问道：

"妈妈，为什么您变成龙了呢？您不能重新变成人吗？"

七、妈妈为什么变成了龙

龙妈妈听了龙子太郎的话，低着头一动也不动。过了一会儿，呼地叹了口气讲了起来。

"龙子太郎，那是因为呀，妈妈吃了三条嘉鱼的缘故。你知道吗？那个古老的传说，一个人吃了三条嘉鱼就会变成龙。

"那是在冬天已经过去，春天终于来到的时候，妈妈和村里的乡亲们上山去干活。那时妈妈肚子里怀着你，身体很不舒服，一吃稗子米团和小米粥就觉得恶心，咽不下去，最后连喝口水都得吐出来。尽管如此，却又总想吃好

吃的东西，那想吃的东西眼前又根本没有，那时的情形就是这么怪。所以，真希望山上的活别让我去干了。可是，正是你父亲去世后，干的又是村里的活，我不能不去。妈妈是拖着沉重的双腿走出门的呀。

"村里的乡亲们也担心我的身体，到了山上以后，对我说，你根本干不动这活，就留在这儿为大伙儿做饭吧，然后让妈妈一人守在那里，他们就干活去了。

"妈妈很高兴，深深感到了伙伴们的关心，对他们感激不尽。大伙儿大汗淋漓地干着活，我却悠闲地靠在树荫下休息。一会儿，太阳向西斜下去了，妈妈就去小河那儿打水。一看，水里面游着三条嘉鱼，那个好看、那个大呀……。妈妈连河水的冰冷都忘了，不顾一切地抓住了嘉鱼。哈！这下晚上可有好吃的了。

"妈妈一边想象着乡亲们高兴的面孔，一边生起火，开始烤嘉鱼。可是，左等右等也不见大伙儿回来。妈妈肚子饿得受不了啦。刚才我说过，那时候妈妈什么也咽不下，连喝的水都要吐出来，可现在呢，妈妈一闻到烤嘉鱼的香味，饿得都快疯了，就想吃那鱼。

"吃一条可以吧，待会儿大伙儿吃的时候，我不吃就行了，妈妈终于把嘉鱼放进了嘴里。那个香劲儿啊……叫人一辈子都忘不了。可以说有生以来我还是第一次吃这么好吃的东西，转眼间，一条鱼已经吃净了。可是，这样吃了一条以后，就怎么也控制不住了，我又吃了第二条、第三条，等明白过来时，一条鱼都不剩了……。结果怎么样呢？喉咙里火烧似的，嘴里呼呼地发热，口渴得不得了，妈妈咕嘟咕嘟去喝水桶里的水。可是不管喝多少水，喉咙还是火烧似地干渴上来。妈妈受不了啦，跑到小河那儿，趴在水面上，咕嘟咕嘟喝个没完。突然，浑身的血忽地倒流起来，紧接着眼前一黑，妈妈就一下子失去了知觉。

"醒过来时，妈妈就变成了可怕的龙，置身在一个也不知是什么时候形成的池沼里。这时候，妈妈才想起来。一个人吃了三条嘉鱼就要变成龙的传说。可是，已经太晚了。

"只能为自己一人着想的妈妈，已经不能作为人留在人世上了……"

龙妈妈一说到这里，就痛苦地沉默下去了。变成龙以后的黑暗岁月，慢慢地从妈妈紧闭的双眼里消逝过去。在阳光透不进的水底黑暗的淤泥中，妈妈是多么怀念人世间的生活啊。可是，没有法子，我破坏了人世的规矩，妈妈只好这样责备自己，把身体藏在淤泥中。

"哪有那种道理！"

突然，龙子太郎像提出质问似地喊道。

"哪有那种道理！妈妈不是身体不舒服吗！只是在不舒服的时候吃了爱吃的三条鱼，就不能作为人留在人世上，简直，简直是胡扯！"

"可是，龙子太郎……"龙妈妈低声说。

"嘉鱼可只有三条啊。一个人把它全吃了，另一个人就要挨饿，这事情是不能原谅的。在贫苦的山里生活，这可是规矩呀。"

"不是，不是。我想说的是，那时，如果有一百条嘉鱼的话，如果有一百个好吃的大米饭团子的话，对了，就像我打败黑鬼时的那个老爷爷的村子那样，如果那时有许多好吃的东西就好了！"

龙子太郎急得直跺脚。

河里的美味有鲤鱼、鲫鱼、泥鳅、鳝鱼；

山上的菜果有蘑菇、薇菜、干栗、柿饼；

还有堆成小山的热气腾腾香味扑鼻的饭团子。

是的，如果能有这么多，大家就都能吃饱，就用不着说谁吃多了的话。也就用不着因为吃了三条嘉鱼，便自己责备自己不是人了。贫穷的山村生活的悲哀滚滚地涌上龙子太郎的心头，他的耳边，清晰地回响起弯着腰撒豆种的姥姥唱的祈求似的歌——

一粒变千粒

是的，正因为这样，我才想要广阔的土地。我才在看见这个湖的时候，想把它变成广阔的田地。龙子太郎脸颊发烧，目不转睛地看着龙妈妈。

八、龙子太郎的心愿

"妈妈。"

龙子太郎望着龙妈妈："我能把一件想做的事对您说吗？要是我能完成这件事，就是舍掉性命也在所不惜。"

龙妈妈问道："你想做的事情？告诉我，告诉我，是什么事情？"

"我，"龙子太郎鼓起勇气说："我想把这湖里的水引进大海，在这上面造出广阔的田地。"

"哎？"

龙妈妈吃惊地瞪起了什么也看不见的眼睛。

"妈妈，我一路旅途走到这里，看到我们国家除了山就是山，大家在仅够立足的地方种地过活。以前，我还以为这就是人的生活呢。

"可是，现在我不这样想了，这不是人的生活。只要有土地，就能种出香喷喷的大米，就能过上更加快乐的生活，这是我在一路旅途中明白的事情。

"我思考过了。从前，我就知道吃了睡，睡了吃，现在，终于懂得了自己为什么要活着。

"妈妈，我请求您，把这个湖给我吧。我要劈山放水，在这里造出一望无边的田地，把山里的人们叫到这里，并且创造出大家都能丰衣足食的生活。这样，就不会有人再像妈妈似地有那么悲惨的遭遇了。啊，妈妈，答应我吧！"

龙妈妈一动不动地听完这番话。这辽阔的大湖，是龙妈妈生活下去所不可缺少的。从原来的池沼住不下以后，直到找到这里住下，龙妈妈历经了多少旅途的艰辛哪。离开了这里，我还能活下去吗？龙妈妈这样想着。

但是，就算我为此而……，龙妈妈继续凝神想下去。

我怎么都行，帮助这孩子实现心愿吧。只为自己打算我才变成龙的，这是我唯一赎过的方式。

想到这里时，龙妈妈仰起了生气勃勃的脸：

"龙子太郎，你的心情我全都懂了。妈妈今天是第一次为自己变成了龙而感到高兴。因为妈妈的身体比任何钢铁都坚硬。用我这整个身躯去撞山，什么样的山都能撞开。

"糟糕的只是我的眼睛看不见。龙子太郎，你能不能骑在妈妈的脖子上，代替妈妈的眼睛？"

"这么说，妈妈要用自己的身体去把山撞碎罗。这我倒没想过。我只是想，哪怕是我一个人，也要把山劈开。干吧！妈妈，一块干吧！"

"不管这工作多么艰苦，也不半途而废，也不发牢骚吗？"

"决不！不管遇到什么事情，我也要把这工作干完。对了，妈妈，你听见了吧。那笛声，吹那笛子的就是阿娅。阿娅也一定会这么做的。妈妈，你也见见阿娅吧，她是救了我性命的最好的朋友。"

龙子太郎站起来喊道："喂——，阿娅，过来啊，听听我们说的话。"

阿娅在两个人说话期间，坐在稍远的岸边吹着笛子。在她的周围，不知是什么时候汇集起来的，坐着野猪、兔子、老鼠、熊和狐狸，它们在听阿娅

吹笛子。

阿娅一看见龙子太郎兴奋的脸，就站起来笑了。

"看见龙子太郎的脸，我就知道你们说了些什么。干吧，不管多么艰难！"

于是，动物们一齐喊起来："让我们也来帮忙吧！"

"我们也来帮忙！"

阿娅和龙子太郎不禁相视而笑。因为连最小的老鼠也用尾巴敲着地面，吱吱地喊叫着。

"真可爱呀。"

龙子太郎露出白牙，高兴地笑了。

"喂，那你们就到那座山上去吧。瞧！我们要把最前面的那座小山推倒，你们帮帮忙。大伙儿可要拿出所有的力量来。野猪用鼻子，熊用手，兔子和狐狸也合伙挖土。老鼠和鼹鼠去遍山打洞。然后，齐心合力把大山晃动，让它就像换牙时松动的牙齿。"

动物们像球似地跳起来跑走了。阿娅来到龙的身边，亲切地搂着它的脖子说：

"龙子太郎的妈妈，我是阿娅。我马上骑着白马，先一步飞到水要流过的那些山谷去，并且告诉人们，水要流过来了，快躲到高山上去。不过，我会告诉他们不要害怕，马上拿着镐头到放干了水的湖这儿集合的。"

"你是个多么聪明的姑娘啊。"

龙妈妈聚精会神地听着阿娅的话，说道。

"虽然我看不见你的脸，但是，只听你的声音，就知道你是多么善良、聪明的姑娘。好，去吧，去通知住在山里的人们，山要改变模样，新的河流要溅着水花流过来了，新的土地就要诞生了。告诉人们，别因为这个而死伤一个人。"

"好，那我就走了。"

阿娅跳上白马的脊背，很快就高高地升上天空，眼看着就变小了。马脖子上的铃铛声也渐渐变得微弱。

九、广阔的土地诞生了！

"龙子太郎，来，开始干吧！要劈开这座山不知要花多少天的功夫，不过，让我们齐心合力，把这湖里的水引到遥远的北海去。"

龙妈妈说完，静静地垂下头，向天地诸神祈祷。龙子太郎也闭上眼睛，

在心里对姥姥说话：

"姥姥，您等着吧。我要努力干！"

不久，天完全黑了下来。

"龙子太郎，骑到妈妈的脖子上来吧。抓紧些，好了吧？"

龙妈妈哗地掀起水花，把身体翘得天那么高。

　　　　咚，咚咚，咚——

转眼间，天空乌云翻滚，狂风暴雨滚滚而来。一道耀眼的闪电把天、地劈开了似地掠过。湖水轰轰地倒卷起巨浪，那凶猛劲儿，就像几百条瀑布倾泻而下。

"好吗？龙子太郎，我乘着这个大浪去撞那座山。"

"妈妈！"

乘着汹涌的巨浪，龙妈妈向山咚地一声撞去。但是，山却纹丝不动。它又一次翻回身来，随着飞溅泡沫的倒卷波浪，使尽全身的力气，将身体向山撞去，又撞去。不久，在风雨中天亮了，接着太阳又落了山。但是，山依然不动。龙妈妈的身体流着血，吐出的气息变成火焰，烧着山被。

"妈妈，这边，是这边的山。到这边来！"

龙子太郎的声音穿过汹涌的波浪和乌云，在天地间回响。这时，龙子太郎突然听到从天边传来了那耳熟的大鼓声和歌声——

　　　　我是爱打鼓的红鬼，
　　　　咚——咚达，咚达咚达，
　　　　咚　咚　咚。

　　　　打鼓要赛过吃白米饭哟，
　　　　咚——咚达，咚达咚达，
　　　　咚　咚　咚。

"啊，是爱打鼓的红鬼。喂，爱打鼓的红鬼，把雷公的伙伴儿都招集来，把这座山击垮！"

"是龙子太郎吗？好吧，我答应你。那时候耽误了你的工夫。我呀，现在

的日子过得有趣极了。劈山的事就交给我好了。"

转眼功夫,爱打鼓的红鬼就招集来上百个雷公的伙伴儿,一齐向小山落去。那巨大的声响,使龙子太郎紧捂住耳朵,趴在龙的背上。不一会儿,那好像让人感到世界末日来临的可怕震响,嘎然而止了。

龙子太郎悄悄睁开眼睛,山的模样变得很难看,就像一道崭新的伤疤一样,山开了大口子。

"妈妈,现在冲吧。雷公们已经把山砸得稀巴烂了。"

在这喊声里,奄奄一息的龙妈妈,拼尽最后的力量,把身体向山撞去。

咚咚咚——

随着一阵猛烈的震响,山崩塌了,湖水从裂口处变成瀑布倾泻下来,转眼间掀起轰轰巨响,把裂口撞得更宽,湖水奔流起来。

龙妈妈驮着龙子太郎,顺着水流,劈山、碎石、推走森林,一路奔向北海。

云层第一次裂开,黎明的光束照射到大地上。新生的河流闪着光流向远方。从群山环抱的湖底渐渐展现出平坦而肥沃的土地。

"妈妈,太美了!妈妈,啊,真想让您看看那土地,那广阔肥沃的土地!"

站在北海岸边的龙子太郎,搂住龙的脖子,滴着泪水哭了。

"谢谢了,妈妈。虽然妈妈说自己是因为自私才变成了龙的,但是,根本不是这样,没有比妈妈更好的人了。看您遍体鳞伤……流着鲜血……谢谢您,妈妈!"

龙子太郎说着,就在他用手抚摸伤口,泪水流进龙的眼里的时候,奇异的事情发生了。龙的身子眼看着变成了一个温柔的女子,瞎了的眼睛也睁开了,龙子太郎的妈妈出现在那里。

"谢谢啦,龙子太郎。"

妈妈握紧龙子太郎的手哭了。

"是你把我变成了人的。如果你不来,我就只能在不见阳光的水底,责备着自己,时而发出悔恨的叹息,就这样蠕动着度过一生。我一直在等着你,梦想着你长成健壮、聪明的孩子,来这里救我。不过,你现在变得比我想象的要强壮、聪明得多。是你的勇气救了我,使我又变成了人。"

不知什么时候,阿娅牵着白马来到了这里。阿娅美丽的黑眼睛里也涌满了泪水。

"妈妈，龙子太郎，来吧，骑上白马回到湖那儿去吧。已经有很多人手里拿着镐和锄，还有从龙子太郎那儿得到的稻子走来了。走，我们也去吧。"

"是的，工作从现在才是开始。走吧，妈妈，我们去劳动吧！"

在这片如此诞生的广阔土地上，人们聚集起来了。不久，在一望无边的田野里，金色的稻子成熟了。龙子太郎和阿娅举行了热闹的婚礼，并且把姥姥、阿娅的爷爷和村里的乡亲们叫来，大家都过上了快乐、幸福的生活。

〔简评〕

日本现在已经成为世界上经济最发达的国家之一，包括从事农业劳动人口在内的日本人普遍过上了富裕的生活。但是，日本人能够吃饱大米饭不过是最近四十来年的事，而在这以前的数千年漫长岁月里，吃饱大米饭只是民众的一个梦想。

《龙子太郎》这部中篇童话便是以一个叫龙子太郎的男孩的冒险经历展示了民众对幸福生活的追求以及这一追求的实现过程。

读了这部童话，我们都会翘起大拇指，称赞龙子太郎是位了不起的小英雄。是啊，龙子太郎为了找到、救出自己的妈妈，降伏红鬼，打败黑鬼，给财主做长工，一路上历尽了艰难险阻，终于和妈妈一起，在红鬼变成的雷公的帮助下撞碎了高山，使湖变成了平坦肥沃的良田，让山里的百姓们迁移到这片富庶的土地，过上了幸福的生活，而龙子太郎自己的妈妈也因此终于恢复了人的面貌。

不过，龙子太郎也并不是生来就是一个英雄。开始时，他还是一个逍遥闲散的懒蛋包儿，而且不知道姥姥的辛苦，只会一个劲儿向姥姥讨吃的。但是当他知道自己的妈妈被变成龙在遥远的北国的湖里等着自己长成强壮、聪明的孩子去救她的时候，龙子太郎感到了自己的责任，一下子懂事了许多，而且，一路上他经受了许多困难的磨炼，成长坚强起来，他目睹山里人过的日子，明白了许多生活和做人的道理，终于成为一个具有为民众献身精神的英雄。

这部童话是作家松谷美代子，在对民间传说进行广泛收集的基础上，最后以日本信州流传的小泉小太郎的传说为素材写成的。《龙子太郎》能如此吸引儿童读者，一方面是由于作家对民间传说进行了新的创造，将自己对贫困的愤怒和母爱精神注入了童话，另一方面，也是因为作家充分地发挥了民间

文学故事性强、富于冒险性、幽默感以及生动的具有动作性的口语讲述等多方面的魅力。

（朱自强）

两个意达

左伟　缩写

车厢里响起了播音员清脆悦耳的声音：

"各位旅客，前方到站是花浦车站，出站口在列车运行方向的左侧，停车两分钟……"

"咳，可算到了。"直树顿时振奋起来。

漫长的旅途使直树坐卧不安，他恨不能马上下车。不满三周岁的勇子倒高兴地一个劲儿地唱歌。而直树已经是小学四年级学生了，总不能在车厢里扔球玩呀。

"直树，快，把行李拿下来吧。勇子，快醒醒，到站了。"

一路上勇子很疲劳，身子一歪就睡着了。

妈妈连叫她几声，勇子低垂着长睫毛仍旧睡着。妈妈有点着急地喊了一声："意达！"

小家伙睁开了眼睛。当她发现直树正朝她嘻嘻笑时，学着妈妈的腔调，也叫了声："意达！"直树会心地笑了。"意达"这个名字是直树在给她讲安徒生的《意达的花》时告诉她的。只要有人叫一声"意达"，她马上大声答应。

"妈妈，你要去九州很长时间吗？"

"我尽量早点回来。"

妈妈动不动就出差，这回千里迢迢地来到花浦，是因为妈妈要去九州采访。

"直树和勇子在花浦的外公家等着我，妈妈办完事就回来接你们。"

直树可以利用这个假期，饱览一下古老的花浦城镇的风光景色；亲身体

***** 626 *****

会一下坐新干线的滋味。他当然赞成妈妈的意见。

妈妈带着直树和勇子走出检票口，来到接站的外公面前。外公乐得两眼眯成一条线。

一进外公家的门，大人们就滔滔不绝地说起话来。热闹得像开了锅。直树悄悄地溜了出去。

天已近黄昏。城镇的白色土墙一眼望不到尽头。直树走过这段漫长的土墙来到护城河边上。他在河岸上站了很久，当他从迷人的景色中醒悟过来时，听见有什么东西从他脚下咯噔咯噔地走过去，还有小声说话的声音：

"没有，没有，没有……没有。"

声音低沉、嘶哑，怎么听，都觉得就在附近不远的地方。直树小心地寻找起来。原来是一把椅子。是一把小巧玲珑带靠背的圆椅子。它拖着四条腿在护城河畔白色的道路上咯噔咯噔地走着……。直树看呆了。椅子能走路吗？然而，眼前的情景分明又不是在做梦！

椅子宛如一位身材矮小而又上了年纪的老人咯噔咯噔地走远了，又忽然消失了。

直树跟踪着椅子，穿过了密林阴暗的小径，踏过羊肠小道，来到了一片树林中。假如那把奇怪的小椅子会回来，必定经过这里。直树钻进了幽暗的密林中。

突然间，树林不见了。直树来到一扇破旧残缺的大门前。院子里阴森森的，令人毛骨悚然。直树壮着胆从这简陋的门走了进去。铺着石子的蛇形小径长满了杂草。左右两侧的篱笆墙相互交织着，搭成一座拱桥般的天然凉棚。小径的尽头是一片空地，栽着绣球花。花丛中耸立着一尊大理石雕成的一个正在撒尿的男孩塑像，从前这个撒尿淘气鬼一定是一个劲儿地撒着"尿"的。不知是什么时候发生了不幸事件，这个胖小子从台座上摔了下来。但是他仍然伸着折断的小腿，摆着撒尿的姿势。

直树钻出草丛，看到了一座破旧的小洋房。虽说是木制结构，但比起东京常见的预制件结构的洋楼还结实，更有建筑物的气魄。

直树小心地打开了大门，房子里黑洞洞的，外面的光从刚打开的门照射进来。只有木板架上的古瓷瓶浮现在眼前。瓷瓶里插着几支向日葵花。干枯的叶子像是烧焦了的纸，直树刚要伸手去抚摸一下花瓶，只听得沙拉拉，黑色的花像灰末一样洒落一地。直树撒腿就往外跑。他气喘吁吁地跑累了，终于收住了脚步。

突然，他看到妈妈领着勇子朝这边走来。

"妈妈我在这儿。"他叫了起来。

"你怎么在这儿？我以为你跑丢了，找不到回家的路了呢。我们正要找你去。"妈妈说着，拉起直树转身向外公家走去。

吃过晚饭，妈妈就动身去九州了。

第二天是个雨天。

直树心里嘀咕着：连外面也不能去，闷在家快憋死我啦。

勇子怎么也不肯睡午觉，她哭喊着：

"巴毯，巴毯，我要意达的巴毯。"

外婆急得直冒汗，从衣柜里找出毛毯，递给勇子：

"好了，你要的巴毯有了。"

可是勇子还是嚷嚷要意达的巴毯，外婆有些生气了：

"你到底是怎么啦？这叫我怎么是好呀！"

"没关系，闹够了她就睡了。"直树一边说一边看着他的书。

"唉——可算给我睡了，直树，外婆出去买点什么，回头就来。你也躺会儿吧。"

外婆顺手把枕头递给直树，然后走出门去。直树想：雨一停，我立刻去探险。要是勇子还不醒，我就把她扔在家，要是醒了，我就带她一块儿去。

按说直树是睁着眼睛想着事情的，可是他却不知不觉地进入了梦乡。当他醒来时，勇子却不见了，难道外婆已经回来了，领着勇子又到什么地方去了？一定是的……

电话铃声急促地响着，直树急忙拿起话筒。

"喂喂，是直树吗？我是外婆啊，我还有一件事没办，你再耐心等会儿，好吗？"

"嗯，你去办吧，没关系。"

"我很快就回来，委屈你了。"

直树放下电话。勇子没跟外婆出去！那，勇子到哪儿去了呢？

直树急匆匆地跑到院子外面。

"勇——子，勇——子，意——达！"

可是，听不见勇子的回答。

"万一她掉到河里呢。"想到这儿，直树的脸"刷"地变了。他拚命地跑到护城河边。心急如焚地叫了起来：

松谷美代子（日本）

"意达——勇子——"

还是没有回答。直树想起那奇怪的洋房，拔腿就跑。对呀，为什么没早点想到这些，从外公家的后院出来，不是几步远就到了那所奇怪的房子吗？

一想到勇子可能一个人呆在那个奇怪的房子里，直树脸都白了。他边跑边喊："勇——子——"

直树溜进了静悄悄的庭院，只听得脚下的沙石被踩得咯吱咯吱地响。

"快，面条来了，快吃吧。"

忽然传来了勇子的声音！直树心里的千斤重石总算落了地。他屏住呼吸，窥探着院子里的动静。

勇子在一株夹竹桃下面蹲着，正往一只镶着黑边的红漆木碗里面装着花瓣，嘴里嘟哝着："面条来了，快吃吧。"她正自己玩着过家家的游戏。

直树刚想招呼勇子，却见她吧嗒吧嗒地跑进屋去了。直树却不敢大胆地走进那间陌生的房子。

屋子传来勇子欢快的笑声。——难道说这里有人住吗？

直树走进大门口，大声叫起来：

"勇子，勇子，意达——"

只见勇子就象骑着马一样跨在一只小木椅子上，一面高叫着"危险，驾驾，"一边摇晃着身子从屋里蹦了出来。一眨眼，驮着勇子的椅子一跳，跳到门外去了。从夹竹桃树旁边直蹦到长着草坪的庭院中间，然后兜着圈跑起来。

"椅子……会走的椅子……

直树木呆呆地望着椅子跑来跑去。他不知道眼前的情景是真的，还是在做梦。

"勇子，怎么没跟我说一声就跑出来了？咱俩都不见了，外婆会着急的。"

"你走吧！"勇子气冲冲地对直树说，"意达的家在这里！"

直树生气了。勇子在这奇怪的地方就好像在自己家里一样，悠然自得地玩着……还有这可恨的椅子！直树飞起一脚，把椅子踢翻了。

"这是我的椅子，你把我的……呜呜……"

"对不起，别哭了，跟哥哥回家吧。"

直树背着勇子转到大门口，带好门，踏着沙石小径往回走去。

那天晚上直树翻来覆去地睡不着，为什么一把木椅会咯噔咯噔地到处跑呢？要是不弄个水落石出，说不定以后会发生什么事呢！……

直树想着想着，忽忽悠悠地进入了梦乡。

"哥哥，快起来吧，咱们坐船去啦！"

"直树，今天咱们都去宫岛。你外公特地请了假，说带你们一块逛逛。"

"哎呀，这可真难办了。我有点头疼。"

外婆听了直树的话，用手摸了摸他的头：

"倒不像发烧。准是昨晚没睡踏实吧。你要不能去，我也得留下来照看你了。"

"您放心吧，我一个人会看好家的。"直树保证说。

"好吧，就让直树留在家里看家吧。"

外公是个爽快的人，就这样决定了。吃完饭，三个人就出发了。

"嘿！这回我可要探险去啦！"

直树高兴得叫出声来。"吱"的一声，外面的大门开了，走进来一位姑娘，她看着带着帽子的直树笑着说：

"你是直树吧。我叫律子，你外婆叫我来照顾你。看样子，你病得不太厉害吧！准备去哪儿啊？"

"哪也不去！"

直树扫兴地把帽子扔在一边。唉，好不容易得到的机会被她这么一来，给失掉了……

律子开始整理房间，并给直树准备好了午饭。

直树一个劲儿地请她不要操心，律子把做好的夹肉面包摆在饭桌上，说：

"那好，我再来。"说完，她微笑着走了。

"再见。"直树也笑了，目送着律子走远。

直树装了满满一口袋面包，把所有的门关好，从后门溜了出去，一直朝着椅子住着的那间房子走去。

直树蹬上石头垒的凉台，朝屋里张望。窗帘挡住了直树的视线，这里似乎是厨房。

直树顺着房子朝前走，前面是日本式房间，透过玻璃门窗可以看见屋子是用隔扇隔开的。他拧开门把手，打开门：

"可以进来吗？"直树说。虽然他只是小声地叫了一声，但是马上传来了木椅低哑的声音：

"正等着你呢！请进来吧。"

直树鼓足了勇气，走进屋去。他仔细地端详起椅子来。椅子虽小，但做工十分讲究。它绝不是什么地方出售的椅子。在靠背上雕刻着莫名其妙的图

案，像是一张人的脸。使椅子更像个有生命的怪物了。

"我很高兴。"椅子开始说起话来，"因为小意达又回来了。可是你偏偏把回来的意达给带走了。"

"你说什么？"直树越发着急起来："意达，就是勇子，她是我的妹妹！我们是前几天从东京来到花浦镇的。我妈妈回来，我们就回东京去。"

"你说妈妈？"椅子不解地问："意达的妈妈死了。是意达和爷爷在这里住着来的。"

"喂，你说的意达是另外一个孩子，不是我们的勇子，这是两个人！"

"不会搞错的。那孩子就是我等着的意达。她一进门没问什么'你好'，而是说'我回来了'就进了屋。像往常一样拿出黄色木碗过家家玩，把淡红色的花瓣放到碗里，说'面条好了，快吃吧！'她不是外人的孩子，是我家的孩子！"

"不对，勇子是我的妹妹。从生下来那天就是这样。"

椅子咯噔咯噔走起来：

"意达有个哥哥我还头一次听说。这么说，你也是这家的孩子了？"

直树火冒三丈：

"意达这个名字是外国名字。我在安徒生的童话里见到的。那篇故事叫《意达的花》。"

"谁说不是呢？你明明什么都清楚，还嘴硬。那是她妈妈活着的时候，给她买回一本《意达的花》，常常给她念。意达喜欢这本书，就管自己叫起意达来了。大家也都这么叫她，是吧？"

"不对。我家的意达，是因为你叫她意达她就做个鬼脸儿。这名字是我教她的。只教她一次，她就记住了。"

直树脑子里好像一团乱麻。他慢慢地走进餐室，在书挡旁边的柱子上挂着一本日历，是每天都撕下一页的那种日历。现在只能看见"6"这个数字。

直树又来到空荡冷落的厨房。没有冰箱，没有烤炉，也没有煤气灶。在碗架上放着锅、水壶，两个碗和两双筷子，一双是大人用的，一双是勇子那么大的孩子用的。碗上画着小狗，是小女孩用的。

"这里有谁住过呢？他们到哪儿去了呢？"直树问椅子，椅子回答说：

"是爷爷和意达呗，他们到哪儿去了我也说不清楚。"

"昨天的昨天，也许是前一个昨天。"椅子莫名其妙地说："爷爷和意达平时不怎么出门，可是偏偏那个早晨，老早就出去了。而且一去再也没有回来，

我一直等他们回来……"椅子停了停，突然兴高采烈地说："啊，听着。意达又回来了。马上你就会看到了。"

这时，勇子跑了进来。椅子亲切地问"意达，你到哪儿去了？"

"去大海了，去坐船啦。"勇子答道。

接着勇子就像到了自己家一样，随便而又熟练地从壁橱里拽出一条小毛毯来，一边叫着"巴毯，巴毯。"然后打开毛毯躺在上边。嘴里还不停地像唱歌一样地说着什么。

"意达没有这个'巴毯'就不睡觉。"椅子说。

直树争辩说："勇子也是这样，总是这样！"

勇子连看都不看直树一眼，也不叫他哥哥。直树想：算了，和椅子这样争吵不会有什么结果。干脆，把这里当做我们秘密的家吧。对，就这样——。他情不自禁的叫出声来，吓得勇子坐了起来，如梦初醒地看着直树。

"哥哥也在这里呀？"

"是的，意达，我也是这家的孩子！所以要把这房子的里里外外都打扫一下，这里太脏了。"直树一边说一边干了起来。

不一会儿，餐室打扫得焕燃一新。椅子高兴地咯噔咯噔地走来走去。

这时候，烤人的火红的太阳已快落山了。

再说外公、外婆回到家发现直树和勇子都不见了，就四处寻找。但两位老人都没留心房子后面的杂树林子。他们以为树林那边不远就是山，而且通往山上的小路如今已被杂草覆盖了，孩子们不会去的。到处都没有两孩子的影子，两位老人吓坏了，急忙又折了回来。

两位老人回到家里，看到两个孩子精疲力尽地躺在草席上，心里的一块石头总算落了地。

吃晚饭的时候，直树觉得勇子长高了。小的时候，她总是在家里到处找她喜爱的小猫。小猫已经死了，可谁也不忍心告诉她。勇子经常叫着"没有，没有"，在家里到处找。……想到这儿，椅子那"没有，没有"的声音又在直树的耳边响起。

椅子说昨天那个老爷爷和意达不见了，可那是哪个昨天呢？对，弄清这个很关键！要尽量把那个意达找出来。要让椅子明白勇子不是它家的孩子。

外公和外婆焦虑地望着直树，问他是不是身体不舒服，并把被子铺好了，让他躺下休息。

直树头晕脑涨地躺下就睡着了。

早晨，直树收到了妈妈寄来的明信片。

外婆大失所望地说："真是个无忧无虑的孩子！光是问大家好，连什么时候回来也没写。"

"这样，我们还能多呆几天的。"直树欢天喜地地说。他想起了椅子，无论如何也不想一无所获地返回东京。

"咦！勇子写了这样的东西！"外婆惊异地叫起来，直树也很奇怪：

"这不是我的稿纸吗？你怎么随便拿哥哥的东西乱画呢！"直树嚷着。

勇子"哇"地哭了："勇子写字呢，在写话呢。"

"好啦，好啦。给哥哥赔个不是吧。"外婆哄着勇子说。

勇子作着动作说了声"对不起"，那样子就像猴子一样，把大家笑得前仰后合。

外婆把勇子写着似字非字的稿子细心地叠好，外公临走时叮嘱说：

"喂，要仔细收好！这是勇子专心致志写的。"

直树拿着竹竿和虫盒走出大门，勇子跟在后面欢蹦乱跳，外公一边穿鞋一边喊着等等他。

三个人一起沿着白墙根下面的小路走着，直树想：哼，今天我非逮二十只蝉不可！外婆昨天还说，东京的孩子总是逮不住蝉，我要逮给外婆看看。

兄妹俩和去汽车站的外公分手后，来到了大名①曾经居住过的宅邸遗址。在这里突然遇上了坐在树荫下读书的律子。

"呀，直树，捕蝉吗？"

"嗯。"

"这个小家伙就是意达？"

"咦，姐姐，你也很熟悉意达这个名字吗？"

"这是你外婆告诉我的。意达，你好！"

"你好！"勇子有点不好意思地一边往直树身后躲闪，一边回答。

"直树，你去过文物馆吗？"

"什么叫文物馆呀？"

"那里有大名用过的东西，各式各样，什么都有。要是没看过，去看看吧！"

———————————————————

① 大名：日本封建时代的诸侯。

"嗯……"直树看着竹竿。

"至于捕蝉么，看完了再捕好了！"

在律子的鼓动下，直树决定去开开眼界。

文物馆是大名从前居住的城堡。可它却像宅邸一样建在城堡遗址空地的角落里。它的前面是宽阔的庭院，有块地方整齐地栽种着牡丹，像是一片花园。

"这是牡丹园，春天一到，美极了！"律子兴高采烈地说。然后她让直树把竹竿和虫盒暂时放在接待室，自己去买来了门票。

文物馆先前是一个泥灰墙仓库。里面又凉爽又阴暗。卖门票的老爷爷为他们打开了电灯。

这里面陈列着古代的兵器、文具用品、贵族小姐用的黑漆描金梳妆盒、武士和妇女穿的礼服和生活用品。还有大名用过的火盒，书案，和他参加日俄战争时穿的军服。这使直树看了大为震惊。但是，当他们来到一个经心布置的小展区时，直树被那些陈旧的西式家具吸引住了。说明上是这样写的：这是旧时代大名宅邸里的家具。椅子是高贵的客人来访时赐坐的。

直树发现椅子靠背上雕刻着的图案和那把奇怪的椅子是一样的，都雕刻着莫名其妙的图形。

可是，说明上却找不到制作人的姓名。他问律子是否知道椅子是谁制作的，律子也不知道。难道那把小椅子在这个大名居住的地方也有过一番经历吗？也许制作小椅子的人就是那奇怪的小房子的主人？

直树木然地站在那里发愣。律子笑了起来，轻轻地推了推直树的肩膀，"咱们出发吧！"直树这才像大梦初醒似的同律子走了出去。

直树跑到接待室取回了竹竿和虫盒。然后和律子挥手告别。

勇子又是要吃又是要喝的，蹲在地上不肯走。直树经不住她泡蘑菇，只好背着她回到了外婆家。

吃饭后直树向外婆打听做椅子的人，可却一无所获。直树只好去找奇怪的小椅子谈谈了。

"是谁把你做成这样的？"直树坐在房门口问椅子。

椅子陷入了沉思，"我想，我是一位老爷爷做的。他用砂纸把我的全身打得锃光瓦亮，还常说，'只有你才是我的真正的作品。'在这间屋子里老爷爷孜孜不倦地做着什么……"

"那位老人果然是制作椅子的人了。好，把那间屋子的门打开吧。"

门开了，一股发霉的气味扑鼻而来，这是工作室，整齐地摆着设计图纸，家具模型，雕刻刀、木匠工具、木料、家具资料书等。由此断定，做椅子的老爷爷是个有名气的艺术家。

"你听我说，如果我的判断不错的话，即使小意达回到这里，她一定长得很大了。"直树对椅子说。

"老爷爷和意达是昨天不见了的。"椅子生气地说："如果不是昨天，也是昨天的昨天。"

要说服椅子，比登天还难！直树叹了口气，继续说："能让我看看餐室里的那本日历吗？说不定就会弄明白小意达和老爷爷是什么时候失踪的。"

椅子并不反对。直树走进屋里去看日历。日历上是个大大的"6"字，"6"字下面写着"星期一"。最下方是一排很小的汉字。① 大概是年号吧。直树看着这些模糊不清的数字："现在是19……，反正是二十世纪。可这里却明明写着二十七世纪，写着2605年！制作椅子的老艺术家怎么会和二十七世纪有联系，又是怎么联系的呢？……。

直树摘下日历，准备回家琢磨琢磨。他告别了椅子回家去了。

刚走进外公家后门，就听见勇子的叫声：

"啊，哥哥回来了。"

律子正拉着勇子的手从外公家走出来。

"做椅子的人，我查到了。"律子将这意外的好消息告诉了直树。他们说着来到了一座神社的秋千下。

律子荡着秋千说：

"上次分手后，我就去图书馆借来了记载着这个古城历史的名。书上有许多文物馆里展出的文物图片，也有椅子的图片。上面写着'宗方吉郎作'，真是难读的名字啊。他好像是大名十分赏识的人物，曾派到英国去学习制作椅子的技术。回来后，就替大名制作椅子和家具。"

"那么说，他还活着吗？"

律子摇了摇头，说："关于他的事书上只写了这么多。不知道现在他是否活着。"

"现在是二十世纪吧？"

---

① 日本语言文字，除了假名外，还使用汉字。对日本小学生来说，掌握的汉字数量不多。

"是呀。"

"不是 2605 年吧？反正不是二十七世纪……"

"那当然了。"律子奇怪地笑了。

"假如，在日历上有那样的数字，你怎么想呢？你只能认为是对的吧？"

律子笑了："如果现在这里有那样一个日历，叫我看一看，我可以和你一起想想是怎么回事。"

"嗯，你要看日历吗？"直树支支吾吾的说。

"你相信姐姐，姐姐才会尽力帮助你呀！"

直树抿嘴一笑，从衬衫下取出了日历。

"在这里突然就中断了，你不觉得这一天有什么特殊意义吗？这可是每天都撕的日历呀！"直树说着把日历交给了律子。

"确实是个问题，好，姐姐一定给你查一查到底是什么年代的日历。"

"好吧，不过，你可千万要保密呀！"

"好的，咱们起誓，谁要说谎，谁就吞掉干根针。"

勇子见他们两人勾着手指，也把小拇指勾在他俩手上。一边摇着手一边发誓。

"姐姐，现在放暑假了吗？"

直树突然问了一句，律子吃惊的摇了摇头。

"那，你在工作吗？"

律子的脸上突然掠过一丝阴影。

"对不起，我看大人们整天都忙得不可开交，而你却有时间陪我们玩儿，还关心我的事……"

"姐姐么，是个懒虫。"律子恢复了原来的开朗，"吃了睡，睡了吃，像个懒猫。"说完律子举起那破旧不堪的日历晃了晃，说声"再见"就转身走了。

第二天，直树的心像长了草似的，坐立不安地盼着律子的到来。

这时，外公正做出门的准备，他今天又是去开会。直树用铅笔在笔记本上写了几个大字：宗方进吉郎。拿给外公看，并请外公帮助他了解这个人。

"嗯，这是什么人呢？"

"是一个做椅子的人。我在文物馆里看见了他造的椅子。"

外公答应着，拿起皮包赶汽车去了。

"勇子，跟外婆去买东西吧！"即使没有东西好买，外婆也总是领着勇子到外面去转转。她们一走，直树可高兴了，可以放心地和律子姐姐谈事情，因为谈的是秘密呀。

直树一次次地到外面，东瞧瞧，西望望。可是不见律子的影子，他进屋戴上帽子，正要出门去找律子。恰在这时，律子来了。

"姐姐，你查了吗？查得怎么样？"直树急着问。

"查着了，直树。不过姐姐有个要求。"

"要求？你说什么要求？"

"这件事你最好不要一个人冥思苦想了。你能不能把你的秘密告诉姐姐？"

"我告诉你。不过，请你先告诉我日历上那个数字是怎么回事。"

律子取出用包袱皮包着的日历，小心翼翼地注视着四周的动静，唯恐泄露了秘密。"你瞧，这里的字迹已经模糊了，在2605前边的字，你认识吗？"

直树歪着头认真的看着，用手指写着"元"字。

"嗯，是个'元'字吧！"

"对，你再看这个，这是"纟"旁，对吧？然后是这么写的……"律子也用手指写着"纪"字。"是'纪元'两字，也就是纪元2605年。你懂了吗？"

"不懂。"

"我们虽然不懂，但上了年纪的人一看就懂的。在第二次世界大战时，我们日本不使用西历，而是把日本创立的那一年，定为元年，是使用这种纪年法的。现在已经不使用这种纪年法了。

"那2605年是哪一年呀？"

"是公元1945年。就是昭和20年。"

"是几月6日呢？"

律子一页一页翻着日历，她翻到印有"31"这个数字的一页，接着是印有"9月"的一页，再翻过去，出现了"1"字。

"我知道了，是'8月'"。直树说。

"对，是1945年8月6日。"律子说。

直树佩服地说："你到底是不简单啊，姐姐，真叫你给查着了。啊，这么说和今天是同一个日子呀！今天是8月6日！"

律子久久地望着只顾称赞她的无忧无虑的直树，目光里忽然充满着悲伤。然而，直树并没有注意到这种异样的神情。

"好啦，这回该你把秘密说给我听了吧！"

于是，直树把他发现的秘密，一五一十告诉了律子。

律子完全被直树的话吸引住了。她和直树一样想揭开那把椅子和那所奇

怪的房子的奥秘。

"你要带我去那所房子看看。"律子说。

直树点点头。这时，传来了勇子欢快的歌声，直树小声对律子说：

"下午两点，勇子就该睡午觉了。那时，咱们去文物馆。"

"知道了。"

外婆见了律子，高兴地打招呼。端来了凉麦茶让律子和直树喝，勇子喜欢加牛奶的麦茶，她认为这就是喝咖啡。于是她嚷道： "我要喝咖啡，喝咖啡。"

律子喝完了茶，离开了外婆的家。

下午，当直树跑到文物馆前面时，律子早已经到了。俩人朝那奇怪的房子走去。突然律子停住了脚步。

"是朝这边走吗？这不是外婆家的方向吗？"

"嗯，老实说，那奇怪的房子就在我家的后面，近得很。"

"是吗？我可一点儿也不知道呀。"律子吃惊地转动着大眼睛。

"不过，被外婆发现了，就麻烦了。咱们绕道去。从另一条路也能去的！无论从哪条路向那所房子走去，都有杂树林环绕着，所以好像没有人发现那所树林深处的房子。"

"啊，太好了，真是秘密的房子。"

他们边说边走，顺着白土墙底下的路，转了几个弯，走上杂树林的羊肠小路。律子不愿说话了。她仔细地观察着周围的一切景物，似乎想从每一棵树里探寻出什么奥秘来。有时她又陷入沉思，好像在回忆着遥远的往事。

当律子发现了"撒尿淘气鬼"时，目不转睛地看着它。

"我好像在哪儿见过和这里的景色完全一样的地方。虽说是头一次来这里，但是总好像从前来过。好像是在梦境中到过这样的家。"律子突然微笑起来，"瞧，我在说什么呀，真可笑。好了，咱们走吧。"

律子他们走进房子，来到了餐室里。小椅子默默地呆在那里，身子连动也没动。

"啊，果然和文物馆里的椅子是一模一样的！"律子惊讶地说。

"你好，我叫律子。"

但是椅子连"咯噔"一声也没响。和其他椅子没什么两样。直树沉不住气了：

"你倒说话呀！你动一动嘛！你不说也不动，那不等于我骗姐姐了吗？"

但是，椅子依旧沉默不语。

律子环视着四周，她从碗橱上面的书档中抽出一本连环画册，画册的表皮已经褪了色，可是里面还相当干净。

"姐姐，你知道这是什么画册吗？"

"嗯，这不是安徒生的《意达的花》吗？"

"啊，是它！这个家的小意达，据说是因为非常像她，才被人家叫作小意达的。"

律子把画册的最后一页的插页拿给直树看，只见空白处写着漆黑而又稚嫩的几个字："宗方牧子。"直树叫了起来：

"真的！这家的小意达叫'宗方牧子'！"

椅子突然"咯噔"地动了一下，用嘶哑的声音否认了这个名字。直树问它的意达的原名叫什么，椅子一声不吭。

这时，外面响起了脚步声，直树和律子惊讶的朝门口望去。原来是勇子。

勇子喊着：我回来了！然后走进餐室里面的那间铺着六张"榻榻米"的屋子，拿出蜡笔盒，图画书，趴在"榻榻米"上画了起来。

勇子简直就像在自己的家里一样，什么都知道得一清二楚。直树和律子都怀疑勇子是不是意达托生的。她才叫意达的！

律子在老爷爷的房间里，发现了一张有字迹的纸条，虽然字迹已经变得模糊不清，她还是反反复复地辨认。她让直树和勇子出去玩，自己留在屋里打扫房间。

直树带着勇子在院子里玩捉迷藏，勇子蹲在"撒尿淘气鬼"的后面，还没等直树发现她，就忍不住笑了。这回该直树藏，勇子找了。这时，律子走了出来。

直树发现律子脸色苍白，目光异常。

"怎么了？"直树不由自主地问。

"嗯，没什么。"律子神色有些恍惚，"直树，请相信我会把一切都弄明白的。"她猛然想起了什么似的，看了看手表说：

"我们一起去放河灯吧。直树，你们先回家，我换了衣服就去接你。"说完匆匆忙忙地跑去了。放河灯是怎么回事儿呀？一定很有意思。直树想到这儿，拉起勇子向外婆家跑去。

律子穿着一件白底上飞着蓝色大蝴蝶的和服，手拿着用包袱皮包着的河灯，上面放着一束五彩缤纷的花。她带着直树乘上了火车。

"姐姐，咱们到哪儿去啊？"

"广岛。"

"要到广岛放河灯吗?"

"是的,因为今天是 8 月 6 日……"

直树心里一亮。那个日历上的日子也是 8 月 6 日。这一天到底发生了什么事呢?

律子告诉直树:"二十多年前,也就是 1945 年 8 月 6 日清晨,一架美国原子弹运载机'艾诺拉·杰'号飞进了广岛,扔下一枚原子弹,仓皇逃走了。拴在降落伞上的原子弹,徐徐降落,在离地面五百米的广岛上空爆炸了。一道闪电之后,是一阵滚滚的声浪。霎时整个广岛化为一片焦土。所有人的脸上都被烧起了泡,辨认不清面目。有的肉皮被揭下来。总共死了二十万人,一枚原子弹就吞掉了二十万人的性命呀!"

"这么说,在 6 日的早晨,老爷爷带着小意达到广岛去办什么事吧,所以不幸遇到原子弹灾难。"直树难过的说不下去了。

列车到了广岛,律子说:"当年这里是满目焦土!现在重新建设起来了。"

当她们来到和平公园,这里已经人山人海。各式各样的喷水柱高高地射向天空。这个喷泉叫祈祷泉。据说遭到原子弹袭击的人,都是叫着要水喝死去的。这喷泉的水就是奉献给死者们的慰灵水。

"瞧,前面是原子弹纪念馆。里面展示出那场原子弹灾难的实况。那一带是原子弹落下的中心。它被原封不动地保存下来是为了向人们控诉世界第一枚原子弹所造成的人间灾难。"

四面八方的人群,像潮水一样向原子弹纪念馆汇聚着。人们在碑前献花,插香,低头默哀。墓碑上刻着:安息吧,错误不会重犯。

直树和律子并排站着,双手合十。

"做椅子的老爷爷,您的椅子在等你和小意达。"直树默念到这儿,不知该怎样说下去了。

咚,咚——钟声响了。这是祝愿和平的钟声。穿着和服的人们怀里抱着还没点燃的河灯,朝着和平之钟的方向移动。

律子告诉直树,树林中的"原子弹之子"塑像是为了纪念死难的孩子而立的。有许多儿童当时虽然没有受伤,可是好多年以后却害上了由原子辐射引起的白血病,很多孩子被折磨死了,就连当时还在母亲腹中的婴儿也染上了白血病,活不成了。

人们来到钟楼前,一个接一个地轮流撞响和平之钟。然后双手合十,再

静静地把灯笼点燃。

千万盏灯笼组成的火龙蜿蜒着从树林间穿过，来到了河堤。那里有一条河。就是这条河当时把数不清的尸体冲进了大海。人们踏着石阶从河堤上朝河面走去，空着手的人已经放完河灯回来了。无数只灯笼在河面上随风漂浮着。律子把灯笼放在河面上，灯笼上写着：

我已经长大了！

"快，咱们回去吧！"律子招呼着直树。

在回来的列车上，直树对律子说："勇子岂不就是住在那所神秘的房子里的小意达托生的吗？"律子连连点头认为有道理。

律子把直树送回家后，便匆匆忙忙回家去了。

"怎么样，放河灯很壮观吧？"外公问。

"嗯，很好看。可是一想到死去那么多人，怕极了。"

"是啊，据说广岛的七条河都被死人填满了。我们要是也一直住在那儿，肯定也见了阎王了。"

直树打了个寒颤。

"外公，你说人死了，还能托生吗？"

"什么，托生？这孩子净说没边际的话！听说好像有过那样的事。"

于是，外公把他知道的传说讲给了直树听……直树听了兴奋地站起来，既然"赤尾长者"死后托生了一个小孩：一个老奶奶托生了一个小姑娘，直树就相信勇子也许是那个小意达托生的……。

"噢，你让我打听宗方进吉郎的事，只有一个人了解一星半点。据说他曾经到外国学习制造椅子或其他什么的。大概早就不在人世了。活着也该九十多岁了。他有个女儿叫牧子。"

直树想，"宗方牧子"会不会就是那个制作椅子的老爷爷的女儿呢？……

第二天早晨，直树带着勇子来到奇怪的房子里。直树想让勇子和椅子尽情地玩玩！勇子把椅子抱到院子里，过开了她的小家家。

直树问椅子：

"喂，你好好想想，老爷爷和意达离开那天，说去什么地方了吗？"

"记不清了。"

"没说去广岛吗？"

"广岛……。"椅子惊讶地说，"对，是说了的……"

"是吗，那天，他们是一大早就走了？"

"嗯，我想是的。"

"那一天老爷爷他们走后，有没有出现一阵强烈的光，接着是一阵震耳欲聋的响声呢?"

"是的。是有这么回事。有一道强光，像闪电一样。把玻璃都震碎了。后来是一声巨响，象霹雳一样。"

直树认为，虽说椅子把事情发生的顺序说反了，不过能记住这些情节就挺不简单了。

"椅子，老爷爷和意达是遇上了原子弹灾难，死了。"

椅子跳起来说:"不会有那种事，意达不是在这儿玩得好好的吗?"

"我不是跟你说过吗? 这是我的妹妹……。"

椅子突然转向直树说，"好吧，你把她的衣服撩起来，她后背上的三颗美丽的黑痣就是证据!"

"勇子，你背上爬进一条小虫子，不要怕，我给你逮出来。"直树哄着勇子，撩起她的小短裙，露出了雪白的后背。可却根本没有黑痣……

椅子颤抖着身子。突然，稀里哗啦地散了架子。七零八落地堆在那里。

直树吓得浑身发抖。拉起勇子飞快地跑了出去。当他打开外公家的后门时，传来了欢快而热烈的笑声。

"妈妈。"直树奔跑过去，扑在妈妈怀里。

"你脸色这么难看，哪不舒服吗?"妈妈问。

直树摇着头。妈妈用冷毛巾给他擦干净脸，又拿过枕头，直树躺下不知不觉地睡着了。

直树醒来，天已黄昏。他听妈妈对外婆说，今晚就回东京，急忙跑过去问外婆，律子来过没有，外婆摇了摇头。

直树带上外婆画的示意图，找到了律子的家，可家里一个人也没有。直树失望地走回家。

直树给律子写了封信，交给了外婆。

"准备好了吗? 好像汽车来了。"外公说。

"噢，来了，来了。快上车吧。"外公说着也跟着上了车。外婆不住地挥着手。

直树想，一切就到此结束了。然而，他想错了。

直树回到东京一周左右收到了外婆的来信。信上说，律子又住院了。难道律子以前就住过院吗? 直树弄不清楚，妈妈也弄不清楚。

没过几天直树收到了律子的来信。直树急忙拆开了信。

直树，和你不期而遇是一件大事，是我一生的转折点。我衷心地感谢你。

我就是意达。就是那把椅子朝思暮想的意达。不过，在咱们还在一块儿时，我并不知道。

在我不到三岁的时候，遭到原子弹灾难，我孤身一人在广岛四处乱走，被我现在的父母收养了。他们到广岛，是来找自己的双亲和偶尔寄托在那里住一宿的三岁的女儿。可是，他们已经失去了双亲和孩子，见我孤零零的，收养了我。我手里当时还攥着个踢着玩的小花包，它是用红色呢料做的。

我现在的名字，就是他们收养我时，给我起的。

上高中的时候，我浑身瘫软了。脖子那儿肿胀发疼。我住进了医院。医师诊断为原子白血病。得了这种白血病的人，虽然会活到二十几年后的今天，仍然能发病死亡……。

我出院，在家休养，恰在这时，我意外地见到了你。

当我知道那本旧日历撕到1945年8月6日就再没往下撕，心里就吃了一惊。

当我得知椅子找的那个孩子叫意达，又是一惊。当年我就把自己的名字叫做意达的呀……。

那天，你和勇子在神秘的房子外捉迷藏，我打扫房子时发现了玩具篮儿，里面有一个薄呢子缝的红色小花包。

放河灯的第二天早晨，我病倒了，又被送进了广岛的原子病医院。在医院看了你的信，我的背上确实有三颗黑痣。你还告诉我宗方牧子是意达的妈妈，我很高兴。

在外公的房间里捡到的纸片上，发现了关于我的原籍的线索。我从医院去我的老家调查。我的生身父母是独生子女，父亲是到外公家做养子的。父亲阵亡后，母亲在原子弹灾难的前一年也去世了，我的名字叫聿子。我由外公抚养。那天，不知因为什么，我和外公一起去广岛遇了难。

养母不知我为什么非要看当年的那个小花包，她满足了我的要求，把它带到了医院。那小花包的花样、缝法，使用的布料和线都和那所房子里发现的一模一样。

病情稍见好转，好不容易回家呆了一天。我去了那所房子——不，应该说是我出生的家。拿回了小椅子和那本画册。在衣橱里发现了写着"聿子"两字的围嘴儿。

直树，我长期寻找的父亲、母亲、外公，早就不在这个世界上了。我只是孤零零的一个人，心中的悲哀真是一言难尽哪！但是，那小椅子成年累月

地等待着我，这就足以使我感到欣慰了。我一定会恢复健康，一定的。我绝对不会死的。我还要住进那所房子。在池子里养上欢快的金鱼，让那小淘气鬼活活泼泼地喷出水柱。房子重新粉刷，院子收拾得整整齐齐，让所有的花都重新开放。

我要生个小女孩，让她坐在小椅子上，这样小椅子才会高兴，才会说，是意达，真的意达回来了……。

直树，到时候你来玩呀！

看完了律子的信，直树两眼充满了泪水。姐姐难道会死吗？她会好的，她一定会治好的。只有到那时，那所房子，那把椅子才会重新焕发生机，幸福的日子会再次到来的。

[简评]

小朋友，当你一旦遇到一件奇怪的事情，会采取什么态度？是在脑子里闪一闪几个为什么便罢？还是亲自查明真相，弄个水落石出？

《两个意达》的主人公直树发现了能说话、会走路的椅子后，就采取了后一种态度。

直树跟着椅子来到了神秘的房子，在神秘的房子里接连出现百思不解的谜。椅子错把直树的妹妹勇子当作它等待已久的主人意达；意达是谁？她在哪里？椅子是谁制做的？破旧发黄了的旧日历上的日期是什么日子？一个个的谜，一次次地唤起直树的好奇心和弄清真相的决心。律子的介入更给作品增添了神秘色彩。

作者出乎意料地通过律子给直树的一封信，告诉直树她就是椅子要找的那个意达。至此不但揭开了所有的谜，更重要的是使绝望中的律子唤起了对生活的渴望，对未来的美好幻想。

这部童话具有强烈的现实意义，是现实与幻想完美结合的佳作。作者把主人公直树置身在荒凉而美丽的景色之中，让寂寞的护城河畔那白色的道路上出现一把小椅子，它沿着夕阳残照的道路一边低语一边走着……。作者巧妙地让我们跟着直树，从现实生活步入到充满神奇的童话世界。

当我们走出童话世界，便清楚地看到，两个意达的两种不同的命运。这部作品深刻地揭露了战争给人民带来的灾难。使我们懂得应该珍惜今天幸福和美好的和平生活。

（左伟）

乾富子（日本）
作 家 介 绍

  乾富子（1924—— ）是日本当代著名儿童文学作家，生于东京。从日本女子大学文科中途退学，入京都平安女子学院保育科，1944 年从该校毕业。

  乾富子入日本女子大学对开始被宫泽贤治的作品所吸引，对儿童文学产生兴趣。从 1946 年起开始从事创作，向《儿童之村》、《童话》等杂志投稿。1950 车加入日本儿童文学者协会新人会，同时与神户淳吉、长崎源之助、佐藤晓等人创办同人杂志《豆树》。1954 年在同人杂志《麦》上发表的《班鸫》获日本儿童文学者协会新秀奖。在同一杂志连载的《长长的长长的企鹅的故事》（1957）获第十一届每日出版文化奖。1950 年，乾富子入岩波书店，从事《岩波少年文库》的编集工作。此后的十九年间，一边从事儿童图书的出版，同对作为作家不断地发表作品。

  1959 年，乾富子出版了《树下之家的小人们》，这部作品与选入本选集的佐藤晓的《谁也不知道的小小国》一起，被誉为是开日本儿童文学中的长篇小说童话先河的作品，具有重大的文学史意义。这部作品还获国际安徒生奖日本国内奖。

  1964 年，乾富子出版了收入本选集的《北极的两只小白熊》（原作题名为《北极的莫西卡和咪西卡》），并荣获国际安徒生奖的优秀作品奖。

  乾富子的主要作品还有《来自天空的歌声》（1963）、《海鸥的天空》（1964）、《黑暗山谷中的小人们》（1972）等。

  在乾雪子的作品中，《长长的长长的企鹅的故事》和《北极的两只小白熊》被认为是新型的动物童话。乾富子反对用动物拟人的生活，而是一直追求切合动物生态的描写方法。因而，她避免人与动物简单轻易地便互相交流，山羊戴上夹鼻眼镜或熊叼起烟斗。这样一种创作态度，赋予她的幼年动物童话以现实感。

北极的两只小白熊

崔红叶 译

第一章

雪里的家

在地球顶尽头的北极海边，住着白熊妈妈。

冬天来临了。

白熊妈妈在雪堆下面，开始挖起洞来。白熊妈妈要挖一个她身体能进去的深深的大洞……

这附近的海是北极海，这儿的太阳已经到了向大家告别的季节。

一夏天，闪光耀眼的太阳，到了这时候，早上刚慢悠悠地爬上天空，就又马上沉进了冰冷的大海。

"冬天到了。"

"得赶快准备过冬啊！"太阳告诉北极的动物们说。

"白熊再见！"

"我们先走了！"

雁呀，野鸭呀，白鸟什么的，向南飞去了。一夏天喧闹的鸟儿们的声音，从蓝天上消失了。周围静悄悄的，一片沉寂。

现在这个岛上，只有白熊妈妈自个儿在拼命挖洞。不过，白熊妈妈不孤单，聪明能干的白熊爸爸很快就会回来的。白熊爸爸阿武，在北极海一带是有名的"万事能"。阿武出去给白熊妈妈找食儿去了。

"都这么晚了，阿武还不回来，可别出什么事就好。"白熊妈妈停下挖雪的手，望着昏暗的海上。大海无边无际，沉下去的太阳光，把海上染成了橙黄色。

"阿武快点回来吧！"白熊妈妈嘴里哈吃哈吃冒着白气，又继续挖洞。

呜呜，呼啸的风雪，把太阳的余光驱散尽了，四周变得漆黑。

白熊妈妈仰起了脸。风雪里有她时时挂念的阿武的味儿！……

高高仰起脸期待着的白熊妈妈被谁扑通撞了一下，幕布似的风雪，好像要把白熊妈妈眼前的东西一下卷藏起来。

"啊，你回来了！阿武，是我呀！"

"哦，是你！没出什么事吧?!"万事能阿武一边问，一边咚地一声放下什么东西。阿武弄回来的是冻得溜直的、地道的鲱鱼。"我走得很远，这附近什么都没有了！"阿武把好吃的鲱鱼交给了白熊妈妈。

"都十月了……你也得赶快走。"白熊妈妈平静地嚼着好久没有吃到的鲱鱼说。

"过冬的窝，你准备好了?"白熊爸爸问。

"嗯，马上就完了，你放心吧。一直呆在我挖的这窝里，下多大的雪也没事儿。唉，顶重要的是，你快走吧！……"

风越刮越大，雪沙吹打在两个白熊脸上，像针扎一样疼。

"是啊，我得走了。"阿武安静地说。

冬天，真的来到了。北极黑暗恐怖的冬天，一直要持续到明年的六月。

这附近的白熊全都走了。

"这回轮到我走了。"万事能阿武像是对白熊妈妈说，也像是对自己说。

白熊妈妈默不出声，眨巴几下眼睛。阿武又温和地说：

"很遗憾，我看不见孩子了……就剩下你自个儿……在这黑暗的雪洞里……"

阿武要走了。默默无语的白熊妈妈，担心的是，剩下自个儿，不知道怎么办才好。去年，白熊妈妈还是姑娘来着。那时候，自个儿登上浮冰，能自由地到自己喜欢的地方去。可今年不行了。在北极熊国家里，白熊妈妈在漫长的冬天里，都呆在雪洞中，得自个儿生活。要生下小白熊，保护好小白熊。

白熊妈妈弹掉眼睫毛上的泪水，对白熊爸爸说：

"没什么，阿武。我盼着小家伙出世。这雪洞比什么地方都安全。这附近，八成还有别的白熊妈妈，也和我们一样，在雪堆下边挖了洞，住进里边，白熊爸爸从外边把洞掩盖起来，所以，才没见到她们的踪影……"

第二天早上，太阳像星火，在海里的浮冰上闪闪放光的时候，白熊妈妈静静地躺进自己挖好的洞里。万事能阿武把冻鲱鱼放在白熊妈妈身边，说：

"休息吧，要多保重啊！"

"阿武，你也多多保重，越过那冰海，我真为你担心啊！"

"没事儿，我……孩子们长大的时候，我能结结实实地见到他们。你要是生个女孩儿，能给我起个名字叫圆圆，生个男孩儿叫聪聪好吗?"白熊爸爸说。

"哎，生个女孩儿叫圆圆；生个男孩儿叫聪聪。"听到白熊妈妈这样回答完，万事能阿武走出了雪洞。他从外边用雪块把白熊妈妈的洞口封好。

"谢谢，阿武。你快走吧! 一路多加小心!"

"再见，祝你生活平安啊!"

眼看着，雪沙积在了白熊妈妈的雪洞上，把白熊爸爸封好的洞口，悄悄地掩盖起来。再过一阵子，这儿就是一个天然的大雪堆了。

白熊爸爸迈着沉重的脚步向大海走去。

太阳像橙黄色的煤油灯，照在海上。

"再见，阿武。千万小心啊!"从雪洞里又传出了白熊妈妈的喊声。

万事能阿武一下子跳到漂过来的一块浮冰上。阿武沉重的身体把浮冰压得像要沉下去，嘎吱嘎吱一劲儿摇晃。

"再见，你也要多保重!"

阿武一直注视着被黄昏的阳光照射着的大海，踏上充满危险的旅途。海上什么动物也没有，连一只鸟儿也看不见。只有阿武自个儿远去的身影，看上去，又孤独，又那么生气勃勃。

生下了双胞胎

有一天，在白熊妈妈的雪洞里听到了奇怪的声音。

"吭吭，"像小狗的叫声。

是小白熊宝宝出世了! 白熊妈妈不是生下一个，是一下子生了双胞胎。

"多么可爱呀，我的小宝宝!"白熊妈妈轮换地舔着两个非常相像的小白熊的脊梁说。

两个刚出生的，像毛线球的小熊，用小嘴寻找着白熊妈妈的奶头，拼命地吸起来。在黑暗的雪洞里，"咕嘟，咕嘟"响着愉快的吃奶声音。

眼睛还没睁开的小白熊们吃饱了，抱着圆圆的小肚子，丝丝地睡着了。

"好好睡吧，我的小宝宝。"白熊妈妈说。

白熊妈妈冷森森的雪洞，变成了快乐的家庭。

"阿武，你在哪儿? 我再不是孤零零的一个了。……"白熊妈妈在心里向远去的阿武说。

雪洞外边，漆黑的夜还在持续着。

暴风雪在轰隆隆地狂啸。

白熊妈妈在雪洞里紧紧地抱着两个小白熊，安静地睡着了。

白熊妈妈的雪洞外边，漆黑的冬天，像是一点一点的要过去了。

天天狂呼乱叫的暴风雪，时常停下来，预兆太阳又将升上来的淡淡的光，隐隐约约地染在黑暗的天空上。

白熊妈妈用庞大的后背，嘎吱嘎吱地拱着雪洞的顶盖，顶开了一个窗户似的洞口。白熊妈妈伸伸圆圆的弯曲的后背，又舒舒服服伸了个懒腰，走出洞外，呼吸新鲜空气。

暴风雪虽然停了，可海上还冻得老远，陆地上也雪白地冻着，岩石上的苔藓还没露出来。

一天，远处传来"咔巴，咔巴"惊天动地的声音，是海上的冰崩裂开了。到时候了，到了夏天，周围就会真的亮起来了。

过了一个月，太阳光开始第一次在天空闪耀的时候，一只小白熊的眼睛睁开了，不停地眨巴眼睛，小嘴也试着张开了。小白熊觉得奇怪，从眼睛、鼻子进来的这么舒服的东西，是什么？

"呜呜，"小白熊说。

"哇，小宝宝的眼睛睁开了！"白熊妈妈说，"哎，看看我。"

小白熊漆黑的眼睛里映出了大白熊妈妈。

"啊，你是我妈妈！"

"对呀，你是我的小宝宝！"白熊妈妈黑黑的大眼睛里也映出了小白熊。

小白熊高兴地摇着小手、小腿，急忙问：

"哎，妈妈，这是什么？"

白熊妈妈注意到睁开眼睛的小宝宝，在奇怪地注视着从雪窗口进来的太阳光。

"啊，这是太阳光。到时候，长长的冬天过去了，明亮的太阳就会露出脸来了。"

"光，是什么？长长的冬天，是什么？明亮的太阳，是什么？"什么都想知道的小白熊问了。

对刚出生的小白熊，怎么才能都告诉他呢？

白熊妈妈笑眯眯地说：

"等等，我的什么都想知道的小宝宝，到时候，妈妈会都告诉你的。"

什么都想知道的小白熊，吸完妈妈的奶水就睡了。这回另一个小家伙的眼睛也睁开了。这小家伙一睁开眼，就站立起来，东倒西歪地走起来。白熊妈妈洞里地上的雪，硬硬地冻成了溜滑的冰。

"危险，"白熊妈妈话音未落，小白熊一下跌了个跟头。

"小心，小宝宝，疼吧?"

"呜呜，不疼，妈妈。"小白熊又自个儿站起来，要向光亮的雪窗那儿走去。

"不能去，那儿危险!"小白熊被妈妈一下叼住了脖子。小白熊尽管乱闹起来，白熊妈妈还是不放，只好返回洞里边。

洞里边，那一只小白熊在睡觉。

"哎，哎，不行呀，淘气的小家伙!"

这刚睁开眼睛的小淘气，要用两手去拉睡着的小白熊耳朵。

"我的小宝宝，你怎么这么淘气!"

"我的眼睛得一直盯住这两个小家伙。"白熊妈妈心里想，可她却愉快地笑了。

白熊妈妈考虑了两个小白熊的名字。那个先睁开眼睛的，什么都想知道的，叫聪聪好。

"生女孩儿，叫圆圆，生男孩儿叫聪聪。"白熊爸爸阿武说过。可这回生的是双胞胎两兄弟。

"这个小淘气弟弟，叫像女孩儿的名字不好。对了，给这小家伙起个精力充沛的名字，叫淘淘。"白熊妈妈试着叫道："聪聪，淘淘，"觉得这两个名字，对两个小家伙很合适。

"什么时候，我领着聪聪和淘淘去见万事能阿武啊。这还是遥远的事儿，聪聪和淘淘还小呢!"白熊妈妈边想边从雪窗望着能看到的天空。

到时候，一到北极的六月，白熊妈妈就要走出这雪洞，教聪聪和淘淘走路呀，游泳呀，今年喂两个小家伙一年奶，培养他俩，然后再过一个冬天……

"聪聪和淘淘都是好孩子，希望他们健康地长大!"

乾富子 (日本)

像是被谁用劲儿拉着，什么都想知道的聪聪醒了。

"聪聪哥哥，爱睡觉的家伙！"小淘气淘淘笑了。

聪聪一轱辘跳了起来。

雪洞里，比以前亮多了，淘淘的黑眼睛在闪闪放光。

"什么?"聪聪说。

"说什么，什么!"淘淘也这样说。两个小家伙扭打起来。

"什么，爱睡觉，不是淘——淘吗?"

"什么，聪聪是爱睡觉的家伙!"

一样的耳朵，一样的鼻子，一样的眼睛，一会儿上，一会儿下，两个小白熊的脑袋，一圈儿一圈儿地转来转去。

"什么，聪——聪爱睡觉!"聪聪逞威风地说。

"什么，爱睡觉的不是淘淘吗?"淘淘也咬紧牙关还击说。

两个小白熊忽然明白过来说错了，扑哧地笑了起来。

"我才是真聪聪呢!"

"我才是真淘淘呢!"

两个小白熊为了不再搞错，都捂着自己的脑袋说。

"你俩终于搞清楚了自己的名字。不知道自己名字的孩子，到了夏天是不能带到外边去的。"白熊妈妈说。

"夏天，是什么? 带到外边去，是什么?"什么都想知道的聪聪问。

"你俩好好听着。"白熊妈妈说:"在远方还有一点暴风雪的声音。等到这声音整天一点儿也听不到的时候，北极明亮的夏天就到了，黄色的阳光，照进我们这雪洞里，外边就完全是夏天了。"

"那时候，我们怎么办?"淘气的淘淘问了。

"咱们一起到外边去。外边又明亮又宽敞，还有很多好吃的。"

"哇，真棒! 快点儿出去多好!"

"夏天快点儿来吧!"

两个小白熊轮班够着上去，从雪窗往外看。

可这时雪窗外，哗地一下子暗了下来。

正像白熊妈妈担心的那样，暴风雪又来了。

"看，暴风雪又这样突然上来了。妈妈肚子很饿，可不能放下你俩到外边去，怕会出什么事儿。"

后来，两个小白熊咕嘟，咕嘟地吸了妈妈的奶水，在昏暗的雪洞里睡

着了。

第一次到外边去

第二天，第三天，暴风雪的声音还没有停下来。

小白熊聪聪和淘淘鼻子呼哧呼哧响着，在狭窄的洞里憋闷得慌，想出去玩儿。

"妈妈，还不能到外边去吗？"

"喂，可以出去了吧？"

妈妈说：

"再稍微等等看吧。"

白熊妈妈也憋得难受，想出去找吃的。喂了两个结实的小白熊长长的一个冬天的奶，白熊妈妈的肚子饿得瘪瘪的了。

"听，还有暴风雪的声音。今年带来夏天的鸟，一定在路上闲逛耽搁了。"侧身倾听着远方声音的白熊妈妈说。

"带来夏天的鸟，是什么？路上闲逛，是什么？"聪聪马上问。

白熊妈妈为了解闷儿，给两个小白熊讲故事说：

"很久很久以前，在我们白熊的国家里，传说着这么一个故事。给这北极海边上，带来舒服的夏天是白鸟。白鸟的翅膀强壮有力。在这一带太阳还没有升起的时候，那白鸟从高高的天空飞翔过来，翅膀闪耀着灿烂的金光。据说，这是白鸟拉着载太阳的雪橇，像箭一样乘天空而来的缘故。在茫茫的冰原上，这鸟的影子一落下来，那雪呀，冰呀，就开始溶化了，从那以后，那柔软的绿色的、黄色的藓苔就长出来了。于是，那暴风雪就被彻底赶跑了，四周就完全变成夏天了。"

"那鸟的名字，叫什么？"

"是往来北极和南极之间的，叫北极燕鸥。"

"哎，我们长大了，能看见那种鸟吗？"

"我们能提到它吗？"

两个小白熊异口同声地问。

"是啊，一定能看到吧。等夏天一来……"

白熊妈妈说到这儿，雪窗外，唰下子亮了，从窗外射进来的日光，组成了小小的彩虹，闪闪跳跃。

"夏天了！"

"白鸟带来夏天了！"

两个小白熊一个压一个跑到雪窗前。

暴风雪突然走掉了，没有一丝云的北极天空，在雪白的平原上，舒展辽阔，无边无际。

"啊！"两个小白熊叫了一声，用小手蒙上了眼睛。

头一次看到外边晴朗的景色，太耀眼了。

白熊妈妈像是在检查四周，看了看洞外的世界，一使劲儿站起来，几下向前推倒有窗口的雪墙，刺眼的光突然射进来，聪聪和淘淘眼花缭乱，怎么也动不了了。

"怎么了？怎么了？淘淘。"白熊妈妈笑着说。

白熊妈妈慢慢走到雪化了的，有岩石的空地边，香甜地嚼起藓苔来。

"等等，等等啊，妈妈！"淘淘迈开小步很快地追上去了。聪聪也随后跟去。两个小白熊的脚掌长着厚毛，一点也不觉得脚下冷。谁也没有踏过的雪地上，一点一点地排列着白熊妈妈和聪聪、淘淘的小脚印。

贪嘴的淘淘，学着白熊妈妈的样子，试着捏下藓苔咬了一口，觉得有点不太好吃。

什么都想知道的聪聪仰望着天空，看看是不是有带来夏天的白鸟。夏天这么一下子就来了，不是那奇怪的鸟的缘故，是什么呢？

蓝天发黑的远远的北极天边，什么东西一闪一闪地横穿过去了！

"啊，是北极燕鸥的雪橇！"

"哎，哎，哥哥，在哪儿？真的！"不大一会儿，小淘淘也发现了在天空飞着的东西。

"好啊，抓住那只鸟！"小淘淘跑起来。

"上哪儿？淘淘"

"等等！淘淘！"

小白熊淘淘把聪聪和白熊妈妈喊他的声音，当了耳旁风，望着天空，还是继续地跑着。

"等着，等着呀，白鸟。"

淘淘怎么喊叫，在空中飞着的白影子也不停下来。也可能是天空太高，淘淘的声音传不到空中的白鸟那儿吧？

"好，好啊，总有一天，我一定能抓到你们！"淘淘这么想着，站住了。

啊，不知不觉中，淘淘跑到这么远的地方来了。

眼前，轰隆轰隆，无边的银白色的浮冰在互相碰撞着。淘淘第一次在近处看到大海，浮冰撞击发出惊天动地的巨响，一直扩展到远远的天空下边。

淘淘回头又看看刚才来的方向，哪儿也没有妈妈和聪聪哥哥。

在宽广的北极海边只有淘淘孤零零的一个，投在白雪地上淘淘的影子，也是苍白的孤零零的一个。

"啊，我的妈妈，聪聪哥哥……"

可怜的淘淘站在雪地上，身子向下一弯，抽抽嗒嗒哭了起来。

小白熊淘淘哭了不大一会儿。

嘟嘟嘟，嘟嘟嘟，海上的浮冰夹杂着凶猛的浪涛声，滚滚奔来，是谁用柔和的嘶哑的声音，在叫淘淘：

"哎，你，你怎么了？"

海浪里，一个没有耳朵，长得像兔子一样圆圆脸蛋，一直窥视着这边，又用温暖和奇怪的声音说：

"别哭，到我这儿来。"

"啊，我再不是孤零零的一个了。"淘淘一下高兴起来，像平常在家跟哥哥聪聪那样，向岸边的朋友扑过去。

"我是小白熊淘淘啊！"

"我是小海豹欧拉啊！"

两个小家伙在浪里你推我搡，不一会儿，就弄得浑身精湿。小海豹欧拉跟淘淘一样白白的、软软的。欧拉没有淘淘那样灵巧的手和脚，他用出色的大尾巴，巴唧巴唧，往淘淘身上弄水。

"呜呜，真凉！"

淘淘很喜欢和欧拉这么冲澡玩儿。两个小家伙在浅水中发疯地欢闹着。

"啊！"从什么地方传来了叫声。

淘淘和欧拉大吃一惊。这时，哗啦哗啦，大海裂开了，一个大海怪靠上前来。

"欧拉！"

"我和淘淘在一起玩儿，我不走，我不，我不干嘛！"

黑海怪用强有力的大尾巴，啪一下撞开淘淘，叼起小海豹，向海的对面游去。

"不走！不走嘛，妈妈！"

"我和欧拉玩呢！"

小海豹和小白熊齐声说，拍打着水，不肯分开。

可是，可怕的海豹妈妈，目不转睛地怒视淘淘，像是保护欧拉，一边潜进海里，一边说：

"行了！粗野的小白熊，休想和小海豹交什么朋友！"

又剩下自个儿在这海边上，淘淘呜呜地哭起来了。

淘淘比刚才独自一个的时候，更加难过。

淘淘对好朋友欧拉什么坏事也没做，为什么海豹妈妈硬是把欧拉带走了？为什么用尾巴撞开淘淘，厌恶地怒视淘淘？

还说什么，"粗暴的小白熊，休想和小海豹交什么朋友……"

这是为什么？为什么我们不能和小海豹交朋友？……

"我和欧拉是好朋友……"

淘淘哭累了，呆呆地站在雪地上。

去找聪聪和淘淘

淘淘孤零零自个儿在哭，白熊妈妈、聪聪哥哥为什么不来找呢？

这时，白熊妈妈正为找淘淘和掉进冰缝里的聪聪，焦急地四处奔走。

淘淘跑走的时候，聪聪也随后追去了。

初夏，雪原上，有很多深深的大冰缝子。淘淘从盖着积雪的冰缝上过去了。

"喂，淘淘，等等！"赶到聪聪从这里经过时，积雪噗哧塌了，聪聪没等喊出声，一下掉进大冰缝子里。

白熊妈妈随后吃惊地赶上来，聪聪已经消失得无影无踪了。

雪地上，淘淘的小脚印，一点一点地连到了前边。可聪聪的第二趟脚印，却在张开可怕冰缝口子跟前，突然中断了。

白熊妈妈体重。她小心翼翼走近冰缝口，周围的冰，嘎吱嘎吱发出可怕的声音，裂口在扩大。

"聪聪！淘淘！你俩去哪儿了？"

白熊妈妈走了一大圈儿，默默地走进了冰缝里。

"聪聪！聪聪！"

白熊妈妈的叫声，在冰的峭壁上恐惧地回响着。

"聪聪，聪聪，你在哪儿呀？"

大冰缝底下，像隧道一样蔓延。白熊妈妈瞪着火似的眼睛，在寻找聪聪。青黑的隧道里，哪儿也没有聪聪。

"聪聪，你在这里，就答应一声呀！"白熊妈妈站住，两只耳朵倾听着。

在远远的洞里的什么地方，好像有孩子的哭声。

"是耳朵的错觉吧？"

不，没有听错，真的是抽抽嗒嗒的哭声；孩子像是哭得十分伤心。

"那声音，像是聪聪！"

白熊妈妈跑起来。跑一会儿，侧耳听听；再跑一会儿，又侧耳听听。哭声是从连接海的冰缝方向传来的。

"聪聪不会游泳，上了海岸怎么办？"

白熊妈妈拼命跑起来。

波浪声近了，孩子的哭声也近了。

"……淘淘……淘淘。"

听到了边哭，边有这样的叫声。

白熊妈妈松了一口气。因为除了可爱的哥哥聪聪，还有谁知道淘淘的名字呢？

"可是，这味道，是什么?!"

白熊妈妈放轻脚步，走上前去。

在洞深处哭的不是聪聪，而是小海豹欧拉。

欧拉眼睛里，注满了泪水。这坚强的小海豹，从出生到今天，没怎么哭过，可只有今天不同，好容易和孤独的淘淘交上了朋友，玩得挺好的，妈妈冲上来，也不问青红皂白，硬是给拆散了，小海豹正为这个委屈得自个儿哭呢。

"妈妈太没感情了！我们喜欢做的事儿，老是阻拦，我还到淘淘那儿去！"欧拉不再流泪了，圆圆的眼睛看看周围，没看到严厉的妈妈。"我一定去告诉淘淘说，我喜欢他。"

欧拉用鳍摇晃着走，穿过冰洞，扑通潜进了水里。

乾富子（日本）

白熊妈妈明白了，不是聪聪，而是小海豹在哭，很是灰心失望。长长的冬眠过去了，本来就饿得慌，又找了大半天孩子，什么也没吃，白熊妈妈饿得头昏眼花。"得找找食儿，把肚子吃饱。"白熊妈妈想着。"那个小海豹胖得滚圆，看上去很好吃。可为什么那个孩子边叫海淘的名字边哭呢？"

白熊妈妈有点担心了。

"是不是淘淘迷路来到这儿，被人类什么的抓走了？"

小海豹游在前边，白熊妈妈随后追赶着。

过了不一会儿，突然，白熊妈妈把脸露出了海面。

像黄昏时的太阳，把玫瑰色的光撒在连接着银白色的冰原和蓝蓝的海上。

白熊妈妈眼睛转向岸边时，一下呆住了。

在那儿，淘淘正和那个小海豹，像兄弟一样，两张小脸贴得很近，和睦地像在说什么。

"咱俩永远相好，啊！"

"嗯，欧拉，你又来了，我真高兴！"

淘淘和欧拉不知道白熊妈妈在看他俩，又高兴地说：

"我家在冰底下。"

"我家，我家，离这儿很远啊。"淘淘有点悲伤地说。

这时，白熊妈妈发觉被谁盯上了。

就在几步远的海里，海豹妈妈可怕的眼睛，正仇恨地怒视着白熊妈妈。

啪嚓！响起了迸溅的水声。

为了引开白熊妈妈的视线，海豹妈妈移动着身体。

"别怕，欧拉是淘淘的朋友，我不会伤害他。"

白熊妈妈向海豹妈妈掀起水声的相反方向，敏捷地游走了。她追着乱窜的鲱鱼和鳟鱼，吃了满满一肚子。

夕阳完全沉下去了。

白熊妈妈从海上又游回了刚才的海边一看，小欧拉和淘淘累的并排躺在沙滩上睡着了。

海豹妈妈在水中，像一座黑黑的湿漉漉的铜像，守护着两个熟睡的小家伙。

"那，我把淘淘领走吧！"过了一会儿，白熊妈妈这样说着，叼住了淘淘的脖梗子。

"我也领走欧拉。"海豹妈妈也游到海边，低声对白熊妈妈说。

海豹妈妈刚才那仇恨的目光，现在变得平静了。

白熊妈妈也觉得自己的眼睛，也是那样的平静。而且感到，从打自己出生以来，只有过这么一次安静的傍晚。

"晚安，海豹妈妈！"

"晚安，白熊妈妈！"

两个妈妈轻轻地叼起自己的小宝宝，一个向左，一个向右，分手走开了。

聪聪自个儿爬上来了

白熊妈妈在冰缝的隧道里，喊聪聪的时候，聪聪没有听到妈妈的声音。聪聪当时倒栽葱地扎进了深深的积雪里，昏迷过去了。

就这么着，白熊妈妈没有找到聪聪。

过了不久，聪聪睁开了眼睛。嘴边的雪化了，冰凉好喝的水，渗进了聪聪的嘴里。

"噗噜噜，噗噜噜。"聪聪摇摇头，脸周围全是雪。聪聪发现自己是头朝下呆着呢。

"难受，真难受呀！"聪聪挥舞着小手小脚，推开屁股上和背上的雪，终于头朝上呆着了。

"哎，这是哪儿？我怎么到了这儿？"什么都想知道的聪聪思考着。想起来了！是追赶弟弟淘淘，一下子掉进这里了。

"妈妈找到淘淘了吧？妈妈又在找我吧？"

周围非常安静，从头顶远远的斜上方，射进了黄色的光。

聪聪望着耀眼的方向。他想再一次看见在冰缝口的蓝色天空上飞翔的、带来夏天的北极燕鸥。

"我真的看见了！那个在天空飞的，是什么?!"

聪聪多么希望自己从冰缝底下，上到那舒服的蓝色的天空下，能快点看到妈妈和淘淘。

可是，怎么等，也没谁来救命。

聪聪不知道，这时，白熊妈妈已经到海边那儿，找聪聪和淘淘去了。……

聪聪咬着手爪子，边望着冰缝口上的天空，边想着。他慢慢明白了，只有用自己的手和脚，才能逃脱这冰洞底，爬到上边去。

聪聪哈吃哈吃喘着，一点一点艰难地向上爬呀，爬呀，峭立的冰溜滑，

连个搭手的小洼坑也没有。在像是一个小洼坑的地方，聪聪搭上手了！脚下也蹬住了；不是一直向上的，而是向旁边前进，向旁边前进。聪聪十分小心地攀登着。

"可别害怕啊！"聪聪对自己说。有时突然脚下一滑，热乎起来的身体，就一下冒出冷汗。

"还差一点儿，还差一点儿……就差一点儿了！"聪聪终于在冰缝口，搭上了右手。他右手一用力，敏捷地从冰缝里翻滚出来了！

像被浪推到陆地上的鱼，哈吃哈吃喘着的聪聪眼前，展现着奇异的景色。

这儿不是刚才掉进时的那个平原地方。也可能是大冰缝弯弯曲曲的缘故，聪聪登上了陌生的湖边。

这里是北极平原上，突然出现的湖，是静静的贮满了雪水的，美丽的蓝色的湖。

清澈的水上，浮动着奶水似的雾。被白雾笼罩的冰岸那边，隐藏着什么东西，好像是冰砣儿一样的白东西……

"白雾那边有什么吧，我去看看。"什么都想知道的聪聪，向湖岸边走去。可走了一、两步，聪聪脚下踩上了什么东西。

周围滚躺着好多圆的东西，聪聪踩上那圆的东西，啪嚓一声，像是碎了。

"哎呀！"湖边发出了恐惧的叫声。

随着大翅膀振动声，聪聪被推到了一边。接着，是一片混乱！聪聪不知道是怎么回事儿。

吵闹声唰地静下来，雪白翅膀的鸟妈妈，一下伏在三个蛋上哭了起来。

"我的，……我的，……小宝宝……"

听到这悲痛的哭声，聪聪浑身颤抖了。这小家伙完全明白了，自己闯下了大祸。

"对不起，……对不起。我不是故意的啊。"聪聪的眼睛一直盯着鸟妈妈。鸟妈妈的白翅膀像抽筋似的哆嗦着。

湖上骚动起来。

听到鸟妈妈的哭声，在附近海上的白天鹅的伙伴们，都聚到这湖边来了。伙伴们都是长脖子的白天鹅。安静的小湖上，挤满了白天鹅们的翅膀。

粗暴年轻的白天鹅们，愤怒地啪嗒啪嗒飞舞着，用可怕的眼睛瞪着聪聪。

聪聪吓得一点一点向后退，在刚才爬上来的冰缝边，缩成了一团。

"对不起，白叔叔们……我不是故意的啊……"

五、六只白天鹅的嘴逼上来，眼看咬上聪聪了！聪聪声音低低地说。

"什么？故意干这种事儿，就更饶不了你！"

"你是今年出生的小东西吧？为什么到这儿来?!"

"这儿是天鹅湖，我们每年都在这儿生养可爱的幼鸟，你妈妈没告诉你这事儿吗？"

白天鹅们像蛇一样的长脖子，在聪聪眼前弯弯曲曲摇动着。

"把这家伙撕个稀巴烂！"

"一下子弄坏了三个蛋的坏家伙！"

聪聪闭上了眼睛。

"啊，我要被白天鹅们杀死了，再也见不到妈妈和淘淘了！"

在粗暴的白天鹅们的嘴就要从聪聪上边劈下来的时候，传来了年轻的清脆的声音：

"等等！哥哥，请等一下！"

白雾里，出现了一只身材苗条的白天鹅。是翅膀比银子还光亮、洁白的白天鹅姑娘。

"哥哥，你们要怎么处理小白熊？这孩子是做了很坏的事儿，可是，在惩罚这孩子之前，还是先问问他为什么做这种坏事儿，不问不行吧？"

到处传来了不满的声音。粗暴的白天鹅们，都气得弓起了翅膀。

"喂，小白熊，你到这儿来干什么？为什么要弄坏鸟蛋？你向大伙说说。"白天鹅姑娘严肃地说。

聪聪结结巴巴地把什么都说了。

"我爬出冰缝，想回家去，可上来一看，竟来到这么一个不认识的地方……"

"是这样，你们都听清了吧?"白天鹅姑娘看着大家说。"这是个刚出生的小熊崽儿，什么也不懂，大家原谅他好吗？"

湖边又是一阵愤愤不平的声音。

有很多的女白天鹅，伸长脖子，一直站着，像是要原谅聪聪。

"我原谅这孩子。"过了一会儿，那个被踩碎蛋的白天鹅妈妈，静静地站起来说。"这孩子做的事儿，本来是不能原谅的！……可是，为了解恨，就是

把这孩子撕个稀巴烂，我那可爱的小宝宝们也不能复活了。……"

聪聪走到白天鹅妈妈面前，又说了一次对不起。

聪聪一定永远忘不了白天鹅妈妈原谅自己的事儿吧；也一定永远忘不了踩碎了三个白天鹅蛋的事儿吧。

聪聪和尤里

聪聪没精打采的站着。

"喂，过来，我送你回家去吧。"温和的白天鹅姑娘说。

可是，聪聪连一步也走不动了。

"真可怜，胆小的小白熊，那先休息一会儿，再回家吧。"

白天鹅姑娘为聪聪唱起了催眠曲。

聚在湖边的白天鹅们都在雾中消失了。

只有五、六只气得特别厉害的白天鹅，还在附近的冰崖上，向聪聪这儿瞪着眼睛。

> 睡吧，
>
> 小白熊睡觉吧。
>
> 在这冰湖上，
>
> 天上的星星也来这里睡觉啦。

聪聪虽然害怕白天鹅哥哥们刺眼的目光，但听了白天鹅姑娘温柔的歌声，安静地闭上了眼睛。吓呆的小脸，也慢慢变成了小熊天真的模样儿。

"小白熊，你叫什么？"

"我，我是聪聪呀。我还有一个双胞胎弟弟，叫淘淘。"

"是吗？我是白天鹅尤里。我的哥哥们都很可怕，一个温顺的弟弟也没有。"

聪聪困的不行了，迷迷糊糊地听白天鹅尤里这么说。

"喂，尤里，我明天真的能回去，回到妈妈和淘淘那儿？……"

聪聪这么问着，还没等尤里回答，就香甜地睡着了。

"啊，啊，救命！"

聪聪被惊恐的叫声惊醒了。

　　白天鹅尤里啪嗒啪嗒拍打着翅膀，在翻滚挣扎，四周已是早晨，在浅蓝色的冷光中，一只银白色的柔软的野兽，在拖拉着尤里。

　　聪聪心咚咚地在跳。比三个聪聪还大的野兽，挥动着可怕的爪子，会冲自己来吧？可是，最好的朋友尤里，要被抢走就糟了。

　　"不行，不许动尤里！"聪聪猛的向野兽扑去！鼻尖长长的野兽，一下松开咬尤里的嘴，凶狠地瞪住聪聪。

　　"快滚！"聪聪朝野兽闪光的贼眼，用右手拍了一掌！接着，又用左手狠击了一掌！

　　"聪聪没事儿吧?!"尤里看到因为眼睛被击伤而暴怒的野兽，把聪聪撞的像球那样滚了起来，大喊道。

　　尤里从野兽手里逃出来。聪聪又朝野兽的肩头和身体撞去，一下！二下！三下！这时，周围的空中，响起了愤怒地拍打翅膀的声音，白天鹅尤里的哥哥们听到妹妹的喊声，赶来了！

　　被聪聪撞得筋疲力尽的野兽，听到了空中的振翅声音，赶忙扭头，大白尾巴厌恶地轻轻地擦了一下聪聪的脸，向冰原逃去了。

　　"等着，贪嘴的北极狐！"

　　尤里的哥哥们想随后追上去，北极狐在冰原上拽着蓝色的影子，迅速地变小了。

　　"小聪聪，谢谢你！"尤里说。

　　强壮的白天鹅哥哥们，一直温和地看着聪聪，比昨天的态度好多了。

　　聪聪身上被北极狐咬的火辣辣地疼，可心中却为能救了昨天还嘲弄自己是"可怜胆小的小熊"的尤里而感到得意。

　　"那个北极狐早就想吃掉我们了！"尤里说。

　　六只强壮的白天鹅哥哥，高高掀起大翅膀，盯着北极狐在冰原边际消失了。

　　聪聪想，这些白天鹅哥哥们怎么就不知道尤里住在这里危险呢？

　　"喂，尤里，你哥哥们都睡在哪儿?"聪聪问。

　　"我们呐，常常都在天鹅湖中的浮冰上过夜，坏家伙们去不了那儿。"

　　聪聪听了，脸上好一阵发烧。因为昨晚上聪聪一步也走不了，热情的白天鹅尤里陪他睡在这里了。

　　"要是回到湖中的浮冰中，尤里就不会遭遇这危险了。"

　　聪聪臊得半天没做声。

太阳把玫瑰色的光，唰地投在了冰原上，温柔的白天鹅尤里身上，六只强壮的白天鹅哥哥们的羽毛上，都被染上了淡淡的玫瑰色光。白天鹅尤里从脑袋凑在一起商量着什么的白天鹅哥哥们中间，返回来了。

"聪聪，我哥哥们说，让你坐在背上，送你回家。"

"真的！太棒了！"聪聪一想马上能见着妈妈和淘淘，高兴得跳了起来。

可是，要真的走了，又舍不得和尤里分手。

"尤里，你不能去吗？"

"唉，我的翅膀被北极狐咬伤，飞不动了。"

尤里看上去，和聪聪分手也很难过。

"再见，勇敢的小聪聪，你不胆小，就是长大了，也要用你的力量，多做好事！"

聪聪的小耳朵里，会永远留下尤里这严肃的话语。

"再见，尤里！"

"再见，聪聪！"

最大的白天鹅哥哥，让聪聪坐在自己的后背上。为了不让大白天鹅哥哥难受，聪聪两手轻轻地搂着他的脖子。

"再见，再见，再见！"

大白天鹅驮着聪聪在尤里他们的头上转了三圈后，向着白熊妈妈居住的海边飞去了。

第二章

人类……在附近？

聪聪失踪的那天晚上，白熊妈妈没睡觉，也没进雪洞里去。

在月亮光耀的夜空下，白熊妈妈声音虽小，但很清朗的叫着聪聪的名字，叫着，一直不停地叫着。

在肚子底下抱着小淘淘，一夜没睡的白熊妈妈，黎明时，才打了一个盹儿。

这时，从雪原那边，传来了孩子们的笑声，像是睡醒了的淘淘和谁说话的声音。

"啊，聪聪……"突然起来的白熊妈妈，马上嗅出，不是聪聪，是小海豹

欧拉来了。

"淘淘！"白熊妈妈大喊。

"妈妈，欧拉来和我玩儿了！"淘淘愉快地回答说。

白熊妈妈焦急地向两个小家伙走去。聪聪哥哥都没了，还快活的和小海豹玩儿，白熊妈妈觉得不能容忍。

"阿姨，是你家淘淘想跟我玩儿啊。"小海豹欧拉，一点儿也不怕大白熊妈妈，摇摇晃晃靠上来了。

白熊妈妈在瞭望寻找聪聪的踪影，没搭理欧拉。

晨光把雪染成了粉色。在那美丽的雪原上，哪儿也不见聪聪的影子。可是，却看到从海边弯弯曲曲连接到这里的有点儿柔软的雪原上，小海豹鳍的痕迹。白熊妈妈脸变得温柔了。在海里能自由自在游泳的小海豹，没有像熊那样的手和脚，登上陆地来到这儿看淘淘该是多么困难啊！

"欧拉，让你受苦了，就在附近和淘淘玩儿吧，啊。"白熊妈妈说。

淘淘和欧拉四只眼睛望着白熊妈妈，高兴极了。

"欧拉，我们做个好东西吧！把冰块搭起来，做个信号塔！"

"嗯，做得让聪聪能从远处望见我们在这里！"

淘淘和欧拉像堆积木城那样，开始在冰原上搭起冰塔来了。

欧拉用嘴把四角冰块运来，淘淘两手接住，两个小家伙盖起了一座高高的冰塔。

"喂，你哥哥回来，到我家去玩儿一次好吗？"小海豹说。

"嗯，要是聪聪回来，就去你家玩儿。"

淘淘突然望望四周，哎，聪聪能不能回来啊，……让我和妈妈这么担心。

远处的天空，是什么东西闪亮！

"啊！"淘淘想起来了！"那是妈妈说的白鸟吧？是北极燕鸥拉雪橇吧？"

欧拉也在望着天空。蔚蓝色的空中，有一个小白色的东西，向这边飞来。借助太阳的光，一闪一闪地朝这儿飞来了。

"妈妈！快！看那个！"淘淘向白熊妈妈大叫。

还有点儿迷糊的白熊妈妈向天上望去。

"啊，你，干这么冒险的事！"白熊妈妈吓得喘不上气，高高地站起后脚。

"聪聪，真的是我的聪聪！"

"什么呀，那不是北极燕鸥，是聪聪在天上飞呢！"淘淘吃惊地说。

"真棒！能在天上飞，多么美呀！"欧拉也跷起身体说。

可白熊妈妈心里很不安。

"啊，那只鸟累坏了，背着聪聪飞，多胡闹啊……也许聪聪受伤了？……"白熊妈妈说。

背着聪聪在空中飞的白鸟，一点儿一点儿，向这儿靠近了。

就在这时，像是故意让白熊妈妈担心，太阳光一下暗了，从唰地变得鸦雀无声的天空，传来了嘎嘎讨厌地喊叫声。

"妈妈！"

"阿姨！"

淘淘和欧拉一哆嗦，贴在了白熊妈妈身上。

"是贼鸥！贼鸥们嗅到了聪聪的味儿！"白熊妈妈忙把淘淘和欧拉藏进了雪洞里。

一大群贼鸥遮住了太阳光，像一片灰色影子，逼近了聪聪和白鸟。饥饿的贼鸥们，准是盯着想吃小白熊的肉。

"我们白熊在北极的雪原上和冰海里是最厉害的动物。……可是，在天空就无能为力了。"

白熊妈妈在雪原上咬牙切齿，她清楚地看到，大群的贼鸥，一只，一只，在白鸟周围，像是恫吓地飞来飞去。

"聪聪！"白熊妈妈吼叫了！广阔的雪原上回荡着这惊恐的吼叫声。

"妈妈！"从天空隐隐约约传来聪聪的声音。

"聪聪啊！"

"妈妈！"

"聪聪啊！"

"妈妈！"

白熊妈妈在雪原上奔跑起来。

白天鹅终于用尽气力，几乎擦地面飞了。

当敏捷的贼鸥，正要下嘴咬聪聪时，白熊妈妈的巨掌，啪！击中了贼鸥！

"啊！"凉恐惨叫的贼鸥，满身是血倒在了地上。

"妈妈！"

"聪聪，快到这儿来！"

白熊妈妈用爪子、牙齿和吼声，驱赶跑了大贼鸥们，把儿子聪聪和精疲

力尽的白天鹅，平安地带进雪洞里。

叫大伙高兴的是，聪聪一点也没伤着。

白熊妈妈让白天鹅尤里的哥哥睡在雪洞紧里边。

肚子饿得瘪瘪的聪聪，跳到妈妈的乳房下，不喘气地咕嘟咕嘟吃起奶来。

"聪聪哥哥！"淘淘从雪洞里边跑出来边大叫。

"聪聪啊！"欧拉也随后跟出来大叫。

聪聪默不作声地钻进妈妈的肚子底下。

"这是小海豹欧拉，是淘淘的朋友，小家伙可老实了。"白熊妈妈说。

聪聪没说什么。

"咱俩是双胞胎，淘淘的朋友是我……"聪聪对自己那么一会儿不在，淘淘就有了朋友，心中感到可不高兴了。

"聪聪哥哥，你看见我们做的冰塔了吗?"

"我们做那冰塔，是给聪聪当信号用的。"

淘淘和欧拉说。

就是这样说了，聪聪还是不出声。

"要是不被大贼鸥追赶，也许就能看见那冰塔了。……聪聪太累了，让他安静一会儿吧。"白熊妈妈对淘淘和欧拉说。

外边，贼鸥们还在嘎嘎地吵闹。

远远的地方，响起了很大的声音，这是聪聪和淘淘从没听过的，非常可怕的恐怖的声音。

"人类……在附近?"白熊妈妈突然说。

"哎，……我在对面的海湾里看到了船……是涂着白色的人类的船……"白天鹅哥哥疲倦地闭着眼睛说。

啪啪，啪啪，像放花的声音，在空中不停地回响。外边的贼鸥们暴风雨似的振动着翅膀，逃跑了。

"妈妈，那声音是什么? 人类，是什么?"什么都想知道的聪聪问。

可是，这回白熊妈妈默默地没有回答。

啪 啪

聪聪和淘淘从来没见过妈妈这么紧张。

"白天鹅，有人类船只的海湾附近，你看见有谁住在那儿? 有我们白熊伙伴吗? 有你的伙伴吗?"白熊妈妈问。

"哎，是有住在那附近的，有一、两家白熊。……我们白天鹅住在天鹅湖周围，那地方离海比较远。"尤里的哥哥从里边困难的回答说。

"谁也没伤着就好了，海湾那儿，有很多的鲱鱼和鳕鱼。到时候，我们也得搬到那里去。……"

聪聪、淘淘和欧拉越害怕，越想从妈妈身后的雪窗窥视一下外边。在鲜血染红的雪地上，躺着一只被白熊妈妈打落的大贼鸥。此外，天上、雪地上什么动物的影子也没有了。

哎，远远的雪地上，一下出现了两只野兽，小小的发白的影子，向着这儿来了。

"聪聪、淘淘，还有欧拉，快藏到里边去！……记住，进去后，不许再动了。听见了没？不许打响鼻儿，也不许聊天，要是你们被发现了，白天鹅和大伙都会被杀的。"白熊妈妈很快说完，独自个儿走出了雪洞。

"啊，去哪儿？"

"也带我去。"

聪聪和淘淘说。

"嘘！怎么还不明白呀！"白熊妈妈转过头，用可怕的声音，对两个小白熊说。"那两条猎狗后边，跟着拿枪的人类啊！刚才那激烈的枪声……"白熊妈妈又一次递了一个"不要出声"的信号！然后，用嘴拖着大死贼鸥在雪堆那边消失了。

聪聪、淘淘和小海豹欧拉颤抖着，藏进了雪洞的紧里边。

不大一会儿，两条猎狗哈吃哈吃地闻了一会儿，很快离开雪洞，顺着贼鸥的血腥味儿，追踪去了。跟随猎狗爪子碰在雪地上的硬梆梆的声音后边，是嘎吱嘎吱胡乱踢踏雪的不顺耳的声音。

"人……类……"

"人类？"

"是人类啊?！"

聪聪、淘淘和欧拉身体一动不动，用眼互相说。

两条猎狗一定是朝着妈妈走的方向追去了。

那啪啪，啪啪的声音，快要响了，快要响了。小家伙们一边这样想，一边一动不动等着那可怕的事情。白熊妈妈是不是平安地逃掉了？

在广阔的雪原上，冬季里堆成的雪堆，到处形成了小山。

白熊妈妈把大贼鸥悄悄放进一条雪谷里，自己就朝下风方向跑起来。不

时地回头看看，自己还没被发现，猎狗只是嗅到贼鸥的血腥味儿，才追上来的。

"那人类，不是爱斯基摩人，是坐白色船来的人类。"白熊妈妈心里这样想。

猎狗一直朝白熊妈妈放贼鸥的地方走去，汪汪地叫着，飞快地上去，一下咬住了贼鸥。

"啊，聪聪、淘淘他们没事儿了！猎狗被引到雪谷那边去了。"白熊妈妈松了一口气，啃吃了一点雪。干得火辣辣的嗓子眼儿，凉得好舒服啊。

白熊妈妈又跑起来，为了让猎狗和人类远远离开聪聪他们。……"今晚我得在外边了。聪聪和淘淘是不是照我说的，老老实实呆在雪洞里呢？"

雪洞里一直很安静，再没听到那恐怖的啪啪声音。那猎狗哈吃哈吃喘气声，也没有再上来。

小海豹欧拉身体动了，眼睛瞅着淘淘和聪聪，好像说：

"我得回家了，再不回去不行了。"

聪聪和淘淘用眼睛互相商量了一下。

"我们也去找妈妈！"

"妈妈一定出什么事了。"

两只小白熊和小海豹开始悄悄地向雪窗那边移动。

白天鹅看见了，喃喃地说：

"……聪聪、淘淘怎么的啦？"

"欧拉要回家。外边一定没事儿了吧？"聪聪小声说。

"谁知道了。我想外边还有危险。欧拉家在哪个方向？"

"一直走，大海那边。"欧拉对白天鹅说。

"大海那边，人类的船来了，再稍等等好吗？"白天鹅用哥哥那样的口气说。

啪啪！远处的天空，又回响起那恐怖的声音。和上回的不一样，这回听起来，像是从海的相反方向传来的。

"妈妈！……我的妈妈……"淘淘不顾一切地跑起来，从雪窗翻滚到了外边。

"淘淘不能自个儿出去啊！"白天鹅哥哥拦着说。"淘淘，等等！"

聪聪和欧拉也跟在淘淘后边，从雪窗冲了出去。

宽广的雪原，已经是黄昏。

冲到外边一看，上哪儿去？小淘淘不知道。哪儿也没有白熊妈妈。没看见猎狗，也没看见人类。

"淘淘，聪聪，我回去了。"

只有欧拉一个知道上哪儿去。欧拉用鳍和尾巴，像用手和脚一样地向着海的方向走去。于是，聪聪和淘淘也像被牵着跟随欧拉去了。

走了一阵子，欧拉的鳍被雪磨得渗出了血。聪聪和淘淘也累得没劲儿了。可是，他俩还是跟着欧拉走。

拐过了一个雪堆角，眼前出现了可怕的情景。

啊！雪上躺着一只大白熊！

"妈妈！"

"呜，呜，是我妈妈！"

聪聪和淘淘悲惨的叫着，向大白熊扑去。

躺倒的大白熊一动不动。

白熊妈妈的肚子底下有啾啾的哭声。

"啊，这，不是我妈妈！"

"啊，不是我们的妈妈！"

闭着眼睛倒着的大白熊，不是聪聪他们的妈妈。这白熊妈妈肩膀上有一处伤痕。

这时，欧拉忽然说：

"看，我的妈妈们来了！"

真的，从欧拉住的海边，大批漆黑的海豹们向这儿前进。欧拉用血红的鳍，摇摇晃晃地向海边走去。

这时，聪聪发现，就在自己的旁边，有一个小白动物，呀，是一只小白熊。

小白熊一边哭着，一边凑近聪聪。

除了自己和淘淘外，聪聪第一次见到了小白熊伙伴。他用粉红色的舌头，给小白熊舔舔脸上的泪痕。

"我妈妈冰凉了……。"小白熊用温柔的声音说。

淘淘凑到旁边问：

"聪聪，这是谁家的孩子？"

"不知道。我们怎么办好呢？"

聪聪和淘淘看看周围，觉得有一种奇怪的预感，不能在这儿，得赶快走！

来接欧拉的海豹们，也像喊叫了什么。接着，又从海豹群里传来了欧拉的喊叫声：

"再见，淘淘！再见，聪聪！不要老呆在那里，快点回家去！"

大海豹们保护着小欧拉，返回海边去了。

"快回家去！"远远的，又像是传来了欧拉妈妈的声音。

"淘淘，走，带上这孩子回家吧！"聪聪干脆说。

就是海豹们不说，聪聪也感到这附近有危险的东西。

"不，不，我要和妈妈在一起。"小白熊看聪聪和淘淘要带走自己，叉着脚，哭了起来。

"你自个儿呆在这儿不行！"

"喂，连你也冰凉了，你妈妈一定会伤心的啊！"聪聪又一次把小白熊的大泪珠舔了说。

"我先回家啦！"因为聪聪哥哥一点儿也不管淘淘，淘淘就自个儿走了。

"哎，好孩子，快跟我回家吧。看，淘淘都先走了。"

聪聪边走，边劝着不肯离开妈妈的小白熊圆圆，跟在淘淘后边，回家去了。

圆圆女儿

传来恐怖枪声的长长的一天过去了。

第二天早晨。白熊妈妈回到了雪洞里。聪聪和淘淘平安地睡在那里。聪聪他俩旁边，还睡着一只小白熊。

"您回来了。我真为您担心……"白天鹅尤里的哥哥从里边走出来说。白天鹅哥哥身体恢复多了。

"聪聪和淘淘都等你累了，睡得可好了。"

"多么恐怖的一天，……人类究竟是干什么来了。离这儿不远的地方，我们的一个同伙，好像中了流弹，在雪地上冰凉了……"白熊悲痛地说。

"聪聪他们带回来的，就是那白熊的孩子吧。他俩是出去找你，把这孩子领回来了。"白天鹅看着那小白熊，低声说。

"多么悲惨啊，这么小的孩子，就没了父母。……"

"是个女孩，叫圆圆。在妈妈的肚子底下哭，被聪聪发现的……听说，她还有一个妹妹，不知去哪儿了，好像没了……"

"叫圆圆？真可怜……"白熊妈妈的嗓子哽咽了，一直望着陌生的小白熊。

"圆圆是我的女儿，真像万事能阿武希望的那样，我家有女儿了！"

"啊！"白天鹅哥哥看着白熊妈妈吃了一惊。

"不，不。'要是生女孩儿，就起名叫圆圆。'这是聪聪他们爸爸说的呀。我把这小白熊就当我的女儿吧。……"

淘淘醒了，看着妈妈。

"妈妈，妈妈，我一直等着你了！"淘淘对妈妈说。

白熊妈妈边喂小淘淘奶，边闭上了眼睛，温柔的叫着：

"聪聪，聪聪，快起来吧！"

聪聪一下子起来，一头扎进白熊妈妈的肚子底下。

"妈妈，去哪儿了？没伤着吧？妈妈，没事儿吧？"白熊妈妈身上垂吊着聪聪和淘淘，站起来，走向前去，亲切地叫道：

"圆圆！"

圆圆睁开眼睛，吓了一跳。

"圆圆，看这儿，我是聪聪和淘淘的妈妈呀。从今天开始，也是你的妈妈了！"白熊妈妈用大舌头舔着吓得缩成一团的圆圆，一遍又一遍地给圆圆舔着全身乱蓬蓬的毛。

圆圆虽然对一切还都感到恐惧，但她从聪聪妈妈的粗暴、温柔的舌头，却感受到了新妈妈的爱抚。

被舔得雪白干净的圆圆，提心吊胆地站起来，走到聪聪跟前，把小嘴贴向白熊妈妈的奶头。

过了两、三天，白天鹅尤里的哥哥完全恢复了健康，翅膀也结实了，要回到天鹅湖去了。

"再见，聪聪，还什么时候到尤里那儿玩儿啊？"

"嗯，白天鹅哥哥，你要轻轻地飞，路上当心，向那个被我踩碎蛋的阿姨问好！多向尤里姐姐问好！"

白天鹅哥哥向淘淘和圆圆告别后，又向白熊妈妈说：

"谢谢您对我的照顾。和聪聪、淘淘成为朋友，我觉得太好了。这么小，就敢于抗击强暴，保护弱小，白熊要都是这样，你们就是熊，谁也都不惧怕，谁也都不厌恶了吧……"

"聪聪和淘淘还都是淘气的小娃娃。不过，正像你说的那样，将来长大了，能成为勇敢、和善的熊，那就令我高兴了。"白熊妈妈说。

"我该回去了。"白天鹅哥哥走出了雪洞。

聪聪、淘淘、圆圆和白熊妈妈一起出来送行。

"刚才我在这附近飞着转了转，那只死了的白熊，被搬到什么地方去了，这附近哪儿也没有了。"白天鹅小声告诉白熊妈妈说。"这说明，人类还在这附近，要十分小心。"

"嗯，谢谢！我们也到了离开这雪洞的时候了。我昨天一天没回来，是到海边那儿给孩子们找安全生活的地方去了。"白熊妈妈说。"

白天鹅像是鼓励白熊妈妈，又说：

"三只小白熊都向你要吃的，你的任务太重了。不过，看得出来，圆圆跟你很亲。"

"这孩子还太小。这么小的孩子，怎么也得保护好啊！"

聪聪、淘淘、圆圆向飞走的白天鹅哥哥，拼命地挥着手。

"再见！"

"向尤里问好！"

"再来啊！"

不久，白天鹅便在蓝色的空中不见了。

练习游泳

"聪聪、淘淘，过来，圆圆也到这边来。从今天起，练习游泳。看，这样进水里。"带着三个小白熊来到海边的白熊妈妈，自己一边先扑通进到水里，一边说。

北极海，现在很安静。聪聪、淘淘从没见过的大块冰，闪着蓝光和绿光，向着海上漂去。岸边，一点冰也没有。

"啊，我喜欢海啊！"和小海豹欧拉一起在海边玩儿过的淘淘，最先进到水里。

"聪聪、圆圆也过来呀！"白熊妈妈两只大手伸向前，边轻松地踩着水，边叫。

聪聪斜眼看看圆圆。圆圆也是第一次看见海。看着滚滚奔来的浪，有点儿害怕。

"好了。"聪聪想。聪聪也有点儿怕浪。涌来的浪，像是淘气，一个跟一

个上来，好像要把聪聪拖走……

"哎，游泳，是这样吧？"淘淘趴在岸边上，紧拍打手脚，水花迸溅得特厉害。

"对，不要怕弄湿脸。淘淘再往前游游，用手掌和脚，再试着使劲儿踩踩水。"

淘淘按着妈妈说的扑通扑通闹腾起来。

聪聪看淘淘这样，自己也一脚一脚进到水里。海浪很凉，脚像是被什么使劲儿拽着走。

"啊！"

一个大浪一推，聪聪咕咚摔了个屁股蹲。"啊，啊，"没等喊出声，接着，一个大浪，哗啦！咸咸的海水扑盖了一脸。

聪聪拼命挣扎，苦涩的海水，进了一嘴，憋得喘不出气来，要死掉了吧？！

"聪聪，站起来！站起来！"

白熊妈妈这样说着的工夫，聪聪已经自己摆动着脚站起来了。

嘿嘿，还想什么死掉了……海水，才只到了膝盖。聪聪一看，妹妹小圆圆已经到更深的地方去了。

圆圆叼着白熊妈妈的尾巴，使劲儿摆动着手和脚。

"圆圆，用手掌拨水。对了，左，右，很好，你已经会游了！"

淘淘也不用抓着妈妈，自个儿扑通扑通游起来。

聪聪觉得自己很笨，遗憾极了。

"聪聪，大胆地把脸伸进水里！……"白熊妈妈说。

聪聪在刚没到胸脯的水里，"嗯"憋住气，用手和脚拍打着。可马上就沉下去，一点也前进不了。

"聪聪，加油！"

"聪聪，过来！"

被妈妈推到浮在海面冰山上的淘淘和圆圆，在叫聪聪。

聪聪嘴一噘，使劲儿游起来，苦咸的海水灌进了嗓子眼儿，两只眼睛火辣辣地疼。聪聪在海浪后边，有点儿哭了。

过了一会儿，白熊妈妈来到聪聪身旁，说："聪聪，抓着我试试。"

聪聪用嘴拼命叼住妈妈的尾巴。

"对，可以了！一、二，一、二，这样的，看我的手和脚的动作。……"

聪聪从下边时隐时现地盯着蓝海中妈妈摆动的手脚,用力地游,因为是叼着妈妈的尾巴,所以根本不用担心沉下去,身体自然轻松了。

"聪聪,好了!就这样游,记住刚才的游法。……"

最后,三只小白熊都安全地到达了浮在海面的冰山上。

从漂浮的冰山上,可以清楚地看到白白的陆地。也能看到远远的聪聪他们出生的家那儿的雪堆。

"妈妈,我们到哪儿去?"聪聪不哈吃哈吃喘了,向妈妈问道。

"今天,再游一会儿。从今天晚上起,我们就在冰上睡了。我在这一带找到了最安全的地方。"

"妈妈为什么住在这儿?为什么不回家了?"什么都想知道的聪聪问。"我再也不想游了。"聪聪心里想。

可淘淘却高兴极了。

"行啊!行啊!不回去了!我们在海上住多好!"

"圆圆怎么样?不喜欢海?"白熊妈妈问。

"陆地的家危险吧?我喜欢安全的地方。"圆圆想了一会儿,回答说。

"是啊,在陆地上,不能在海岸边练习游泳。可在这里,能捉到很多的鱼吃。……"白熊妈妈为了不让圆圆想起妈妈而悲伤,她没有讲出,是因为听到了啪啪的枪声,害怕撞上人类,她才领着孩子们来到这海上的。一年一次来这地方打猎的爱斯基摩人,是专打海豹、海象什么的,并不怎么可怕。

不过,尤里的白天鹅哥哥,从天上看到的乘白色船的人类,就不同了。万事能阿武说过,乘雪白色船来的人类,拿着要比爱斯基摩人好得多的枪,当然也是打海豹、海象,特别是专爱射杀白熊。开枪打死圆圆妈妈的人类,好像还在白熊妈妈家附近。可能会坐着狗拉雪橇,来这儿找没了妈妈的小白熊。万不可粗心大意。

白熊妈妈想快点教会淘淘他们游泳,非得找一个人类的船通不过的地方才行。

"先休息一会儿,再出发。你们等着,我去找点好吃的。"

淘淘他们看着白熊妈妈敏捷地追赶着鲱鱼和墨斗鱼,真羡慕呀。

"哇!妈妈游得真棒!"

过了一会儿,白熊妈妈游回来,喂了淘淘、聪聪、圆圆奶。

"我们走吧,到冰山那儿去。淘淘自个儿能游了,圆圆咬住我的尾巴……对了,聪聪,你留下等我,好吗?那就圆圆留下,我马上就回来接……"

聪聪看看小妹妹。圆圆悲伤地摇摇头，一想自个儿被留下，眼看着要哭了。

"行！我留下等妈妈吧，我是坚强的孩子。"聪聪对妈妈说。

白熊妈妈要淘淘打头，让圆圆咬住自己的尾巴，开始在深海游起来。

留下聪聪自个儿，白熊妈妈很担心。她一遍又一遍地嗅着周围的味儿，确信周围没有危险后，才游走了。

"聪聪，我马上就回来接你！"

在漂着白冰的蓝海里，白熊妈妈和两只小白熊不停地游着。

聪聪很羡慕弟弟淘淘一遍就游得那么漂亮。

"淘淘真好，一点儿也不跟我骄傲，要是我就骄傲了。"

聪聪望着海的对面。

妈妈他们，在大冰山的背后，已经看不见了。

"孤零零的一个……"

聪聪掉进冰缝里的时候，也曾经是一个来着。现在又是就自个儿呆在大海中了，更觉得是孤零零的一个了。

"啊，妈妈，快来，……可是，行啊，我是坚强的孩子。"

聪聪想起温和的圆圆，不再软弱了，自言自语地说：

"我比圆圆坚强，就是自个儿也不怕！"

短暂的夏天

不一会儿，白熊妈妈返回来，让聪聪咬住她的尾巴，在冰冷的海里游起来。

现在是北极短暂的夏天最好的时候。

高高的天空上，海鸥呀，雁呀，海燕什么的，像云一样聚集飞翔。像是趁这夏天太阳照耀期间，培育雏鸟儿长大，不停地忙碌着。

白天鹅湖边的那些白天鹅雏鸟儿们也长大了吧？尤里，还有尤里的哥哥生活得很好吧？

游到淘淘和圆圆等着的浅绿的冰山下，白熊妈妈对聪聪说：

"你自个儿游游看……"

随着话音，聪聪叼着白熊妈妈尾巴的牙齿一松，扑通一声，落进水里，可聪聪没沉下去，小手小脚，动得很好，沉着地游过去了。

"聪聪，就差一点儿了！"

"聪聪，游得真带劲儿！"

淘淘和圆圆在冰山上拼命地喊着，给小哥哥加油。

聪聪被白熊妈妈托着屁股，推到了冰山上。圆圆赶忙上来，给聪聪舔舔脸上的水。

"聪聪，谢谢，你自个儿在那儿害怕了没？你也会游泳了！"

聪聪稍微向后退一步，扑噜扑噜，抖抖身上的水，白熊妈妈从水里出来总是这么抖掉身上水的。

"我自个儿，一点儿也没在乎，一开始，有点害怕来着。……"

聪聪向淘淘和圆圆这么说着，有点儿得意。温柔的圆圆说了谢谢，聪聪不由得觉着自己有点儿长大了，心里十分高兴。

从这天起，在海上浮动着的浅绿色的大冰山，成了聪聪、圆圆们的家。冰山宽大得能住下一百个聪聪他们。角落上有锯齿状刻纹的溜尖的冰峰。

在这儿，小白熊们听不到人类啪啪的枪声。

聪聪他们在长长的白天里，练习游泳了，淘淘不用说了，聪聪和圆圆也游得相当好，每天快活极了。

在雪洞里窄得难受的生活，像是好早以前的事儿。和那窄小的雪洞相比，在这天空下的冰山上生活，简直像在野营一样快乐。

淘淘游泳是冠军，因为游得好，很快就成了捕鱼、抓墨斗鱼的能手。

淘淘是白熊野营的食物管理员。淘淘抓到墨斗鱼、鳕鱼、鲱鱼什么的，就分给聪聪、圆圆。三只小白熊除了吃妈妈的奶水，也能吃鱼了。

北极夏天的夜很短。

到了晚上，海风吹得很舒服。满天的星星，在大家的头上闪耀。星星里边，有个像白熊形状的大熊星座，小白熊们最喜欢。

"大熊星座，你说什么呢？我什么时候能上你那儿去？……"聪聪望着星星这样想。

"大熊座星星，你不是我妈妈吗？我成了聪聪他们妈妈的孩子了，是可好的妈妈了。可是我死去的妈妈，一定飞上天了吧？"圆圆这么想。

"大熊座星星，我很想念欧拉呀，没有叫海豹座的星星吧？……欧拉现在怎样了？……"淘淘这么想着。

后来，三只小白熊在空中星星们的保护下，在冰山的家睡着了。

快乐的夏天，还在继续着。

聪聪、淘淘神奇地长大了。手脚都长得很结实。最小的圆圆也长成了胖胖的白熊姑娘。

有一天。

"啊！"在冰峰上看着海的白熊妈妈，叫了一声。

在远远的什么地方，响起了轰隆隆，像是打雷的声音。

"怎么了？妈妈，那是什么声音？"聪聪跑来问妈妈。

然而，没等妈妈回答，冷风，回答了聪聪。

冷风卷着白白的雪沙，啾啾地刮过了聪聪的鼻尖。

"什么呀，冬天来了？那是雪，真好吃！"淘淘张开小嘴，想要吃哗哗下来的雪沙。

圆圆觉得狂欢飞舞的雪沙，虽然很冷，可却像雪白美丽的舞蹈少女。

冷风来得快，走得也快。太阳又露出笑脸，是和平常一样的夏日。

冷风在聪聪他们脚下浅绿色的水洼处，留下像霜花一样的洁白装饰走掉了。

"刚到九月就……"白熊妈妈担心地看着晴朗的天空说。

太阳在天空的时间，一下子缩短了。雪沙常常刮来，弄白了小白熊们的鼻子。

一天，白熊妈妈说：

"要回陆地去了，夏天的野营结束了……"

"不走，我乐意在这儿。"淘淘第一个反对。

"为什么？不走不行吗？"聪聪说。

"妈妈，我喜欢在这儿。"圆圆说。

三只小白熊喜欢冰山上的家，一点儿也没有离开的意思。

白熊妈妈说：

"你们不知道，开始结冰的时候，呆在海上，是非常危险的……"

"现在还没结冰呀！"

"连一块浮冰也没有呢！"

"妈妈，再稍等等……"

三个小白熊一个劲儿地请求。白熊妈妈终于赞成在冰山的家再过几天看看。

可怕的事情发生了。

一天早上，在冰山上的家睡着的小白熊们，被一阵咔啦咔啦，咕噜咕噜震天动地的声音惊醒了！聪聪他们冰山上的家，突然像被什么东西朝上推起，接着，又像地震剧烈地摇动起来！

昨天还是蔚蓝的海，被像粥一样的冰，弄得雪白。那冰眼看着就变成了白白的坚冰。一会儿，又出现了一个大裂口，咕嘟咕嘟涌出海水。

"妈妈！"

"妈妈！"

"妈妈！妈妈！妈妈！"

小白熊们抱住了白熊妈妈。

头一次看到大海封冻，感到非常可怕。海的表面开始结冰，满潮的海水，又从下边猛烈地撞开了冰！

"紧紧抓住我！"

白熊妈妈在摇晃着的冰山上的家说。

"海水开始封冻了，当心别掉下去！"

开始结冰的冬天的海，比起化冰的春天的海，有大出多少倍的力气。

"这冰山被挤成粉末就……"

白熊妈妈抱住孩子们呜嗷呜嗷叫着。这北极大自然，比人类，比什么都可怕！现在白熊妈妈的周围波浪滔天。

"我可得稳住神儿，不管出什么事儿，这些孩子……"

在过早到来的冬天面前，白熊妈妈不停地吼叫着。

小白熊们也明白了，十分危险的事情开始了。

愉快的冰山露营地，被掀上来的冰浪震得一劲儿摇晃，好像要断裂。

海里远处的冰，嘎吱嘎吱裂开，向四面八方涌出水花似的碎沫，飞速地漫延到了眼前。

"不管怎样，我们要坚持住！"

听着白熊妈妈粗暴的吼叫声，小白熊们互相看看。

在三个小白熊的六只眼睛里，现出了战胜恐惧、生存下去的神奇力量。

"妈妈，我们要坚持到底……白熊是北极之王，面对凶暴的冰，我们决不退却！……"

乾富子（日本）

红球和欧拉的同类

像打雷一样的声音过去两、三天后，海上完全封冻了。

不管什么巨大的力量，都不能摧毁这坚硬的冰了。

扁平的橙黄色的太阳，从海的对面升起来。

"聪聪、淘淘、圆圆，趁着有太阳，咱们走吧。"

两、三天没吃东西的白熊妈妈，先站起来，朝陆地方向走去。

周围的样子完全变了。

海上冻得雪白。不过，不是冻得平平的。封冻时，隆起的冰丘，像巨人筑起的冰塔，排成一列。当白熊们从冰塔的背影地方经过时，冰塔闪着水色、玫瑰色、绿色、紫色的光，像闯进了一个神秘的国家。

"淘淘，淘淘，别着急！"

"聪聪，别东张西望！"

小白熊们急着快走，在凹凸不平的冰上，跌倒了好几回。

小圆圆跌倒了，也自个儿爬起，紧跟上来。

"在愉快的海上野营期间，三个孩子都缝康地长大了，真好……"白熊妈妈看着小白熊们都能吃苦耐劳，心里很感动。经过这两、三天的恐怖生活，淘淘他们还能吃下妈妈的奶，这么有劲地走着。

这时，聪聪忽然问：

"妈妈，那是什么？在对面能看到的那个？"

对面远远的，有一个眼生的东西，海上的冰破裂，隆起了冰峰，那东西像是被推到了冰峰顶上。

是船！

白熊妈妈急忙把小白熊们藏到了冰丘后，站起来，嗅嗅远处的味儿。

那条高高耸起的，躯干伸向空中的船上，有海豹肉味儿！

人类不在了？想不到没闻着人类的味儿。

"哎，妈妈，那是什么？"聪聪从冰丘后问。

"那是船，被冰封住，动不了啦。"

"不可怕吗？没有人类吗？"聪聪又问。

"好像没有人类，我先去看看。……你们都在这儿等着。看我点头，你们再去。……"

白熊妈妈决定留下聪聪他们,自个儿去船那儿看看。从这儿到陆地去,怎么也得从那条船附近经过。那船里要是有人,一定会朝这边开枪……

白熊妈妈藏在凹凸不平的冰后面,小心翼翼地走近了船。看到狗拉雪橇的痕迹,才放下心。被冰困住的人类,已经坐狗拉雪橇逃走了。

白熊妈妈顺着海豹肉味儿,走进了空船。船里真的没有人类。两、三天什么也没吃的白熊妈妈,饱餐了留在甲板上的海豹肉。不一会儿,白熊妈妈又走出来,向等在远处的小白熊们点点头:

"没事儿,来吧!……"

淘淘第一个冲过来,想立刻冲进这稀奇的船里。

"等一下,淘淘,我再进去看看。"白熊妈妈担心,人类会不会藏在哪个角落里,死去的圆圆的妈妈毛皮,是不是会被留在什么地方。她又返回倾斜的船里。

"什么呀,我们进去也没事儿!"淘淘叨咕说。

"这船跟白天鹅哥哥说过的那条船是不是一样?"正好这时候,赶上来的聪聪说。

"是不是一样的船,不看不知道啊!"着急想快点上船的淘淘说。

"要是一样的船,圆圆的妈妈也许被带走了呀。"

"啊,是吗?那么对圆圆……"

这时,圆圆赶了上来。聪聪和淘淘互相看了看,把要说的话咽下去了。

"喂,聪聪,我进去看看,哥哥和圆圆在这儿呆着啊!"

淘淘没等聪聪回答,咚咚进了船里。

看见了白熊妈妈在甲板上白白的后背。淘淘怕被妈妈看见,轻轻地下了狭窄的楼梯。这里是船员们的房间。房间里什么也没有,只有忘在墙上的挂钟,那圆圆的脸,向淘淘怒目而视。淘淘毛毛腾腾地看看周围。

角落里滚着一个红球,淘淘一摸,叽哩咕噜地乱滚,特有意思。淘淘叼上它,上到妈妈在的甲板上。

这是船上的人们晾晒海豹皮的地方。晒着很多鳍处有两个眼儿,像背心一样的海豹皮。不过,那背心上,没有脑袋,淘淘什么也没发现。

"妈妈!"想给在甲板上的妈妈看红球的淘淘,凑到了妈妈跟前。

"啊!"淘淘吓呆了。白熊妈妈在吃东西。在吃淘淘的朋友海豹的同类。……

"欧拉!"淘淘轻轻地说着,闭上了眼睛。红球通通地滚走了。

乾富子（日本）

"淘淘！"

从眼前淘淘的样子，白熊妈妈明白了孩子的心理。

和欧拉是好朋友的儿子，是不是把吃海豹的妈妈，看成像魔鬼了？……

"淘淘！"妈妈说了，"喂，淘淘，早就应该告诉你们……对我们来说。需要冬天的食物。人类留下的这肉，也是冬天的重要食物啊。"

淘淘转过脸去，觉得很恶心。淘淘从来没有一次猜疑、讨厌过妈妈。

可是，现在不同了。

"淘淘，对不起。我对你保证，再也不吃你朋友的同类了。……"淘淘想得到妈妈这样的回答。可妈妈却说了，"对我们来说，是需要冬天的食物。"

淘淘咬紧牙关，他要忍住哭泣。周围突然发黄了，有点儿晕。淘淘向后退了一点儿。

"不！不！妈妈混帐！"淘淘终于哭起来。

"淘淘，不许哭！"

过了一会儿，妈妈认真地说：

"我本想等等再让你们知道，……淘淘，不了解实际不行呀……海豹呀，海狗呀，鲱鱼呀，鳕鱼，是我们白熊的食物。当然，我们不能为了取乐、戏弄而胡乱捕杀它们。可是，淘淘，你从现在起到长成男子汉，不学会捕海豹是不行的……"

"不，不！我不干！"淘淘声嘶力竭地大喊。

"现在我明白了，当初，欧拉的妈妈为什么讨厌我。……因为我是杀害海豹的白熊的孩子……所以，欧拉的妈妈才把我轰走了。……"

"是啊，"白熊妈妈也在想，"从那以后，淘淘和欧拉像兄弟一样，并排在海边睡觉时，我也曾和海豹的妈妈度过一段安稳时光，当时的情景一辈子也忘不了。……不过，淘淘，我作为白熊妈妈，不把实情告诉你们不行啊！……唉，要是万事能阿武在的话，会能更好地告诉淘淘。……我喜欢海豹欧拉和他的妈妈啊，他们是能和我们成为朋友的动物。我们要不夺取他们的生命，也能好好生存下去的话，那该多好啊。……"

听到淘淘的哭声渐渐平息的白熊妈妈想："可是，在严酷的北极大自然里，我们没有别的吃的啊……让这么小的孩子，理解我的心情，是绝对办不到的。真痛心，让这么点儿的孩子，从这么小就开始对我存有疑心……"

淘淘抽泣声一停，就粗暴地对白熊妈妈说：

"你老对圆圆那么好。可又满不在乎地吃欧拉的同类。好吧，我也不和谁

好了。我也欺负圆圆和聪聪……这样下去，就成了厉害的小白熊了！"

白熊妈妈没有作声，用粗糙的舌头，舔着淘淘背上纠结在一起的毛。

"这小家伙，不知道妈妈是多么地爱他呀！……"

过了一会儿，淘淘要威风的三角脸，终于恢复了平常的小白熊样子，态度也和气了。白熊妈妈说：

"出去吧。海豹们是不会灭绝的。……聪聪还等着我们呢，不出去不行了，啊，淘淘。"

"再不和妈妈好了。"淘淘一边这样想，一边捡起红球，走出船外。

生妈妈的气，要一直气下去的心情；又想谅解两、三天什么也没吃、爱护孩子们的白熊妈妈的心情，一直在淘淘的心中转来转去。

我要是肚子饿，一定会什么都吃的吧……可是，只有白熊妈妈不能做那种事情，何况吃了我朋友欧拉的同类。……

淘淘摇着头，跟着妈妈出去了。

冬　眠

白熊妈妈和淘淘从船里出来一看，聪聪和圆圆在冰上睡了。看样子，是聪聪一直安慰圆圆累了，俩小家伙香甜地睡了。

"聪聪和圆圆两个真好。可是，淘淘的那个红球，是不是给圆圆拿来的？……"白熊妈妈这样想着，轻轻摇醒聪聪和圆圆，"快走吧。"

白熊妈妈朝向陆地咚咚走去了。

"船里出什么事了？"聪聪从后边问。可白熊妈妈默默地走着，没有回答。淘淘嘴里叼着红球，也是默不作声地走着。

聪聪从刚才就注意到了白熊妈妈沉闷的样子和淘淘哭过的脸。"怎么回事儿？是在船里发现圆圆死去的妈妈了？那，淘淘为什么哭了呢？"

聪聪使劲儿压住想问的念头，也默默的走着。圆圆也拖拉着脚，跟在聪聪的后边。

陆地的样子，今年冬天也像是和往年不一样。

在海岸边，被掀上来的雪，摞在一起，有几米高。

白熊妈妈在比去年离海更远的雪堆下开始挖大洞了。

能看见北极狐们拖拉着大尾巴，向陆地那边搬家。

"这个冬天，不怎么好过啊！"北极狐们用狐狸的语言，互相说着，斜眼

儿偷看着白熊们，像风一样的逃掉了。

只有一个高兴的事儿。可能是害怕今年过早到来的冬天吧，在这一带，已经没有人类了。人类从船上下来，乘狗拉雪橇逃到大南边去了吧？

在夜长，越来越寒冷的一天，黑暗的天空，燃起了奇怪的火。

"妈妈！妈妈！看看那个！"聪聪害怕地说。

空中的火，从绿色到红色，混杂在一起，像一张巨大的光幔，在天空展开、燃烧。

"那是极光啊，落下去的太阳，向我们说'晚安'呢！"

"我们不睡不行了？"聪聪吃惊地说。

"对，冬天这段时间，我们要在雪洞里睡觉，一直到明年太阳再升起来。……"

"真烦人！我还不困呢。"

"妈妈，太阳明天还会升起来吧？"

"不会了，太阳已经下去了。极光也那样说'晚安'了。"

不久，那极光的火，也一闪一闪地摇晃，像被吹熄了。只见空中的小星星们在闪光。

"夏天的野营真有意思啊。大熊星座看上去特带劲儿！"聪聪对淘淘说。

"嗯。"淘淘回答一句后，在望着天上的小星星们。

那些星星虽然没有大熊星座那么带劲儿，但却像海豹欧拉的眼睛一样，不眼生，一闪一闪地看着这边。

"行了，进雪洞里去吧。"白熊妈妈说。

三只小白熊静静地走进了白熊妈妈挖的深深的雪洞里。

雪洞里边和外边都漆黑了，就是不睡也没什么可干的了。

"呵——呵！"圆圆打了一个哈欠。

"呵呵！"受到传染，聪聪也打了一个哈欠。

淘淘打算自个儿不睡，可也马上困起来。

"呵呵！"淘淘也打了哈欠。

"晚安，淘淘，上这儿来！"用雪结实地从里边堵上了雪洞出口的白熊妈妈说。

"真烦人，我在离妈妈最近的地方睡呀。"

"我挨妈妈睡呀！"聪聪拉着淘淘想挤进去。

"不行。不能那么推，看，大家都一样嘛。"白熊妈妈紧紧抱住三只小白

熊说。

淘淘在离妈妈最近的地方睡了。白熊妈妈的大心脏，在淘淘的耳朵边咚咚咚地响着。

"我，还在生妈妈的气！"淘淘尽力这样地想。可听到刚强的白熊妈妈心脏的声音，这种想法象是渐渐消失了。

雪洞里，开始听到了小熊们安详的呼吸声。

"好好睡吧，我的孩子……"

白熊妈妈把从淘淘手里滚出的红球，悄悄滚到角落后，自己也睡了。

第三章

带来夏天的鸟

白熊的雪洞里，现在很安静。

冬天里，常常醒过来的白熊妈妈，本来习惯了暴风雪，可对今年冬天暴风雪这么猛烈，感到很吃惊。

好在十二月、一月、二月连续的暴风雪，终于平静下来。漆黑的北极海的上空，现在也是安静地睡着。

小白熊们时常翻翻身，就又香甜地睡了。

"太好了，大家都平安无事……这个圆圆的妈妈，是不是被那白船上弄毛皮的人类带走了。……"白熊妈妈这样想着，又睡了。

等到白熊妈妈睁开眼睛的时候，已经是三月中旬了。

是谁的小脚，狠狠踢了妈妈一下子，使白熊妈妈睁开了眼睛。

"淘淘，睡相不好！"白熊妈妈笑了。

"呜，夏天还没来呀？……"还很困的淘淘问。

"哎，哎，外边还漆黑呢。从海那边，传来了冰裂的声音。……再等等，带来夏天的燕鸥就来了。"

"燕鸥？啊，对了，是传说里的白鸟？我今年看看那白鸟。"

"对，再睡些日子以后……"

"嗯，可叫醒我啊……"淘淘说完，就又睡了。

有一天，淘淘又醒了，觉得自己身边空了。

仔细一看，睡在旁边的妈妈不见了。从微亮的雪洞外边，进来了舒服的

乾富子（日本）

空气。

"什么呀，妈妈真神，自个儿到外边去了！"淘淘侧身一听，海上咔啦咔啦冰的破裂声，传到了雪洞里。

淘淘自个儿想出去看看，一下踩到了聪聪的脚。

"好疼啊！"聪聪睁开了眼睛。

从外边进来的新鲜、凉爽的空气，使聪聪彻底醒了。

"去哪儿，淘淘？"

"外边呀。"

"去干什么？"

"去看带来夏天的鸟。"

"我也去。"

"嗯，那快点！"

一对双胞胎，从妈妈刚打开的雪窗下，向微暗的外边走去。

雪地上，留下了一趟妈妈黑黑的点点的足迹。

两只小白熊缩着脖子，向着足迹相反的大海方向走去。太阳在这一带还没露脸呢。

在海的上空，已经闪现出太阳出来前的珍珠色的美丽的光。

暗暗的海上，响着冰裂开的声音。对经历了去年惊天动地的封冻景象的聪聪，这春天的冰裂声，已经算不得什么了。

陆地上暗暗的天空，模模糊糊地能看到金色的光。

"星星出来了。"

"不是啊，不是星星……极光吧？"

"哎，一点儿一点儿往这边来了。"

在昏暗的空中，那金色的东西，一边奇异地闪着光，一边向这儿来了。

"是鸟！"

"是传说里的白鸟！"

在高高的天空，夏天已经来了吧？鸟，一边闪着刺眼的光，一边不慌不忙地飞着。

"等等！"

"等等！"

"等等我！"

聪聪和淘淘拼命地在海上跑着。追白鸟一直追到了冻得白白的海中。

"淘淘啊！……"远远的后边，传来白熊妈妈的叫声。

"淘淘啊……聪聪啊……回来……"

白鸟像是大家想念的夏天的标志，现在闪着玫瑰色的光，向海的方向飞去。

两个小白熊什么都忘了，跳到了冰缝对面的一块大冰上，被留在后边的小冰们，嘎啦嘎啦发出笑声，觉得两只小白熊被大冰块抢走，太有意思了！

"聪聪啊！淘淘啊！在哪儿？……"白熊妈妈的声音，还在远远地叫着。

可是，淘淘和聪聪被从海边使劲儿拉开，坐在冰上，被运向昏暗的海上。

闪着玫瑰色光和金黄色光的鸟，看不见了。

淘淘和聪聪只顾看那鸟，好大一阵子，也没留心自己在哪儿，当两个小家伙发现事情糟了的时候，两只小白熊已经离开了陆地。

"怎么办？"淘淘说。"跳下水游到对面去。"

"水特冷啊！"聪聪有点害怕地说。要是夏天的海，聪聪下去游，一点儿也不在乎。可这昏暗的冬天的海，像要被拉下去，觉得可怕。

"不说这个，我肚子饿了。"聪聪怕被说胆小，急忙差开说。

"那，我肚子也饿了。我还是老早以前，在睡觉以前吃的妈妈的奶……"这么想的瞬间，淘淘眼睛眩晕起来，全身瘫软，坐在了冰上。

聪聪也站不稳了。两只小白熊什么也不说，都坐在了冰上。

今年第一次出现的太阳，慢慢升上天空。太阳发现了在大海冰上的两个小白熊。

"这么冷，干什么呢？快回白熊妈妈那儿多好……"

一个小时左右，太阳一边落下去，一边担心地说。

"可怜的、迷路的一对……？"

两只小白熊在冰上不动了。

又饿又冷，聪聪和淘淘都动不了了。

"……哎，太阳回来了。"

"哎，带来夏天的鸟，真是带来夏天的鸟啊！"

"我们看到那鸟了……"

"那鸟放了金黄色的光。"

"带来夏天的鸟，也带来了鱼吧。"

"带来好多的墨斗鱼、鲱鱼呀。"

两只小白熊像作梦一样，互相说着。

太阳落进了海里。

两只小白熊什么也不说了，默默地坐在冰上。

这时，从冰冷的海里，一个大白东西，露出了脸。大白东西发现了冰上的小白熊，跳到了冰上。

"啊，妈妈！"比聪聪坚强一点儿的淘淘，高兴地说。

可是，那不是妈妈。

这只大白熊，看着快要睡着的聪聪，用大手打了一下聪聪的脸。

"哎，真疼！"聪聪睁开了眼睛。

"不能睡。睡了，就会死的！……"大白熊说完，又拍了几下聪聪的脸。

"不行，不行，不许欺负聪聪！"淘淘气得向大白熊的大手扑去。

"嗯，这孩子还满精神！"大白熊说完，轻轻推开淘淘。这一推，淘淘咕噜，差一点从冰上掉下去。

"淘淘！"聪聪大叫。

大白熊用大嘴一下轻轻叼住了淘淘的脖子。

"是聪聪和淘淘？都是男孩。"

两只小白熊默不作声。

"怎么？都生气了？可是，你们的妈妈一定向我说谢谢呀。一定会说，'托你的福，救了可爱的小熊宝宝的性命'呢！……"

"……"

"你俩怎么到了这儿？"

问什么，淘淘和聪聪都不回答。

"多固执的小熊啊！不想回家吗？"

"嗯。"聪聪摇摇头。

"是吧，你俩从哪儿来的？"

"从那边呀！"淘淘用手告诉，自己认为是陆地的方向。

大白熊笑了。

"没法子。我送你俩回去。放这儿不管，你俩都会冻死的……"不认识的大白熊这么说着，轮换地叼着聪聪和淘淘的脖子，很快地游到陆地，把两个小白熊轻轻放到冰上。

万事能阿武

把两只小白熊弄到陆地上后，大白熊又遇到了困难。

回到陆地的聪聪和淘淘，放下了心。可他俩完全饿垮了。

看到雪地上软绵绵伸展的可怜的小熊们，大白熊说：

"这麻烦的小家伙们，需要妈妈的奶水啊！马上就需要……"

大白熊是公熊，不能喂奶。可就这么放着不管，小家伙的小心脏，会永远停止跳动了……

大白熊开始在附近找吃的东西。现在还是海中连一条鱼也没有的季节，找了一会儿，在附近的冰上，发现了一个小洞。是冬眠海豹的出气孔……

大白熊咯吱咯吱除掉拍碎的冰，抓出了一只睡着的海豹。

淘淘觉得，有什么热乎乎的东西进到了嗓子里，特别特别的好吃……像妈妈的奶水那样的好味道……淘淘像是说，再给点儿，再给点儿，张开了小嘴。好吃的东西，咕噜咕噜，流进了淘淘的嗓子里，于是软绵绵的淘淘的心脏，开始咚咚有力地跳起来。全身热血流动起来。

"聪聪呢？"淘淘想。扭动身子一看，聪聪也恢复了气力，拼命地吞吃大白熊喂的东西。聪聪的小嘴周围，全被血水弄脏了。

"缓过来了，小家伙们……"大白熊有点逗趣地说。

"嗯。"

"嗯。"

双胞胎同时回答。身体有了劲儿，两只小白熊一块站起来。

"谢谢。叔叔，你从哪儿来？"什么都想知道的聪聪急忙问。

"我吗？我有重要工作，去找报告夏天到来的燕鸥……"

"哎，要去找那白鸟，我们看见了。"

"闪着金黄色的光，向高高的天空飞去。"

"是真的？"大白熊大声问，"什么时候看见的？那鸟是怎样飞走的？！"

"刚才太阳出来之前……"

"一开始，闪着金黄色的光，最后，闪着粉色的光，向海的对面飞去了……"聪聪想起来后说。

"什么，开始是金黄色；最后，是粉色……"大白熊听完，探出身子说。

"那么，今年的庆祝'夏天节'，要比往年开得平和盛大……你俩告诉了我好

消息。"

"'夏天节'是什么？平和，是什么？……盛大，是什么？"聪聪尽力回想大白熊说的话，问道。

"啊，我今年有一个任务，要查明带来夏天的白鸟翅膀，被太阳光照的情况，把今年的'夏天节'，通知给大家……你俩还不知道'夏天节'吧……在夏天节这一天，在北极的动物们，都集合在一起，共同庆祝这个美丽的日子……"

大白熊说完，像是很着急地对聪聪和淘淘说：

"小家伙们，我得走了，我想再去亲眼看一次燕鸥……你俩回家一定要挨妈妈训，这么冷的天，从家里溜出来，真胡闹。可也是，只有像你俩这样，才能看见带来夏天的白鸟。这样吧，要是挨妈妈训，你俩就把我说的，'在庆祝夏天节的时侯，把小白熊们带到大熊岩来'，告诉她。……"

"那，叔叔，你是什么人？要是妈妈问，是谁告诉的，怎么说呢？"聪聪追上去问。

大白熊已经向海边走去。

"我的名字叫万事能阿武。"大白熊一边踩着迈过海上的浮冰，一边转向小白熊们说。

"万事能阿武？……"

两个小白熊互相看了看。

"那不是白熊爸爸吗？不是给我们起了名字的聪明的白熊爸爸吗?!"

这时，万事能阿武的巨大身影，在轰隆轰隆碰撞的浮冰的对面，像影子一样变小了。

"爸爸！"

"是爸爸救了我们！"

两只小白熊想起了喂他俩好吃的血，使他俩复活过来的爸爸的大手。

那是海豹的血，淘淘现在也明白了。可喝着也没觉得奇怪和恶心。从前，白熊妈妈说的话，现在白熊爸爸亲自用行动教给了淘淘。为了不让聪聪和淘淘死掉，爸爸才那样做的。

"快回家去！……"

"快回家告诉妈妈！……"

两只小白熊边寻找家，边在冰和雪的路上走起来。

这时，在雪洞里，小圆圆哭了。

白熊妈妈比圆圆更想哭，但为了不让小女儿悲伤，她坚强地说：

"圆圆，别哭，等着啊，哥哥们一定会回来的。我再出去看看。别哭，等着啊……"

"不，不，我也去。我也去找聪聪他们。"圆圆抽泣着说。

"不，不行。圆圆，你出去会冻死的。……"白熊妈妈严厉地说完，口气又缓和下来，温柔地说："圆圆最听妈妈的话，好好自个儿在家等着，啊。"

白熊妈妈走了。

"聪聪他们真的能回来吗？……"

小圆圆的黑眼睛里，不停地流出泪水。那个妈妈死去，妹妹失踪时，圆圆还太小，还不怎么明白离别的悲伤。可现在不同了。聪聪不回来，那淘气的淘淘也……

"就剩下我自个儿了，聪聪回来呀，回到我们这儿来……"

圆圆哭着把脸探出雪窗，泪珠马上冻了。小圆圆又咯吱咯吱冻了满脸冰。

白熊妈妈好像疯了，在雪洞和海边之间，找啊，找啊。太阳早就落下去了，周围只是模模糊糊的有点儿亮。

突然，白熊妈妈的鼻子，嗅到了小白熊们的味儿，是从老远老远的海边……

白熊妈妈跑起来。

不一会儿，看见了在雪地上走过来的两个小影子。

"聪聪啊！"

"淘淘啊！"

白熊妈妈冲过去，一下叼住了两个小白熊的脖子。两只一起叼，小白熊们太大了。可是，现在白熊妈妈就这么干了。她怕留下一只，可能一会儿又不见了。

白熊妈妈一起叼着聪聪和淘淘，一眨眼，就回到了家里。

"坏孩子们！坏孩子们！"白熊妈妈把两个小白熊领回来，也安心了，第一次流出了眼泪。

聪聪和淘淘缩得很小，等着挨妈妈的训。这时，白熊妈妈忽然看到脚边的圆圆满脸冰溜子，上来欢迎聪聪和淘淘，拼命地睁眼张嘴。可是，可怜的圆圆，眼睛睁不开，嘴也张不开了。

"啊，圆圆！"

白熊妈妈舔着女儿冻冰的脸，流出眼泪，笑了。

聪聪和淘淘轮班给小妹妹舔着脸。

"对不起呀，妈妈！"

"对不起，圆圆！"

聪聪和淘淘不停地向妈妈和妹妹说"对不起"。

"坏孩子们，给我伸出屁股！"圆圆脸上的冰终于化开了，白熊妈妈对双胞胎说。

"妈妈，万事能阿武说了，'在庆祝夏天节的时候，把小白熊们带大熊岩来'……"

"我们看见了带来夏天的鸟，告诉万事能阿武了呀！"

"真的，万事能阿武的话好神啊！"

"什么，聪聪?! 什么，淘淘?! 再给我好好说说！"

就这么着，聪聪和淘淘把这次冒险的经历，讲给妈妈和圆圆听了。

到大熊岩去

呆在雪洞里，两个小白熊心里老是想着那神秘的夏天节和带来夏天的白鸟的事儿。

"妈妈，讲讲夏天节吧！"

"去年，第一次出现太阳，那光比现在更亮，也看见了带来夏天的白鸟！"

聪聪和淘淘一个劲儿缠着妈妈讲故事。

从三月底那次可怕的冒险后，聪聪和淘淘再没有背着妈妈出去。看到三个小白熊在狭窄的洞里闲得没趣儿，于是白熊妈妈讲故事说：

"去年，淘淘看到的，以为是带来夏天的白鸟，其实呀，那是白天鹅，像聪聪说的，在天鹅湖飞的那种白天鹅。叫燕鸥的白鸟，据说，翅膀非常有力量，能穿越南极和北极。最近，聪聪和淘淘看见的，是今年第一次飞来的燕鸥。"

"南极，很远吗?"

"嗯，嗯，可远了。万事能阿武说过，非常非常遥远。所以，燕鸥拉着太阳的雪橇，从南极到北极，可真够受的。"

"万事能阿武什么都知道。"聪聪佩服地说。

"万事能阿武是我们的爸爸呀！"淘淘洋洋得意地对圆圆说。

"哎，妈妈，我们也去参加庆祝夏天节吧？去叫大熊岩的地方！"

"妈妈也带上我啊！"圆圆担心地说。

"嗯，妈妈都带你们去。在北极海，每年六月夏至这天，要祭祀太阳，人类也在这天晚上燃起篝火庆祝。我们北极的动物们，也在这天召开庆祝大会。"

"啊，那，去年我们怎么没去呢？"淘淘像是不平地说。

"去年聪聪和淘淘还都是小不点儿呢，不能带到远地方去。……再说，去年的夏天节，不盛大。因为带来夏天的燕鸥，只闪了黄色的光……"

"还分大庆小庆呀？这个由谁来定？"聪聪问。

"决定这个事儿的，是负责监视这一年三月昏暗海上第一次出现燕鸥的。今年担任监视任务的，是万事能阿武。聪聪，对吗？"

"嗯，爸爸问我们燕鸥什么样了。"

"那鸟闪着金黄色和粉色的光。特漂亮！……"聪聪和淘淘说。

"是啊，看到粉色光的那一年，有大庆。"

"啊，那担任监视任务的熊，一定了不起吧?!"淘淘转转圆眼睛说。

"对，在北极最聪明的白熊们，轮班承担这个任务。强壮聪明的公熊，不怕三月底的暴风雪……万事能阿武从现在一直到六月，要跑遍全北极，把今年是大庆，通知雁呀、海鸥、白天鹅、白熊、狐狸、海豹、驯鹿什么的。"

"大庆，海豹也来，那，我能见到欧拉了！"

"我能见到白天鹅尤里了！"

两只小白熊齐声说，互相抱着，在狭窄的雪洞里翻滚起来。

只有圆圆默不作声。在这次庆祝大会上，圆圆见不到死去的妈妈和不知道名字的小熊妹妹吧……

白熊妈妈对欢乐的聪聪他们和默不作声坐着的圆圆说：

"妈妈的眼睛稍微离开一点儿，不说一声就溜走的孩子，实在不应该带去。这回算是饶了你俩，和圆圆一起带着去吧。啊，圆圆，走着到大熊岩去太辛苦了，等海里的冰再大裂裂，我们乘冰船去。"

"哇，太好了！"圆圆靠近妈妈说，"妈妈，妈妈，我就要这个妈妈，在庆祝会上我谁也见不到都行！"

过了五月，夏至渐渐近了。在这一年中，白天最长的祭祀太阳那天，眼看要到了。

一天，白熊妈妈带着圆圆、聪聪、淘淘他们，走出昏暗的雪洞，向海上出发了。盼望已久的一天终于来了，小白熊们高兴极了。只有淘淘和平常不一样，默默地走着。淘淘把去年在人类船上捡到的红球叼在嘴上。因为在淘淘白皮毛上，一个口袋也没有。

"象去年那样的海上露营又开始了！……"聪聪说。

不一会儿，来到海边，聪聪向大海跑去。

"比去年棒多了！我们能去远地方了！"圆圆说。

白熊妈妈一遍遍嗅着，寻找大熊岩方向。又下到海里，游出很远，查看海潮的水流，找一只合适的冰船。白熊妈妈在蓝色的海潮中发现了一块淡绿的冰。冰块不大，但却是很结实、很干净的"船"。这只冰船在海潮的中间，正向着大熊岩方向移动。

"聪聪、淘淘、圆圆，过来！"

听到白熊妈妈的呼唤，三只小白熊向海里游去。

白熊妈妈游到海潮流动的外围，来接孩子们，说：

"聪聪咬住我尾巴，圆圆咬住聪聪尾巴，淘淘自个儿游吧。"

嘴里叼着红球的淘淘点点头。

从这儿到淡绿色的冰船，排起了有趣儿的行列。今年，聪聪和圆圆就是不咬住白熊妈妈的尾巴，也能在海潮中游得很好。用尾巴连起来的三只白熊，跟在游得非常好的淘淘后边，都顺利地到达了淡绿色的冰船边。淘淘第一个爬上了船，把红球放到了冰缝上，大声地对跟在后边的妈妈、聪聪、圆圆说：

"欢迎你们到冰山上来！嗯，——这条船的名字……船名……"

"船的名字叫大熊号好。大熊座的大熊。"聪聪游来了，边往船上爬边说。

"啊，对了，妈妈、圆圆，大熊号欢迎你们！"聪聪和淘淘从淡绿色的冰船上，向海里的妈妈和圆圆招手说。

淡绿色的冰船大熊号，载着白熊妈妈和三只小白熊飞快地流走了。

又是像去年海上露营一样快活极了！

海潮静静地运送着聪聪他们的大熊号。一天，白熊们一睁眼睛，一下看到了奇怪的东西。

在海的对面，一座有雪的大岛边上，站着一个两条腿的动物。

"人类……"白熊屏住呼吸，三只小白熊也吓了一跳，呆呆地站在冰上。

在岛边上的是一个小人类。白熊妈妈看到那小人类没有拿枪，放下了心。

"这样好吗？你们躲在冰船背后，悄悄游过这地方，就没事了。……"白熊妈妈说完，叼着圆圆的脖梗，从小人类看不见的地方，静静地滑进水里。聪聪也跟着滑下来。

"淘淘！"白熊妈妈低声叫。

本来应该第一个滑进海里的淘淘，怎么的了?!

淘淘在冰船上惊呆了，岛边上的小人类发现了淘淘。小人类漆黑的眼睛，一闪一闪地注视着淘淘，是那么高兴，那么十分亲密……

淘淘一动不动站在那儿，慌恐和新奇的心情交织在一起，像被绑住一样，也在注视着小人类。

"淘淘啊！……"白熊妈妈又叫了。

这时，从海边的大岩石后，突然出现一个大人类。

大人类把像棒子一样的东西，一下举在眼前，瞄准了冰船上的淘淘。

啪啪！棒子一冒火，小人类一把拉住大人类的手，淘淘倒在冰上了。

"淘淘啊！"白熊妈妈吼叫了。

可是，白熊妈妈一想到聪聪和圆圆，是不能马上跑到淘淘那儿去的。

白熊妈妈像疯了一样，带着聪聪和圆圆游着，把两个孩子举到一块浮冰上，又急忙游回到大熊号上。

淘淘已经不见了。

淘淘是不是被杀害了？冰船上没有血迹，这说明淘淘没事儿吧？

"淘淘！淘淘啊！"白熊妈妈嗅着淘淘的味儿，跷着脚，嗅着留有火药味儿的天空……

爱斯基摩人孩子大勇

淘淘睁开了眼睛，一摇晃脑袋，慢慢站了起来，哪儿也不疼。

啪啪冒火的棒子，被小人类拉偏，子弹飞到天空去了。

大人类抓住小人类的肩膀，雨点般的拳头，打在他的脸和头上，那孩子扑通倒在了地上。

淘淘清醒过来，站起来的时候，倒在地上的小人类，像是很疼他，也慢慢地站起来了。

淘淘是被人类的大手不知什么时候，带到这海边来的。

"……"

小人类说什么了，淘淘一点也听不懂。淘淘只感觉，这小人类很悲伤。

淘淘的脖子上套着结实的驯鹿皮绳，绳的一头牢牢地拴在一块很重的岩石上。

"快把那绳子咬断！"

小人类用身子告诉淘淘。

小人类温柔的眼睛，在催着淘淘：快！快！

淘淘低下眩晕的头，咬着驯鹿皮绳儿。绳儿硬硬的，咬不断……

淘淘看到那小人类被打肿的茶色的脸上，露出高兴的笑，又增加了力气，狠劲儿咬起来！

"好！好！"小人类喊叫着，鼓励淘淘。这是个爱斯基摩人的男孩儿，他和爸爸是从老远的北方来这儿捕海豹的。

男孩儿第一次使用鱼叉，就射死了四只带斑点的大海豹、有耳朵的小海豹，被爸爸赞扬是好猎人。

可当这孩子一眼看到小淘淘时，突然从内心涌起了和这小白熊交个朋友的念头。

"可爱的白熊，活捉了带回我们村里去！"

这时，爸爸来了，想开枪打死小熊，这孩子冲上去阻挡，而换了爸爸的狠打。

"你是没出息的女孩子吗？来打猎物，就不许干妨碍打猎的勾当！打死这小熊，引母熊上来，活捉住带回去，我们杀了用作庆祝夏天节……"

"那，那，爸爸不是说过，熊是神，要好好保护吗？"爱斯基摩男孩扬起手躲爸爸的拳头说。

"大勇"别说傻话，因为熊是神才杀呢。用我们的祈祷，使熊的灵魂成为神。"

"不行，不行！不许杀这熊，……为什么……为什么……因为我喜欢这小熊。……"倒在地上的爱斯基摩孩子大勇，在心中喊着。

"快！快！快跑！我的骨头小刀，被爸爸没收了，不能帮你割。你被拴在这儿，白熊妈妈要来找的，那要被活捉住……狠劲儿咬！"倒在地上的大勇着急地对淘淘说。

狠劲儿咬绳子的淘淘，这时发现了海对面的妈妈。

大勇也发现了白熊妈妈。

大勇夺过淘淘咬的驯鹿皮绳，无力地缠在手上，对着岩石角拼命拉起来。

"大勇!"山岗上的帐篷那儿,传来恐慌的叫声。大勇的爸爸从有四根立柱支起的,用海豹皮拉成的帐篷里突然出来了。

这时,绳子被拉断了!淘淘自由了!大勇抱起淘淘,向海边跑去。

"大勇!"大勇的爸爸怒声叫着,追上来。

"快跑!"大勇把淘淘扔下了大海,两脚叉开,站在爸爸的面前。

"不要杀白熊!"

大勇的爸爸打了大勇的脸。大勇忍耐地站着。可当爸爸又一次举枪时,大勇又猛冲上去,搂住了爸爸的胳臂。这时,在海里的淘淘已经游起来了。

眼睛闪闪放光的白熊妈妈迎上来,和淘淘一起游到了海中的一个小冰岛上。

恐怖的时刻过去了。

白熊妈妈在淡绿色的大熊号上,喂了三只小白熊奶,一遍遍舔着淘淘的脖子。驯鹿皮绳儿把淘淘脖子勒得渗出了血。

"那个人类的孩子叫大勇,大勇被打得那么厉害。……"淘淘自言自语地说。

"大勇救了我,大勇不想杀我们,……就像我喜欢欧拉那样,大勇也喜欢我……"

"大人类能杀大勇吗?"圆圆担心地问。

"不,人类不杀自己的孩子。"白熊妈妈说。"在北面国家住的人类,冬天要吃肉,现在不捕猎是不行的,打猎是爱斯基摩人孩子最重要的学习,所以,大人类对妨碍打猎的大勇,进行了惩罚。"

"要是,要是小人类不救淘淘……"圆圆又颤抖地说。

"为什么大人类不明白,要是不开抢打淘淘和妈妈,我们该多感谢呀!……"聪聪像是生气地说。

白熊妈妈说:

"我从前说过,在严峻的北边国家,因为找东西吃,生存下去,是比什么都重要的。父母都得教自己的孩子狩猎。人类教自己的孩子捕海豹、熊;白熊教自己的孩子捕海豹、鲱鱼;海豹教自己的孩子捕鲱鱼、鳕鱼。是啊,捕杀人家的生命,对被杀的来说,是可怕的。这作父母的都知道。淘淘,我是不想胡乱杀害海豹欧拉司类的。可是,白熊的规矩是,白熊父母一定要教白熊孩子捕海豹的本领……因为我们要生存下去。"

乾富子（日本）

淘淘没有吱声。

他觉得爱斯基摩孩子大勇在冰上哭的声音，传到了这里。

"……大勇，看我笑了……"淘淘自言自语地说。

庆祝夏天节

这天拂晓前，北极的天空，被粉色的光包围着。在聪聪、淘淘、圆圆的上空，那光也远远扩展开了。

一年中，被没有生命的雪和冰包围着的北极，今天早上，爪子悄悄撞击冰的声音，远远的天空振动翅膀的声音……到处有生命的东西，都在活动起来了。

夏至这天的黎明，庆祝夏天节，像是把望远镜倒过来看那样，从远处静静地开始了。聪聪、淘淘、圆圆在淡绿色的冰船上睁开眼睛，虽然看不见踪影，但感觉到了同伙们的动静。小白熊们的心开始嘭嘭地跳了。

不一会儿，从海上金黄色云的缝隙，飞起了一只白鸟，接着又是一只……又是一只。……然后，从这些鸟的后边，像刚洗过的耀眼的太阳，升起来了。

"是北极燕鸥！"

"是我们见过的鸟！"

聪聪和淘淘悄声私语。

庆祝夏天节终于开始了！

在浮动着白冰的大海中，树起了大熊岩，在黑色巨柱型的岩石下，像圆形剧场的客席，包围着冰岛和冰山。

三只北极燕鸥，在这大熊岩上，不慌不忙地绕了一圈儿。于是，望远镜的镜头像是对近了，能看见空中的鸟儿们了。几万只白天鹅群、几万只的雁群、和特别像企鹅的海鸠们、有贼鸥名称的大海鸥们，从空中像雨点般的落下来，在大熊岩周围冰的客席上，有秩序的准确地就坐了。

再看另一场景：海上，几千只海豹、海象；几万条鳕鱼群、鲱鱼群，掀起黑浪。淘淘从冰船上探出身子，寻找着海豹欧拉。可在这么多的海豹中，能找到眷恋的朋友吗？

淘淘、聪聪们的冰船，在海豹和鲱鱼中间穿过，漂流到大熊岩下边。海潮和拂晓一起，像使出了魔法，精彩地管理着一个个漂流来的冰船的交通秩序。白熊的冰船驶向了熊的位置；北极孤狸走向狐狸的位置，按秩序被集中

排列好。

聪聪他们，向白熊的位置漂流时，看到了把冰面染白了的很多很多的大熊。一般的母熊，都是带着两个孩子。带着三个孩子的白熊妈妈，周围的白熊们都是用"哎呀"，充满了羡慕的声音来迎接。

在没有讲演，也没有花哨的报幕员的情况下，北极向太阳表示敬意的庆祝夏天节大会开始了。

平时很少见面的动物同类们，还有平时互相残杀的敌手，都一心为了和平而聚会在一起。这是大家的庆祝夏天的节日！

只有今天，没有饿肚子的；只有今天，没有死亡，没有互相残杀的恐怖，大家都自由快乐。几个冬天，为养育聪聪他们，历尽艰辛的白熊妈妈，今天也轻松地欢笑了。

淘淘、聪聪、圆圆张着大嘴，看着鸟儿们接连飞上空中舞台，表演优美的舞蹈。粗暴的大贼鸥们的暴风雪舞，美丽的白天鹅们的睡莲舞，海鸠们滑稽的海贼舞，多彩多姿，在蓝色的空中不停地变换着。

过了中午，舞台移到了海上。海豹舞开始了。黑黑的闪闪发光的海豹们，尾巴弯弯曲曲地扭动着，表演了有趣儿的船夫舞。几千个舞蹈演员，像体操学校的学生，敏捷的舞姿，使观看的鸟兽们"哇"、"哇"，发出阵阵的欢乐声。

这时，聪聪发现了南边天空飞着一只"大鸟"。

"妈妈，妈妈，那是什么？"

聪聪眼睛望着闪着银光，靠近来的可怕东西，吓呆了。

"是人类！"

"人类来了！……"

白熊们、鸟儿们也注意到了那"鸟"，都在窃窃私语，刚才"哇""哇"地欢乐声音，唰下子停了。

是人类的飞机！……子弹……接着是恐怖的死亡……

闪闪放光的大鸟，像是要毁灭这盛大的节日，"呜呜"响着飞近了。

"啊，妈妈，万事能阿武！"淘淘突然说。

在直立着的大熊岩边上，一个大白东西上来了。那是大白熊万事能阿武。

"庆祝大会继续进行，请海豹继续表演！"阿武高声大喊着，用右手在空中画了一个圈儿。

于是，按着阿武画的圈儿，三只北极燕鸥，从大熊岩上飞起来，燕鸥白色的翅膀上，笼罩着金黄色的雾，给聚集在下边的北极动物们的头上覆盖上

了像云一样的帐幕。

飞机好像什么也没看见，在那金黄色的云上边，呜呜地飞走了。

海豹舞蹈演员们，气势大振，更尽情地欢跳起来，水珠儿都溅到了圆圆和聪聪的脸上。

"万岁！'鸟'飞走了！"

"那鸟为什么没发现我们的庆祝会？"聪聪和淘淘说。

"聪聪，你们听听！"

白熊妈妈这么一说，聪聪他们看到，在大熊岩边上，万事能阿武在讲话呢。

"人类没发现我们，走了！……这是节日的神奇力量，才使今年的庆祝没有受到破坏！下面，我们欢迎一个客人！……"

万事能阿武作了一个手势，一个小人类，登上了大熊岩。从白熊们的座位上，发出了惊恐的叫声。小雪兔子和北极狐吓得到处找藏身的地方。

"大勇！"

"是爱斯基摩人的孩子大勇！"聪聪、淘淘说。

周围是一片厌烦人类的惊恐的叫声。

"不行！"

"不行！"

"我们的庆祝会，绝不许人类参加！"

可是，万事能阿武从大熊岩上响亮地大声说：

"大家，请安静。请看看这孩子的脸，被打肿出血了。这孩子因为不让杀白熊母子，违抗了爸爸的狩猎规矩，才被打伤成这样的！……"

动物们惊恐的叫声，像退潮似的，静下去了。万事能阿武又说：

"这孩子名叫大勇，是好猎手的意思。但这孩子不是我们的敌人。被大勇救的小白熊和他妈妈，请到这岩石下边来。大勇一个人乘小皮船来访问，他说，想看看那小白熊……"

"被大勇救的孩子叫淘淘，就是这个孩子！"

静悄悄的海上，突然回响着白熊妈妈的声音。

淘淘、聪聪、圆圆和妈妈坐的冰船，静静移动了，向大熊岩的下边漂去。

"被救的是淘淘呀！"和大勇一起从岩石上下来的万事能阿武吃惊地说。

大勇肿了的茶色脸，不知不觉泛起了微笑。

"小白熊，我可想你了！"大勇一下抱住了淘淘，淘淘很害臊，在大勇的

皮衣上，用小爪子不停地抓咬着。

这时，从旁边的冰上，响起了尖叫声：

"圆圆！圆圆啊！我的女儿！……"一只消瘦的母熊，推开白熊妈妈们，跑到了圆圆跟前。

"圆圆，忘了妈妈了？圆圆，圆圆，我的女儿……"

在这位白熊妈妈的肩上，能看见一块旧伤疤。

"妈妈……"圆圆说着，慢慢向聪聪他们妈妈那后退。

"太好了，还活下来了！"

过了一会儿，聪聪的妈妈说。

"我以为你被人类带走了，就把圆圆当我女儿了。……"

圆圆的妈妈哭了。白熊妈妈把圆圆领到妈妈的身边，亲切地说：

"这是你妈妈呀……让妈妈抱抱，快，圆圆……"

大勇和淘淘重逢，还有圆圆和以为死去的妈妈的重逢，很快传开了。鸟儿们呀，兽们呀，"哇"地发出了高兴的叫声，在空中和海上，又开始跳起来。

太阳在海上落得很低了。

可是，北极的鸟儿呀，兽呀，珍惜这宝贵的节日的快乐时光，还是生气勃勃地不停地跳着。

大勇和淘淘的脚下，哗啦溅上了凉水。

"啊，欧拉！"

"淘淘！咱俩又见着了！太好了！"欧拉镇定地说。一点儿没有惧怕爱斯基摩人大勇的意思。欧拉上了冰船。

"你怎么不穿白毛皮了？"淘淘先开口问。

原来是白毛皮的欧拉，现在变得漆黑了。……

"我已经长大了！"欧拉得意地说。"不能到什么时候都是小白不哧溜的呀。"

"欧拉，我老是盼着你来，可你老不来玩儿。"淘淘像是责怪地说。

"你们老乐意搬家。……不过，夏天你们去海里时，我常常在旁边看着你。"欧拉说。

"那你为什么不来呢？"

"当然不能去了……我和你见面说话，只能在今天这个节日里。"欧拉用像是哥哥的口气说。"因为你已经到了学捕捉海豹本领的时候了，我也要从我们老师那儿学习和白熊巧妙周旋的本领了。……"

"那样……不是……"淘淘不知说什么好。

"白熊到什么时候都是白不咻溜的！我们和海豹朋友一起，学习各种各样的东西，成长起来。"欧拉像是戏弄地说。这时，海豹同伙从海里伸出头，给了欧拉一个什么信号。

"那么，失陪了，我们要演一次船夫舞。淘淘，明年再见啊！我到什么时候都喜欢你！"海豹欧拉又向爱斯基摩人大勇说了再见，向海豹同伙那儿走去。

淘淘有一种说不出的滋味儿。

"我一直是那么想着他呀！"

爱斯基摩人孩子大勇，看着好朋友眨巴眨巴眼睛，抑制住了眼泪。欧拉的话，大勇不太懂是什么意思。

大勇也加上自己的悲哀，对小朋友说：

"淘淘，变成大人，可艰难啊。因为在我们住的北极，生存下去困难重重。所以，大人不允许我们搞特殊。爱斯基摩人，打猎是平常的，要爱护像你这样的小熊，那就是搞特殊。我妨碍了狩猎，于是就挨了爸爸的一顿狠打。……不过，等什么时候，北极变得暖和了，吃的东西也变得多了，我和淘淘就是相好，爸爸也不会打我了……"

淘淘不懂大勇说的是什么意思。可淘淘感觉到了，大勇也是和自己一样的悲伤。

"你们沉醉在庆祝夏天节里。因为一年中，只允许这一天特殊，欧拉知道这个。因为海豹是软弱的动物，所以，要比你们早懂得，快点儿长大吧。"

听到大勇平静的声音，欧拉走后留下的悲哀，像是冰，静静地化了。

"大勇，送你个好东西！"淘淘想起红球说。

淘淘从淡绿的冰船裂缝处，叼着红球回来，奇异的事情发生了！

"啊！"大勇惊叫一声，夺下红球，抛向空中，一边接着，一边转圈跳跃。

"是我的！是我的！是我妈妈的红球！"大勇像疯了，格格地笑着说。"淘淘，这球真的给我了?!"

大勇跳起来说：

"这个，是我妈妈做的红球，坐白船来的人类，硬从我爸爸那儿买走了。后来，我妈妈死了。这球是我妈妈的遗物。"

起初，淘淘把这球给圆圆，可圆圆跟聪聪相好了。后来，淘淘又想送给欧拉，才从远远的地方带到这儿。……

"行，行啊，是你的了！"淘淘也受到了大勇高兴的感染，两个小家伙互相扔着红球，在冰上转着跳了起来。

剩下聪聪独自一个。

圆圆被亲妈妈领走了。淘淘和大勇在一起玩儿。白熊妈妈和万事能阿武爸爸、大白熊们一起去了大熊岩对面。

聪聪去到白天鹅的冰上找尤里。

在像白郁金香和睡莲花花圃的众多的白天鹅里，聪聪怎么能找到尤里呢？

白天鹅尤里已经发现了聪聪，正等着他呢。

"啊，我的小熊！"尤里说着，笑了起来。因为现在的小熊比尤里大出很多了。

尤里的旁边有三只小白天鹅。

"这是我的孩子，漂亮吧，聪聪。"尤里像是自满地说。

聪聪周围围站满了还记得那个夏天事件的白天鹅们。

"哇，你是聪聪吗？我是你弄坏了那个蛋的弟弟呀！"一只强壮的白天鹅跟聪聪搭话了。

"常常听妈妈说，一开始，蛋被你弄坏，真够伤心的……妈妈老这么说，后来，饶了聪聪，是因为你救了美丽的白天鹅尤里……"

尤里的孩子们不知道这件事儿，所以，白熊聪聪叔叔应该向三只小白天鹅讲讲自个儿犯错误的事儿，还有和北极狐战斗的故事。

大太阳落下去了。夕阳把天空和海染成桔黄色，像是为庆祝夏天节进行了最后的装饰。

白天鹅尤里说：

"再见，聪聪，该分手了。今年规定，我们先回去。……"

"再见，聪聪！"

"聪聪，再见！"

尤里和三个孩子，和几千只白天鹅一起，静静地飞起来。

聪聪像在梦里，目送着飞去的像黄色和玫瑰色云一样的尤里他们。

"聪聪！"传来了谁的喊声。

圆圆被一只大白天鹅带着，向聪聪这边跑来。

"啊，尤里的哥哥！"聪聪说。

"聪聪，见到你，太好了！你看，这孩子'聪聪，聪聪！'不住地叫着，哭着。我一问，是你的妹妹圆圆，你放着不管不行！"尤里的哥哥还是跟从前那样热情。

"圆圆，妈妈怎么的了？妈妈，那，……你亲妈妈呢？"聪聪想起刚才圆圆被亲妈妈带走时的伤心劲儿，故意这样冷淡地说。

"聪聪，带上我……"圆圆边止住哭边说。

"我的妈妈，是你妈妈呀！我跟你一块回去……"

"你妈妈见着你，不是很高兴来着吗……"聪聪像男孩子那样生气地说。

"可是，可是，妈妈有可可在，我妹妹还活着呀……啊，聪聪，带着我，那个妈妈不是自个儿……"

"圆圆和我们一起回去！"聪聪高兴劲儿冲到了嗓子眼儿，可他却没出声。

白天鹅尤里的哥哥说：

"聪聪，我可知道，当初是你把快冻僵的圆圆领回来的，后来，你妈妈也说：'圆圆是我的女儿'……圆圆的亲妈妈虽然可怜，可圆圆已经是你妹妹了……"

"圆圆！"

"聪聪！"

两只小白熊互相扑在一起，在白天鹅周围转着跳了起来。

"那我就放心地回去了……希望明年还能在这儿和你平安地相会……"

强壮的白天鹅哥哥和还没有飞走的白天鹅一起，向着昏暗的海上飞去。一条红色的云挂在空中，闪着奇异的光，像是在通知庆祝夏天节结束了。

愉快的夏天节结束了。空中还响着归去的鸟儿们翅膀的声音。

短短的拂晓一开始，聪聪、淘淘、圆圆乘的浅绿色的冰船，顺着潮流，静静地漂去。海潮像使出了魔法，朝相反的方向漂动。

大熊号冰船上，还有一家客人，圆圆的亲妈妈和圆圆的妹妹可可。

万事能阿武送走了三只北极燕鸥，向西边去了，开始了新的旅程。

这一年冬天，白熊妈妈挖了第三个过冬的大雪洞。在成了大家族的聪聪家里，孩子们都有了自己的房间。聪聪和圆圆一个屋。淘淘和可可一个屋。白熊妈妈和圆圆的亲妈妈在一起，她们很久没有这样的冬眠了。

当暴风雪在聪聪他们的雪洞上积着雪沙的时侯，爱斯基摩人的男孩儿大勇正在圆顶的雪屋里玩儿红球呢。

大勇永远忘不了还给他这个红球的小白熊。

"小白熊现在怎样了？明年夏天，我还去看淘淘和聪聪。"大勇把红球扔到屋顶，嘭，又用胸脯接住说。

〔简评〕

中篇优秀童话《北极的两只小白熊》，主要描写了生活在北极的两只可爱的小熊"聪聪"和"淘淘"的幼年成长过程。这篇童话作为日本著名童话作家乾富子的代表作，充分体现了作者追求切合动物生态环境，在幻想的基础上使作品不乏现实感的创作风格，同时，女作家特有的柔美和细腻的笔调，赋予作品浓郁的美感，整篇童话充溢着诗情画意。

童话离不开幻想，幻想又必须以现实生活为基础。该篇童话中作者以小白熊、小天鹅、小海豹等可爱的小动物为主人公，以寒冷的北极做故事背景，让小动物们生活在自己的生态环境中，保留了它们原有的生活特征，像白熊的产仔、冬眠、学游泳、学捕食等细节，都是符合白熊生活习性的描写。同时，通过拟人手法，赋予小动物以丰满的人性，使他们会说话，会思想，会幻想。这种幻想与现实的充分结合，增强了作品的现实性和可信性，使孩子们极易领略故事的情趣，并把自己化身作聪聪和淘淘中的一员，跟着小动物们一起去经历北极新鲜、有趣的生活，去感受世界和认识世界。

童话的境界富于美感。作者在童话中所描写的环境——北极，是一个以白色为基调的纯洁而美好的世界。而夏天七彩的阳光、蔚蓝的大海；冬天在天幕中伸展、燃烧的极光，又为北极洁白的底幕增添了瑰丽、迷人的色彩。在童话里出现的北极熊、北极燕鸥、北极狐、白天鹅等小动物，它们白绒绒的毛皮和生存环境有机地融为一体。可以说，童话里的许多画面，充满了诗情画意，具有强烈的美的感染力。在作品的结尾，关于在"大熊岩"下举行的盛大而和平的"夏天节"的描写，把整篇童话的情节推入高潮，是作者在这部作品幻想境界中最富生机，最富神采的一笔，是通篇童话幻想美的最高境界。

《北极的两只小白熊》像所有的优秀童话一样，具有构思新奇巧妙，情节迭宕起伏，蕴含一定生活知识和生活哲理等优点。同时，这部童话又以其特有的艺术风格，放射出令人瞩目的光彩，成为日本乃至世界童话中的精品。

（王　壮）

Shi Jie **Jin Zhi** Tong Hua

世界金质童话

朱自强　主编

二

北方妇女儿童出版社

蓝　箭

俞克富　译

贝发娜商店

贝发娜是位很有名望的高贵老太太：她差一点儿就成了男爵夫人。原先，她在主显节上是个专管给小孩们分配礼物的老妇人，如今在城市里开了一个玩具商店。

"人们，竟直呼我贝发娜，"有时她自言自语地嘟哝着，"我也并不介意，因为对无知的人总该宽容吧。而我几乎成了男爵夫人，还好，这一点人们都知道。"

"是的，男爵夫人。"女仆特雷萨为了讨她喜欢，认可地说。

"我不完完全全就是个男爵夫人，还差一丁点儿，而这个差别连看都看不见的。能看见吗？"

"是看不见呀，男爵夫人。"

那是个主显节的早晨。整个晚上，贝发娜和她的女仆飞越屋顶和烟囱来去不停地为顾客们运送礼物。她们的衣服上还仍旧挂着雪花和冰须哩。

"把炉子点着，"贝发娜说，"这样我们就可以把身上烤干了。再把扫帚放回原处去，反正差不多要有年把时间用不着它了。"

特雷萨把扫帚放在了平常放的那个角落里，然后喃喃地说：

"坐着扫把飞来飞去倒是挺好的。可是现在偏偏有了最新式的飞机和火箭，这些玩意我还看不出有什么真正的用处呐。唷，我已开始感冒啦，那我就只好自己忍着吧。"

"给我准备一服甘菊。"贝发娜架起眼镜，一面往写字台前的黑皮旧安乐椅里坐下去，一面吩咐。

"男爵夫人，一会儿就给您端来。"女仆用她那老鼠般的声音吱吱地说着。贝发娜赞许地瞧了她一眼。

"稍微有点粗鲁，"她想，"但还懂得礼貌规矩，也知道和我这样几乎是男爵夫人地位的太太一起该如何自持。我要向她许诺将给她加工资。而后嘛，自然啦，不会实实在在加给她的。至少在最近一段时间里，条件还差一些。"

贝发娜舒了口气后，就认认真真地看起她的帐本来了。

"那么，我们查看一下。今年，业务上无利可图，钱也不多。对于礼物，众所周知，谁都想要漂亮的。当然罗，如果说是付钱的话，那是另外一回事。可是人们都只是让在帐本上记上一笔，倒像贝发娜是个卖香肠的，然后呢，事情往往就这样拉倒了……既然商店里的玩具已被我送光了，那么今天就得从仓库里另拿一些其他的玩具上来。"

她合上帐本，开始翻阅她那天上午兜了一圈回来时，在信箱里拿到的几封信。

"瞧，在这儿，"她嘟哝着，"我早就料到了：我顶着北风，冒着寒风刺骨的痛苦，而他们却从来也不满意。瞧这一个，还不愿要木头佩刀，倒要起手枪来了！可是他知道不知道一把手枪价值一千多里拉？另一个硬要一架飞机，真是！他父亲一共只有三百个里拉。就这三百个里拉，我能送给他什么呢？"

贝发娜把信扔进了抽屉，取下眼镜，而后喊：

"特雷萨，那甘菊行了吗？"

"马上就行，马上就行，男爵夫人。"

"你放几滴糖酒在里面了吗？"

"我放了两小匙呐。"

"太多了，放一匙半就够了。现在我才明白为什么瓶子那么快就差不多空了。要知道，我们买了才四年哩。"

贝发娜啜着滚开的甘菊也没有烫伤，这只有老太太们才会。她在她的小"王国"里转来转去，用眼睛瞟瞟这，瞅瞅那，仔细地查看着厨房的每一个角落，查看着店铺后房、小商店本身和那个通到上一层去的木梯，那里有卧室。

商店的吊门放了下来，橱窗里空空的，而书架上则堆满了粗糙的、空的大纸盒。整个商店显得很凄凉。

"准备仓库的钥匙和蜡烛，"贝发娜说，"要搬另一些东西上来。"

"男爵夫人，今天是您的节日，您也要工作？"

"难道在节日里就不吃饭了吗？"

"如今，贝发娜的夜晚已经忙过去了嘛。"

"是啊，不过对于新的贝发娜来说也只差三百六十五个夜晚了。"

也许这样更好些，说明一下店铺整年都是开着的，橱窗里总是灯火辉煌，这样孩子们就有更多的时间想要这个，想要那个玩具了。而父母呢，也就有充足的时间计算计算，好作安排呀。

另外，值得高兴的是每天都有许多孩子过生日，谁都知道，孩子们都把他们的生日看作是得到礼物的顶好顶好的机会。

现在我们搞清楚了，从这一个一月六号到那一个一月六号贝发娜干什么来着：原来是一直等在她的小商店里，躲在橱窗后面，偷偷地瞧着人们，而首先关心的是孩子们想要什么。她很快就能知道一个新玩具是不是获得成功。如果没有人喜欢，她就把它从橱窗里撤下来，用另一种取代它。

对于最时髦的玩具她有着特殊的敏感，几年来，她的橱窗越来越象一个太空站了。当然啦，也有那些永不被淘汰的玩具，比如说洋娃娃。贝发娜知道，当女孩子们去月球时，也不会忘了把她们的老式玩具——洋娃娃随身带上去。

蓝 箭

仓库是一个地窖，就在店铺下面。为了把新的玩具放到橱窗里或书架上，贝发娜和特雷萨上下阶梯就得不少于二十个来回。

在第三个来回的时候，特雷萨就已经累了。

"男爵夫人，"她停在台阶中段，从双臂抱着的、里面包着洋娃娃的大包袱后面抬起头来说，"夫人，我心跳得厉害。"

"谢天谢地，我亲爱的，谢天谢地，"贝发娜说，"如果不跳了，你就死了。"

"两腿酸痛得很，男爵夫人。"

"把它放在厨房里，好好歇一歇两条腿，别再搬了。"

"男爵夫人，我再也没有一点力气啦。"

"我的亲爱的，我可没有偷你的，我自己的还多着哩。"

是真的，从来也看不出贝发娜累。别瞧她已经这么大年纪了，可上起台阶来，有时还以舞蹈的动作轻巧地跳上，像在脚跟下装上了弹簧似的，并且不断地算算数。

"这些北美的印第安土人，每个都能使我获利二百个里拉，弄好了还可能

三百个呢！现在，印第安土人是最时髦的了。这列火车真可算是一大奇物。我要为它洗礼，取名为蓝箭。如果等到明天还没有孩子们跑来用眼睛解解馋，我就不想再卖它了。"

"蓝箭"是一列名副其实的华丽的火车，配备着一捆轨道，若把它们全部铺开，可绕广场一圈，还有可供两条铁路穿过的隧道、一间扳道工房、一个由主站长、司机和戴眼镜的列车长组成的车站。因为几个月以来一直被丢在仓库里，电火车已蒙上了一层灰尘。贝发娜用一块破布把它擦得焕然一新，使它的漆锃光发亮，蓝得像澄澈的湖水。整个火车都是蓝色，就连站长、列车长和司机也不例外。

当贝发娜帮火车司机掸掉了蒙在他眼睛上的尘土以后，他往四下瞧了瞧，然后感叹地说：

"到底看得清了。这些时候我还以为一直被堵在隧道里呢。这下行了，什么时候出发？我已准备好了。"

"别着忙，别着忙，"列车长一面用手帕擦着眼镜，一面阻止说，"没有我的命令谁也走不了。"

"你还是先数一数你帽子上的杠杠吧，"第三个声音响起来，"然后再瞧清楚谁才是这儿的指挥。"

列车长数了数自己的杠杠，是四道，再数了数站长的，是五道。他只好叹了口气，把眼镜重新戴上，呆在一边不吭气了。站长顺着橱窗走过来走过去，摇晃着带有信号灯的棍子，信号灯是用来发开车信号的。在车站的空地上，整齐地排列着铅弹特种步兵团，队伍前面是军乐队和一名上校。靠右边是整个炮队，一名将军已作好下达开火命令的准备。

车站后面是一片绿色平原，被几座奇怪的，看起来像是从甜面包上切下来的山截断了。平原上，印第安人围着他们的头头"银笔"扎了营。正在这时，从山顶上出现了一批骑马的牧童，他们都已作好了抛掷套马索的准备。

车站上方，空中悬着一架飞机。飞行员正从机身里探出头来张望。必须说明：那只是一个坐着的飞行员，因为制作者就是这样做的，要对他喊起立他是没法站起来的，因为他没有腿呀，所以就叫他"坐着的飞行员"。挨着飞机挂着一只红色的鸟笼，里面有一只金丝雀，它的名字正好就叫黄色的金丝雀。如果谁让笼子摆动起来，它就啭啭而鸣，像唱歌一样，可好听哪。

在橱窗里还可看见一打各种形状的洋娃娃，一只黄熊，一条叫做斯毕乔

罗大里（意大利）

拉的布狗，一盒彩色笔，一盒积木，一个有三个木偶的小戏台，还有一条双桅杆的船。在司令台上，船长正神经质地踱着步。因为马虎，他们在他脸上只画了一半胡子，他不得不设法让别人看不见他没有胡子的那一半，以免出洋相。

站长和"半脸胡"船长都装作互相没有看见，各自偷偷地瞪了对方一眼就横斜着身穿过去了。谁都清楚，他们俩是因为互相嫉妒，为了争橱窗里的最高指挥权，很可能已到了为决斗而宣战的地步了。

在洋娃娃中也已形成了两派：一派喜欢站长，另一派看重"半脸胡"。只有一个小黑娃娃，她的眼睛比奶还要白，她就瞧着"坐着的飞行员"，根本不看别的人。

那条布狗，从它那方面来讲，它多么想叫，想摇尾巴又想高兴地跳呀，但是这三样它一样也不能做。为了不得罪这两派，它不愿只选一个主人，因此就只好一动也不动地悄悄呆在那儿，神色有点惶恐。它的名字用红色写在颈圈上了：斯毕乔拉，叫这样的名字难道是因为它太小吗？

随后发生的一些事情，使得大家忘掉了嫉妒和敌对。贝发娜拉起吊门，太阳就像金色的瀑布泻进了橱窗，这使大家都惊恐万分，因为在这之前，没有任何一个见过阳光。

"我的天哪！""半脸胡"船长吼了起来，"这旋风似的东西是什么玩意?"

"救命呀！救命呀！"洋娃娃们吱吱呀呀地叫了起来，其中有一个晕倒在另一个身上。将军立即让大炮对准了敌人方向，准备击退任何进攻。只有银笔没有着急，他从嘴里取下长长的烟杆，这神态只有在重大时刻才能看见，然后他说：

"纯洁的玩具们，不必害怕。伟大的太阳神光临了，他是友好的使者，是朋友。你们瞧瞧，因为太阳到这里来了，广场上的气氛显得多么快乐啊！"

大伙儿都不约而同地朝橱窗外望去。真的！广场上闪闪发光，好像每样东西都在笑似的。房顶上的雪也好像热辣辣的了。一股暖流透过沾满尘土的玻璃进入了橱窗。

"我的天哪，真奇妙！""半脸胡"还在嘟哝，"不过我是一条海狼，可不是太阳狼。"

娃娃们亲切地交谈着，毫无疑问他们都被晒黑了。

橱窗前面有一个影子。有人不让阳光过来。影子落在司机身上，他很不

高兴地说：

"瞧，偏偏轮到我倒霉，大家都暖乎乎的，就我不暖和。"

为了弄明白那个使人讨厌的影子究竟是怎么一回事，司机敏锐的眼睛直盯着那里。他的眼睛已在长途旅行中养成了习惯，能连续几个小时盯着轨道。盯着盯着，他的眼睛和另一双敞开的、大得像窗子似的眼睛相遇了。透过敞开的眼睛，可以看到里面，就像透过没有窗帘的玻璃窗能瞧清一间房子里面的东西一样。而在这里面，只有沉痛的悲哀。

"奇怪呀，"蓝箭的司机心想，"我经常听人家说孩子们都是愉快的，一天到晚只知道蹦蹦跳跳，玩玩笑笑。这一个我怎么看不出有一点欢乐的样子。人们对他怎么啦？"

悲伤的孩子在那里呆了好久，两眼一直盯着橱窗。不过谁知道他是不是真的看见了他所瞧着的东西了？事实上，他两眼充满了泪水，有时一大滴眼泪流过面颊，在鼻子旁或嘴唇上淌成一条线。橱窗里的所有居民都屏住呼吸，像这样的事，他们从来也没见过，这事使他们非常惊奇。

"我的天哪，""半脸胡"船长嘟哝着说，"我得把这一事件记在报纸边上。"

那孩子终于用破上衣袖子擦干了眼泪，朝着店铺的门走去了。他把手放在门把上试着推门。

谁都听到了一只铃的嘶哑的声音，这声音像啼哭又像呼叫救命。

方 齐 谷

"男爵夫人，有人在店里。"女佣人呼叫着。

贝发娜正在楼上卧室里梳头，听见喊，就立即快步下楼来，一面用嘴里叼着的发钗别头发。

她嘟哝着说："该是谁呢，为什么不关门？我没有听见铃声，但是我觉察到了一股气流。"

她想使自己显得更神气些，就重新架上眼镜，然后轻手轻脚地进入店内，就像具备真正的夫人风度那样，尤其是像那些自以为是男爵夫人的夫人们那样。可是当她一眼瞅见一个衣衫褴褛的孩子站在她面前，两只手还不停地摆弄着一顶蓝色破帽时，她立即明白这不是一件该讲客气的好事情。

"嗯，怎么啦？有什么事？"她用非常不耐烦的口气发问，好像是说"你

别啰嗦了吧，我没有功夫陪你。

"是这样……夫人……"那孩子喃喃地说。

橱窗里有那么多的耳朵，可是谁也没有能听清楚他说些什么。

"他说什么？"列车长悄悄地问。

"嘶……!"站长说，"你们别吵吵。"

这时贝发娜叫起来了："我的孩子，时间是宝贵的，所以就这样算了吧，要不你给我写封信。现在让我安静一下。"从声音可听得出她已不耐烦了，就像她每次必须跟对自己的贵族头衔一无所知的平民说话时一样。

"给，夫人，我已经写好了。"那孩子为了不至于丧失勇气，就一口气说完了上面的话。

"啊，是吗？什么时候写的？"

"差不多一个月以前。"

"好吧，现在就让我来看看。你叫什么名字？"

"方齐谷。"

"家住在什么地方？"

"加里波地大街18号。"

"□……方齐，方齐……好，方齐谷。说得很对，二十三天以前，你给我写了一封信，请求我送你一列电火车。那为什么只是一列火车呢？你满可以还向我要求一架飞机，一个可驾驶的气球，或者星际飞船嘛。"

"可我就喜欢火车，贝发娜夫人。"

"真可爱，他，喜欢火车…那么你听着：收到你的信以后的第三天，你母亲就来这里了。"

"是的，是我要她来的。我跟她磨了老半天呐，我说：去吧，上贝发娜那儿去吧，她这样好，不会不同意的。"

"根据你的标准和尺度，我是不好也不坏的一个人。我干我的工作，总不能白干吧。你母亲没有钱付款，想用一只旧表换我的火车，可是我又不能看任何表，因为只要一看，我就总觉得它们使时间过得太快了。我还记得她还该付给我去年的一匹小瘦马和两年前的旋陀螺的钱哩。这些你知道吗？"

不知道，那孩子不会知道这个的。所有当妈妈的，从来也不会向孩子们诉说自己的伤心事的。

"懂了吧，这就是你今年为什么什么都没有的原因。听清楚了吗？你觉得

我的话有道理吗?"

"是的,夫人,您有道理。我还当您可能忘了我的地址了呢。"方齐谷小声地说。

"不会忘的,相反,我倒记得清清楚楚。看见了吗?我把它记在这里了。过一两天,我就打发我的秘书去收过去几年里欠我的玩具钱。"

正在窃听的老仆人一听到称"我的秘书",不知怎的竟昏过去了,必须喝上半杯水才能恢复正常呼吸。

"深感荣幸,男爵夫人!"当那孩子走了以后,她就对她主人说。

贝发娜粗鲁地嘟哝着:"行了,行了。嗳,对了,一会儿你在门上挂个通告,写上'内部盘点,明天营业'。这样,别的烦扰者就不会来了。"

"把吊门也放下来吗?"

"放下吧,这样更好些。完了,今天的买卖就算吹啦。"

特雷萨跑去执行命令去了。方齐谷还呆在那儿,把鼻子贴在橱窗上,谁知道他在等什么。放下来的吊门差一点压着他的脑袋。方齐谷把额头倚在满是灰尘的金属板上伤心地啜泣着。

这哭声在橱窗里产生的后果可非同小可:差不多谁也没有察觉,洋娃娃们一个接着一个地也啜泣开了,而且越来越厉害,以至于"半脸胡"船长讥笑她们说:

"猴子!瞧她们学哭学得多像啊。"他朝船栏杆外吐了一口唾沫,又说:
"猴子。"

随后便是一片寂静。现在,那孩子的啜泣声再也听不见了,能听到的倒是他的越去越远的脚步声。多么悲苦的脚步声啊,一二,一二地越去越远了,一点一点地消失了。

这个时候,"半脸胡"船长往栏杆外又吐了一口,然后冷笑说:

"我的天哪,为了一列火车就值得哭吗!要我呀!即使把全世界所有的火车全部给我,我也决不愿把我的船换出去的。"

大头头银笔就像每次为了可以说话而必须做的那样从嘴里取下烟斗,而后说:

"'半脸胡,船长没有说实话。因那个可怜的小白狗看见他也非常激动。"

"你说谁,我?请问什么叫激动呀?"

"就是说一半脸哭一半脸害羞呗。"

当他一转过身来，"半脸胡"就被看得更清楚了：他的没有胡子的那一半脸真的哭啦。可是他反倒大吼了起来：

"住嘴！你这牧场上的臭小鸭。我要下来了，非得把你的毛拔个精光不可，让你变成圣诞节的火鸡。"

不堪入耳的辱骂继续喷射了好一会，以至将军竟希望立即爆发一场战争。他发出了大炮装弹的命令。而银笔此时已将烟斗叼在嘴里，非但不说话，反倒平静地躺下了。

他总是嘴里叼着烟斗睡觉的。

站长没有主见

过了一天，方齐谷回到这儿来了，他的悲哀的眼睛盯着"蓝箭"瞧了好一会儿。第二天又来了，以后没有一天不来的。有时只在这儿停几分钟，然后就头也不回地匆匆离去了。有时竟一连好几个小时呆在这儿，把鼻子紧压在橱窗上，额前垂下一撮褐色头发。他也时常深情地瞧瞧别的玩具，但是谁都明白，他一心一意喜爱着的是奇特的电火车。站长、列车长和司机因而非常得意，神气十足地环视着四周，对他的不断来访谁也没有见怪。

橱窗里的全体居民都很喜欢方齐谷。也有别的小孩子、大孩子跑来把鼻子贴着玻璃数玩具的，不过橱窗里的居民们刚刚才发现他们，所以并不留意。相反，假如方齐谷比平常来得稍晚一点，瞧他们一个个心神不安的样子：站长神经质地在轨道上上来下去地踱着步，还不时焦急地看一眼手表；"半脸胡"不断地往栏杆外啐唾沫；"坐着飞行员"冒着掉下来的危险把头探当了机体外；再瞧银笔，他竟忘了吸一口烟，以至于烟斗里的烟火都灭了。

天天如此，月月如此，全年如此。

贝发娜每天都要收到一堆信，对这些信，她都非常认真地一封一封看完，并且还做笔记，计算数字。只要一旦来信多得不得了，光拆信封就非得花半天时间的时候，橱窗里的居民们就知道快到一月六号了。

多么可怜的方齐谷！他那瘦瘦的可爱的小脸蛋一天比一天更悲伤忧郁了。得想法为他做点什么才好呢。大家盼着"蓝箭"的站长拿个主意，可他就知道把他的带有五道杠杠的帽子摘下来戴上去，戴上去摘下来，要不就是瞧着他的脚尖出神，好像在这以前从来没有见过似的。

斯毕乔拉的高见

倒是布狗出了个主意。

对可怜的斯毕乔拉，从来也没有任何人注意过它，这是因为：第一，谁也不知道它是属于哪一族类的；第二，从来也没张过嘴，那怕是打个呵欠。它非常胆小，每当有什么想法从这只耳朵或通过另一只耳朵来到它的大脑里的时候，它总是不声不响地瞧着朋友们，说明它有事。再说能跟谁说上话呢？那些洋娃娃都是些高雅斯文的夫人小姐，至少也是个小家碧玉，跟一条既不是马尔他狗，也不是狮子狗，更不是什么矮脚猎犬的普普通通的狗说话有点太那个了；铅弹的特种士兵们倒很想跟它搭搭腔，可是那些当官的肯定不会允许这样做的。总之，谁都不去理会布狗是有他们各自的道理的。再说，就光看它那不声不响呆在那儿的样子，你能知道它想些什么吗？看上去连叫都不会哩！

这次就是这样，它刚一张嘴想解释一下它的高见，谁知发出的声音怪里怪气的，既不像喵喵的猫叫，又不像吭哧吭哧的驴叫，逗得整个橱窗里发出了一片哄笑声。

只有银笔没有笑，因为印第安人是从来都不笑的。等笑声结束后，他从嘴里取下烟斗说：

"先生们，我们大家都好好地听斯毕乔拉说话，狗总是说得少想得多。谁要是想得多，说起话来就自有道理。"

斯毕乔拉因谦虚而一直羞红到了尾巴尖尖上，它清了清嗓子，这才开始结结巴巴地说：

"那个孩子……那个方齐谷……你们认为他今年能从贝发娜那里得到什么吗？"

"我不这么想，她的母亲一直没有露面，信也没有来一封，我对邮件一直很注意的。"站长肯定的声音。

"我也不这么认为，我正是因方齐谷什么也得不到而想出了一个主意，我们给他来个出乎意料，你们看好不好？"斯毕乔拉接着说。

"唷，是吗，出乎意料，"洋娃娃们笑了，"怎么个出乎意料法？"

"别闹，静一静，你们女人应该永远不出声。""半脸胡"打雷似的吼着。

特种步兵团上校大叫着抽出宝剑："不得无礼，赶快停止争吵，否则我就

砍了你们……"

"打一排炮！"炮队将军一面果断地命令，一面整顿炮队队形。

"对不起，你们别再乱哄哄的啦，我在上面听不清你们吵些什么，还是让狗讲吧。"天上传来了"坐着飞行员"的高声呼叫。

当大家平静下来后，斯毕乔拉说："那好吧，既然我们知道他的名字，也知道他的地址，我们全体为何不上他那儿去呢？"

"上谁那儿去？"一个洋娃娃问。

"上方齐谷那儿呀。"

大家稍静了片刻，然后就气氛热烈地展开了讨论，有人说着说着竟激动得大声叫了起来，不愿意听听别人的意见。

"啊，这是造反！我绝对不能允许这样的事情发生。都该服从命令。"煞有介事的将军表示反对。

"这意味着什么？"

"什么也不意味着。应该要有纪律性嘛。"

"是不是说贝发娜要我们去哪儿就去哪儿？要这样的话，方齐谷至少在今年什么也得不到了，因为他的名字已被列在穷人名册里了……"

"我的天哪，真是不可思议……"

站长插嘴说："这可怎么办呢？我们只知道他的地址，可是不知道从哪一条路上去呀。"

"这事我已想过了，我能以嗅觉进行跟踪，你们知道吗？"斯毕乔拉胆怯地小声说。

这一次可不是随便闲谈，而是要作出决定来了。大家都望着炮队将军。

他正搔着下巴，在他的已整齐地列好战斗阵势的大炮前来回踱着步。见大家瞧着他，过了一会儿他果断地说：

"好，就这样决定了。我用我的部队掩护你们行进。坦率地说，我也不太乐意让人说是老贝发娜让我指挥这支部队的。"

"万岁！"炮兵指战员们高声欢呼。

特种步兵团的军乐队领唱起一支庆祝死里逃生的愉快的进行曲，司机高兴得忍不住拉响了火车汽笛，害得列车长赶紧跑来向他嘘了一声，示意他不要弄出声来。

出发的日子定在当天晚上，主显节前夕。到半夜时，料定贝发娜会到店

里去把放玩具的空篮子补满的，那时她会发现橱窗已空空如也了。喏，事情就是这样，等着瞧热闹吧。

"好气人的集体逃跑事件！对这一怪事，谁知她的脸将会气成什么模样，鬼知道会从她的嘴里喷出些什么来。""半脸胡"船长讥笑着，一面又把身子探出船栏吐了一口口水。

出　发

首先碰到的问题是怎么从商店里出来呢？不幸得很，积木总工程师已排除了在结结实实的吊门上钻洞的可能性。

"这个问题我也已经考虑好了。"斯毕乔拉说着，但总免不了面红耳赤。

大家都以钦佩的眼光瞧着这条小布狗，整整一年里，它一直在思索着这个问题，连一句话都没有说过。

"请说吧，我们大家听着。"

"你们还记得那个仓库吗？还记得在一个角落里堆放着一大堆大的空纸盒子吗？好，我去过那里，在那一堆盒子后面，我发现了墙上有一个洞。在这堵墙后面有个地窖，从那个地窖出去，便是一条又窄又暗的胡同，是专门让那些逃难的人用的。"

"嗳，你怎么会知道这么多事的呢？"

"我们狗有个坏毛病，就是用鼻子到处嗅。有时候这臭习惯还真有点用。"

将军严肃地高呼："这很好，不过我还看不出能使炮队通过台阶下到仓库去的可能性。还有蓝箭，你们从来没有见过一列火车下台阶的吧？"

"这将是第一次！我们把铁轨铺在台阶上不就行了吗？"站长不耐烦了。

银笔取下嘴里的烟斗。全体顿时鸦雀无声，静静地等着听他说话。

"白种人总爱争吵，怎么就忘掉'坐着的飞行员'了呢？"他说。

"您这是什么意思呀，大头头？"

"'坐着的飞行员'可用飞机把所有的人都送过去嘛。"

因找不到别的可以下到仓库里去的好办法，"坐着的飞行员"当即兴高采烈地同意了这个计划：

"没关系，只需十来个来回，这运送任务也就完成了。"

洋娃娃们听说坐飞机，都特别高兴，还没有坐上呢，就都自个儿在心里预先品尝着乘飞机远游的乐趣了。可是银笔给她们当头浇了一盆凉水，使她

们大失所望：

"谁有腿，谁就没有必要再安上翅膀了。"

这样，所有有腿的都得靠自己的腿下去，而飞机呐，只用来运送炮队、车厢和船。

"半脸胡"船长一直没有离开过他的栏杆，即使飞行时也是这样。这使得将军和站长都非常羡慕，因为当他们俩正在陡斜的台阶上一步一步往下走的时候，看见他恰恰从头顶上空飞过，那时，说不上他们该有多眼馋哩。

"半脸胡"还有一个臭毛病，他总喜欢吹嘘个人所取得的成就。这时，他更是抓住机会向他们大大地炫耀了一番，同时"噗"一口把口水吐出栏杆外，正好在离他们的鼻子一公分的地方落了下来。

最后下台阶的是摩托车驾驶员，姓杂，叫杂技。对于他，骑着摩托车下台阶就像喝一瓶汽水一样。

到现在还没有听到从店铺里传来任何动静。

"来人哪，来人哪！"贝发娜的女仆尖着嗓门叫，"男爵夫人，快来抓贼，抓凶手！"

"怎么啦？发生什么事啦？"是贝发娜的声音。

"玩具全没啦！橱窗已空空的啦！"

"我的天哪！大慈大悲，可怜可怜我吧！"

然而逃跑者并没有大发慈悲：他们由总工程师把仓库大门插上闩，随后都向那个放有大空盒子的角落跑去。正在这时，他们听见了两位老太太穿着拖鞋下台阶的声音，这声音直冲关着的大门而来。

"快，钥匙！"贝发娜大声叫唤。

"开不开，男爵夫人。"

"喔，他们从里面插上了。好吧，从里面小偷是逃不出来的。我们只消坐在这儿，等着他们出来投降就是了。"

贝发娜是个勇敢的老太太，不过这一次，她的勇气对她毫无用处。在逃犯们跟着熟悉路径的狗越过了空盒堆就的大山，然后一个接着一个，从墙洞口穿越到隔壁的地窖里。现在，蓝箭已习惯于跨越山岭了。站长和列车长傍着司机坐着，最小的洋娃娃们已走累了，就让她们上车厢里休息。汽笛轻轻地鸣了一下，华丽的火车进入了隧道。

最难办的是船，因为没有水呀。这难题由积木的工人们解决了。他们赶造了一辆八轮大车，把船和船长安置在上面。

时间掐得正好。当他们刚刚离开仓库，贝发娜等得不耐烦了，就拿起一把锤子先把锁打碎了，又把闩门的门闩弄断，一推门冲进了仓库。自然，在那里，她只能像一座石膏像一样呆呆地站着。

"这是怎么回事？"她喃喃地说着，显然有点发毛了。

"一个人也没有，男爵夫人！"女仆因害怕而低声地说着，一面紧紧地揪住主人的裙子。

"我知道。那也用不着害怕成这个样子嘛。"

"我没有害怕，男爵夫人。可能是地震的缘故吧。"

"蓝箭也不翼而飞啦。"贝发娜悲伤地轻声说，"消失得无影无踪，竟没有留下一点痕迹，你说怪不怪。"

"很可能那些贼都是鬼怪呐，男爵夫人……"

"可能是，也可能不是，"贝发娜回答说，"但有一样是肯定的，那就是你是一个地地道道的胆小鬼。"

黄熊从第一站下车

意想不到的事很快地在墙的另一边发生了。

将军第一个发出警报。他这人性情暴躁，一路上总是自找烦恼，自寻没趣。

他卷着胡子，用习惯的口气说："我的大炮生锈啦。为了把它们擦亮，就该有场小小的战争。也许只需一刻钟就足够了……"

这是他老早就拿定了的主意，这主意像一个钉子钉在他的脑袋里一样。刚刚从墙的那边来到这里，将军拔出宝剑大声吆喝：

"准备战斗！准备战斗！"

"有什么情况？发生了什么事啦？"战士们一个接一个地问，到目前为止，他们还没有发现任何异常现象。

"有敌人，你们没看见？都该碎尸万段！大炮装弹，准备发射！"

顿时忙得乱哄哄的。炮手立即按战斗秩序作好准备。特种步兵团的士兵们已经子弹上膛，军官们以雷鸣般的声音指挥着所属部队，一面还卷着胡子，这动作就像从将军那里看到的一样。

"我的天哪，好一个千军万马上战场！你们赶快在我的船上架上几门炮，

罗大里（意大利）

要不然，他们会把我打沉的。"　"半脸胡"船长在他的船上居高临下闷雷似的说。

蓝箭司机摘下帽子搔搔脑袋心想：

"我不明白他将怎么个沉底法。在我看来，不就脸盆里那么一点水吗。"

站长严肃地望着他然后说：

"既然将军先生说了有敌人，那就一定有。你们对战争和敌人的事懂个什么？"

"我也看见了，我也看见了。"　"坐着的飞行员"一面在第一航线上盘旋，一面大声高呼。

"你看见什么啦？"

"看见敌人呀，我给你们讲我看见了。"

被吓坏了的洋娃娃们一个个躲在蓝箭的车厢里不敢露一露面。玫瑰洋娃娃哭哭啼啼地说：

"哎，夫人们，现在要打仗了，我的头发刚刚电烫过，谁知道要断送在什么地方呢？"

将军让士兵擂了一阵战鼓。

"你们都静下来，静下来！"他暴躁地说，　"否则谁也听不见我的指挥了。"

当正要发布开火命令的时候，斯毕乔拉的难听的声音传了过来，事情就被这猫叫不象猫叫、猪叫不象猪叫的嘶哑声半路中断了。

"停一下，请发发慈悲停一下！"

"那是谁？难道从开始到现在是狗在指挥部队不成？把它毙了！"将军命令道。

可是狗一点也不害怕：

"将军息怒，请您停止战斗行动，我向您担保，那个所谓的敌人根本就不是什么敌人。"

"嘿，这好啊，"将军嘲弄地说，"现在狗也参与政治了。"

"无论如何，请再仔细看清楚，"斯毕乔拉毫无畏色地继续说，"我走到那附近看了一眼，那只是一个小孩，一个躺着的小孩。"

"一个小孩？"将军固执地说，"一个小孩在战场上干什么？"

"错就错在这儿，将军先生，我们并非处在战场上，现在我们正在一个地

窖里。您没有看见吗？先生们，女士们，请你们绕一圈查看一下，我们处在正如我已经对你们说过的那个地窖里，从这儿出去，我们便可上路了。这里只有一件事我尚且不明白：地窖已有人居住，在那边很远的地方亮着一丝灯光，那附近有一个吊床，吊床里有一个孩子睡得正香。您是不是想用大炮声把他叫醒？"

银笔又发言了，在这一段时间里，他一直静静地抽着烟：

"狗说得有道理，我只看见小孩，没有看见敌人。"

"完完全全是个诡计。"将军看到一场将由他发动的战争烟消云散了，仍企图顽固地进行狡辩，"敌人想以一个无辜的、手无寸铁的婴儿作掩护，从那儿逃跑出去。"

但如今谁愿理他呀？甚至洋娃娃们也一个个地从隐匿处走了出来，在地窖的暗淡的光线中仔细观看。

"真是个孩子嘛！"一个说。

"我看清了，满头金黄色的头发。"第二个补充说。

"是一个缺少教养的孩子。"第三个以判断的口气说，"你们没有看见他把一个指头放在嘴里就睡着了？"

地窖里大概住着一家贫穷的人家吧：在昏暗的灯光下，能粗略地看到几件破烂家具，一个草垫铺在地上，一只边边上掉了瓷的脸盆，一只已熄灭了的小炉子，还有一张正睡着孩子的吊床。他的父母定是出去干活或者要饭去了，只留下孩子一人在家。一盏没有熄灭的小煤油灯放在一张椅子上：可能他害怕独自一人呆在黑暗中，也可能他喜欢由那个令人不安的小火焰画在天花板上和墙壁上的大大的影子吧，这样他好瞧着影子进入梦乡。

我们的英勇的将军真可谓是出类拔萃的了，他的活泼的想象，就像一匹奔驰的野马，竟把煤油灯的亮光变幻成了敌人营地的灯火了，因而发出了警报。

"我的天哪！好玄乎！""半脸胡"船长打雷似的一面说一面神经质地理着半下巴的胡子。"你们这一阵吵吵嚷嚷，我还以为出现了一艘海盗船呢。那个孩子，我从望远镜里瞧见了，他根本就不像个海盗。他手里没有握着钩子，眼睛上也没有蒙上黑色绷带。再说，也没有挂着一面带有打叉叉的脑袋的黑旗呀。我倒觉得是一只完完全全的、平静的双桅船正在梦海中航行哩。"

"坐着的飞行员"每一次都干得十分出色，他又深入到吊床附近作了一次

侦察飞行，曾不止一次地掠过孩子上空。只见这孩子摇动着一只手，好似想赶苍蝇似的。他立即回来报告说：

"将军先生，没有任何危险。'敌人'，要我说是个孩子，正在睡觉哩。"

"那么，我们出其不意地抓住他。"将军宣布说。

然而这一次倒是骑马牧童挺身反抗了：

"抓一个小孩？难道我们的套马索是干这个使的？我们只套草原上的野马和公牛，根本就不抓小孩的。谁胆敢动一动他，我们就用这根绳把他绞死在第一棵仙人掌上。"

这样说了以后，他们就立即催马前进，分布在将军四周，准备用套马索勒他的脖子。

"我是说说而已，"将军抱怨说，"说说而已的。这儿就不能开个玩笑！你们都是些缺少活泼想象力的人。"说完，他自己也就安安静静地呆着了。

逃跑的行列慢慢地向吊床靠近。此时，也许并不是所有的心都是那样平静的。例如，有些洋娃娃，畏惧的心情尚未完全消失，就紧紧地挨着黄熊，好壮壮自己的担。那只黄熊对于眼前发生的一切一无所知，什么也不懂。它有点呆傻，对于它谁都该谅解：它的大脑反应特别缓慢，一次只能懂得一个事。

但是它的视力相当好。它立刻发现了那个被称之为敌人的人实质上是一个躺着的孩子。于是在它脑子里产生了一个大念头：它想跳上床去，还想跟他戏耍一会儿。它就没有考虑到，在通常的情况下，睡着的孩子是不会跟狗熊闹着玩的。

这孩子没有什么特殊的地方。他的眼睛紧闭着，因此，就连眼睛的颜色也没有一个人能知道可能是什么样的。

在椅子上的那盏灯附近，有一张折成四方形的纸。其中有一面写有地址，字迹大且歪斜。

"要我说，那定是密电码。"那个早想把孩子当作敌人间谍的将军用挑唆性的口气说。

"也许是这样，"列车长认可地说，"不过我们不能偷看人家的信。你们看见了吗？地址上不是写给我们收的。这里写得明白：贝发娜夫人收。"

"非常有意思！"将军说，"这封信正好是写给我们的主人的。要我说，这孩子很可能对我们进行了间谍活动，有意向她告发我们的事。你们说呢？依

我看，还是看一看写些什么更妥当些。"

"我们不能这样做。"列车长阻止说，"我们不能侵犯通信自由。你听我说，邮件，我每次都是成吨成吨地运送的，但都必须确保安全哪。"

这一次倒也奇怪，银笔竟同意将军的意见了。他只说了一句："快念。"然后又慢条斯理地把烟斗放进嘴里。这就够了。将军一听"快念"，立即登上椅子，展开那封信，清了清嗓子，然后就像念自己的战争宣言一样，拿腔拿调地宣读开了：

贝发娜夫人：

　　我经常听人家提到您，可是我从来也没有收到过您的礼物，无论是大的还是小的。今晚我让灯亮着，希望当您路过这里的时候能看到您，这样我可以当面向您陈述我的要求。因为我害怕又睡着了，故写了这张便条给您。我恳求您——贝发娜夫人，请满足我的要求吧。我是一个好孩子，大家都这么说，假如您能使我幸福，我会变得更好的。要不然，当一个好孩子对我又有什么用呢。

您的姜宝罗

在念的过程中，将军的声音由一开始的带火药味的腔调慢慢地越变越温柔了。这位老战士已无法克制自己，竟显得如此的心慌意乱。

玩具的行列屏住呼吸。只有一个洋娃娃从心底深处重重地叹了一口气，大家回头看着她，她很不好意思地低下了头。

"我的天哪！这还了得。"谁都听得出来，这是"半脸胡"船长闷雷般的抱怨声，"我觉得我们的那位老主人太不公平了！这不是吗，因为她的过错，一个好好的孩子要变坏了。"

"变坏是什么意思呀？"玫瑰洋娃娃问。

然而谁也没有回答她的问话，别的洋娃娃拉了拉她的裙子要她别说话。

"得为他做些什么才好呐。"蓝箭的站长说，"不幸的是这个姜宝罗因激动竟忘了写上他想要什么了。"

"看来很需要一个自愿者。"特种步兵团的上校提示说。

那条狗一纵身跳上吊床，趴在枕头旁边，未开口脸就通红通红的了。大家明白这是它要讲什么重要的事了。

"我想留下，"斯毕乔拉说，"我很喜欢这孩子。我认为和他在一起一定会

使我很幸福的。他对我错不了，而我呢，当他的父母——就像今天晚上一样——把他单独留下的时候，我正好与他作伴。"

"好极啦！" "半脸胡" 说，"那……谁来嗅寻方齐谷的踪迹呢？"

"我的鼻子倒是够大的，" 司机瓮声瓮气地说，"不过，假如我的眼前没有铁轨铺着，说实在的，我还真的就不知上哪儿了。"

"斯毕乔拉绝对不能留下！" 将军下了结论。

就在这时，只听得有人干咳了几声。当有人在这种情况下以这种方式咳嗽，就说明那人想要说话但又缺乏勇气。

"鼓起勇气，讲吧。" 是 "坐着的飞行员" 的声音。他居高临下，整个场景尽收眼底。他看见黄熊做了个怪相，才这么说了一句。

"好的，" 黄熊一面说一面又干咳了几声，借以掩饰自己的窘态，"我对周游世界业已厌倦。我可以停在这儿，你们说呢？"

真是可怜的黄熊！它要使人相信它是懒汉，却不喜欢表白自己的一片好心。谁知道是为了什么，那些真正有好心肠的人总是努力不让别人知道他们的善良的。

上百只眼睛盯着黄熊：它的品格太好了。

"请你们不要这样看着我，" 它说，"否则我要变成一只红熊了。我是懒汉，是真的。我呆在这张吊床上，很快就能美美地打一个盹儿，等待天亮，而你们呢，还得冒着寒冷走许多路去找方齐谷呢。"

"好吧，" "半脸胡" 说，"你留在这儿倒也合适，孩子和熊能玩到一块去，因为他们之间至少有一样很相似：那就是他们都好睡。"

全体一致同意。随即进行告别，互相致意。有人想紧紧握住熊掌祝它前程似锦，但蓝箭司机已以汽笛的一声长鸣代表大家向它致意了。站长吹响了哨子，继而列车长大声高呼：

"先生们，请赶快上车！出发了，上车！"

洋娃娃们因害怕来不及上火车，顿时造成了一片难以想象的混乱。

护送队徐徐而进，牧童和印第安人骑着马护卫着两侧。特种步兵舒适地坐在车厢顶上，而 "半脸胡" 的那条船被安置在一节货车上。

通往狭窄而又黑暗的胡同的地窖门开着。黄熊蹲在吊床的枕边、离姜宝罗的头不远的地方，带着忧郁的神情目送着渐渐远去的伙伴们，然后深深地叹了口气。

他这一口气叹得如此之重，居然使孩子的头发像被一阵风吹过，如同波浪一样地飘了起来。

"轻一点，轻一点，我的朋友，"黄熊对自己说，"否则，你就把他弄醒啦。"

孩子没有醒，只见一丝甜甜的微笑掠过嘴角。

"我敢打赌，他一定正在做梦，"黄熊自言自语地说，"他正梦见贝发娜就在这个时候路过他的身旁，给他留下一件礼物后匆匆跑走了。她的长裙带起了一阵风吹动了他的头发。我敢说，他定是做的这个梦。然而，梦里的礼物谁知道是什么呀？"

黄熊朝那孩子弯下身去，想要窥探出什么来，可是他的两眼像紧紧关着的窗子一样，谁都不能猜出他看见的那样东西。

岂知黄熊做了一件让我们想不到的事情：它贴近孩子的耳朵，用一丝几乎听不见的声音甜甜地跟他说话，它是这样说的：

"贝发娜刚刚过去，她给你留下了一只绒毛黄熊。那是一只极漂亮的小熊，不瞒你说，我认识它，而且对它很熟悉。在镜子里头我见过它好多次了。在它背上有一把专门上发条用的钥匙，只要一上紧发条，小熊就会跳起舞来，就像所有去展览会和马戏团的熊一样。现在我就让你看看。"

黄熊必须扭过点身子才能用掌碰到钥匙。还好，最终它还是上好了发条。这发条竟对它产生了奇妙的效果。首先，它觉得有一种发笑的痒痒顺着背脊上下走动，使它特别想轻松愉快地跳上一阵子，一会儿，这痒痒一直往下到了两条腿上，于是就开始独自跳了起来。

黄熊从来也没有跳得如此出色过。

桥上的警报

胡同有些坡度，但蓝箭在越过高低不平的地段后没有降低速度，因此很快出了胡同口，来到了贝发娜店铺附近的广场。

司机从小窗口探出头来：

"请问，我们该往哪个方向走？"

"一直往前，"将军喊道，"正面进攻是打乱敌人阵脚最绝妙的战术。

"哪来的敌人？"站长问，"请您不要再开这种玩笑了吧。尽管您的帽子上带有您的所有的道道，但在火车上就该和任何旅客一样，您懂我的意思吗？

火车往哪儿开得听我的。"

"好的，"司机答道，"不过请快点告诉我，因为前面就要通过人行道了。"

"向右拐，"斯毕乔拉声调悲戚地说，"你们赶快向右转弯，我认出了方齐谷走过的路了。他的一双破鞋的味是从这儿往那边去的。"

事实就是如此。那条狗只是来来去去跑着嗅了几下地，并没有费多大劲就找到了方齐谷的足迹了。

"那么就右转弯。"站长认可地说。

司机转动方向盘，蓝箭即以全速拐了个弯。"坐着的飞行员"在车头上空盯着火车不敢怠慢，怕失去目标。

牧童和印第安人骑马奔驰在火车的左右两侧，悄悄地快速前进着，就像一般土匪正要发动进攻时一样。

"哼……"疑神疑鬼的将军嘟哝着，"我用我的头衔跟一个铜钱打赌，这次旅行不会有好结果的。看看这些骑士们吧，个个神色不安，面带难色。在第一站上车的时候，基于各种考虑，我搬到了装着大炮的货车上来了。"

就在这个时候，传来了斯毕乔拉奇怪的哼哼声，这声音告诉大家它发现了什么危险。但如今已太迟了，司机没能及时刹住车，蓝箭以全速冲入一个很深的污泥水坑里去了。水差不多快漫到小窗口了，吓得洋娃娃们魂不附体，赶紧逃到了车厢上面，在那里受到了步兵的亲切接待。

可怜的斯毕乔拉在污泥水坑里游着，一面诅咒着自己的声音：

"我是哪个品种的狗？怎么连叫一声都不会。哎，我要能猖猖地叫该多好啊，比那无味的喵喵声强多了。"

"我们是在陆地上。"司机一面说，一面擦着汗。

"您是想说我们在水里吧，""半脸胡"悲愁地纠正说，"看来只好让我的船下水了，然后全体都上船。"

不过那条船到底太小了点。幸亏积木总工程师在这节骨眼上想起了在他的一个盒子里有许许多多的小片片足够建一座桥用的。

"在工程完成之前，天就会大亮，那时我们将被追捕归案。""半脸胡"显出很不高兴的样子抱怨说，"不过还好，水兵们在这儿倒是不容易被发现的。"

在工程师的指挥下，积木的小片片立即投入了紧张的战斗。

"用一架起重机把蓝箭举起然后把它安置在桥上。"工程师这样设想着，"旅客们在里面别乱动，这样就能顺利通过了。"

他这样说着，一面向洋娃娃们投去了高尚的一瞥。从她们这方面来讲，说出来也是废话，她们自然都是倾心钦佩于他的啰。只有黑娃娃例外，她仍只忠实于她的飞行员，对他连看都不看一眼。

开始下雪了。坑里的水位不断上升，工程师的计算全部告吹了。

"在洪水猛涨时要造一座桥，工作量可不轻呀。"他的上下牙齿之间咝咝作响，"我们希望能造出来。"

为了加快工程进展速度，特种步兵团的上校把他的全体勇士都交给了工程师支配。新建桥进展很快，眼看着在污泥水坑的淤泥水上迅速地往前伸展。在那灰暗而又雪花纷飞的夜晚，锤子的敲打声，滑轮的咯吱咯吱声和其他铁器的叮叮当当声，从很远的地方都能听得清清楚楚。

牧童和印第安人驱马游过污泥水坑来到对岸，在那里扎下了营盘。从那里，人们能看见下面一个小小的红点，一会儿张开了，一会儿又闭上了；张开了，闭上了，活像一只萤火虫的亮光。那是银笔的烟斗。从蓝箭的小窗口，旅客们目不转睛地望着那个小红点，那个闪烁着希望的小红点。三个木偶齐声说道：

"像是一颗星星。"

那是三个有福气的木偶：它们能够在雪花飘飘的夜里看到群星。

也不知道过了多长时间，突然听到了一片"万岁，万岁"的欢呼声。总工程师的工兵们和铅弹特种步兵队的士兵们到达了对岸。

一辆吊车提起了蓝箭，把它放在了桥上。这座桥就像所有的铁路桥一样，也有铁轨。站长高挑起绿色信号灯给了出发信号，司机立即压低操纵杆，只听得一声轻轻的鸣笛，火车起动了。

火车还没开出半米远，只听得将军一声大喝，发出了警报：

"熄灭所有的灯！发现敌机！"

"我的天哪！不好啦。""半脸胡"打闷雷似的说，"假如那个不是贝发娜，我就吃掉我的胡子。"

随着一阵可怕的轰轰声，一个巨大的影子落在了广场上。在逃犯们认出了这是贝发娜的扫帚，骑在上面的是两个老太婆。

贝发娜丢失了她的最好的玩具，只好自认倒霉。为了再收集一些其他的

玩具放在书架上和顶楼里,她带着女仆钻出了烟囱口,骑着扫把飞上了天,进行一次和往常一样的转游。

谁知还没有到达广场中间呐,女仆的一声惊叫使她转过身来:

"男爵夫人,瞧下边!"

"哪里?喔……我看见了,看见了……这不是蓝箭的灯光吗?"

"我看一定是他们,男爵夫人。"

贝发娜毫不犹豫地把扫帚把直指西南方向,然后敲打着把柄直冲灯光降下去。令人眩目的灯光反映在污泥水坑里。

这一次将军可没有放空炮。灯光立即全部被熄灭了。司机使火车以最快的速度一眨眼通过了新建桥。不过最后一节货车好险哪!上面装着"半脸胡"的船,还没等它的八个轮子都上了陆地,只听得一声巨响,桥倒塌了,飞到空中的碎片落在了这节车厢的后半部位。

有人猜想这是贝发娜自己轰炸的,其实不然,倒是将军干的,他没有对任何人说,自己悄悄地装好水雷,使桥"轰"的一声飞上了天。

"与其让它落在敌人手里,倒不如让我一口吞了它的好!"他卷着胡子高声说,对自己的这一手洋洋得意。

贝发娜如今正以超低空飞行,高速逼近蓝箭。

"向左,快!"一个牧童高呼。

这时候也来不及等站长下达命令了,司机猛力地向左一拐,这一猛劲差一点把火车扯成两截,然后像箭一样穿过一扇黑暗的大门,里面亮着一个引人注目的烟斗的小红点。

蓝箭顺着一堵墙停下,大门立即在慌乱中被闩上了。

"她看见我们了吗?""半脸胡"船长小声地自己问自己。

还好,贝发娜没有能及时赶上盯住他们。

"奇怪呀,"此时此刻她非常烦恼,在广场上空上下盘旋了好一会,然后自言自语地说,"难道说是土地爷把他们吞了不成,怎么连一点痕迹也没有呀。"

"会不会掉进了污水池里去了。"女仆提醒她。

"也许吧,"贝发娜认可地答道,"此时此刻,最使我伤心的莫过于蓝箭了。它完全有资格享受一个更体面一些的坟墓。这是我店的光荣。哎,我真不明白,也许那些玩具是因逃避小偷的袭击而逃的吧,说不定现在正在寻路

回家哩。口，谁知道啊……不过，现在不能再耽误了。待交的礼单长着呢，永远也完不了。工作去吧！"

她们调过头来，扫帚飞向北方，消失在雨雪之中了。

和玫瑰洋娃娃告别

"我总觉得在这儿呆着，就像呆在一只墨水瓶里似的。"站长嘟哝着。

"很可能是敌人的一个陷阱。"将军补了一句，"还是查看一下稳妥些。"

司机开了蓝箭上的塔灯。大家这才看清，原来是在一个堆满空箱的窑洞里呆着。空箱里散发着水果味，不用说，这一定是水果贩的大门了。

再来说说这些洋娃娃们，她们一个个从车厢里跳下来，又藏到一个墙洞里，从那里传出了叽叽喳喳的喧嚣声。

"我的天哪，像是掏了喜鹊窝似的！""半脸胡"嘟哝着，"那些女孩子就没有一会儿安静的时候。"

"这儿有人。"玫瑰洋娃娃以她那讨人喜爱的、听起来像是笛子的柔声娓娓说道。

"谁要认为有人，就到处都有人。"司机评论说，"谁的心情如此愁闷，竟在这样的夜里呆在大门口乘凉呢？也许想着我会把我的火车头的轮子卸下一个送给他（她）当床使吧，脚旁还给放上一个热水袋哪。"

"是一个可敬的老太太。"其他的洋娃娃说。

"睡着了，是不是？"

"你们觉得她好像很冷，她的皮已凝结了，是不是？"

有些洋娃娃伸出了一只手去试一试已经冻僵了的老太太的皮。她们的动作很轻，怕把老太太弄醒，然而老太太并没有醒。

"我们试试能不能帮她暖和暖和。"玫瑰洋娃娃提醒大家，并第一个抓起老太太的手在自己的两只小手之间搓着。她搓呀，按摩呀，弄了好大一会，但不见有效。那两只布满皱纹的老手像两块冰块似的令人全身发抖。

一个特种兵战士从车顶上下来并走了过来。

"哎，"在向老太太瞥了一眼以后，他低声说道，"我见过许许多多这样的人了。"

"你认识她？"洋娃娃们问。

"问我是不是认识她？不，这个我还真不认识。不过，我认识许多就像她

罗大里（意大利）

那样的人。是穷人，什么也没有。"

"穷得像地窖里的那个孩子吗？"

比他还穷，还穷。这是一个无家可归的老太太，路上遇到大雪的突然袭击，没办法，只好逃到这大门里来，免得被冻死。"

"现在是睡了吗？"

"是啊，睡了，"战士说，"是因奇怪地困而睡着了。"

"这是怎么说的？"

"哎，我认为她永远也不会醒了。

"这才是真正的糊涂话呢！"玫瑰洋娃娃以果断的口气说，"为什么不该醒来呢？这么说，我倒偏要留在这儿一直等她醒来。我对旅行已经厌倦。我是个良家女子，我不喜欢夜里在路上游来逛去的。我愿意留在这老太太身边，当她醒来时，我就跟她一起去，她就是我的祖母啦。"

玫瑰洋娃娃倒像变成了另一个人了似的，她的神态再也不是原先那副惹得"半脸胡"船长生气的傻里傻气而又爱虚荣的样子了。她的眼睛也因闪烁着另一种异样的光芒而显得更加美丽了。

"我留在这儿，"她坚定地重复说，"使我遗憾的是方齐谷，不过说到底，我不信他将会需要我。方齐谷是个男孩，男孩哪有玩洋娃娃的？请你们向他转告我的问候就够了，他会原谅我的。至于以后嘛，谁能知道呢，也许这个老太太会带着我来找方齐谷呐。到那时，我们重新又相见了。"

她不断地讲呀讲的，倒像是喉咙里充满了话，必得把这些话一下子全部吐出来才痛快。

也许是不愿让人家讲几句劝导话吧。也许是她不愿听违背自己意志的话，不愿意出于被迫而抛弃这个老太太，让她如此寒冷，只身处在大门内昏暗的角落中吧，但任何人都没有对她讲什么。

斯毕乔拉从大门出去侦察，如今回来告诉大家，道路已通行无阻，可以重新上路了。

难民们一个接着一个重新又登上火车。站长命令把所有的灯光统统熄灭。蓝箭缓缓地开向出口处。

"再见，再见！"朋友们轻声地向玫瑰洋娃娃告别。

"后会有期！"她颤抖着声音回答。她害怕独自留在这儿，否认这一点也是没有用的。她靠着老太太的胸脯缩成了一团，用一丝几乎听不见的声音又

重复了一句："再见！"

三个木偶一起从小窗口探出头来。

"再见了！"他们齐声说道，"看见你这样，我们真想大哭一场。可是你是知道的，我们是哭不出来的呀。我们是木头的，没心没肺。再见了！"

玫瑰洋娃娃自己觉得很渺小，而且越来越小，心里害怕极了。幸亏途中的劳累和激动顿时发挥了效用。首先，玫瑰洋娃娃闭上了眼睛，其实，又有什么必要睁着呢？天是那样的黑，连自己的鼻子尖都瞧不见。慢慢地慢慢地她睡着了。就这样，第二天一早，门房起来才发现她们。她们紧紧地偎在一起，就像俩姐妹一样拥抱着。

洋娃娃不明白为什么人们停在大门口瞧着他们。还来了真正的、个儿大得吓人的宪兵呢。老太太被放在一张抬床上抬走了。玫瑰洋娃娃不明白为什么她就醒不过来。

一个宪兵把她也带走了，把她送到了他的上司那里。宪兵有个小女孩。他的上司就让他把洋娃娃带回家跟他的女孩作伴。

可是，玫瑰洋娃娃却再也忘不了那个自己曾守在她身边，一起渡过主显节夜晚的全身冻僵了的老太太了。每当她想起那位老太太来，她自己就觉得一直冷到了心。

一个将军的塑像

斯毕乔拉埋着头在车头前小步急走。纷纷扬扬的雪下个不停。石板路已被又厚又白的毡子盖了起来。这对于要嗅到方齐谷的破鞋的气味的斯毕乔拉来说困难越来越大了。那条狗不时地停下来，疑惑不定地四下张望，然后顺着自己的脚步回过来，又往另一方向搜索。

"很可能方齐谷曾停在这儿玩过，"它焦急地自言自语，"所以踪迹才这样纷乱。"

司机瞪大了眼睛，亦步亦趋地跟着斯毕乔拉。火车里的人们都开始觉得发冷了。

"得开快点啦，""半脸胡"埋怨说，"按这个速度，恐怕要明年我们才能到达呢。再说，到不了那个时候，我们就会被第一班电车压扁的。"

有时就连站长也吆喝斯毕乔拉快一点。然而一条可怜的狗又能干些什么呢？它也全身发抖，雪冻僵了鼻子，它多么想用脚掌使它暖和暖和呀，可惜

就连这点时间也没有。

足迹迫使行进队伍曲曲折折地前进。一会儿上人行道，一会儿下人行道，老在广场上兜着圈子，不下三四次地在同一地方横过一条马路。

"这是玩的什么把戏呀，怎么总是绕着马路走？"站长抱怨说，"我想你们会有这样的体验吧：当你们教孩子说直线是两点之间最短的距离后，孩子们为了把你们的教导付之实践，就会马上手拉手跳起圆圈舞来的。你们瞧这个方齐谷，在这长十米的空地上，居然十次横过马路。我奇怪他怎么没有被车压死。"

斯毕乔拉不倦地在雪地上用鼻子寻找着朋友的气味，同时还跟方齐谷说起话来了，好像他真的就能听到似的。

"你知道吗？我们正在找你哩。我们全体都快到了。这对你来说，可说是喜从天降了。一列火车满载玩具，一个整齐的旅行队伍。你等着吧，一会儿就见到我们了。"

因一心用在跟方齐谷的讲话上了，当它发觉自己失掉了目标时，已经跑出去十几步远了。

它快步跑了回来，司机只好又一次刹住了车。

它拼命地找呀找的，但哪怕是一丁点儿气味也闻不到了。这气味是在那边雪底下消失的，那边的路狭窄，灯光又暗。然而，既不是在大门口，又不是在人行道上，恰恰就在马路上消失了，你说奇怪不奇怪。

"这简直是不可思议呀，"斯毕乔拉想，"总不能走在空中吧？"

"下面发生了什么事啦？"草木皆兵的将军问道。

"斯毕乔拉找不到方齐谷的足迹了。"司机心平气顺地告诉他。

只听得一阵七嘴八舌的抱怨声。看来洋娃娃们非得冻死在路上不可了。

"我的天哪，好一个冰冻三尺呀！""半脸胡"高声喊叫，"不过这儿不需要这么冷。"

"一定是他们把他抢走了！"将军情绪非常激动地说。

"把谁抢走了？"

"小孩呗，真见鬼！我们的朋友方齐谷。他的足迹到了马路上就没有了，这意味着什么？意味着那孩子被一手提了起来扔在一辆车上，然后谁知道快速车把他带到什么地方去了。"

"我们该怎么办？"列车长问，显然他有些神经质了。

"坐着的飞行员"自告奋勇要作侦察飞行，别人又拿不出更好的意见，他的建议被采纳了。他立即拉杆升空，只见飞机在路灯暗黄色的光环内晃了一下就消失了，随即连隆隆的机声也渐趋微弱，继而一片沉寂。

"对我的见解没有任何人提出异议，"将军继续说，"这就是说一个极其严重的危险在威胁着我们。我的战士们，听我命令：立即把大炮卸下来，装到火车尾部，作好开火准备。"

炮兵们怨声四起：

"他抽的什么疯呀！"他们说，"一会儿装上，一会儿卸下，整个晚上就甭干别的了。再说，导火线全湿透了，即使把它们放在维苏威火山上也点不了火啦。"

"安静！你们得服从命令，不准再说话。"将军严肃地命令道。

特种步兵的战士们一动不动地坐在车厢顶上，瞧着他们的兄弟们抬着大炮出着汗。

"他们真走运，都出汗了。"上面的人们这样想，"而我们呐，大雪已没过膝盖。再过一会儿，我们都要变成雪人了"。

乐队的那些人们也十分丧气，因为他们的鼓里都填满了雪。

正在这时，发生了一件非常非常奇怪的事：第一门大炮从货车上卸下，立即就在雪底下失踪了！第二门好像在湖里作跳水运动一样，可是一个猛子下去就再也没有上来。这第三门倒是像被土地爷一口吞了去似的，在那地方，只在雪上留下了一个窟窿。简要说，就是一放到地面上，大炮就立刻消失得无影无踪了，而且不留下任何痕迹！

"这，这……怎么……哎，总而言之……"，因这意外的打击和刺激，将军气得连话都说不出来了。他跪在雪地上用手挖。这样，秘密立刻被揭穿了。其实也说不上是什么秘密，只是一个下水道的污水池而已。不幸那些大炮从铁条条之间陷了下去，一直沉到阴沟底部去了。

将军就像被闪电击中了似的跪在那里。过了一会儿，他脱下了帽子狠命地撕，抓住头发没命地扯。他很可能还要从头到脚撕下自己的皮，只是因为他听见了他的炮兵们像疯子般的笑声才打消了这念头。

"飞来的横祸！这第一流的炮队，也是我军唯一的炮队，因中了敌人的诡计而毁于一旦。你们倒好，你们倒大声发笑。你们是否考虑过如今我们已赤

手空拳？你们认为这是闹着玩的吗？真可恶！把你们都得抓起来！一回到营地，你们将因背叛罪而被起诉。"

炮兵们的脸在行举手礼的那只手底下一下变得十分严肃，而笑声却在喉咙里爆发了，弄得自己的脚后跟都抬了起来。

"不坏呀！"他们心想，"如今我们总算结束了装装卸卸这苦差事了。没有炮我们反倒更好些，现在我们不是挺舒服吗，因为我们轻松啦。"

再看看将军，在两分钟内好像老了二十年！他的头发全白了，这当然也还因为他把帽子扔了，雪可以自由自在地落在他的头上的缘故。

"完了。"他痛苦地哽咽着，"一切都完了，对于我，再也没有任何事情可干的了。"

他真好比一个正在吃着甜甜的点心的人一样，突然间，谁知是哪来的邪法，把所有的糖分全夺走了。他这才发现自己正咀嚼着一种没有任何味道的纸。没有大炮，将军的生活就再也没有滋味，就像菜汤里没有盐一样。

他一直跪在那儿没有站起来，对所有要他起来的请求置若罔闻，也不把身上的积雪摇下来。

"将军先生，积雪正在把您覆盖。"现在，炮兵战士们关心地对他说，并想要上前把他肩上的积雪扫掉。

"别管我，就让我这样。"

"积雪会把您全部埋起来的，您的两条腿已经看不见了。"

"没有关系。"

"将军先生，积雪已堆到您的肚子了。"

"我不觉得冷。我的心比雪还冷。"

"将军先生，积雪已经到了您的脖子了。"

将军没有回答。另外，别人把自己两肩的积雪摇了下来，这雪正好掉在了他的身上。这样，眨眼之间，将军整个被雪盖了起来。起初还能见到他的一些胡子，这是事实，但仅仅是一会儿的功夫。到后来，在将军呆着的地方，只有一尊巍巍壮观的雪像了。

全体都很受感动，每人心里都非常难过。在这种情况下，谁也没有发现一个极其严重的危险正威胁着蓝箭一行。这一次竟是一只猫，是只真正的猫而不是玩具猫。这只猫可大啦，有蓝箭的五、六节车厢大哩。

正当大家面对将军，为他进行祭奠的时候，那只可怕的猛兽在雪地里偷偷地越逼越近，然后趴在那儿用它的绿色眼睛细细地瞄着眼前的一切，最后选中了袭击对象。

在蓝箭的一个小窗口挂着一只鸟笼，笼里有一只带发条的金丝雀。笼子在风中凄凉地摆动着。开始旅行的时候，鸟笼很受欢迎地被挂在头等车厢里。随着火车的每一次摇动，发条自动松开，金丝雀就啾啾地唱开了。

"我的小宝贝，"当它唱出第一声的时候，有人高兴地这样叫它。但老是这样叫个不停，大家对它烦了，也就毫不留情地把它逐了出去。

它被挂在外面。不过它仍非常乐观，即便冒着寒风，顶着大雪，在漆黑的夜晚也仍不停地愉快地啾啾叫着。再说，除此而外，它什么也不会呀。就在将军献身在雪地里的时候，它也根本就没有一点要安静下来的意思。

现在那只猫已瞄上它了，并决定尝尝它的味道。

"我只需一巴掌就能打开笼门。"猫想。

嘿，还真是这样。

"只要再给它一巴掌就可要了金丝雀的命。"它想。岂知这事情就并不是那样轻而易举了。金丝雀觉得有尖利的爪子撕它的翅膀，就啾地惨叫了一声，然后像是有什么东西被扯断了，接着只听得短促的"喵呜"一声，原来是入侵者被弹出的弹簧击中了鼻子。

那只猫痛得差一点昏过去。谁能料到一只小小的金丝雀会有这么大的防卫力量呢？这突然的一击，差一点吓破了猫胆，它就只好忍痛叫唤着跑了。骑马牧童们试图追击，可是他们的马深深地陷入了雪里，就只好作罢。

不，这一次是怪猫自己没有考虑周到，没有想到有弹簧。其实，猫可厉害哪。瞧，在雪地上，可怜的金丝雀躺在那里。真可怕，它被撕破了，翅膀下面露出了弹簧的钢丝，张着嘴，整个像是失去了知觉似的。

在短短的几分钟内，蓝箭旅行团就失去了两名成员。这第三名，谁知道"坐着的飞行员"驾驶着飞机正在什么地方转？也许烦恼使他冲向了某个烟囱。也许两翼的积雪把他压回了地面。天知道！

以军礼把金丝雀埋在了一堆雪下。先由特种步兵把号筒里的雪除了，然后就吹起了出殡进行曲。说实在的，号筒的声音像得了感冒似的：音乐好似由远处的另一条路上被风吹送过来的一样，但终究比没有好多了。

然后，金丝雀的遗体重新被安置在笼子里。积木的工人们把铲一铲的雪扔在它身上。

不过，金丝雀的故事并没有到此结束，只是它的蓝箭的同伴们不知道就是了，因为他们把它埋了后，立即又开始了他们的夜行军。假如有人晚走一步，悄悄藏在一个地方，就会看见一个夜警从自行车上下来：因为前轮碰着了一样东西，这东西就是金丝雀的笼子。

这位夜警把它抬了起来，挂在了车把上，把车推到一边，然后就在路上，他试着修理发条。两只万能的手什么不会干？几分钟以后，金丝雀啾啾地重又叫开了。不过声音有些含糊，不如原先那样愉快活泼，听起来有些懒散。也许是因为金丝雀看见他其貌不扬的缘故吧。不管怎么说，这声音仍然是充满活力的。

"我的孩子一定很喜欢。"夜警这么想。"我就说是贝发娜给我的；我就说我看见过它，因为我在夜间工作；我就说它向他热情问候，还要让他永远愉快。"

夜警一面不停地在雪里踩着自行车，一面想着。当他该转弯的时候，他并没有去按自行车铃，倒去摇了几下笼子，使得金丝雀又响起了啾啾的声音。嗳……这倒也是一个好办法呐。

会说话的纪念像

人们对"坐着的飞行员"这次的侦察飞行寄托着极大希望。另外，也因这种恶劣的天气，每人手里都为他捏着一把汗。

正当他努力使自己保持在街道中间飞行，不使飞机撞着电车线、避免碰着任何边边沿沿的时候，坐舱外的积雪却越来越严重，如今只能看清鼻子前巴掌大小的空间了。这时候，"坐着的飞行员"羡慕地想起了贝发娜：

"谁知道那老太太怎么弄的，就这样骑跨在一个简简单单的扫把上倒安然无恙，而我，驾驶着最最现代比的飞机飞行，反倒冒着时时刻刻会掉下来的危险。"

"另外，我该果断地调正航向才行。"勇敢的飞行员继续想，"我不信方齐谷会在云雾中留下足迹。怎么办？我应该下降。"

他慢慢地使飞机下滑，但又必须急忙拉杆升高，否则就要碰着一个人的

脑袋了。那个人是夜警，正蹬着自行车费劲地行驶在雪地上。（也可能就是那个后来拾到金丝雀的夜警）。

过了一会儿，他觉得夜色变得更明朗了。

"哦，我明白了，我该是到了一个最大的广场上空了吧。"他自言自语地说，"再往下降降试试看。"

这一次下去，他碰到了下面一个很大很大的模模糊糊的影子，而这个影子竟用粗大的嗓门向他招呼：

"喂，飞行员先生，请上这边来。"

"坐着的飞行员"脑子里飞快地闪了一下：

"我看还是假装没听见更为妥当些。这个地方，我可一个人也不认识，我不愿冒然相见。"

还没等他想完，一只可怕的手用两个指头把飞机夹住了，然后就往自己那边牵引过去。

"我要倒霉了，飞机失去控制还不炸了！""坐着的飞行员"高声惊呼。

"炸什么呀，过去我既不是煤炉又不是电炉，而现在和将来，我也仅仅是一个安安稳稳的铜像，永远停在这广场中心。"那个神秘的影子、那只手的主人说，"我丝毫没有想把你放进油锅里炸的意思。"

"坐着的飞行员"这才轻松地舒了一口气，并壮了壮胆寻声望去。他看见了一张特大而又很和善的脸，胡髭中间漾着一丝微笑。

"您是谁呀？"

"我已对你讲过了，我是纪念像。原先我曾是一个爱国者，在我的马上指挥过勇士们奔向祖国的解放。"

"现在您还在马上吗？"

"是啊，是匹高头骏马。怎么，你会没看见？"

"刚才我飞得太高了。现在，如您允许，我要出发了。我要乘机绕着您转一圈，也好欣赏一下这匹马。"

"别着急。"纪念像笑着说，"再呆一会儿，我们聊聊。这样的机会对我来说太罕见了，如今，我的舌头已变得很迟钝，张嘴讲话也很费劲。你的嗡嗡嗡的声音我已听了好一会儿了。我简直不能相信自己的耳朵：在这样的季节里竟会有一只大苍蝇在飞舞？这是怎么回事啊？我向你发誓，除了在小孩手里，我还从来没有见过这样小的飞机呢。"

"坐着的飞行员"诚恳地承认他的飞机是一个玩具，还简要地向纪念像报告了他及蓝箭的情况。

"非常有意思。"在认真听了他的叙述以后，纪念像说，"真的，非常有意思。我也很重视孩子们。只要天气好，这儿总有成群的孩子在我的马蹄之间玩耍。现在，因下着雪，他们就把我一个人扔在这儿了。不过这也是自然的，我并不生气。但是其中有一个，即使是这种坏天气，他也时常来找我。我不好说他就是专门为了看我而来的。他的皮肤是褐色的，额前有一束头发垂到眼上。他来了以后，就坐在台阶上，呆在那里想心事，过一会儿就走了。他好像有尾巴，我是说他离开这儿的时候，两腿之间有一根尾巴。"

"如果他叫方齐谷，很可能就是我们的朋友。""坐着的飞行员"叹息着，"那么，他坐在那儿静思默想些什么呢？"

"唷，真不幸，我还从来没有注意他叫过自己的名字呐。你是知道的，一般情况下，自己的名字都是由别人来叫的。不过这个孩子看来很孤独，这一带的人没有一个认识他的。"

"如果他叫方齐谷……""坐着的飞行员"又叹了口气。

突然，他想出了一个主意。

"只有斯毕乔拉能解决这个问题。它嗅一下台阶就能告诉我们这孩子是否就是方齐谷了。"

"讲得好，讲得妙。这样我将有幸认识一下大伙了。"

"哎，说是这样说。""坐着的飞行员"心情变得忧郁了，"足迹是在路上消失的，怎么一下子会到这儿来了呢？"

纪念像淡淡地笑了笑。

"我看得出来，你对孩子们还不很熟悉，否则，你总该知道，有时候，他们喜欢登上电车的缓冲部位作旅行的。"他很客气地说，"当然啦，他们不该这么作，因为这是不允许的。可是他们还是这样做了。现在我想起来了：就在昨天，那位褐色皮肤的孩子也还抓住缓冲部位到这儿来的呐。后来是一个警察让他下来的。"

"这么说来，毫无疑问，定是方齐谷了。""坐着的飞行员"高兴得叫了起来。

"既然这样，就别耽误时间了，赶快去喊别的人吧。"

一刻钟以后，这一伙朋友（不过谁都清楚，少了将军和金丝雀了），来到了纪念像下，确切地说来到了马蹄下，焦急地等候着斯毕乔拉的回答。

斯毕乔拉神经质地往返于台阶之间，尽管这些台阶都是大理石的，他好像也要把它们都吸到鼻子里去似的嗅个不停。为了更有把握，它嗅了老半天呐。其实，它早已认出了方齐谷的破了底的鞋子的气味了。

"我们终于又找着你了。"它心里欢喜得不得了。

"倒底怎么啦？"不耐烦在船上呆着的"半脸胡"没好气地冲口问。

"是方齐谷。"斯毕乔拉用断定的口气说。

"万岁，骑马的鲸！"

谁知道这"半脸胡"船长说的是什么意思，那么起劲地歌颂起现在没有的、将来也永远不会有的叫什么"骑马的鲸"的玩意。只要劲头一上来，就连他自己都不知道说了些什么了。

对这一成功，就连纪念像也深感幸福。只听得他在那上面、那样高不可攀的上面，在那夜色朦胧，雪花飞舞的空中笑着、笑着。那笑声顺着马蹄下来，震得马蹄也抖动了起来。

"好，真的好。"纪念像说，"好，很好，好极啦！"

特种步兵队上校决定由他的军乐队举办一次小型音乐会，来庆祝这一重大突破。哪知这一来，又引出了另一件非常稀奇古怪的事情来了。当喇叭疯狂地吹起轻快的进行曲的时候，铜蹄竟离开了基座，跳起了非常有趣的舞。

洋娃娃们高兴地拍着手从车厢里跳下来。所有的全跳到了地上：战士、印第安人、牧童、铁路员工，他们一人拉了一个洋娃娃跳了起来。不过，黑洋娃娃没跳，因为"坐着的飞行员"不能邀请她跳，她就不愿和任何别的人跳了。

"真棒，棒极了！"纪念像以他的铜声赞许地说，"我还以为是复活节哩！"

与此同时，斯毕乔拉两眼一直盯着足迹。干脆倒不如说他的鼻子一直嗅着气味更好些。到了一定时候，它提醒他们：

"我们走吧，方齐谷正等着我们呢！"

"我们走吧，我们走吧。"

罗大里（意大利）

纪念像祝贺他们旅行愉快。

他们重又上了路。随着一个孩子的破鞋所留下的痕迹，穿过大街小巷，穿过多少个广场……

到达目的地

"男爵夫人，就是他们！"

"别说话，特雷萨，别说话，要不然又要让你把他们吓跑了。"

"我的天哪，还差一个！"

"别说话，否则，我会扣你的工资的。"

老仆人一听这个，立刻就闭上了嘴，因为她很清楚，如果贝发娜许下宏愿说加工资，你就别跟她认真，只当没这回事就得了，但一旦威胁说减少工资，那你就等着吧，准不会食言的。

两位老太太冒着自己所骑的扫把可能倾覆的危险，失望地跑了一整个晚上。如今结束了分发礼物的工作，正要回家去的时候，贝发娜的别针一样尖的玲珑小眼睛透过雨雪，发现蓝箭正沿着通往郊区去的电车路线全速前进哩。

"瞧，这不就是他们吗！"贝发娜说，"哎，怎么连小偷的影子也没有呀。这哪儿是被小偷逼跑的呀，一定是他们自己从我这儿逃跑的。无赖们，真是忘恩负义之徒。盯着点他们！"

"男爵夫人，正是他们。"女仆加了一句。

"别说话，特雷萨，要么别说话，要么你就故意帮他们逃跑。"贝发娜发怒地喊，"另一句话我已经说过了，用不着重复。"

两个老太太隐身于树枝之间，凭着扫把，用小动作从这棵树跳到那棵树。逃犯们至今尚未发现任何动静。相反，整个行进队伍都陶醉在欢乐之中，气氛热烈。

"气味越来越浓了。"斯毕乔拉说，"显然我们快到了。"

"不过，你能肯定是方齐谷的味道吗？"

"保证错不了。这个可怜孩子的气味在千百人之中我都能辨认出来。"

大家都屏住了呼吸，生怕打搅了他。

突然，银笔取下嘴里的烟斗像要说什么。然而什么也没说，倒是他的两只耳朵转来转去向着各个方向转动着，就像那些狼耳朵一样。

*** 263 ***

有一个骑马牧童，他很了解印第安土人，见他这样，知道有事，就立刻跑去报告站长。

"印第安土人发觉什么了？"

"用这个？我想，他们的耳朵也是用来听声音的。"

"看来银笔很烦躁。也许他嗅出了什么危险吧。"

"哎……他也开始嗅啦？好嘛，看来这火车不是电动的，倒是嗅动的了。除了斯毕乔拉，一弄就是几个小时没干别的，瞧，又来了个糊涂老头也开始嗅上了。得了吧，让我安静一会吧。反正没有任何理由再让蓝箭停下了。"

有时候，站长显得十分固执。但到了一定的时候，银笔在要他停车他还得停下来，任何人都不能违抗他的命令。

"我们到底玩的什么把戏？"站长怒气冲冲地冲口就问，"谁是这儿的指挥？"

银笔眼睛一动不动地瞧着他。

"我们听见了杂音，有人在树枝上走动。"

"你们都快成了疯子啦。"站长也用银笔的姿态讲话了，他吆喝着，"为什么不派飞机去看一下？"

就在这个时候，只听得一阵咯吱吱断枝的声响，原来是老女仆害怕掉下来，抓住了一根树枝。也活该她倒霉吧，她抓着的那根树枝太细了。

"嘶——！"贝发娜嘶了一下，"别作声！就呆在那儿，别动了！否则，他们会发现我们的。"

"啊呀呀，我呆不住了，我要往下掉啦。"

"我给你讲，你呆在原处。"

"您还是给树枝讲吧，男爵夫人，我觉得它快要断了。发发慈悲吧，主人夫人，请拉我一把……"

一听叫她主人夫人而不是男爵夫人，贝发娜顿时火冒三丈。特雷萨害怕她的主人打她，慌里慌张地抽身往后躲。因为过分慌张，身体失去平衡，她"啊——"的一声掉了下来。幸亏摔在雪地上，没有摔坏。正在这时，印第安土人跳了出来，把木桩似的斧子插在她的裙子上，把她牢牢地钉在地上。而"坐着的飞行员"不断地向她俯冲，用发动机的轰轰声吓得她睁大了眼睛，张大了嘴，叉开了五指，伸直了腿。

害怕了的贝发娜叫喊："赶快回到树上来！否则我要把你解雇了。你认为现在是玩乌龟翻身的时候吗？"

"救命呀，我的主人，救命呀！我成了印第安人的俘虏啦！他们会撕我的头发的。"

然而，贝发娜感到自己力量单薄，无法迎战。多少年来，玩具们总是默不作声地听从她的，在她面前，连一个指头都不敢动一下，一句冒失的话也不敢话。可这一次，她感觉到自己的权威不灵验了。这次逃跑是由他们自己发动的，从他们接待可怜的仆人的方式来判断，他们根本就不想跟她回去。

她叫着："好吧，我自个走。所有的工作都由我一人来干。不过，假如我扣了你的工资的话，你可别抱怨。我一点也不能付给你，因为你正舒服地四脚朝天躺在大路上乘凉呢。"

"您说到哪儿去啦，我的主人，我可一点也不舒服呀。您没看见他们用斧子把我钉在地上了？"

贝发娜没有听她的，自己一面嘟嘟囔囔，唠唠叨叨，一面用扫把敲打着树枝离去了。她拨弄得树枝咯吱吱直响。"坐着的飞行员"机智地保持着一定距离，跟踪着她。

"瞧，她把我一人扔在这儿自个走了。啊唷唷，叫我这可怜人怎么办哪？"

银笔在离她鼻子两公分远的地方站着，非常好奇地端详着她。

"印第安人先生，你们真要撕我的头发吗？这不是你们的风俗吗？"可怜的老太太开始求他了。

"我们不会撕任何人一根头发的。"银笔认真地说，"我们是些能让孩子们玩得很痛快的印第安人，不会伤害任何人的。"

"哎——，谢谢，印第安人先生。那现在你们该如何处置我呢？如果你们让我走，我答应给你们……"

"答应什么？"

"你们瞧，我列了一张名单，所有没有收到贝发娜的礼物的孩子都在这上面。这是你们想要的东西吧，他们使我感到心酸……每当他们前来向我的主人诉说心中的委屈时，他们的那副可怜样子真使我受不了。不瞒你们说，我都忍不住哭了。就这样，我记下了他们的名字，你们要看吗？喏，这是笔记本……也许你们能使其中的什么人感到高兴。不就是为了这个你们才逃跑的

吗？我是这样猜想的，不知道对不对。"

如果让她这样讲下去，恐怕现在还在那里听她闲扯呢。

银笔很快作出了决定。他抓过笔记本，把她放了，立刻和大家登上火车，然后重又叼上了烟斗。

"那么现在呢？"站长问道，"我们干什么？"

斯毕乔拉胆怯地说："方齐谷等着我们呢，气味这样大，一定是离他家没有几步路了。"

"在进方齐谷家之前，先看看谁愿意留在这儿跟他作伴。其余的再找别的孩子去。"银笔说。

"我的天哪，这才叫到处流浪呢。""半脸胡"打雷似的说，"如果你们认为我很愿意一生都过着旅行生活的话，那你们就大错而特错了。一到方齐谷家，我就立即跳进脸盆，扬起帆，拉起锚，鸣三声汽笛为你们送行。"

"半脸胡"的最后一句话被车轮的起动声吞没了。蓝箭重又上了路。谁也没有转过脸来看一眼贝发娜那可怜的女仆。她独自在那里抖着裙子上的雪，然后又撩起裙子悲伤地擦干了眼泪。起码他们也总该向她说一句客气话吧！不过有时候玩具们也是挺任性的，就说这一次吧，他们不但没有说一句客气话，反而一转身，把背对着人家，拔腿走啦。

"我并不埋怨他们。"可怜的老人自己嘟哝着，"事情都过去了，他们没有跟我过意不去呀。不过，他们是怎么想的呢？是不是认为我有相当多的漂亮礼物而没有能分发给众人？他们所想的事情，莫不是认为我的主人真的像他们所想象的那样小里小气？倒也是，这一次，她又因什么也不能相赠而躲开了。不过，假如说她真正富得像童话里的贝发娜那样，那就用不着付钱，人人有份。可是她并不是童话里的贝发娜呀，她是个现实生活里的贝发娜，现实生活中的贝发娜就只能为付钱的顾客服务了呗。"

那个老太太因一不小心跌了一交。现在只好一拐一拐地朝贝发娜店铺走去。她还得给主人准备咖啡哩。

"我给她在里面放上三匙糖酒，这样她会高兴的，一高兴就不会对我叱骂得太凶了吧？如果要骂，我就装聋得了。"

再来说一下斯毕乔拉，它现在越跑越快了。因为如今这气味浓得太厉害，用不着低下头去，即便是逆风，它也能嗅得到了。

这气味引着斯毕乔拉进入了一条很窄很窄的小街，那里的积雪已堆得老高老高了，以至蓝箭不得不在车头前安上了扫雪机，这才跟着进到了里面。

斯毕乔拉在一扇小门前停了下来，司机赶紧拉住刹车杆，差一点撞着了它。

"我们到了吗？"全体都问，"就是这儿？"

"是这儿。"斯毕乔拉肯定地说，同时它的心都快跳到嗓子眼了，耳朵里也呼噜噜地响个没完。

"那么，我们进去吧。"站长一面说，一面好奇地瞧着门出神。

这是一扇与所有别的门一样的门，所不同的只有一点，那就是别的门都关着，而这扇却开着。

"这个人真是！"站长大声说，"在这隆冬季节，又是下雪天，竟开门睡觉，不觉得冷吗？"

斯毕乔拉从门框里钻了进去，大家都等着他带消息回来。

"真想象不出方齐谷见了我们后会有多高兴啊。"三个木偶说。他们三个只有当所有的人静下来了才能说话，这样好让别人能听见自己说些什么。不过他们的见解引起的只是一片沉默。

斯毕乔拉在那边，在门槛的阴影里呆着。他的眼睛往下看、往下看，都快看到脚了。他瞧着地，好像在看着什么东西。其实他只是望着自己淌在地上的眼泪。斯毕乔拉哭了。

"一个人也没有，是无人居住的房子。"他说。

三个木偶的心

蓝箭上的旅客们悲哀地面面相觑。只有洋娃娃们没有看任何人：喔，原来她们在火车的轻微摇动下早已睡着了。

司机叹了口气说："可怜的孩子，谁知他发生了什么事？"

"我们走了这么多路，什么结果也没有。"列车长埋怨说。

斯毕乔拉振作起精神，又回去嗅了一阵，但毫无希望。

气味就是在那个空房子里终止的，这没有错。斯毕乔拉在那里还辨认出了另外一些气味：也许是方齐谷的父母的或是兄弟们的，因为非常像是亲戚。

"我的天哪，大水淹了龙王庙啦！"雷鸣般的声音一听就知道是谁，"我还以为来到了一个港口了呢，瞧，我们又一次置身于海洋之中了。"

洋娃娃们一个个醒了，她们先是从小窗口里探出了头，继而又下了火车，但很快又上去了，因为怕雪水弄湿了她们的小脚。牧童们的马蹄击打着雪地。银笔的烟斗里猛烈地燃着红光。

"看来我们只能回到贝发娜的店铺里去了。"站长悲伤地嘟哝了一句。

"不行！""半脸胡"厉声说道，"我宁可到阴沟里去航行，宁愿去当海盗也不回去了。"

"那么，你们有何高见？"

"我给您讲：从我这方面来说，贝发娜那里是断然不会再回去了。"

银笔想起了贝发娜的女仆的那本笔记本来了。他把它从口袋里取出来后，就开始查找。

"这里有很多方齐谷。"他过了一会儿说。

蓝箭的旅客们看见后，燃起了一线希望，有人就问：

"有我们的那个吗？"

"这儿有许多别的方齐谷，还有很多彼得、安娜、马利莎和朱赛佩。"

"都是些没有从贝发娜那里得到礼物的孩子。""半脸胡"嘟哝着，"谁知道……也许……我说得对吧？"

"您还什么都没有说出来呢。"站长反驳道。

"那您也一样能理解的。""半脸胡"坚持说。

站长勉强认可地答道："就算是吧，我懂得您所想的事。如果我们找不着方齐谷，我们可以让别的小孩幸福。对此，银笔有什么想法？"

年老的印第安人头头对世界上会有这么多的方齐谷没有礼物，感到迷惑不解。也许他觉得全世界只有一个方齐谷，最多也就两个：一个阔少爷，一个穷孩子。谁知在笔记本里居然有那么多，要全部数一数，就得起码上了小学三年级才成。

"啊，方齐谷真多啊。"他继续重复地说。

似乎他只是在这个时候才发现世界是巨大的。是啊，他们周游了整个城市，看见了成千上万户人家和他们的成千上万扇窗子，在每扇窗子里面起码该有一个成人，或者更多些，但谁知道有多少孩子在里面呢。他们的相貌特征各不相同，然而归根结底，他们又都很相似，因为他们都在等待着贝发娜

的礼物。

"我们去找这些方齐谷去。"银笔终于发话了。

"哎，我们正在谈论这个问题呢，差不多已谈了一刻钟了吧!"

银笔认真地瞧着他们：也许他有责任听一听他们的闲聊。

"那么出发吧?"列车长同。

"全体上车!"站长大声高呼。

其实已经没有必要这样叫了：旅客们都已待在车厢里了，他们在座位上缩成了一团，一个挨着一个相互取暖。

三个木偶冻了一对半，他们的上下牙齿成对相磕打，声音响得使整个车厢的人谁也没法睡觉。

"哎呀，你们能不能让我们安静一会?"旅客们抱怨说，"你们没瞧见我们累成了这个样子，现在很需要休息吗？难道你们就没有一点怜悯心吗?"

"是的，我们确实是没有心的。"三个木偶凄楚地回答道。

"你们倒很会开玩笑的嘛。"

"不，是真的。我们确实是没有心的。我们是木头和坚韧的纸造就的。倘若我们有心，就不会冷得这样了。"

从彩色笔盒里欢快地跳出了一个红笔姑娘。

"这事由我来办。"她说。

她用她的笔尖尖三笔两笔就在三个木偶的西装上衣上各画了一颗心。画了三颗漂亮的红心，画得如此之大，竟占了整个胸部，

"瞧，完了。"红笔姑娘宣布说，一面以满意的微笑注视着她的作品。

"谢谢。"三个木偶说道。

"现在觉得好些了吗?"

"喔，是的，好多了。在心下面，我们觉得胸腔里有些热乎乎了。"

几分钟以后，他们觉得耳朵、手、脚都发热了。也就是说，在远离心脏的每一个点都暖和起来了。原先，在那些地方，寒冷玩得很欢，寒冷越欢，也就越折磨着他们。

"现在，我们觉得全身都暖洋洋的了。"三个木偶说，"有了一颗心该是多好啊。"

他们在平静地躺下以后，幸福地默想着自己的胸部，那里的巨大的红心

像是三枚荣誉奖章。

印第安人的和牧童的马蹄得得得地踩在冰雪上，使冰雪发出了爆裂的声音。就在这爆裂声的陪伴下，蓝箭正缓慢地前进着。在车头前面，这开路先锋……

"是斯毕乔拉！"大概有人会这样说。

不，朋友，你错了。斯毕乔拉没有来。斯毕乔拉停在被抛弃的那间屋子的门槛上没出发。

"我不跟你们一起去了。"当时它胆怯地这样说，"我要找到方齐谷。"

"嗨，有的是方齐谷！"

"这我知道，不过我要找到我们的朋友。"

真是忠实到底呀。小狗凄凉地望着徐徐驶离的蓝箭，随后那蓝箭以中速奔驰而去，车上的塔灯犹如惜别时的眼光，一系列小窗户好似长长的一排萤火虫。

现在担任开路先锋的是摩托车运动员，他把记有孩子们地址的笔记本打开放在把手上，就像放在书架上一样。他的头顶上飞着"坐着的飞行员。"

"祝旅途愉快。"斯毕乔拉微弱地喊着，然而没有一个能听到他的喊声。斯毕乔拉蜷伏在尾巴上，用一只足掌擦着眼泪。

方齐谷的故事

方齐各今年十岁，四年级，课余时间帮助父亲卖报。

方齐谷的父亲是个高声叫卖报纸的人，他和许多同行一样，要么站在广场的一个角落里，要么在电车的某个车站上，手里托着一捆报纸高声吆喝着最重要的消息，吸引人们前来买他的最新报纸。

初冬，爸爸病倒了，这一捆报纸就全靠方齐谷去卖了。法律不允许孩子们工作，而那些高声叫卖报纸的人又非常嫉妒他们的职业。最初，对这个小报童，他们着实没有投去好眼色。但出于对病倒的同事的家庭所产生的怜悯，后来他们对方齐谷说："你可以干到你爸爸病好。"

每当卖完报，方齐谷在回家之前，总要跑来看一看陈列在贝发娜橱窗里的可爱的电火车。他多么想把它占有呀，可是他必需把所有卖报挣来的钱全数交给家里，一分也不能留下。

　　早晨，在上学之前，方齐谷得为两个小弟弟准备好早饭，因为妈妈出门特别早，好上一些先生的家里去做些服务性的工作。

　　方齐谷要上学，要卖报，还要照看小弟弟们，就这样，他想玩的时间就很少很少了。

　　快到圣诞节的时候，爸爸的病势加重。在主显节前几天，他竟与世长辞了。

　　这小小的家庭只好离开住所，因为现在的房租贵得吓人。方齐谷和妈妈把少得可怜的家具装在一辆小车上，把两个小弟弟抱起来安置在上面，然后推着车向郊区走去。那里，城市已在宽广的田野中消失，继而出现的便是众多的用木头和金属板盖起的棚子，窗子上没有玻璃，而是用旧报纸或几块布告掩住窗洞，他们进入了一间这样的棚子住下了。

　　因为原先的那双破鞋已破得像一只沉没的船，到处可以进水，这孩子把它甩掉了，穿上了他爸爸的那双。他爸爸的那双也已破旧，因为它参与了整个"战争"，鞋底下也有几个窟窿，只是鞋面仍完好无损。方齐谷的脚显然太小了点，穿在里面可以空出好大一块来，但至少是宽松了些。（换了双鞋，这样好为斯毕乔拉开脱了，因为那个热闹非凡的夜里，它再也没能跟踪方齐谷的足迹……

　　此外，即使出现奇迹，就让斯毕乔拉找到了它的朋友的新居——用木头和金属板造起的破棚子，但那天晚上它也只可能是扑个空，方齐谷不在家。

　　自爸爸死了以后，他已不可能继续他的小报童生涯：他还没到获取卖报执照的年龄。因此，他只好另找门路。他很快就找到了，是在一家不大的电影院里。方齐谷头戴一顶蓝帽，帽下垂着一束额发，脖上挂着一个小盒。当场间休息时，他转游于观众之间，叫卖着糖块和口香糖。电影院关闭得很晚，往往得半夜以后才结束。而方齐谷还得最后留在那里用个把小时打扫地板。这地板就像烟头、废纸还有果皮等残余物的公墓。

　　上午，去学校的时候，方齐谷显得神态恍惚，充满睡意。

　　他是个聪明好学的孩子，这一点老师很清楚，如今见他头枕课本睡着了，老师的心里多么不平静呀。

　　有时候老师十分严肃地说："方齐谷，今天早晨，你没有洗脸，快去厕所用点凉水清醒清醒。"

方齐谷慌乱地站起来，穿过课桌，没有敢看一下正在讥笑他的同学们，顺从地按老师的命令做了。

方齐谷有他自己的倔强脾气，他宁死不愿讲述他的不幸。这样，任何人都不能知道，那个两眼间有一束永远不变也不梳的额发的、身材瘦弱、脸色苍白的可爱的孩子，已经以他的工作供养家庭了。

主显节晚上，方齐谷像往常一样，又去"希望"电影院了。他头戴蓝色军便帽，糖盒吊在脖上。离第一次休息还有几分钟，方齐谷站了起来，背靠着墙看电影。

白色银幕上有两辆汽车正风驰电掣般地奔跑着。第一辆内有四个土匪，手里都拿着手枪。第二辆里是警察，在后面紧追不舍。方齐谷急切地希望土匪们被赶上。他觉得自己也已置身其中，正在警察车里，他心里在喊：

"快，加油，我们逮住他们！加油！快速拐弯，别慢下来！注意，注意，他们要开枪了！"

一个土匪正从小窗口探出来瞄准握着驾驶盘的警察。

"当心！"电影厅里的孩子们高呼着。

然而银幕上的警察，肯定不可能听到他们的警告的，即使听到了，也不能因此而离开自己的工作岗位呀。

正在这时，第一集电影结束了，有人打开了灯。方齐谷步入几排安乐椅之间吆喝着：

"糖块！糖块！薄荷型口香糖！糖块！"

在放映第二集时，他必须为电影院经理打扫办公室，因此就没法看到这一阵枪响的结局如何了。这部电影又从头放映了一次，但方齐谷只看到了结尾部分，对影片内容一无所知，留在他眼帘里的只是那个用手枪瞄准司机的土匪的满脸凶相。他尽管努力去想别的事，但也没能把他从脑海里赶跑。

电影厅里只剩下他一人了，他一面作扫除，一面不断地抬头四下张望，生怕每时每刻都会突然从背后出现一个狰狞面孔的土匪。其实这是糊涂的害怕，就像所有的害怕一样。不过，害怕有一个臭德行：谁越糊涂就越让谁害怕。

他干完了活也还在害怕呐，静悄悄的就一个人，他就要在这茫茫大雪中回到他的棚子里去了。方齐谷把一只手放在胸口，压住了像要跳出来的心。

心跳得这样厉害，噔噔噔的嘈音充塞了耳朵，阻碍了他的听觉。倘若他不是如此担惊受怕，就定能听见从大门后发出的一声轻微的口哨了。要进行突然进攻，也得急跑几步。可惜，这一切他全然没听到。他只觉得有一只手堵住了嘴，一只胳膊卡住了脖子。有人狠劲地把他拖进了大门。

一个声音说：

"够小的啰，最合适不过了。"

"试试看。"另一个耳语地说。

令人窒息的声音又奇怪地响了起来。当他的眼睛稍稍适应这黑暗的环境时，方齐谷看见两个怪人，从鼻子到下巴的脸部都戴有黑色的面具。

"贼！"方齐谷想。顿时，刚才在影院里产生的满身害怕一下子消失得无影无踪了。另一个更强烈的害怕占据了它的位子。

那号人想对他干嘛？

其中一个始终用手堵着他的嘴，不让他喊出声来，而方齐谷连咬都不想咬他一口。一个小孩对付两个男人，能有什么办法。很可能他们还带着凶器呐。

其中一个贼指着一个很小很小的小窗口问道：

"看见了吗？"

方齐谷点了点头。

"我们未能打开商店的门。你从那窗口进去，从里面替我们开了。懂了吗？小心点，别给我们使坏，否则，看我们怎么收拾你！"

"行了，别跟他罗嗦了。"另一个家伙插嘴说。

方齐谷企图反抗，但马上在胳膊上受了猛力的一拳，警告他放老实点。没有办法，他只有服从。

一个贼抓住他的腰把他举到小窗口。

"窗口太小。"方齐谷喃喃地说，"进不去。"

"先把头钻进去。头能进的地方，整个身子都能进。快一点！"

随着命令一起来的便是另一拳。这一下打在腿上。

方齐谷把头钻了进去。里面漆黑一团，什么也瞧不见。他们说是商店，谁知道是个什么商店？

在他费劲地钻进窗户的时候，这两个贼抓着他的腿。到了一定的时候，

其中一个踩着另一个的肩，这样好继续抓住方齐谷的脚把他慢慢送下去。

方齐谷头朝下顺着墙往下滑溜，一直到了地板上。于是他摇动腿让他们松了手，他一下滚倒在地上。

他停在原地几秒钟没动，只听得一个贼以严厉的口气小声嘱咐说：

"你在干吗？赶快干哪。门在右边，会有门闩的，你先把它取下，然后把吊门提起两巴掌高。快动，蜗牛。"

方齐谷站起来用手摸着墙壁向前。"喔，这就是门了。"他的手指感觉到了门闩的寒冷。这时，因害怕而麻木不仁的脑子一下清醒过来了。他想出了一个主意。

"我在这儿很安全。"他想，"他们不可能到得了我这儿。这么办：我就是不开门。如果他们不想被夜警抓住的话，他们准得离开这儿。"

从小窗口传来了贼的激怒的声音，命令他快干。方齐谷一动也不动，甚至笑起来了。

"让你们发怒好了。"他自言自语地说，"你们肯定没法进来抓我。你们自己说钻不进来的嘛。"

可是另一个念头过来赶走了他的平静。

"贼走了以后，我怎么出去？到时候他们在这里面逮住我，或者当我在暗中逃走的时候一把抓住我，然后一个个瞧着我。他们会把我当成小偷的。即使我给他们讲是别人强迫我从窗口进来的。到时候谁也不会相信的呀。"

他真不知该怎么办才好了。幸亏那两个贼自己给了他启发。突然间，方齐谷听见他们谨慎而又激愤地敲着吊门。

"打开。"声音很低但显然是充满了愤怒，"赶快开开，要不然没有你好的！"

"你们敲吧，敲吧，要是他们听见了，就把你们抓住了。"方齐谷心里这样说。猛然间，他想出了一个好主意，对，我该这么办："弄出声音来，把别人吵醒，发出警报。这一来，人家就会明白我不是土匪了。

他握紧拳头，拼命地敲打着金属板，一面大声喊叫：

"救命啊！救命啊！抓贼，抓贼！"

他听见有一个人噔噔噔急促地跑了过来。也许贼们已及时逃走了。方齐谷更加快速地敲打着，用全身力气高喊着。他重又怕起来了，呼救的声音一公里以外都能听到。只听得一声哨音，接着另一个哨音作了回答。从喧哗中得到警报的夜警们被叫到了现场。

在听到外面的脚步声之前，方齐谷一直没有停止他在吊门上的击打。带有威胁性的、强有力的声音使他知道了盗贼已被抓住：

"站住！不停下我就开枪了！如再往前一步，就要了你们的命！"

"谢天谢地，他们抓住贼了。"方齐谷喃喃地说着，一下坐在了地上。

一会儿有人敲吊门：

"谁在里面？开门出来吧：如今已没有别的出路了。"

方齐谷把吊门往上推了几公分，立刻就有一只强壮的手从上面把吊门抓住了。门上出现了一个手里握着手枪的夜警。外面，在大街上，其他的警察正给贼们上铐。

"哎，是个孩子。"夜警揪住方齐谷的一只肩膀惊奇地说。

"这事与我无关……是他们……"方齐谷用一丝声音喃喃地说。

"嘿，与你无关？那你倒说说你怎么在商店里面呆着？也许你是想为贝发娜拿一个可爱的礼物吧？"

在夜警的手电筒照射下，方齐谷得以看清了这个商店。他的心直扑腾。原来，这商店他认识。是个玩具商店，是蓝箭商店！不过，毫无疑问，那两个贼没有去找蓝箭，他们是冲后房保险柜来的。

"我不知道……"

"好，好，你不知道。那么你是在梦中来到了这儿，是不是？别啰嗦啦，快一些跟我们走。你去向局长解释吧。"

就在这当儿，开来了一辆警车。方齐谷被押了上去，安置在两个戴着手铐的贼中间。那两个贼就急匆匆地向他报起仇来了，他们用肘狠狠地击他胸脯和肩膀。

"你也甭想脱身，"其中一个贼紧咬牙关哑哑地说，"到了警察局，我们就说你跟我们一起商量后一致同意这样做的。或者干脆说恰恰就是你给我们通报了消息并指引了路，要不然我们还不认识贝发娜商店呐。这样，警察就会为我们报仇的。"

"那后面，不许说话。"一个警察命令，"再说，把你们的嘴缝起来。"

方齐谷请求说："先生，您听我说，这事与我毫无关系，我一点也不知

道呀。"

"行了，行了。现在你得安静下来。瞧瞧，就连主显节也不能让我们休息一下。"

"可是我们根本就没有节日，对于我们倒永远是工作日呐。"

"你是想说夜间工作日吧，"警察反驳道，"不过现在你这模样倒是挺不错嘛。你还是留着你的玩笑跟老鼠寻开心去吧。"

半个多小时以后，方齐谷坐在警察局走廊的板凳上，由一个警察看着。他们没有把他关在关那两个贼的隔离室里，因为他还是个小孩嘛，不过他也是作为一个罪犯被捕的。

方齐谷想要讲一讲他的事，解释一下事情的来龙去脉，可是没有一个人听他的。一个警察反而训了他一顿：

"小小年纪，真不知害羞！你应该在摇篮曲的催眠下到梦里去找贝发娜。可你倒好，跟城里不务正业的坏人合伙到处偷商店的东西。我对你说吧，如果我有一个像你这样的孩子，早就几巴掌把他的耳朵打下来了，再一连几脚，不把他的裤裆踢破才怪呐。"

方齐谷吞声饮泣，这眼泪是又苦又咸的呀。

"现在你哭，真像鳄鱼。"

另一个警察走了过来给了他一滴咖啡喝，然后就长长地吐了一口气，像有什么事给他带来了烦恼似的。

方齐谷头靠着墙睡着了。

"坐着的飞行员"着陆

摩托车运动员当了开路先锋后非常得意。

他两腿骑跨在车座上，两只手紧紧握住车把，然后把油门开到最大，大胆地越过积雪的小山丘，毫不犹豫地越过冰冻的污泥水坑。排气管里的烟气直扑蓝箭车头，这一来使得司机大发脾气：

"是不是我们回到了那样的时代：根据法律，火车前面应该有一只放屁虫向人们报警呀？"

到了该停下的时候，摩托车运动员举起一只手：

"停下！这儿住着达维利欧，今年九岁。谁下来？"

几个宇航员背着他们的星际火箭下了车。

"这是翟伯罗妮的家，她七岁。该轮到谁啦？"

洋娃娃们在一起商量着：

"我下去。"

"不，我去。"

"我们还是一块去吧，这样好有个伴。现在谁也不知道，说不定是个讨厌的女孩子呢。"

最后还是两个一起下了车才算完。她们瞧着前面停着蓝箭的建筑物，让摩托车驾驶员重复说明了一下路线，免得走错人家。然后与同伴们告了别，手拉着手进入了大门。

摩托车驾驶员在后面提示她们："你们注意，是 A 台阶，内院二十七号。如果门上挂有席帘，你们就钻到下面去，这样，你们在那儿等到天亮不会冻着。假如门开着，你们就进去找挂在壁炉上的一只袜子，找到后就钻进去。倘若有信箱，你们试试看，能进到里面就更好了。"

两个洋娃娃手拉手上台阶，一步一层，心里既害怕又慌张。小可怜的，不用害怕，只要你们设身处地地好好想一想，是很容易找到那只正等着你们的黑袜子的。当贝发娜的袋子里没有什么的时候，是贝发娜自己来考虑这一切的。而现在，当你们就自己的时候，没有任何人帮你们，一切得由你们自己干，那么，事情就不一样了。到后来还好，没有任何人出差错。那天早晨，当人们醒来的时候，很多小女孩因如愿以偿而感到非常幸福。

该下的旅客下了车，摩托驾驶员踏着脚蹬，起动了发动机又出发了。

"下一站住着小保罗，是个五岁的男孩。我提议一个木偶下去。"

"一个木偶？"三个木偶把头探出窗外，一起惊呼起来，"这不可能。您是不是想说三个木偶？我们是三位一体的，不能分开。现在，我们也有了一颗心，不，是三颗心。如有心酸事，我们的悲痛将三倍于别人。"

结果还是三个全体下了火车。他们接自己的习惯，东蹦西跳地朝着所指示的门走了过去。他们的脑袋一起向左动，向右动，又向左。总之，他们之中有一个想转过身，就得三个一起转。

"那孩子一定会很高兴的。"他们说，"有三个木偶就可以演一台戏啦。一个能干什么呐？"

"得了，得了，三个功勋演员。我的天哪，你们走吧，祝你们走运！"

"非常感谢，船长先生。"

上了台阶，他们心想：

"尽管我们的那个小孩不叫方齐谷而叫保罗，那我们也一样非常喜欢他。我们一喜欢就是三倍于别人哪，因为我们有三颗心哩。"

他们自豪地瞧瞧胸脯，想肯定一下心是否确实还在那里，毫无疑问，心还在那儿：红如樱桃热似炉。

"假如他觉得冷，由我们来给他暖和暖和好了。"他们一面想着保罗，一面说。

嘿，好奇妙的主意！一个玩具想为人家暖和……嗯，也许吧。谁知道呢，从来也不只是火炉和暖气设备才能取暖的。有很多东西都可以使人暖和的嘛！比如说，几句客气话。兴许这三个拴在线上的木偶也……

"暂停！这是八岁的利维雅的家。谁下去？"

"最好是一个洋娃娃。"站长提示了一下。

如今只剩下黑洋娃娃了。她有一双只为"坐着的飞行员"而存在的眼睛，如果看不见他了，那她就对世界上的一切都不感兴趣了。

"快一点，轮到你了。""半脸胡"船长粗鲁地嘟哝了一句。

所有的人都瞧着她，并且差不多是以责备的眼光盯着她的，因为她竟坐在座位上一动也不动，失魂落魄地望着空中自寻烦恼。突然，黑洋娃娃哭了起来，大家把她团团围住，都争着靠近些好仔细瞧瞧她。

"这是怎么啦，我们帮她找了一家人家，她倒哭鼻子？"

银笔取下烟斗说：

"她不想找人家，她是找飞机。"

"什么事？谁想找我？""坐着的飞行员"探出机身问。

"有人发誓不离开你。""半脸胡"讥笑地说，"啊，女人！我从来也没有把女人带到海上去过！"

"坐着的飞行员"好奇地望着黑洋娃娃：

"真是稀奇古怪得很，对于她，我什么也没表示呀，她怎么因为我哭了呢？"他想。

"总而言之，我要问一下。"黑洋娃娃哭着嚷嚷，"为什么'坐着的飞行

员，就不能也去利维雅那孩子那里呢？难道说飞机只是为男人而造的？如今女人也能飞入太空，如此这般和男人们没有两样，而我觉得利维雅那女孩未必会对只得到一个洋娃娃表示满意……"

正当别人迷惑地沉默不语时，"半脸胡"从栏杆处吐了一口唾沫后高声喊道：

"我的天哪，好一个伶牙俐齿的姑娘！我们以为这位小姐只会哭的呐，其实不然，她还会发表演讲哩。"

"她的主意我喜欢，""坐着的飞行员"说，"鼓励妇女搞航空事业我看不仅是正确的，而且还是必要的。"

"多动听的故事啊。""半脸胡"评论说，"既然你喜欢黑洋娃娃，那就这样定了吧。"

"这是什么意思？你对她有什么意见？你是不是想让我向你掷几个炸弹？你是不是想要让你的那只破船沉底？"

不过还好，一场海空战没有能打起来。银笔用他的烟斗简单地做了个手势，迫使两个争吵者静了下来，"坐着的飞行员"着陆后，让黑洋娃娃上了他的飞机，请她系好安全带，而后又一次飞上了天。不久就降落在利维雅女孩床前的地毯上。

第一次飞行，黑洋娃娃就显得非常勇敢，另外，和"坐着的飞行员"在一起，即使可能被迫跳伞，她也不害怕。

"半脸胡"起航

下一站该轮到"半脸胡"船长了。

瞧，说到就到了。摩托驾驶员举起一只手示意让队伍停下。

"罗西海员的家到了。"他这样宣布，连发动机都没有熄了。

"海员？还有孩子叫海员的？我的天哪，他家是个海员俱乐部吧！这该轮到我了。"

你们都听得出来这是"半脸胡"的声音，是不是？

"既然叫海员，那他一定很喜欢大海啰。既然喜欢大海，他就该有条船吧。既然他很需要有一条船，那么瞧，这儿正好有一条世界上最快，连续航行的时间最长的双桅船。朋友们，来，帮个忙，把它卸下来。"

要进海员的家，必须上三层台阶。积木总工程师一眨眼功夫就造起了一座铁索桥，帆船扬帆而上。

"谢谢诸位，现在一切由我来办好了。""半脸胡"声明说，"你们去办你们的事吧。我再赶快检查一下我的一切是否都稳妥。快，走吧，你们还等什么呀？我的天哪，怎么都眼泪汪汪的啦？现在你们正想什么？"

大家都呆在那儿，一个一个用双手握住他的手，眼圈都红了。"半脸胡"跟大家处得都挺好。他总是爱大惊小怪的，这也是事实。但正如一句老话说得好：会叫的船长不伤人。

"我们全体都非常激动。"银笔取下烟斗说。

"激动！激动？激动是什么意思？我可不懂这个词的含义，我也没有字典好查一下当什么解释。再说，即使有字典我也一点都不想查阅。"

其实，他自己也激动得很。海洋里的一只老狼——光荣的双桅杆船的、只有半边胡子的指挥官。

"我们往后还能见面的嘛。"他说，"地球是转的，难道你们没有学过地理？只有山脉留在原地不动。可我在这里没有见到什么山不山的。"

不过全体一致都愿留在这儿目送他用链子拖着双桅船，像一辆小手拉车紧跟在他后面进了家。

以他惯于观察风暴和台风的眼睛，"半脸胡"不费劲地在他所呆的屋子里弄清了方位。他一下子发现了那个对他很需要的东西：好一个脸盆，大小正好适合于双桅帆船，里面已放满了水。

"半脸胡"高兴地说："太好啦，我倒想瞧瞧明天早晨，当我们的海员跑着过来洗脸的时候，一看我和我的船在里面，那他将会是一种什么样的高兴劲哩！我敢打赌，他正睡得香着呐。他的眼睛还闭着，什么也没发现。一会儿他就会在梦里把手插进脸盆里来玩水来了，他碰着凉水会吓他一大跳的，其实他碰着了什么啦？碰着了我的船上最高的燕尾旗了。于是，他就突然睁开了眼睛。而我呢，已经早有准备，等着向他打招呼哩。我就说：我是"半脸胡'船长，我的整个船队听从您的命令。"

这样一面自言自语地嘟哝着，一面利用锚链，"半脸胡"把双桅船下到脸盆里了，然后任它在和缓的摇摆中平静下来。

"终于下到水里了。"他满意地小声说，"夜，静悄悄的，雪已停了，但季

风季节仍是漫长的，我既没看见鲨鱼，又没看见海盗，与其坐等天亮，倒不如稍打个盹儿。"

就这样，他睡着了。醒来后，一切都正如他所想像的那样。

第二十七号养路房

就这样，挨家逐户地走下去，我们的这伙朋友越来越少了。如今蓝箭的各车厢已没有旅客了。

寒冷的夜晚必将过去，曙光就在前头。现在，蓝箭正往最后一站进发。司机、列车长、站长都会聚在驾驶室作伴同行。所有的车厢已空无一人。

雪终于不再下了，寒风驱散了乌云，明净的天空像一面黑色的镜子，闪烁着无数星星。

时间一分一秒地逝去。如今，闪烁的星星已屈指可数。天快亮了，第一批有轨电车已开出车房，行驶在盖满了雪的轨道上，发出了难于忍受的噪声。蓝箭的司机必须非常小心谨慎，以免被那些巨大的怪物撞倒。

列车长说："最安全的地方，恐怕就是人行道了。"

"我们可不能忘了交通规则，人行道是为行人和搬运工们设立的。"站长反驳说。

"我们可以在两轨之间行驶。"司机提醒说，"我已目测过距离，电车从我们上面通过，不会碰着我们的。"

电车从蓝箭上面向前飞奔，一点也没擦着。不过离开车背很近，就像是一条可怕的隧道一闪而过，在蓝箭前面奔驰而去。能奔腾的隧道，真叫人有点儿心惊肉跳，但也会习惯的。

最后一个没有礼物的孩子，名叫罗伯多。他的家在城外，在宽广的原野。至少笔记本上是这么说的。

罗伯多的家其实不是什么家，是一间养路房，是二十七号养路房。

司机、列车长、站长简直不肯相信自己的眼睛了。这笔记本把他们引啊引的，竟引到了一条真正的铁路上来了！

一扇窗户里亮着灯，是守路人在守夜。每一列火车通过，他都得出来给信号，摇动着他的灯，再看一眼雪，然后把鞋蹭干净之后走进屋去。

养路房的左左右右，铁轨向无止境的远方伸展，就像一条条钢蛇。

好个车轨！蓝箭的铁路员工们不要说没见过，就连做梦也从来没梦到过类似这样的东西呀。那么火车又是什么样的呢？给你这样说吧，当它们离得还很远很远的时候，大地就开始发抖了，随后便是猛扑过来的黑色怪物，带着可怕的咕隆隆，咕隆隆声，震得你不得不用手塞住耳朵。

这就是火车，像是快跑着的一座城池：车厢大得好似房子，上百个窗户里灯火辉煌。当火车过去以后，三个小小的列车员因头被震得昏昏然而长时间地呆在原地未动。咕隆隆的巨响进入了他们的耳朵，在里面快乐得都不愿出来了。他们只得像游泳健儿一样，摇晃和拍打着太阳穴，好让声音如流水似的从耳朵里滚出来，最终，他们用一声大叫来表明他们又能听得见了。

"你们说什么？"列车长问。他的眼里闪烁着又惊又喜的神态，"是一列火车是不是？"

"可不是！"司机大声嚷嚷，"我有生以来还从来没见过比这更漂亮的了。"

"孩子们，我们是多么幸运！"站长也大声说着，"想必罗伯多是分段铁路管理员的儿子。我们将在这儿定居下来，这样，每天都能看到上百辆火车了。"

"那么，我们现在就进去吗？"司机一面问，一面起动着发动机。

"再在外面呆一会儿吧。"站长踌躇着，"很可能另一列火车很快就到了。"

养路房外边有一条几米长的篱笆。他们把蓝箭隐藏在篱笆后面，然后就坐在一根被积雪压下来的枝条上。

几分钟以后，先是微弱的噪音，很快就是一声巨响，然后声音又慢慢地转向微弱以至于消失了。

"这不像是火车。"站长回味地说。

养路房的门开了，守路工人眼前挑着一盏灯走了出来，然后不安地四下张望着。

"罗伯多！"他大声喊，"罗伯多！"

一会儿，一个小孩满脸睡意地从窗口探出头来。

"快穿上衣服，一定发生什么麻烦了。很可能是山崩。"

"马上就来。"孩子回答着，"啪"的一声迅速地关上了窗户。过了几秒

钟，罗伯多拉了拉刚穿好的衣服出现了，他也是面前高挑着一盏灯。

"拿上一面红旗，"父亲命令他说，"你上那一边去查看一下轨道，我到桥那边看看去。如果轨道上有什么东西，赶快跑来告诉我。还有十五分钟时间三十七次就要过来了，我们抓紧时间。"

他父亲说完立刻跑开了。罗伯多拿起靠在门上的一面红旗，在半腿深的积雪中大步走着。

幸好天空正渐渐放亮。顺着车轨的黑色轨迹，罗伯多能一直望到第一个转弯处。但刚过了拐弯处，车轨就被险峻的山坡上崩下来的松土和积雪堆起的巨大雪土堆吞没了。出现在罗伯多脑海里的第一个想法便是："还算不错，桥没有倒塌。"

与此同时，只听得从远方传来了"呜——"的一声，是三十七次特快列车汽笛响了一下。他害怕得两腿钉在地上动都动不了了。谁知父亲在看到大桥安然无恙后，是不是仍然想着让火车停下？他两腿发抖，心都快跳出嗓子眼了。三十七次又是一声长鸣，这才使罗伯多惊醒过来，立刻转身拔腿就往养路房奔去，一面大声喊叫："爸爸！爸爸！"

他跑呀跑的，突然摔倒在雪地上了，赶紧爬起来又跑，跑了几步又摔倒了。这一次膝盖磕在铁轨上，疼得他直想哭，可是他忍住了。他试图站起来再跑，却怎么也站不起来了。

"爸爸！爸爸！"他拼命地喊。

然而父亲怎么能听得到呢，特快列车正以越来越巨大的声响向他驶来。

罗伯多喊着，哭着，在雪地里向前爬着。

"停下！停下！"他直着嗓门吼着。一声撕裂人心的汽笛声吞没了他的狂吼。火车睁大了两只发光的大眼凶猛地直冲而来，还有二百米，一百米……

突然制动器紧紧地卡住车轮，发出了刺耳的吱吱声，接着便是猛烈的冲撞声，火车在摇晃了几下后速度已缓慢，在离罗伯多几米远的地方停了下来。

司机从车上下来直奔罗伯多。

"怎么回事？发生了什么情况？"

"山崩！"罗伯多喃喃地说，"那面……山崩……"

他觉得自己好像正慢慢地沉浸在松软的雪里，奇怪地感到全身竟如此的温暖舒适。然后，他什么也不觉得了。

过了一会儿，他在自己的床上苏醒了过来。

"山崩……"他仍喃喃地说，"山崩！"

"别说话，别说话！"一个不熟悉的声音温柔地说，"已经没有危险了。"

罗伯多吃力地睁开了眼睛。

整个屋子里挤满了人，一个戴金边眼镜的先生正弯着腰给他诊脉搏。他是三十七次列车上的旅客，被找来救护罗伯多的。

"爸爸。"罗伯多微弱地喊了一声。

"我在这儿，我在这儿！"

全屋子的人一直屏住呼吸，如今听到他说话了，这才你一言我一语地称赞道：

"好孩子，好孩子，你救了成百上千个人的生命哪。"

"要不是你，这列特快就要毁于山崩了。"

"你这孩子真棒。"一个机务人员爱抚着他的头说。

那是三十七次列车的列车长。罗伯多对他微笑着，忽然又觉得膝盖上一阵疼痛，但他只稍稍撇了一下嘴，仍微笑着。

当太阳从地平线上升起来的时候，山崩造成的障碍已被清除，火车开走了。

又只剩下了他们——罗伯多和父亲。

直到这个时候，他们才发现屋子里还有别的人也留下了。是人还是别的什么东西？原来是蓝箭，它乘忙乱之际悄悄地溜进了养路房。它的三位机务人员当时激动极了，静静地呆在那里，全神贯注地倾听着关于那个救了一列真正火车的孩子的事。

养路工说："唷，这是怎么啦？"

"一列电火车，爸爸！是一列电火车！就是您对我说过要给我买的那种。瞧，多好玩哪，在货车车皮上还有车轨呐。我敢打赌，假如全部铺起来，在这间屋子里可以绕一圈哪。"

"可是我没有买呀，这是哪来的呢？"父亲疑惑地说，"在这之前，我还从来没见过呐。"

罗伯多不相信地望着他。

"得了，爸爸，您别骗我了……您是想像贝发娜似的使我突然高兴高兴就

是了。"

"不，孩子，不，说真的，事情不是像你所说的那样。你知道我是怎么想的吗？我想，会不会是刚才特快车上的哪一位旅客给他的孩子们买的礼物，他想留给你了。毕竟是你为那些孩子们送去了最好的礼物：你救了他们的爸爸的命。要说我，怎么能买得起这样贵的玩具呐。"

罗伯多笑了。

"是这样，"他说，"是一位乘坐在三十七次特快上旅行的先生留下的。"

贝发娜能办到

那时，斯毕乔拉——忠诚的小狗，在方齐谷的空房前蹲在尾巴上一动不动。羞怯的太阳拉长了她的光线发抖地落在冰雪上。斯毕乔拉的尾巴也快冻住了，但斯毕乔拉仍一动不动。它不愿意去任何别的地方，一心想留在那里。

它心里只想着方齐谷，很可能在那儿就这样死去。

也正是那个时候，方齐谷在警察局走廊里的一条硬板凳上，头靠着墙睡着了。一堵砖墙——多硬的枕头！然而方齐谷照样睡得很香，甚至连梦也没有做一个。

与此同时，贝发娜，那个可怜的老妇人，回到家不一会儿，就喝上了特雷萨为她做的压惊咖啡了。

"我要钻被窝，一直睡到后天才起来。"她嘟哝着。

"是的，男爵夫人。"

"谁要吵醒我，就让谁倒霉。"

"倒大霉，男爵夫人。"

"真是个不痛快的夜晚。"

"要算最近这五十年内最糟的了，男爵夫人。"

谁知竟有人偏偏在这个时候敲响了店铺的吊门。

"谁？"特雷萨喝问，显然声音很粗暴，"您想干什么？男爵夫人不接待任何人。"

"我是夜警，我有要事面告夫人。"

特雷萨从吊门的一个小孔里往外瞧，不但看见了夜警，还看见了挂在他自行车把手上的小笼子，笼内的弹簧金丝雀在摇摆中发出委婉的啼鸣。

"您怎么会有那只笼子的？"特雷萨很不客气地问。

"我刚才在路上拾的，都已埋在雪里了。"

"哎——，这就对了，准是贼丢的。这么说您是送笼子来的啰。那好，从这儿递过来吧，谢谢您了。我去交给男爵夫人。"

"不，不，等一下。我并不是为送金丝雀而来，倒是为方齐谷而来。"

这倒有点奇怪了，那个夜警也认识方齐谷。原来是这样：已经有好多次了，当他从电影院下班回来，总能碰到方齐谷，并还送他一段路。

"你为什么不乘电车呢？"夜警问。

"因为太贵了。"方齐谷答道。

"原来如此。"夜警点点头。

"我得把所有挣来的钱都交给家里。再说所挣的钱也实在太少了。"

"是呀，"夜警深深地叹了口气说，"像你这样小小年纪就工作了，不是件愉快的事，对吧？"

"我并不埋怨。"方齐各说，"相反，我倒挺高兴。工作了，也就没有时间玩了，这是事实。但话又得说回来，我用什么玩呀？什么玩具也没有。"

"那倒是，"夜警说，"那倒是。"

方齐谷很起劲地聊着，夜警仔细地听着。他很喜欢这孩子，一个像大人一样工作着的孩子，一个在口袋里放着好不容易挣来的几个钱的孩子，每天晚上只身步行穿过整个城市，好可怜！

那天夜里这个夜警听到了警报，抬头一看，看见抓住了贼。谁知，一会儿他非常惊讶地看到方齐谷也被铐上了手铐，像个罪犯一样，被两个护卫天神带走了：

夜警很快地思索着："我不信，那个孩子不可能是个小偷。我了解他就像了解我的孩子一样。"

他赶到警察局，竟被粗暴地赶了出来；

"你还是想一想夜警的职责吧："人们告诫他，"快回去执行你的任务去，否则大贼小偷就有机可乘了。他们会把全城所有商店的门撬开的。那孩子是你亲戚吗？"

"不，不是我的亲戚，不过……"

"那就得啦，留给我们处理吧。我们很熟悉那些小扒手。"

夜警凄楚地从警察局出来，回到了他的工作岗位。回家之前，他想起了被盗商店的主人或许能救救他呢。

"夫人，我对您说，警察局不想听取我的意见。偏偏就在这贝发娜发放玩具的日子里，那个可怜的孩子却像一个贼一样被关进了牢房。为什么您不跟我一起上警察局要求把他放出来呢？只要您说一下什么也没有丢，说您认识他，知道他是个好孩子。总而言之，为他开脱开脱，也许警察局会重视您的意见的。"

"方齐谷？"特雷萨说，"谁是方齐谷？"

"对不起，请不要再提什么问题了。我对您说，这案子非常紧急。"

"当谁觉得很困的时候，没有比上床更紧急的了。"

"特雷萨，你在和谁说话？"这时候，贝发娜问了一句。

"没什么，男爵夫人，只是一个夜警。"

"这就是主人了。"我们的这位朋友想。于是就直起喉咙喊："男爵夫人！男爵夫人！"

贝发娜听人这样喊她，心里美滋滋的："瞧，这定是一位知书识礼的人，懂得应如何对待一个贵妇人。"

贝发娜说："特雷萨，提起吊门让那位先生进来。你怎么连是来访的客人还是来打扰的庸人都分不清呀？请，请坐，有何贵干？"

夜警三言两语地向她说明了那天晚上的事情。

贝发娜和特雷萨听了都感到万分惊讶：

"当我们忙忙碌碌来去于房顶上的时候，贼就在商店里了？我的天哪！那还不把保险箱掏空了！"

她们赶紧跑去查看了一下。还好，保险箱里的钱一分也没少。

夜警说："瞧，这都是方齐谷的功劳。是他报的警。"

"方齐谷。"贝发娜重复了一句，"我认识那个孩子。可惜的是他不属于我的最好的主顾范围之内。您知道我想要说明什么吗？他家是一个贫穷的家庭，口袋里没有钱……怎么办呢？我很想看到大家都高兴。然而说倒容易，做就难了，一直到今天，我说清楚了吗？我立刻与您一起去警察局。"

十分钟以后，贝发娜和夜警来到了值班员面前。

"我们要跟局长说话。"贝发娜说。

"现在？您在做梦吧。局长九点才上班。"

"你快去叫他。"

"叫他？您大概疯了。"

这一下贝发娜也不耐烦了。

"说我疯了？你好好掂量掂量你说的话吧。你知道我是谁？若要按男爵夫人的标准来衡量。我几乎就是男爵夫人。你若不赶快去叫局长，以后你会后悔的。"

出于无奈，那个可怜人只得去叫局长。临走前，他恶狠狠地瞪了正在暗中搓手的夜警几眼。局长睡眼□□地来了。贝发娜见了很有点光火。

"好一个局长，您怎么能任意拘留一个可怜的孩子达整整一晚上？"

"我没有在任何地方拘留任何人呀。那孩子留在这儿是等待审问嘛。"

"哎，是吗？那么您现在就审问吧。快一些，因为我看眼下还没到睡觉的时候。"

一个值班员出去叫醒了方齐谷。这个可怜的孩子已疲惫得腰酸腿疼。当他一认出是贝发娜，顿时打了个寒战。

她来这里，非为别事，定是来告发他的！她总该不止一次地瞅见他盯着她的橱窗吧。也许她还这么想呐：准是他想出的鬼点子。

"夫人，我没有动任何东西。"他哀求地说，"是我叫来了警察。"

"正是这样。"贝发娜毅然说，"现在，事情已经澄清了，咱们走吧。"

"等一下。"局长阻止说，"您怎么知道事情就'正是这样'？这孩子可以撒谎嘛。我们袭击他的时候，他正和全市最危险分子中的两个贼打成一伙。"

"撒谎？难道我就老糊涂到这种地步啦，连孩子说的是真情还是假话都分不清了？！这孩子挽救了我的商店，而您倒好，非但不给奖赏，反倒把他关了起来。真公道，真公道！不过没关系，这事由我来办，我会报偿他的。听我的，咱们走。"

局长无可奈何地摊开双手耸了耸肩，拿那个可怕的老太太真没办法。她拉着方齐谷的手，气冲冲地瞪了办事人员们一眼，而他们，则因害怕被她那闪电般的眼光击中，先就低下了眼皮。她直向门口走去，哨兵们竟像对待一个将军一样向她敬了礼，再说，此时此刻，贝发娜也正以历史上最伟大的将军的高傲、勇武的步伐跨出门去。

夜警高兴地推出自行车，由于太兴奋，跨上自行车的时候用力太猛，一下摔倒在那边的雪地上了。

"摔坏了吗？"贝发娜问。

"没有，一点也没有，心里高兴，摔个把跤也是轻松愉快的。"警察说着就向方齐谷告了别，又像通常跟夫人们告别时该做的那样，他吻了贝发娜的手一下，而后蹬车而去。

"真是个可爱的孩子。"贝发娜瞧着被他吻过的那只手感叹地说，"他懂得对一个真正的夫人该用什么礼节。"

她另一只手紧紧握住方齐谷因感动而出汗的小手。

原来贝发娜并不这么坏：是她把他救了出来，现在又拉着他的手跟她一起步行穿过市区，像是一个很不错的祖母，稍有点严厉，但很热情。

当他们回到商店时，女仆简直都快不相信自己的眼睛了。她立刻准备了第三杯咖啡，又从大立柜里取出一只玻璃瓶，瓶里装着放了几年的现已又干又硬的饼干。饼干已硬得像水泥板了，但方齐谷的牙齿更硬，他不断地嚼呀嚼的，把瓶里的饼干吃个精光，连点儿小碎块都没剩下。

"看着你咬那些饼干，因出于羡慕，几乎我又长出了牙齿。"贝发娜兴奋地小声说。

方齐谷微笑着瞧着她，过了一会儿就站了起来。

"我该回家了。"他说，"妈妈正叨念着我呢。"

贝发娜擦了擦眼镜片。

"我很想送给你一样礼物。"她说，"可是昨天晚上我已把库里所有的东西都给出去了，剩下的只是些老鼠了。我知道你想要那辆电火车——蓝箭。可是，不幸得很，蓝箭出于自己的打算，竟逃跑了。"

"没有关系的，"方齐谷笑着说，"反正我也没有时间玩。您知道吗？我必须工作。一家电影院里有我的职业。"

"你听我说，我老早就想找一个店员了。你要知道，有一个人帮我整理整理玩具，取取邮件，还有算账什么的该多好。说实在的，我的视力越来越不行了，我已不像从前参加工作的时候那样精力充沛了。你想当我的店员吗？"

方齐谷一听，高兴得瞪大了眼睛，嘴都合不拢了。

"贝发娜的店员！"他惊叫了起来。

"一个平常的商店里的店员。你也不要以为会派你骑上扫帚兜着圈给顾客们去送礼物的。"

方齐谷往四下里扫视了一下。在他看来，商店太美了，尽管书架上废纸成堆，橱窗里也空无一物。

"当然是……"

"这么说是同意了。"贝发娜说，"明天你就来上班吧。"

方齐谷向她道了谢并就此告别。他还客气地向女仆告了别。特雷萨此时很有点嫉妒呐，因为从今以后她得与另一个人分享店主的恩惠了，不过她不会向一个正在信任地看着她的孩子撇嘴的，她还对他一笑。

贝发娜叫住了他："等一等，我替你叫一辆马车。我不忍让你受凉，现在你是为我服务的。"

还要叫马车！一直到那天为止，方齐谷虽曾多次乘过马车，也只不过是吊在车后，那地方车夫看不见，鞭子也够不着，顽童们往往悄悄地藏在那里搭个便车。

这一次可神气啦，他也坐上了那个皮椅，黑色的车盖放了下来，这样好避避寒。车夫把一条漂亮的盖被铺在他腿上，然后上了坐台，"啪"的一下挥起鞭。马在他的鞭声下小跑了起来。

"真倒霉，我的朋友们不能瞧见我这个模样了。"方齐谷自言自语地说，"不过一会儿到了家门口，下去之前，我要先喊妈妈，她就会到窗口来的，然后呢，我的小弟弟们也都聚到那里，我就在车上亮亮相。那时候，谁知他们的眼睛会睁得有多大哩。"

就在他自己跟自己说话的当儿，他的眼皮越来越重，越来越重，到后来他就让它们闭上了。马车在雪地上滑动着没有一点震动，方齐谷在车身的轻微的摇动下睡着了。

我们关于蓝箭的故事讲到这里基本结束了。至于斯毕乔拉呢，它后来变成了一条真正的狗，并找到了方齐谷，和他成了形影不离的好朋友。

〔简评〕

在主显节寒冷的前夜，贝发娜太太的玩具店被"洗劫"一空。是被人偷走了？不是！原来是玩具们为了使那些贫穷得无力买玩具的孩子们能够得到

他们梦寐以求的礼物，而乘坐着蓝箭电火车，开始了艰难的旅程。最终在黎明前将节日的欢乐和幸福带给了穷孩子们。

现代童话大师罗大里，创造性地将笔触探进了现实社会的客观存在，落脚于布满罪恶贫富悬殊的资本主义土地，在亲切的被现实化的玩具形象中，交织着孩子和大人的理想、问题与希望。在洋溢着"爱"的氛围中，充满了对于那些由于贫困过早担负起生活重担、而失去应有的关怀与照料、丧失了童年欢乐的孩子们的同情。作家通过丰富的想象力、有趣的情节，满足了孩子对欢乐、对笑的这种天然的要求，使孩子们在幽默中深思，无论从基调还是到构思都充溢着幽默的情趣，同时在这些幽默的情趣中反映出作家的善心和好意来。从善良、忠实的斯毕乔拉的眼泪中，从黄熊愉悦的笑声和笨拙的舞姿中，从玫瑰洋娃娃的雪夜经历中，从金丝雀与真猫搏斗而献身中，无不充满着人间的真情，唱出了一曲曲温暖的人道主义赞歌，在儿童稚嫩的心灵中埋下了"爱心"的种子。

《蓝箭》以不落窠臼的幻想出奇制胜，使紧凑、完整、自然的情节在幻想的天地中展现它的美丽。作家的幽默笔调描绘的童趣十足的场景，创造出了一种温馨、美好却又有些忧郁的图画。没有一点说教气味，渗透在童话中的人道主义题旨在儿童的笑声和冥想中被领略。

在爱心中蕴育生长的小读者们，是否也都开始传唱这首人类最美丽的语言——"爱"之歌呢？我相信，肯定会的。每一位小读者都会把自己童稚的爱心的芬芳洒播到四方，带给每个人的心房的！

（胡鑫）

"三颗纽扣"的房子

刘风华 译

很久以前有个木匠，人们都叫他"三颗纽扣"。也许他的原名叫贾科莫或者拿波莱奥涅，但长久以来，人们叫惯了他"三颗纽扣"，因此，到后来，就

连他自己也不知道他的原名叫什么了。

三颗纽扣住在一个非常穷非常穷的小村子里，那里的农民根本就没有钱请他打新家具。一年里，运气好的话，可打上一张桌子和四把椅子。但今年呢，他只打了一条板凳。

"您需要个衣柜吗？"三颗纽扣问道。

"唉，太贵了。"

"那么，给你打个小箱子？"

"打那玩意有啥用场。"

"要么，打个衣架怎么样？"

"亏你想得出来，可衣架上挂什么呢？"

实际上，这些穷人的衣服全都穿在身上了。

面临这种情况，三颗纽扣想："看来我只有离开这个地方了。但是，不管去哪个村庄，总得要租间房子住啊，可我手中又没有钱……对，干脆我自己做一间小木头房子，在下面安上轮子，我走到哪里，就把它拖到哪里。等我以后遇上好运，娶了个媳妇时，再把它送给我的孩子们当玩具。"

说到做到。他马上动手干了起来。三颗纽扣真不愧是一个能干的好木匠，一不怕疲劳，二不怕锤子会打在手指头上。

可是，三颗纽扣长得又瘦又小，不需要做很人的房子，事头上，他做的这间木头房子也确实小极了，只能容得下他一个人，一把锤子和一个刨子。没有办法，他在房门外面又敲个钉子，才把锯子挂在上面。他在门上写上了自己的名字："三颗纽扣"。最后他在房子下面安上四个轮子，在房子前面装上一个车把。

"都来看啊，都来看啊，"人们笑着说，"三颗纽扣给自己做了一间带车把的房子。"

尽管人们这样嘲笑他，但三颗纽扣却假装没听见。拉起小房屋就启程了，人们一见，更加得意了：

"快来看呀，快来看呀，三颗纽扣做了一个有车轮的房屋。"

三颗纽扣听后，一语不答，只是取下帽子，向嘲笑他的人们挥手告别，然后继续向前走去。这座小房子轻得不能再轻了，当下山的时候，三颗纽扣就像一个车夫一样，干脆坐到车把中间，让小房子飞快地往山下滚去。

快到傍晚的时候，三颗纽扣来到了一块绿色的草坪前。"就睡在这里吧，今天我已赶了不少路啦。"他自言自语道。

说完，一头钻进小房屋里就睡着了。

不一会，屋顶上突然响起了急促不停的雨点声，把三颗纽扣给吵醒了。他睁眼一看，只见闪电划空，雷声隆隆。

尽管雷声四起，可他一下子就听到了有人敲房门的声音。

"喂，三颗纽扣，请你快开门！"

"你是谁呀？"

"你快让我进去吧，我浑身上下已湿透了。"

"那就试试看吧，"三颗纽扣边开门边说道，"这座房子是按我一个人身长做的，如果能容下你的话，我当然高兴。"

"能容下一个人，就能挤进两个人。"

门外人进来后，擦了擦胡子，就躺下了。

"你看，我不也呆下了吗？"

"不错，可你到底是什么人？"

"我是你的叔叔卡拉麦那。现在只剩下我孤身一人了，想吃一碗汤也没有人给我烧。于是我就想起了你。可是当我到达你的村子后，他们说你走了，我一听心中别提是多么的难受了。好在有几个孩子把你走的方向告诉了我，我这才追上了你。你什么时候做了间新房屋？看来你的日子过得还不错啊？"

"嗯，确实不错。"三颗纽扣随口答道。

"这太好了，我也为你高兴，"卡拉麦那叔叔说，"不过请你原谅，我现在困得很，咱们明天再叙吧。"

"那你就痛快地睡一觉吧，"三颗纽扣说。可是他自己却睡不着，反复地在想，"我敢说，我这位可怜的叔叔和我一个样，可能还没有吃晚饭哩。"

此刻，雷声愈来愈响，突然，三颗纽扣又听到有人敲门。

"劳驾，请快开门！"

"你是谁呀？"

"一个可怜的女人和她的三个孩子，因下雨无法行走，我们想在此借个宿处。"

"如果能容得下你们，你们就进来吧，"三颗纽扣一边开门一边说，"这座

房子原是按我一个人的身长做的，如果能呆下你们，我当然高兴。"

"容得下两个人，就能挤进三个人。我把孩子都放在我的膝盖上。"

说完，这位妇女就领着她的三个孩子进了木头房子，躺下就睡，没想到，房子竟能容得下她们娘儿四口。

"太感谢您了，"这妇女说，"这里还真不错哩！"

"请问，这下雨打雷天，你们上哪里去？"

"我也不知道上哪里去？"这妇女边流着泪边回答说，"我丈夫死后，扔下我和这三个孩子。我因没钱付房租，房东就把我们赶了出来，天知道我们以后的日子怎么过呀。"

"现在你不要再多想了，先安稳地睡上一觉。"

不一会儿，那位妇女和她的三个孩子就睡着了，但三颗纽扣怎么也睡不着，他想："这娘儿四口真怪可怜的。我敢肯定，他们准还没吃晚饭，就跟我和卡拉麦那叔叔一个样。"

此时，雨下得更猛了，隆隆的雷声把小木板房震得不停地晃动。同时，来敲木板房寻找住宿的人也接连不断。只要有人敲门，三颗纽扣都让他进来，并用同样的话语说。

"容得下五个人，就容得下六个人，容得下六个人，就能容得下七个人……容得下十一个人，就容得下十二个人。"

这样，小木板房里又增加了许多人：一个樵夫，他的茅屋被洪水冲走了；两个年轻小伙子，他们因无法生存，而去外国谋生；一个老人，因年老力弱不能干活，被家里人赶了出来；还有一个国王的仆人，因生了病，而被赶出了王宫。

当天快亮的时候，天空中仍然黑云密布，电闪雷鸣，突然门上响起了有力的拳击声，震得小木板房不停地摇晃。

"开门！"

三颗纽扣一听，深觉惊奇，心想："这个人真粗鲁，连个'请'字也不愿说。"但他还是把门打开了，只见面前站着一位……

"快让我和我的马进去！"这个人神气地说。

三颗纽扣定神细瞧，只见此人的长袍已被淋透，但头上的王冠却闪闪发亮，就像刚从水中捞起来时那样，不用多言，他是国王！

"容得下十二个人，就能容得下十三个人。"三颗纽扣俯首低声地说，"换句话说，呆得下国王，也就能呆得下国王的马。"

国王走进房屋，借着闪电光向四面看了看。

"嘿，从外表看，你这座房子好像小得可怜。"

"您说得对，"三颗纽扣接上说，"因为我只是做给我一个人住的。"

"用什么木料？"

"用栗木，陛下。"

"用栗木？奇怪，栗木怎么会像橡皮那样随意地伸缩呢？真使我有点莫名其妙！"

"我认为使你莫名其妙的原因是，这么一点大的小房屋怎么会容得下十多个人？"三颗纽扣说。

贝尔纳蒂诺四世国王陛下一语不答，沉思了好长一段时间后，才开口说道：

"看来原因不是木料，而是人的心。"

"人的心？"

"人的心小得虽只有拳头这么大，但一个好人的心却能容得下全世界的人。我看你这座房子就是用心做成的。"

三颗纽扣呆在原地一言不答。

"这些睡觉的人都是谁呀？"国王用手指着他们问道。

"噢，这是我的叔叔卡拉麦那；这是一个寡妇和她的三个孩子；这是……"

三颗纽扣把屋里的人挨个挨个地向国王介绍了一遍，国王听着听着脸色不由地阴沉下来。当他听见他的仆人在病痛中发出阵阵的哀叫声时，他猛地摘下了王冠，就好像它的重量突然增加了许多似的。

"我一直以为我是一个好国王，"他说，"但没想到，在我的国家里竟会有这么多不幸的人们！可我为他们又做了些什么事情呢？比你还少。你至少在夜间还能把房屋让给过路的人住。唉，我该离开了。"

"陛下，雨还在下，你干嘛现在要离开呢？"

"我说的不是这个。我的意思是我该离开王位了。一个国王如果不能使他的人民过上好日子，最好是自动放弃王位。"说完，他沉思了片刻，接着

又说：

"不过，我还要做一件事情。等雨一停，你们所有人都跟我走。我看你一定是位好木匠，到了王宫后，保你有活儿干。其他人我也要给予适当的安排：有病的就去治疗，想找工作就给个工作。另外，你把这个小房屋给我，我要坐上它，巡游全国。去寻找帮助有困难的人们，你同意吗？"

三颗纽扣听后，不知如何回答是好。就在这个时候，屋外突然响起了一阵震耳欲聋的汽车喇叭声。

原来是夜间一阵大风，把小房屋正好吹到公路的当中，挡住了汽车的去路。

"喂，你们这些流浪鬼，"汽车司机大声地骂道，"赶快爬出来，把这破房子挪开！"

屋里的人们靠在窗户口笑着说：

"这可是三颗纽扣的房子啊！"

"不管他是谁，快叫醒他！"

于是，三颗纽扣就先从屋子里出来，这时，雨已经停了。紧跟着出来的是卡拉麦那叔叔，他一面走一面捋着他的胡子。接着是寡妇和她的三个孩子……

"这哪像房屋，"人们笑着说，"简直是魔术师的变法帽。你们等会儿看，从里面可能还要出来只小白兔呢？"

小房子里的人一个接着一个出来，始终没个完。

人们一见此景更加惊奇了："你们这么多人呆在那里面，怎么没有变成罐头沙丁鱼啊？"

"你们看啊，还有一匹白马呢，等会肯定有小白兔出来。"

可是等白马出来，后面跟着的并不是小白兔，而是国王。这些人一瞧，顿时就静了下来。汽车司机慌忙地跳下汽车，不停地向国王鞠躬道歉，就差一点儿没把腰鞠断。

"好啦，别来这一套了，"国王说，"你让所有这些人上车，车费由我来付。你把三颗纽扣的小房子拴在汽车后面，我一人骑马跟在车后，但你要按我的话在指定的地点停车。"

如果历史教科书的记载是事实的话，那么，这也是历史上的一个奇迹：

国王亲自护送装满平民的汽车一直到达王宫。

后来，三颗纽扣与那个寡妇结了婚，并给三个孩子又做了一个小房屋，和以前的那个一模一样。这间新房屋小得可怜，但却能容下全城的所有孩子们。此外，还专门为一只小花猫留了一个位置。

〔简评〕

世界上还会有心做的房子？

"那是'三颗纽扣'的房子呀！"许多小朋友会毫不犹豫地这么说。他们还能详详细细地描述那是怎样的一间小得可怜的房子，喏，就这么大：只容得下又瘦又小的"三颗纽扣"一个人、一把锤子和一个刨子，可它却有四个可爱的小轮子，它会跑哩。它能避风雨，能挡风寒。信不信由你噢，在一个风雨交加的夜晚，它那弱小的怀抱，却容纳了整整十四个人疲惫的身躯。为什么它会如此的了不起？"因为它是心做的房子呀！"对，小朋友们都说对了。"人的心小得虽只有拳头这么大，但一个好人的心却能容得下全世界的人。"因为"三颗纽扣"是个善良的人，善良的人又怎么忍心看着别人遭受痛苦呢？

聪明的小朋友一定明白作家叔叔的用意了。其实呢，小朋友也非常清楚现实中不会有随时变大的小房子。那"三颗纽扣"的房子？那是因为作家叔叔用了夸张手法写的缘故呀！什么是夸张呢？譬如那间小房子造时才能容得下"三颗纽扣"一个人，可后来却为十几个人挡风遮雨。小朋友现在该清楚夸张是怎么一回事了吧。

可我还要说，世界上真的有心做的房子，它就在所有的小朋友的身边。小朋友们，找到了，告诉我一声，好吗？

（穆朝辉）

愚蠢王子

刘凤华　译

阿乌雷利奥王子是个漂亮的青年，一位勇敢的武将。此外，他还有许多

别的好品性。但是人们却不叫他勇敢王子和贤德王子,相反,叫他愚蠢王子。说真的,阿乌雷利奥王子手脚很灵敏,只是头脑特别迟钝,迟钝到能把罗马当是多马,南瓜当作胡萝卜。

一次,他去打仗,因为他是个王子,所以统帅让他指挥一支军队。

"你和你的士兵必须拿下那座桥!"统帅命令说。

阿乌雷利奥果然干得非常出色。他仅仅发起了一次进攻就把敌人从桥上赶跑了。然后他让士兵把桥上的石头一块一块地拆下来,命令他们背上这些石头,返回到统帅跟前。

"我按您的命令,拿下了这座桥。"他说,"您看,桥在这里。"

"好样的,可是我们现在怎么过河去追赶敌人呢?"

话音刚落,被击退的敌人就狂呼乱叫地反扑过来。

转眼工夫,所有人都逃走了,只剩下阿乌雷利奥一个人。他从来不知道什么叫害怕,也从来不畏惧任何一个人。此时,他一边倾听敌人的欢呼声一边想:也许是和平已经实现了吧。其实,恰好相反,敌人欢呼是因为他们打了胜仗。

结果,阿乌雷利奥当了战俘。敌人认出他就是命令士兵拆桥的那个人,因此,对他特别优待。

"嘿,"愚蠢王子想:"他们对我还真不错呢?"

我已经告诉你们,他能把桥当是山。所以当敌人把他关进一间又深又黑的牢房里时,他觉得非常奇怪。

"真是件怪事!"他想:"开始他们那样优待我,现在却把我关进牢房。这群蠢货……"

后来,他躺在草垫上,慢慢地就睡着了。

到了第二天早晨,他被从装着结实铁条的小窗口射进来的一线阳光照醒。

于是,阿乌雷利奥王子就爬上窗口向外张望。可是他看见的只是一个四面被高墙围住的荒凉院子。突然,他在对面的墙上发现了一扇小窗户,在窗户的铁条中间露出了一张美丽和忧伤的少女面容。她的出现,使阿乌雷利奥的心顿时开始剧烈地跳动起来,直至流出了眼泪。

"你为什么哭呀?王子。"姑娘一边向他挥手一边问道。

"我也不知道,"阿乌雷利奥回答说,"我只知道我一看见你,就想掉眼

罗大里（意大利）

泪。看起来，我们国家的人叫我愚蠢王子确实有一定的道理。"

姑娘微笑着说："我曾听到人家谈起过你。他们要把你当作战俘关起来，一直关到你的父亲付出和你体重一样多的金子时，你才能获得自由。"

"原来是这么一回事，可是他们为什么那么高兴呢？……"阿乌雷利奥想。

"别哭啦。"姑娘接着说，"你迟早总能回家的。我的命运比你可要惨多了。我是西西里的一位公主，名叫罗莎。有一次，我在海上航行，被一群海盗俘虏了，他们把我卖到东方，让一个可怕的魔法师看守我，他逼我嫁给他。这儿就是他的城堡，连你现在也属于他的人了。因为他用魔法帮助皇帝打了胜仗，皇帝为了感激他，就把你作为一件礼物赏赐给他了。"

阿乌雷利奥一边听着这个叫人伤心的故事，一边不停地流着眼泪。

"真奇怪，"他想，"我也不知道为什么会哭个不停，可是心里又觉得那么舒畅，这到底是怎么回事儿呢？"

"罗莎，"他挥动着手喊道，"你不要垂头丧气，我要和你同甘苦共患难。你嫁给我，做我的妻子，跟我一起回家吧。"

"谢谢你，好心的王子。但是你打算用什么方法打败魔法师贝尔桑泰呢？"

"你让我想想。"

在阿乌雷利奥的一生中，使用"想"这个词儿也许还是第一次。或许是因为那些眼泪使他的头脑清醒了过来。要不就是新生活里的悲伤和爱情使他明白了过去人们为什么叫他愚蠢王子的道理。

"不！"阿乌雷利奥想，"我可再也不愿当蠢人了。现在我终于明白了，我过去是多么的愚蠢啊！这得感谢……对，得感谢这座监狱，还得感谢罗莎！"

这时，姑娘已从窗口缩了回去。于是，阿乌雷利奥就又躺到牢房的地板上开始思考起来。他左思右想，可始终没有能想出一个解救自己和罗莎的办法来。

"想办法真累人。"他咕哝说，"想了半天也没有什么结果。算了，用不着着急，我还是按过去的办法去做，让我们瞧瞧，是这小小的魔法师厉害，还是我厉害。"

这时，罗莎也在想啊，想啊。她已养成了长时间思考问题的习惯。她被魔法师关了已有一年多的时间，在那些时间里，她除了看见魔法师贝尔桑泰

那一张跟皇帝的灵魂一样丑恶的嘴脸外，从来没有见过别人。阿乌雷利奥的话在她的身上产生了一种奇怪的作用。尽管身陷逆境，面临危困，她的内心还是燃起了一线新的希望。

"阿乌雷利奥王子应该把他的勇……勇气给我一点，我……我一向就缺乏勇气……"

实际上，勇气是这样产生的：在需要时，每个人都能产生勇气，在不需要时，则可多可少。

那天夜里，罗莎鼓起勇气爬了起来，小心翼翼地从魔法师贝尔桑泰的房门前面走过去，然后悄悄地溜进了他的书房，在这书房的书架上，摊放一本名叫《魔术、鬼术、邪术》的大全书。在皎洁的月光下，她飞快地翻着书页，竭力想找到一个解救的办法。突然，她高兴得几乎跳了起来。她的手指落到了一个条目上，那上边写着"越狱法"。

罗莎一边读，一边尽力背这条咒语。要知道，这可不是件容易的事情，因为，这条咒语一共有一百二十句，其中最短的一句是："波罗丝瓜得利丝卡富日卡娃日卡拉西诺。"

等到她觉得背熟了这条"越狱法"之后，就轻轻地回到了她的房间里等候天亮。

第二天黎明，魔法师贝尔桑泰外出办事情去了，罗莎跑到小窗口，呼唤阿乌雷利奥。转眼工夫，在铁栏之间就露出了一双可怜、疲倦的眼睛。这时，阿乌雷利奥还在继续思考，但是读者大概也都知道——他因缺少实践，所以始终没有想出逃走的办法。

接着，罗莎就教他念"越狱法"。这一次，阿乌雷利奥很快地就记住了，快得不需要她向他再重复第二遍。

"现在我们必须紧紧闭上两眼，只用一只脚笔直地站在地上，背诵'越狱法'。"罗莎对他大声叫道，"无论发生什么事情，我都要感谢你，因为是你给了我寻求自由之路的勇气！"

"无论发生什么事情，"阿乌雷利奥重复说，"我都要感谢你，因为是你教会了我开动脑筋。准备好，开始！"

他们刚刚背完咒语的最后一个字，就来到了监狱的外面，互相紧靠着坐在一辆马车上。

"罗莎!"

"阿乌雷利奥!"

突然，一声悦耳的马嘶声打断了他们的话。只见马车前已套上了四匹快马，它们一个个不耐烦地蹀着蹄子，等待出发。

阿乌雷利奥抓住缰绳，甩了一下鞭子，马车顿时飞快地狂奔起来。

"驾! 驾!"阿乌雷利奥用力地挥动缰绳叫道，"我们自由啦! 我们回家啦!"

但是马车没有能急奔很久。突然，这两个逃亡者看见路边发出了一道耀眼的闪光。几乎在那同时，马车就停了下来。接着，四匹马一下就消失不见了。但在马车前面却出现了四个可怜的蜗牛。它们正在向四周伸展它们的触角，好像想把缰绳从地面上拽起来。

"走，快走!"阿乌雷利奥叫道。

你们可能认为，阿乌雷利奥还是那么愚蠢，竟想靠四个蜗牛拉他的马车。其实，他早已拉着罗莎的手跳到地上，沿着田野朝附近的树林跑去了。

这时，他们背后突然响起了一阵可怕的笑声。原来是魔法师发觉他的两个囚犯逃跑了，坐上一辆由一只拦路虎拉着的车子追赶他们来了。他那本魔术大全书在他的膝盖上被风吹得不停地翻动。

"是我把你们的马变成了蜗牛!"贝尔桑泰冷笑着说，"但是这个算不了什么，等一会你还会看到更新鲜的东西。"

"不要怕，"阿乌雷利奥边跑边对罗莎大声地说，"我们比他厉害。"

突然，一条河堤拦住了他们的去路。只见一只小船在芦苇中轻轻地荡漾。阿乌雷利奥先把罗莎抛到船上，然后他自己也跳了上去，抓住双桨就划了起来。

魔法师来到河堤上，一边冷笑一边飞快地翻着他手中的书："好，这条对你们最合适!"他叫道。

只听他飞快地默读了一条咒语，阿乌雷利奥手中的桨就不见了，只留下两条肮脏的虫子，他惊恐地赶快把它们扔进水里。

"我们又落到他手里了!"罗莎害怕地说。

此时，阿乌雷利奥一句话也不说，背起她就跳进水里，用力地朝对岸游去。

魔法师一边盯住背着罗莎快要游到对岸的阿乌雷利奥，一边重新翻阅他手中的书。河岸上是一片树林。

"等着瞧吧，"魔法师冷笑说，"再加一把劲，好，你们到岸了。现在注意……"

当阿乌雷利奥背着几乎昏迷的罗莎从水里出来的时候，魔法师念起了另一条咒语。只见对岸上的树林，像活人一样，迅速地走动起来，紧紧地围住了这两个年轻人。

"跑不掉啦！"魔法师叫道，"你们跑不掉啦！"

由于兴奋，他跳下车就手舞足蹈。谁知这一跳他可倒了大霉，因为放在他膝盖上的书掉进了水里。在魔法师还没有觉察到以前，书已经漂得很远了……就像洪水里的一块破船板那样，一声不响，飞快地流淌下去……一个漩涡打过来，把它淹没了。

"快来人啊！"贝尔桑泰叫道，"我的书！我的宝贝！"

这时，套在马车上的老虎乘此机会挣脱缰绳逃跑了。魔法师眼睁睁地看着它跑掉，却没有一点办法。

"抓住它，抓住我的书！"贝尔桑泰扯着头发叫嚷道，"我不会游泳，你们来帮帮忙！"

此时，没有一个人听见他的呼唤。即使有人听见了的话，谁知道他是否会来帮助他。

围住罗莎和阿乌雷利奥的树林这时也散开了，它们又重新回到原来的地方，自由自在地随风摆动起来。

"我和你说过，"阿乌雷利奥自豪地说，"我们比他厉害吧。"

至于结局嘛，我想用两句话概括：他们回到了家里，就结了婚。"愚蠢王子"的绰号也被人忘记了。

贝尔桑泰自从他的书丢失以后，再也猖狂不起来了。为了活命，他只好硬着头皮去当乞丐。很多人把假钱扔进他的帽子里面，然后讥笑他说："快，魔法师，把假钱变成真钱！"

相反，有一些人却怜悯他，还施舍给他一些钱。因为他们认为，尽管他从前是一个可恶的魔法师，但是他毕竟是一位老人啊！

罗大里（意大利）

〔简评〕

素称儿童文学泰斗的罗大里，以离奇荒诞的情节，通过愚钝已极的王子战胜魔法师，化险为夷的经历，又一次地将生活"讲"给了儿童。

作品通过时而现实时而荒诞的情节的独立与交织、并行发展又交叉的结构，亦真亦幻，将活生生的现实和奇异的魔幻世界杂糅在一起，隐示出了要鼓足勇气，开动脑筋而去战胜一切困难的道理。从一个愚钝得将桥当作山，将敌人胜利的狂叫当作和平的欢悦的愚蠢王子变成一个机智、勇敢面对困难不畏缩，最终获得自由的英勇王子的过程，通过文字后面的教化，在儿童幼小的心灵天平上，在健康的一边又加了一块砝码，似一把打开广无涯际、纷纭复杂的人生之门的钥匙，帮助儿童从紧张的心情，愉悦的笑声中观察体味周围的生活，牵引儿童走上健康成长的通路。

作品中具有的征服儿童心灵的魔力，不仅在于在离奇荒诞情节中的生活指南，更在于决非真实乌有为夸张和离奇古怪、玄妙幻想的怪诞。此文章正是夸张到荒诞地步，但又不乏艺术的真实性，从中感觉到一种鼓动力量，鼓舞人们为自由、正义、真理而作不停息的斗争。

（胡鑫）

扬森（芬兰）
作 家 介 绍

    托比·扬森（Tove Marika jansson 1914——）当代世界著名的儿童文学作家。她生于芬兰的赫尔辛基，是瑞典语系的作家，同时又是画家。父亲是雕刻家，母亲是商业设计师，在这样的艺术家庭长大的扬森，在赫尔辛基、斯德哥尔摩、佛罗伦萨、巴黎学习绘画，作为画家得到了承认。她在二十几岁时就画漫画在英国的报纸上发表，当时她就已经把后年创作的童话的主人公"木明特洛尔"的画作为自己的签名来使用。

    北欧国家的芬兰出了不少大作家，有的还获得了诺贝尔文学奖。但是，芬兰作家中在世界上读者最多的却是托比·扬森，因为她创作了"木明特洛尔"系列童话。

    "特洛尔"本是北欧家喻户晓的民间传说中的林中妖精，它的形象在传说里也有变化，先是凶恶的巨人，后演变成善良胆小，日藏夜出的小人。扬森把后者的"特洛尔"创造成独特的形象。"木明特洛尔"系列童话共有八卷。1945年出版的最早的短篇童话《小特洛尔和大洪水》成为全八卷的序篇。而本选集中收入的《彗星来到木明山谷》（缩写）是根据1946年出版的《追赶彗星》重新创作的，事实上是全八卷的第一部。扬森作为童话作家获得国际声誉是由于第二部作品即收入本选集的《魔帽》（1949）的出版。

    同时还是画家的扬森还亲当为"木明特洛尔"系列童话画了插图。这些插图活泼，幽默，富于表现力，使作品增色不少。

    由于"木明特洛尔"系列童话的独特艺术性以及儿童读者对这些作品为热烈欢迎，扬森不久获得了芬兰国内外的许多文学奖，而且还于1966年获得了世界儿童文学的最高奖，国际安徒生奖。

魔　帽

雄峰　译

楔　子

这是一个阴郁的日子。木敏家住的山谷里下了今冬的第一场雪。

冬雪无声地飞舞着，渐渐地，便到处覆盖了一片白色。

木敏托罗尔站在门前，一直望着被纯白的冬衣裹着的山谷。木敏托罗尔心里想道：

"从今天晚上开始，我们就要进入漫长的冬眠了。"

大约一到十一月份，木敏一家就开始冬眠。这对于不喜欢严冬和漫长黑夜的人来说，是一个多么好的办法呀。

木敏托罗尔轻轻关上门，走到妈妈的身边说：

"下雪了，妈妈！"

"知道了。"木敏妈妈说道，"我已经用最厚实的毯子铺好了你的床，你和斯尼夫一起住在里面的小屋里吧！"

"可是，斯尼夫打鼾很响的，我讨厌。"木敏托罗尔说，"我和斯纳夫住在一起不行吗？"

"随你的便好了，我的宝贝儿。那斯尼夫就住东面的房间吧。"木敏妈回答说。

于是，木敏一家为了迎接漫长的冬天，邀请亲朋好友，举行了盛大的宴会。木敏妈为大伙在走廊上摆了一张餐桌，不过餐桌上的食物却只有松针。要想舒适地度过整个冬天，最要紧的就是用松针把肚子胀饱。可想而知，松针可不是什么太香的食物，但晚餐还是在愉快中结束了。

晚饭后，大家比平时更关切地互道晚安，木敏妈也提醒大家："都要好好地刷刷牙！"

然后，木敏爸察看了整个屋子，关好门窗，并在枝形灯上挂上蚊帐，以

免落上灰尘。接着大家都爬到各自的床上，舒眼地躺下，把毛毯一直拉盖到耳朵，心中想一些美好的事情。只有木敏托罗尔唉声叹气："真讨厌，我们不是又白白地浪费掉许多时间吗？"

"别担心，我们一定能做好多美丽的梦，等我们再醒来的时候，就已经是春天了。"斯纳夫回答道。

木敏托罗尔打着瞌睡，嘴里不知嘟哝着什么，渐渐进入了梦乡。

屋外，柔和、厚厚的大雪还在不停地下着，已经覆盖了门前的台阶，在房顶和屋檐上结成了很重的冰凌垂挂下来。木敏家很快就变成了一个大雪球的样子。时钟也一个接一个地停止了滴滴嗒嗒的响声。

冬天来临了。

第 一 章

（木敏托罗尔、斯纳夫和斯尼夫发现魔力帽。意外出现五朵小白云。海木雷有了新的兴趣。）

在春天的一个早晨，正好四点钟，第一只布谷鸟落在木敏家蓝色的屋顶上，"布谷，布谷！"叫了八声。不知为什么，她的声音中有稍许的嘶哑，尽管如此，春天还是尽早地来到了。随后，布谷鸟向东飞去了。

木敏托罗尔醒来了，他就那样不动地盯着天花板，可始终也没明白自己究竟在哪里。他已经睡了一百个昼夜了，他做过的梦还留在脑海中，想把这个木敏家的孩子再一次拉回到梦境中去。

然而，正当木敏托罗尔在床上蠕动着，想另找一个舒适的地方再睡时，他的目光突然停在了某个地方，眼睛也随之一下子睁大了——他朋友斯纳夫的床已经是空的了！

木敏托罗尔一下子坐了起来，是的，斯纳夫的帽子也没了，他一定出去了。"糟了！"木敏托罗尔起了床，踮着脚走到窗前，打开窗子向外张望。

"啊哈，斯纳夫这小子是攀着绳梯滑到外面去的！"木敏托罗尔这样自言自语着，自己也翻上了窗棂，小心谨慎地挪动着短腿，顺着绳梯滑了下去。

在湿润的土地上，斯纳夫的脚印清晰可见。这串脚印一会儿向这儿，一会儿向那儿地拐来弯去，很难跟踪。脚印有时突然跳跃而过，有时又杂乱重叠。"这家伙好像很快乐。他一定在这儿翻了个筋头——这不会错的。"

正在这样想着的时候，木敏托罗尔突然翘起鼻子，支楞起耳朵，听到从很远的地方传来了歌声。那不就是斯纳夫心情好的时候唱的歌吗？

全体小动物

尾巴拴着弓……。

木敏托罗尔急忙地向那个方向跑去。

一到河边，就立刻看到了斯纳夫。斯纳夫戴着那顶罩住耳朵的旧帽子，坐在桥栏杆上，两脚悬在水面上，摇晃着。

"哈罗！"木敏托罗尔这样打着招呼坐在他身旁。

"哈罗！"斯纳夫回答着，仍旧继续唱着歌。

这时，太阳已经升起来了，从正面照着他们两个，晃得他们不住地眨眼。他们就这样坐在桥栏上，让双脚在流水上摆动着，感到非常的轻松、愉快。

在这条河上，他们曾不只一次地进行过有趣的冒险活动，也曾多次把在这里结识的新朋友带回家去。木敏托罗尔的爸爸妈妈总是毫无怨言地接待那些新朋友，并且在卧室里铺上新床铺，在餐厅的餐桌上摆上新鲜的树叶。尽管如此，木敏家还是经常满员。在那里，无论谁都可以做喜欢做的事，而不用为明天的事担忧。有时也常发生意想不到的难事儿，但谁也不为此而烦恼，因此，无论朋友什么时候来，都是一件好事。

斯纳夫又吹完一支《春天来了》的曲子，才把横笛放入衣兜，问道："斯尼夫醒了没有？"

"还没有，"木敏托罗尔回答说，"这小子总是比大伙多睡一周。"

"那我们一定要叫醒他。"这样说着，斯纳夫就"嗖"地一声从栏杆上跳了下来。

"今天天气好，我们一定要干点新奇的事儿。"

于是，木敏托罗尔来到斯尼夫正在睡觉的窗下，发出秘密的暗号——先吹三声普通的口哨，然后衔着指头，发出一声很高的呼哨。这是玩伴间约好的暗号，意思是："现在要开始某件事了。"

片刻，斯尼夫的呼噜声停止了，可是二楼的房间里，一点也没有斯尼夫起床的动静。

"再来一次。"斯纳夫说。于是他们更响地打着呼哨。立刻，窗子猛地关上了。

"人家还在睡觉呢！"传来一个气恼的喊声。

"别生气，快下来吧。"斯纳夫说，"我们要开始一件很有趣的事儿。"

于是，斯尼夫一边拽平睡皱的耳朵，一边顺着绳梯爬了下来。由于通常的楼梯是很曲折的道儿，所以就在每个窗下拴上了绳梯。

今天的天气实在好，到处游荡着像醉汉一样从漫长冬眠中苏醒过来的小动物。他们有的忙着寻找去年玩过的地方，有的正在晒衣服，有的梳理着胡须，有的忙着准备春天的住处。

还有许多小动物正在盖新房子。恐怕有些动物还会吵架呢——睡了这么长的时间，醒来后脾气往往会很暴躁的。

住在树上的妖精，坐在那儿梳着长发。在树根的北侧，一群小老鼠在雪地里拚命地挖洞。"春天快乐！冬天过得好吗？"年迈的蚯蚓打着招呼说。

"很好，谢谢！"木敏托罗尔说，"你睡得好吗？"

"好，好！"蚯蚓说："替我向你爸爸、妈妈问好。"

就这样一边走着，木敏们一边同遇到的每一个人打着招呼。可是，越往山上走，遇到的人就渐渐少起来，最后，只能看见一两只老鼠妈妈在那里转来转去，搞春季大扫除，并且眼睛到处窥视着。这里到处都是泥。

"哟，多糟糕的路呀！"木敏托罗尔一面说，一面小心地在融化的雪水流成河的地方来回地走着。"下这么多的雪对我们木敏家来说绝不是好事，妈妈就这样说过。"说着，"啊欠"打了一个喷嚏。

"唉！听我说，木敏托罗尔。"斯纳夫说，"我有个主意：为了证明我们是第一批登上山顶的，我们在那里砌一堆石头，你说可以吗？"

"嗯！那太好了，上吧！"斯尼夫喊道。

于是，三个人你追我赶地向山顶爬去。

他们到了山顶，三月的微风在他们的周围荡漾着，脚下则是无边无际的绿色原野。西面是海；东面是环抱"孤独山"、曲折蜿蜒的河；向北看，大森林铺起了绿毯；向南看，木敏托罗尔家的烟囱冒出缕缕蓝烟，那是木敏妈正准备做早饭。但斯尼夫并未注意这些。他看见山顶上有一顶帽子——高筒式的黑色礼帽。

"好像已经有人先来过了！"斯纳夫喊道。

木敏托罗尔拾起那顶帽子，仔细看了看，说道："唉呀，挺不错的帽子，你戴一定合适，斯纳夫！"

可戴惯了自己绿色帽子的斯纳夫却回答说："不，这顶太新了！"

"也许爸爸会喜欢它的。"木敏托罗尔说。

"不管怎样，得把它带回去。"斯尼夫说，"该回家了，我都快饿死了，你们呢？"

"我也是。"斯纳夫也说。

就这样，木敏们带回了那顶奇怪的帽子，他们根本不会想到，这顶奇怪的帽子会给木敏山谷带来魔力。可是不久，大家就遇到了不可思议的怪事儿……

当木敏托罗尔、斯纳夫和斯尼夫去走廊吃早饭时，家人都已吃完散去了。走廊上只有木敏爸爸在读报。

"噢！原来你们也已醒来了。"爸爸说，"今天的报纸简直没有可看的。小河的堤坝冲毁了，蚂蚁破冲走，但后来又都得救了；还有，早晨四点钟，第一只布谷鸟来到这个山谷，然后向东飞去，就这么点事儿。"

"瞧，爸爸。我们发现了好东西！"木敏托罗尔得意地插嘴说，"给你一顶崭新的大礼帽。爸爸戴了一定合适。"

木敏爸爸把报纸放在旁边，非常仔细地端详着那顶帽子。然后爸爸走到一个大镜子前，把它戴上。帽子太大了——端正一下，又快要罩住了眼睛，真有点滑稽可笑。

"妈妈，来！看看爸爸！"木敏托罗尔喊叫着。

打开厨房门跑出来的木敏妈惊奇地望着丈夫。

"你看怎么样？"木敏爸问道。

"多漂亮啊！你戴上它，真成了美男子了！"木敏妈说道，"可就是稍嫌大了点。"

"这回怎么样？"爸爸说着，把帽子往后推了推。

"嗯，这样也漂亮。"木敏妈说，"不连我觉得你不戴帽子更威严些。"

木敏爸把自己前后左右照了一遍，然看叹了口气，把帽子扔在桌子上，说道：

"你说得对，有些人不戴帽子更好看些。"

"是这样的，亲爱的！"木敏妈亲昵地说。

"呀！孩子们，鸡蛋赶快吃光，一冬天你们只吃了那点松针，没吸收到营养。"妈妈这样说着，又消失到厨房里了。

"可是这顶帽子怎么处理好呢？"斯尼夫说道，"是一顶多漂亮的帽

子呀！"

"可以做废纸篓。"木敏爸爸说道。接着爸爸就上二楼去写他年轻时代的故事去了。那是一个充满烦恼的、他自己年轻时代的长长的故事。

斯纳夫把帽子放在桌子与厨房门间的地板上，咧嘴笑着说："嗬！这样做成废纸篓怎么样？这也算又添了一点财产呢！"他之所以说这样的风凉话，是因为斯纳夫理解不了大家为什么都愿意增添点东西。斯纳夫一生下来就穿着一件旧衣服，无论到哪里都爱如至宝。尽管如此，他出生在何时何地，却是无一人知晓。如果说斯纳夫手里还有一件不愿扔的东西的话，那就只有那只横笛了。

"吃完早饭，我们都去看斯诺克怎么样？"木敏托罗尔说道。可是就在木敏托罗尔去到院子之前，把他刚吃完的鸡蛋的壳扔到新的废纸篓里去了。不管怎么说，到底是有教养的木敏家培养出来的孩子。

现在餐厅变得空荡荡的啦。

扔进鸡蛋壳的黑色帽子静静地呆在桌子与厨房门间的旮旯儿里。就在这时候，完全不可思议的事发生了。鸡蛋壳的形状开始变化了。要说这顶帽子奇妙在哪里，那就是刚投进去的任何东西，不一会就变成完全是另外的一个样子了，变得你没见到前就不可能知道的东西。木敏爸戴这顶帽子不合适倒是幸运的，否则，如果爸爸戴帽子的时间稍长一些，那就只有小动物的保护神才会知道将发生什么样的事。因此，爸爸只是稍稍感到头痛，这点头痛在午饭后也就好了。

这时候，鸡蛋壳虽然还是白色的，但它渐渐膨胀，变得如棉花一样松软，眼看着塞满了纸篓。接着，五朵小白云从帽子中飞出来，轻柔地穿过走廊的上空，像要顺着楼梯下来，飘浮在贴近地面的空中。

不知何时，帽子里已经空了。

"唉呀，这是怎么回事呀！"木敏托罗尔惊叫起来。

"房子着火了吗？"从别处赶来的斯诺克小姐焦急地问。

这五朵云好像等什么似的，既不改变形状，也不动地飘浮在他们面前。斯诺克小姐战战兢兢地伸出手，试着摸了一下离她最近的云，惊叫："好像，好像是棉花！"

其他几位也都走到跟前，用各自的前脚碰了碰。"好像羽绒枕头。"斯尼夫说。

斯纳夫轻轻地推了一下，白云只是稍稍往上升了一点，还是停住不动了。

"谁带回了这样的东西，怎么飘到走廊上来了呢？"神态惊讶的斯尼夫说。木敏托罗尔摇摇头："从没遇到过这样稀奇的事儿，到厨房去把妈妈叫来吧！"

"不，不，还是我们自己来弄明白它吧！"斯诺克说着把一朵白云拉到地面上，用前脚摸了一下："多柔软啊！"接着，斯诺克小姐一下子坐到了白云上，前俯后仰，咯咯大笑起来。

"我也要坐上去！"斯尼夫说着，跳到另外的云上，模仿着演杂技的人喊着："驾！驾！"就在他喊驾！"的时候，白云摇动了一下，静静地离开地面飘了起来。

"呀！动了！"斯尼夫怪声叫着。不一会大家就都乘上了白云，"驾！驾！"地吆喝起来。

一开始，云彩总是乱跳，可渐渐地，斯诺克小姐就发现了操纵的方法：用一只脚轻轻地压它就转弯；用两只脚压，它就向前飞；轻轻摇动，它就减速。

他们玩得有趣极了。让白云飞过树丛，一直飞到木敏家的屋顶。木敏托罗尔飞到爸爸的窗口，"喔！喔……!"地大声叫起来，由于太兴奋，再也找不到比这更好的词儿了。

木敏爸不禁放下手里的笔，冲到窗前，大喊道："天哪！你到底都干了什么呀！"

"写到爸爸的书里可以吗？"这样说着，木敏托罗尔这回把"舵"转向飞到厨房的窗口，召唤妈妈。可木敏妈正忙着做大鱼肉丸子，所以只回答说："宝贝！这又是在做什么？小心别跌下来呀！"

在院子里，斯诺克小姐和斯纳夫又发明了新的玩法。他们驾着魔云以最快的速度互相冲撞，先掉下来的就算输。

"喂，来啦！"说着，斯纳夫全速驾云向前冲。可斯诺克小姐机警地躲开，而从下面向斯纳夫攻击。斯纳夫的魔云被撞翻了，斯纳夫头向下栽到了花坛上，帽子卡到了眼睛上。

作为裁判，斯尼夫比其他几位都飞得高一些，尖声喊着："这是第三个回合，二比一！预备——开战！"

"我们到稍远一些的地方兜一圈不好吗？"木敏托罗尔向斯诺克小姐问道。

"当然好呀！"斯诺克小姐这样回答着，并把魔云驶到托罗尔身边，向上飞去。

"到哪儿去呀?"

"到海木雷那儿去,吓他一跳。"

他们俩满院子寻找海木雷的住处,可是哪也见不到他的影子。

"他不会走远的,那次我遇见他的时候,他还在鼓捣邮票。"斯诺克小姐说道。

"那不是半年前的事吗?"

"是啊,真是很久了。从那以后我们就一直冬眠了啊!"

"你冬眠时睡得好吗?"托罗尔问。斯诺克小姐优雅地飞到树顶上,略微思考了一会儿,回答说:"我做了一个非常可怕的梦,梦见一个戴着黑礼帽的讨厌男人冲我呲牙咧嘴'咿——咿'直叫。"

"真奇怪,我做的梦和你的一模一样,那个男人还戴着白手套,对吗?"木敏托罗尔问道。斯诺克小姐点了点头。于是,他们都边思考着,边在森林中慢慢地飞翔。

突然,海木雷的身影出现在他们眼前:海木雷倒背着手,眼睛盯着地面在森林中漫步。木敏托罗尔和斯诺克小姐来了个美妙的三级飞翔,着陆在海木雷的左侧,心情开朗地大声问候:"早晨好!"

"噢——啊!"海木雷喘着气。

"啊,对不起,我们坐的是什么?"斯诺克小姐问道。

"呀!这东西真奇怪。不过你们干的这些不着边际的事,我已司空见惯不害怕了,而且我现在约心情也不怎么安静。"海木雷回答。

"为什么要这样呢?今天的天气多好呀!"斯诺克小姐同情地说。

海木雷摇摇头说:"不管怎么说,你们是不理解我的。"

"让我们来猜猜看,你这回又丢了珍贵的邮票,是吗?"托罗尔问。

"真笨!"海木雷忧郁地回答,"我的邮票都齐了,一张也不缺,可我收集的这些邮票全没了,下赌的邮票一张也没剩下。"

"是吗,那是多珍贵的东西啊!"斯诺克小姐鼓励他说。

"你们不理解的事儿就不要再说了好不好!"海木雷情绪低落地说。

木敏托罗尔焦急地看着斯诺克小姐。于是他们俩考虑到海木雷的悲伤情绪,把他们的魔云向后稍退一下。

海木雷继续慢吞吞地往前走。托罗尔和斯诺克小姐怀着尊敬的心情,等待着海木雷叔叔赶走心中的忧伤。

不一会，海木雷就大声喊了起来："再也不弄那么多的邮票了，如果真弄到了，在下回的交换会上，你们大概又会把我收集的这些邮票弄到手吧?"

"可是，海木雷叔叔，"吃惊的斯诺克小姐张大了嘴说，"那真是太可惜了，你收集的邮票是世界第一流的。"可是海木雷非常沮丧地回答："那是呀，可这下完了，我手里一张邮票、一张也没有了。连假邮票都一张没有，以后我该干些什么好呢?"

"要说干点什么嘛，我倒有个主意。"木敏托罗尔点着头慢慢地对海木雷说："嗯……海木雷，这样吧——你不再是集邮家了，而只做一个收藏品的所有者。可、可是，那又太没意思了。"

"嗯，是太没意思了!"沮丧的海木雷说着，就站在那里不动了。他把皱皱着的脸对着这边。斯诺克小姐温情地拉着他的手："喂! 海木雷，我想出一个好主意，收集点其他的什么东西——对，完全是另外的东西!"

"这倒是一个好办法。"海木雷虽然这样说着，但那不愉快的表情仍然没有改变。他认为这样过度的忧伤后，当然不会有愉快的表情。

"例如，试着收集蝴蝶，可以吗?"木敏托罗尔试探着说。

"不，不。"海木雷说着，脸上仍然是忧郁的，"我有一个远房亲戚就收集蝴蝶。即使现在开始收集，那也赶不上了。"

"电影名星的照片呢?"斯诺克小姐问。海木雷只是"哼"了一声，没有回答。

"戒指啦、勋章啦等的装饰品怎么样? 这些东西你怎么收集也收集不完的。"木敏托罗尔满有把握地说。可是，海木雷仍是不屑一顾。

"那样的话，我可就再也不知道了。"斯诺克小姐说。

"不，我们一定要帮你想个办法。妈妈一定有好主意。"木敏托罗尔安慰他说，"不过，你看见麝香鼠了吗?"

"他还在睡觉呢!"海木雷凄切地说，"他说过，那样早起床没用。我也是这么认为的。"海木雷说着很孤独地继续散步。于是，木敏托罗尔和斯诺克小姐驾云飞到了树梢，休息片刻——沐浴着阳光，任微风吹拂。一边休息着，一边为海木雷新的收藏爱好，绞尽脑汁。

"搜集贝壳怎么样?"斯诺克小姐开口说。

"不然就搜集珍奇的钮扣，怎么样?"木敏托罗尔反问。

在温暖和煦的阳光中，他们俩昏昏欲睡。于是，他们仰卧在魔云上，望

着春天的碧空。天空里，百灵鸟在婉转地歌唱着。

忽然，春天里的第一只蝴蝶映入他们的眼帘。谁都知道，这一年里最先看到的蝴蝶如果是黄色的，那么就有一个美好的夏天；如果第一只蝴蝶是白色的，那么这一年的夏天天就是寂寞的；如果是黑色和棕色的那就更不用说了——那样的蝴蝶是最凄凉惨淡的了。

可他们看见的这只蝴蝶是金色的：

"这意味着什么呢？金色的蝴蝶，我从前可没见着过。"木敏托罗尔说。

"要是金色的，那就比黄色的好，现在明白了吧！"斯诺克小姐说。

不久，在他们中午回家的时候，在台阶上遇到了海木雷。海木雷的脸上闪耀着幸福的光彩。

"唉呀，决定搜集什么了吗？"木敏托罗尔问道。

"研究大自然。我决定研究植物。"海木雷欢呼着，"这是斯诺克君想出来的办法。我要收集世界一流为植物标本。"说着，海木雷掀开裙子——他总是拣妈妈的衣服穿。正如所想的，海木雷家都穿裙子，不论男女都这样，尽管稍有例外。但那是事实——他把这个春天里最先找到的东西呈现在二人面前，在土与枯叶间，看到了韭菜。

"如果说学名的话，它叫春葱，是收集的第一号，是最好的标本。"海木雷说着走进餐厅，一古脑把那些标本倒在桌子上。

"放到屋角去，海木雷！"木敏妈喊道，"我要在那里放上汤。……呀，都回来了吗？麝香鼠还在睡吗？"

"他简直像条猪！"斯尼夫说。

"今天你们都玩得愉快吗？"木敏妈一面往盘子里盛食物，一面问。

"快活极了！"大家都一起喊着。

第二天早晨，木敏托罗尔以为魔云还在，可到小屋里一看，魔云完全消失了，一朵也不见了。可谁也想不出，那些云朵同放在走廊上的黑色帽子，以及被扔进去的蛋壳有什么关系。

第 二 章

（木敏托罗尔经历了一次不愉快的变化，并对蚁狮进行报复；他和斯纳夫在夜里进行秘密的探险。）

　　在一个炎热的夏日，木敏谷下起了□□细雨，因此，大家决定在家中捉迷藏。蒙住眼睛的斯尼夫面对屋角站着，把前爪搭在鼻子上，从一数到十，然后转过身来开始寻找。先找一般的藏身处，然后找特殊的地方。

　　木敏托罗尔躲在走廊的桌子下。他有些担心：这个地方不好！如果斯尼夫抬起桌子，马上就会找到他。向周围一扫视，屋角上放着的那个黑色礼帽落入他的眼帘。对，这是一个多么好的想法！斯尼夫决不会想到他能藏在帽子下。

　　木敏托罗尔悄悄地来到屋角，紧忙把帽子倒过来，扣在头上。但只罩到腰部。他尽量缩小身体，把尾巴也藏到帽子里，这样就谁也看不见他了。

　　其他的伙伴一个一个地被发现，找了出来。听着这些动静，木敏托罗尔咯咯地笑了。海木雷一定还是藏在沙发下的，因为除此之外，他想不到任何别的藏身之处。

　　现在，大家都在到处转悠，寻找木敏托罗尔一个人。可是无论到什么时候，谁也不会到这儿来找。渐渐地，木敏托罗尔开始担心起大家会因找他而厌烦起来。于是，他从帽子下钻出来，把头伸出门外："喂！我在这儿呢。"

　　斯尼夫吓了一跳，死盯着他冷冷地说："不知道你是谁。"

　　"他是谁？"斯诺克也低声地问。可大家都摇头，眼睛都盯着木敏托罗尔。

　　可怜的木敏托罗尔由于长时间呆在魔力帽下，面变成了很怪异的样子。胖的地方都瘦下去了，而瘦的地方又都胖了起来。而最不可思议的是，对于自己这样的变化，木敏托罗尔还全然不知呢！

　　"大家会惊奇的，我藏到什么地方你们是不会知道的。"木敏托罗尔用细长的腿，战战兢兢地向前挪了挪说。

　　"那倒没关系，对你这个丑八怪到底是谁，我们感到惊讶！"斯诺克说道。

　　"别说的这么严重。"木敏托罗尔不愉快地说，"你们是不是对玩捉迷藏感到腻烦了，那这回再玩点什么呢？"

　　听到这句话，斯诺克小姐一本正经地说："在此之前，你应该先介绍你的名字，我们还不知道你是谁呢。可以吗？"

　　木敏托罗尔用惊诧的目光看着她。他突然一下子想到这一定是一个新的玩法。于是木敏托罗尔愉快地笑了笑，说："我是加利福尼亚国王！"

　　"我是斯诺克妹，这位是我的哥哥。"斯诺克小姐说道。

"我叫斯尼夫。"

"我叫斯纳夫。"

"噢，好啦！你们就不能来一个高明的玩法，而不用关心这费事的名字?"木敏托罗尔喊了起来。"好吧，让我们到外面去吧——天气好像转好了。"就这样，木敏托罗尔先于那些既吃惊又怀疑的伙伴之前，顺着台阶去进院子。

"那是谁?"坐在屋前，数着向日葵雄蕊的海木雷问。

"他是加利福尼亚王。"斯诺克妹回答。

"他也要住在这里吗?"海木雷接着问。

"那得由木敏托罗尔决定。可这小子跑到哪儿去了?"斯尼夫说。

木敏托罗尔笑起来了。"你们有时竟能说出这么有趣的话，那么，我们就去找木敏托罗尔吧!"

"你真认识他吗?"斯纳夫问。

"当然认识啦!"木敏托罗尔对这个新的游戏感到非常愉快，对自己的角色感到满意。

"你什么时候认识他的?"斯诺克妹问。木敏托罗尔边"哈哈"笑着，边回答:

"我们是同时出生的，可你们也知道，那小子是个令人讨厌的人，全家没有不讨厌他的。"

"怎么是那样呢? 你竟敢这样说他! 他是世界上最了不得的，我们都特别喜欢他。"斯诺克妹气愤地申斥道。可这对于木敏托罗尔来说是太高兴了。

"真的吗? 我个人认为，他简直就是一个讨厌鬼。"这时，斯诺克妹开始"喔喔"地哭了起来。她的哥哥斯诺克愤怒地大声申斥木敏托罗尔:"滚开!再不滚开，大伙就把你的头当凳子坐了。"

"好啦、好啦，这只不过是做做游戏嘛，你们那样关注我，我已经够高兴的了。"木敏托罗尔劝慰着说。

"去! 我们对你的事儿连想都没想。"斯纳夫尖声地对大家说，"快把说我们木敏托罗尔坏话的这个丑八怪国王赶出去!"

于是大家一起扑向了可怜的木敏托罗尔。他吃了一惊，甚至忘了自卫。可当他清醒过来开始行动的时候，已为时过晚了。

听到吵闹声的木敏妈从厨房出来的时候，木敏托罗尔已经躺在地上，前爪、尾巴雨点般落在他身上。

"你们在干什么呀，孩子们？不要再打架了！"妈妈喊着。

"大家在打加利福尼亚国王，他活该挨打！"斯诺克妹说。

木敏托罗尔好容易才从大伙的乱拳杂脚下挣脱出来，他已精疲力尽，却愤怒地喊着："这帮小子真打呀！妈，他们三个打一个，不是好男儿。"

"确实是那样！"木敏妈认真地说，"可是，你惹他们了吧？你是哪儿来的呀，小宝贝？"

"啊——，这么讨厌的游戏还不快停下。一点也不好玩，我就是木敏托罗尔，你就是我妈，就这么回事！"木敏托罗尔急得喊了出来。

可斯诺克妹却申斥道："你是木敏托罗尔？不可能！木敏托罗尔有漂亮的耳朵，可你的耳朵却像个小壶架。"

木敏托罗尔急忙抓住耳朵摸，那是一个大大的有皱的耳朵呀！惊慌的木敏托罗尔喊道："这是真的，我确实是木敏托罗尔！你们不信吗？"

"木敏托罗尔有可爱漂亮的尾巴，长短合适。可你的尾巴就像扫烟囱的扫帚。"斯诺克说。

这是怎么回事呢？木敏托罗尔颤抖着用手摸了摸自己的尾巴，确实是那样的。

"而且，你的眼睛像汤钵，木敏托罗尔的既灵巧又温和。"这么说的是斯尼夫。

"对，对，正是这样。"斯纳夫也赞同地说。

"总之你是个骗子！"海木雷断然地说。

"难道没人相信我吗？"木敏托罗尔哭泣着说，"仔细看看，妈妈，你能认出你的木敏托罗尔。"

木敏妈仔细地打量他，长久地凝视儿子的惊恐的眼睛，最后镇定地说："嗯，你确实是木敏托罗尔。"

这时候木敏托罗尔的身体开始变化了。耳朵、眼睛、尾巴开始缩小，鼻子和肚子逐渐长大，这样就又恢复了原来的木敏托罗尔。

"这下好了，宝贝！"妈妈又补充道，"嗨！不管发生了什么事，我总是能把你认出来的。"

这以后不久的一天，木敏托罗尔和斯诺克坐在一个秘密的藏身处。那里处于青青的叶帐和茉莉的浓荫之中。斯诺克说：

"唔，你一定做了什么奇特的事情，才会使自己变成那个样子。你究竟干

了什么？"

木敏托罗尔摇了摇头："我什么不寻常的事也没干，也不记得接受过什么。"

"那么，你也许进到妖精的圈里了。（妖精在月夜中，在草地上画一个圆圈，谁一进到里面，就被妖精给变化了。）"斯诺克说。

"当然不是那样。可是，那段时间我一直藏在用做废纸篓的那个黑色礼帽下。"木敏托罗尔说。

"那顶帽子下面？"斯诺克问，满脸现出狐疑的表情。木敏托罗尔使劲地点头。他们沉默了很久，思考着什么。突然，他们俩齐声叫道："一定是……"于是他们互相怔怔地对视着。斯诺克说了一声："跟我来！"

他们来到走廊上，小心翼翼地凑近那顶帽子。"怎么看都是顶平常的帽子。只是这个高筒有点特别，别的嘛……"斯诺克说。

"可我们怎么才能弄清是那么一回事呢？我已经有过一次了，再也不想进到帽子里面了。"木敏托罗尔说。

"也许我们可以把别的什么动物弄到里面去。"斯诺克想搞清这谜。

"这样做可有点残酷，我们不知道怎样才能再复原呢？"木敏托罗尔说。

"如果是可恶的家伙，不就没关系了吗？"斯诺克说道。

"嗯……"木敏托罗尔沉思着。过了一会他说："有称心的吗？"

"比如猪。"

木敏托罗尔摇摇头："那家伙太大了。"

"那么，蚁狮怎么样？"斯诺克说。

"这倒是个好主意，他曾把我妈妈拉进洞中，往眼睛里喷过沙。"木敏托罗尔表示赞成斯诺克的意见。

于是他们带了一个大瓶子，寻找蚁狮去了。蚁狮的洞穴只有在沙地里才能找到。因此，他们向海岸走去。不一会，斯诺克向木敏托罗尔打着手势："有了，有了。可怎么才能弄到瓶子里去呢？"

"这事交给我吧！"木敏托罗尔说着，取过瓶子，把它口朝上埋到稍离开洞口的沙子中。然后故意大声地喊："这个蚁狮是个胆小鬼！"并向斯诺克使眼色。他们心里扑通扑通地跳，注视着蚁狮的洞口。可是，沙子只是动了一下，却不见蚁狮出来。

于是，木敏托罗尔又重复一遍："蚁狮是一个胆小鬼，所以钻进沙子里需

要几个小时。斯诺克，你知道吧。"

"嗯，我知道，不过……"斯诺克好像有点怀疑地说。

木敏托罗尔转动了几下眼珠，干脆说："对，确实是这样，蚁狮需要几个小时才能钻到沙子里。"

正在这时，从沙洞里伸出一个面目可怕的脑袋，两眼狠狠地瞪着他们，吼叫道："你说谁是胆小鬼？我只要三秒钟就能钻进这个洞里。"说着，蚁狮就愤怒起来。

"如果你能有这么漂亮的本事，那现在就让我们看看可以吗？"木敏托罗尔刺激他说。

"我要用沙子喷你们。"蚁狮怒冲冲地喊着，"我要把你们拽进我的洞里，都吃掉。"

"不，请留我们一条命，难道你不愿意让我们看看你是怎样在三秒钟之内倒退进沙里去的吗？"斯诺克恳求道。

"为了让我们能看清楚你是怎么钻的，请从这里钻吧！"木敏托罗尔指着埋瓶子的地方说。

"你们以为我会有工夫为你们这两个臭小子表演绝技吗？"这个蚁狮挺着肚子说。但是，他仍然抗拒不了想要对手看看自己有多么强壮，有多么了不起的诱惑。蚁狮从洞穴中爬出来，哼哼着问："喂，在什么地方钻？"

"这里。"木敏托罗尔指着埋瓶子的地方说。

蚁狮耸了耸肩，很可怕地竖起了鬃毛。"喂，躲开，躲开！我就钻到沙子里去，但我再钻上来，就吃了你们。——二——三！"一会他就像个陀螺一样旋转着钻进了沙子里——正好钻进了埋着的瓶子中。

这确实只用了三秒钟，不，也许是两秒半钟吧。之所以这样是因为他正发着火呢。

"快盖上盖子！"木敏托罗尔扒开上面的沙子，迅速地拧上盖子。他们把瓶子刨出来，轱辘回家了。而蚁狮在里面又叫又骂，被沙子捂得喘不过气。

"唉呀，他火了。真不敢想象，他要是蹦出来该会怎么样！"斯诺克说。

"现在他出不来，等他出来的时候，说不定已经变成什么了呢！"木敏托罗尔镇定地说。

一到木敏家，木敏托罗尔就吹了三声长口哨，招呼大家集合。这是发生极不寻常事的时候的暗号。

大家从四面八方汇集而来，围在盖着的瓶子周围。

"装的什么呀？"斯尼夫问道。

"是蚁狮。我们捉住了一只怒气冲天的真正的蚁狮。"木敏托罗尔颇为得意地说。

"真勇敢呐！"斯诺克最十分敬慕地说。

"我们要把他放到那顶黑帽子里去。"斯诺克说。

"那样的话，他也会像我那样变形的。"木敏托罗尔说。

"这究竟是为什么呢？哪位能告诉我吗？"海木雷问道。于是，木敏托罗尔开始讲述："刚才，我之所以变形，就是因为我钻到那顶帽子里了。我们通过许多事来弄清这一点。因此，这回看蚁狮会不会变成别的什么，用这个实验就可以证明了。"

"但——但是，他会变成什么东西呢？要变成一个比蚁狮还凶的东西，就会一下子把我们都吞掉的。"斯尼夫颤声说道。

大家都有点害怕了。于是都默默地看着瓶子，听着从里面传出的"嘎吱吱"的声音。

"啊！"斯诺克妹惊叫起来，脸都变了色。斯诺克的伙伴们也都同样变了脸色。

可斯纳夫想出了一个好主意：做实验的时候，在帽子上盖上一本厚书，大家都躲到桌子底下。"在做某项实验的时候，总是要冒点风险，不要再说了，马上把他倒进帽子里去。"劲头十足的斯纳夫一这么说，胆小的斯尼夫就急忙钻进桌子底下了。这时，木敏托罗尔、斯纳夫和海木雷把瓶子抬到那顶黑帽子上，口冲着下方。斯诺克小心翼翼地拧开了盖子，蚁狮和沙土一起落进了帽子里。紧接着，斯诺克以闪电般的速度把一本很厚的外语辞典盖到了帽子上。于是，大家都躲到桌子下，等着看能发生什么事儿。

最初，什么事儿也没有。渐渐地，大家有些等累了，便从桌布下向那儿张望，但还是看不出有什么变化。

"那小子一定是腐烂了。"斯尼夫说。可就在这时候，大辞典开始卷曲了。斯尼夫心情紧张得不知不觉紧咬住海木雷的大拇指——他把它当成自己的手指了。

辞典渐渐翻卷起来，书页像枯叶一样卷成了筒。眼瞅着那些各式各样的外国字从书页里掉出来，在地板上乱爬。

"唉呀，神了！"木敏托罗尔不禁喊出了声。可并不只是这些。帽沿上开始淌水，渐渐地溢出来往地板上流下去。于是，那些字虫怕被水淹着，都不得不往墙壁上爬。

"莫不是蚁狮这家伙变成水了？"斯纳夫失望地说。

"变成水的恐怕是沙子吧？蚁狮肯定马上就要出来了。"斯诺克低声说道。

大家又等了一会，简直等得不耐烦了。斯诺克妹把脸藏在木敏托罗尔的怀里，变得不感兴趣了。而斯尼夫则害怕得嘶嘶啦啦地抽泣起来。

就在这时，突然，从帽子的边缘上出现了一只小刺猬。小刺猬嗅了嗅空气，又眨了眨眼睛，身上水淋淋的。一、二秒间，这里死一般寂静。这时斯纳夫发出了笑声。接着，大家都变得兴高采烈了。在桌子下打着滚，大笑起来。可只有海木雷除外，这位大叔没有加入这场闹剧，而是吃惊地看着这些年轻的朋友，说道："我们不是早就预料到蚁狮会变模样的吗？可我不明白，他只是真的变过来了，那又有什么值得可笑和打闹的呢？"

这时小刺猬已经庄严地穿过地板爬到了门口，有些凄惨地沿着台阶走下来。

流水停止了，走廊里简直成了湖。那里的天棚上到处爬满了外国字儿变的小虫子。

木敏爸和木敏妈从头到尾听了木敏托罗尔讲了事情的经过，认为事关重大，如果不马上扔掉有如此魔力的帽子，那可是不得了的。这么一决定，大家滚动着帽子推到河边，扔进了水里。

看着河水冲走了魔帽，木敏妈妈说："魔云和魔法，都去你的吧！"

"魔云真好玩，要是它们能够再出来那才有趣呢！"木敏托罗尔有些惋惜地说。

"那些水和字儿虫子也都有趣吗？"木敏妈妈生气地说，"瞧瞧走廊里吧！那些到处都是的小虫子，我可怎么收拾呢？它们哪儿都爬，把屋子弄得不成样子。"

"可是那些魔云确实很有意思呀！"木敏托罗尔仍固执地说。由于这件事，这天晚上木敏托罗尔没有睡好。外面是六月晴朗的夜空，不时传来悄声的低语、树叶的沙沙声和"叭哒、叭哒"的脚步声。空气中充满了浓郁的花香。

斯纳夫还没回来。这样的夜晚，他总是吹着横笛独自在外边散步。可今

晚没有听见歌声，他一定是踏上了探险的旅程。不久他将在河边搭起帐篷，因为他不愿在家里睡觉。不知为什么，木敏托罗尔觉得很悲伤，叹了一口气。可这种悲伤又是那样的莫明其妙。

正在这时，庭院中传来了低微的口哨声。木敏托罗尔的心里"砰"地一跳，他踮着脚轻轻地走到窗口往下看。那个口哨的意思是："秘密。"斯纳夫正在绳梯下寻找他。

木梅托罗尔顺着绳梯滑到草坪上时，斯纳夫低声问道："你能保守秘密吗？"木敏托罗尔点了点头。于是，斯纳夫对着木敏托罗尔耳语着说："那顶帽子漂到下游的一个小岛上了。"一边说，一边做出"怎么办？"的表情。

木敏托罗尔重重地扇了扇耳朵，意思是"明白了"。接着，他们俩像影子一样穿过露珠湿润的庭院，急急忙忙地向河边跑去。

"我们完全有责任把那顶帽子取回来。从那顶帽子里流出的水是红色的，如果下游居住的居民看到那可怕的水一定会惊恐的。"斯纳夫说。

"我们本来就应该考虑到可能会发生那样的事。"木敏托罗尔说。夜色中，木敏托罗尔以能与斯纳夫一道外出而感到心旷神怡。在这之前，斯纳夫经常是独自一人在夜色中散步。

"就在这一带，你能看见水里那个黑色的小岛吗？"斯纳夫问道。

"看不太清，我不像你，即使在夜里也有一个好眼力。"在朦胧的夜色中，木敏托罗尔一边跌跌撞撞地走，一边说道。

"喂，你看怎么办好？你爸爸也太傻，连条船也没有。"斯纳夫向水里看着说。

"我能游过去，如果水不太凉的话。"木敏托罗尔说。

"你不敢！"斯纳夫说。

被斯纳夫这么一激，木敏托罗尔来了精神，马上断然地说："我就是敢！帽子在什么地方？"

"那里！"斯纳夫指着那边说，"如果你游泳的话，要不了多久，脚就能踩到河底的沙子，可是要小心，不要把爪子伸到帽子里去，要拿着帽子沿。"木敏托罗尔滑进夏天温暖的河水，像狗那样泅水，向对岸游去。河水中有一股急流，他感到有些心慌。可是，不一会他就看到了沙滩，看见上面有一个黑乎乎的东西。于是，他用尾巴做舵，调正方向，不一会脚就触到了沙滩上。

"顺利吗？"河对岸的斯纳夫喊着。

"叭叽、叭叽"地走在沙滩上，木敏托罗尔兴奋地回答了一声"到了！"

从帽子里冒出一股浑浊的红水，打着旋涡流向河里。木敏托罗尔把前爪伸到里边，小心翼翼地沾了一点红水舔了舔，不禁嘟嘟囔囔地说道："唉呀！这不是山莓汁吗？真没想到。今后只要想喝，把水灌进帽子里就能得到山莓汁。""啊！太棒了！太棒了！"这喊声一直传到对岸斯纳夫的耳朵里。于是斯纳夫从对岸问道："找到没有？"

"找到了！"木敏托罗尔一边回答，一边用尾巴缠着帽子滑下水去。

拖着很重的帽子在水里游是很累的。木敏托罗尔终于到了岸上的时候已累得不行了。

"你看，带回来了！"木敏托罗尔喘着气说。

"太辛苦了！不过，我们怎么处置它呢？"

"嗯……，当然不能放在家里，也不能放在院子里，那样都会被别人发现的。"木敏托罗尔说道。最后，他们俩决定把帽子藏到一个山洞里，而且不把这个秘密告诉斯尼夫。他还太小，承受不住这样重大的机密。

"喂，斯纳夫！我们第一次有了一个不告诉妈妈，也不告诉爸爸的秘密。"木敏托罗尔认真地说。

斯纳夫拿着帽子，沿着河边往回走。走到桥头，斯纳夫突然停住不动了。

"你怎么了？"木敏托罗尔吃惊地问。

"你看，金丝雀！"斯纳夫喊着，"三只黄色的金丝雀停在桥头。真奇怪，它们竟会在晚上出来玩！"

"我不是金丝雀，是蟑螂！"离他们最近的一个说。

"我们是正儿八经的鱼，三个都是！"另一个不满地说。

斯纳夫搔了搔头。

"快摆脱这顶帽子，看，这顶帽子里的东西都变成什么了。这些小鱼儿确实是在这顶帽子里游来着，现在变成了小鸟。快，我们快到山洞，藏起这顶帽子！"

木敏托罗尔紧紧跟在斯纳夫身后穿过森林。在道路两旁不时有沙沙声和"叭哒、叭哒"的声音。还嗅到有一种不好的气味。在树背后，好像有闪着光的小眼睛在盯着他们看，间或在地上、树枝上发出一些声音。

"多好的夜晚!"从木敏托罗尔的背后传来了一个声音。

"真是好呀!"木敏托罗尔壮着胆回答说。一个很小的影子静悄悄地从他身边滑过,消失在黑暗之中。

来到海滩,那里更加明亮,银光洒满海波和天空之上。已经过了午夜,接近黎明时分了。

木敏托罗尔和斯纳夫把那顶魔帽送到山洞里,放在一个最黑暗的角落里,帽沿向下,以免有什么东西掉进去。

"嗨,我们力所能及的事儿也就这些了。要是那五朵小白云再来该有多好呀!"斯纳夫说道。

"是呀!但说不定还会看到比那些小白云和现在我们所经历的更奇怪的事情呢。"站在洞口,眺望着茫茫的大海,木敏托罗尔回答道。

第 三 章

(麝香鼠可怕的遭遇;木敏一家发现曲折蜿蜒的岛;海木雷差一点在这个岛上丧命;遇到大雷雨。)

第二天早上,麝香鼠和往常一样,带本书到吊床上躺着看。可是,正当他看到精彩处,吊床的绳子突然断了,他从吊床上摔到地上。

"这样的事简直是不可容忍!"麝香鼠喊着打开裹着脚的毛毯。正在浇烟苗的木敏爸说:"喂,你没受伤吧?"

麝香鼠哭丧着脸,用嘴唇抿了抿胡子,回答说:"受不受伤倒没关系,即使大地塌陷,天上下火也都不足以吸引我的注意。可恨的是让我落得这种狼狈相。这真有损我哲学家的形象!"

"不过,看到这事的只有我一个人。"木敏爸说。

"即使是这样也足够了!"麝香鼠说,"你还一定记得我在你家所遭受的不幸吧!例如去年,扫帚星在我们的上空落了下来。那倒没什么,可你也许记得吧,我坐到了你老婆做的蛋糕上了,这是有损我尊严的。而且你的客人还时常把发刷放到我的床上,这是多愚蠢的玩笑。至于你的儿子木敏托罗尔那就更不用说了……

"我知道,我知道,"木敏爸打断他的话说,"不管怎么说,这个家是难有

安宁的……可你知道，绳子用得旧了总是要断的。"

"哪有这样的混事？"麝香鼠说说道。

"总之，我要是自杀死了，也就没事了。不过，那要在这里的小伙伴们看到我这个狼狈相之前。不，我要到一个没有任何人的地方，什么都不要，度过孤独、和平的生活。这是我最后下的决心。"

木敏爸被感动了，问他："对，是这样的，可你要到什么地方去呢？"

"到那个山洞里去，在那儿不会有任何人用愚蠢的玩笑来干扰我的思考。你每天给我送两回饭，可在十点前不行！"

"明白了！"木敏爸说着鞠了一躬，"要不要给你送些家具？"

于是麝香鼠用较为温和的口气说："嗯，送些吧！不过极简单的就可以了。我了解你的心地，可你的家人却使我不能忍受。"麝香鼠说着，拿起自己的书和毯子，慢慢地向海岸方向走去了。

木敏爸叹了口气，又继续浇他的烟苗，干着干着，就把刚才发生的事全忘了。

麝香鼠一到山洞，看到什么都非常顺眼。他把毛毯铺在松软的沙地上，坐在那里，立即开始了冥思苦想。就这样，他思考了两个小时左右。这里的一切都是安静平和的，柔和的阳光从洞顶的石缝里照进来，洒满这个藏身之处。只有当阳光照到他的身上，麝香鼠才稍微挪一下坐的地方。

"我要永远住在这里。"他想道，"东奔西跑、吹牛谈天、盖房子、准备吃的、买家具积累财产，这些都多么无聊啊！"

麝香鼠满意地看着自己的新居。突然，他发现了那顶黑色的帽子，那正是木敏托罗尔和斯纳夫放在黑暗角落的那顶魔帽儿。

"呀！废纸篓，它在这里。太好了！把它放哪儿都是有用的。"麝香鼠心里嘀咕着。然后他又思考了一会儿，决定休息一下。他裹上毛毯后取下假牙。为了不让假牙沾上沙土，他把假牙放进了帽子里。

于是，麝香鼠怀着幸福的心情睡觉了。

木敏家里，为孩子们做了煎饼——涂上山莓酱的黄色大煎饼。还有前一天剩下的粥也端了上来，但谁也不愿意喝，只有留到明天早晨再吃吧。

"今天，我做了一件特殊的事情，我们扔掉了那顶可怕的帽子，是值得庆贺的。可是，我们总呆在一个地方，也会感到厌烦。"木敏妈妈说。

"完全正确，亲爱的！你说，我们要到某个地方旅行怎么样？"木敏爸说。

"所有的地方都去过了，没有什么新的去处了。"海木雷说道。

"不！总是会有的。如果真的没有，大家可以去开创。好啦，孩子们，现在停止吃饭，我们带些吃的去好吗？"木敏爸说。

"已经放在嘴里的东西可以吃完吗？"斯尼夫问道。

"别说蠢话，宝贝儿！"然后木敏妈冲着大家说："把你们要带的东西赶快收拾好，因为爸爸说要马上就走，多余的就不要带了，给麝香鼠留张字条，告诉他我们去干什么了。"

"呀，我真糊涂！"木敏爸爸喊了一声，同时把手放在前额上，"我忘得太死了，应该把食物和家具给他送到山洞里去。"

"山洞？"木敏托罗尔和斯纳夫齐声问道。

"是呀，吊床的绳子断了，麝香鼠说他再也无法思考问题了。他还决定放弃一切，去过隐居生活。他说你们曾把刷子放在他的床上，可我不知道这到底是怎么回事，于是他就去了山洞。"木敏爸爸说。

木敏托罗尔和斯纳夫害怕得互相看了看对方，心里不住地核计着那顶帽子的事。

"啊，这没什么关系，那就到海滨去远足，途中给他送些食物不就可以了吗？"木敏妈说。

"海滨太没意思了，难道就不能去别的什么地方吗？"斯尼夫叫喊着。

"孩子们，安静！妈妈要去洗澡，大家都快去收拾吧！"木敏爸严厉地说。

木敏妈赶紧收拾大行李。她把毯子、锅、白杨树皮（这是最好的生火东西，可以在旅行中使用）、咖啡壶、一堆食物、黄油、火柴，另外还有做菜做饭用的东西都包裹好，并把雨伞、衣服、药、打蛋机、坐垫、蚊帐、水手裤、桌布等一起放进袋子里。然后她检查一下看有没有忘带的东西，忙得不可开交。最后，妈妈喊道："喂，现在都准备好了！能到海滨去休息一下是多美好的事呀！"

木敏爸带上烟斗和鱼竿，问大家："都准备好了吗？亲爱的，你没忘掉什么吧？那么好吧，出发！"

就这样，大家一个接一个地向海滨进发了。走在最后面的是斯尼夫，他拖着六只玩具船。

"我想麝香鼠会不会闹出什么事来？"木敏托罗尔问斯纳夫。

"但愿不会出事！"斯纳夫小声地回答。接着他又补充说："可我真有些担心。"

正在这工夫，大家突然站住不动了，钓鱼竿差点戳在海木雷的眼睛上。

"谁在叫喊？"木敏妈惊愕地问道。

森林也因为这一声声的嚎叫而摇晃起来。与此同时，随着恐怖的叫声，有个什么东西向这边飞跑而来。

"快躲起来！妖怪来了！"木敏爸叫道。可还不等大家动身的时候，大家就看清了那个怪物，原来是麝香鼠，只见他眼睛呆滞地瞪着，胡须直立，爪子上下挥舞，嘴里发出奇怪的声音，可他说的什么谁也听不清。

不过，看得出来他非常恐惧，而且愤怒，或许是由于害怕而变得愤怒吧。接着，他就猛地转过身去逃走了。

"麝香鼠究竟怎么了？他总是十分沉静和严肃的。"木敏妈焦急地说。

"吊床的绳子断了，就弄成了这个样子！"木敏爸摇了摇头说。

"一定是因为我们忘记给他送食物他才发怒的，现在，这些食物该我们吃了。"斯尼夫说道。

虽然大家都悬着一颗心，但他们仍是向海滨的方向继续前进了。可是，木敏托罗尔和斯纳夫从队伍里逃出来，抄近道向山洞走去。

"我们不要从洞口进去，也许那个东西还在那里！"斯纳夫建议道，"先爬到洞顶上，从石缝里往下看看。"

于是，他们俩登上山洞顶，像印第安人一样从洞顶的石缝向里张望。

里面，魔帽还在角落里放着，可里边是空的。毯子扔在一个角落里，书扔在另一角落里。洞里没有别的什么，可沙地上到处是什么东西跳过舞的脚印。

"那会不会是麝香鼠的脚印？"木敏托罗尔说。

"不知是什么动物的脚印，挺奇怪的。"斯纳夫说。

他们顺着石缝爬进洞里，心情紧张地四面张望着。

麝香鼠为什么那样害怕呢？木敏托罗尔和斯纳夫怎么思考也搞不清原因。其实，麝香鼠之所以害怕，是因为扔在那个帽子中的假牙的缘故。因为他在任何地方都要避开有关假牙的事情。

（作者注：要知道口香鼠的假牙究竟变成了什么样子，那就听听你妈妈讲的故事，你妈妈一定知道的。）

与此同时，其他的各位已到达了海滩。大家像花束一样簇拥在一起，站在水边上，叽叽喳喳地叫着，手舞足蹈。

"他们好像找到了一条船，快走看看！"斯纳夫叫着。

真是那样：出现了一条划桨、鱼具齐备的美丽的紫白相间的大帆船。

"这是谁的船？"木敏托罗尔走到近前，气喘吁吁地说。

"谁的也不是！"木敏爸得意地说，它是被海浪冲到沙滩上来的，我们有权利把它作为一只搁浅的船看管起来！"

"应该起个名儿！"斯诺克小姐喊道，"就叫'小家伙'吧，这个名字不是很可爱吗？"

"那你就叫'小家伙'吧，我看还是叫'海鹰'好一些。"斯诺克粗暴地说。

"不，名字应该用拉丁语起，就叫'木敏纳梯斯·阿利特玛'吧！"海木雷喊道。

"是我先看见这条船的，所以就用我的名字起吧——'斯尼夫号'不是更干脆、更动听吗？"斯尼夫吱吱地叫着。

"我不认为与你名字相同就怎么好。"木敏托罗尔粗鲁地说。

"嘘——，孩子们！安静点好不好，名字由妈妈来选定，今天的旅行不是妈妈提出来的吗？"木敏爸这时说话了。

木敏妈脸上泛起了红晕，腼腆地说："我能起个好听的名字吗？还是斯纳夫来吧，他的想象力丰富，一定能比我起的名字好。"

斯纳夫得意地笑着说："嗯，想个什么好呢？说老实话，我一开始就认为叫'匿狼'这个名字挺好。"

"去你的吧！妈妈要取名了。"木敏托罗尔嚷道。

"好吧，那我就给它取个名字。可你们不会认为我是一个传统的女人吧。"木敏妈继续说，"这样吧，这条船今后就该归我们用了。那就起一个有些缘份的名字，就叫'冒险号'吧！"

"万岁！举行命名仪式！妈，有没有可以代替香槟酒的东西？"木敏托罗

尔喊道。

木敏妈翻遍了口袋和篮子，想看看有没有山莓汁什么的，但最后不得不说："糟了，我把山莓汁给忘带了。"

"我不是问过你嘛——有没有忘带的东西。对不对？"木敏爸不高兴地说。大家都感到非常扫兴，互相对望着。使用未经正式命名的船那是最不吉利的。

这时，木敏托罗尔想到了一个好主意。"把锅交给我好吗？"说着，用锅盛了海水，就奔向藏帽子的山洞去了。等再回来的时候，他把山莓汁递给爸爸说："爸爸，尝尝吧！"

爸爸尝了一口，脸上现出满意的表情，问木敏托罗尔："孩子，这是从哪里弄来的？"木敏托罗尔回答："这是个秘密。"于是，大家用瓶子装上山莓汁，然后在船头上把它摔破，木敏妈庄严地宣布："在这里，我命名你为'冒险号'。"

暴雨般的掌声。接着大家把篮子、毯子、雨伞、钓鱼竿、垫子、锅等都搬到甲板上。就这样，木敏一家和朋友们，乘船驶向蓝色的海洋。

冒险号张开白帆，全速向前驶去。海浪拍打着船舷，风在歌唱，美人鱼在船头翩翩起舞。白色的海鸥在空中盘旋。

斯尼夫把他的六只小船系在一条线上，拖在冒险号后面。木敏爸操舵，木敏妈在打瞌睡，周围是难得的宁静。

"我们到哪里去呀？"斯诺克问。

"我们到小岛上去吧，我还一次也没去过小岛呢。"斯诺克妹恳求道。

"好吧，就要看到小岛了，就在那里登陆吧！"木敏爸回答。

木梅托罗尔坐在船头，警惕着暗礁。他深望着泛着绿色的海水，看见船头劈起的白色浪花，心情格外愉快，情不自禁地喊道："前进！前进！我们要到小岛上去了！嗬——哈——"

一直向前冲去，前面就会遇到一个有矮螺的岛，岛的周围布满了暗礁。每年一次，一种叫矮螺的小动物都要从世界各地拥来，聚集在这个岛上。这些矮螺从世界的各个角落默默地、神情严肃地聚集在一起。至于矮螺们为什么每年都这样聚会，那就说不清了。可不管怎么样，这些小东西既不能说，又不能听，除了长途跋涉来到这个岛上聚会以外，便什么目的也没有了。大概矮螺们只想悠闲地休息、再会会朋友吧。

每年的聚会总是在六月举行。因此，木敏一家正好与矮螺们同时来到这个小岛上。岛上绿树参天，四周白浪翻滚，尽管很少有人来到这里，但它依旧秀丽多姿。"要看到那个小岛了。"木敏特罗尔喊道。大家都把身子伸出栏杆外面，向那边眺望。

"沙滩也看见了！"斯诺克小姐嚷叫着。

"多漂亮的港湾啊！"木敏爸爸大声地说着。

左拐右拐穿过嶙峋的礁石，驾船驶进了港湾。不一会儿，"冒险号"的船头深深地扎进了沙滩里。木敏托罗尔首先抓着缆绳跳上岸去，海滩上顿时热闹起来。木敏妈搬来几块石头，搭了个灶，又拾了些柴，烤起煎饼来。

大家铺好桌布，用石头压住四角，以免被风吹走，然后拿出所有的碟子，把黄油罐放在石缝的沙地上，并在桌布中间放了一束海滩上生长的百合花。当一切都准备好以后，木敏托罗尔问道："还需要我干点什么吗？"

"你们可以到岛上走一走。"木敏妈回答说。因为她很了解孩子们想要干什么。"问题的关键是要弄清楚这是什么地方。岛上可能有危险，要多加小心。"

"明白了。"说着，木敏托罗尔和斯诺克兄妹，带着斯尼夫向南面的海岸跑去，而喜欢独自探险的斯纳夫向北走去。海木雷带着采集野生植物的铲子、绿色的采集箱和放大镜，钻进森林。他想：也许能发现一些任何人也没见过的稀奇植物。

木敏爸坐在岩石上钓鱼。太阳慢慢下沉，金色的雾霭笼罩着小岛。

在海岛的中央有一块平坦的绿色空地，周围是烂漫的鲜花和小树丛。在这里矮螺们每年夏季举行一次秘密聚会，已有三百只矮螺聚集到这里，至少还有四百只将要到来。在林间空地中央，大家竖起了一根高高的、蓝色的柱子，上面挂着一只晴雨表。矮螺们一边有礼貌地打着招呼，一边在草地上静静地滑动。每当通过晴雨表旁，都向它深深地鞠躬。（这看起来多少有点滑稽。）

与此同时，海木雷在森林中漫游，发现了许多奇花异草，他惊喜万分。这些花草和木敏山谷的太不一样了，啊，差别太大了！这里沉甸甸的银白色的花簇像玻璃似的，深红色的毛茛花像皇冠，还有淡蓝色的蔷薇花……

但是，海木雷已经无心注意花的美丽，因为他忙着数花蕊和花瓣的个数

了。而且光顾着自言自语："算上这个，我的标本就有 219 个了。"

不知不觉间，海木雷闯进了矮螺聚集的地方。可是他只顾边寻找珍奇的植物边往前走，所以渐渐地走入他们之中，因此，当"咚！"地一声撞在蓝柱子上，才抬起眼睛，大吃一惊。生来第一次看到这么多的矮螺，他们遍地都是，用毫无光泽的小眼睛凝视着他。

"他们该不是发火了吧？虽然每个都很小，但数量却惊人地多。"海木雷心里这样想道。

他抬头望了望那只挂在柱子上的闪着亮光的、红棕色的晴雨表，它正指着"风和雨"的位置。

"这太奇怪了！"抬头看了看太阳，海木雷摇着头说道。接着，他"咚咚！"地敲了敲晴雨表，指针稍稍降下来点。

这时候，矮螺们响起一阵不友好的沙沙声，把一只脚踏在前面。海木雷吃了一惊。

"放心，放心！我不会拿走你们的晴雨表。"可是，矮螺们听不到海木雷说的话。他们一边发出"沙拉沙拉"的响声，一边渐渐地向海木雷逼近。海木雷已经急得惊慌失措，拼命地寻找逃走的机会。可矮螺们像一堵墙，把海木雷紧紧地包围在中间，步步逼进。同时，林子中还有许多的矮螺一直瞪着这里，无声地向这里靠过来。

"滚开！快点，快点！"海木雷死命地喊着。可他们仍继续逼近。于是，海木雷撩起裙子，往蓝柱子上爬。柱子又脏又滑，然而恐怖令他使出了平生的气力，终于爬到柱子的顶端，抓住了晴雨表。

此时，矮螺们已经聚集到柱子下面了，只等着海木雷从柱子上滑下来。整个空地上站满了矮螺，就像铺着一张白色的地毯。

"如果现在从柱子上滑下去，那该会怎样呢？"海木雷心里这样盘算着，不禁打了个冷战，突然惊恐地大叫起来："救命啊！救命！救命！"但树林里鸦雀无声。最后，海木雷把爪子放进嘴里打出一个响亮的口哨——三短，三长，再三短的呼救信号。

在海滨游逛的斯纳夫听到了海木雷的呼救信号。他抬起头来仔细听，不一会他听出了声音传来的方向，急忙前去救助。

声音渐渐听得清楚了，斯纳夫知道已接近了出事地点，便小心翼翼地向

前爬去。

不一会儿，树林里变得明亮起来，他发现在林间的空地上，矮骡们正围着紧紧抱在柱子顶端的海木雷。"这真可怕！"斯纳夫心里自言自语着。接着大声地喊道："喂，你怎么把温和的矮螺们给惹怒了？"

可怜的海木雷呻吟着说："我只不过敲了一下他们的晴雨表。就是这样，他们的晴雨表也没有掉下来。赶快把这些讨厌的家伙赶走，斯纳夫！"

"让我想一想！"斯纳夫回答。（因为矮螺没有耳朵，所以这样的谈话他们一点也听不到。）

过了一会儿，海木雷又喊道："快点想办法吧，斯纳夫，我已经开始往下滑了！"

"喂，你还记得田鼠跑进院子里的事吗？当时，木敏爸爸在地上钻了许多孔，然后把风车固定在那里，不断地转动，由于地面振动，田鼠害怕就逃跑了。"斯纳夫说道。

"你说的倒是很有趣，可那与我现在的处境有什么关系呢？我可一点也不明白。"海木雷伤心地说。

"很有关系！难道你还不明白吗？矮螺们听不到我们说的话，眼睛也看好不太清楚，只是他们的感觉特别灵敏。你前后地摇动柱子一下看怎么样？他们感到地面的震动，一定会逃走的。"

海木雷在柱子顶端开始前后摇晃，他惊慌地叫道："我要掉下来啦！"

"再摇！摇快些！摇动的幅度再大一些！"斯纳夫喊着。

海木雷又不顾一切地晃动身体。矮螺们的脚感到大地在动荡，于是他们又发出沙沙的不安的响动。接着，他们就像那些田鼠一样，急急忙忙地逃走了。

二、三秒后，林中的空地已是空空如也。他们往树林中逃跑时撞在斯纳夫的腿上，斯纳夫感觉就像有许多荨麻刺着一样。

海木雷滑到草地上，已精疲力尽了。他埋怨说："唉呀！自从与木敏一家生活，就没有好事，净退到倒霉和危险的事。"

"安静点吧，海木雷！你毕竟还是幸运的。"斯纳夫安慰他说。

"这些讨厌的矮螺，我一定要把晴雨表拿走，惩罚惩罚他们。"海木雷嘟哝着。

"你最好还是别动它。"斯纳天警告他说。

可是，海木雷还是把那只闪闪发光的大晴雨表从柱子上摘了下来，得意洋洋地夹在胳肢窝下。

"喂，我们回到大家那里去吧，我肚子已经饿了。"他说。

他们到达沙滩时，大家正在吃煎饼和金枪鱼，那鱼是爸爸刚钓上来的。

"嗨！"木敏托罗尔喊，"我们已经绕岛走了一圈。在那边还有个很陡的悬崖，一直延伸到海里。"

"我们还看见了矮螺，至少有一百个。"斯纳夫说。

"别再提那帮家伙的事了！"陷入深思的海木雷说道。"我简直无法忍受他们。不过，还是请大家欣赏我的战利品吧！"说着，海木雷得意地把晴雨表放在桌布的中间。

"啊，这么耀眼，这么美丽！是只钟吗？"斯诺克小姐问道。

"不，是只晴雨表。一看它就知道天气是阴是晴，还是有雷雨。有时是很方便的。"这样说着，木敏爸看了一眼晴雨表，脸色变得严肃起来，说道："唉呀，有暴风雨。"

"是大暴雨吗？"斯尼夫焦急地问。

"你自己看吧！指针指着'00'。这是晴雨表上最低的符号，如果它不是在欺骗我们的话。"木敏爸回答。

但怎么也看不出晴雨表在欺骗。金色的薄雾开始变得密集，并逐渐变成浅灰色，海面上黑得出奇。

"赶快回家吧！"斯诺克说。

"太早了，我们还没来得及仔细地考察那边的悬崖，而且连海水澡还没洗呢？"斯诺克妹说。

"再等一会儿，观察观察怎么样？刚发现这个岛就回家，真是太遗憾了。"木敏托罗尔说。

"可是，要是遇到了暴风雨，我们怎么走啊？"斯诺克近乎愉快地说。

"要是能那样就太妙了！我们就可以总在这里呆着了。"斯尼夫喊道。

"安静，孩子们，让我好好想想！"木敏爸说着，走到海滩上，嗅了嗅空气，把头东、南、西、北转了一圈，皱起眉头。

远处传来了隆隆声。

"雷声！"斯尼夫说，"多可怕呀！"

在海平面上出现了可怕的云峰，黑沉沉的云像棉毛一样在前方飞舞，时而一道闪电划过海面。

"我们就留在岛上了！"木敏爸做出了决定。

"一晚上都在这里吗？"斯尼夫胆怯地问了一句。

"差不多吧。现在大家赶紧搭一个小屋，大雨马上就要来了。"木敏爸回答。

把"冒险号"拖到高处去之后，大家急忙用船帆和毯子在林的边上搭起了一个小屋。趁空儿，木敏妈收集了些柴草。为了不让雨水灌进来，斯诺克在小屋的四周挖了个水沟。

大家东奔西走，把东西搬到安全的地方。这时，雷声渐渐地近了。微风吹过林间，发出低低的呜瑁，不安地颤抖着。

"我要出去看看，天气怎么样了？"斯纳夫说着，拉下帽檐扣住耳朵就出去了。只有他一个人跑到岩石的最边缘，似乎很兴奋地靠在一块大圆石上。

大海的姿态迅速地变幻着，现在己变成了墨绿色，翻卷着白色的波浪。岩石像磷片那样闪着黄色为光，雷声威严地吼叫着，从南方向这边逼近。它在海上扯起了一张乌黑的风帆，遮住了半个天空。闪电像一支奇怪的利箭猛射而来。

"暴风雨马上就要袭到海岛上来了。"斯纳夫这样想着，兴奋和高兴得身体不断地颤抖。一双眼睛在帽沿下咕噜噜地转着，想着自己仿佛在高空的云上行走，一会儿又乘着电光在海上飞翔。

这时，太阳早已隐没了，海上像挂起了灰色的幕布，雨点斜着飞来。虽然离晚上还有几个小时，可是局围已笼罩在一片黑暗之中了。

斯纳夫转过身来，在岩石上蹦蹦跳跳地往回跑。他刚好跑回小屋，狂风夹带着重重的雨点砸在了小屋上。

斯尼夫害怕打雷，用毯子把自己捂了个严实。其余的伙伴都一个挨一个地蜷曲着身子坐着。小屋里海木雷的植物标本的香味扑鼻而来。

这时，在他们的头顶响起了一声炸雷，接着一道耀眼的白光照亮了小屋。雷声就像一列大火车在空中隆隆滚过。罕见的大浪冲击着这孤零零的小岛。

"没在海上是多么的幸运呀！看，多糟的天气！"木敏妈说。

斯诺克妹把哆哆嗦嗦的爪子伸到木敏托罗尔的手中，木敏托罗尔以男人般的自豪感在心中发誓："不论发生什么样的事情，我都要坚决保护她！"

斯尼夫在毯子下面尖声叫着。

"雷声就在我们头顶！"木敏爸正说着，一个强烈的闪电，把整个小岛都照亮了。紧接着，像劈开什么东西一样，发出一种可怕的声音。

"击中什么东西了！"斯诺克说。

真是太厉害了，海木雷抱着头坐在那里，自言自语道："净发生烦心的事儿，真是太闹心了！"

暴风雨终于开始向南方移动了，雷声也渐渐地远去，闪电也越来越微弱。终于，只能听见沙沙的小雨声和海浪撞击岸边的声音了。

"喂，你快出来吧，斯尼夫，雷雨已经过去了！"斯纳夫喊道。

斯尼夫从毛毯中钻了出来，打了一个很大的呵欠，抠了抠耳朵。他因为刚才那样大声地尖叫而多少有些不好意思。

"现在几点了？"斯尼夫问道。

"快八点了！"斯诺克回答说。

"那么，我们也该睡觉了，这阵雷雨搅得我们不得安宁。"木敏妈接过话头说。

"可是，好像雷击着了什么东西，我们找找看，一定很有意思！"木敏托罗尔说。

"还是明天一早去看吧，那时什么东西我们都要看看，然后就去游泳。现在岛上到处都是积水，灰口口的，最没意思了。"木敏妈把大家都安置好，盖上毯子，然后自己也睡觉去了——她把手提包放在枕头下面。

外面，暴风雨已经停止了。现在，波浪声混杂在一起，发出沙沙的怪叫。一会儿像哈哈的笑声，一会儿又像谁在走路。远处不时传来几声大钟的轰鸣。

斯纳夫静静地躺着，一边想着到世界各地去旅游的计划，一边似梦似真地在心里念叨："不久我又要去旅游了，可现在还不成。"

第 四 章

（矮螺的夜袭，斯诺克小姐因此而失去了头发；孤岛上最稀奇的发现）。

半夜里，斯诺克小姐一下子惊醒了，觉得有什么东西触了她的脸上。她

不敢睁开眼睛，只是伸出鼻子嗅身边的气味。他好像嗅到有一股焦煳的味。于是，急忙裹住毯子，用颤抖的声音喊叫木敏托罗尔。

木敏托罗尔马上醒了，问道："出了什么事?"

从毛毯下传来了被捂住的声音："我觉得好像有什么危险，你感觉到了吗?"

木敏托罗尔瞪眼凝视着黑暗，果然那里好像有什么东西。他看见到处是一些小光点，发出仇视的光，在睡着的人们中间穿来穿去。

木敏托罗尔也害怕了，于是他召唤斯纳夫："喂，你快看，那是不是幽灵?"

可斯纳夫却说道："没什么，不就是矮螺嘛。因为打雷，使他们身上带电，所以才发出光来。你就这么呆着不要动，否则你也会带电的。"

矮螺好像在找什么，他们翻遍了手提兜和篮子。那种焦煳的气味越来越强了。

这时，矮螺们突然汇集到海木雷睡觉的那个角落里了。

"矮螺们是要找他吗?"木敏托罗尔担心地问。

"我想，他们一定是在找晴雨表。我跟他说过不要拿走那东西，你看，现在他们找到了它。"斯纳夫说道。

这些矮螺为了取下晴雨表，都爬到了海木雷的身上。这时焦煳味更强烈了。

斯尼夫也醒了，他吓得哭哭啼啼。这时，一个刺耳的尖叫声从角落里发了出来，原来是一只矮螺踩了海木雷的鼻子。

不一会儿，大家都醒了，惊得站了起来，吵成了一团。于是，矮螺们被践踏，斯尼夫遭电击，海木雷吓得发出恐怖的喊叫声，到处乱跑。他的脚绊到拴帐篷的绳子上，帐篷一下子倒在大伙的身上，于是惊叫声响成一片。

斯尼夫事后说，大家从帐篷下爬出来，至少花了一个小时，虽然这种说法未免有些夸张。

在大家弄清是怎么回事之前，矮螺们已经拿着晴雨表，隐身在树林里了，可谁也没去追他们。

海木雷把鼻子伸进沙子里，哀伤地抽泣着："太不该这样了！为什么一个无家可归的贫穷的植物学家，就不能平安地度过一生呢?"

"生活并非总是平静的！"斯纳夫很满足地说。

"瞧，孩子们，天晴了，天也马上会亮了！"木敏爸爸说。

木敏妈打了个寒战，紧紧抓着手提包，向黑沉沉的大海上眺望，声音凄婉地说："我们要不要再重建一个小屋，然后再睡一会？"

"没有必要了，就裹着毛毯等待着太阳升起来吧！"木敏托罗尔说道。

于是，他们在沙滩上肩挨着肩坐成一排。斯尼夫坐在中间，他觉得这里是最安全的。

黑夜即将过去了，暴风雨也已转向远方，但仍然可以听到海岸那边传来的浪涛的声音。

东边的天空渐渐露出白色，空气变得寒冷起来。不一会儿，在黎明的曙光中，大家看到了矮螺们正从岛上离开。载着他们的船接连不断地，像影子般从视线中溜过，驶向海洋。

海木雷叹息了一声："我希望从今以后再也看不见这些矮螺们。"

"这些家伙一定又去寻找新的岛屿了，那一定是一个任何人都不会发现的秘密小岛。"斯纳夫以羡慕的眼光目送着那些小船离开海岸。

东方的水平面上射出第一缕金色的霞光，斯诺克妹头枕着木敏托罗尔的膝盖睡着了。这时，放暴风雨遗弃的二、三片浮云闪烁着贝壳般的粉红色柔光，捧出冉冉升起的太阳，万道霞光照亮了整个海面。

木敏托罗尔低下头刚要叫醒斯诺克妹。这时，他发现了一件可怕的事：斯诺克小姐美丽蓬松的刘海儿齐根烧掉了。这一定是矮螺们从她身边擦过时烧掉的。小姐该怎样地痛苦啊！我该怎样地安慰她呢？

这时，斯诺克妹睁开了眼睛，微笑了。

木敏托罗尔为难地说道："你知道吗？虽然这有些奇怪，但我还是渐渐地开始喜欢没有头发的女孩子了。"

"真的吗？为什么呢？"斯诺克妹惊讶地问道。

"头发嘛，有些不太好看。"

斯诺克小姐马上举起前爪摸了摸头发。可这是怎么了？斯诺克小姐手里抓到的只是一些烧焦的头发。她吃惊得瞠目结舌。

"呀，你这不是变成秃头了吗？"斯尼夫说道。

"这对于你很合适——真的！你不要这样啦！"木敏托罗尔认真地劝说着。

可是，斯诺克小姐扑在沙地上，惊天动地地哭了起来——重要又重要的遮盖头顶的头发现在没了！

大家围着斯诺克小姐，不断地劝慰着她，可都白费劲。

海木雷说道："喂，你听我说，我从生下来的时候就是个秃头，但我生活得很好。"

"我们给你头上擦油，那样，你的头发还会长出来。"木敏爸说。

"那样的话，长出来的更漂亮，也许还是卷发呢！"木敏妈也补充了一句。

"是真的吗？"斯诺克小姐抽泣着问。

"当然是真的！"木敏妈这样回答以后，又安慰斯诺克小姐说："如果长出了卷发，那你是多么地可爱呀！"听到这里，斯诺克妹才停止了哭泣，坐了起来。

"瞧，多美的景色啊！"斯纳夫说。

海岛被雨水冲洗后，在朝阳中闪着熠熠的光辉。

"对了，我来吹奏一支《晨曲》吧！"说着，斯纳夫取出横笛，吹奏起来。于是，大家随着斯纳夫一起豪迈地唱了起来：

太阳升起来，
黑夜消失了，
矮螺也都逃走了。
昨天啊昨天，
让我们忘掉。
但愿斯诺克小妹妹，
长出蓬松的秀发来。
啦啦啦……

"洗澡去吧！"木敏托罗尔叫道。

大家都换上游泳衣，冲进了激浪。只有怕水凉的海木雷、木敏妈和木敏爸干别的去了。

蓝蓝的海水卷起白色的浪花，不断冲刷着沙滩。在阳光的抚摸下，大家在碧波中起伏飘荡，感到无比的幸福。

黑夜中的一切都被遗忘了，他们面临着的是六月里漫长的一天。

大家像海豚一样在波浪中穿来穿去，有时借着波浪，一下涌到岸上。斯尼夫在浅水中扑腾着。而斯纳夫仰浮在水上，望着红日蓝天，随波起伏。

这时，木敏妈妈在煮咖啡，然后寻找装黄油的瓶子。怕太阳把黄油晒化，她把黄油瓶埋在沙子里了。可是，现在怎么也找不到。大概是那阵暴风雨把它冲到海里去了吧。

"这下糟了，我们用什么来抹三明治呀？"木敏妈焦急地说。

"不用担心！"木敏爸说，"也许海浪反倒冲来了别的什么东西。等喝完咖啡，我们去查看查看那些冲来的东西！"于是，他们喝完咖啡就都到海滩上去了。

在岛的另一面，矗立着一些光溜溜的闪着亮光的岩石，一直延伸到海里。在那里，有些裂缝做了美人鱼的秘密舞池。海浪每冲击一下这些散乱着贝壳的岩石，就发出了像猛击铁门一样的声音。岩石旁，响着"咕咚咕咚"声音的水涡里，也许能找到些珍奇的东西。

大家都在沙滩上寻找着能冲来的东西，没有比这更有趣的事情了，因为这时可以发现许多奇怪的东西。可是，要把这些东西从海里捞出来，有时不但很困难，而且很危险。

木敏妈下到一个峭岩石遮住的小沙滩上，这里生长着蓝色的石竹，海风一吹，它就摇动着细长杆儿，发出阵阵飒飒声。木敏妈就躺在这个藏身之地，抬头望着蓝蓝的天空和在头顶上摇曳着的石竹花。"可以稍休息一会儿！"木敏妈这样想着，不久就沉沉地睡着了。

正在这时，斯诺克登上了最高的岩石顶上，俯视着周围。从那里眺望，可以一览东西两岸，整个小岛就像漂浮在海上的一朵大莲花。正在寻找着什么的斯尼夫，在他的眼里只有那么一丁点儿。他还看到了斯纳夫的帽子，和寻找贝壳的海木雷。啊，那是什么？那不是被炸雷劈开的岩石吗！这块岩石比十座木敏家的房屋还要大，被雷电像切苹果一样从中劈开，中间留下一条深深的裂缝。

斯诺克战战兢兢地爬进那个裂缝，他发现这个裂缝像一堵黑色的石墙，黑得像煤一样，但有一道闪光在其中游动。"金子——那一定是金子！"斯诺克取出小刀，在上边抠了两下，一小块金子立刻掉到他的手中。他抠下一粒

又一粒，斯诺克完全沉浸在欲望之中，只想着能开采到一堆金子。在这个炸雷劈开的岩缝中，除了这诱人的金矿外，他什么都忘掉了。斯诺克不愿再回到沙滩上去找什么东西——金子重要得多。

这时，斯尼夫只发现了一件极平常的东西，他却幸福得了不得。他发现的是一只被海水浸蚀了的救生圈。但他却感到很满意。

"有了它，我就可以到深水里去了，那样，我就能游得比他们还要好。就是木敏托罗尔也会感到惊奇的。"斯纳夫这样想着。

在离岸不远的地方，漂着桦树皮、海草以及海浪冲来的各种杂物，斯尼夫在其中发现了一床席子、一个破勺子、一只掉了后跟的靴子。凡是从海里捞出来的东西，他都视作珍宝。远处，木敏托罗尔站在水里，用力拖着一个很大的东西。"真遗憾！我没有发现那个东西！"斯尼夫想道，"那究竟是个什么东西呢？"

木敏托罗尔把那件找到的东西从水里拖上岸来，在沙滩上滚动着。斯尼夫伸长脖子往那边看——啊，斯尼夫看到的是什么？原来呀，是一个又大又漂亮的浮标。（浮标，漂在海面上，用来指引船只航向的标志。）

"嗬——哈，这个东西怎么样？"木敏托罗尔喊道。

"很好。"斯尼夫好像在品评似的，把头偏向一边说道。然后，他又把自己找到的东西摆在沙滩上，问木敏托罗尔："你看我的这些东西怎么样？"

"这只救生圈倒不错，但那个破勺子有什么用呢？"木敏托罗尔说道。

"要想快点舀水，那就有用了。"斯尼夫回答。顿了一会又说："喂，你看这样好不好，我们来交换一下，用你的这个旧浮标换我的席子、勺子和靴子，怎么样？"

"你这辈子也别想了！"木敏托罗尔说，"不过，你用救生圈来换这件稀世珍宝倒还可以，它可是从很远的国家漂来的呀！"说着，木敏托罗尔把一个玻璃球高高地举起，摇晃着。只见里面飞起无数的雪花，像银纸片一样飘落在玩具房子上，还"刷啦刷啦"地响着。

"啊！"斯尼夫不觉惊叫起来。多么奇妙的东西呀，斯尼夫的心跳个不停。可斯尼夫又舍不得拿任何东西交换。

"瞧！"木敏托罗尔说着，又摇了摇玻璃球，使雪花重新扬起，

"我不知道该不该换，究竟是这个救生圈好，还是你的玻璃球好。"斯尼

夫说。

"这个玻璃球可是世界上唯一的。"木敏托罗尔说。

"可是我不愿放弃这个救生圈，要我看，我们一起玩那个玻璃球好吗？"

"哼！"木敏托罗尔哼了一声。

"我只是偶尔玩一玩，可以吗？星期日我玩。"斯尼夫改口说。

木敏托罗尔略微思考了一会儿，说："那好吧，你星期三和星期日玩！"

这时，斯纳夫一个人在那边同海浪游戏。等一波一波的浪涌来，在海浪要碰到他的一瞬间，他立刻跳开。看海浪遗憾地舔着他的靴子，他开心地笑了。这个游戏真是太有趣了。

在前面的不远处，斯纳夫遇到了木敏爸。木敏爸正在打捞冲来的木料。

"真太好了！我们可以用这些木料为'冒险号'做一个浮码头！"木敏爸说。

"用不用我帮你打捞木料？"斯纳夫试探着问。

"不用，不用！"木敏爸急忙回答。"我一个人能捞过来，你自己没有什么可以捞的吗？"

斯纳夫本来是有许多东西可以打捞的，可真正使他动心的东西却一件也没有。如小桶、破椅子、没底的篮子、熨衣板等一些沉重累赘的东西。斯纳夫喜欢把双手插在衣袋里，打着口哨，逗海浪玩。

再往前边，斯诺克妹正在往一块岩石上攀登。她在烧秃的前额上装饰了百合花。她想找到一件能使大家都大吃一惊的东西。"如果这东西能感动大伙，我就把它送给木敏托罗尔。"斯诺克小姐想着，大家都想得到那件物品，就会用羡慕和期待的目光看着自己。

她在岩石上爬来爬去感到很吃力。头上的百合花也被风吹落了，幸好风渐渐地弱下来，海水也渐渐从绿色变成了蓝色。海浪不再那样可怕，逐渐平静下来，涌着细碎的白色浪花。

斯诺克小姐攀着岩石下到一处铺满碎石的海滩上，可在那里只能捞到些海草和碎木片什么的，她有点灰心丧气，一边往前走，一边想道："他们都做了很多事情，发现了奇妙的帽子，捉住了蚁狮，摘下了晴雨表……，我也要干点什么了不起的事情，让木敏托罗尔大吃一惊。"斯诺克妹很悲伤，她不断地思考着，叹了一口气，向没人去过的海边上望去。这时，斯诺克小姐的心

几乎停止了跳动——在前面尽头的浅滩上，不是有件奇特的东西在水里摇晃着吗？那么大，简直有斯诺克小姐十倍。"马上去，带着大伙一块来！"可转念一想，"那是个什么东西呢？光是这么害怕可没什么用。"于是，她颤抖着向那东西靠近：啊，原来那是个女巨人——一个无腿的女巨人！太可怕了！

于是，她又战战兢兢地向前挪动了二、三步，她惊讶地发现：女巨人是用木头雕成的，不过，那是一个非常美丽的女巨人。红色的嘴唇和双颊，圆圆的蓝眼睛透过清澈的海水在微笑着。蓝色的卷发长而美丽，披散在肩膀上。

"她一定是女皇！"斯诺克小姐怀着崇敬的心情想着。

这位美人的双手交叉地放在挂着金色花朵和项链的胸前，她穿着柔和的红色料子做的衣服，全身都是木头雕成的，并涂上了颜色。可是有一个奇怪的现象：这个女人没有后背。

"如果送给木敏托罗尔，稍有些可惜，可还是应该送给他。"斯诺克小姐这样想着，走到近前，乘坐在女皇的身上，划着水回到港湾处。此时此刻，斯诺克小姐的内心无比地高兴。

"小家伙，你找到了一条船吗？"她哥哥斯诺克喊道。

"真想不到，你一个人竟发现了这样好的船。"木敏托罗尔称赞说。

"这是个船头木雕！"年轻时航行过七个海洋的木敏爸说。"水手们喜欢用漂亮的女王头像来装饰自己的船头。"

"那是为什么呢？"斯尼夫问。

"嗯，大概是他们喜欢漂亮的女人吧！"木敏爸回答说。

"可是，她为什么没有后背呢？"海木雷问道。

"那是为了固定在船头上，这样的事连小孩子都明白的。"斯诺克说。

"把它钉在'冒险号'上就是太大了，真可惜。"斯纳夫说。

"啊，多漂亮的妇人呀！这么漂亮可又这样地不幸。"木敏妈叹息着说。

"你想把它怎么办呢？"斯尼夫问。

斯诺克妹垂下眼睛，羞涩地笑着说："我想把它送给木敏托罗尔。"

木敏托罗尔激动得一句话也说不出来，满脸绯红，走到斯诺克小姐跟前鞠了一躬。斯诺克小姐腼腆地还了个屈膝礼。他们俩都有些不好意思。

"瞧，你还没看见我找到的东西呢！"斯诺克指给妹妹看堆在地上的一大堆闪闪发光的金子。

"是真正的金子！"斯诺克深吸了一口气，眼珠子差点掉了出来。

"那里还有很多很多呢！简直就是一座金山。"斯诺克夸耀地说。

"斯诺克不是个吝啬鬼，他给了我好多金子。"斯尼夫得意地说。

大家对在海滩上找到的所有东西都交口称赞。木敏一家马上成为一个大富户了。在这些东西里，最珍贵的是那个船头雕饰和玻璃球小雪暴。

当风雨完全停止以后，大家就要离开这个小岛的时候，船上已经堆满了沉重的东西，后面还拖着用大家捞起来的木料做成的大筏子。他们的货物有一堆金子、小雪暴玻璃球、珍贵漂亮的浮标，靴子、勺子、救生圈、席子等等。船头上的女皇雕像似乎在俯视着海面，雕像旁静静地坐着木敏托罗尔，抚摸着女皇美丽的黑发。

斯诺克小姐的目光一直盯着女皇和木敏托罗尔。

"要是我有木雕女皇那么美该有多好啊！可是现在，我连刘海都没有了。"想到这里，她有些不快乐了。她问木敏托罗尔：

"你喜欢那个女皇吗？"

"喜欢极了！"木敏托罗尔头也不抬一下地回答说。

"可你说过，你不喜欢有头发的女孩，再说，它也只不过是一个涂了一些颜色的木雕！"斯诺克妹这样说。

"可颜色却很美呀！"木敏托罗尔回答。他这么一说，斯诺克小姐如鲠在喉，呆呆地望着海水，脸色变得苍白。终于，斯诺克小姐喊了一声："这个女皇后真是愚蠢！"

木敏托罗尔吃惊地抬起头来，问道："喂，你怎么了？脸色那么苍白。"

"啊，没什么！"斯诺克妹回答。

木敏托罗尔从船头下来，坐在斯诺克小姐的身旁。呆了一会儿说："确实，那个女皇看起来是极为愚蠢的。"

"对，对！正是那样。"斯诺克小姐脸上渐渐地又泛起明亮的光彩。

"你还记得我们曾经发现的金色蝴蝶吗？"木敏托罗尔问。

斯诺克小姐感到非常幸福，她点了点头。

那个孤岛已经很远了，它在夕阳的余辉中，闪着火红的颜色，漂浮在大海上。

"你们打算怎么处置斯诺克发现的金子？"斯纳夫问道。

"我想用这些金子装饰花坛的边缘,当然是用那些大的。"木敏妈说。"那些小的简直就是废物!"

大家静静地望着太阳沉入大海,晚霞变成了紫色。这时,"冒险号"也轻轻地摇荡着,向回家的方向驶去。

第 五 章

(精灵寻找"国王宝石";捕捉曼鲁克;木敏家怎么变成了森林。)

六月末,木敏山谷非常炎热,连苍蝇和牛虻也懒得嗡嗡飞了。树木精疲力尽地耷拉下脑袋,河水已经不适合做成山莓汁了,灰□□的山谷里流动着的只是一股细细的茶色的水流。

那顶魔帽已经被当做宝物放在镜子下的一个衣橱抽屉里。

炽热的阳光照射着这个山谷,小动物们都找一些凉爽的阴影处躲藏了起来。小鸟也不再歌唱了,木敏托罗尔和朋友们心情都很坏,伙伴间经常吵架。

"妈,找点什么事给我们做吧!我们老是吵架,并且天气还这样热。"木敏托罗尔说。

妈妈接着说:"是呀,我的小宝贝,我也正在考虑这件事儿呢,我要让你们去一个地方。对了,到那个洞里住四、五天怎么样?那里凉快,又没人打扰,还可以游泳,什么事都不用做。"

"那就到那里去吧!"木敏托罗尔眼里闪射着兴奋的光芒。

"当然好了,等你们心情好了些再回来。"木敏妈说。

在石洞里居住确实是非常好玩的,大家一到石洞,就在沙地正中放了一盏煤油灯,并按各人的身材,每人挖了一个洞,在里面铺上床。

带来的食物分成大小相同的六堆儿,其中有葡萄干布丁、南瓜酱、香蕉、糖、甜玉米、以及明天早晨吃的煎饼。

不久,太阳用它那火红的夕阳照射着整个石洞,慢慢地下沉了。轻轻的海风凄切地低鸣着,从那寂静的海滩上吹过来,神秘的夜晚来临了。

斯纳夫吹起横笛,斯诺克妹头枕着木敏托罗尔的腿,睡意朦胧。大家吃了葡萄干布丁后,心情都显得非常愉快。

斯尼夫说这个山洞是他最先发现的。这话他恐怕已经说过一百回了,可

是，今天谁也没有来反驳他的话。

这时，斯纳夫一边在煤油上烤着火，一边说："要不要我给大家讲一个吓人的故事？"

"可怕到什么程度？"海木雷马上问道。

"大概可怕到这种程度，你明白了吗？"斯纳夫把两只手臂尽量伸张到最大限度。

"不，不明白。不过，你快讲吧，斯纳夫。等到我害怕得受不了的时候，我会吱声的。"海木雷回答。

"那好吧！"说着，斯纳夫开始讲起来。"这是一个很奇怪的故事，我是从喜鹊那儿听来的。唔，在世界的尽头有一座很高很高的山，高得只要想一下山上的事，就会感到头晕。这座山像墨一样黑，像绢一样光滑，威严地耸立着。从顶上往山下望，根本看不到谷底，能看到的只有云彩。就在这个山顶上，住着一个叫'飞鬼'的精灵。他的房子就是这个样的……"说着，斯纳夫在沙地上画出了房子的形状。

"唉呀，一个窗户也没有？"斯尼夫问。

"对，一个窗户也没有，而且连门也没有。"斯纳夫说，"因为这个精灵总是骑着黑豹从空中回家。他每天晚上出去搜集红宝石，把搜集来的红宝石装进他的帽子里。"

"你说什么？——红宝石？他是从什么地方找到的？"斯尼夫惊讶得眼珠子都快要掉下来了，急忙问道。

"这个精灵想变成什么就可以变成什么，所以，宝贝无论是埋在地下，还是藏在海底，他都可以钻进去。"斯纳夫回答。

"他搜集那些宝石干什么用呢？"斯尼夫用羡慕的口气问。

"不干什么，只是搜集罢了，就像海木雷搜集植物一样。"斯纳夫说。

"说什么？"海木雷在自己的洞里问道。

斯纳夫继续讲故事。

"那个精灵的屋子里已经装满了红宝石，这些红宝石在屋子里到处都是，堆成了山，墙壁上也嵌着猛兽眼一样的红宝石。他的屋子没有房顶，浮云从上面漂过，被红宝石映照得像血一样红。精灵的眼睛也是红的，在黑暗中闪闪发光。"

"现在我开始有些害怕了，我得注意点了。"海木雷说。

"这个精灵该有多么快活呀！"斯尼夫喊道。

"不，他一点也不快活。"斯纳夫接着讲下去，"在他找到那颗最珍贵的'国王宝石'之前，他是不会快活的。那颗'国王宝石'几乎有黑豹的头那样大，里面像火焰在跳动。他已到包括海王星在内的所有行星上去找过，但没找到。现在他已到月球上，在那里的各个沟壑中寻找。但他没有抱太大的希望，因为精灵估计那颗'国王宝石'是在太阳上；但那里太热，他是决不可能去的。"

"这全是真的吗？"斯诺克疑惑地问。

"你怎么想都可以。"斯纳夫一面剥香蕉皮，一面不经意地说，"你知道喜鹊还说了些什么吗？他说，精灵戴着一顶黑色的高筒礼帽，可是，就在两、三个月前，那顶帽子丢了。"

"真有那样的蠢事？"这时木敏托罗尔喊了起来。

"什么？你们究竟说什么？"海木雷问。

"是帽子的故事，我今年春天发现的那顶黑色礼帽，就是精灵的帽子！"斯尼夫说。

斯纳夫意味深长地点点头。

"如果那个精灵回来要他的帽子，那该怎么办呢？我可不敢看他的红眼睛。"斯诺克小姐用颤抖的声音问。

"我们一定要把这件事告诉妈妈。月球离这儿究竟有多远？"斯诺克问道。

"相当远，那个精灵要挨个地找遍火山口，需要很多的时间。"斯纳夫回答。

不安的沉默持续了一段时间。大家都在想放在木敏家衣橱的抽屉中的那顶黑帽子。

"把灯拨亮点！"斯尼夫颤声地说。

突然，海木雷惊跳起来，喊着："你们听到没有？外面好像有什么东西。"

他们凝视着漆黑的洞口，静静地听。从外面传来轻微的"叭哒叭哒"的声音，就好像黑豹的脚步声。

"什么呀，那不是雨声吗！"木敏托罗尔说，"雨又下起来了，我们还是睡觉吧！"木敏托罗尔熄了灯，外面仍然响着轻轻的雨声，大家都渐渐地进入了

梦乡。

海木雷惊醒了。他做了一个梦：他坐在一只小船上，船开始进水了，水一直淹到他的下颚。使他惊奇的是，这梦竟成了事实：夜里，雨水从洞顶流下来，洞里简直成了一条河。可怜的海木雷的床铺灌满了水。

"真倒霉！"海木雷大声地喊着，他拧干衣服后就到洞外去看天气。到处都是乌□□的，湿漉漉的，显得很凄凉。海木雷只是想冲个澡，但那是不可能的。"昨天太热，现在又太湿。"这样想着，他朝周围看了看，发现斯诺克的沙洞里挺干爽。

"瞧！我的床那么湿。"海木雷说。

"该你倒霉！"斯诺克嘟哝着说，随即翻了个身。

"喂，我睡在你的洞里吧，你可不要打呼噜！"海木雷说。

可斯诺克仍然一个劲地打呼噜，继续睡他的觉。于是，海木雷的心中产生了一股报复的心情。海木雷把自己与斯诺克的两个洞之间挖了一条水沟。

斯诺克裹着湿毛毯坐了起来，喊道："噢呀！这难道像海木雷先生干的事吗？一想到你竟干出这样的事，真让我们惊讶。"

"唔，我自己也有点惊讶。"海木雷说，"可是，今天干点什么呢？"

斯诺克从洞口伸出鼻子嗅嗅空气，又看了看天空和大海，很老练地说："钓鱼去吧，我去准备船，你把他们都叫醒。"斯诺克走到湿润的沙地上，向木敏爸爸建造的浮码头走去，还不断地嗅着海里吹来的风。

这是一个极为寂静的早晨，雨下得很小，一滴一滴地落在泛光的水面上，激起无数的涟漪。斯诺克独自地点了一下头，取出最长的一根鱼线。然后唱起斯纳夫的渔歌，在钓钩上挂上了钓饵。等这些都准备好了，其他的伙伴才从石洞里走出来。

"嗬，你们终于都出来了！海木雷，你把桅杆扛来，把桨也拿到船上来，"斯诺克说。

"我们一定要钓鱼吗？钓鱼就不会发生别的事了吗？而且，小鱼挂在钩上是多么可怜呀！"斯诺克妹说。

"是的，是那样，可我们今天一定会很顺利的。小家伙，请你坐到船头上去，那儿最不妨碍我们了。"她的哥哥说道。

"我也来帮帮忙吧。"斯尼夫说着，抓住钓鱼线，跳到船舷上，船摇晃起

来，钓线乱七八糟地缠到桨上和锚上。

"好极了，真是棒极了！你对大海已经非常熟悉了，也很了解船上的规矩，可你也得尊重伙伴们的劳动啊！哈——哈！"斯诺克挖苦他说。

"你是在责备他吧？"海木雷困惑地问。

"责备他？我责备他？"斯诺克说着，冷笑了一声，"船长能有什么可说的呢？什么也没有。现在就这样开始放鱼线吧，也许能钓到一个不曾看到过的大鱼呢！"说着，斯诺克退到船尾，拖块防雨布把头盖上。

"我的天！"木敏托罗尔说，"钓线弄成这样乱七八糟的了，斯纳夫，你去取桅杆吧，我们在这儿清理鱼线。斯尼夫，你真是个笨蛋！"

"我知道！我们从哪一头开始？"斯尼夫终于找到可干的事儿了，倒高兴起来。

"从中间开始，可这回不要把你的尾巴缠住了。"

这时，斯纳夫慢慢地把"冒险号"向海中划去。

小伙伴正在钓鱼的时候，木敏妈正非常愉快地忙碌着。雨静静地落在院子里，到处都那样安宁、整洁、润物无声。

"现在万物都迅速地生长了！"木敏妈自言自语。家里的其他成员都到山洞里去住了，那是多么好的事情啊。她决定稍稍收拾一下屋子。她把袜子、果皮、木敏托罗尔收集回来的稀奇古怪的石头、桦树皮以及各种各样东西收集在一起。在收音机的座子里，她发现了几株有毒的桃红色的草，那是海木雷忘记把它夹进标本夹里了。木敏妈一边倾听沥沥细雨，一边把这些草挽成一团。

"现在万物都迅速地生长了！"木敏妈又这样说了一次，似乎若有所思，把挽成团的草扔进那顶帽子做的纸篓中。然后她就走进自己的房间去睡午觉了。木敏妈总是喜欢一边听着雨滴敲打房顶的声，一边睡午觉。

斯诺克的长长的钓线垂入海底，等鱼来上钩。两个小时过去了，斯诺克妹等得不耐烦了。

"等待的时光是最愉快的，你不知道哪个鱼钩会钓到鱼。"木敏托罗尔对斯诺克小姐说道。他的这根钓线上挂了好几只鱼钩。

"不管怎样，你放线的时候，钓鱼钩上都放了鱼饵，你把线拉起的时候，钩上就会有鱼的。"

"可是，也许什么也没钓上来。"斯纳夫说道。

"也许钓到了章鱼。"海木雷说。

"女孩子家是不懂得钓鱼的乐趣的。"斯诺克说，"现在，我们开始拉线。大家不要说话，请安静！"

第一个钩拉上来了。

什么也没钓到。

第二个钩拉上来了。

也是一样。

"这只能说明鱼都钻到深水里去了。请大家安静！"斯诺克说着，继续拉钓鱼线。拉起的四个鱼钩都是空的。"这是个狡猾的东西，他把鱼饵全都吃光了，这一定是个大家伙。"斯诺克说。

"你认为是条什么鱼？"斯尼夫问。

"至少是条曼鲁克鱼，瞧，又有十个钓钩上的鱼饵被吃掉了。"斯纳夫这样回答。

"唉呀！"妹妹斯诺克小姐用嘲笑的口吻喊道。

"你还唉呀！"哥哥似乎生气了。"安静！不然的话，你会把鱼吓跑的。"

一个接一个的钓鱼钩被拉了上来，上面缠着海草，都没有钓着鱼，连一条鱼也没有钓到。

正在这时，斯诺克突然叫了起来："注意，拽了一下，确实是拽了一下！"

"是曼鲁克！"斯尼夫吱吱叫道。

"嗨，安静点！"斯诺克说道，可自己却是最慌张的，"像石头一样沉，唉呀，上来了！"

绷紧的钓线突然松了，但在神秘的绿色海水深处，有个白色的东西晃了一下。

那是曼鲁克白色的肚皮吗？

他们看见一个巨大的、可怕的东西，从神秘的海底渐渐升起，像丛林中巨大植物的枝干，又圆又粗，在船下滑过。

"小猫鱼，小猫鱼！"斯诺克妹喊起来。与此同时，一声巨响，水花四溅。一个巨浪把"冒险号"掀到浪尖，把钓鱼线甩到甲板上。随后，一切又迅速地平静下来，被折断的鱼线吊在船舷上。

水里的大漩涡显示出那个大怪物逃跑的方向。

"谁说是小猫鱼？这是个终生的大错误！"斯诺克严厉地对妹妹说。

"鱼线是从这儿断的，我想是因为鱼线太细了。"海木雷拿起鱼线说。

"闭嘴！"斯诺克喊了一声，用两手捂住脸。

海木雷还想说点什么，但斯纳夫在他的后背上拧了一下。

大家都在绝望的沉默中坐着。

这时，斯诺克小姐胆怯地说："再试一次怎么样，我们可以用缆绳来做钓线。"

斯诺克嘟嘟哝哝地说了一会儿，然后问道："钓钩呢？"

"可以用你的小刀。"他妹妹回答，"把刀刃打开。再加上刀片、拔塞器、起子和夹子，这些都用上，肯定能钓到这个家伙。"

斯诺克捂着脸的手放开了，说道："对呀，可没有钓饵呀？"

"用煎饼！"妹妹说。

斯诺克考虑了一会儿，大家也由于兴奋而屏息等待着。

终于，斯诺克开口了："当然可以，如果曼鲁克吃煎饼的话，我们就再干一次。"此时此刻，大家都明白，钓鱼又开始进行了。

大家用海木雷兜里的铁丝把小刀紧紧地绑在缆绳上，然后在小刀上扎上煎饼，从船舷扔下大海。

现在，斯诺克小姐的脸颊涨得通红，她同其他的伙伴一样出色。

"你真像戴安娜（希腊神话中的狩猎女神）！"木敏托罗尔说着，向斯诺克小姐投去赞许的目光。

"戴安娜是谁？"斯诺克小姐问。

"狩猎女神！她像木雕皇后那样美，像你那样聪明。"

"哼！"斯诺克小姐哼了一声。这时，"冒险号"一下子打了个横。

"好的，它在咬钩了！"斯诺克说。他又拉了一下，这次船颠簸得更厉害了。把他们统统地掀倒在船里。

"救命，曼鲁克会把我们吃掉的！"斯尼夫尖声叫道。

"冒险号"的船头很危险地往水里栽了一下。值得庆幸的是，船又恢复了平衡。接着，船以惊人的速度向前冲去。缆绳绷得像弓弦一样紧，前端淹没在浪花之中。

曼鲁克确实喜欢吃煎饼。

"静一静，大家不要说话！各就各位！"斯诺克喊道。

"只要它不往下钻……"正爬向船头的斯纳夫想。

可曼鲁克一直往上窜，不一会儿就把海岸远远地抛在后面了。"冒险号"船后留下了一条好像用笔画的线。

"你认为它能挣扎多久？"海木雷问。

"不得已的时候，我们可以割断绳子。"斯尼夫说。

"决不能那样！"斯诺克小姐摇晃着新长出来的卷发说。

这时，曼鲁克的大尾巴一扇，回头又向岸边游去。跪在船头的木敏托罗尔喊道："现在它慢下来了它有些疲倦了！"

曼鲁克确实是疲倦了，但它又开始发起怒来，使劲地扭动身体，绷紧了缆绳，"冒险号"又剧烈地摇晃起来。

这时，曼鲁克像要迷惑住大家一样，身体不动了。大家已经从头到脚被浪花打得湿透了。

斯纳夫又拿出横笛，开始吹奏渔歌。其他的小伙伴也随着斯纳夫唱起来，还用力打着拍子，震得甲板不住摇晃。当大家感到灰心丧气的时候，曼鲁克突然浮到水面上来，它的毫无生气的大肚子朝向天空。

他们谁也没见过这么大的鱼。他们都一句话不说地盯着它。

过了一会儿，斯诺克说道："看看，我终于捉住了它，怎么样？"

妹妹斯诺克小姐敬佩地点点头。

他们正把曼鲁克拖上岸的时候，天下起了雨。海木雷的衣服被雨淋湿透了，斯纳夫的帽子也被淋得打皱，不像个样子了。

"大概洞里都湿透了，"呆呆地望着船桨的木敏托罗尔说，"妈妈可能正为我们担心呢。"

"那么，你是说我们现在可以回家了吗？"斯尼夫一边装着不露出高兴的神情，一边说道。

"是呀，回家让他们看看这条鱼。"斯诺克说。

"我们回家去吧，"海木雷也说，"神奇的冒险呀，被雨淋呀，像大家喜欢的那样生活呀，再加上这样的鱼钩呀，这些都不是坏事，但毕竟不是太愉快的。

于是，大家把曼鲁克放在一块木板上，扛着它穿过森林。曼鲁克的嘴张得很大，树枝常常挂住它的牙齿。并且，它有好几百斤重，大家每走两、三分钟就要停下来休息一会儿。这时，雨下得越来越大了，因此，他们到达木敏谷的时候，已经看不到房子了。

"把曼鲁克放这儿一会儿怎么样?"斯尼夫问。

"绝对不行!"木敏托罗尔生气地说。于是，大家又急速地穿过院子。突然，斯诺克站在那里不动了，他喊道: "我们走错路了吧!"

"尽瞎说，那不是柴屋吗? 它的对面就是桥。"木敏托罗尔说。

"可是，房子究竟在哪儿呢?"斯诺克说。

这真是不可思议，木敏家的房子消失了。哪儿也没有——怎么也找不到了。

大家把曼鲁克放在台阶下，不! 台阶也没有了，应该说是放在曾是台阶的地方。台阶没有了，取代它的是……

这里要向读者说明，当大家去钓曼鲁克时，木敏山谷发生的事。

在孩子们都出去以后，木敏妈悠闲地到二楼去睡午觉了。可临上楼前，木敏妈把有毒的石竹团了一下，扔进了那用作废纸篓的魔帽中，这件事，前边已经说过了。

如果木敏妈及时地处理也就好了，可就在她饭后正甜睡的时候，那束石竹就以神奇的速度渐渐地长大了。它慢慢地从帽子中伸出来，先爬到地板上，然后长出蔓子、新枝爬上墙壁，挂在窗帘和百叶窗上，并且穿过窗户的缝隙、通气孔、钥匙孔等所有的缝隙。因为屋里闷热，所以花渐渐地开了，并开始结出果实。长着大叶子的长蔓渐渐把楼梯封住了，不断地伸展缠住了椅子、床腿，像彩花一样吊在枝形灯上。

屋子里充满了"沙啦沙啦"柔和的声音。时常还发出花蕾开放的"嘭"的一声，熟透的果子掉在地毯上的"扑通"声。可木敏妈认为这些仅仅是雨声，翻了个身，又睡着了。

在隔壁房间里，木敏爸正在写回忆录。自他建成那个浮桥以来，没有发生其它有趣的事儿。因此，木敏爸疾书他年轻时的故事。于是，一幕幕的往事涌现出来，使他情不自禁地落下眼泪。木敏爸自幼就与一般的孩子有所不同，谁也不爱他，长大后也一样。从某种意义上说，他度过了一段悲惨的

生活。

木敏爸一面写，一面想：任何读者读到我的故事都会落泪的。一想到这些，他又有些快慰，不禁自言自语说："读者们都一定会喜欢的。"

正在这时，一颗成熟的果子掉到稿纸上，在上边留下了一个很大的污点。

"怎么回事？这一定是木敏托罗尔和斯尼夫回来了。"木敏爸叫着，转过身来想责备他们，可是身后连个影子也没有，他只看见结着黄橙橙果实的茂密的草丛。木敏爸吃惊地跳起来，这时，由于他脚的震动，绿色的莓子状的果实雨点般落在他的头上。仔细一看，粗壮的枝子慢慢伸向窗外，向四面八方长出绿色的蔓子。木敏爸喊道："喂！大家都醒醒！快上这儿来看看！"

木敏妈被惊醒了，使她吃惊的是，自己的房间里已经被开着的小白花淹没了。这些都从天棚上垂吊下来组成了花网。

"啊，多美呀！一定是木敏托罗尔想让我大吃一惊。"说着，木敏妈小心翼翼地撩开床边像帘子一样垂挂着的花网走下地。

"喂！"木敏爸还在墙那边叫着。"谁给我打开门，我出不来了！"

可是，木敏妈到木敏爸房间的门也打不开了。因为都被石竹紧紧地缠住了。于是，木敏妈把门上的玻璃砸了一块，好容易从那个窟窿里钻出来。台阶上简直就是个树林子，而客厅里已是一片林荫了。

"天啊！一定又是那顶帽子的原因。"木敏妈嘀咕着，坐在台阶上，抓起一片棕树叶当扇子扇。

蔓子从烟囱里长出来，爬满了屋顶，像一张厚厚的绿毯盖住了整个木敏家的房子。

外面的雨里站着木敏托罗尔，他疑惑地凝视着这个绿色的大树丛——那里，枝上的花儿在开放，果实由绿变黄，从黄变红，渐渐地成熟。

"无论怎么说，房子一定在这里。"斯尼夫说。

"确实在这里。可是，我们进不去，妈妈和爸爸也出不来。"木敏托罗尔悲伤地说。

斯纳夫马上查看这片绿色荫盖，可那里既无窗户又无门，到处覆盖着茂密的叶和花。他拽住一棵青藤，它像皮筋一样坚韧，怎么也拔不动。可当他从这根青藤旁边走过时，好像是扔的套圈一样，青藤把斯纳夫的帽子摘掉了。

"这家伙太无聊了！"斯纳夫嚷道。

这时，斯尼夫跑过长满树藤的走廊，高兴地喊着："地下室的门还露着！"

木敏托罗尔急忙跑过来，一边向漆黑的洞里张望，一边喊："大家从这儿进去！但要快，这儿马上也要长满植物了。"

于是，他们一个接一个地往黑暗的地下室里爬。

"唉呀！我进不来了！"走在最后的海木雷喊道。

"那你就在外边看着曼鲁克吧，这样你就可以在房子周围采集植物标本了，明白了吗？"斯诺克回头喊道。

当可怜的海木雷正在外面挨雨淋的时候，其余的伙伴都摸索着沿地下室的石阶往下爬。

一到达最后一级台阶，木敏托罗尔就说道："我们还算运气好，门是开着的，疏忽有时是很有好处的。"

"路是我发现的，你们应该感谢我！"斯尼夫喘息着说。

当他们从门口钻进去的时候，遇到一件稀奇的事儿：麝香鼠正坐在树桠上吃梨。

"妈妈在哪儿？"木敏托罗尔问。

"她正设法把你爸爸从屋里救出来。"麝香鼠好像生气地说。"出这样的事，都要怪搜集什么植物，我从心里信不过那个海木雷。我希望麝香鼠的天国是安宁的，反正我在这里也呆不多长时间。"

不久，大家听到从二楼传来斧子砍东西的声音，随着"哗啦"一声响，又传来欢呼声。木敏爸从他的房间里走出来了。

木敏托罗尔穿过丛林跑下台阶，喊着："爸爸！妈妈！我不在的时候究竟发生了什么事？"

"啊，我的乖乖！"木敏妈回答说。"我们一定是不小心又把什么东西扔到了那顶帽子里，快！上这儿来！我在衣橱里也发现了一丛树林。"

这是一个愉快的下午，小伙伴开始玩丛林游戏。木敏托罗尔扮演塔桑，斯诺克小姐扮演珍妮，斯尼夫扮塔桑的儿子，斯纳夫扮黑猩猩奇塔。斯诺克用桔子皮做成巨大的牙齿——这是为了什么呢？你的祖母会告诉你的。斯诺克成了一个怪物，在森林中爬来爬去。

"我要抓珍妮！"斯诺克说着，抓住妹妹的尾巴往餐厅的桌子下面拉。以枝形灯为家的木敏托罗尔发现了，就顺着树藤滑到地板上，冲过去救斯诺克

妹。他登上门拱顶，然后发出巨大的吼声，他这一吼，珍妮和其他的伙伴们也随声喊了起来。

"唉，真是糟糕透了，这哪里是个安身的地方。"麝香鼠叹口气说道。他钻进洗澡间的森林里，用手绢裹住头，以防什么东西长进他的耳朵里。可木敏妈对这样的吵闹一点也没在意，她说："好啊，客人们也好像玩得很开心呀！"

"真是这样啊！"木敏爸说。"亲爱的，请把那个香蕉递过来。"

就这样，他们一直玩到傍晚。谁也没想到地下室的门口会不会长满树藤，谁也没有想到可怜的海木雷裹着湿衣服坐在外边，守着那条曼鲁克。他有时吃几口苹果，有时又数一数花蕊，要不就唉声叹气。

这时，雨停了，夜幕降临了。正当太阳下沉的时候，在木敏家绿色的小山上发生了一件奇怪的事：树枝和青藤同渐渐长起时一样，开始慢慢地枯萎了。果实干枯，掉在地上，花儿凋谢，树叶萎缩，屋子里又一次响起了沙沙的声音。

海木雷一直看着这些变化，然后随便地走了几步，轻轻地拽住一根树枝。树枝马上折断了，它就像引火柴一样干。于是他想出了一个好主意。他捡来了一些干树枝和干藤条，又到小柴屋取来了火柴，就在院子里生起了一堆火。然后，他坐在噼啪直响的火堆旁烤衣服。

烤了一会，他忽然又想出一个新主意。他使出平生的力气，拖过曼鲁克的尾巴，放在火上烤。因为烤鱼是海木雷最喜欢吃的东西。

当木敏一家和他们的朋友们穿过密林般的走廊，用力砸开大门的时候，他们看见海木雷非常快活。他已把曼鲁克吃掉了约有七分之一。

"你这个坏蛋！现在我怎么称我的鱼呢？"斯诺克发着牢骚。

"把鱼和我加在一起称不就可以了！"海木雷说。

这一天对海木雷来说，也许是最幸福的一天吧！

"现在，我们要把这个丛林烧掉。"木敏爸说。

他们从屋子里搬出了所有的枯枝败叶，烧起了一堆这个山谷里从未有过的大火。

他们把曼鲁克放在火上烤熟后，就从头到尾吃个精光。但很久以后他们对曼鲁克的长度还是争论不休。

"这家伙从走廊的阶梯到小柴屋那么长!"有的伙伴这样说。

"不,只有紫丁香丛那么长!"有的伙伴又反驳说。

第 六 章

(托夫斯莱和别夫斯莱带来神秘的手提箱;莫兰追踪而至。斯诺克做出裁决。)

八月初的一天早晨,托夫斯莱和别夫斯莱夫妇爬上山头,在斯尼夫曾发现魔帽的地方停下休息。

托夫斯莱戴着一顶红帽子,而别夫斯莱提着一只很大的手提箱。他们俩已经走了很长一段路,所以都相当疲惫,于是就在那里休息一会儿,俯瞰着木敏山谷。

木敏家的袅袅炊烟正从一片银白色的白杨树和梅树丛中升起。

"烟!"托夫斯莱喊道。

"有烟的地方就意味着有食物。"别夫斯莱点点头说。

于是,托夫斯莱和别夫斯莱夫妇一边用他们独特的语言交谈着,一边向山下的木敏山谷走去。他们的谈话,其他动物是很难听懂的。

他们非常小心地踮着脚凑近木敏家的大门前,怯生生地站在台阶上。

"我们可以进去吗?"托夫斯莱问道。

"看看情况再说,如果他们发脾气,不要害怕。"别夫斯莱说道。

"我们要不要敲门?如果里边的人出来了,我们怎么办?"托夫斯莱问道。

这时,木敏妈从窗里探出头来招呼大伙:"喝咖啡了!"

托夫斯莱和别夫斯莱吓得要死,急忙钻进装着马铃薯的仓洞里。

"唉呀!"木敏妈吃惊地喊了声,"好像有老鼠钻进仓洞里去了。斯尼夫!去拿点牛奶给他们吃。"

这时,放在台阶上的手提箱映入木敏妈的眼睛。"呀,连手提箱也带来了!看来,他们是打算住到这里呀!"于是,木敏妈爬上二楼,请求木敏爸再摆两张床——很小很小的两张床就可以。

此时此刻,托夫斯莱和别夫斯莱正拼命地往马铃薯堆里钻。所以,他们只露出四只眼睛从马铃薯缝中往外看,他们浑身颤抖地等待着,看接下来会

发生什么事。

"我闻到食佛（物）的枪门（香味）了！"托夫斯莱小声地嘀咕着。

"他们来了，别吭声！"别夫斯莱耳语道。

仓洞的门"吱嘎"一声打开了，在台阶的顶端出现了斯尼夫的身影。他一只手提着灯，另一只手端着装牛奶的碗。

"喂，你们在哪儿?"他大声问。

托夫斯莱和别夫斯莱吓得又往深处钻了钻，互相紧紧地拉住手。

"你们不喝牛奶了?"斯尼夫问。

"咱们谁也别吱声。"别夫斯莱低语着说:

"你们打算让我在这儿呆上半天吗?"斯尼夫生气地说，"你们想错了，我告诉你们！你们不从大门口进来，真是地地道道的愚蠢的老耗子！"

"你自己才是鱼村（愚蠢）的老帽子（耗子）呢！"托夫斯莱和别夫斯莱还口骂道。

"啊，原来你们是异乡客呀！那好吧，把妈妈请来也许会好些。"这样想着，斯尼夫关好仓洞的门，跑到厨房里去了。

"怎么样，他们喜欢喝牛奶吗?"木敏妈问。

"他们尽说些外国话，谁也听不懂！"斯尼夫说。

"外国话？他们是怎么说的?"海木雷和正在剥豆角的木敏托罗尔一起问道。

"他们说我:'你自己才是鱼村的老帽子呢:"斯尼夫说。

"那样的话，这事也许就有点为难了。我怎么才能知道他们生日时是否想要布丁，需要几张坐垫呢?"木敏妈叹息着说道。

"我们很快就会听懂他们说的话，那是很好学的发音。"木敏托罗尔说。

这时，海木雷装出深思熟虑的样子，说道:"我听懂了他们说的是什么，他们说斯尼夫是个愚蠢的老耗子。"

斯尼夫的脸一下子红了，他扬扬头说:"既然你这么聪明，那你自己跟他们去说吧。"

于是，海木雷颤巍巍地走下地下室，来到仓洞里，轻声地召呼说:"就（这）里有油（牛）奶。"

托夫斯莱和别夫斯莱听到了，就从马铃薯中露出脸来看着海木雷。

"匡（快）进夫（木）敏的家吧！"海木雷继续说着。

于是，夫妇俩蹦蹦跳跳地跑上台阶，并走进了客厅。斯尼夫见了，发觉他们比自己小得多，心里感到舒服多了，就带着怜悯的口气说："哈罗！见到你们真高兴。"

"晒晒（谢谢）！我们一量（样）很高兴。"托夫斯莱说。

"好像有食佛（物）的枪门（香味）？"别夫斯莱问道。

"他说什么？"木敏妈问。

"他们饿了，不过，他们好像仍然不大喜欢斯尼夫。"海木雷说。

斯尼夫一听到这些，就气愤起来，说道："那好吧，请转达我对他们的问候，说我这一辈子还没见过这样的鲱鱼脸儿！我现在要出去了。"

"气（斯）尼夫爱抱（冒）火，别在意！"海木雷对托夫斯莱夫妇说。

"不管怎么说，还是来喝杯咖啡吧。"木敏妈说着，领着托夫斯莱和别夫斯莱走进走廊。海木雷为自己起到翻译这个新作用而感到骄傲，也随后跟了去。

托夫斯莱和别夫斯莱就这样住在木敏家里了。他们俩总是不声不响，但他们大多时候都拉着手，眼睛丝毫不离开那只手提箱。从来到这里的第一天起，一到傍晚，他们就变得惊恐不安。他们好像连气都喘不上来，楼上楼下地打转转儿，有时竟钻到客厅的毯子底下。

"你们怎么了？"海木雷试探着问。于是，别夫斯莱小声地回答道："莫兰要来了！"

"莫兰？莫兰是谁呀？"海木雷有些害怕地问。

"莫兰很果大（可怕）、很坏的，你敢匡（快）关上门吧！"别夫斯莱回答。

海木雷飞跑到木敏妈那里，把这个很坏的消息告诉了她。

"他们说莫兰很大、很可怕、很坏的，今晚不把所有的门都关上就糟了。"海木雷紧张地说。

"可是，咱们家除了地下室仓洞的门以外，其他的门都没有锁。这下可为难了，外国人一来总是这样。"木敏妈为难地说。然后去找木敏爸去商量。于是，木敏爸断然决定："那我们也必须武装起来，然后拉过家具，顶上门。如果莫兰真是那么大，那还确实挺危险的。我在客厅里放一只警钟，托夫斯莱

和别夫斯莱到我的床下去睡觉就可以了。"

可是，托夫斯莱和别夫斯莱已经钻到桌子抽屉里去了，说什么也不肯出来。

木敏爸摇了摇头，然后到柴屋里取出他的那支旧筒子枪。

夜幕降临了，萤火虫带着它们的小灯笼开始在外边飞舞起来，院子里漆黑一片，好像藏在黑锅的阴影里了。风在树林间悲鸣着，发出一连声的叹息。走在院子里的小路上，木敏爸也不禁感到阴森可怖。莫兰如果藏在这些林子里怎么办？莫兰究竟是个什么样子？确实很大吗？木敏爸想到这些，急忙走进屋子里，用沙发顶住门，说道："今晚灯要点个通宵，大家要时时警惕。斯纳夫今晚也要在家睡觉了。"

听到这些话，大家都感到非常紧张。木敏爸敲敲桌子的抽屉，喊道："我们会保护你们的，你们放心吧！"

可是，里面没有回声。

木敏爸拉开抽屉，看看托夫斯莱和别夫斯莱是不是已经被绑架了。可是，只见他们俩手里拽着手提箱睡得正酣。

"不管怎么样，我们还是睡觉吧。不过，大家都要武装起来！"木敏爸提醒着说。

叽叽喳喳地折腾了一会儿，大家就都回到各自的寝室睡觉去了。不一会儿，木敏家已是一片寂静，只有客厅桌子上的那盏煤油灯还在静静地燃烧着。

半夜时分，时钟敲过了一点、二点，就在两点刚过的时候，麝香鼠醒了，想到外面去。于是就走下床，睡眼惺忪地摇晃着走下楼梯，可是他看到沙发顶着门，就站住了，嘟哝着："多愚蠢的想法！"于是就去搬沙发。正在这时，木敏爸装在那里的警钟立刻鸣叫起来。一时间，屋子里响起了尖叫声、枪声和叭哒叭哒的脚步声。他们手里拿着斧子、铲子、耙子、石块、刀子、剪子，冲进了客厅。当大家看到麝香鼠时，不觉一下停住了脚步。

"莫兰在哪儿？"木敏托罗尔粗暴地问。

"啊，是我！"麝香鼠没好气儿地说，"我只是想看看星星，我把诸位的那个愚蠢的莫兰全给忘了。"

"那么，你就赶快出去吧，只是再别干这种事儿了。"说着，木敏托罗尔打开了大门。

也就在这个时候，莫兰突然出现在他们的眼前，所有的人都看见了这个妖怪。她一动不动地坐在台阶下的甬道上，圆圆的死人般的眼睛直盯着这边儿。

她并不很大，看起来也不那么阴险。可一看到她就会使人感到她很可恶，她会永远坐在那里等下去，这一点就足以令人生畏了。

谁也没有足够的勇气向这个怪物发起进攻。莫兰在那坐了一会儿，就慢慢地向黑暗之中溜去了。不过，在她坐过的地方，地上结了一层白霜。

斯诺克关上门，身上打了个冷战，说："可怜的托夫斯莱和别夫斯莱！海木雷，你去看看他们俩醒了没有！"

他们已经醒了。

"她走了吗？"托夫斯莱问。

"走了。你们可以放心地吹旱（睡觉）了。"海木雷说。

"晒（谢）天晒（谢）地！"托夫斯莱长出了一口气，说道。然后拉着手提箱，又钻到抽屉里去睡觉了。

"我们也可以回去睡觉了吗？"木敏妈一边放下手里的斧子，一边问道。

"好吧，妈妈。我和斯纳夫在这儿放哨到天亮。不过，请你把你的手提包放到枕头底下。"木敏托罗尔说道。

可大家仍然没有走，坐在客厅里玩扑克牌玩到天亮。这一夜，莫兰没有再来。

第二天早上，海木雷满脸忧虑地来到厨房，对妈妈说："我一直在听托夫斯莱和别夫斯莱的谈话。"

"他们说些什么？"木敏妈叹了口气问道。

"莫兰想要他俩手里拎的那只提箱。"海木雷解释说。

"多可恨的妖怪！竟想抢孩子们唯一的财产。"木敏妈气愤地说。

"是呀，不过事情有些难办，我总觉得那只手提箱好像是莫兰的。"海木雷说。

听海木雷这么一说，木敏妈仔细地琢磨起来："是，这事儿确实有点棘手。我们去找斯诺克说说去，不管什么事儿，这小家伙总能想出点高明的道道儿来。"

斯诺克一听，马上对这事儿来了兴趣，说道："真是个稀奇的案子，我们

必须举行会议讨论这个问题。三点钟，大家都到紫丁香花丛中来集合。"

这是一个暖洋洋的午后，蓓蕾"扑扑"地绽放，花香随微风扑鼻而来。院子里，到处缀满夏日的浓绿，闪烁着宜人的光彩。

紫丁香的花丛间挂着麝香鼠的吊床，上面写着：莫兰的代理诉讼人。

斯诺克带着假发，坐在桌子后面，无论谁，一眼就能看出他是法官。斯诺克对面的被告席上坐着托夫斯莱和别夫斯莱夫妇，他们正在吃樱桃。

"我来扮对他俩起诉的人！"斯尼夫说道。他还没忘掉这对夫妇骂他"愚蠢的老耗子"的事儿。

"那么，我当他们的辩护律师。"海木雷说道。

"我做什么？"斯诺克妹问道。

"你可以做木敏家的证人。"她哥哥说，"斯纳夫可以当法庭记录，你可马虎不得，斯纳夫。"

"为什么没有为莫兰辩护的人呢？"斯尼夫问道。

"没有那个必要，莫兰是个原告。"斯诺克回答着，接着又说："好吧，大家都准备好了吗？准备好了，那就开始吧。"说着，斯诺克用小锤在桌子上"啪啪啪"连敲了三下。

"你弄蒙博（明白）没有？"托夫斯莱问道。

"没太蒙博（明白）。"别夫斯莱回答着，然后"扑"地一声把一颗樱桃吹向了法官。

"我问你们，你们才可以开口讲话！"斯诺克提醒他们注意。"只回答'是'或'不是'，其他的什么也不许说。听着，那个手提箱是你们的，还是莫兰的？"

"是！"托夫斯莱说。

"不是！"别夫斯莱回答。

"他们两个的回答是矛盾的，而且也没说清楚到底是谁的。"斯尼夫尖声叫道。

斯诺克又在桌上敲了一下，"安静！"接着又问道，"最后再问一次，手提箱到底是谁的？"

"是我们的！"托夫斯莱回答。

海木雷失望地说："现在他说是他们的，可早上他们说的恰恰相反。"

"噢，那我就不必把手提箱给莫兰了。"斯诺克松了一口气说道。可还是小声嘟囔了一句："可我这个法官是多么的尴尬呀。"

托夫斯莱把身子凑近海木雷小声地耳语了几句什么。海木雷大声地说："他们说，手提箱是他们的，只有手提箱里面的东西是莫兰的。"

"哇!"斯尼夫尖声叫起来，"是的，也许正是这样。这已经完全清楚了，里面的东西还给莫兰，而这两个鲱鱼脸只能留下那只旧手提箱。"

"我不同意这样的结论!"海木雷反驳他说。"问题不在于谁是手提箱里面东西的主人，而在于谁最有权拥有这些东西。你们都看到莫兰了，因此，我要问问大家，就她那个样子，难道能具有获得手提箱里面东西的权利吗?"

"说得太好了!"斯尼夫故作惊讶地说，"海木雷，你真会讲。不过，从另一方面考虑的话，我们也应该看到莫兰是多么的孤独。而且谁也不喜欢她，她也不能接近任何动物。那只手提箱里的东西，恐怕是她唯一的财产。如果你们连这些东西也从她手里夺走的话，那么，她这个孤独地在夜色中行走的老太婆将……"斯尼夫越说越激动，声音都有些颤抖了。"她唯一的财产也被托夫斯莱和别夫斯莱骗走了。"斯尼夫直说得鼻涕横流，泪水涟涟，不能再讲下去了。

斯诺克又敲了一下桌子，说道："莫兰没有辩护律师。而且你的观点简直是多愁善感，还有海木雷，你的观点也一样。好吧，证人，到前边来，陈诉你的意见。"

木敏家的证人是斯诺克小姐。她说道："我们都非常喜欢托夫斯莱和别夫斯莱。一开始我们就讨厌莫兰，如果把手提箱里的东西还给她，我们会感到非常遗憾。"

斯诺克严肃地说："道理归道理，你必须持公正的立场，尤其是区别他们夫妇俩的好坏上，更要如此。哦，对了，莫兰的代诉人，你有什么意见吗?"

可是，麝香鼠早已在吊床上酣然入睡了。

"好啦，好啦，我算知道了，他对这个案子根本就不感兴趣，那么，我就宣读判决，这之前还有什么要说的吗?"斯诺克说着，环视着大伙。

"对不起，"木敏家的证人开口了，"在宣判之前，如果我们能弄明白手提箱里面装的是什么东西不就好了吗?"

托夫斯莱又耳语了几句什么，海木雷不住地点着头，然后他说道："这是

个秘密，他们认为箱子里面装的是世界上最美丽的东西。而莫兰认为是世界上最值钱的东西。"

法官连连地点头，皱着眉头说："这是个难断的案子，托夫斯莱和别夫斯莱的想法是对的，可他们做出了错误的行为。可正义终归是正义，我要好好考虑一下，请诸位安静！"

除了蜜蜂嗡嗡的翅膀声，紫丁香林里一片寂静。在夏日的阳光照射下，院子变得炽热起来。正在这时，突然一阵冷风吹过草坪，太阳也躲进了云层，院子里顿时变得阴森森的。

"怎么了？"斯纳夫说着，把正写着的笔从本子上拿开。

"她也来了！"斯诺克妹小声地说。

莫兰坐在冰冻的草地上注视着他们。她的眼睛直盯着托夫斯莱和别夫斯莱，并开始嚎叫起来。

"匡（快）！神……星星……，匡救救我们呀，救妹（命）呀！"他们俩害怕得尖声大叫，竟然语无伦次了。

这时候，斯诺克说话了："站住，莫兰！我有话对你说。"

莫兰站住了。

斯诺克继续说道："我仔细地考虑过了，所以才和你商量这事儿。你说，托夫斯莱和别夫斯莱买那只手提箱里的东西行不行，如果行，需要多少钱？"

"很贵。"莫兰冷冰冰地说。

"我在小岛上发现的那座金山够吗？"斯诺克问。

"不够。"莫兰仍旧冷冰冰地回答。

正在这时，木敏妈感到寒气逼人，就想要回去取披肩。木敏妈从院子里跑开了。

莫兰走过的地方已经是一片白霜。

木敏妈一走到走廊，一下子想到一个好主意。她拿过来那顶黑帽子，带到进行审判的地方，把帽子放在草坪上，说道："这是木敏山谷最值钱的东西。莫兰，你知道从这顶高礼帽里出来过什么吗？山莓汁、各种果树、还有美丽的、你自己就能驾驶的可爱的云朵。不管怎么说，总之它是世界上最神奇的小精灵帽子。"

"让我见识一下吧。"莫兰怀疑地说。

于是，木敏妈在帽子里放进了三、四粒樱桃，大家都屏息等待着要发生的事。

"如果不变出太怪的东西就好了。"斯纳夫对海木雷耳语道。

然而，真是幸运得很，莫兰在帽子里看到的竟是一块红宝石。

"你看看，要是放进一个南瓜，又会变出个什么东西来?"木敏妈兴奋地说。

莫兰盯着帽子看，然后又盯住托夫斯莱和别夫斯莱，接着又盯住帽子看。大家谁也不明白，她那样全神贯注，究竟在想什么。突然，莫兰一下抓起帽子，一声不吭地，就像一个冷灰色的阴影消失到森林里去了。这是在木敏山谷里最后一次看到她的身影。从此以后，那顶黑帽子再没出现过。

与莫兰消失的同时，周围的空气也在一瞬间暖和起来，院子里也再一次充满了夏日的欢乐。

"谢天谢地! 我们总算处理掉了那顶帽子，它只有这次才算发挥了点作用。"木敏妈说。

"不过，那几朵魔云很有趣。"斯尼夫说。

"在丛林里玩人猿塔桑的游戏也很有趣。"木敏托罗尔说。

"灰物（废物）得到了很好的处理!"托夫斯莱这样说。他一手提着手提箱，一手拉住别夫斯莱，向木敏家走去。大家都站在那里，目送着他们的背影。

"他们刚才说的是什么?"斯尼夫问。

"啊，他们说:'你好!'"海木雷回答。

第七章

（斯纳夫的离别；神秘的手提箱被打开，木敏妈的手提包失而复得，并举行庆祝晚会；小精灵降临木敏山谷。）

已经是八月末了，一到夜晚，就传来猫头鹰的嘀嘀叫声，蝙蝠也在花园里无声息地穿梭飞翔，木敏山谷的森林里到处有萤火虫在闪亮，海上波涛翻滚。空气中似乎有一种凄惨的气氛，月亮就像一个黄色的大圆盘挂在天空上。

木敏托罗尔最喜欢夏日里最后的时节，可他又说不清什么原因。风和大海都平息下来，空气清爽新鲜。树林好像等待着什么似的伫立在那里，不知怎么的，木敏托罗尔感到好像要发生点奇怪的事儿。

木敏托罗尔睁着眼睛躺在床上，一边看着天花板，一边等待着黎明的到来。早晨确实临近了，他掉过头去看斯纳夫的床，可床上已经是空空如也了。就在这时，从窗外传来了一个秘密的信号，一声长两声短的口哨，那意思是说："你今天打算干什么？"

木敏托罗尔一下从床上跳起来，向窗外张望。阳光还没照亮小院，可看起来那里很凉爽，使人想要一下子身处其中。斯纳夫正在窗下等着他呢。

"呼——嘀！"木敏托罗尔压低声音叫了一声，以免吵醒还在睡觉的伙伴。然后迅速地从绳梯上滑了下来。他们俩互相问好，摇摇晃晃地向河边走去。不一会儿，他们就坐在桥上，双脚悬吊在水面上，晃来晃去。这时，太阳已经升起有一树多高，照得他们睁不开眼睛。

"今年春天我们也曾这样坐在这里，你还记得吗？——在经过漫长的冬眠后，最先醒来的那天。其他的伙伴们还睡着呢！"木敏托罗尔这么一说，斯纳夫直点头，他正忙着扎芦苇船往河里放。

"这些小船会驶向哪里去呢？"木敏托罗尔问。

"驶向我不打算去的国度里。"斯纳夫回答说。这时，小船一只接一只绕过河湾消失了。

"在小船里放些肉桂、鱼牙、绿宝石什么的该多好。"木敏托罗尔说道。接着他又像忽然想起什么来似地问："你刚才问我打算做什么，那你有什么想法呢？"

"嗯，打算是有，不过，那只能一个人干，是单独行动，你大概明白了吧。"斯纳夫说。

木敏托罗尔长时间地凝视着他，过了一会儿问道："你就是打算到这儿来？"

斯纳夫承认了。他们仍坐在桥栏杆上，沉默着，腿在空中摇晃着，河水在他们的脚上不断地流逝着——斯纳夫想一个人独自漂泊到一个神秘的国度里去。

"那么，你什么时候动身？"木敏托罗尔问道。

"现在，马上就出发。"说着，斯纳夫把手里正扎的小船扔到河里，一跃从桥上跳起来，深深地呼吸了一下。这是个旅行的好日子，山峰在阳光中跳跃，仿佛在频频招手，催他赶快上路。弯曲的小路蜿蜒而上，消失在山后，而在山后又有一个新的山谷，然后又是新的一座山……

当斯纳夫正收拾他的帐篷的时候，木敏托罗尔站在旁边看着，不禁问道："你要离开很久吗？"

"不会很久。"斯纳夫回答，"明年春天的第一天，我会回到这里来，仍在你的窗前吹口哨—— 一年很快就会过去的。"

"是呀，那就请你多保重吧！"木敏托罗尔说。

"再见吧！"斯纳夫说。

于是，桥头上只留下木敏托罗尔独自一人伫立在那里。斯纳夫的身影渐渐小了，慢慢消失在银白色的桦树林和山梅丛里。木敏托罗尔一直目送着他渐渐远去，不一会儿，从远处传来了横笛声：

　　　所有的小动物
　　　尾巴上挂着弓……

一听到这歌声，木敏托罗尔就知道他的朋友心情是多么愉快。音乐声渐渐微弱，直到完全消失了，他都一直伫立在那里。然后，他穿过露珠晶莹的花园匆匆回家了。

走廊上，托夫斯莱和别夫斯莱正蜷缩成一团晒太阳。

"早上好，后敏多木尔（木敏托罗尔）！"托夫斯莱打着招呼。

"早上好，托夫斯莱和别夫斯莱！"木敏托罗尔回答着。他已经完全掌握了托夫斯莱和别夫斯莱奇怪的发音。

"你在哭吗？"别夫斯莱问。

"哪有的事儿，没……没有。只是斯纳夫走了。"木敏托罗尔回答说。

"啊，亲爱的，多离干（遗憾）！"托夫斯莱同情地说，"你在别夫斯莱的皮（鼻）子上啃一啃（亲一亲），就会愉快了。"

于是，木敏托罗尔就在别夫斯莱的鼻子上亲了一下，但他的忧伤丝毫也没减轻。

托夫斯莱和别夫斯莱把头凑在一起，低声商量了很久，最后别夫斯莱对木敏托罗尔说："我们决定让你看手提箱里的东西。"

"那个手提箱里的东西？"木敏托罗尔惊讶地问。

托夫斯莱和别夫斯莱一起不住地点头。"跟我们来。"说着，他们沿着篱笆墙跑了下去。

木敏托罗尔跟在他们后面，发现他们已经在山梅林的最深处挖了一个可密藏东西的洞，上面堆放着白鸟毛、一些贝壳和小石子。山梅林里很黑，无论谁从旁边过，都不会发现这秘密的隐藏处。

托夫斯莱和别夫斯莱的手提箱就放在一张漂亮的垫子上。

"这是斯诺克小姐的垫子。"木敏托罗尔生气地说，"她昨天还找它了呢！"

木敏托罗尔这么一说，别夫斯莱反倒显得很高兴的样子，打了一个响嗝说："这垫子是她的，我们拿来用用——当然，她不知道。"

"嗯，现在你们就把手提箱里的东西给我看吗？"木敏托罗尔问。

他们站在手提箱旁边，高兴地点点头，然后庄严地叫道："立壁（预备），游（留）神，该（开）！"

手提箱的盖子"咔哒"一声打开了。

"我的天啊！"木敏托罗尔惊讶地大叫起来。

他看见的是一颗像豹子头那么大的红宝石，它闪着柔和的红光，像落日的霞光反照，像炉火在熊熊燃烧。

"你灰（非）常喜欢它吗？"托夫斯莱问。

"是的，我非常喜欢。"木敏托罗尔不加思索地大声回答。

"现在你不会再哭了吧？"别夫斯莱问道。

木敏托罗尔愉快地点点头。

托夫斯莱和别夫斯莱满意地松了一口气，然后一动不动地坐在那里，欣赏着这颗红宝石，心中有说不出的高兴。

宝石的颜色在不停地变幻着，开始是白色的，然后又是一束桔红色的光突然向外喷射，如旭日从雪山上升起；接着，又像有一团火焰在里面燃烧，看起来就像是有着火一样花蕊的黑色郁金香。

"要是能让斯纳夫看看该多好呀！"木敏托罗尔深深地感叹道。他忘记了

时间，长久地伫立在那里，不禁浮想联翩。过一会儿，他说道："这真是一颗奇妙的宝石，以后再来看行吗？"

可是，托夫斯莱和别夫斯莱没有回答。木敏托罗尔又爬出树丛，在耀眼的阳光中有些站不稳，于是他就坐在草地上，调整一下晕眩的脑袋。

"我的天呀，"木敏托罗尔又在心里嘀咕开了，"那一定是小精灵'飞鬼'一直在月亮的火山口里寻找的'国王宝石'，如果不是，那就把我的尾巴割掉。真想不到，那两个小家伙一直把它装在手提箱里！"正在这时，斯诺克妹来到花园里，走近木敏托罗尔的身旁，可木敏托罗尔光顾想自己的心事儿，竟一点也没察觉。呆了一会儿，斯诺克妹在木敏托罗尔的尾巴上捅了一下。

"啊，是你吗？"木敏托罗尔吓得跳了起来。斯诺克妹羞涩地笑了笑。一边摸着自己的头发，一边问："你看见我的头发了吗？"

"嗯嗯，最好别碰……"木敏托罗尔心不在焉地说。

"你怎么啦？"斯诺克妹问。

"我亲爱的小玫瑰，我不愿对你说，可我的心情又这样悲伤。你知道吗？斯纳夫走了。"

"啊，他不可能走！"斯诺克妹说道。

"不，他真的走了，他说和我再见了，他不想惊动大家。"

他们俩在那块草地上坐了一会儿，太阳把他们的背晒得暖烘烘的。这时，斯尼夫和斯诺克从走廊的台阶上走下来。

"喂，你们知道斯纳夫已经到南方去了吗？"斯诺克妹高声喊道。

"怎么，他连我也不告别一声就走了吗？"斯尼夫愤慨地说。

"我们有时独自一个人更好些，你还太小，不能理解那种心情。他们几个呢？"木敏托罗尔说道。

海木雷采磨菇去了，麝香鼠感到天凉了，已把吊床收进屋里来了。你妈妈今天心情很不好。"斯诺克说。

"是生气还是悲伤？"木敏托罗尔吃惊地问。

"大概是悲伤吧！"斯诺克回答。

"那我马上就去看看她。"木敏托罗尔说。他走进屋，看见妈妈坐在客厅的沙发上，脸上露出愁色。

"妈妈，你怎么了？"木敏托罗尔问。

"乖乖，发生了一件极为可怕的事——我的手提包不见了。没有它我什么事也不能做，到处都找遍了也没有。"木敏妈回答。

于是，木敏托罗尔组建了一个搜索队，除麝香鼠外所有的伙伴都参加了。麝香鼠却说："在所有的有用的东西里，你妈妈的手提包是最没用的，不管她有没有这个手提包，时间决不会相差分毫，日月也会如常流逝。"

于是，木敏爸气愤地开口了："你这样说就不对了，我必须说清楚这件事。她丢了手提包，我感到非常难过。她没了手提包，什么事也干不成。"

"里面装了很重要的东西吗？"斯诺克问。

"没有，只是我一些急需的东西，如袜子、糖果、带子、胃痛药之类。"木敏妈回答。

"要是我们找到了，你用什么来奖励我们呢？"斯尼夫问道。

"你可以要任何东西，我可以为你们举行一次盛大的晚会，茶和点心可以吃个够，你们可以不必洗碟子和早睡觉地玩个够儿。"

一听到这些话，搜索队伍的成员变得更加耐心。大家找遍了屋里的每个旮旯，地毯下面、床铺下面都看了，连地下室、火炉里、阁楼、屋顶都看个遍。接着，他们又在花园中到处翻，直到河边。可那只手提包始终没找到。

"一定是你上树或者去洗澡时忘在哪里了。"斯尼夫说。

可木敏妈摇头说："啊，今天是个多么不幸的日子呀！"

这时，斯诺克建议在报纸上登一个广告。于是他们在报纸第一版登了两条重大新闻。第一条的标题是：

斯纳夫在黎明前神秘地离开木敏山谷

接着，用更大的字写道：

> 木敏妈的手提包失踪，
> 未发现任何线索，目前正在寻查中。
> 对发现者，将举行盛况空前的晚会，
> 以示奖励。

这条消息一传出，大家都非常踊跃地参加到寻找手提包的队伍里了。森

林里、山坡上、大海边，到处是小动物，连森林中最小的老鼠都参加了。留在家里的尽是些老弱病残。因此，整个木敏山谷到处回荡着呼喊声和奔跑声。

"天啊，天都快闹翻啦！"木敏妈虽然这么说，但心里是满高兴的。

"你们都在忙乎些什么？"托夫斯莱问。

"当然是为我的手提包呀！"木敏妈回答。

"是那个黑色的吗？能照见影子，还有四个少（小）包的那个吗？"

"你说什么？"木敏妈追问了一句。她因为太高兴，以致没听清他的话。

"是有四个少（小）包的黑提包吗？"托夫斯莱又重复了一遍。

"是呀，是呀！好孩子，不要来打扰我，快到外面去玩吧！"木敏妈说。

一到庭院里，别夫斯莱就问："你在想什么呢？"

"我不想看她那副怪可怜的样子。"托夫斯莱回答。

"我想我们应该把拉（它）起肥（取回）来。灯（真）可惜，在少（小）包包里睡觉灯（真）是太舒服了。"别夫斯莱叹息道。

然后，他们俩走到他们秘密安身的家——那是一个谁也不曾发现的地方，从一棵玫瑰树上拖下木敏妈的手提包。当他们提着手提包走进花园的时候，正是中午12点整。正在高空中飞翔的山鹰看见了，就立刻把这新闻传遍了木敏山谷。于是，一条号外新闻又公布了：

木敏妈的手提包被托夫斯莱和别夫斯莱找到了，木敏家出现了动人的场面……

"是真的吗？"木敏妈喊道。"啊，太妙了！你们是在哪儿找到的？"

"在一根微（玫）瑰索（树）上，睡在里面，灯（真）是舒服……"托夫斯莱说。这时，大家呼呼拉拉地跑过来，向他们表示祝贺。木敏妈永远也不会知道，她的手提包曾用来做过托夫斯莱和别夫斯莱的寝室。（不管知道与否，大概都没关系吧！）

这时，大家都只关心今晚举行的八月盛大晚会，因为在月亮出来以前，大家要准备一些东西。准备一个欢乐的晚会是多么令人兴奋啊！所有的体面者都要参加这个晚会，就连气包子麝香鼠也对此发生了兴趣。于是他喊道："你们应该多准备些桌子，大的、小的都要。安置在意想不到的地方。这么大

扬森（芬兰）

的晚会，谁也不能一动不动地老坐在一个地方。我想，恐怕大家会比平时走动的更频繁些吧。所以，你们首先要把最好吃的东西拿出来吃，然后，客人们都玩得愉快了，吃东西就可以随便了。大家都想好好玩玩，我看就不要用歌声去打扰他们了。"

麝香鼠能说出这番明理的话，真是令大家吃惊。他说出了这些话后，就又回到他的吊床上，读一本名叫《论一切事物的无用性》的书去了。

"我穿戴什么好呢？"斯诺克妹不安地问木敏托罗尔，"是绿色的羽毛，还是珍珠装饰的帽子好？"

"羽毛的好，可以把羽毛插在身上和耳朵上，然后，如有可能的话，在尾巴的毛里也别上两三根。"木敏托罗尔帮她做决定。

斯诺克妹说了声"谢谢"就转身跑了。在门口，与手提灯笼的斯诺克撞了个满怀。斯诺克正准备把灯笼挂到花园的树上，他气恼地嘟嘟哝哝，说妹妹什么用也没有，是个废物。

海木雷这时正在选好的地方忙着布置焰火。有"孟加拉花炮"、"兰星雨"、"银色喷泉"等一些出名的焰火，还有"啪"地一声就钻上天空的"钻天火箭"。

"这样等下去太久了，能不能先放一个？"海木雷问道。

木敏爸回答："即使放了焰火，白天也看不见，如果实在想放，你就到装马铃薯的地下室里，放一只'老鼠花炮'吧。"

木敏爸在走廊上忙着调制饮料。他在桶里放了杏仁、葡萄干、莲汁、姜、糖、豆蔻花、一两个柠檬和几品脱草莓汁。他想尽量把饮料调制得味美可口。他尝了一下味道——嗬，好喝极啦。

"遗憾的是缺少一样东西——音乐，因为斯纳夫走了。"斯尼夫说。

"我们可以用收音机，你将会看到，一切都会进行得井井有条。第二杯酒我们要为斯纳夫干杯，"木敏爸说。

"那第一杯酒是为谁干呢？"斯尼夫问。他想，为他自己干杯是最合适的了。

"那当然是为托夫斯莱和别夫斯莱干了，这不都是决定了的吗？"木敏爸回答说。

准备工作就这样顺利地进行着。木敏山谷里的全部人马，包括森林、山

坡、河边上住着的所有小动物，都带着吃的喝的来了，他们把这些东西摆在花园里的桌子上。大餐桌上摆着的是一堆一堆的水果，三明治也堆成了山。在小树丛中到处摆着小餐桌，上面堆放着香甜的玉米、一串串的草莓、一簇簇带叶的果子。为了倒出盆子，木敏妈不得不把烙饼的油倒进澡盆里。然后，木敏妈又从地下室搬出了十一大瓶山莓汁。本来是十二瓶，可遗憾的是，海木雷放"老鼠花炮"时炸裂了口。不过，流出来的山莓汁都让托夫斯莱和别夫斯莱给舔光了。

天色渐暗，灯笼也已挂好点着了，海木雷敲响了锣，宣布晚会开始。

托夫斯莱和别夫斯莱被请到一张最大的餐桌前坐好。"灯（真）没想到，他们会为这事而庆（兴）师动众！这真不可理解。"他们说。

开始的时候，谁都不好意思，因为都穿着别致的新衣服，觉得有些别扭。大家互相问候，相对鞠躬，然后说："今晚没有下雨，又找到了木敏妈的手提包，真是一件幸运的事。"可都怕弄脏了衣服，谁也没坐下。

木敏爸致开幕词。他首先讲了为什么要举行这次晚会，然后对托夫斯莱和别夫斯莱致以谢意。接着，他讲到八月的夜晚很短，大家要尽兴地玩。最后他开始讲他年轻时的事。这是事先约好的信号，木敏妈端出许多煎饼，顿时，晚会上响起热烈的掌声。

会场顿时活跃起来，晚会进行得十分热烈。花园里和山谷中灯火辉煌，灯光下到处是餐桌；萤火虫到处飞舞，闪闪发光。树上的挂灯在晚风中摇荡，仿佛是舞动着的闪光巨果。

冲天的火炮骄傲地飞向八月的夜空，在高空处。噼啪"作响，飞溅下白色的星雨，寂静地飘坠在山谷之中。所有的小动物都仰望着天空，发出快乐的欢呼："啊，真美啊！"

接着放"蓝色星雨"，蓝色的火花徐徐从天空飘落，然后，孟加拉火炮开始在树梢间旋转。这时，木敏爸推来了一大桶红色饮料。大家都去舀饮料——有的用杯子、贝壳、碗，有的用白杨树皮做的小盅，有的甚至用树叶做的三角杯。

"为托夫斯莱和别夫斯莱的健康干杯！"木敏谷里响起一片喊声。

"干杯！"

"干杯！"

扬森（芬兰）

托夫斯莱和别夫斯莱也叫着："灯（真）是快乐的夜晚呀！"并相互为健康干杯。

这时，木敏托罗尔爬到椅子上，大声地说："现在，我提议为斯纳夫干杯，他独自到南方去旅行了，祝他幸福！我相信，他一定和我们大家一样，心情十分愉快。"

大家都高高地举起杯子，同声祝福。

木敏托罗尔一坐下，斯诺克妹就悄声地对他说："你的演讲可真精彩呀！"

"啊，嗯，不……"木敏托罗尔有点害羞，"当然啦，我是早就想好了的。"

木敏爸把收音机搬到花园里来，收音机里正在播放舞曲，大家合着舞曲跳了起来。整个木敏山谷里，有的跳，有的跺脚，有的欢快地钻来串去，充满了欢乐的气氛。连树梢上的小妖精也高兴得直点头，笨手笨脚的小老鼠也大着胆子蹦进了舞池。

木敏托罗尔来到斯诺克妹面前，鞠了一躬，邀请道："请跳个舞好吗？"当他抬起头，看见树梢上已撒满了银色的光辉。

那是八月的月光。

月亮渐渐上升，黄橙橙的，它的光辉为整个木敏山谷涂上了一层神奇的色彩。

"瞧！今晚的月亮多明亮，连上面的山都看得很清了。"斯诺克妹说。

"那里一定是非常安静的。可怜的精灵还在那儿寻找他的帽子！"木敏托罗尔叹息着说。

"如果我们有一个望远镜就好了，一定能看见他在哪里。"斯诺克妹说。

木敏托罗尔也这样认为，但他提醒斯诺克妹，现在正是跳舞的时候。

舞会在热烈的气氛中进行着。

"你累了没有？"别夫斯莱问道。

"不累，我正在思考：大家对我俩这么好，我们也要干点什么来报答他们才对。"他俩小声地商量了一阵，互相点头打了一个招呼，就偷偷地溜出去了，回来时，他们手里提着那只手提箱。

十二点刚过，突然有个东西把整个山谷都照得通红。大家还以为是什么新奇的花炮的缘故呢，其实是托夫斯莱和别夫斯莱打开了手提箱。那只美丽

的"国王宝石"在草坪上闪闪发光，使焰火、灯光、月亮都黯然失色。大家惊讶地跑到跟前，围看这颗光芒四射的宝石。

"你想想看，还有什么东西能比这颗宝石更美丽呢？"木敏托罗尔赞叹道。斯尼夫叹息了一声："他们俩可真幸福啊！"

宝石发出火焰一样的光辉照到了月球上，正好被在那里寻找帽子的精灵看见了。他本来已经丧失了找到宝石的信心，只是坐在山沟边上休息，很疲倦，很伤心。他的黑豹在离他不远处睡觉。他突然看见下面地球上有一个红点，他立刻断定那就是他正在寻找的世界上最大的一块红宝石——"国王宝石"。他寻找这块宝石已花了几百年的时间了！他立即跳起来戴上手套，系紧斗篷，把他所有的珠宝都扔到地上。他历尽艰辛所要寻找的那颗独一无二的"国王宝石"，半小时后将回到他的手中。

黑豹驮着他的主人，一跃飞起，向太空飞驰而去，其速度比光还快。流星嘶嘶作响地从他们身边飞过，星尘像雪粒一样打在小精灵的身上、斗篷上。下边，那束红光正发出耀眼的光芒。

小精灵一直向木敏山谷飞驰而去，黑豹的最后一跃，使他俩降落在一处"孤独山"顶上，轻得无声无息。

木敏山谷的所有动物都以十分羡慕的眼光望着那颗宝石，沉默地坐着。在红宝石的火焰中，他们仿佛看到了自己的许多美妙的往事向自己飘摇而来。他们都想重温一下旧梦。

木敏托罗尔记起了他半夜和斯纳夫聊天的情景；斯诺克妹想起了她获得皇后木雕的经过；木敏妈正在想象她自己又一次躺在阳光照耀下的温暖沙地上，两眼望着飘浮着片片白云的湛蓝色天空。

正当大家都在浮想联翩的时候，有只红眼白鼠从树林里溜了出来，把大家吓了一跳。这只红眼白鼠匆匆地向"国王宝石"爬去，后面跟着一只黑猫。

木敏山谷从没有白鼠和黑猫居住过，这是大家再清楚也不过的事了。

"咪咪！咪咪！"海木雷招唤着。可是，那只猫只是眯起眼睛并不回答。

木敏山谷的老鼠问候小白鼠道："老弟，晚上好！"但小白鼠没有吱声，只是用可怜巴巴的眼睛一直盯着这边。

于是，木敏妈拿来了两个茶杯，招待两位新来的客人。她把装满饮料的杯子送到他们面前，可白鼠和黑猫连看都没看。

山谷里的热闹气氛一下消失了，仿佛有什么很重的东西压在木敏谷的上空。大家低声地议论着，感到事情非常奇怪。托夫斯莱和别夫斯莱惊恐不安，急忙把红宝石放到手提箱里，盖上盖子，想把手提箱拎走。正在这时，那只小白鼠突然站了起来，并渐渐长大、变形，最后成为一个戴白手套、长着一对红眼睛的精灵，身材都快有木敏家的房子高了。他就一下坐在草坪上，两眼紧紧盯住托夫斯莱和别夫斯莱。

"走开，你这个丑八怪！"托夫斯莱喊道。

"你在什么地方找到这颗'国王宝石'的？"精灵开口问话了。

"你少管闲事！"别夫斯莱回答说。

木敏山谷里所有动物都没听到过他俩能像现在这样大胆。

"找这颗宝石已经三百年了，我对别的东西都不感兴趣。"精灵又说道。

"我们也只对宝石感兴趣。"托夫斯莱说道。

"你不能拿走红宝石，他们是从莫兰那里正大光明地得来的。"木敏托罗尔对精灵说。

"给我来点什么东西吃！"精灵说道，"这事把我弄得心神不安了。"

木敏妈赶紧弄了一大盘煎饼和果酱端上来。

这个精灵吃煎饼的时候，大家都侧着身子向他靠拢过来。有的精灵就是这样，当他吃煎饼和果酱的时候就不那么可怕，甚至你还可以同他聊天。

"好吃吗？"托夫斯莱问。

"嗯，谢谢！"精灵回答道，"最近这八十五年来，我一直没有吃到一块煎饼。"

顿时，大家都为他难过起来。

他吃完后，抹了抹胡须说："我不能把这颗红宝石取走，那样做就是一种盗窃行为。可是，我能不能用两座金刚石山和装满一个山谷的各种宝石来换这颗'国王宝石'呢？"

"不行！"托夫斯莱夫妇一起喊道。

"你们不愿意交换吗？"精灵问。

"不，不……"他们仍旧这样回答。

精灵叹了一口气，然后坐着思考了一会儿，显出很苦恼的样子。最后，他说："唉，继续进行你们的晚会吧，我将为你们施点魔法，让我自个儿也乐

一乐。我为你们每一位施一次魔法。现在，你们都可以讲一个愿望，这些愿望马上就能实现。木敏家的先来！"

木敏妈想了一会儿，问道："你是说能看得见的东西吗？一个想法可不可以？你明白我的意思吗，精灵先生？"

"啊，我懂。当然，一个具体的东西更容易些，但一个想法也行。"精灵回答。

"那么，我希望木敏托罗尔不要再为想念斯纳夫而苦恼。"木敏妈说。

"啊，天啊！"木敏托罗尔说，脸色变得绯红。"我不知道你们都看出来了！"

精灵把斗篷挥了一下，忧郁感立即从木敏托罗尔的心里飞走了。他的热切想念变成了期待，这样，他的心情也就愉快起来了：

"我有个想法，亲爱的精灵先生，我想让这张桌子连同上面的各种食物一起飞到斯纳夫现在呆的地方去！"

这时，精灵又挥了一下斗篷，那张桌子就连同上面的煎饼、果酱、水果、鲜花、饮料和糖果一起，突然从地面升起，向南方飞去，连麝香鼠放在桌角上的书也给带跑了。

"喂！请让我的书再奇妙地飞回来吧！"麝香鼠大声地喊。

"行！"精灵说。"嘿，给你，先生！"

"《论一切事物的实用性》。"麝香鼠念着封面上的书名。"可是，这不是我的那本书，我的那本书名是《论一切事物的无用性》。"

那个精灵只是笑而不答。

"现在该轮到我了，"木敏爸说，"不过我很难作出选择。我想了好多好多的事，可我不知道要哪一样好。一座玻璃暖房很有用处，一只小艇也很有意思。我几乎一切东西都想得到。"

"也许你根本就没什么愿望。"斯尼夫说，"我可以代你讲一个愿望吗？"

"啊，"木敏爸说，"我不能肯定……"

"你快点说吧，亲爱的。"木敏妈催促着他，"你的回忆录不需要个书皮吗？你就要一个漂亮的书皮儿吧！"

"对，这真是个好主意！"木敏爸高兴地说。

当精灵递给木敏爸一个镶着宝石的、烫金摩洛哥皮革封面时，大家都高

兴得大声叫了起来。

"现在该轮到我了！"斯尼夫尖声喊道，"我想要一只船，挂着红色的帆，还要有贾卡兰的桅杆，而且船应该是贝壳形状的。"

"这倒真像是个愿望。"精灵高兴地说，并挥动他的斗篷。

大家静静地等待着，但并未见到精灵变出船来。

"变不出来了吗？"斯尼夫失望地问。

"已经有了，我把它放在海滩上了。明天早晨你将在那儿找到它。"精灵说道。

"船桨是用绿宝石做的吗？"斯尼夫问。

"当然是。有四个船桨，另外还有一个备用的。"精灵说，"下一位，请！"

"嗯，"海木雷说，"实话说吧，我曾向斯诺克借了一把采集植物标本用的铲子，已经用坏了。我只想要一把新铲子。"

当精灵拿出一把新铲子时，海木雷很有教养地向他行了个屈膝礼。

"你施行魔法不觉得累吗？"斯诺克妹问道。

"这么容易的魔法一点也不累。那么，你希望要点什么呢，漂亮的小姐？"精灵说道。

"真是为难得很，我能悄悄地跟你讲吗？"斯诺克妹问道。于是，斯诺克妹就在精灵的耳边悄悄地说了些什么。精灵略微吃了一惊，问道："你真是希望这样吗？"

"是的，确实是这样！"

"好吧，那就看着吧，变！"这个精灵的话音刚落，大家不禁都吃惊地喊起来——斯诺克妹完全改变了模样！

"你究竟要干什么？"木敏托罗尔发狂地叫道。

"我希望我的眼睛能像木雕皇后那样，你曾说过它很漂亮，不是这样吗？"斯诺克妹说。

"是的。但……但是……"木敏托罗尔不高兴地说。

"难道你不认为我现在的眼睛很美吗？"斯诺克妹眼泪汪汪地问。

"好啦，别哭啦。"精灵说，"如果你认为这双眼睛不如原来的美，你的哥哥可以希望你恢复原来的眼睛。"

"我想的不是这些，妹妹的这希望真是太愚蠢了，这可不是我的错。"斯诺克反对说。

"那你究竟想要什么呢？"精灵问。

"一台机器，一台能分辨善恶的机器。"斯诺克说。

"那太难了，我办不到。"精灵摇着头说。

"唔，要是那种机器不行，我就想要台打字机。"斯诺克严肃地说，"我妹妹的眼睛现在不是照样可以看得见吗？"

"那倒是看得见，可她的眼睛就不那么漂亮了。"精灵说。

"最亲爱的哥哥，"斯诺克妹拿出镜子照了照，哭丧着脸说，"请你希望我原来的小眼睛快回来吧！我现在显得多么可怕呀！"

"啊，那好吧。"斯诺克终于答应了，"我们是兄妹，我也希望你有原来的小眼睛，但我希望你以后不要太重外表图虚荣了。"

斯诺克妹又拿起镜子照了照，高兴得叫了起来。她的善丽的小眼睛又回来了，而且，眼睫毛也比原先的长了一些。她高兴得拥抱着哥哥："你是我最好的哥哥，是最可爱的哥哥，我一定送你一台打字机作为圣诞节的礼物。"

斯诺克有些不好意思，说道："别这样，当着大家的面，不应该亲吻的。我实在看不得你刚才的那个丑样子——就这么回事！"

"啊哈！现在住在木敏家的就剩下托夫斯莱和别夫斯莱了。你们俩说一个共同的愿望好吗？因为对我来说，根本分不清你们俩的面貌。"精灵说。

"难道你不能有个自己的恋乱（愿望）吗？"别夫斯莱问道。

"实现不了，我只能实现别人的愿望，而实现不了自己的愿望。"精灵忧郁地说。

托夫斯莱和别夫斯莱注视着他，然后把头凑在一起，嘀咕了很长时间。

最后，别夫斯莱严肃地说："我们决定替你说出一个恋乱（愿望），因为你很善良。我们想要一颗像我们的国王博（宝）石那样美丽的红博（宝）石。"

精灵能够哈哈大笑，这是谁也不知道的。这时，大家都清楚地看到他笑了。精灵是多么高兴啊！从他的帽子一直到他的靴子，浑身都笑得颤抖了。

他一句话不说，只把他的斗篷在草坪上一挥，立刻，整个花园又一次充满了红宝石的光辉，一颗与"国王宝石"成对的"皇后宝石"呈现在大家面

前的草地上。

"现在你不再悲伤了吧？"别夫斯莱说道。

"不悲伤了。"精灵把那颗闪着光辉的宝石放进斗篷里，接着说道："现在，不管谁要什么，都说出来吧，一到明天早晨，什么愿望都没用了，在太阳出来之前，我必须赶回家去。"

现在，森林里的其他动物也都轮到机会了。他们在精灵面前，说呀，笑呀，打口哨呀，围成了一大圈儿。大家都希望精灵能实现他们美好的愿望。如果愿望太愚蠢了，还给一次改正的机会，精灵的脾气很好。大家又重新跳起舞来。树下又运来了好多的煎饼；海木雷放起更多的焰火。木敏爸拿出他装帧漂亮的回忆录，高声朗读他年轻时的故事。

这样盛大的庆祝会，在木敏山谷还真是头一回。

啊，当你吃着这些食物，喝着这些饮料，尽情地谈笑，尽情地跳舞，直到精疲力尽，在万籁俱寂的破晓前回家睡觉的时候，你会感到多么舒畅，多么愉快啊！

这时，精灵正向世界的尽头飞去，老鼠妈妈也爬回自己的窝里，大家都感到非常幸福。不过，这其中最幸福的，莫过于跟着妈妈一起回家的木敏托罗尔了。渐渐落下的月亮，在夜光中洒下青辉，从海上吹来的微微晨风掠过树林，发出沙沙的声音。

这是木敏山谷的秋天了啊！但春天什么时候再回转而来呢？

〔简评〕

"快乐的木敏家族"是一部系列童话，它现在已经风靡了整个世界，尤其是在孩子们中间，更是无人不晓。孩子们都熟悉、喜爱、关心木敏一家和他们的朋友，甚至自己的喜怒哀乐都同这些可爱的小动物紧密地联系在一起了。《魔帽》是这一系列故事中的十分精彩的一部，描写了主人公木敏托罗尔偶然拾得了一顶神秘的魔帽，从此，他的家庭和伙伴们都经历了种种意想不到的奇遇。

作品里描写的木敏一家，虽然是虚构的小动物，但他们的一言一行、一颦一笑都让读者感到亲切和熟悉，因为在这些小动物的身上，我们仿佛可以看到在现实生活中的许多爸爸、妈妈和孩子们的形象。

作品成功塑造了众多的小动物的形象，使每个小动物的个性都在他们有趣的、充满冒险色彩的奇遇中得到自然的流露，尤其是小动物们富有个性的对话更是精彩之至。

作品故事情节曲折、生动，充满了趣味性和神秘的色彩。故事发生的场景多安排在室外的大自然中，而且经历了春夏秋冬四个季节，因此，常能使读者感到身临其境而且心旷神怡，觉得自己也加进这些小动物的行列，同他们一起玩耍、冒险，一起游历奇妙的自然风光。

语言风趣、机智、幽默，用词优美、准确，且充满孩子气，常使大读者会心一笑，仿佛又见到自己顽皮的童年，也常使小读者如遇知己，童心永驻。

总之，这是一部真正写孩子们的书。

（雄　峰）

彗星来到木明山谷

暖雪　缩写

一、在密林中

在一场可怕的大水以后，有一家叫做木明的小动物，在另一个山谷里找到了他们被冲走的房子，于是他们在那里安了家。这个山谷美极了，一条清澈见底的小河从木明家房子边流过去。木明爸在小河上修了一座小桥。

小动物小长鼻在林中游逛时，发现一条曲曲折折的小路神秘地通向密林深处，他赶到木明家把这个消息告诉了他们的儿子小木明。一放下饭碗，他俩就出发去察看了。怕迷失方向，他们在树干上刻着记号，可到山顶时，却发现一百尺高的树上都是这种花体字，他们惊恐地看着四周。"哈哈"传来一阵笑声，抬头一看，是一只丝毛猴在跟他们开玩笑。沿着曲曲折折的小道继续探索，在一片密林前面，小道消失了。他们失望地你看看我，我看看你。

忽然，一阵带咸味的海风吹来，他俩为之一振。小木明高兴地跑过去，跳进海里去摸珍珠，他让小长鼻去找装珍珠的盒子。丝毛猴帮助小长鼻在沙子中掏着挖着，找起盒子。但没过一会儿，猴子把找盒子的事忘得一干二净。他俩捉起螃蟹，可怎么也捉不住。在荒漠的小海湾，丝毛猴发现了一个山洞。小长鼻跟进去，自豪地说："现在是我一生中最伟大的时刻，是我发现了一个真正的山洞。"忽然想起小木明让找盒子的事，他俩返回海滩，小木明已摸了许多珍珠。丝毛猴高兴地数起珍珠。小长鼻挺神气地告诉小木明，他发现了一个真正的山洞。小木明高兴地说："太好了，用一个山洞藏珍珠比用盒子强多了。"于是他们把珍珠运进山洞，用沙子埋起来。

小木明和小长鼻回到木明家里，婉转地告诉木明妈他们的两个重大发现。木明妈听了很高兴，一边摆贝壳，一边催促孩子们去吃饭。

深夜，唰唰下着大雨，人们都睡觉了。木明爸听到一声哀鸣。他惊觉地拿着手电出来察看，一只湿漉漉可怜的小东西趴在台阶上。"我是麝香鼠。"小东西胆怯地说，"我是哲学家，恕我冒昧，你在修桥时把我在河岸上的家给毁了。"木明爸感到十分抱歉，赶紧把麝香鼠请到家里，热情款待他。小木明和小长鼻也被惊扰，下楼来见这位麝香鼠叔叔。麝香鼠把他知道的山那边的情况告诉了小木明和小长鼻，激起了他俩的好奇心。

二、带尾巴星星

第二天仍是阴天。麝香鼠躺在吊床上思考哲学。木明爸在天蓝色房间里写回忆录。妈妈准备做果酱，派小木明和小长鼻去摘些梨。他们走到最大的一棵蓝色树跟前，抬头一看，丝毛猴正跟他俩招手呢。于是，丝毛猴帮他们摘了许多梨，顺着山坡滚下，他们弄回一大堆梨。然后，大家一起去山洞，他们惊讶极了，珍珠似乎被人动了，都排成了一个像星星的图样，后面还拖着一条长长的尾巴。他们重新把珍珠埋好。开始猜测这件事是谁干的。"可能是一个秘密集团，"小木明说，"由于什么原因在生我们的气。"小长鼻焦虑不安地问："你认为这个集团就在附近吗？""是的，特别是生你的气，因为你发现的这个山洞碰巧是他们的。"小长鼻吓得脸色苍白，他们悄悄离开了山洞。一望大海，停在海面上的海鸥，像绣着的朵朵白花，也绣成一颗大星星，还带着一个尾巴！小长鼻吓得一阵哆嗦，拔脚就溜。"有帮子坏蛋正在追踪我，"

跑得上气不接下气的小长鼻说，他一头扑进木明妈怀里。当小木明到家时，小长鼻正在舔锅底呢。小木明去问知识渊博的哲学家："麝香鼠叔叔，森林里有人作秘密记号，连妈妈准备做果酱的梨，有人也把它们摆成带尾巴的星星，还有大海上的海鸥，林中的蚂蚁，也都排成这种星星的队形。这一切是秘密团伙想报仇，恐吓小长鼻的吗？"麝香鼠摇摇头，阴郁地说："那是彗星，在天外黑洞洞的空间里闪着白光，后面还拖着一条燃烧着的尾巴。""啊呀！吓死人啦！"小木明惊叫起来。"彗星将向地球冲来，但能否撞上地球，只有独山天文台的教授们知道。"麝香鼠慢吞吞地说。

小木明心事重重地盘算着，没把彗星将要撞击地球的事告诉小长鼻。只对小长鼻说："我们应该作一次探险旅行，去找独山天文台，用世界上最大的望远镜看星星。"

三、鳄鱼

第二天一大早，木明妈就给小木明他们准备远行带的东西：毛裤、指南针、煎锅、羊毛袜，和许多食品。背上旅行包，小木明和小长鼻恋恋不舍地与家人告别，乘上小木筏，去探险了。

木筏顺着河流行驶了一天，也没什么惊险的事。小长鼻不满地说："我喜欢小小的惊险场面。"正说着，木筏开始慢慢绕弯子了。他们面前的河岸上，躺着一大堆看起来像一大堆灰圆木的东西，那些圆木也堆成了带尾巴星星那种神秘的图样。突然，圆木动起来，还伸出了腿，不一会儿，这一堆圆木都滑到了水里。"鳄鱼"，小木明喊起来，跳过去抓住了舵。小长鼻吓呆了。一个个鳄鱼凶狠地张着大嘴，向他们追来。慌乱中，小木明扔出了背包里的毛裤，以分散鳄鱼的注意力。鳄鱼真的扑向了毛裤，撕扯着毛裤。幸好刮来了一阵小风，木筏顺势向下游漂去。过了好几口，小木明才长出一口气，对小长鼻说："有这样的惊险场面，你总该满意了吧？""你自己不也喊救命了吗？"小长鼻反问一句。

四、大蜥蜴

一天又一天，小木明和小长鼻坐在木筏上越漂越远。小木明有时真想告诉小长鼻他们出来的目的，可转念一想，小长鼻听到彗星要撞击地球，一定

会害怕的，只好瞒着小长鼻。他俩感到实在无聊时，便玩玩扑克算算命。突然，他们看到远处有一个颜色鲜艳的东西，像冰淇淋纸盒，顶上还插着一面小旗。木筏慢慢滑到近处，传来了轻柔的音乐声，他们看清了那东西原来是一顶帐篷。音乐声停止了，从帐篷里走出来一个会唱歌的叫琴鼻子的小动物，他手中拿着一支口琴。琴鼻子说自己是个旅行家，到处游逛。小木明就把他们去独山天文台的事告诉了琴鼻子。小长鼻也终于明白了他们这次探险的目的，不过，他没有惊慌。琴鼻子和小木明他们成了好朋友，探险的队伍又多了一名成员。

琴鼻子领小木明和小长鼻找柘榴石，小长鼻兴奋起来。在一个深深的岩石夹缝里，两颗又大又红的柘榴石出现了，小长鼻毫不犹豫地摸过去。突然，他感到毛骨悚然。这两颗柘榴石不是别的，都是两只眼睛，眼睛后面是个披着鳞片的身体，身体在石头上摩擦着，发出使人战栗的轧轧声。小长鼻狂叫一声，发疯似地逃回来了。小木明和琴鼻子趴到裂缝边往下看。啊呀！原来是一条大蜥蜴。"那柘榴石，"小长鼻上来后呜呜地哭着说，"我一个也没带上来。"小木明和琴鼻子只好一边安慰他，一边赶路。

五、地下河

琴鼻子的参加，给小木明与小长鼻的探险旅行增添了不少欢乐。他能用口琴吹奏世界各地的乐曲，能用扑克牌变各种戏法，能做各式煎饼。他还讲自己在一次火山爆发中，怎样得了一瓶防烫油。讲着笑着，琴鼻子突然愣住了，他听到一种奇怪的声音。木筏行驶的河道越来越窄，两岸的岩石又高又陡。小木明他们慢慢明白过来了：他们掉进了地下河。"前面有瀑布"，琴鼻子叫起来，"快抓住桅杆！"接着轰隆一声，溅起一大堆浪花。他们淋了一身湿，闯过了瀑布。水倒是平稳了，可是四周一下子暗得伸手不见五指，着实令人恐怖。地下河拐了一、两次弯，更窄更暗了。木筏不时撞着石壁，桅杆都撞倒了。他们只好把桅杆扔到水里。过了一会儿，地下河上开始有了一丝光亮，他们已能看清对方的苍白的脸。"嘎"地一声，木筏搁浅了。"桅杆顶着了，"琴鼻子探身到边上察看后说。在他们前面，河水汩汩流进了一个黑咕隆咚的大洞。抬头向上，只从隧道的石头缝里看见一小片云天。"只有鸟儿才能飞出去。"小长鼻悲哀地说。琴鼻子却掏出口琴吹起了欢乐的探险曲，小长

鼻慢慢地也随着音乐唱起来。他们的歌声吵醒了正在顶上睡觉的一只爱默族动物。他爬到一个洞口，这里的声音最大，但黑洞洞的，什么也看不见。可洞下的那一帮借着亮光却看见了他的影子，歌声立即停止。爱默好奇地把捕蝶网伸进洞里。小木明他们不失时机地带着他们的东西跳进网里。爱默用尽了力气才把他们拖上来，倒在地上时，爱默惊呆了，原来是三只古怪的小动物。"非常感谢你，爱默叔叔。"小木明第一个恢复过来，他对爱默说，"生死关头你救了我们。"

小木明他们知道已到了独山山脉，于是告别了爱默叔叔，向独山的最高峰进发。

六、独山天文台

琴鼻子给小木明和小长鼻讲了三个月前遇见的诺克动物。诺克哥哥是紫色的，诺克妹妹是浅绿色的，耳朵后插一朵花，脚脖子上带着金脚镯，漂亮极了。"又是姑娘故事"，小木明不耐烦地说。那天晚上，他却梦见自己长得很像那个诺克姑娘。第二天早晨，为了安全，他们相互间用绳子串联好，然后沿着曲折的山路向上攀登。在静寂的山谷里，他们看见的唯一有生命的东西就是一只在天空展翅盘旋的鹰。突然间，它展开翅膀，悬浮在空中不动了。"这鹰停在那里不动，想干什么呀？"小长鼻问。琴鼻子刚要解释，突然狂叫："看哪！鹰扑过来啦。"他们"忽"地扑倒在岩石上，挤进一条石缝里。刹时，他们被鹰两只猛烈扑击岩石的巨大翅膀盖住。不多一会儿，一切都平静下来。中午时分，他们爬到伸手可触及云雾的山脊。山路又险又滑，"一只金脚镯，"小木明惊叫着向悬崖边伸长了身子去够。琴鼻子和小长鼻在后面把绳子拉得紧紧的。终于抓到了那个金脚镯。琴鼻子看看脚镯说："一定是诺克姑娘的，她从这里掉下去了。"小木明一听，难过极了。

他们默默地走上山顶，来到了独山天文台。他们看见在一架巨大的望远镜旁，两位教授忙碌着。小木明上前打招呼，可是科学家没有注意到。他只好胆怯地碰碰教授的胳膊。教授头也不抬地大声说："怎么又来了呢？"小木明得知诺克姑娘来过了，走到琴鼻子和小长鼻跟前，可他忘了问关于彗星的事。他俩非常生小木明的气。小长鼻匆忙走到另一位教授跟前，很有礼貌地向他询问有关彗星的情况。教授为他调好望远镜，小长鼻从望远镜中看见天

空黑沉沉的，巨大的星星在闪烁，远处有一个东西在闪着红光，他有些害怕。"它怎么不动呀！它的尾巴呢？"小长鼻疑惑地问。"它的尾巴拖在后面，"教授解释说，"它是照直向地球冲来，所以看起来好像不动。""什么时候到地球呢？"小长鼻问。"十月七日下午八点四十分彗星将击中地球，也可能比这晚四秒钟。"教授严肃地说。

小长鼻神气活现地告诉他的同伴："十月七日下午八点四十分彗星将击中地球，也可能比这晚四秒钟。"现在已经是十月三日了，他们焦急万状，决定赶紧回家传送这个消息。

七、彗星出现在天空

为了赶上诺克姑娘，把金脚镯还给她，小木明越走越快。小长鼻的脚都打了水泡，他实在不肯往前挪一步了。琴鼻子和小木明只好停下来等他。他俩玩起滚石头的游戏，把一块块石头滚下山去。小木明用力过猛，随着一块大圆石一起溜下了悬崖。若不是他们三个腰缠着绳子，恐怕小木明在世界上要消失了。琴鼻子和小长鼻用尽吃奶的力气，小木明才从悬崖边露出来。他们继续行进，又遇见了救命恩人爱默叔叔，小木明告诉他彗星要撞击地球了，可爱默叔叔根本不关心此事。"我们必须在彗星到来之前赶到木明山谷。"琴鼻子说。小木明看了看指南针，指针却像小鱼一样在游动。"可能是彗星引起的。"小长鼻说。这时，远处传来凄惨的呼救声。小木明迅速地用刀子割断连接他们三个的绳子，以最快的速度飞奔过去。"一定是诺克姑娘发出的呼救声。"小木明心里想，过了一会儿，诺克哥哥果然跑来呼救，等小木明赶到时，看见一棵小树正抓住诺克姑娘的尾巴，往自己身边拖。诺克姑娘挣扎着，呼救着。小木明挥舞着铅笔刀，奋不顾身地冲过去。这棵树是毒树，开着一种带绿色的黄花，是它的眼睛。这对全都张开瞪着小木明。终于，毒树放走了诺克姑娘，伸出卷曲的手臂来抓小木明。琴鼻子他们眼看着一场激烈的战斗开始了。小木明挥舞着刀子，愤怒地甩着尾巴，前后左右猛冲猛砍。诺克姑娘找来一块大石头扔过去，真不巧，石头都打中了小木明的肚子，帮了个倒忙。小木明没有死，反倒越战越勇，终于砍光了毒树的手臂。"啊，你廷多么勇敢！"诺克姑娘喃喃地说。小木明装出满不在乎的样子，把那个金脚镯掏给她。诺克姑娘惊喜万分。

　　大家熟悉了之后，诺克哥哥提议开个会，讨论如何在彗星到来之前赶到木明山谷？如果能到达，那里是否安全。小长鼻建议躲进他发现的那个山洞里，是绝对安全的。由于大家都各揣心事，会议无法再继续下去。诺克决定来一顿工作餐。于是诺克去弄柴，小长鼻去找水，琴鼻子吹口琴，小木明去采花。诺克姑娘做饭。大家吃了一顿美餐。然后，一起蜷伏在草席上睡觉了。

　　树林中静静的，漆黑一片，而树林上面，那彗星仍在闪耀着不祥的红光。

八、动物舞会

　　第二天，他们在森林里走了一整天，方向是木明山谷。琴鼻子走在前面，吹着口琴，鼓舞大家保持高昂的情绪。大约在下午五点钟，他们来到一条小路上，路边插着一块大牌子。牌子上有个箭头指着方向，上面写着"今晚有舞会，由此向前！"诺克姑娘高兴极了。他们按照箭头所指的方向前进。一所乡村商店映入眼帘，他们一个跟着一个鱼贯而入。商店的柜台后面坐着一位老妇人，她有一双小小的闪着亮光的老鼠眼，一头白发。小长鼻要了一瓶柠檬水喝起来；诺克要了一个横格练习本，打算用它记彗星来到地球时一切该记的东西；琴鼻子要了一条裤子，到屋角后面去试穿；小木明要了一块嵌宝石的小圆镜，送给了诺克姑娘；诺克姑娘要了一枚银色星章，挂在小木明肚子上。过了一会儿，琴鼻子把裤子还给了老妇人，他嫌裤子太新。诺克走过来说："请结算一下，一共多少钱？"老妇人开始算帐。他们互相看了看，不要说带钱，连个装钱的口袋都没有。"一共一先令八又四分之三便士。"老妇人告诉大家。没有人答应一声。诺克姑娘把镜子放到柜台上，叹口气，小木明开始摘星章……老妇人轻轻咳了一声："琴鼻子的那条旧裤子是一先令八便士，放在我这里，抵住我的帐了，你们就不欠我啥了。""还余四分之三便士。"小长鼻说。"不错。"诺克惊奇地说。就这样，他们谢过老妇人，离开乡村商店走了，没多远，小木明停下来说："我们应该把彗星的事告诉大妈。"小长鼻跑去告诉。大家坐在路边等他。抬头望着天空，"彗星更大了，"琴鼻子说，"昨天还只有钉头那么大，现在有鸡蛋大了。"不一会儿，小长鼻跑回来说："她不跟我们一起走，彗星来了她准备钻到地窖里。还给我们每人一根棒糖。因为她欠了我们四分之三便士。"

　　他们一边吸吮着捧糖，一边来到林间舞池。在舞池四周，成千上万的萤

扬森（芬兰）

火虫闪着光，恰似挂灯结彩。一只大蝗虫坐在舞池边，手里拿着一杯啤酒，身旁放着一把小提琴。各种各样的小动物都跑到这里参加舞会。琴鼻子和大蝗虫一起演奏。诺克姑娘拿出镜子照照，看看耳朵后面的花插得是否合适。小木明把星章挂得端端正正。他们步入舞池，跳起了桑巴舞，动物们惊叹地看着这一对舞伴。诺克和一个上了年纪的动物跳了起来，小长鼻和一只最小的动物跳园舞。甚至小蠓也跳起来了。各式各样的爬行动物从森林中爬出观看。

谁也没想彗星的事，可彗星发出的强烈的红光照亮了黑夜。大约十二点，大家坐下来喝酒吃夹心面包，（这些都是免费供应的。）讲故事，唱歌。琴鼻子一曲接一曲地吹口琴，直到所有的小动物都回去了，诺克姑娘拿着镜子睡着了才停止。

九、越过干涸的海底

十月五日，彗星已经像个大车轮悬挂在树林上方，车轮的四周燃着一圈火焰。小木明他们由于舞跳得太多，一双腿感到疲劳，前进的速度也慢下来了。他们疲惫不堪地爬了一个沙丘又一个沙丘，终于来到海滩上。可当他们站在那里向前瞭望时，惊讶极了。前面这个地方不是海吗？想当时海浪轻拍，帆影绰绰。可现在，整个海干涸了，再看海底深渊，多么像一张张大嘴向上张着。彗星到来的威胁写在了海的身上。小木明他们吓得不知所措。怎样越过这干海底呢？大家焦急地讨论着，一个个方案被否决了。"踩着高跷过去"，琴鼻子对自己的想法异常兴奋。他的方案被采纳了。大家急着找做高跷的材料。高跷做成了，琴鼻子在沙滩上教他们踩高跷，练习平衡、迈步，跌倒了再练，一直练了一个小时。大家终于能一个跟着一个，胳膊下夹着高跷，向着深渊底部，踩着打滑的岩石，艰难地向下走去。海底稀奇古怪，时而出现锯齿状的岩石，时而有难闻的气味，时而闷得透不过气……突然，他们发现了一条沉船，便走过去。小长鼻从沙地里拔出一把闪闪发光的金柄短剑，兴奋地喊起来。诺克姑娘也跟着手舞足蹈地欢呼，竟而失去平衡，掉进船仓里不见了。小木明惊叫一声冲过去，跳进船仓，感到里面的水齐腰深，他找到诺克姑娘，把她举到上面。诺克姑娘一上来就赶忙把镜子掏出来，看看是否破了。镜子好好的，但当她照镜子时，一个叫人毛骨悚然的景象映到了镜子

里：小木明正往上爬，一个大东西正慢慢地从角落里朝他蠕动过来。诺克姑娘拼命叫喊："注意！背后有章鱼！"琴鼻子他们赶到，举起高跷对着章鱼又是戳，又是捅。章鱼却毫不放松地向小木明爬去。诺克姑娘急中生智，拿起宝镜用彗星的光线反炫章鱼的眼。这个办法可奏效了，章鱼立即停止蠕动，大家乘势救起小木明。小木明不无赞美地对诺克姑娘说："你救了我的命，而且办法相当巧妙！"

他们继续赶路，海底的沙地越来越平坦，上面散着许多贝壳。还有一些大螃蟹，诺克姑娘用镜子的反光炫他们的眼，螃蟹们吓得吱吱乱叫，四散奔跳。逗得这一群人哈哈大笑。

夜晚，他们找到一个岩石尖来扎营。地方太潮，点不起火。没有火，睡觉很危险，他们决定轮流站岗。

十、埃及蝗与龙卷风

清早起来，他们发现彗星差不多有房子那么大了。越过海滩，前面就是树林，离木明山谷不远了。他们惊喜地踏上了回家的旅程。路上遇到一只家猫骑着自行车迎头过来，家猫告诉大家："彗星正好掉在木明山谷，这是麝香鼠让鸟儿传的消息。所以，大家都在逃难。"说完急急忙忙去赶路了。小木明他们也加快了步伐。又遇上了一位穿连衣裙的爱默族大叔，他在弄集邮册。琴鼻子把彗星撞击地球的事解释给他，他也加入了这一群。他们走进了大森林，从远处传来嗡嗡声，声音越来越大，最后达到震耳欲聋。天空也突然暗下来，一大群埃及蝗虫铺天盖地降下来。转瞬间，所有的树都被吃得光秃秃的，然后像一阵风一样飞走了。看见毫无生机的树林，大家情绪极差。琴鼻子用他那仅剩一两个音的口琴吹起了"心烦曲"。不久又传来了呼啸声，"又是一群蝗虫来了，"小长鼻耳朵长，他第一个听到。接着大家也翘起鼻子，竖起耳朵听。"是大风暴。"诺克姑娘说。这次真的叫她说对了。龙卷风的前锋穿过光秃秃的树林号叫着来到了："这场风我们应该好好利用。"诺克说。大家想着办法，诺克忽然心生一计，他要用爱默大叔的连衣裙做一个大气球。没等爱默同意，大家已扑了过去，一眨眼工夫，把连衣裙从他头上拉了下来。然后把领子和两个袖孔一结，一只完好的气球便做成了。于是，大家都紧紧抓住爱默叔连衣裙的下摆褶边。为了安全，他们相互之间用尾巴串联起来。

扬森（芬兰）

龙卷风终于到了。有好长时间，他们既听不见也看不见，连衣裙气球把他们带到天上，越飘越高越飘越远。一直飘到龙卷风消失，他们落下来，这才发现气球挂在高高的梨树上。全体成员（包括爱默）安然无恙。这一夜他们紧紧地挤在一起，在梨树上睡觉。

十一、彗星来到木明山谷

十月七日十二点钟，大家才醒过来。看见彗星更大了。红颜色已经变成了黄白色，周围还有一圈跳动的火焰。今天是彗星来到的日子。

大家以最快的速度往家跑。木明山谷就在眼前了，木明家的蓝房子清晰可见，跟他们离开时一模一样。这时，木明妈正在厨房里做糕点，她不时朝窗外张望。木明爸神色紧张地踱着步，"现在已经一点半了。他们怎么还不回来？"过了一会儿，小木明和他的同伴出现在小木桥上，木明爸和木明妈兴奋得跑出去迎接这些游子。小木明把新结识的诺克兄妹、琴鼻子、爱默大叔介绍给父母。接着，他们马上开会研究决定，要在彗星到来之前，所有的人都躲进小长鼻他们发现的那个山洞。大家忙碌了一趟又一趟，把一些必需的东西运进山洞。他们用澡盆盖住山洞上面的裂口，木明妈在洞里点上一盏灯，琴鼻子在洞口挂上了一条毯子，把那瓶防烫油涂在毯子上。大家躲在山洞里。

还剩二十七分钟彗星撞击地球了。空气越来越热，天空越来越暗，山洞外面就像一只填满了燃料的大火炉。小木明突然跳起来，"我们把丝毛猴给忘了！"他边喊边冲出山洞，向泛着红色的黑暗树林中奔去。树林死一般寂静与恐怖。只有十二分钟了，小木明才找到丝毛猴。他们拚命朝山洞跑去。说时迟，那时快，刚一进山洞，外面就响起一种巨大的嘶嘶声。彗星冲下来了，时间正是八点四十二分四秒。彗星拖着火焰尾巴，吼叫着穿过山谷，越过山脉。最后消失在地平线上空。山洞里的一群听到巨声，吓得扑在一起，他们在想，彗星一定把一切都烧光了。只剩下山洞里的他们几个幸存。过了一会儿，外面静悄悄的。他们觉得没有危险了，便一个个睡着了。

十二、尾声

第二天早晨，映入眼帘的景色是多么迷人啊！天空清澈湛蓝，不带一点红色。一轮朝阳像是刚刚抛光的圆盘，挂在原来的位置上，放射着光芒。小

木明他们像做了一场恶梦。现在一切都过去了。小木明、小长鼻、琴鼻子、丝毛猴、诺克兄妹、爱默大叔、木明父母、还有麝香鼠，都来到海滩，看看所有的东西是否还在。

〔简评〕

这篇童话情节非常曲折生动。一开始，就充满紧张的气氛，深深地吸引了读者。木明山谷本来非常优美、宁静，可是，"彗星要来了"的消息，打乱了山谷中成员的正常生活。为了证实这个消息，小木明和小长鼻要到独山天文台去请教，一路上，经历了五次惊险的场面：鳄鱼、大蜥蜴、瀑布、地下河、鹰，回来的路上，他们又遇到大章鱼、吃人的毒树、大风暴……。危险时时伴随着他们，使得读者总是替小主人公们担心，心里都暗暗地想：上帝保佑，别再让他们遇到危险了。曲折情节的安排，使读者的心和主人公的命运紧紧地连在一起。

这本书，还使读者认识了许多不同性格的人物。有聪明勇敢的小木明；有善良、胆儿小的小长鼻；什么事儿都要开会研究的诺克哥哥；漂亮的诺克姑娘；会吹口琴、总是十分快乐的旅行家琴鼻子；光思考又不做任何事的哲学家麝香鼠……其中，最可爱的是小木明。作者着重赞美他乐于助人的品格。他为了救诺克姑娘，独自与会吃人的毒树展开了混战，最后制服了毒树。当彗星马上就到木明山谷的时候，不顾危险，走出安全的山洞，去寻找处于危险的丝毛猴，使小猴免于一死。书中这个乐于助人的小木明，让人觉得好可爱呀！

这个故事，告诉人们：当可怕的灾难和困难到来时，我们该怎么办？彗星要来了，树木晒死了，大海蒸干了，可称得上灭顶之灾！小木明和他的朋友们齐心协力，躲过了彗星的袭击！这就启示我们，困难和危险，并不可怕，如果大家团结，一定能战胜它！

（李娟）

涅斯玲格（奥地利）
作 家 介 绍

　　克里斯蒂内·涅斯玲格（Christine Nostlin 1936——　　）是奥地利儿童文学女作家。她出生于维也纳，在维也纳的工艺大学学习美术印刷设计。她最初从事的文笔创作是写作广播、电视的脚本。1970 年出版了儿童文学的处女作《红发姑娘弗雷德里卡》，此后在儿童文学的幻想型作品和现实型作品这两个领域展开旺盛的的创作活动。

　　涅斯玲格的作品从面向幼儿的图画故事到面向成人的小说，范围十分广泛。自 1970 年至 1980 年的十年间，她共出版了三十多部作品，还有零星发表的故事、诗、广播剧和电视剧等。

　　1972 年出版的《黄瓜国王》一举夺得好几个文学奖，给涅斯玲格带来了极大声誉。

　　1978 年出版的《留勃——留勃——乌拉!》是她较成熟的作品之一。另外她还创作了《康拉德》（收入本选集，改编）、《功课表》、《手中雀》等童话佳作。她创作的儿童小说常以现实主义的笔触直接反映奥地利的现实生活，如 1981 年出版的《思想家在行动》为揭示当代西方少年复杂的内心世界提供了出色的范例。

　　涅斯玲格在儿童文学创作上进行了创新，把奥地利儿童文学提到了一个新的高度。她的作品同时受到奥地利整个文坛的尊重，成为当代奥地利的大作家。涅斯玲格的作品不但在奥地利广为流传，还被译成了二十多种文字在世界上的其它国家出版。她的世界性影响正在不断扩大。

　　涅斯玲格的童话情节曲折，富于幻想，极度夸张，写得热闹且引人发笑。但她在作品中提出了严肃的问题，因此她的作品不但引人发笑，而且令人笑后深思。她善于用令人惊异的形象，把幻想与现实生活联系起来，以敏锐的洞察力来把握儿童身处的状况，采用儿童的视点用幽默的笔调来表现深刻的问题，在作品的底层，流动着对弱者的同情和人道主义的精神。

　　1984 年，涅斯玲格获第十五届国际安徒生奖。

康 拉 德

若文　改写

在奥地利一个不大也不小的城市里，有一位不老也不年轻的太太名叫巴托洛蒂。这天早晨，她正躺在家里那张摇椅上，一边摇着，一边吃着早餐。因为躺着吃喝，她那件浅蓝色晨衣上就留下了棕色的咖啡迹，黄色的鸡蛋迹，还有许多面包屑落到了领子里面。

吃完早餐，巴托洛蒂太太站起来，用一条褪跳了跳，直到把晨衣里面的面包屑都抖落到地板上。然后对自己说："我亲爱的，去洗一洗，换换衣服。"她对自己说话，总叫自己"亲爱的"，因为小时候她妈妈就这样叫她，后来她丈夫也这样叫她，可现在这个家只有她一个人。

她走进浴室，想洗个热水澡，可惜她养的金鱼正在浴缸里游来游去。于是她只好拿起一块药棉，把脏脸擦了擦就算干洗了。然后换了衣服回到起居室正准备动手织地毯。突然门铃响了，她想，这一定是邮递员送汇款单来了，因她时时都盼望着卖掉地毯的钱快汇来。

一点不错，来的正是邮递员，但他送来的不是汇款单，却是一只大纸板箱。看样子足有二十公斤重，也不知是谁给她邮来了什么东西。可也并不奇怪，因为她有个坏习惯，很着迷报上的定货券，凡是看到了，就会填上并剪下寄出。于是她经常收到许多古怪的东西。

包裹里有一封信，她念到："……送上您预订的货，请查收。万一您不再需要我厂这一产品，可以退还。请通知我们，我们会派人来取。但我们必须指出，我们只能收没有打开过的罐子。"这可激起了她的好奇心。她看看纸板箱，想：里面到底是什么？要不要打开呢？

好奇心战胜了她，她用剪刀剪断了纸板箱的绳子，打开纸箱盖，看见了那个闪闪发亮的银色大铁罐，她捧出铁罐，拼命回忆，这是定购的什么呢？可怎么想也想不起来！她把铁罐细细看了一遍，发现边上有一圈金属带连着一个拉环，于是她用劲去拉那个环。

涅斯玲格（奥地利）

铁罐被打开了，罐里先是透出一股医院里的那种气味，然后，铁罐里传出了说话声："妈妈，你好！"慢慢站起来一个全身皱巴巴的小矮人。巴托洛蒂太太吓得倒在了摇椅上。小矮人站在铁罐里，说："妈妈，快，按说明书办。我已忍受不了了。"

巴托洛蒂太太像接受了命令似的摇晃着站起来，她找到了一袋营养粉剂，并按说明书先将营养粉用四公斤温水化在一个小塑料桶里，然后依说明书又将这营养剂浇在皱巴巴的小矮人头上，慢慢地小矮人的皮肤吸收了所有营养剂，全身皱巴消失了，人也长高了。

一个漂亮健康的七岁左右的小男孩从铁罐里爬了出来，他全身棕色皮肤，又滑又软，脸颊红润，眼珠亮蓝，牙齿白而整齐，头发卷曲好看。他那天真的童音告诉巴托洛蒂太太："妈妈，我叫康拉德，是工厂里用高度技术和特别配方制造出来的，你喜欢我吗？你高兴吗？"

巴托洛蒂太太还没弄清这到底是怎么回事，但她知道，孩子需要爱，不能让孩子伤心。于是接口道："我当然十分高兴，我爱你，孩子。"康拉德笑了："谢谢妈妈！我刚从罐里出来，感到很累，想先睡一觉，可以吗？否则可能出故障。""当然可以！"巴托洛蒂太太说。

康拉德上了床，巴托洛蒂太太给他盖好，他说了声："晚安，妈妈！"马上就睡着了。巴托洛蒂太太感到，她的确喜欢康拉德，喜欢极了，她在床边呆看着熟睡着的康拉德。忽然，她又想到了什么，"对，该给孩子去买几件衣服，不然，他醒了，穿什么？"

巴托洛蒂拿出了所有的存钱，六张五元钞票。急匆匆地来到百货商店，精心地挑选了童装、鞋帽和玩具等几大塑料袋的儿童用品，回头又买了一张儿童床，并请店员当晚要送到她家，然后就提着东西往家赶，快到家时她又用最后的一点钱买了糖果和冰淇淋等。

回到家时，康拉德已不在床上了，他裹着被单站在窗口看下面的大街。"你好，妈妈，"康拉德帮着妈妈放下手中的东西，又说："妈妈，我因为冷，裹了被单，我希望这不算淘气。""这当然不是淘气！来，快换上刚买的衣服。"她笨手笨脚地给康拉德换上了新衣。

康拉德穿上了一套漂亮的衣服，头上戴了顶浅蓝色的帽子。"你好看极了，快去照照镜子！"巴托洛蒂太太高兴地说道，"不，小孩子平时不该照镜子，要不然会变得爱虚荣的。"康拉德回答。"噢，对不起！"巴托洛蒂太太咕

噜了一声。

巴托洛蒂太太端出冰淇淋让康拉德吃。但康拉德却摇摇头："妈妈，冰淇淋不是在饭后才可以吃吗？""天啊，这孩子怎么懂得那么多规矩？"太太糊涂了，把冰淇淋全吃进了自己肚里。后来，她又拿出了许多玩具，让康拉德玩。康拉德问："我的游戏角在哪里？"

"什么游戏角？"巴托洛蒂太太从没听说过。康拉德解释："就是不会吵大人工作，又不会把房间里的东西弄乱，而小孩可以在那里玩耍的房间角落，""噢，原来是这样。这房间的四个角都可以！你把玩具都搬去吧。""不，先拿一件，一个孩子一次最好玩一样东西。"

康拉德拿起一盒积木走到窗子旁的一角。"妈妈，我就在这个角可以吗？""当然可以。"康拉德很专心地在那里玩起了搭积木的游戏。巴托洛蒂太太很有兴趣地看着康拉德在玩。过了一会，她才想起自己该织地毯了，不然，她和康拉德可没钱生活了。

巴托洛蒂太太悄悄离开康拉德，来到了工作间，不久，便一心织起了地毯。也不知过了多长时间，她才发现康拉德站在身边，一看表，天已经晚了。"你饿了，是吗？"她慌忙叫道。"不，不饿，营养液够我一整天的营养。我是想请你教我唱一个七岁孩子唱的歌。"

"七岁孩子唱的歌！"巴托洛蒂太太尝试想出她小时候唱过的歌。可想来想去都是大人唱的歌曲。最后她终于想了一首小时候跟奶奶学的歌，唱了起来："小查理，真聪明，骗了奶奶，骗爷爷……"康拉德听着，却哭了。巴托洛蒂太太奇怪了："你这是怎么了？"

"妈妈，七岁孩子不能学唱说骗人是聪明的坏歌曲。""啊，这是坏歌曲？"康拉德点点头。巴托洛蒂这才明白康拉德哭的原因，她保证今后再也不唱坏歌曲，也不讲坏话，康拉德这才止住哭声。正在这时传来了门铃声。

巴托洛蒂太太想起来了，一定是药剂师托马斯先生来了，因为今天是星期六，每星期六晚，他们都要相会一次。"天啊，我简直忘了！"她跑去开了门，果然是托马斯先生。"我弄来了两张戏票，晚上请你看戏。""不去，我弄来了一个男孩子，晚上我不能出去了。"

"什么？你说什么？"托马斯先生十分惊奇。这时候康拉德也跟着来到了门厅，他走到托马斯先生面前，跟他握手说："您好，先生。""这是我的儿子，七岁，叫康拉德。"巴托洛蒂说。这可把托马斯惊呆了，巴托洛蒂想到该向托马斯先生解释，但又不愿当着康拉德的面。

巴托洛蒂太太对康拉德说："亲爱的，你去看电视里的儿童节目好吗?" "噢，好极了!"康拉德听话地到起居室去了。巴托洛蒂把托马斯先生拉进厨房，然后就把整个事情原原本本地告诉了他。听完，托马斯十分高兴地叫道："有这样一个富有教养的孩子，真幸福!"

"走，看孩子去。"托马斯先生拉着巴托洛蒂太太来到了起居室。这时康拉德正在专心地看电视，但托马斯先生却把康拉德抱起来，一边亲他，一边不停地称赞他。看来托马斯先生也深深地爱上了他，直到有人送儿童床来了，托马斯先生才放下康拉德。

当康拉德上床时，巴托洛蒂太太在康拉德嘴里塞了一块巧克力。他咽下巧克力。说："谢谢，非常好吃，可我还是觉得很难受。"康拉德解释说："孩子在临睡前是不该吃糖的。"他在工厂所受的教育就是这样的，只要做了不该做的事，他的心里就会很难受的。

后来康拉德睡着了——睡得像个小天使——托马斯先生和巴托洛蒂太太两个看着熟睡了的康拉德又坐下说话。"这可爱的孩子需要个爸爸，而我，我可以做个好、好爸爸。"托马斯先生有点结巴地说。"我不相信一个七岁孩子非要个爸爸不可。"巴托洛蒂太太说。

第二天是星期天，巴托洛蒂太太问康拉德："我们出去玩玩好吗?"但是康拉德说："我想做好准备明天去上学，我想我可以进小学二年级，能把他们的课本借来让我看看吗?"巴托洛蒂太太叹了口气，到下面二楼罗伯逊家去，因为罗伯逊的女儿基蒂正好读二年级。

康拉德拿着巴托洛蒂太太借来的语文和算术课本十分高兴。他又要了一支铅笔和几张纸便认真地坐到桌子边看起书来了。巴托洛蒂太太觉得他眼下不需要她，认为自己该去织地毯了，现在她急着等钱用了，因为她给康拉德买东西把钱全花光了。

门铃响了，康拉德跑去开门。原来是托马斯先生来了。"你怎么又来了?还不到星期六啊。"巴托洛蒂太太问。"我想，我是孩子的爸爸，有空就该来看他。""孩子会认你这个爸爸?"巴托洛蒂又问。"是的，他同意的。"托马斯先生说。只见康拉德在边上点点头。

巴托洛蒂太太叹口气，自语道："好吧，既然这样，我想也好。"托马斯先生和康拉德在一起做作业，托马斯先生惊奇地发现：康拉德能熟练地完成

二年级学生所有的作业，而且字也写得漂亮。"他不该读二年级，他应该读三年级，或四年级。"托马斯先生起劲地叫道。

星期一早晨，巴托洛蒂太太领着康拉德到学校报名上学，这时托马斯先生已等在校长室门口。经过考试，女校长十分满意地同意康拉德进三年级学习。看着女校长亲自带康拉德上三年级教室去，巴托洛蒂太太和托马斯先生俩高兴地笑了。

下午放学了，学校里拥出来一大群男孩和女孩。巴托洛蒂太太和托马斯先生早已先后来到校门口等着，他们见康拉德也接着出来了，便迎上去异口同声地说："在学校快活吗？""不很快活，我跟普通孩子好像不一样，他们叫我小傻瓜。"康拉德说。

"他们是些不懂礼貌的孩子，你可以不理他们。"托马斯先生对康拉德说。正在这时，住在二楼的罗伯逊的女儿基蒂也走来了，她先向两位大人问好，又对康拉德笑笑说："今天我生日，等会请你上我家来玩好吗？""爸爸，妈妈，我能去吗？"康拉德问。

"当然可以去。"巴托洛蒂太太抢先回答。"你去也好，可以看看普通孩子的生活。"托马斯先生又说。回到家后，巴托洛蒂太太给康拉德换上了一身漂亮的衣服，然后对他说："你可以去做客了。""好吧，谢谢妈妈！"康拉德高兴地蹦跳着来到了基蒂的家。

基蒂还请了好多小朋友来家，除了她的同班同学托尼和雅妮，还请了康拉德的同班同学燕妮和骂康拉德是小傻瓜的弗兰克。起先他们一起吃着生日茶点，玩得不错。可后来托尼不小心碰翻了可可杯子，可可流到了台布上，已滴落到漂亮的白色地毯上。

基蒂知道她妈妈多么喜欢这块地毯，她吓得大叫："不好了，妈妈，快，可可，地毯！"罗伯逊太太听到喊叫赶快拿着湿毛巾跑来擦那摊可可迹，并叫道："你们这些孩子不能小心点吗？""不是我，不是我，是康拉德。"托尼叫道。"托尼说谎，不要那么下流！"基蒂大叫。

可可迹终于擦掉了，孩子们接着又玩一盒问答卡片。托尼和弗兰克抢先各拿了一张看了看，都摇摇头说："这些问题小学生答不出，不玩这个。"可康拉德拿来一看就答出来了："斜塔在意大利比萨，一百四十四的平方根是十二。""爱卖弄的傻瓜。"托尼不服气。

"他是瞎编的，爱卖弄的小傻瓜，他什么也不懂！"弗兰克也叫嚷着，还对康拉德的肚子打了一拳。"还手，打他！骂他！"燕妮对康拉德说。可康拉德摇摇头说："我不能打人，不会骂人。""胆小鬼，他不敢。"弗兰克大叫着又打了康拉德一拳，但康拉德还是没有还手。

基蒂在边上看不过去了，她大叫："住手！他是我请来的客人。"说着她朝弗兰克肚子也是一拳，还踢了一脚。罗伯逊太太这时赶了过来，拉开了基蒂说："孩子们，时间不早了，该回家了。"弗兰克拉着托尼不服气地走了，其他几个小朋友也走了，基蒂送康拉德上楼。

到了巴托洛蒂太太家门口，基蒂对康拉德说："我们明天一起去上学，下了课一起回家，谁对你不礼貌，我就对他不客气。""谢谢你！"康拉德说。他按了门铃，基蒂重新下楼，在楼梯上对他招了招手又说："康拉德，明天见。""再见。"康拉德也招招手说。

巴托洛蒂太太问康拉德："好玩吗？""有不好玩的，"康拉德说，"但也有好玩的。""生活就是这样。"巴托洛蒂说着，带康拉德进厨房，晚饭吃金枪鱼和面包，巴托洛蒂又忘记买食物了，尽管托马斯先生作为一个父亲，早晨已经给了她养儿子的赡养费。

康拉德和巴托洛蒂太太刚吃完晚饭，托马斯先生又来了。他提着个塑料大提袋，看到餐桌上吃剩的晚饭，感到厌恶，他说："做母亲的光让孩子吃面包，不知道他还需维生素？"说着从提袋里先拿出了一袋苹果，接着，又从手提袋里拿出一个红色书包。

"噢，多好看，多可爱啊！"康拉德叫道。他见书包里面还有钢笔、铅笔和练习本等，更是宝贝得不得了。"你母亲没给你买学习用的东西，她怎么能忘记这些东西？"托马斯先生问道，巴托洛蒂太太听到他指责她做的晚饭，又指责她没买学习用具，便发火了。

巴托洛蒂太太生气地叫道："谁要你买钢笔书包这些无聊的东西，我真想把你和这些东西都扔出去。""噢，妈妈！"康拉德吓坏了，"你千万别说这种话！"他眼睛里都是泪水，"我不知道该怎么办好，"康拉德又说："工厂制造我们时，没想到会发生这种家庭问题。"

看着康拉德流着眼泪，脸也发青了。巴托洛蒂太太知道自己又讲错了话，她急忙问道："我的孩子，你觉得不舒服吗？""不，我感觉到你们是在吵架，心里难过。"康拉德回答。"我们保证再也不吵架了，好吗？"两位大人同声说，康拉德这才高兴了。

　　康拉德在巴托洛蒂太太家又住了三个多星期。基蒂每天都等着康拉德一起上学，放学又一起回家。几乎每天的上学和放学的路上，弗兰克和托尼总跟在他的后面，用一连串粗话骂康拉德，不过弗兰克和托尼总跟他们保持一段距离，因为他们太害怕基蒂了。

　　三年级的老师斯通太太却十分喜欢康拉德，她认为康拉德是"每位老师梦想的那种学生"。因为康拉德不仅懂礼貌，诚实，而且成绩也是全班最好的，所以斯通太太让他做班长，但许多同学却不喜欢康拉德，而且有些很恨康拉德。

　　原来康拉德和同学们在一起时犯了许多"错误"。如几次测验时，有同学悄悄问他答案，他就是不肯告诉，还有一次课间休息时，同学安内特打破了玻璃，老师问是谁干的，但没有人开口，后来康拉德作了回答。几个同学有了淘气事情，都是康拉德告诉了老师。

　　后来基蒂知道了同学们对康拉德有气，都不愿和他一起玩，就对康拉德说："你应该变一变！同学是不告同学状的。"但康拉德只是摇头，他说："我被制造出来就是这样，出厂准备部门也这样训练我。""试试看，可以变的，不然，我也不高兴了。"基蒂又说。

　　为了让基蒂高兴，康拉德试着做了，有一次上体育课，老师要大家做体操，但同学们要玩吊环，当老师领头做时，同学们都坐在地上不动，康拉德也坐着不动。老师盯着康拉德说："你怎么也这样？"康拉德坐不住了，不由自主地站了起来，结果同学们又骂他了。

　　后来康拉德又试了几次，但还是失败了。所以康拉德在学校里，同学们对他的不友好，常使他苦恼。只有当他回到家里，和巴托洛蒂太太或托马斯先生，还有和基蒂在一起时才高兴了。有一天下午，康拉德和基蒂跟巴托洛蒂太太在一起玩时，出了一件意外的事。

　　一位投递员送来一封挂号快信，原来是制造康拉德的工厂的来信，信中说由于他们厂的电脑出了差错，把康拉德错送给了巴托洛蒂太太，他们马上要派人来收回，并转送给定制这一男孩的父母。这一闪电似的消息，使三人都惊呆了。

　　过了好一会儿，巴托洛蒂太太才抽泣着说："看来他们近两天就会把康拉德要回去了。""你不会放康拉德回去吧！"基蒂叫道。"他属于另一个母亲，我没权利留他。"巴托洛蒂太太说着竟大声哭了起来。"不，你是我的好母

亲。"康拉德跳起来大叫。

"你真是这样想？"巴托洛蒂太太有点转忧为喜地说，"可能想出什么办法把你留下来呢？"巴托洛蒂太太点起了一支大雪茄。"妈妈在动脑筋。"康拉德说。过了一会儿巴托洛蒂太太忽然大声地说："行了，康拉德，我有办法了。你先离开一会儿，我有话跟基蒂说。"

康拉德乖乖地离开了。巴托洛蒂太太跟基蒂咬着耳朵低声告诉她自己想出的主意，基蒂的脸开始亮堂了。"这是个了不起的好主意，我当然帮助你，只要能留下康拉德，我什么都愿意干。"说着，她们把康拉德叫了回来，并让康拉德躺在地毯上，康拉德莫名其妙。

巴托洛蒂太太将地毯卷起来，把康拉德卷在里面，卷了三层，接着基蒂和巴托洛蒂太太一人一头把地毯抱起来扛在肩上："你在里面空气够吗？"基蒂对着地毯卷叫道。"够，我很好。"地毯里面一个闷声回答。她俩吃力地扛着地毯出了大楼沿着马路上干洗商店去。

干洗商店在托马斯先生的药房隔壁。基蒂和巴托洛蒂太太扛着那地毯进了干洗店。"你们好！洗地毯吗？"柜台里一位新来的营业员问。"是的，我们是老顾客了，地毯由我们直接送后面洗染场吧，不劳驾你转手了。"基蒂和巴托洛蒂太太说着扛了地毯直往店堂后面走。

新来的女营业员看着基蒂和巴托洛蒂太太吃力地扛着地毯亲自送后面洗染场，就感激地说："谢谢了！"说完就回头招呼新来的顾客去了。但基蒂和巴托洛蒂太太出了店堂后门并没有直接进小马路对面的洗染场，而是马上转弯按响了隔壁药房的后门门铃。

这时，托马斯先生正在前面店堂做生意，忽然听到后门铃声不断，他不知道后面发生了什么事，赶紧对正在买药的一位太太说："对不起，请稍等一下！后门有人叫。"他穿过店堂后面的房间，奔到后门，刚一开门，就见巴托洛蒂太太和基蒂扛着一卷地毯撞了进来。

他们随手关上后门就在房间中摊开那张地毯。"这到底是怎么回事？"托马斯先生吓坏了。忽然他看到打开的地毯中间躺着浑身是灰的康拉德。"你们疯了！怎么开这样的玩笑。"托马斯先生火了。"谁跟你开玩笑，快把康拉德藏起来！"巴托洛蒂太太着急地说。

"这是为什么？"托马斯先生问。"你坐下来，我把事情都告诉你。"巴托洛蒂太太说。"可前面还有顾客等着。""那你快把顾客打发了，关上店门。"

"不能关店门，这样会更加令人注意。"基蒂在边上插嘴说。"对了，不能关店门，那我们到前面说话去。"巴托洛蒂太太又说。

巴托洛蒂太太和托马斯先生一起来到前面店堂里。当托马斯先生把那位已等得不耐烦的太太的生意做完送走后，巴托洛蒂太太便悄悄地把事情详细地告诉了托马斯先生，并让他赶快想办法。"那你把康拉德先送到楼上洗一洗再说。"托马斯先生回答道。

店堂后面房间的后墙旁有一座铁的螺旋梯，通到二楼托马斯先生的起居室。巴托洛蒂太太拉着康拉德和基蒂从螺旋梯上楼。巴托洛蒂太太先让满脸是灰的康拉德洗了个澡。待康拉德洗完出来，巴托洛蒂太太对他说："亲爱的，这两天你不能回家了，就住在这里好吗？"

康拉德含着泪点点头："妈妈，躲在这里没用，工厂的人非常聪明，不管在哪里他们都能找到我。""不，只要按我的计划办，等他们找到你，就不会再要你回去了，你先安心待在这里。我和基蒂这就回家，等托马斯先生关店后就会来陪你。"巴托洛蒂太太说。

托马斯先生来了。外面天已黑了，他刚关上了店门，就急着上楼来了，他问巴托洛蒂太太：你有什么计划？""一个改变康拉德的计划。"巴托洛蒂太太回答道，"工厂要收回的是个懂礼貌，听话的人造孩子，我们把他变成个不听话，不讲礼貌的孩子。"

"这样，工厂的那些人就认不出他是他们的产品了。"巴托洛蒂太太接着说。康拉德听着脸都吓白了："噢，不！妈妈，我是不能改变的，我已经试过了，不行。"看着康拉德难受的样子，巴托洛蒂太太就说："好了，明天再说吧。"说完和基蒂下搂回家了。

巴托洛蒂太太一夜睡得不安稳，一直想着如何实施她的那个计划。直到快天亮时才迷迷糊糊地睡着了。也不知道过了多久，外面天已大亮。忽然她的门铃长时间响个不停，她还以为康拉德出事了，穿着睡衣就去开了门。一看原来是个穿蓝色工装裤的小个子。

门一开，那个小个子就说："太太，对不起！我是来收回错送给你的那个孩子的。"巴托洛蒂太太生气地说："错送给我的孩子，昨天就跑掉了。""你不该让他走，他是我们工厂的财产！"小个子说。"你们的财产，自己去找吧！"巴托洛蒂太太怒骂着把那个人赶跑了。

这一天，可让巴托洛蒂太太难受极了，她急于想去看康拉德，可就是不

敢下楼去。原来她透过起居室的窗口往下面街上看，那个小个子下楼后一直待在街上，周围还有几个穿蓝色工作裤的人，直到中午，基蒂放学回来找她时，才商量了一个可以外出的办法。

巴托洛蒂太太用心地把自己化装了一番，她头上戴上了白发银丝的头套，穿了一身灰不溜秋的衣服，而这些都是她以前预定来的，从来没派上用场的东西。然后像个老态龙钟的病老太太弯着腰出了大楼，慢慢地进了药店，路上所有的熟人谁也没认出她来。

进了药店，一时连托马斯先生都没认出是巴托洛蒂太太，还问她："太太，要什么药？"直到她说："快，让我上楼去。"托马斯先生才从她的说话声中认出她来了。而基蒂先回了一趟自己的家，和妈妈说是要到同学家帮助同学做数学，过了不久，也偷偷地溜进了药店。

这时，康拉德正在认真地看一卷百科全书，见巴托洛蒂太太上楼，才放下书高兴地说："妈妈，我今天又学了许多新知识。""唉！先别管这些了，你得赶快彻底改变自己，要不，就来不及了。"巴托洛蒂太太着急地说。妈妈，我怕不行。"康拉德又难过地说。

可基蒂倒很有信心，她说："一定能改变的，原来的你是教育的结果，现在可以重新教育，你淘气就得到称赞，你好就受到责罚，明白吗？""对，基蒂说得对！"巴托洛蒂太太更有信心地说。但托马斯先生心里却十分难过："怎么能把一个好孩子变成一个坏孩子。"

"但其它又有什么办法呢？"托马斯先生心里想着摇摇头，自到下面店堂去了。基蒂和巴托洛蒂太太开始训练康拉德。她们先教康拉德说粗话，凡康拉德能跟着说一句粗话，基蒂就吻他一下，并赞扬他，凡说了礼貌用语就用针刺他，这样不断重复。

第二天是星期天，托马斯先生关店休息，他在一边难受地看着把康拉德变成坏孩子的训练。有一次，康拉德连着叫了他三声"老傻瓜蛋！"他还不得不赞扬康拉德："说得好极了。"就这样康拉德很快学会了说粗话、乱涂墙壁、乱涂作业本……十足变成了一个坏孩子。

可穿蓝色工装裤的人们也并没闲着，他们调查了解到基蒂是康拉德的好朋友，就在星期二下午，他们带着一对夫妇偷偷地跟着刚放学的基蒂来到了托马斯先生的药店堂，那对夫妇对工厂经理说："经理先生，我们马上能领到预定的理想的孩子了吗？"

"是的，请放心。我们厂的产品是很听话的，我一叫他就会来。"那位经理先生回答。说着，他不顾托马斯先生的阻拦，冲着店堂后面大声连叫："康拉德，来！""别叫了，蠢猪，我来了，老饭桶！"随着脏话声，一个浑身都脏的康拉德跑了出来，"你叫我吗，傻瓜蛋？"

康拉德趴在螺旋梯栏杆上，一路旋转着滑下来，一头撞在想来领他的老太太身上。"对不起，糟老太婆，要我赏你两脚吗？"那女人尖叫起来："我向你们厂定购的孩子，你们不是说的他吧？这难道是有教养的孩子？你们工厂是大骗子！"

总经理眯起眼看康拉德。"不可能！"他说，"这个孩子绝不可能是我们工厂生产的！"那对夫妇气愤地走了。"我们走吧！"总经理恼火地对手下的人说。"那么我呢？"康拉德问。"你这个讨厌的小鬼，跟我一点儿关系也没有！"总经理说。

等他们一出去，基蒂关上了门。康拉德脸色非常苍白。"天啊，太累人了！"他说，巴托洛蒂太太和托马斯先生摸着他的脸颊说："我可怜的宝贝！""你真了不起！"基蒂搂住他的肩头，"不要担心，康拉德，我们再重新教育你。"

〔简评〕

作者围绕一个工厂制造出来的孩子康拉德出厂后的经历，阐发了当今令人关注的儿童教育问题。借助这种奇特的构思，达到寓教于乐的效果，从而避免了生硬的说教。

这本书通过主人公康拉德的语言、行为，告诉人们，要想成为一个好孩子，应该怎么办？或者说，一个好孩子的行为规范。具体地说，孩子平时不该照镜子，要不然会变得爱虚荣的；冰淇淋在饭后才可以吃；做游戏时，不要吵大人工作，又不应把房间里的东西弄乱；骗人不是聪明的表现；孩子在临睡前不该吃糖……所有这些，是由康拉德自己讲出来的，因为，制造他的工厂，就是这样训练他的。这种巧妙的构思安排，使那些似乎空洞的道理，容易被人接受，从而达到教育和启发读者的目的。

它也为大人和社会提出一些严肃的问题。康拉德本来非常懂事，是个模范儿童。但为了和"母亲"能继续在一起，不得不进行重新教育，故意使他变成不听话、不讲礼貌的孩子：使工厂拒绝收回他。看后，令人深思。孩子

涅斯玲格（奥地利）

就是一张白纸，别人在上面画什么就是什么，正如故事中的小姑娘基蒂所说：原来的康拉德是教育的结果，现在可以重新教育。这充分说明对儿童的教育是不容忽视的，应当十分重视。

另外，故事中涉及到父母不给儿女造成烦恼的问题，也值得大人们好好地思考。

（李 娟）

孙幼军（中国）
作家介绍

　　孙幼军（1933——　）是中国当代著名童话作家。幼年随全家流亡关内，先后在秦皇岛、北平等地生活。1946年回东北，在长春上小学。1950年参军，转业后入吉林市第一高中读书。1954年考入北京俄语学院二部，1955年转入北京大学中文系，毕业后分配到北京外交学院任教。1969年去江西农村走"五七道路"三年多，1973年到外交人员服务局汉语教研室任教。1981年返回外交学院任教至今。现为外交学院副教授，中国作家协会会员。

　　孙幼军在中学时期便开始从事文学创作，发表散文作品，大学时期开始写小说，六十年代起创作儿童文学作品。1961年中国少年儿童出版社出版了他的长篇童话《小布头奇遇记》，这是他的成名作和代表作，深受广大儿童读者的、喜爱，曾获第二次全国少年儿童文艺创作评奖一等奖。

　　孙幼军百余万字的作品中，绝大多数是童话。在成名作《小布头奇遇记》之后，有低幼童话《萤火虫找朋友》（1963）、短篇童话集《玩具店的夜》（1979）、《吉吉变熊猫的故事》（1982）、《怪雨伞》（1982）、中篇童话《没有风的扇子》（1980）、《稀哩呼噜历险记》（未详）、《影星娃娃》（1991）、《孙幼军作品选》（1985）等。除了创作，孙幼军还翻译出版了多种外国童话作品。

　　孙幼军是一位勤于探索、勇于创新，同时又是一位心中装着儿童读者的、创作态度严谨的童话作家。他不"超越"儿童读者去追求"深刻"，而是编织吸引儿童读者的有趣而平易的故事，然而在这些故事里，却蕴含着儿童读者能够感受到的作家深刻体验过的人生道理。

　　孙幼军的童话创作与世界儿童文学的主潮获得了共时性，正是因此，他才于1990年成为我国第一位国际安徒生奖的候选人，获得了该项大奖的优秀奖。

孙幼军（中国）

小布头奇遇记

左伟　缩写

有一个很小很小的布娃娃，叫小布头。下面我就给你们讲讲他的故事。

新年快到了，幼儿园里好热闹呀！老师们就更忙了：她们要教小朋友唱歌跳舞，还要给小朋友做新年礼物。

新年礼物做了好多，上面用大红纸盖着。你们一定想知道红纸下面盖的是什么吧？让我小声告诉你们吧！

有小黑熊呀，小布猴、洋娃娃、小鸭子、各种车辆，还有小布头。

老师们刚出去，屋子里马上热闹起来了。

小布猴子一个斤斗，从玩具中间翻了出来，掀掉了盖在他们身上的大红纸。

"喂！活动活动吧，朋友们！"猴子说。

玩具们七嘴八舌地嚷了起来。

"我的腰都坐酸了。"小黑熊站起来说。

"我躺得头都昏了。"大洋娃娃娇声娇气地说。

小布头坐在那里，抬头一看，一只小老虎瞪着大大的眼睛，头上有一个"王"字，好吓人哪！小布头朝后退了两步。

小老虎说："你不要害怕，我不咬人。"

小黑熊说："他是布老虎，不会咬人。"

布猴子看小布头还不放心，一把揪住了小老虎的尾巴。

大洋娃娃撇撇小红嘴唇说："一点也不勇敢。"

小布头不好意思的低下了头。

小鸭子同情地说："等他长大了，胆子就大了。"

小黑熊说："明天咱们就有新的家了！"

小鸭子说："我要找一个唱歌好的小朋友。"

小花猫说："我要分给一个爱清洁的小朋友，让他每天给我洗一次脸。"

布猴子说："要想干净，就分给一个小女孩子。"

小老虎说："我要跟一个男孩子，男孩子都勇敢。"

小花猫说："我要女孩子，她们会爱护我的。"玩具们正在嚷着的时候，外边"劈劈啪啪"响起了爆竹声，联欢晚会开始了。

幼儿园里热闹极了，一阵歌声；一阵笑声。老师开始分玩具了，每个小朋友都分到了一件玩具。大家快活极了。

只有一个小朋友不高兴，他叫豆豆，他分到的玩具太小了，只有豆豆的小手那么长。你们一定猜到了：他得到的就是小布头。

老师问他："你不喜欢小布娃娃，是吗？"

豆豆点点头，眼睛看着苹苹抱着的大洋娃娃，那才漂亮哩！

苹苹心想："豆豆一定是喜欢我的大洋娃娃。"苹苹走过去把大洋娃娃换给了豆豆。豆豆高兴地和小朋友跳起舞来。

晚上回家的时候，苹苹带着小布头一跳就跳上了车，小布头认为苹苹是个勇敢的孩子。

苹苹一进家门，就对爸爸嚷：

"爸爸，我有了一个火车司机！"

"火车司机？"爸爸放下报纸奇怪地问。

"你看！"苹苹举起手里的小布头。

"哦，一个小布娃娃。"爸爸说。

"爸爸，你把电线接上，我要请小布头坐火车。"

爸爸笑着把一节一节的铁轨接成了一个大圈儿；又把电线接在铁轨上，把火车放上去。

苹苹高兴地说："噢！接好了。"说完把小布头放在火车头里，又按下第一个电钮，火车慢慢地开动了。苹苹又按第二个电钮，火车飞快地跑了起来。

小布头特别害怕，他还是第一次开火车哩！

"武汉到了，请旅客们下车吧！"苹苹边按第一个电钮边说道。车慢慢地停下来了，苹苹把小布头抱到饭桌旁："你是一个出色的司机，现在咱们一起吃饺子好吗？"

小布头有些不好意思，爸爸对小布头说："吃吧，以后，你就是我们家的人啦！"

小布头也真饿了，大口大口地吃了起来。

天黑了，苹苹用积木给小布头搭了张小床，铺好被子。

小布头躺在小床上，非常幸福，一会就睡着了。

第二天早晨，小布头要和苹苹一起去幼儿园哩。

"爸爸，小布头还穿着单衣服，出门多冷呀？"

妈妈在一旁笑了。她找来一块绿绒布，开始给小布头缝外套。

小布头穿上了外套，高兴得跳了起来。

第二天却发生一件大家不高兴的事情。

吃晚饭的时候，苹苹把小布头放在了又细又长的酱油瓶子顶上。小布头害怕掉下来，就往后挪动了一下身子。没想到小布头一个斤头从瓶子顶上掉了下来！正好落在苹苹的饭碗里，米粒撒了一桌子，还把苹苹吓了一大跳。

"小布头！你看，粮食都浪费啦！"苹苹说着把小布头又放在了瓶子上。

小布头高兴地想："我以前胆子真小。从高的地方摔下来，不过就是忽悠一下子，挺好玩的！'，

想到这儿，小布头使劲跳下去。"哗啦"一声，他和瓶子一齐撞到苹苹的碗上。碗滚到地板上，撒得满地都是饭粒儿。

苹苹这回可真生气了，小脸儿气得通红。"你是个坏孩子！故意浪费粮食！"小布头被扔到了桌子上。

小布头非常生气。他没想到苹苹为这么一点小事儿，发这么大脾气。

苹苹见小布头生气了，就笑着说：

"对不起，刚才我的态度不好。以后我再不发脾气了。"

小布头想："女孩子就是不好，以后我不理她了。"

第二天晚上，从幼儿园回家时，小布头决定离开苹苹。

他们坐上了李伯伯的儿童车。到家门前时，小布头趁苹苹下车的功夫，从她的衣袋里溜了出来，留在了儿童车里。

空的儿童车跑得很快。小布头心里很得意。过了一会儿，车子停住了。

小布头听到外边人声嘈杂，还有汽车发动的声音，铁东西碰撞的声音。

"嗬，老李，您怎么也来了？"一个挺大的嗓门喊了一声。

"听说机器挺多，汽车不够用。"李伯伯回答道。

李伯伯拆掉了儿童车的棚子和板凳。儿童车变成了平板车。

李伯伯搬来了一个四条短腿的黑黑的家伙，放在了平板车上。小布头赶紧打了个滚儿，才没被压在下面。漂亮的外套滚掉了。

车子又跑了起来。小布头问那铁家伙："你是谁?"

"我是小电动机。"电动机和气的回答。

"电动机是什么呀?"小布头问。

"是一种机器,是带动抽水机的。大旱的时候,我帮助抽水机,把井水抽出来,浇在田里;连雨天,庄稼涝的时候,就把水抽出来。这样庄稼就能长好,多打粮食。"

小布头不耐烦了,用手捂住了耳朵。

"你怎么了?"电动机问。

"我……我有点儿……有点冻耳朵。"

电动机说:"请到我的外套里来避避风吧!"

小布头钻进了铁外套,缩成一团睡熟了。

"匡当匡当"的声音惊醒了小布头。他急忙问电动机:"李伯伯在哪儿呀?"

"已经回工厂去啦!我们在火车上。你睡得好吗?"

小布头不作声了。他叹着气说:"看样子,我回不了幼儿园了!"

火车停了,一台台的机器被搬下了车。

"再见!"电动机有礼貌地向小布头打招呼。

大嗓门叔叔发现了小布头:"嗨!这小玩意多有意思!把他给农村的小朋友吧。"

说完,他把小布头塞进了工作服的大口袋里,上了一辆大马车。

大车"咕噜咕噜"拉到一个地方,停了下来。车板"丁丁冬冬"响起来,震得小布头脑袋瓜直发晕。

哎呀,不得了!红皮的大白薯,像雨点儿似地打过来。

一个大白薯把小布头砸了个大斤头。不一会小布头就被埋在底下了。

"好哇!我成了大白薯啦!"小布头生气地说。

小布头和大白薯被卸进了屋子里的墙角下。

一只芦花小母鸡用爪子刨了几下,啄啄这儿,啄啄那儿……

她把小布头当好吃的啄了出来,用尖嘴儿叨住了小布头的鼻子,拚命地甩着。

"哎哟!"小布头疼得大叫一声。

小母鸡吃了一惊,把小布头甩到了半空中,"啪"的一声,落在大铁锅的

盖儿上。

他不光摔得疼，鼻子叫小母鸡啄得酸溜溜的，眼泪都快流出来了。

"你别哭，我不是故意的。我叫小芦花，咱们以后就做朋友吧！"小母鸡说。

小布头说："可是……你可别啄我的鼻子了。"

小芦花不好意思地说："一定不了。你的鼻子还疼吗？"

小布头摸了一下鼻子，眼睛里含着泪水。

天黑了，小布头感到冷清清的。

突然一只灰溜溜的小东西，大摇大摆走过来，嘴里还"喳喳"地唱着歌。

鼠老五一遍遍地唱着，小布头正要打招呼，鼠老五忽然站住了。他仔细地看着一块小小的木头板儿，木板上绷着几条粗铁丝，上面还摆着一块东西。

鼠老五悄悄地爬到木板上，小心地伸出小爪子。

"啪！"

"喳——"

鼠老五被夹在铁丝下面，惨叫一声，死了。

门开了，进来一位白胡子老爷爷，提着木头板走出去了。

小布头为那可怜的鼠老五落泪。越想越伤心，趴在锅盖上，痛哭了一场。

"你好哇！"一个当当的声音响了起来。

小布头抬头一看，是热乎乎的大铁勺，不知什么时候上了锅盖。

"你是干什么的呀？"大铁勺问。

"我从前是火车机器，不，是火车司机。"小布头自豪的说。

大铁勺露出不大相信的样子。

"我就坐在火车头上，后来，火车就开了。"

"火车自己就开了？"

"对呀，它自己就开了。"

大铁勺"当当"地笑起来："这就是说，火车不是你开的。"

小布头还要说什么，突然他闻到一股难闻的味儿，他立刻捂住了鼻子。这么一捂，鼻子就又一阵疼痛。

大铁勺关心地问："你是不是伤风了？"

"我根本没伤风！因为……你身上有股讨厌的臭稀饭味儿。"

大铁勺伤心地说："我给你讲个'臭稀饭'的故事吧！是我亲身经历的。

我姓郭，因为我是姓郭的铁匠打出来的。他把我送给了他的哥哥——郭老大。

他家有个叫丫丫的小姑娘，她娘总给她梳两条细细的小辫儿，她看到我去，快活极了。

丫丫的娘总把我洗得干干净净的。丫丫天天和我玩。我很喜欢她们。

有一天，郭老大一进门就哭了起来。后来我才知道：郭铁匠被抓去当兵，他半路逃跑，被枪毙了！

我也难过得哭了起来。"

听到这儿，小布头插嘴说：

"这也不是臭稀饭的故事呀！"

大铁勺说："别性急，你听下去呀！"

大铁勺又接着讲下去：

"解放前，郭老大家做的，那才叫臭稀饭哩！锅里难得有几颗粮食，煮的全是野菜梗和树叶子。

后来，就连臭稀饭，我也做不上几顿了。没多久，丫丫和她娘都饿死了。

一天，一个大汉走进门来，贼眼溜溜地四处一扫，忽然抓住了我，在锅盖儿上敲了敲：

'嗯！这玩意儿还不坏。'

他把我和铁锅一起端了出去。

从此，我住在地主王老财家里，我在锅里炒大片大片的肥猪肉，做雪白的大米饭。

我惦记着郭老大一家。我盼望有一天能见到他。"

小布头听着听着，忍不住哭出了声音。

"你哭啦？"大铁勺过了好半天才问了一声。

小布头说："我……呜——我没……呜——嗯嗯……我没哭……"

小布头用力的抹着眼泪。

过了一会儿，小布头问：

"要是郭老大有粮食，小丫丫就不会饿死，对吗？"

大铁勺点点头，又接着往下讲：

"一晃我在王老财家过了二十来个年头。

忽然有一天，很多穿得破破烂烂的人跑到厨房里，把我扔到了一个大箩筐里，抬到了广场上。

广场上的人越来越多，他们说呀，唱呀。孩子们也来凑热闹，在人群里穿来穿去的。

我感到奇怪，从来没见到他们这么高兴。

一位穿制服的干部站在人群前边说：

'乡亲们，咱们打倒了地主老财，现在就要把地主霸占的土地，分给大家……'

'共产党万岁！'

'毛主席万岁！'

人们轰动起来，口号喊得震天动地。

人们排着队来取东西了。一位老爷爷一把抓住我，叫了起来：

'在这儿！终于见到你了！'

'郭老大！'我高兴地嚷着。

他实在老得太厉害了。满脸皱纹，头发白了一多半儿啦！

郭老大笑呵呵地对我说：

'大铁勺呀大铁勺！共产党和毛主席来啦！咱们解放啦！'

从此，我们的日子过得一天比一天好啦！"

大铁勺讲到这里，微笑着舒了一口气。

小布头说："对不起，让你伤心了，我以后再不说'臭稀饭'啦！"

大铁勺说："睡觉吧！我们明天见。"说完走进了小碗柜里去了。

小布头刚迷迷糊糊的要睡着。"扑登！扑登！"锅盖震动了几下。

四个什么家伙跳上了锅盖。

小布头连气都不敢喘。他们在他身上乱闻，弄得小布头浑身直痒痒。

"滋滋，运气真不坏！"

原来他们是四只老鼠——鼠老五的四个哥哥。

"走！"鼠老大下令，"带着香点心回洞去！"

鼠老三答应一声，揪着小布头的衣领，把他拖进了老鼠洞。

四只老鼠回到洞里，围着小布头，坐成一圈儿。

鼠老三迫不急待地说："老大，咱们该分点心了吧？"

鼠老大叫了一声，咬住了小布头的绿上衣，可是没咬动。他又咬了一下小布头的白裤子，又没咬动。

"呸!"鼠老大恼火了,"这算什么点心哪!"

老三老四一齐扑了上去,各自咬住了小布头的一条胳膊。

小布头疼得"哎哟"一声叫,两条胳膊用力一甩,甩掉了两只老鼠。

四只老鼠吃了一惊,睁着贼溜溜的小眼睛,看着小布头。

鼠老大龇着尖尖的牙齿骂道:"你竟敢装点心,故意骗我们!弟兄们,来呀!给我狠狠地抛!"

三只老鼠把小布头使劲往上抛,接着又"碰"的一声摔在地上。

小布头忍住疼,一声不哼。

"来呀!换块大石头,把他压起来。"

鼠老大刚说完,小布头就被压在了石头下。

小布头这回明白了,老鼠全是坏蛋!我多傻呀,还为那个小坏蛋哭了一场。

"滋滋,我倒想出一个好主意!"鼠老二说。

小布头听见了,他们要偷小芦花吃。

天亮时,小布头听见洞口传来好听的叫声。

小布头听出是小芦花来了!喊道:"小芦花,快跑!快去跟你的朋友呆在一起!"

"咕咕咕!"小芦花还笑哩,"小布头,你藏在哪儿啦?快出来,我们一起玩儿!"

"赶快走开!老鼠来了!他们要吃掉你!"

小芦花说:"我才不信呢!"

小布头急得哭了出来:"我叫老鼠压在洞里了,我听到他们说,要吃你的。哎呀,急死人了!"

听到小布头哭了,小芦花相信了。她一边往外跑一边说:"我一定回来救你的!"

老鼠的阴谋失败了,他们气得眼发红,身子发抖。

"好哇!你敢泄漏秘密。把他摔死!"鼠老大发疯地喊叫着。

小布头咬紧牙,一声不出。

他后悔不该离开苹苹,泪珠儿,从小布头的脸上滚落下来。

这时,鼠老二脸一变,笑着对小布头说:

"我们本想杀掉你,不过看你太可怜啦!我们饶了你的命,你也该帮我们

办一点事儿呀。你去把小芦花叫来玩玩，告诉她你上回是骗地玩的，没谁想吃她。这简单吧！我们就放了你。"

"呸，做梦！"小布头生气地骂道。

"老鼠气得火冒三丈，把小布头弄到后门口准备弄死他。"

"咚！咚！咚！"

"轰！哗啦——！"

原来是几把大铁镐，把前面的墙打个大洞。

四只老鼠吓得四处乱窜。

小布头用力拉住鼠老大的尾巴不放，可是尾巴又细又滑，还是让鼠老大给挣脱了。

小布头用身子堵在了后门口。三只老鼠没法往外逃了。

"打呀！打呀！"

屋子里有人在喊，接着"丁丁当当"一阵敲打的声音。

"哈哈，成绩不小哇，"老郭爷爷笑着说。

"咦！后面洞口还堵着个东西哩。"

黑胡子磕叔叔说着，伸手把小布头拿了出来。

"还亏得这个小东西堵住了洞口，不然老鼠就都跑了。"

小布头听到夸奖他，心里真高兴。

"把这小东西，拿去给你们二娃玩儿吧！"

一位阿姨笑眯眯地，把小布头接了过去。

阿姨把小布头放在她家桌子上，干活去了。

门开了，一只小白鸡和一只小黑鸡走了进来，他身后又进来一只……

"小芦花！"小布头兴奋地喊了起来。

三只鸡高兴地跳了起来。小白鸡和小黑鸡听小芦花说，她的朋友小布头可勇敢了，没想到小布头是这么一丁点儿的小布娃娃。

"小布头，你就住在这吧，明天我们还来找你玩。"

"不行，我得回家去找苹苹！"

小黑问："苹苹是谁？她住在哪儿？"

"可远啦，还要坐火车！"

小芦花说："田阿姨家的孩子有一架飞机。"

小布头忙问："他能让我坐他的飞机吗？"

"能，你等着吧，田阿姨的孩子准会用飞机送你回去的，到时候，我们都去送你。"

晚上，田阿姨带着一个男孩子回来了。他叫二娃。

二娃爬上了炕，拿起了小布头。

"多好玩的小娃娃！可就是不卫生。"

田阿姨说："他的衣服是叫老鼠弄脏的。"

"妈妈，他的帽子叫老鼠给咬破啦。给他做顶新的吧！"

田阿姨用黄布做了顶老虎帽，上面有两只毛茸茸的大耳朵，两个大眼睛中还有一个"王"字。接着，田阿姨又缝了一套小衣服。

赫！小布头可真精神哪！

田阿姨和二娃哈哈大笑，因为小布头完全变成一个农村的小孩子了。小布头也笑了起来。

这时，大娃回来了。

"咦！让我瞧瞧，什么玩意儿！"

大娃喜欢得左看右看："借给我两天吧。把我新编的雀笼子送给你，好吗？"

"行，明儿一早，你就得还给我呀。"

大娃拿着小布头蹦蹦跳跳地跑到了一间小房子里，房子四壁像是玻璃的，可以看见数不清的星星。

小布头刚要问这是什么地方，大娃出去了。

这时小布头看清了，地上一片绿油油的草。

"我是小金球，他是黄珠儿。你是谁？"

"我是小布头。"小布头奇怪地看着绿草回答道。

"我坐过儿童车，上过幼儿园，会唱歌，还……还会跟小芦花一同种麦子！"小布头吹起牛来了：

"麦子怎么种呢？"小金球忍不住问道。

"你们想学，我就教给你们吧！好好听着，先搬来一颗麦子，它的样子像个大鸡蛋！……"

"嘻嘻！"小金球和黄珠儿听了笑了起来。

"把大鸡蛋埋在地里，用扇子扇，轰！一声响，就长出一棵大树来，后来树上长满了鸡蛋，那就是麦子。麦子'劈劈啪啪'掉下来，堆成了一座山！"

小布头说完，舒了一口气。

小金球却笑个没完，黄珠儿用力忍住笑。

小金球说："我是一棵麦子，黄珠儿也是一棵麦子，是田阿姨和大娃精心栽培的。"

小布头脸红了，不好意思的笑了。

于是小金球告诉小布头农民是怎样种麦子的。

首先，农民伯伯选出长得结实的麦粒，拌上药粉，杀死细菌。然后种到地里去，地耕得又松又软，还施足了肥料。他们需要喝饱了水，如果不下雨，农民伯伯就挑水浇在地里，还为他们杀死红蚊子。

小布头说："农民生产粮食真不容易呵！"

接着小布头把自己和老鼠搏斗的经历讲给小金球他们听了。大家都不知道他讲的就是小布头自己。

他们谈得正高兴，大娃回来了。他把小布头拿回家，放在箱子上，吹灭了煤油灯，躺下就睡着了。

第二天下午，大娃放学回家放下书包，拿出一个风筝，他把小布头拴在风筝的尾巴上说：

"小布头想家了吧？现在就坐我的飞机回家吧！"大娃边说边来到了一片空地，把风筝举起来，小布头就挂在了半空中了。

"哟！"小布头心里想，"这还叫做飞机呀，也没让我坐下来呀！"

该叫"站飞机?"也不对。脚在半空中悬着，也不该算"站"。

"咱们这飞机没有座位，"大娃冲着小布头喊，"你凑合着坐吧！再说，这样挂着也挺有意思，就像打秋千一样，多好玩儿！"

大娃在地下跑着，一手举着风筝，一手拿着线轴。一群孩子也跟着跑。

小芦花、小黑、小白，也赶来送行。

风筝线越放越长，风筝越飞越远，越飞越高。

小布头往下看，房子呀，树林呀，果园呀，还有一面面的镜子，——嗯，才不是镜子呢！那是一个个的水库，水面上结了一层冰，亮晶的，就像镜子一样。

小布头虽然很害怕，可是，一想到他就要找到苹苹了，他就不怎么害怕了。

突然小布头看见远处一列火车在奔跑，他快乐地喊起来：

"苹苹家的火车，我就要找到苹苹了。"

可是，苹苹家的火车可不会冒烟的，下面那辆火车头，冒着一道长长的白烟呢！

小布头想，再飞一会儿，就能看见苹苹的家了。

这时，小布头看见两个黑点在晃动，后来就越变越大，越变越大，一直冲着小布头飞过来。

多可怕！

是两只老鹰！在天上找食吃！

一只老鹰抓住了小布头。风筝线断了。一只老鹰抓住了小布头就跑，另一只老鹰扑上去抢，两只老鹰撕打起来。小布头觉得身体"忽悠"一下，他伸手想抓什么，可是什么也没抓住，一直掉了下去！

小布头醒来时，看见太阳快要下山了。他失望地叹了一口气："唉，坐飞机也没有找到苹苹！"

天变黑了，天空布满了小星星。小布头又冷，又困。

忽然，小布头听见身边有很细的脚步声。借着星光，他看见溜过去的是鼠老大！

"别往里躲了，我看见你啦！"

小希头心猛一跳："糟啦，他看见我了！"

洞里伸出一个毛茸茸的小脑袋来，圆圆的小耳朵。噢！是只田鼠。

"怎么不请我进去坐呀，啊？"鼠老大冷笑着说。

"我这小小门户，哪有大哥您家里阔气。"田鼠陪着笑脸。

"借我点儿粮食！"鼠老大不客气地说。

"唉呀，大哥！您也不是不知道，我哪有吃的！饿得腿都软啦！"

田鼠说完，还往地上蹲了蹲，表示他的腿的无力。

"我要住你这，躲一躲。有个布做的小坏蛋，把我给弄惨啦！抓住他，就把他咬成一千片儿！"

鼠老大说完就硬挤进洞里去了。

下雪了！

片片雪花在小布头身上融化了，变成几滴冰凉的小水珠儿。雪越下越大，小布头被雪花盖了起来，像是盖上了一条棉被子。

小布头开始想念他的小朋友了。要是大铁勺在他身边"呱啦呱啦"地讲

点什么，该多好！也许小芦花他们以为他已经回到了苹苹的家了。如果他们知道他被埋在了雪里一定会来救他的。还有小金球、黄珠儿他们懂得很多知识……

小布头特别想念苹苹。苹苹最关心他，给他那么好的房子和小床，还让妈妈给他做了一件暖和的小外套。苹苹离他有多么远呀……

小布头鼻子一酸，几颗眼泪从他冰冷的小脸蛋儿滚下去，滴在白白的雪上。

这时传来敲锣打鼓的声音。还有不少人把雪地踩得"格吱格吱"地响。

"这么多人！要干什么呀？他们要看见我躺在雪地下，那多好！"

原来是生产队的叔叔阿姨们来扫雪。他们把雪都收在一起，堆到麦田里去，麦子就不会冻坏啦！到了春天，雪化了，麦苗儿就能喝到许多清凉的水，就会长得结实，多打粮食。

"老郭爷爷，您老人家怎么也来了！"

"在屋里呆不住呀，大伙儿干得这么热火！我也该出点力呀！"

接着，小布头身边的雪"沙沙"地响起来了。这是老郭爷爷在扫雪。

声音越来越大，小布头眼前突然一亮。

沟里露出了小布头。

"这个小玩意儿，我好像见过。"老郭爷爷捋着白胡子说。

一只通红的小手伸过来，拿起了小布头。

"哈哈，我的飞行员！"说着把小布头放在了兜里。

小布头高兴极了，因为说话的是大娃。

"咳！一个洞！"一个男孩叫了起来。

"这是田鼠洞！"大娃说，"田鼠偷吃咱们的粮食。把他的洞挖了吧！"

一阵铁锹声和叫喊声，小布头从大娃的兜里探头一看，地上堆着大大小小的田鼠，他们都被打死了，还有一只是鼠老大。他肚皮朝上，一点儿也不会动啦。

小布头又回到了大娃的家。二娃看见了小布头，跟他可亲热了！

晚上，田阿姨带着二娃，二娃抱着小布头，爸爸领着大娃。全家人去小学校里开欢迎大会。

小学校的门口热闹极了，门上还挂了两盏大红灯笼，贴着大红标语。

屋子里摆满了长凳，还挂不少花花绿绿的纸条。小布头一看，哎呀！比

幼儿园小朋友过新年还好玩哩!

"同志们,新社员来了!"有人在门外大声喊着。

门外劈劈啪啪的响起了一阵鞭炮声,屋内的社员都鼓起掌来。

小布头看见新社员一个一个走了进来,有叔叔,有阿姨,还有好多小朋友。他们胸前都戴着大红花。

当新社员代表讲话时,小布头觉得这声音太熟悉了。

"哎呀!这不是苹苹的爸爸吗?他是来找我的吧,一定是苹苹想我了,就让他爸爸来找我的。"小布头这样想着……

"来呀!来呀!小布头在这儿哪!"小布头大声喊了起来。

可是大家使劲的鼓掌,还喊口号,谁也听不见小布头的喊声。

二娃朝着新来的扎着两条小辫子的小朋友,笑着走了过去。

"小朋友,你好!"那个小辫子问。

"我叫二娃,你们在这多住几天,我们在一起玩好吗?"

"我们不走了!爸爸说,我们来支援农业第一线,就总住在这啦。"

"噢!太好了!"二娃拍着手叫着。

"哎呀,我忘告诉你了。我叫苹苹。"

"苹苹!苹苹!"一个很细的声音在叫,"二娃!快放我出去!"

小朋友们,你们一定猜到了,这是谁在叫。可是,苹苹根本没听见;二娃只顾高兴了,早把小布头忘在了一边。屋里一片杂乱声,说呀,笑呀。可把小布头急坏了。

"二娃,送给你一辆小汽车。这是我爸爸做的,自己会跑哩!"

二娃早就想有一辆小汽车,他高兴极了。

"我送给你什么呢?"二娃突然想起了小布头,把小布头掏出来,放在苹苹的手里:

"送你一个小布娃娃。"

"小布头"苹苹惊讶地叫了起来。

她叫得好响,爸爸,妈妈,田阿姨和二娃的爸爸全都过来看,询问发生了什么事儿。

"小布头,我的小司机!"苹苹举着小布头让大家看。

"咦!真是他,这小家伙怎么跑到这儿来了!"苹苹的爸爸说。

苹苹根本没听见爸爸说的话。只是一个劲地亲小布头的小脸蛋:"小布

孙幼军（中国）

头！哎呀，我的小布头！"

小布头快活地流出了眼泪，把苹苹的脸蛋都弄湿了。

苹苹从衣袋里掏出一件又柔软又暖和的小衣服给小布头穿在身上。小布头一看："啊！是他的绿外套，就是苹苹妈妈做的，让他给丢在了李伯伯的儿童车上的那一件。

大家都为小布头和苹苹高兴。二娃的一家和苹苹一家成了好朋友。

夜已很深了，欢迎会结束了，大家热热闹闹地分开了。

苹苹的爸爸，妈妈带着苹苹和小布头踏着软软的雪，往新家走去。

小朋友，小布头的奇遇就讲完啦！

后来，小布头把他的新朋友都介绍给了苹苹。他们在一起又遇到了许多有趣的事儿。

可是，这都是以后的事儿了，等我以后有空儿，再慢慢地讲给你们听吧。

〔简评〕

这篇童话情节生动、幻想奇特。语言富于幽默，故事哲理性强，具有现实的内涵，发人深思。

小布头只有小朋友的小手那么大。他人小，胆子也小，大洋娃娃和小动物们都嘲笑他、瞧不起他。后来他和苹苹结为朋友。由于他不懂得珍惜粮食而使苹苹失望，苹苹对小布头的不满，使小布头不服气，他离开了苹苹。在他孤身一人四处漂流的日子里，他经历了许多事情，锻炼了胆量，懂得了许多道理，学会了明辨是非。他看穿了鼠老大的真面目，机智地破坏了鼠老大一伙坏蛋对小芦花设下的诡计，救了小芦花。在和大铁勺的交往中他懂得了不爱惜粮食的可耻。在小金球、黄珠儿那儿，他知道了麦子从播种到收割的全过程，知道农民生产粮食的艰辛，而且还认识到自己错怪了苹苹。

这篇童话对我们生活中不勇敢和不爱惜粮食的小朋友一定有很大启发。对我们每个家长也是一个很好的启示。有一部分家长帮助孩子回避着生活中的困难，一切都替孩子想周到、做周全，使孩子依赖性强、胆子小。读了《小布头奇遇记》家长们会懂得应该让孩子自己去迎接困难，解决困难，把孩子培养成一个勇敢的孩子。

随着生活水平的提高，我们小朋友更要懂得珍惜粮食，从小培养良好的习惯。浪费的习惯既有害个人，也有害社会。无论社会发展得多么现代化，

生活多么富裕，珍惜来之不易的东西仍是一种美德。

（左　伟）

小狗的小房子

下了一场雨，把天空洗得更蓝，把树叶和草洗得更绿。小狗从他那薄木板的小房子里跑出来，看看太阳，打了一个喷嚏，又在院子里滚了两个滚儿，觉得开心极了。

"汪汪！"

小狗快活地叫了一声，立刻就停住了。他自言自语地说：

"哎呀，我怎么又忘了？女主人要骂的！"

躺在窗台上晒太阳的小猫听见了，对小狗说：

"不要怕，她不骂的。她多好、多和气呀！"

小狗说："她对我不怎么和气。我一叫，她就喊：'讨厌！瞎叫唤什么？'她不喜欢听我叫。"

小猫说："我喜欢听你叫。夜里什么声儿都没有，真害怕。要是大狼悄悄来了，怎么办？"

小狗觉得很奇怪："你睡在屋子里，怎么还害怕呢？"

小猫说："她没睡着的时候，我不害怕。她搂着我。可是她睡着了，就松开手，那就剩我一个人了，我就害怕。你一叫，我就想：啊，还有小狗哪！小狗跟我在一起！我就一点儿也不害怕了！"

小狗听了，觉得非常高兴。他像发疯一样，蹦蹦跳跳地从院子这一头跑到那一头，又从那一头跑回来，一边跑，一边——

"汪汪！汪汪！汪汪汪！"

"汪汪！汪汪！汪汪汪！"

正叫得起劲儿，屋门打开了。女主人站在台阶上，怒气冲冲地喊：

"讨厌死啦！你瞎叫唤什么？又没有人来！再叫，看我抽你不？"

喊完，她走进去，还把门摔得"砰"地一响。

孙幼军（中国）

小狗站住，吐吐舌头，小声说：

"看，骂了吧?"

小猫说："要是也骂我，多好!"

小狗又奇怪了："你喜欢人家骂?"

小猫说："哎呀，你不知道！她老是抱着我，老是抱着！还亲我，还说：'啊，我的小猫咪！啊，我的小猫咪!'——真烦!"

小狗没说话，心想：小猫可真是奇怪的东西!

小猫又对小狗说："咱们到门口去玩儿吧!"

小狗说："门口没意思，咱们到小河边去吧，小河边可好玩儿啦!"

小猫问："小河边远吗?"

小狗说："不太远，穿过树林就是。"

小猫说："我不！碰见大狼怎么办?"

小狗说："大狼怕什么！我可有劲儿啦！我咬他，把他咬流血!"

小猫看看小狗，说："去你的吧！你那么小，根本打不过大狼!"

小狗说："我用枪打他！'砰'！打死啦"

小猫问："你有枪吗?"

小狗说："有！怎么没有!"

他们就决定到小河边去玩儿。

刚要走，小猫又说：

"我不去啦！要是下雨怎么办?"

小狗说："不会下的!"

小猫说："要是下了呢?"

"那咱们就躲在树林里。树林里的树叶可密啦，小雨根本落不到树林里来!"

"要是下大雨呢?"

真的，要是下大雨怎么办？小狗没主意了。

小猫说："咦，我想出一个好办法！咱们抬着你的木头房子去。——哎呀，我想出的这个办法可真好！要是碰见大狼，咱们就钻进小房子，把门关起来。要是下雨，咱们就在里边避雨。要是没有大狼，也不下雨，咱们就在里边玩过家家儿，你当爸爸，我当妈妈!"

这个办法真不错，就可惜房子大了点儿。虽然是薄木板钉成的，可是，一

个那么小的小猫，一个那么小的小狗，能把它抬到河边去？还要穿过树林哪！

小狗说："咱们不要小房子，好吗？太沉啦！咱们带着雨伞，好吗？"

小猫不高兴地说："那我不去啦！"

小狗连忙说："好！好！咱们抬着小房子！"

小猫又高兴了。她说："咱们还带着小椅子！"

小狗说："不用带了。累了，坐在地上就行。"

小猫说："那多脏啊，你真不讲卫生！"

小狗说："怎么拿呀？"

小猫说："你真笨！放在小房子里嘛！"

可不，小狗怎么就没想到呢？

他们俩把小椅子放好，就"加——油！加——油！"把小房子抬起来。可是他们刚走出栅栏门，小猫就"砰"一下，把小房子放下了。小猫叫着说：

"哎哟——好沉哪！我不去啦！"

小狗挺挺胸说："没事儿！你别管啦，我一个人扛着！"

小狗搬一下，钻到小房子底下，使劲儿往上顶。小房子动了一动，接着，摇摇晃晃离开了地面。小狗真的把小房子扛起来了！

小猫高兴极了："哈，小狗，你真有力气！"

小狗听小猫夸他，简直比小猫还要高兴。他就一步一步往前走。

他们走进树林，小狗找到了那条小路。他让小猫在前边走，他在后头慢慢跟着。小房子老是摇晃，两把小椅子很不高兴。它们就在小房子里打滚儿，"咕哩咚！""咕哩咚！"

春天的树林真好！有一股特别好闻的味儿，一直扑到鼻子上来。小猫也弄不清，是树叶的味儿，是绿草的味儿，还是一朵朵黄色的、红色的小花儿的味儿。树根旁边长着许多大蘑菇，有些像一片小白伞，有些像一堆大皮球。走着走着，小狗听见小猫喊：

"哎呀，小狗你看！那个大蝴蝶多漂亮啊！"

小狗让他的小房子压得抬不起头来，他光能看见脚底下很窄的小路，别的什么都看不见。他说：

"真的，可真好看！"

小猫说："她怎么不落下来呀？"

小狗说："真的，怎么……老不……落下来呢？"

小猫忽然生气地说：

"都是你！净让小椅子咚咚响，把蝴蝶都吓跑了！"

小狗觉得很抱歉。他想让两个小椅子别再打滚儿了。可是它们不听话，反倒越滚越起劲儿："咕哩咕咚！""咕哩咕咚！"

小猫停下来问："小狗，你累了吧？"

小狗说："不累！累什么呀？一点儿都不累！"

他们不停地走。小狗觉得今天的路特别长，怎么老也走不到啊？是不是走错路了？

没走错路。又走了一会儿，小狗忽然听见"哗啦哗啦"水响。他们到小河边啦！

小河边真好玩儿！一大片毛茸茸的草地，上边开着一点一点的小野花。蜜蜂嗡嗡地飞着，小鸟啾啾地叫。河边上有许多圆溜溜的小石头，有红的、白的、蓝的、绿的……什么颜色的都有！河水哗啦啦流，那水是透明的，像玻璃，里边的小鱼游来游去，看得清清楚楚。

小狗把小房子放下，就躺在草地上。小猫去追蝴蝶，在柔软的草地上跳来跳去。小狗躺在那儿看，心里想："我要帮小猫抓……可是我得先去喝水！小河的水真好喝，又甜又凉，我要喝好多好多！"过了一会儿，小狗又想："对啦，我要去喝水！我喝呀喝呀，把小河的水都喝光，把肚子喝得鼓鼓的！"

小狗想啊想，想了好半天，可就是躺在那儿，一动也没动。

小猫抓不到蝴蝶，跑到小河边去抓小石头。小石头真好抓，一扑，就抓到一颗。小猫抓着抓着，忽然看见水里的小鱼。她快活得叫起来，顺着河岸跑来跑去，不知怎样才能抓上来。小猫跑到小狗那儿说：

"小狗，赶快！河里有小鱼，快帮我抓！"

小狗不理她。小猫仔细一看，哈，小狗闭着眼睛，"呼儿呼儿"地睡着了！小猫把小狗摇醒，对他说：

"你真懒！怎么不玩儿，光睡大觉？"

小狗睁开眼睛，觉得太阳很亮，他就打了一个喷嚏。打完喷嚏，小狗问：

"这是什么地方啊？"

小猫说："哎呀，傻瓜！河边儿呗！告诉你，河里有好多鱼，你快去给我抓，我顶喜欢吃鱼啦！"

小狗说："鱼得用网捞，再不，就用鱼竿钓。抓不住的！"

小猫说："我听过一个故事，有一个小狗，他馋了，想吃鱼，他就把尾巴放到水里。小鱼一看，啊，有一条虫子！小鱼喜欢吃虫子，就来咬。根本不是虫子！是小狗的尾巴！一咬，小狗把尾巴一甩，就把鱼钓上来啦！"

小狗说："不对，你讲错啦！我也听过这个故事，根本不是小狗，是小猫！这个故事就叫'小猫钓鱼'！"

小猫说："小狗钓鱼！"

小狗说："小猫钓鱼！"

小猫说："就是小狗钓鱼！小狗钓鱼！小狗钓鱼！"

小狗说："让我想一想……啊，对啦，我想起来啦！有一个故事，叫'小猫钓鱼'，可是还有一个故事，就叫'小狗钓鱼'，就是你讲的那个。"

小猫说："不对！没有两个故事，只有一个，叫'小狗钓鱼'！"

小狗说："嗯——对啦，我想起来了，没有两个故事。就有一个，叫'小狗钓鱼'，那——那个会钓鱼的小狗是什么颜色的？"

小猫说："故事里没说。什么颜色的小狗都会钓鱼。好小狗，你去给我钓吧，啊？"

小狗没有办法，只好爬起来，跟小猫到小河边去。小狗先喝水。小河里的水真甜、真凉！这是山上流下来的泉水，好喝极了。喝完了，小狗就把尾巴尖儿放进水里，等小鱼来咬。小猫在旁边等着吃鱼。小狗心里想："我的尾巴，怎么会像虫子呢？我觉得不太像……"小狗又想："那个小房子，好沉！我天天在里头睡觉，一点儿都不知道它那么沉！真沉！"小狗一边想，一边躺下来。他的尾巴尖儿还是放在水里当虫子，等小鱼来咬。小猫说："不能躺着钓鱼。故事里的小狗，不是躺着钓鱼的！"

小狗又爬起来，站着等。过了一会儿，小猫问小狗：

"小鱼咬你的尾巴了吗？"

小狗摇摇头说："没有。"

又过了一会儿，小猫又问小狗：

"小鱼咬你的尾巴了吗？"

小狗摇摇头说："没有。"

他们等了好半天，小鱼也不来咬小狗的尾巴。小猫不耐烦了，说："谁叫你喝水呀，把小鱼都吓跑啦！我不想钓鱼了，咱们去玩过家家儿吧！"

小狗听说不钓鱼了，高兴得要命。

孙幼军（中国）

他们跑进小房子，玩"过家家儿"。小猫当妈妈，小狗当爸爸。小猫说："妈妈应该做饭，爸爸应该坐在小椅子上等着！"小狗一听，更高兴了。他很愿意在小椅子上多坐一会儿。可是没想到饭做得那么快，一下子就做好了。这还不算，小猫刚一坐下来，就叫：

"这小椅子多讨厌，一坐，就'唧'一声，好像耗子叫！"

小狗坐着不动。小猫又叫：

"小狗你看哪！我一动，小椅子就'唧唧'响，这声音真不好听！"

小狗说："好，我看一看。"小狗走过去，看看，说："椅子腿儿有点儿活动。啊，这儿有一条小缝儿。你去找来一个小木片，钉进去就好啦。"

小猫说："到哪儿去找呀！"

小狗说："树林边上，有一堆一段一段的小树，地上有好多碎木片。"

小猫说："多远那，我不去！"

小狗说："我去吧！"

小狗找来好多碎木片，有大的，也有小的。小狗说："你到小河边，捡一块石头来。我挑一块不大不小的木片，钉进去。"

小猫："我不想坐小椅子了。咱们玩儿别的，好吗？"

小狗说："修好了小椅子，再玩儿别的。"

小狗就自己到河边捡来一块石头，又挑了一个合适的木片，把小椅子钉好。小猫坐到小椅子上，晃一晃，小椅子一点儿也不叫了。小猫高兴地说：

"小狗，你真行！"

小狗也很高兴。他们又跑到草地上玩儿。小猫看见草上有一只绿色的大蚂蚱，就往上一扑。没想到大蚂蚱会飞，一下子"扑啦啦啦"飞出去好远。小猫追过去，大蚂蚱又飞起来。小猫追来追去，追到树林边上。大蚂蚱飞累了，就落在一棵树上，一动也不动。小猫喊：

"小狗，快来呀！小狗，快来呀！"

小狗听见小猫大喊大叫，还当是她遇见大狼了，就拼命往这边跑。跑来一看，小猫正仰着脖儿，往一棵大树顶上看呢！

"在那上头，就在那儿！瞧见没有？"

"什么东西呀？"小狗一边往上看，一边问。

"大蚂蚱呗！那不，就在那儿！哎哟，你真笨！"

看了好半天，小狗才看见那只蚂蚱。真高！

小猫对小狗说："它翅膀坏了，不会飞啦！快帮我拿下来！"

小狗有点儿发愁，他说："我们小狗，不会上树的……"

小猫说："会嘛！你们小狗，会上树的嘛！"

小狗说："小猫才会上树。"

小猫说："我刚才追蚂蚱，累死啦！好小狗，你给我拿下来吧，啊？"

小狗挠挠头，说："好吧……我试试！"

小狗就爬树。他在这一边爬，上不去。他又绕到大树那一边爬，还是上不去。小猫说：

"哎呀，不是那样子爬的！你把爪子伸出来，抓住树皮！"

小狗喘着气说："我抓了呀，就是抓不住！"

小猫说："你离开大树远一点儿，先跑，再往上一蹿，抱住树往上跑，就到那个树杈上啦！"

小狗就照小猫说的，从老远的地方往大树那儿飞跑，跑到树下，使劲往上一蹿。小狗抓住大树，往上冲。小猫在树底下喊：

"对啦，对啦，就这样！快抓住树杈，快抓呀！"

可是小狗没抓住树杈。他扑了一个空，接着，在空中翻了一个身，就像一块石头一样，头朝下一直掉下来。小狗的脑袋"砰"一下，撞在地上。

小猫让小狗逗得嘻嘻笑起来，她说："哎呀，你真笨！"又跑上去问："摔疼了吧？"

小狗没回答，也没动。

小猫不笑了，她喊：

"小狗！你怎么不说话？"

小狗还是没声音。小猫蹲下看，见小狗闭着眼睛，一动也不动。

小猫慌了，抱住小狗，使劲儿摇晃。摇晃也没有用。小猫急得哭起来：

"呜……小狗死了！呜……小狗死了"

小猫哭累了，就停住，呆呆地发愣。愣了一会儿，又哭起来，还拍打小狗的耳朵：

"呜……不许你死！呜……不许你死！"

小狗没死，他摔晕了。小猫一拍他的耳朵，他醒过来了，迷迷糊糊地听见小猫不许他死，他就哼哼着说：

"好！……好！……我不死……"

　　小猫一看小狗没死，高兴极了。她把小狗扶起来。可是小狗立不住，"啪"，又倒下了，又闭上眼睛。小猫又慌起来，问小狗：

　　"你怎么了？"

　　小狗说："疼……疼……"

　　小猫仔细看，呀，小狗的一只脚上划了个大口子，正流血呢！小猫赶紧把自己脖子上的白缎带解下来，把小狗的脚包上。小猫包得很用心，血一点儿也不流了。

　　可是小狗还是站不起来。小狗老是躺在那儿，闭着眼睛喘气。

　　怎么办呢？

　　小猫想啊想，到底想出了办法："对啦，我赶快跑回家，让她来，把小狗抱回去！"

　　可是小猫又站住了："要是我走了，大狼来了，'啊呜'！把小狗吃了怎么办？"

　　小猫决定把小房子弄过来，把小狗放到里边去。

　　小猫跑到小房子那儿，学小狗的样子，钻到小房子底下，想把小房子顶起来。小猫顶呀顶，使劲儿顶。小房子动了一下，可就是离不开地。小猫擦着汗，心里想：

　　"啊，可怜的小狗！他是怎么把这个大房子扛到这儿来的呀！"

　　小猫顶不动，就钻出来，用力推。小房子在草上滑了几步，就怎么也不肯动了。

　　要是小房子的下边有轮子，那就好了！

　　轮子？啊！对啦！

　　小猫想起树林边上锯成一段一段的小树。她跑去拖来一段，塞到小房子底下，又跑去拖来一段，也塞到小房子底下。小猫一推小房子，两段小树就在房子底下滚，小房子好像有了轮子，"咕噜噜！咕噜噜！"往前走了。

　　可就是"轮子"老是从后边滚出来，还得捡起来，拖到前边去，再塞到小房子底下，才能再推着走。"轮子"一滚出来，小房子就歪向前边，再塞进去，还得搬起房子。小猫想了想，又跑去拖来一段木头。这样，"轮子"滚出来的时候，小房子底下还有两段木头，小房子就不再往前歪了。

　　小猫把小房子推到小狗身旁，把小狗搬进去，放好。小猫轻轻对小狗说：

　　"好小狗，你别着急，咱们现在就回家去！"

推小房子真费劲儿啊！推几步，就有一段木头滚出来，就得停下来，把这段木头移到前边去。再推几步，又有一段木头滚出来……推进树林以后，更麻烦了，还得东看西看，别撞在大树上，别挂在树枝上。

小猫越推越没有力气了。她真想休息一会儿。可是一想：小狗还要洗洗伤口，还要上药……小猫就不肯休息了，她就不停地忙：推呀，搬木头啊，看那……

小猫把小房子推到家的时候，太阳已经下山了。小猫从远处看到他们家的栅栏门，高兴得哭起来，她冲着小房子喊：

"小狗，你看，咱们到家啦！快看哪，小狗！"

小狗什么也没看见。他躺在小房子里觉得很舒服，早就"呼儿呼儿"地睡着啦！

过了几天，小狗又在院子里蹦蹦跳跳了。为了让小猫高兴，他有时候还小声儿地"汪汪"叫几下。小猫笑眯眯地在窗台上看着小狗，问他说：

"小狗，还去小河边玩儿不？"

小狗说："当然去啦！这回呀，咱们给小房子安上四个轮子——四个真正的轮子！咱们坐在里边开着跑，就跟大汽车一样！"

〔简评〕

《小狗的小房子》是孙幼军的重要作品，1981年在《儿童文学》上发表之后，先后被选入多种童话集，并获得了1981年《儿童文学》优秀作品奖和中国作家协会首届优秀儿童文学奖。

这是一个轻快、富有情趣的故事，不需去苦思瞑想它的深刻寓意，只要用心去感受故事本身的美妙，欣赏小猫和小狗的可爱性情，以及它们之间质朴、坦诚的友情。小狗憨厚、勇敢，为朋友不辞艰辛、不怕危险——做为一个小狗，它能做到这些确实不错了。小猫有点儿娇气，怕被雨淋着，怕遇到大狼，不肯坐在地上。在小狗受伤后，小猫的表现可是没说的。总之，小猫和小狗可是真正的好朋友，因为它们俩都需要朋友。

小猫和小狗，一个娇小文弱，一个强壮勇武；一个睡在主人的床上，一个睡在院子里。可是这又有什么关系呢？它们一起玩，它们成了好朋友，它们都乐于帮助朋友。真不敢想象，没有朋友，生活会是什么样！

（赵大军）

孙幼军（中国）

小贝流浪记

一、猫妈妈生了两只小猫咪小宝和小贝

院子的角落有一个锁着的木板棚，棚里堆放着旧木箱、破椅子、三条腿的桌子和别的乱七八糟的东西。木板棚的周围长满了草，简直快要把木板棚淹没了。

猫妈妈快要生小猫眯了。她看中了这个地方。

"这座木房子太好啦，"猫妈妈高兴地想，"我的孩子就要在这儿幸福地长大！"

一天夜里，猫妈妈爬上木板棚，从棚顶钻进去，在里边生下了两只小猫咪。

猫妈妈忽然觉得，世界上最幸福的就是她了！

小猫咪还没生下来，猫妈妈就给他们想好了名字。要是生两个，大的就叫"小宝"，小的就叫"小贝"。这样，要是她跟别人提到自己的孩子，就可以说："我的小宝贝……"又说了小宝，又说了小贝，多好！这是个很聪明的猫妈妈呢！

"我得给他们吃最有营养的东西，"猫妈妈想，"让他们都长得胖胖的，就跟两头小肥猪一样！"

这样，两只小猫咪还在吃奶的时候，猫妈妈就把他们每天该吃什么东西都想好了。这可不容易呢：想让他们多吃鱼，又怕鱼刺卡了嗓子；想让他们多吃糖，又怕他们长虫牙。猫妈妈一边想，一边写食谱，写出来又涂掉，涂掉了又写上去好不容易才把食谱定下来，贴在墙上。我们只看其中两天的，就知道两只小猫咪将来有多么幸福了：

	早　　点	午　　餐	晚　　餐
一日	鲜　奶　两瓶 活蚂蚱　四只	小鱼　四条 鸟蛋　四个	清蒸小耗子　四只
二日	虾　汤　两碗 新鲜鱼肝　十个	蝈蝈　六只 蝴蝶　十二只	糖醋小耗子　四只

过了几天，猫妈妈发现两个孩子不一样。小贝比哥哥小宝身体长得小，也弱得多。小宝能站稳的时候，小贝的四条腿还是软绵绵的，根本立不起来。等到他能够摇摇晃晃地站起来的时候，小宝已经在妈妈身旁跳来跳去地淘气了。

就连叫的声音都不一样，小宝叫起来是：

Miao——！

虽然细声细气，却已经带出一点儿猫的威风来了。小贝听见哥哥叫，觉得很好玩，他也叫，可他叫出来的声音却是：

Ji

猫妈妈听见这样的声音，不禁有些生气。她对小贝说：

"怎么，你是一只耗子吗？为什么这样叫！"

小贝很不好意思。他也觉得哥哥叫得好听。他想叫得好一点，用尽全身的力气又叫了一声。不想叫出来的还是：

Ji——

小贝听了自己的声音，难过得流出眼泪来。而且，因为这次叫得太用力，他四腿发软，摇晃了一下，就栽倒在稻草堆上。

猫妈妈叹了一口气，心里难过起来。她想：

"这孩子，我看，怕是活不长呢……"

二、　发生了不幸的事：小贝给抓走了

又过了两天，一个淘气的男孩子把玻璃球当"子弹"射进了木板棚，就找来钥匙，去开板棚上的大锁。

这时候，猫妈妈正在喂小宝和小贝吃奶。听见脚步声，猫妈妈觉得不妙，就跳起来，决定立即带小宝贝逃走。可是她一次只能带一个。不知道是因为

偏心眼儿，还是因为来不及细想，她叼起身体强壮的小宝，三跳两跳从棚顶上钻出去，反倒把又不能跑又不能跳的小贝丢下了。

可怜的小贝，他看见门被打开，一个男孩子闯进来时，只能害怕地叫一声：

Ji——

那个淘气鬼看见稻草堆上有一只小猫咪，真是高兴极了。他也不找玻璃球了，用两只手拦腰抓起小贝，哈哈笑着跑出去了。

猫妈妈在外面把小宝安顿好，又急急忙忙跑回来。可是木板棚里已经不见小贝了。猫妈妈的心一下子凉了。她哭喊着找小贝，哪儿也不见。

猫妈妈带着小宝，搬到邻近的公园里，在一个僻静的地方安了家。这儿不光能逮到耗子，还能抓到许多鸟和蚂蚱。公园里还有一个大湖，每天夜里，成群的鱼游进浅水，猫妈妈就去抓。她只有一个小宝了，一定要把他喂得胖胖的！

小宝过得特别快活，妈妈什么都替他做了。他用不着自己去逮耗子、抓鱼、捕蚂蚱。妈妈让他乖乖地在家里等着，弄来好吃的，妈妈都做得香喷喷的，给他端到眼前来。别的小猫咪都得自己洗脸，小宝可用不着自己费力气，因为每天都是妈妈给他洗。

小宝根本就不知道什么叫"饿"，什么叫"冷"，什么叫"热"。因为家里总有点心和糖果。天冷，妈妈就把他搂在温暖的怀里，天热，妈妈就用一片大树叶子，不停地给他扇凉风。他听见树上的鸟窝里小鸟"Zhā Zhā"叫：

"妈妈，我饿，我饿！"

小宝觉得很好玩儿，他也叫："妈妈，我饿！"

这可把猫妈妈急坏了，她赶紧跑出去，抓来一条特别大的鱼。小宝刚刚吃过两只耗子，肚子很饱。可是他觉得这条大鱼味道很好，就全吃光了。

结果到了晚上，小宝就闹起肚子来了，上吐下拉的，一连闹了好几天。

就这么着，猫妈妈虽然给小宝找了好多好吃的东西，小宝不但一点儿也没长胖，过了好长时间，他还是那么小，而且好像反倒瘦了。猫妈妈急得不得了，她想了好久，最后说：

"这孩子，营养还是不够！"

有一天，猫妈妈又出去给小宝找好吃的东西去了，小宝在树下的草地上玩儿。这时候，树上飞来了两只麻雀。一只麻雀说：

"你瞧，那只小猫那么小，就长胡子啦！"

另一只麻雀"唧唧喳喳"叫着说：

"真的！真的！"

小宝生气了，他抬起头，瞪圆了眼睛说：

"就长胡子！我乐意，你管不着！"

两只麻雀一齐冲他叫：

"就管！就管！就、就、就、就！"

小宝想抓他们，就学妈妈的样子往上一蹿。可是他从来也没这样跳过，不但跳起来不高，还把头顶在地上，把脖子挫了一下。

小宝马上就哭喊起来："妈妈——！"

两只麻雀把小宝的笑话讲给别的小鸟听，一传十，十传百，大家都知道这儿住着一个又不会跑又不会跳的笨小猫。后来，连耗子都知道了。耗子们就趁猫妈妈不在家的时候，来抢小宝的好东西吃。那些耗子真坏，抢了东西，还咬小宝的尾巴，弄得小宝一见着耗子就吓得喊"妈妈。"

三、小贝自己救出了自己

小贝到底怎么样了呢？

那个淘气的男孩子用两只手抓着小贝，回到屋子里去。他从床底下拿出一个硬纸的鞋盒子，把里边的小人书"倒出去，在盒子的侧面画上窗子、门和两个轱辘。

"这是公共汽车！"他拍着鞋盒子，告诉小妹妹说，一边把鞋盒子扣在小猫咪身上。

小贝给扣在鞋盒子里，觉得很气闷。他"Ji——"地叫了一声，用头顶盒子，想出去。这么一顶，鞋盒子就在地板上动起来。

"哈！大汽车开啦！大汽车开啦！"

那男孩子又跳又拍手。站在一旁的小妹妹也笑了。

可是"大汽车"开了一段路就停住了，因为里边的小贝实在顶不动了，他要歇一下。

那男孩子不耐烦了，他喊："快开车！"

盒子还是不动。男孩子生气地掀开盒子，狠狠地打了小贝一个耳光。小贝"Ji"地一声叫，在地板上滚出去好远。

孙幼军 (中国)

小妹妹跑过去，抱起小贝说：

"别打小猫咪，他多可怜呀！"

男孩子说："让他给咱们开大汽车多好！"

小妹妹抱着小猫咪不撒手。

"我要坐真汽车了，不要看小猫咪大汽车！"

这天下午，小妹妹真的坐上了真汽车。她跟奶奶去乡下了，要坐一天大汽车呢！哥哥把小猫咪当作礼物，送给她了。

长途汽车开了好长时间，小妹妹困了，歪在靠垫上睡着了。可是小贝没睡。他给装在鞋盒子里，鞋盒子还盖上了盖子。虽然盖子上用锥子扎了许多小孔，小贝还是觉得气闷，他就 "Ji，Ji" 地不停地叫。

有个旅客说："怎么还带只猫？老是叫，多讨厌！"

小妹妹的奶奶赔着笑说："口，都怪这孩子。我说乡下有的是猫，她非带不可！"

老奶奶一边说，一边轻轻把硬纸盒子从小妹怀里抽出来，扔到窗外去了。

硬纸盒子在空中翻了两下，落在一片草丛里。

小贝给摔昏了，好半天才醒过来。

他觉得周围很安静，盒子也不颠簸了。他一点儿也弄不清是怎么回事。

他用头顶盒盖子，可是顶不开。因为有一条细绳子，把盒子拦腰捆住了。小贝不知道，他就拚命顶，一直到累得躺下来喘气。

要么是出去，要么是关在这里边，一直到闷死、饿死。小贝想出去，所以喘了一会儿，他又爬起来，用力顶。顶不动，他就用两条前腿去推侧面，不想一只小脚挂在纸盒上。小贝费了好大力气才把这只脚扯下来，硬纸盒子也被撕下一条来。

"这是什么呀？"小贝觉得很奇怪，就弯过一只前脚来，仔细看。他这才发现：在脚上软软的小肉垫里，有几根弯弯的、尖尖的、硬硬的东西。他一使劲儿，那些又尖又硬的小钩子就伸了出来。

他又看看另外的脚，原来，四只脚上都有！

小贝试着用这些小钩子去抓硬纸盒子，抓穿了，又一扯。硬纸盒 "Ci" 一声，被扯下一片来。

小贝有些高兴了，他心想："原来我身上还有这么有用的东西！怎么妈妈没告诉我呢？"

　　小贝就用两只小爪子抓起来。纸一片一片掉下来，那地方变薄了，不一会儿，他就在厚厚的硬纸壁上掏出一个洞，钻了出去。

　　外边，是蓝得耀眼的天空和一眼望不到边的大草原。

　　小贝又回过头去看看那个硬纸盒子。那个凶恶的盒子刚才差点儿把他闷死，现在，又张着黑洞洞的大口，好像想把他再一次吞进去。

　　小贝吓得一下钻进草丛，摇摇晃晃却又一步不停地跑向远处。

四、草原上的第一夜

　　黑夜很快就来了。

　　小贝确实也太小、太弱了。一只猫头鹰就可以像吃耗子一样，把他整个吞下去。

　　他总觉得身后有什么东西在追他，所以他就用尽全身的力气往前跑。他跑得四肢发软，一个劲儿摔跟头。摔倒了，他躺在地上喘口气，觉得有一丝力气了，爬起来，还跑。

　　小贝又累、又饿、又困。他跑呀跑呀，把头撞在一个软乎乎的东西上。

　　那东西忽然动了。原来这是一只正在睡觉的狐狸！

　　"哈哈！"那只狐狸被撞醒了，扭过头来说，"我的肚子正饿呢！"

　　狐狸瞪着两只发亮的小眼睛，慢腾腾地靠近小贝。

　　小贝吓得弓起身子，竖着尾巴。他盯着狐狸，不知怎么办才好。

　　狐狸张开血盆大口，要把小贝吞进去。

　　这时小贝忽然听见一个声音喊："快上树！快上树！"他一看，原来是一只小灰兔。可是，怎么上树呢？也许爪子里的小钩子能帮他的忙。小贝看见旁边有一棵大树，就往树旁一跳，伸出四只脚里的小钩子，钩住树皮，自己也不知是怎么回事，就爬到树顶上去了。

　　树太高，狐狸上不去，就恶狠狠地去追那只小灰兔，可是小灰兔早没影了，于是狐狸只好灰溜溜地跑走了。

　　小贝见狐狸走远了，赶紧从树上爬下来，钻进草丛，继续往前跑。因为是在黑夜里跑路，他怕再撞到狐狸身上，就睁圆了眼睛，使劲看。这样一来，他就看真切了，连草尖上停着的小虫子都看得清清楚楚。

　　"呀！"小贝心想。"原来我有这样好的眼睛！"

　　草原里可怕的一夜过去了。

天亮了，太阳从东边升起来。小贝看见远处有两间茅屋，屋顶的烟囱冒出一缕烟来。看见房子，小贝觉得很亲切。他用出最后的力气，走到茅屋那儿去。

院子里有一条很大的黑狗，懒洋洋地躺在那儿晒太阳。三只小狗围着大黑狗，一只在吃奶，另两只在淘气。他们俩互相咬着玩儿，还轻轻地咬吃奶的小狗的腿，咬大黑狗的耳朵。咬一口，他们就跳到一边去，再跳回来，咬一口。大黑狗一点儿都不生气，她还爱抚地伸出舌头舔那两只淘气的小狗，因为她是妈妈呀！

看了这情景，小贝流下眼泪来。在妈妈身边多么好！这一夜，他一直想着妈妈，这时候，他更想了。

流泪把小贝最后一点点力气也流掉了。他摇晃了一下，就躺在地上，怎么也挣扎不起来了。

大黑狗抬起头，耸起耳朵向这边望了望，便走过来。三只小狗抢在妈妈前头，他们围住昏倒的小贝，汪汪叫。

大黑狗赶开了三只小狗，仔细看看小贝。

"真可怜！"大黑狗说。"这么小，应该还在妈妈怀里呢！"这么一说，三只小狗又围上来。

小贝睁开了眼睛，他想逃走，可是动不得。

"别害怕，"大黑狗温和地说，"他们都是懂事的孩子，不会伤害你的。我看你是饿坏了，我的奶大概没有你妈妈的奶那么好喝，可是喝了也会饱的。"

狗妈妈就喂小贝吃奶。三只小狗看见小猫吃他们妈妈的奶，都有些不高兴，就一齐在喉咙里"呜呜"着。可是因为妈妈已经夸他们是"懂事的孩子"了，谁也没好意思"汪汪"地叫出来。

吃了奶，小贝觉得自己有力气了，他慢慢地站起来。

狗妈妈高兴地说："你看，我说是饿的嘛！现在告诉我吧，你是从哪儿来的，妈妈在哪儿。"

小贝就把自己遭遇的事告诉狗妈妈了。

小贝说不太清，所以狗妈妈也没太明白。她说："我不知道你那个有软软的稻草床的漂亮木头房子在哪儿。这样吧：你太累了，也太弱，就先住在我们这儿。我们院子里也有一只猫，他替主人抓耗子，你可以帮他的忙，我们再慢慢地帮你找妈妈。"

这时候，有一只大白猫走过来，插嘴说：

"我倒是用不着谁帮忙。再说，主人弄到的鱼也不多，还得拌上饭，才刚刚够我吃。我看，你还是现在就去找你妈妈吧！我可以给你半条鱼，带着路上吃。"

小贝谢了狗妈妈，转过身去对大白猫说：

"留着你的半条鱼吧，我现在就走。"

小贝鼓足力气，又摇摇晃晃地向草原走去。

狗妈妈看着渐渐走远的小贝，叹息着说：

"这只小猫咪，倒是挺有志气的。"

大白猫在一旁哼了一声，指桑骂槐地冲着狗说：

"有志气是有志气，就是太爱管闲事了！"

五、　在森林里长大

走啊，走啊，小贝不知不觉走到了一座大山旁边。

山上长满了高高矮矮的树木，钻进去，黑洞洞的。

小贝不管它，一股劲地往前走。他绕过一棵又一棵的大树向山上爬，越爬越高。

爬着爬着，他的肚子又饿得咕咕叫了。小贝知道，在这个地方不仅不会有妈妈送来的好吃的，连狗奶也不可能再找到了。于是他就使劲睁大了眼睛四下里寻找，看有什么可吃的东西。

很快他就发现了一只蚂蚱。它使足劲扑上去，蚂蚱根本没想到会遇到一只猫，所以就乖乖的当小贝的俘虏。小贝实在是饿极了，一口就把蚂蚱吞了下去。

这么一只小蚂蚱当然顶不了什么事，小贝就又接着去找吃的。

小贝现在已经有一点经验了，所以他不一会儿就又捉住了四只蚂蚱和两只大蝈蝈。他把这些东西都吃下去，肚子就圆鼓鼓的了。

肚子饱了，腿也有了劲，小贝就又往高处爬。他一心想爬到最高的地方去，好站在那里看看他的妈妈和哥哥在哪里。

可是这座山好像特别高，总也爬不到头，于是小贝爬到一棵特别高的树上去，一直爬到树尖上，向四面看看，还是密密的树枝和树叶，根本别想看到远处。

　　小贝好容易爬上一个山坡，四下看看，还是看不到妈妈在哪里，他只好又走下山沟，在大森林里绕来绕去，他完全迷路了。可是，他并不灰心，鼓劲地往前走，他相信一定能找到妈妈和哥哥。饿了，他还是捉蚂蚱，渴了，他就喝山上的泉水，就这样，日子一天天过去了。

　　也不知过了多少天，小贝的饭量越来越大，蚂蚱、蝈蝈这些小虫子只够塞牙缝了。他觉得自己的劲儿大多了，原来他爬一棵小树都那么吃力，现在一棵又高又大的树，他只用三蹿两蹿就上去了；原来他只能抓蚂蚱，现在他已经能够在夜间爬上树去逮麻雀吃。有一回，他还遇上一只夜间出来偷东西吃的田鼠，他蹿过去一下就把它捉住了。嘿，他真高兴！"我自己也会捉老鼠了！"

　　有一天，小贝忽然听见近处有一声怪叫，他腾地跳上了树。爬上高枝往下看，原来是只狼扑向一只小兔子。那小兔子被狼的两只前爪牢牢地按住了。

　　"啊哈——！"那只狼得意洋洋地喊。"这回你可跑不了啦！"

　　那只小兔子挣扎着，发出可怜的叫声。

　　小贝想："我要救他！我冲去，狼一定要来对付我，那时候，我再上树，小兔子就可以跑掉了。"

　　狼正恶狠狠地朝小兔子的喉咙咬去的时候，小贝突然像箭一样从树上扑下去，恰好落在狼的脊背上。

　　狼给砸了一个跟头，吓得要命。他顾不上兔子，头也不敢回，一溜烟跑了。

　　小兔子得救，也一瘸一拐地跑了。

　　小贝站在那儿看着小兔子的背影，忽然心里一动，不由得就喊起来：

　　"小灰兔！"

　　那只小兔子停住了，胆怯地回头看着小贝。

　　"谢谢你救了我！"小兔子说完，又跑起来。

　　"我就是你教我爬树的那只小猫啊！"他又喊了一声。

　　小兔子跑回来了，他仔细打量着小贝。

　　"啊呀，真是你！"小灰兔快活地叫起来，"可是，你怎么长得这么大啦！"

　　"是吗？"小贝也看看自己。

　　"真的！"小灰兔说，"你长得又长、又高、又结实！那时候你比我小，才

那么一丁点儿大!"

"你跑到这么远的地方干什么呀?"小贝挺惊奇地问。

"我来采蘑菇的。这儿离我家不远! 到家里去说吧!"

"你的家? 哪个家?"

"就是你碰见狐狸的那地方,那里有一个洞,就是我的家。"小兔子说。

小贝弄到最后才明白:他吃了那么多苦,费了那么多时间,原来又绕回一年以前他出发的地方来了!

他到小兔子家住了一夜,第二天又上山了。他决心找到妈妈。

没想到这一回在森林里刚走了三天就出了事。小贝走着走着,忽然觉得脚下的地塌了。他掉进了动物学家设置的陷阱里。

动物学家要研究这一片森林里几种特别的动物,他们把抓住的一些动物装在笼子里,把笼子弄到公路上,在那儿装上载重汽车。

小贝也和别的动物一起,被运进一个城市了。

六、 猫妈妈一家团聚

在小贝很小的时候,他就不能容忍别人把他关起来。现在,他更不能容忍了。就在笼子运进这个城市的当天晚上,小贝趁着有人打开笼门送食物的时候,闪电一样从笼门里蹿出来。

他跃上屋顶,就像走平地一样,从一个屋脊跳上另一个屋脊。他没有认出他出生的这个城市,他想从这儿逃走。

突然,小贝在一个屋顶上停住了。他听见一种很悲惨的声音。他往下边看去。院子里,一只又瘦又小的猫咪被拴在一辆木轮车上。一个男孩子正挥着鞭子,用力抽打那只小猫。那只可怜的小猫正 "miao miao" 地哀叫。

"我要把他救出来!"

小贝刚这样一想,就从屋顶上跳下去了。

"哈,真美呀!"那男孩子高兴起来,"一只大猫自己送上门来! 用他拉车,我的车子就可以飞跑啦!"他一伸手想抓猫,万没想到,那大猫竟回过头来,咬了他一口。

"哎哟!"那罗孩子大叫一声,捂住流血的手,跑回屋子去了。

小贝咬断绳子,衔起那只小猫咪,跑出院子。

小贝一点儿也没注意,那院子里有个木板棚,也没看出那男孩子就是从

木板棚里抓走他、折磨过他的淘气小子。因为那男孩子长高了。

小贝找到一个安全的地方，刚把那小瘦猫放下来的时候，他惊叫了一声："哥哥！"

一点儿也不错，那可怜的小瘦猫正是他哥哥小宝！小宝做梦也没想到，这个比他大得多的大猫会是他的弟弟小贝！

猫妈妈正在家里哭呢。她觉得她真是世界上最不幸的妈妈！小儿子生下来不久就丢了，现在，大儿子又给抓走了，她该怎么办呢？

就在这时候，就像做梦一样：她看见小宝自己走回来了，在小宝的身后，还有……

"小贝！"猫妈妈大叫一声。她变成世界上最幸福的妈妈了！

这一天，就成了猫妈妈一家最欢乐的一天。猫妈妈脸上笑开了花，一刻也不停地忙碌着。她什么也不准小贝做，自己去捕来鱼，抓来耗子，弄来各种各样好吃的东西。晚餐多丰富啊！小贝在森林里只吃最简单的饭，所以妈妈精心准备的这一餐，对小贝说，是一次真正的宴席。他长了这么大，还从来没这么美美地吃一顿呢！

猫妈妈、小宝、小贝都有说不完的话。他们谈得可热闹啦！小贝讲了他离家以后的全部经历，妈妈和小宝老是插进来问这问那。小贝听妈妈讲家里的事，他也提问题，可就是有一件事，他想了好几次也没好意思问，那就是：哥哥怎么这样瘦，这样小？唉呀，他活像是饿了三个月的一只耗子。

猫妈妈对小儿子长得这么大、这么强壮也觉得有些莫名其妙。她专门问了一个问题：离开了家，小贝到底吃过一些什么好东西。小贝费了好大力气去回想，尽量详详细细回答妈妈。奇怪！好多东西，小宝也吃过的呀！就是小宝没吃过的，照猫妈妈看，也是平平常常的东西，简直可以说，是没有什么营养的东西。听到小贝讲到还吃过一次狗奶，猫妈妈甚至还嫌恶地啐了一口说：

"呸，狗奶算什么呀！"

一直到睡觉的时候，猫妈妈一家还沉浸在幸福中。小宝想："这下子好了。有这样一个弟弟保护我，我再不会受气啦！让那些该死的耗子再来欺负欺负我看！"小贝想："在妈妈身边是多温暖、多幸福啊！"

可是朦胧入睡的时候，小贝不知怎么，忽然又想起了森林和草原。是森林和草原让他发现了蕴藏在自己身体里的力量，森林和草原又哺育了这种力

量。他是在那儿长大的。他是多么怀念那儿的朋友，那儿的一草一木啊！

猫妈妈也躺在那儿想着。她想：

"小宝这孩子太弱，得想想办法。可小贝又说不清楚！他到底是吃了什么好东西，才长得这么大，这么强壮呢？"

〔简评〕

小宝受到妈妈的精心照料，"科学"喂养，可他长得瘦小无力，没有本事，胆子又小；小贝吃尽了苦头，时常要忍饥受冻，为自己的安全操心，可他长成了一个健壮勇敢的大猫。不知猫妈妈后来弄明白没有，小贝"到底吃了什么好东西，才长得这么大，这么强壮呢？"

孙幼军在《小贝流浪记》中讲的这个故事很有启发性，是给孩子们讲的，也是给妈妈们讲的，谁看明白了，谁就会从中得到好处。小贝"到底吃了什么好东西，才长得这么大，这么强壮呢"？是"苦头"。小贝离开妈妈后。吃了很多"苦头"，但他不哭泣、不胆怯、把"苦头"变成了营养。小宝从来没吃过一点儿"苦头"，所以他瘦弱、胆小。《小贝流浪记》1979 年在《儿童文学》上发表之后，受到小读者的欢迎，小猫小贝也成了孩子们所喜欢的人物。小贝确实挺令人羡慕的，他一定会讲出很多自己的故事。但要想像小贝那样强健、勇敢、有本领，就不能像小宝那样躲在妈妈怀里生活。"苦头"是富于营养的，它不是什么好吃的东西，只要你能消化并吸收它，你就会成为一个有本领的猫——人也是这样。

(赵大军)

怪老头儿

孙幼军

我叫赵新新，也叫铁头，念五年级，你们要是读过《铁头飞侠传》，准认识我。不过，那本书读不读都没关系。如果你肚子疼，你就是把那本书从头到尾念三遍，肚子照样儿疼。我现在讲的故事就不同啦，说不定你听了我的肚子疼是怎么治好的，也能学会治肚子疼。

那天下午我又肚子疼了，疼得直"哎哟"。吴老师说：

"赵新新你回家吧，让李明送送你！"

就凭大侠铁头，肚子疼还得让人家送？我自己上了无轨电车。

电车里很挤。一个很瘦、很矮的老爷爷站在我身旁，直劲儿摇晃。他要扶上头的扶手，伸伸胳膊，够不着。他要扶椅背，椅背上已经有好几只手了。看老爷爷又咳嗽又喘，我对椅子上坐的大哥哥说：

"大哥哥，你让老爷爷坐坐，好吗？老爷爷年纪大……"

那个大哥哥斜了我一眼说：

"凭什么？我也买票了，瞧见了没有？一毛！想坐也成，让你爷爷给我一毛！——我原本坐着，要是站着，就得付出力气，付出劳动。付出劳动就应该给报酬，对不对？"

我兜儿里正好有一毛钱，是打算给飞侠——就是我那只大猫买虾皮的。我一咬牙，把一毛钱掏出来，给了那个大哥哥。

老爷爷坐下了，喘着气，嗓子还兹儿兹儿直响。老爷爷扭过头来说：

"其实应该你坐，你肚子疼。"

上了车，我肚子疼好多了，既没"哎哟"，也没弯腰，他怎么知道我肚子疼？我挺奇怪：

"您怎么知道我肚子疼？"

"那你怎么知道我年纪大？"

两回事嘛！头发掉光了，一撮山羊胡子雪白，脸跟核桃皮似的，怎么会看不出年纪大？

可是我没说话。也没准儿老头儿不乐意人家说他年纪大。

到站了，我下了车。车立刻开走了。我向坐在车里的老爷爷招招手说：

"再见！"

瘦老爷爷在窗口朝我点点头，好像也说了句"再见"。

我走了几步，一抬头，看见那个瘦老爷爷站在前头等我。我吓了一大跳：车明明开走了嘛！我口吃地说：

"您……您是怎么下来的？"

"一迈腿就下来了。"瘦老爷爷说。"你干嘛老是大惊小怪的？你下车的时候不迈腿呀？不迈腿下得来吗？"

跟他说不清楚。我只好说："老爷爷有事吗？"

他说："我不叫'老爷爷'，我叫怪老头儿。你叫我'怪老头儿'就成了。"

我说："那多没礼貌啊！"

他说："这跟礼貌没关系。好比你叫赵新新，我叫你赵新新，有什么不礼貌的？"

知道我肚子疼，还"一迈腿"就下来了，还知道我叫赵新新！够怪的了。"怪老头儿"这名字对他挺合适。

"是这么着，"怪老头儿说。"除了脑袋长得大了点儿，小脖儿细了点儿，你这孩子还算不错！你跟我到家去，我满足你一个愿望。比方说，你想不想要一个带磁铁的新文具盒？再比方说，你至少应该要一包虾皮吧？不然，你回去拿什么给飞侠拌饭吃？"

他什么都知道，真是个怪老头儿！不过，这回我听明白他的话了。我说："帮您找个座儿，这是我应该做的。我什么都不要！"

怪老头儿说："不一定是要什么东西。我是说'满足你一个愿望'。什么愿望都可以，比方说，你想不想长出一对翅膀来，满天飞？"

这一句话可把我吸引住了。真能长出一对翅膀来，该有多美！我一定飞得高高的，让城里那些大楼看上去像积木一样……

可是我的肚子又疼起来了，疼得我直想蹲下。正飞在半天空，肚子这么疼，那还不一下子掉下来，把我摔成肉饼？眼下要说有愿望，那就是让我的肚子别再疼。

"我给你治好肚子怎么样？"怪老头儿说。"你这肚子是怎么一回事？"

"大夫说，因为不讲卫生，肚子里有蛔虫。我吃了好些药，那种粉红色的，像个小窝头，甜的。还有白药片，还有黄药面儿……总共吃了好几斤，虫子就是不出来，老在肚子里闹。后来肚子再怎么疼，我妈也不让我吃药了……"

"伸出舌头来让我瞧瞧！"

我就伸出舌头来。

"说'啊'！"

我就说："啊——"

"不错，"怪老头儿说，"肚子里有虫子，还不少呢。跟我来吧！"

我跟着怪老头儿走，一边说："您可别给我吃药了。我妈说，再吃，该把我毒死了！"

怪老头儿说："给人家吃药算什么本事呀？我用物理疗法！"

原来怪老头儿住的地方离我们家挺近。他指着前边一座小平房说："这就是我家！"

我看了一眼，忽然有点儿糊涂。小平房在路旁一块空地上，靠着两棵大杨树。昨天下午放学，我还在这儿爬树来着，这儿根本就没有这座房子！

"怎么不走啊？"怪老头儿转过脸来问我。

"这地方……这地方没房子！我天天上学从这儿过……"

"没房子，这是什么呀？"怪老头儿说。

"我是说，原先没有。"

"原先什么都没有。"他指指前头。"原先有那个大楼吗？"

跟这个老爷爷就是说不清楚。

怪老头儿说："我今天早晨才搬来的，不行啊？"

"当然行。可是……连房子一起搬来的？"

"不搬不成啊。要在那地方盖大楼。我这个老头儿最听话，让我拆迁，我把房子叠巴叠巴就搬来了。"

"把房子叠起来？"

怪老头儿一边咳嗽一边说："都把我气咳嗽了！跟你们小孩子说话真费劲。你们老师教你们，多累得慌啊，要叫我，才不给你们当老师呢！跟我进屋，我告诉你是怎么回事！"

怪老头儿走到小房子前头，从上衣兜儿里掏出一把钥匙，把门上的大铁锁打开，走进去。我也随后跟进去。

他关好门，走到一个紫红色的大方桌前，伸出一条胳膊说："好好瞧着！"说着，往桌面上"啪"地一拍。

这一拍，桌子忽然垮下去，成了扁扁的一片，贴在地上。他弯下腰，跟揭一张纸一样把那片紫红色的东西揭起来，然后像叠一张旧报纸似地把桌子叠成小块儿，揣进衣袋里。

我看傻了。他可满不在乎，又把那叠起来的纸掏出来，抖开，往地上一摽。还是那张方桌子，摆在原来的地方。

我愣了好半天，这才走上去，用手按按那张桌子，又用指头弹弹桌面。桌面咚咚响。

"多好的红木！"老头儿得意地说。"现在你到哪儿买这么好的八仙桌去！"

那么说，"把房子叠巴叠巴，"就是把房子也这么"啪"地一拍，拍成扁片片，叠起来……

"我常把房子叠起来揣在怀里。"怪老头儿说。"这么着，出门儿放心。"

真是这样一回事！

怪老头儿搬过一个小板凳，踩上去，把挂在房梁上的一个鸟笼子摘下来。那里头有两只漂亮的小鸟，正嘀溜嘀溜地唱着歌。

"你敢不敢吃鸟儿？"怪老头儿问我。

"吃鸟儿是野蛮的！"我说。"鸟儿对人类有益处。"

"有什么益处？"

"它们吃害虫！"

"关在笼子里，它们怎么吃害虫？我还得天天喂它们，怪麻烦的。你吃下去，让它们在你肚子里吃害虫多好！"

"活吃啊？"

"多明白呀！煮熟了吃，它们还能捉害虫吗？"

怪老头儿打开鸟笼上的小门，抓出一只鸟儿就往我嘴上送。我急了，想逃，可是怪老头儿放下鸟笼，一把揪住我的领子，硬把小鸟塞进我嘴里。我一喊，小鸟儿就下去了。

"你们小孩子就是这样子——治病啊，打针哪，什么的，都不乐意，都得硬逼着才干！给你们当爸爸妈妈，多麻烦。要叫我，才不给你们当爸爸妈妈哪！"

怪老头儿一边说，一边把第二只小鸟也弄到我肚子里去了。我吓坏了，呆呆地站在地上，觉得两只小鸟在我肚子里飞。我的肚子疼得厉害，"哎哟哎哟"叫起来。怪老头儿说：

"没事儿，都这样儿！好比打针，扎的时候特别疼，扎完了，病就好了。你要是老怕疼，肚子就好不了。"

疼了一会儿，果然不疼了。

"我怎么说来着？一点儿也不疼了吧？"怪老头儿摇头晃脑地说。

"可是……它们怎么出来？"

"你说小鸟儿啊？必定是虫儿还没吃光。吃光了，你彻底好了，它们自己就飞出来啦！"

"我是说，它们怎么出来。"

"这就看它们高兴了。也许还从嘴里飞出来，也许是在你上厕所的时候。再不就是，它们啄个洞出来——没关系，很小的小洞！"

我喊起来："那可不成！多小也不成！"

怪老头儿说："这种可能性不大。它们心地善良，不好意思把人家肚子咬个窟窿。不过，要是肚子里的虫儿吃光了，它们又一时不想出来——你知道，外头污染太厉害，它们不乐意出来让烟熏，还有些坏小子总拿汽枪打它们，那可就麻烦点儿了。也没准儿它们饿极了，乱啄一气。"

"那可怎么办？"

"没事儿！两天以后还不出来，你每天吃点儿虫子。最好是活虫子。"

"那多难吃啊！"

"再不，小米也成。生小米，用清水泡泡，像吞药似地吞下去。一天三次，每次一千粒。"

我妈妈的粮柜里倒是有半口袋小米。不管怎么说，肚子不疼了，麻烦点儿就麻烦点儿吧！

我谢过老爷爷，回家了。

第二天上午上课的时候，两只小鸟忽然嘀溜嘀溜地唱起歌儿来。我吓坏了，赶紧向四周看。还好，同学们都把头扭向窗户，盯着窗外那棵老槐树。吴老师也停下来，朝窗外看。她侧耳听了一会儿，轻轻地说：

"多好听啊……我一下子想起小时候来了。那时候咱们这儿有好多树，有好多鸟儿唱歌……"

只有我的同桌李明没往外看。他偷偷向我挤挤眼睛，小声说："你可骗不了我！"他把手伸到我书桌里摸索，接着，又挨个儿翻我的衣袋。

"真怪！"最后，他使劲挠了挠头，作罢了。

〔简评〕

《怪老头》把一个幽默风趣、行踪诡秘而又本领超群的"怪老头"介绍

给大家，从而引出了一系列神奇而有趣的故事。如同我们读过的《安徒生童话》、《格林童话》一样，这篇童话故事也同样把我们带进了一个奇妙的世界，但不同的是这个世界与我们的现实生活紧密相连，让我们读起来更觉亲切、更感兴趣。

赵新新因为不讲卫生而肚子痛，但他是个讲礼貌的好孩子，他不顾病痛给怪老头找座位，甚至不惜拿出自己身上仅有的一角钱。而怪老头也用小鸟治好了赵新新的病，他还能把房子叠起来揣在怀里。怪老头真了不起，但是他却非常和蔼可亲，他懂得体谅小孩子，他热情开朗，帮助别人却又不让你觉得难为情。他说起话来也有趣极了，从不拿什么大道理压人。要是我们身边也有怪老头这样的人，那么我敢保证，一定有许多许多的孩子会争着和他交朋友。

（张　弘）

钓鱼奇遇

一、破棍儿的奇效

星期六晚上，我爸又忙忙碌碌地收拾鱼竿，蒸鱼食。我瞧他情绪特好，就作出笑脸儿，凑上去说："爸，我也想……"可话刚冒个头儿，我爸就一瞪眼："去去去，没你的事！"我妈一旁又是那一套："你不想考上重点中学啦？不想要辆新自行车啦？不想得二百块钱奖励啦！"

要是能让我钓一次鱼，我真的什么也不要了！可我不敢说出来。我叹口气，回自己屋里去做《初中升学模拟试题》。好不容易熬够了规定的两个钟头，天已经黑了。我跑下楼去，想着明天不能钓鱼，心里不痛快；楼道外捡着根破棍儿，就攥在手里使劲抡，见什么抽什么。

我朝着一丛灌木猛抽下去的时候，吓了一大跳："梆"地一响，黑暗里有人"哎哟"一声叫。

"你这是干什么呀……"—黑影揉着脑袋，嘟嘟囔囔抱怨着走出来，听声音，这是怪老头儿。我赶紧道歉，怪老头儿噗哧一乐，转身把一块大石头往树根下一丢：

"真让你小子打在脑袋上，我也不是怪老头儿啦！不痛快，你也犯不上拿石头出气。"

我问："您猫在这儿干嘛呢？"

怪老头儿说："什么叫'猫在这儿'呀！我明儿个钓鱼去，抓几个虫儿。跟我去不？"

我叹口气："我爸不让。"

他说："这还不好办？你手里拿的是什么？就用这个对付他！"

我又吓一跳："抽我爸呀？"

他说："谁让你抽他了？我让你拿这个对付他，说'抽'了吗？——把棍儿给我！"

我把破棍儿递给他，他双手捧着，使劲朝上边吹了口气，好像要吹掉上头爬的一只蚂蚁。

"拿着，别丢喽！"他把棍儿还给我，"回去跟你爸说，明儿你也钓鱼去。他不同意，你就拿这棍儿冲他头顶上划圈儿。"

我叫起来："那他还不揍我！"

怪老头说："别让他瞧见呀！在他背后划。"

"一划，我爸就能同意？"

"那得看你的运气！"他说，"明儿一清早儿我在路口等你。五点钟醒了不？"

我说："好吧！"可心里却一点儿底都没有。就凭这根破棍儿，就能让我爸回心转意？

上楼回到屋里，我爸正打着手电满地爬，一边找着什么，一边朝着地板发脾气：

"真见鬼，蹦到哪儿去了？是我下班刚买的一个日本钩儿。就这么个小玩意儿，他妈的一块！够买五十个无锡钩儿的了……"

原来我爸拴钩儿的时候，把个高级钩儿掉到地板上了。我急忙上去帮忙，一半儿为怕我爸着急，一半儿也想立个功，好感动我爸。我撅着屁股在地板

上爬了四五圈儿，到底瞧见沙发底下金光一闪。我把那亮点儿拿到手指头上，欢呼一声交到我爸手里，我爸高兴地叫：

"到底我儿子有本事！给你记一功！"

机会难得，我立刻说："爸，也带我去吧，缺的六个钟头作业，我保证以后补上！"

我爸一听，脸上的笑容登时没了："废话！每天的时间都排得满满的，你搁什么补？"

我说："那我一天少睡一个钟头觉……"

我爸把眼珠子瞪得溜圆："就是不许去！再跟我罗嗦，瞧我扇你不！"说完，怒气冲冲转身坐到台灯下，又去拴他的鱼钩。

没别的办法了，我只好试试手里的破棍儿。我把胳膊伸长，在我爸后脑勺上划了一圈儿。刚划完，我爸忽然扭过头来。我猜想他见我还呆呆站在他背后准要火冒三丈，喝一声："怎么还在这儿磨蹭？滚！"万没想到，他竟笑笑说：

"这小子！那么大的瘾哪？我别的本事你没学去，钓鱼倒是比我还来劲！我要是真带你去，赶明儿你考不上重点中学，你妈还不把帐算在我头上？"

说完，又回去拴鱼钩。我听着有门儿，信心大增，举起小棍儿，在他头顶上连划三圈儿。我爸转过身来说：

"那好吧，这回就带上你！这阵子给你加的课外作业也够多啦，该让你玩儿一天！"

我乐得差点儿蹦起来，连忙说："我妈呢？"

我爸说："你放心，有我哪！"

我又说："也不用您带，我跟南小街的老爷爷一起去。"

我爸说："随你跟谁。没人跟我瞎捣乱才好哩！还有，你那副破竿儿也不灵，我送给你一副。"

说着站起来，从他的鱼竿口袋里抽出一副来。这副竿子看上去只一节，可是能像电视机上的天线那样一节一节拔出来，总共七节，有五米多长，又轻，又漂亮。这副鱼竿，我平时伸手摸摸，我爸都要瞪眼睛，怎么忽然间要送我？我怀疑自己的耳朵出了毛病，嗫嚅着说：

"这副竿……送送……给我？"

我爸笑嘻嘻地说："怎么着，不想要啊？"

我说："借给我使一天就挺美啦！一回家我就还您，保证不用坏……"

我爸说："坏就坏，反正归你啦！"

我爸好像变成了另外一个人！

二、拦小汽车

早晨四点我就醒了，怕我爸再变卦，我悄悄收拾好东西，立刻下楼去。没想到，怪老头儿竟站在楼道外等我。朦胧的晨光里，我看出他扛着一捆很长的大竹竿子，挎着个旧背包，戴着顶破草帽儿。

我说："爷爷早！您不是说'五点'？"

他一乐："说五点，怎么这时候你就出来啦？"

我兴冲冲跟着他往前走，一边问他：

"咱们到哪儿去钓啊？"

他说："远处。现在钓鱼的人比鱼都多，近了不行。今天我带你到雁儿窝水库，那里头的鱼可大啦！去年这时候我在那儿钓，中午困了，想睡会儿，又怕鱼把竿子拉跑，就把鱼线解下来，拴在腰上。我刚睡着，就听着'咕咚'一声，你猜怎么着？是一条大鱼咬钩，愣把我扯到水里去了！扯到水里不算，那家伙还拼命往水底下钻。我睁开眼往前看，你猜那鱼有多大？"

我说："至少也有六七十斤！"

怪老头儿斜了我一眼："你见过大鱼么？哼，六七十斤！告诉你吧，一片黑云似的，足有七八百斤！"

我有些怀疑："水库里有那么大的鱼？"

怪老头儿扭过头来问我："是我掉进去了，还是你掉进去了？我亲眼看见的嘛！"

我说："那是什么鱼呀！"

他说："鲨鱼！那玩意吃人。我先前还当是它让钩子扎疼了才玩命地跑，赶情它是想把我拖进它洞里，拿我喂它的孩子！——你怎么啦？"

我一边哈哈笑，一边说："水库里哪儿来的鲨鱼？海里才有！"

怪老头让我笑得有点发慌，他说："你……你敢肯定那么大的水库里没鲨鱼？"

我说："当然啦！甭管多大的水库！"

怪老头很泄气："那……也许我碰见的不是鲨鱼……你们老师没讲过水库的鱼有多大？"

我说："那倒没讲过。"

怪老头儿又来劲儿了，"也许是别的鱼，反正七八百斤绝对没错儿！反正它拖着我，一直往深处钻。要是把我拖进洞里，我就没命啦。到这种时候，你说，我是要鱼，还是要老命儿？"

我说："当然要老命儿！"

怪老头说："就是嘛！我当时也是这么想的，鱼再大我也不要了！我从衣兜里掏出小刀，'嚓！'一下子就把鱼线割断了。"

我说："真可惜！"

他说："这算不了什么，我碰上大鱼的次数多啦！那回在野鸭子湖……"

他又津津有味地讲起他用什么招数把七八百斤重"不是鲨鱼可是跟鲨鱼一样大"的大鱼弄上岸来。不知不觉，我们已经走到城外。天还没大亮，可是能看出北郊公路上连成长串的摩托车、小汽车、大轿车、面包车里装载的渔具。这些车都朝一个方向急驶而去，让我看着心里着急。我问怪老头：

"您说的那个'雁儿窝'远吗？"

他说："也不算太远，还不到一百八十里呢！"

我吓了一大跳："九十公里呀？"

老头儿很高兴："你这个说法儿好，一下子就少了一半儿！"

我说："甭管什么说法儿，路在那儿摆着呢。天黑也走不到啊！"

怪老头说："谁说走着去了？我头一回邀请你钓鱼，好意思让你走着去？咱们坐小汽车！"

也许这个退休的老头儿不捡破烂儿了，没准做小买卖发了财。我转过头去盯着柏油路上的小轿车。他好像猜出了我的心思，拍拍我肩膀说："别东张西望了。就算你找得着出租车，咱们也没钱坐。我给你拦辆不要钱的小汽车！"

我说："谁能让咱们白坐？"

他说："瞎，想想辙嘛！嘿，瞧我的吧！"

他突然"噌"一下子冲上公路，张开两臂冲向一辆飞驰过来的黑轿车，

我吓得闭上眼睛。

我听见汽车急刹车时的一声怪叫。睁眼看时，老爷爷站在停下来的那辆黑轿车前头，司机正蹦出来，先抢到车后边车门那儿，拉开门问："首长您没事儿吧？"接着又回到前头，冲着老头儿大叫：

"混蛋！你他妈的想干什么！"

怪老头一点儿没生气，笑嘻嘻地说：

"准知道你技术好，摔不着首长，也轧不死我。是这么回事：我们也是去雁儿窝水库，您瞧我们老的老，小的小，反正车也空着，咱们商量商量，看能不能捎上我们……"

司机火冒三丈，他挽挽袖子，跨上一步，看样子大拳头马上就招呼上去了。我可不能眼看老爷爷吃亏，"噌"一下子窜上去，准备抱住司机大腿就下嘴。就在过节骨眼儿，小汽车的后门开了，一个胖老头探出脑袋说：

"算啦大李，走吧！"

那个大李还真听话，身体一闪就进了汽车，随着车门"砰"一声响，汽车猛冲出去。怪老头儿也真灵活，"嗖"地跳开。坐在司机身旁一个跟我大小差不多的胖孩子抓紧时机向怪老头儿做几个鬼脸儿。

三、技术高超的老师傅

我想安慰老头儿两句，他却点头咂嘴，十分满意地说："这司机真不赖，车开得又快又稳！我看咱们也别挑挑拣拣了，就坐这辆算啦！"

我往前看，那辆黑轿车风驰电掣，早没影儿了。我忍不住笑说："瞧您刚才那一跳，'轻功'准不错，咱们俩旋展'飞腾之法'，追上去。"

怪老头儿说："你看武侠小说看多了。什么'法'也用不着——他们在前头等着咱们呢！是这么回事：首长有革命传统，从来就关心群众生活。车开走之后，他说：'大李，你这就不对啦！中间这排座儿整个地空着，捎上他们又怎么了？你把车停在路边上，等等他们。'你乐什么？不信，咱们往前走，这车要是没在前头等着咱们，我给你买一百支雪糕！"

我半信半疑，只好跟上他走。老头儿大概是怕人家等得发急，拼命地赶。我听见他呼呼喘气声，见他不停地用袖子擦脑门子，还伸长了脖子往前看，也就不好意思再说什么，加快脚步跟紧他。

就这么赶了足有半个钟头，也没见前头有什么车等着我们，我忽然发觉上当了，叫起来：

"您蒙我呢。学曹操，愣说前头有酸梅树，好哄我走一百八十里地！"

老头儿乐了："望梅止渴呀？没那回事！你瞧那是什么！"

正是公路拐弯儿的地方，我们一拐过去，就看见那辆漂亮的黑轿车停在大杨树下！

不过，那样子不像等我们，倒像出了什么事。胖老头正背着一双手绕着汽车兜圈子，嘴里说："怎么搞的嘛！怎么搞的嘛！"大个子司机手忙脚乱，一会儿钻到汽车底下，一会儿又拉开引擎盖子。他满脸满手油污，跟个小鬼儿似的。我见那胖孩子在路边草地里捉蚂蚁，跑过去说：

"抓几个啦？用这玩意儿钓草鱼可好使呢！"

那胖孩子瞧了我一眼说："还想坐蹭油儿车呀？"

我听着不对劲儿，不再搭理他，转身回去。怪老头儿正在那儿跟司机讨价还价呢：

"这么着：您把我们捎上，我负责给您修车！别瞧我模样儿不济，不是对您吹牛——修了五十二年车啦！"

看来司机真没辙了，他扭头看他的首长。胖老头冲他一点头，他立刻回答："那好吧！可是要快！嘿，今天真邪了，崭新的西德高级汽车，忽然就熄了火儿，怎么也发动不着！电路也查遍了，油路也查遍了，什么毛病都没有……"

怪老头挽挽袖子说："行了行了，想快点儿你就别说了！你转过身去！"

司机苦笑说："老师傅，还怕我学去呀？"

怪老头说："想看也成，交五百块实习费！没带那么多钱哪？转过身去！"又对胖老头儿说，"您是不是也想偷学一手儿？"

司机乖乖地转过身去抽烟，胖老头儿大概受不了这气，背起手，迈着四方步朝远处走去。怪老头儿吩咐我："你负责收费。瞧着这位司机叔叔，他一回头就收一百块……把改锥递给我，还有钳子！"

我都递到他手上，他却往脚下一扔，从衣兜里掏出大烟袋，装上一袋，划根火柴点着。老头儿悠闲地抽烟，时而用脚尖儿踢踢那几件工具，钳子碰扳子，扳子撞改锥，叮当直响。一袋烟抽完，怪老头儿把大烟斗在鞋底下猛

磕了几下，然后"砰"一声把引擎盖子撂下，宣布说：

"修好了！"

这玩笑开得过分了些。他忘了那位司机刚才就惦记着揍他。司机转过身来，怀疑地瞥了老头儿一眼，坐到驾驶盘前。他刚坐进去，汽车就轰一声发动起来。怪老头儿悄悄喊我："喂，新新，愣着干什么？拿东西，上车！"

司机看见老头儿抱来那捆长竿子，眼睛忽然亮了。他开心地大笑：

"哈哈哈哈！还有宝贝哪？这回成啦——要么您再找一辆抛锚的大卡车，帮他修好；要么您就把这玩意儿锯成一截一截的！带锯了没有？"

胖老头儿和那胖孩子也跑回来了，站在一旁乐。怪老头叹口气说："唉，我怎么把竿子的事忘了呢！"又一咬牙，一跺脚说："豁出去啦！"

话没说完，他已经抽出一根长竿子，往膝盖上一撞，"咔嚓！"撅成两截儿，又一声"咔嚓！"变成四截儿。转眼工夫，一捆长竿子都撅短了，他用小绳儿勒成一捆，往一个破面口袋里一塞，告诉我：

"来，上车！"

四、鲤鱼湾

车里又宽绰又凉爽，座垫子软乎极了，跟坐在大馒头上似的。车开得飞快，路旁的两排大杨树急掠过去，路上的大小汽车都被我们抛到脑后。别看这么快，车里一点儿响声没有，只觉得忽忽悠悠，腾云驾雾一般。

怪老头儿咬着我耳朵说："他们准是去鲤鱼湾！那地方不让咱们钓，等会他们撵咱们下车，你千万别下去！"

我小声问："鲤鱼湾是哪儿？"

他说："是雁儿窝水库的一大湾子，大鲤鱼特别多！我原先老在那儿钓，后来那湾子用铁丝网拦住了，就留一个进出口，普通小汽车都不许进去，只许坐'气死你'和'唐僧帽儿'的到里边。为给他们招鱼，天天往里头撒豆饼，弄得整个水库的鱼都钻到鲤鱼湾里去了！那地方棒极啦！"

汽车岔出公路钻进密林，在一条很窄但十分光滑的柏油路上跑。上了一段坡，在一个小山口停下来。小山口旁有个岗亭子，亭外站着个穿绿制服的。司机回过头来告诉我们：

"到啦！"

怪老头儿探头探脑地说："到了？我怎么没瞧见水呀？"

司机不耐烦地说："告诉你到了，就是到了！你们下了车往北走。这里头不许你们钓。"

怪老头叹了口气，打开车门走出去。我看他下去，也跟下去了。老头儿走到一棵大树下，转身抱怨我说："跟你说别下来嘛！"我说："您下来了，我还在里头坐着呀？"他说："明明是你先下来的！"我说："是您先下来的……"老头儿急了，挥舞着手里的大烟斗说："好啦好啦！我不跟你小孩子一般见识！我是为你好。待会儿还得上去，这么下来上去的，你也不嫌麻烦？"

这句话刚说完，司机满头大汗地跑来了，他一脸苦相，点头哈腰地说："老师傅，这车……"

怪老头儿冲他一乐："又让我们坐啦？"又扭头告诉我："谢谢这个叔叔！咱们上车哪！"

原来他的车又熄火了，后边又来了辆钓鱼的"气死你"，堵在那儿过不去。我坐进车去，怪老头儿也跟着钻进来，"砰"一声关上车门，舒舒服服往后一靠，司机拉开门，陪着笑脸说：

"我是说……请老师傅先帮着看看……"

怪老头儿一摆头说："看完了，走吧！"

司机还想说什么，怪老头儿说："你发动一下试试嘛！"司机无可奈何，坐在驾驶盘前，车一下子就发动起来。他忍不住大叫："今天活见鬼了！"

怪老头儿说："其实没什么，你那电瓶电压不够，我们这孩子有特异功能，身上带强电。怎么，你没看电视？他上了好几回电视，晚报上也登了呀！"

这才是没边儿的事呢！

汽车穿过山口就下坡，沿着一条小柏油路蜿蜒到湖边。这是很大的湾子，岸边还稀疏地有几棵树。司机帮胖老头儿和那孩子抱着一大堆东西到了一棵大树下。怪老头儿领着我又走出十几米，到了另一棵树下。司机一放下东西就迈着八字步过来，笑嘻嘻地对怪老头儿说：

"哟！就您孙子那一副竿子啊！得，这回您脱光了下去摸鱼吧！"

怪老头儿挺随和："哎，好主意！天儿也热，捎带着洗个澡，凉快凉快。"他不脱衣服，倒去一边搬来块大石头，压在他那个鼓鼓的破面口袋上，然后

孙幼军（中国）

抓住一截儿断竿子往外抽。竿子越抽越长，最后竟有五米左右。他把这条长竹竿子往地上一扔，又抓住一截儿断竿子，抽了出来。他的手倒得真快，一刹时六根大竹竿子全抽出来，地上只剩个空口袋。

我一点儿不觉得奇怪。他们家房子他都能叠起来揣走，几根竿子算什么！可是司机惊讶得两个眼珠子差点儿掉出来。他蹲下，像瞧着条毒蛇似地盯住一根竿子看，从头看到尾，确实没看出断痕来，这才小心地拿起来，在手里抡抡。见竿梢发出呼啸声，也没出什么毛病，司机才叫出来：

"您会变魔术！"

怪老头儿说："变魔术？你别逗了！这是进口最新式'折叠竿儿'三百六十块一根呢！你想不想来一根？少算点儿，您就给三百五吧，那十元算我们给车钱啦！"

说时，老爷爷盯着司机，满脸期望的神色，和集市上推销劣等货色的小贩子没两样儿。见司机不言语，他又说："实行三包！我看您是怕这竿子不结实。跟您说吧：七、八斤的鱼，一挑就上来！不信哪？你瞧着！"

他说着，匆匆从书包里取出线盘儿拴好竿子，"呼"一声抡进水里。司机忽然哈哈笑起来：

"您会钓鱼吗？——钩儿上还没挂鱼食哪！"

怪老头儿说："咱们不是试鱼竿嘛！又不是试鱼食！"话刚说完，鱼线忽然拉直了，竿子尖儿乱颤，怪老头儿喊："有啦！"把竿子一抬。一下子，鱼线在水面上乱划，发出尖啸声，大竹竿子弯成一张弓，司机叫一声：

"别慌，我去拿抄网！"

怪老头儿也喊："别拿！用抄网还能知道我这竿子值三百六十块吗？"

话音未落，他已经双臂用力朝上一抡。一条足有十来斤重的红尾巴大鲤鱼哗啦一声被他挑上半空，金光闪闪，"砰"地落在我们身后的草地上。我欢呼着扑上去按住，怪老头儿却揪住司机，硬把竿子往他手里塞：

"您瞧瞧，竿子出一点儿问题没有？这么好的东西，三百五十块怎么啦？嫌贵？干脆再减十块，算您三百四！"

司机摇头，"不要，我高级鱼竿儿有好几副呢！这竿子是够磁实的，可您技术不灵！过一斤的鱼就不能这么钓。这回算您运气，蒙上来了！"怪老头儿不服气："蒙上来的？你再看！"

说着他双手抡竿子，"呼"一声又把鱼线甩出去。线一下子就被扯直，他使劲往上挑，又弄上来一条大鲤鱼，好像比刚才那条还要大。怪老头儿犯了倔，一边念叨着"不信你再看！"一边不停手地往上抡。不大的工夫，已经钓上来八条。这可把我忙坏了。那些大鲤鱼都活蹦乱跳，按也按不住，还用大尾巴拍我脸。怪老头儿没带鱼护。我的鱼护里塞进一条鱼就满了，别的只好用一根绳子穿鳃，穿成一大串拴在水里。司机一见今天的鱼这么好钓，也没心思在这儿看老头儿显摆竿子了，急匆匆回他们那儿去，拿自己的鱼竿来。我也赶紧拴自己的竿子。怪老头儿好像觉得没意思，也许因为人家不买他的竹竿子有些生气，哼了一声，独自坐到一块大石头上抽他的大烟斗。

五、钓鱼比赛

轮到我钓就不是那么回事了。鱼漂儿立在水面上一动不动，好像木板上钉着一根钉子。我等得不耐烦，扭头看这边。胖老头儿、司机和那个胖孩子的三副鱼竿静静地支在那里，三个人直瞪瞪盯着他们的鱼漂儿，也都傻等着。我把鱼钩甩在怪老头儿上鱼的地方，还是没鱼。等了足有一个钟头，我实在沉不住气了，忍不住问：

"老爷爷，这是怎么回事呀，一口也不吃！"

怪老头儿没回答。我回过头看，他早耷拉下脑袋睡着了！我站起来，摇醒他，冲着他耳朵喊：

"什么'鲤鱼湾'，没有鱼！"

他擦擦口水说："别大惊小怪的！我梦见在全聚德吃烤鸭，服务员刚把一大盘子鸭肉片端上来……你急什么呀，我不吃鱼，这八条全归你啦！"

我问他："那为什么您跑这么远来钓鱼？"

他说："那是因为……对啦，你也是想过过瘾！好吧，瞧好你的竿儿，我帮你个忙！"

他眼睛四下搜寻，找着一大块一尺见方的石头，吃力地抱起来，双手往上一举，大石头直飞向水里，"咕咚"一声，正落在我鱼漂儿旁边，溅起高高的水花。我气极了，冲他大叫：

"您干嘛呀？"

那边的胖老头儿也说话了："哎呀老同志，你这么一搅和，还钓什么鱼！"

孙幼军（中国）

怪老头儿因为用力过猛，自己来了个屁股墩儿。他爬起来拍拍裤子说："这才叫'费力不讨好儿'呢！"又向胖老头儿大声说：

"老弟你不知道——这鱼也跟人一样，爱看热闹儿。你没见大街上自行车'咣唧'一声把个老太太撞个跟头，大伙儿全围上去瞧？你们钓不着，是因为鱼都游远了。大石头一下去，鱼都听见了，'哎哟，那边儿什么东西"咕咚"一声？咱们瞧瞧去！'鱼就都围过来看热闹。找了半天，也没看见谁撞上老太太，忽然间就看见一团香喷喷的好吃的东西，其实那里头包着鱼钩子呢……"

胖老头儿说："老同志你可真能胡扯一气！"

怪老头儿这回并没胡扯——忽然，我的鱼漂儿往上冒出一截儿，接着又沉进水里去。我急忙抓起鱼竿一挑，有鱼！鱼在水底下来回走，劲头儿大极了，就是不肯"亮相"。我只好双手狠命撑住竿子，等着这条大鱼跑累。在这同时，胖老头儿、司机还有那胖孩子，也都站起来，双手撑着竿子，原来他们也有了第一条鱼！怪老头儿好像比我们这几个牢牢钩住大鱼嘴巴的人还要激动，他跳着叫喊：

"我怎么说来着？我怎么说来着？"

我终于靠自己的力量把鱼弄上来了。这也是一条鲤鱼，跟怪老头儿的第一条大小差不多。胖老头儿那条比我的还要大些，可是司机和那胖孩子的鱼都跑了。胖老头儿极高兴，他说：

"比上星期那条还大，这回我又创新纪录呀！"

说完，想起来是怪老头儿的功劳，又说：

"老同志，你真行！我也跟你学了一招儿！"

怪老头儿说："没错儿！记住，下回再钓不着，您就往下扔石头，石头越大越好！"

我又钓上来一条鲂鱼，有三斤多。胖老头儿紧接着也钓上来一条鲂鱼，和我大小差不多。接下去，胖老头儿又钓着一条大鲤鱼。他兴高采烈，冲我喊：

"该你啦，小伙子！咱们来个钓鱼比赛好不好？让你爷爷当裁判，看咱俩谁钓得多、钓得大！"

我还没说话，怪老头儿就答应："好！我这人最公平，当裁判顶合适。就从第一条算起！"他往怀里一摸，竟摸出个弹簧秤来，用秤钩儿钩住我们钓的

第一条鱼，分别称了，宣布说："第一局，老头儿队获胜，一比零！"又称了我们钓的鱼，宣布说："第二局，老头队获胜，二比零！"紧接着又说："第三局，老头队获胜，三比零！"我抗议说："不对！第三局我还没上鱼呢，怎么知道没他的大？"

怪老头儿一歪脖子说："他上鱼了，你没鱼，就算输！"

我说："这不行。等他上了第四条，我第三条还没上，才能算我'没鱼'！"

怪老头儿火冒三丈地跑到我面前，冲我喊："不服从裁判，黄牌儿警告！"边说边往怀里急掏，还真掏出个黄牌子来。看来，他是存心到这儿当裁判来了！

那黄牌直戳到我脸上来，不是我闪一下，不碰歪我鼻子才怪！怪老头儿真生气了。看得出，那胖老头儿是个钓鱼的老手儿，没有怪老头儿帮忙，我非输给他不可，所以我无论如何不能得罪怪老头儿。我就真像严重犯规的足球运动员面对气势汹汹跑上来的裁判员一样，脸上硬挤出个笑来，又是点头又是鞠躬，嘴里还说："我错了！我错了！"果然，怪老头儿一下子消了气，一本正经宣布说：

"比赛继续进行！这一局不论鱼大小，谁先上来谁得分。"

他刚说完，我的漂儿就往下一拱，我一抬竿鱼就出水了，不过三寸来长的小鲫瓜儿，连一两都不到。可是规则在那儿摆着呢！怪老头宣布：

"第四局，娃娃队获胜，一比三！"

大有希望！我恭恭敬敬地问："裁判员同志，下一轮比赛的规定是什么呀？"

怪老头儿说："注意：第五局，比赛新品种，鲤鲂鲦鲫，青草鲢鳙，都不算，要这八种之外的。如果两队能是这八种之外的，以重量决定胜负！——听明白了没有？"

胖老头儿跟我齐声回答："听明白啦！"

我偷眼看那位胖爷爷揪下鱼钩上的面球儿，换上蚯蚓，我也想换，可是怪老头儿向我挤挤眼睛。我就仍旧把面球送进水里去。这回胖老头儿钓上一条嘎鱼，他用竿子高高挑着那条叫"嘎赢"的黄色小鱼，十分得意，正这时候，我钓上了一条五六斤重的黑鱼。根本连弹簧秤也用不着，明摆着我赢了

这一局。二比三！

第六局又是我赢了，三平！

怪老头儿宣布说："现在进行决胜局的比赛！这一局要求稍微高一些，第一，必须是海里的鱼；第二，必须一次钓上来两条以上。预备——开始！"

纯粹是瞎胡闹，我看怪老头儿是当裁判当得有些得意忘形了！我正要开口，胖老头儿先叫起来：

"老同志，开什么玩笑！"

怪老头儿登时翻了脸，他气冲冲朝胖老头儿跑去，手就向怀里摸。胖老头儿比我机灵，他立刻换成笑脸说：

"好好好，裁判员同志，就照您说的办！"

怪老头儿停住脚步，把已经掏出半边的硬牌牌又塞回去，好家伙，这回他想亮的竟是个红牌儿。

决赛局开始了。胖老头过来看看我鱼线上也是单钩，就胸有成竹地坐回自己位置。他知道，这湾子没有海鱼，我也同样钓不上来。还有，他用一个钩子没法儿钓上来两条，我也同样！

等的工夫并不长，我的漂子"噌"一下就没影儿了。我一抬竿，觉得沉重。怪老头儿小声说："没事儿，使劲往上抢！"我照他说的，双手紧握竿柄，用足力气往后一抢。

一时间我自己也糊涂了：我从水里抢出来的是一条足有三米长的银带子！等到"啪"一声摔到岸上，那条银带子断成三截儿，每截儿都扭动不休。原来是三条很大的活带鱼！看样子，第一条咬住了我的鱼钩，第二条、第三条是依次咬住人家的尾巴上来的。

胖老头儿跑过来，目瞪口呆地看了一会，又急忙跑回去，既然这湾子里真有带鱼，他也钓得上来！

可是，他只钓上来一条小鲫瓜儿。

六、新朋友

胖老头儿很有气度，输了之后很服我，对怪老头儿特别友好，约我们共进午餐。怪老头儿说："我们也带着，一起吃！"让我跟他去拿，他从他的破挎包里往外掏，让我抱着：一瓶贴着金字儿的没开封的白酒，五只玻璃杯，

四听鱼和火腿的罐头，一包切好的酱鸡……也不知他那个小包里怎么装得下这么多东西。最让我惊奇的是他先掏出个瓷盘子，接着从挎包里一个一个往外掏，一连掏出五个雪花儿白馒头，放到盘子里以后还热气腾腾！

胖老头儿一见热馒头就再不肯吃他的法国式面包了。不过他也有他的怪招儿，冰镇啤酒和冰得很硬的蛋卷儿冰激淋。可惜我一发现他的小轿车上装着一个小冰箱，一点儿也不觉得怪了。

回来的路上，两个老头儿并肩坐在后头，不停地谈他们的钓鱼经验。分手的时候，胖老头儿挺亲热地说：

"不瞒你老哥，这辈子就这么点儿爱好！除了星期天，星期二、星期五我还来。这是我的名片，上头有电话号。这三天里您想钓鱼，头一天给我挂个电话，我车子拐个弯儿，就把您接来啦！"

到家以后那场热闹你们猜得到。怪老头儿把他的鱼也全给我了，我根本就没法儿拿上楼去，只好喊我妈下来。这回把我爸震啦，他就钓着十几条手指头大小的"麦穗"，还不够喂猫的呢！只有一件事让我出了点儿洋相——我妈硬说那三条大带鱼是"咸带鱼"。我哈哈笑，说我妈傻，我妈不服气，把鱼拿进来了，我一看，真是咸带鱼！我爸认准是那个坐小汽车的胖老头儿送给我的。以后一提钓鱼，我爸就说："还是我儿子有本事，连咸带鱼都钓上来了！"

〔简评〕

《钓鱼奇遇》是怪老头系列之一。在这个童话故事里，怪老头又大显神通，他教赵新新用破棍说服了爸爸，在路上拦截小汽车，在鲤鱼湾里又帮助赵新新战胜了胖老头，甚至还钓上了咸带鱼。

这篇童话并不是简单地讲一个故事，在你开怀大笑的时候，它又让你凝神思考。因为故事同我们熟悉而又关心的现实生活紧紧地联系在一起，升学考试给孩子的压力，领导干部钓鱼受优待等等，这些令人困惑而又忧虑的问题在轻松有趣的故事里鲜明地提了出来。

怪老头的个性特征在这个故事里又得到了进一步的完善。他幽默、机智的同时又有着孩子般的天真，他慷慨大方讲义气，他尤其了解孩子们的喜怒哀乐，让大家都渴望和他交朋友。如果现实生活中，大人们能够像怪老头一样，即使没有什么超凡的本领，只要和蔼可亲，懂得孩子们的心，愿意和他

孙幼军（中国）

们交朋友，那么孩子们会生活得更开心，更快乐！如果大人和孩子都能成为好朋友，那该多好呀。

（张　弘）

小猪当保镖

一、为了妈妈的荣誉，小猪答应当保镖

这一天，猪太太和邻居马太太，还有毛驴太太，坐在一起闲聊天儿。马太太和毛驴太太使劲夸自己的孩子，把自己的下巴都讲长了。猪太太忍不住，也夸起自己的那一群孩子："哇，真了不起，一顿饭，他们把七百二十八个馒头，还有十大锅米粥，吃了个精光！"

毛驴太太一听，哈哈哈地大笑起来："吃得多，算什么本事呀！"

马太太也说："就是嘛！"

猪太太有些不好意思地红着脸说："其实也不光是吃得多。我的孩子里，也有又聪明，力气又大的……"

她就把她家的小十二，也就是稀里呼噜，怎么吓跑了大狼先生，怎么开枪打走月牙熊，呱啦呱啦讲了一通。

过了三天，鸭太太一大早就找上门来。她有五百个鸭蛋，想送到镇上她丈夫的鲜蛋公司去。可是路很远，还有强盗，她想请稀里呼噜当保镖。

上回的五百个鸭蛋，是她自己送的，结果半路上遇到强盗，鸭蛋连同小车子一起给抢走了。不过鸭太太没对猪太太讲，怕她听了害怕，不让稀里呼噜给她护送。

猪太太还是说："哎哟，那可不成！我们稀里呼噜还小，真碰上强盗怎么办？"

鸭太太一撇嘴："马太太跟我讲的时候，我就说你乱夸儿子，都是瞎吹牛嘛！"

稀里呼噜在一旁说：

"我去！"

他可不喜欢别人说他的妈妈瞎吹牛。

二、很和气的驴先生让小猪为他推了半天磨

稀里呼噜跟着鸭太太到她家去。看看地上的一大堆鸭蛋，小猪说："这东西没有耳朵，也没有尾巴，圆滚滚的不好拿。你们家有箩筐吗？"

鸭太太翻翻眼睛说："要是有箩筐，我找保镖的干什么！"

保镖的还管借箩筐呀？可是小猪什么都没说，立刻去找箩筐。

他跑到驴先生家去借。驴先生虽然有时会"啊！啊！啊！"地大叫起来，吓人一跳，可是人很和气。果真，驴先生一听要借箩筐，马上说："啊，都是老街坊了，没问题，没问题！"

驴先生让小猪替他推磨，他去找箩筐。

稀里呼噜用力推起大磨来。

小猪推了一圈儿，驴先生不回来，他推了两圈儿，驴先生不回来。后来他推了一百圈儿，累得满头大汗，呼呼喘气，驴先生还是连影子都没有。小猪看看太阳已经从东边移到头顶上了，心里很感动。他自言自语地说："驴先生真好！一定是他家里没箩筐，他到山上去砍竹子了，要给我编两只新的……"

到了下午，驴先生才提着两个破箩筐走来。

驴先生说："啊！啊！啊！这个娃娃真能干，把麦子都磨完啦！怪不得你妈妈老夸你。干这么多活儿，我本应该留你吃午饭的，可是看样子你很着急，那你就快回家吧！"

小猪拿着箩筐，回家去吃午饭，吃过饭立刻赶到鸭太太那里。鸭太太很生气："我真倒霉，怎么找了这么一个笨蛋保镖！借两只箩筐就跑了大半天儿！扁担呢？你看，又忘了借扁担！"

三、为了借扁担，小猪又给牛先生担一大缸水

小猪听了鸭太太的话，回头就跑，他到牛先生家去借扁担。牛先生说："对不起，扁担我等会儿挑水还要用。要不，这么着吧，你替我把水缸挑

孙幼军（中国）

满，再拿走扁担。"

小猪很高兴。他没想到，牛先生的水缸里连一滴水也没有，那口水缸还好大好大，小猪要搬了梯子，才能把水桶提上去。

等到他把大水缸装满水，天都黑了。小猪拿着扁担跑到鸭太太家去，告诉鸭太太，明天一早就出发：鸭太太就大发脾气：

"呀！呀！呀！早知道这样，我就自己送了！我的先生开的是鲜蛋公司，可不是臭蛋公司！你要是真像你妈妈说的那么勇敢，今天晚上就出发！"

稀里呼噜觉得很对不起鸭太太，他说：

"好吧，我现在就出发！"

他把五百个鸭蛋分装在两个箩筐里，挑起担子就出发了。

小猪走得很起劲儿。可是走出村子以后，他忽然害怕起来。没有月亮，野外非常黑，天空中倒是有几颗星星，但都是绿色的，像大老虎的眼睛，使劲盯着他。

"真黑呀！"小猪心里想，"还有什么东西沙沙响，是不是强盗正跟在我后头？"

他又想："要是妈妈跟我一起走，我就不会这么害怕了。我跟妈妈一边走一边说话，多么好……"

稀里呼噜是一只聪明的小猪，他一下子就想出个好办法：对啦，我就学妈妈的声音，让妈妈跟我说话嘛！

他立刻就摹仿妈妈的口气说：

"我说小呼噜，你路上可一定要当心呀！"

接着，他自己回答妈妈：

"妈妈你就放心吧！我连大狼和月牙熊都不怕，还怕别人？"

"哎哟孩子啊，你可别这么说！去镇子的路上，有只大老虎。他可不比狼和熊，可凶啦！他要是忽然扑上来，你可千万丢下东西就跑！要不，他抢了东西，还要连你一起吞下去！"

四、这天夜里，大老虎真的出来劫路了

小猪学着妈妈说话，忽然觉得路旁的树林里响起树枝的声音，"克吧，克吧吧……"很轻，可是让人的脖子发凉，汗毛直竖。

"不行，"小猪心里好害怕，"不能装成妈妈跟我说话。妈妈胆子小，光会吓唬人，越跟她说话越害怕。我还是跟爸爸说话吧……"

大老虎这天夜里还真出来了。他就躲在路旁的树林里，手里举着大棒子。他听见远处有人走过来，就竖起两只耳朵听。原来这是个小娃跟他妈妈说话，还讲到他。看样子这两个特别怕他。

他心里想："啊哈——好生意来啦！等他们走近，我就跳出去，每人给他们一闷棍！"

稀里呼噜刚要学爸爸说话，又一想："爸爸也不如大狼厉害。大狼有一支枪，一放，'砰！'好响！大狼谁都不怕，我还是跟大狼说话吧！"

他又大声说起来：

"我说稀里胡涂，你走快点儿行不行？"

"错啦，大狼先生！我不叫'稀里胡涂'，是'稀里呼噜'。这是因为我吃东西很响：稀里呼噜、稀里呼噜！"

"对不起，稀里呼噜先生。我想，那么吃东西一定特别香。"

"对了，我爸爸就是这么说的，这才给我取这个名儿。"

"不过，吃东西那么响，好像不太文明。我们狼吃东西，尽量不发出声音来。"

大老虎知道狼先生有一支枪，是从猎人那里抢来的，那东西很厉害。他心里想："真倒霉，怎么那个娃娃和他妈妈还带着大狼先生？不知道那个家伙带着枪没有……"

大老虎小心地从树林里探出头去看。

天太黑，看得不太清楚。他先看见三个黑影子，一个大的，两个小的。大的是小猪，小的当然是两个箩筐。可是大老虎当成大狼和两只猪了。他再仔细看：哎呀不妙，狼先生的肩上还扛着一支枪呢！——他把扁担当成枪了！

大老虎又听见狼先生说：

"稀里呼噜先生，咱们还是快点儿走吧！我想快点儿找着大老虎。那家伙总是拿个大棒子，躲在树林里，把人家打昏，抢人家东西。这回我要看看，到底是他的棒子厉害，还是我的枪厉害！"

大老虎一听，心就"咚咚咚"地跳起来。

"大狼先生，你真打得过大老虎吗？"

"那还用说！你瞧着：他一出来，我就照着他屁股，'砰'一枪。一下子就把他屁股打个大窟窿！"

"他要是不出来呢？"

"他不出来，我进树林子里找他去。今天非把他屁股打个大洞不可！"

大老虎吓坏了，他转身就往树林里头钻，"扑通，扑通"、"哗啦、哗啦"，没命地逃走了！

小猪听见树林里一阵乱响，也吓得要死。原来树林里真藏着强盗！他照妈妈教给的办法，丢下担子，一头钻进路旁的深草里。

五、小猪的劳动得到报酬，挑了一担子大香蕉回家

大老虎早跑回家去了。小猪等了好半天，谁也没来。他从深草里爬出来，对自己说：

"一定是刮了一阵大风，刮得树林'哗啦哗啦'响。你自己吓唬自己，这很不好！"

稀里呼噜挑起担子，继续往前走。

天亮的时候，他到了镇上。

镇上好热闹！

他向黄狗先生打听路，找到鲜蛋公司。

鸭先生比鸭太太和气得多。他听说鸭太太让稀里呼噜半夜里赶路，觉得很过意不去，马上给小猪端来早餐。小猪早就饿了，"稀里呼噜、稀里呼噜"吃起来。他想吃得别太响，可是没有办到。

吃过饭，小猪就回家了。鸭先生买了许多大香蕉，给他装在两只空箩筐里，还夸他保镖当得好，说了好多"谢谢"。

这天晚上，猪先生一家都吃香蕉。大家都说：

"大香蕉真好吃！小稀里呼噜真了不起！"

〔简评〕

《小猪当保镖》是一篇极具情趣的童话。小猪为了维护妈妈的荣誉，答应为鸭太太当保镖。他毫无怨言地为驴先生推磨借来了箩筐，又为牛先生担水借来了扁担，并且连夜上路，吓跑了大老虎，圆满地完成了任务。最后他得

到了鸭先生的报酬和大家的赞扬。

与苛刻的鸭太太，狡猾的驴先生比起来，小猪显得更加可爱，是个让人喜欢的好孩子。他纯朴、憨厚、勤劳，不计较个人的得失。他又勇敢、机智，巧妙地战胜了大老虎。小猪当保镖，不是一帆风顺的，而他遇到困难却从不退缩。因为只要我们肯努力，就没有做不到的事，这就需要我们培养自己勇敢的精神，还要开动脑筋、勤于思考，这样我们也会和小猪一样，做好每一件事。

（张 弘）